춘향전 거듭 읽기

춘향전 거듭 읽기

우리 고전 거듭 읽기 01

장박사 국어 연구소
장석규·장종주·정유니
함께 엮음

역락

머리말

아직도 〈춘향전〉이냐고? 글로벌 시대에?

말인즉슨 옳을 수도 있다.

그런데, 이렇게 물을 테니 답해 보시라.

외국인이 가장 한국적인 문학 작품이 뭐냐 물으면 뭐라 하실 텐가?

그걸 한 번이라도 제대로 읽은 적이 있으신가 물으면?

각종 교과서에 〈춘향전〉이 나온다.

중학교, 고등학교 국어 교과서에, 심지어 초등학교 교과서에도.

하나같이 84장 완판본 〈열녀춘향수절가〉이다.

판소리 사설과 소설 사이를 넘나드는 것이라 적격일 수 있다.

대부분 '암행어사 출도 대목'이다.

어차피 전부가 아니라면 '눈' 대목이 좋겠지.

그런데, 분명한 잘못이 있어도 괜찮을까?

'행수, 군관'이 아니라 '행수 군관'이잖아?

'다리도 잡수시오'가 아니라 '다라도 잡수시오'가 맞지.

선생님들이야 모르시겠어? 바르게 고쳐 가르치시겠지. 그러면 돼.

그런데 부분은 아무리 대표할 만한 것이라도 부분이지 전체는 아니잖아.

작품 전체는 언제 볼 것인가?

이런 질문에 답하기 위해 우리가 이 책을 만들었다.

우리 문학이니까.

제대로 알아야 하니까.

자꾸 시험에 출제되니까.

그래서 이 책을 읽을 사람은 내신이나 입시나 취업을 위한 수험생이 될 것이다.

거듭 읽기는 말 그대로 읽고 또 읽는다는 말이다.

이 책을 다 읽었다면, 〈춘향전〉을 세 번 읽은 셈이다.

어려우면 재미가 없다. 원문대로만 읽으면 재미가 없다. 그래서 쉽게 고쳤다. 그래서 양념을 묻혔다. 재미있으라고. 재미로 〈춘향전〉을 읽으라고. 그런데 이 양념은 달콤하지만 매우 거칠다. 거부감 들면 읽지 마시라.

재미로만 읽고 말 수는 없다. 따지면서도 읽어야 한다. 입학이나 취업을 위한 각종 시험에 나오는 〈춘향전〉도 읽어야지. 그래서 따지며 읽자는 것이다. 내용을 따지고, 형식을 따지고, 작품 외부의 온갖 요소들과 맺은 관계를 따지며 읽자는 것이다.

그런 다음 다시 읽자. 문제를 풀면서 읽자. 다양한 유형, 다양한 난이도의 문제를 풀면서 읽다 보면 일거양득, 도랑 치고 가재 잡는 일이 생길 것이다.

아쉽게도, 아, 아쉽게도, 애초에 기획했던 '원전으로 읽는 〈춘향전〉'은 빠졌다. '감독판 영화'처럼 이것까지 넣은 것으로 다시 엮어 볼 날이 올까?

우리 셋은 '따로 또 같이' 이 책을 엮었다.

초벌 작업은, 1장을 장종주가, 2장을 장석규가, 3장을 정유니가 맡아서 했다. 재벌은 서로 바꿔가며 점검했다. 세 벌, 네 벌, ……, 온라인 오프라인으로 모일 때마나 함께 토론했다.

뺄 건 빼고 넣을 건 넣는 일이 때론 살을 도려내는 아픔이고 때론 숨이 막힐 만한 기쁨이었다. 그러고도 틀리고 잘못된 게 없다고 할 수 없다. 끊임없이 찾아 올바르게 고쳐 나갈 것이다.

알고 보면 이 책은 우리 셋이 만든 게 아니다.

박은숙 님, 정인기 님, 김영애 님께서는 사랑과 힘을 보태 주셨고, 장종빈과 정하은은 첫 독자로서 예리한 의견을 보태 주었다.

도서출판 역락의 이대현 사장님께서 용기와 기회를 주셨고, 이태곤 이사님과 최선주 과장님과 강윤경 대리님께서 다듬고 꾸며 빛나게 해 주셨다.

고맙고 감사하게 받고, 꼭 몇 배로 갚을 것이다.

2021년 3월 1일, 둘이 하나 되는 날

엮은이 셋을 대표하여

장종주 씀

차 례

제1장

:

재미로 읽는 춘향전

조선 제19대 왕인 숙종 대왕이 즉위한 초기에 임금의 넓은 덕택으로 훌륭한 자손들이 계속 이어 나왔다. 마치 북 치고 피리 불며 태평하게 살던, 요(堯)임금과 순(舜)임금의 시대 같았으며, 여러 가지 문화와 문명이 우(禹)임금과 탕(湯)임금 시대에 버금갈 만큼 훌륭했다. 임금의 좌우에서 기둥과 주춧돌 같은 신하들이 도왔고, 나라를 지키는 장수들은 나는 용과 뛰는 호랑이처럼 굳세었다. 임금의 덕망과 교화가 시골의 골짜기에까지 퍼졌으니 세상의 굳은 기운이 원근에 어려 있었다. 조정에는 충신이 가득하고 집집마다 효자와 열녀가 살고 있었다. 때맞춰 비가 내리고 적당하게 바람이 불어 풍년이 드니, 부른 배를 두드리며 백성들은 곳곳에서 격양가를 불렀다. 이 얼마나 아름답고도 아름다운 시대인가?

이때 전라도 남원부에 '월매'라는 이름의 기생이 있었는데, 삼남 지방에서 유명하였다. 일찍이 기생 일을 그만두고 성씨(姓氏)가 '성(成)' 씨인 양반을 데리고 세월을 보냈다. 나이가 40에 이르렀는데도 한 명의 혈육도 없어 이 때문에 한(恨)이 되어 길이 탄식하고, 근심 때문에 병이 될 것 같았다.

하루는 크게 깨달아 옛사람을 생각하고 남편을 불러들여 공손히 말했다.

"들으시오. 전생에 무슨 은혜를 끼쳤던지 이생에 부부가 되어 천한 기생의 행실 다 버리고, 예절에 맞는 몸가짐을 소중히 여기며, 여자로서 해야 할 일을 힘써 했지요. 그런데 무슨 죄가 많아서인지 자식이 한 명도 없으니, 우리가 죽으면 조상의 제사는 누가 받들고, 우리의 장례는 누가 치를까요? 이름난 산이나 큰 절에 불공이라도 드려 남자든 여자든 낳기만 하면 평생의 한을 풀 것 같은데, 당신의 뜻은 어떠시오?"

성 참판이 말했다.

〈춘향전〉의 시대적 배경이 조선 숙종(肅宗) 때인데, 백성들이 정말 살기 좋았다고 하네. 신하와 장수가 믿음직스럽고 충신과 효자, 열녀가 많았대. 백성들도 부른 배를 두드리며 노래를 불렀다고? 그럼 '춘향' 같은 신분도 그랬을까? 하긴 그들은 인간 취급을 못 받았으니까.

'춘향'의 어머니는 '월매'라는 기생이었어. 기생은 그 당시 천민 계층이었지. 자식은 어머니의 신분을 따르는 시대이므로 '월매'가 낳은 자식은 당연히 천민이거든. 그걸 모를 리 없지만 자식을 낳는 일은 본능이니 자식 없는 게 병이 될 지경에 이를 수도 있을 거야.

'월매'는 '성 참판'을 남편이라 생각하고 있었던가 봐. 기생 출신은 신분을 숨기지 않는 한 정실 부인이 될 수 없고 잘 되어야 '첩(妾)'인데, 조상의 제사를 모시는 일까지 걱정하는 것은 한 마디로 오버하는 거지. 그 당시 유행하던 소설에 스테레오타입(stereotype)으로 나오던 것이어서 그럴 거야. 자식이 필요한 이유로 말이지.

"일생 신세 생각하면 자네 말이 당연하나, 빌어서 자식을 낳을 수 있다면 자식 없는 사람이 어디 있으리오?"

월매가 대답했다.

"천하의 큰 성인(聖人)이신 공자님도 이구산에 빌어 나셨고, 정(鄭)나라의 정자산(鄭子産)도 우형산(右刑山)에 빌어서 태어났어요. 우리나라에도 이름난 산과 큰 절이 없겠어요? 경상도 웅천(熊川)에 살던 주천의라는 사람도 늙도록 자녀가 없어 그곳의 가장 높은 산에 빌어 대명천자(大明天子)를 낳으시니 대명천지(大明天地)가 되었습니다. 우리도 정성이나 드려 봅시다. 공든 탑이 무너지며 심은 나무가 꺾이겠습니까?"

이날부터 몸을 깨끗이 씻고 몸가짐을 바르게 하여 이름난 산, 빼어난 곳을 찾아 나섰다. 오작교(烏鵲橋)로 썩 나서서 좌우의 산천을 둘러보니, 서북쪽의 교룡산(蛟龍山)은 서북방을 막고 있고, 동쪽으로는 장림(長林) 수풀 깊은 곳에 선원사(禪院寺)가 은은히 보이며, 남쪽으로는 지리산(智異山)이 웅장한데, 그 가운데로 띠처럼 길게 펼쳐진 요천수(蓼川水)가 푸른 물결을 일으키며 동남쪽으로 둘러있으니, 별세상(別世上)이 여기로다. 푸른 숲을 끌어 잡고 산을 밟고 물을 건너 들어가니 지리산이 여기로구나. 반야봉 올라서서 사면을 둘러보니 명산대천이 뚜렷하다.

산꼭대기에 제단(祭壇)을 쌓아 제물을 차려 놓고, 제단 아래 엎드려서 정성껏 힘들여 빌었더니, 산신님의 덕분인지 한 꿈을 꾸었는데, 이때가 오월 오일이었다. 좋은 일이 일어날 것 같은 기운이 공중에 서리면서 오색이 영롱하더니, 한 선녀가 푸른 학을 타고 오는데, 머리에는 보석으로 꾸민 관(冠)을 쓰고, 몸에는 화려한 옷을 입었다. 옷에 단 장신구 소리가 쟁쟁하고, 손에 계수나무 꽃가지 하나를 들고 마루에 오르며 손을

자식을 갖겠다는 생각으로 기도를 드려 보려고 하는군. 이걸 '기자(祈子) 정성'이라 해. 이 덕분에 태어나야 옛날 소설에서는 '영웅'이 될 수 있었어. '유충렬'이나 '조웅' 같은 영웅이 그렇고, '심청'도 그렇지. 이때 '자(子)'를 '아들'이라 번역하면 안 돼. 딸밖에 없어서 비는 일은 없거든. 우리의 주인공 춘향도 '영웅'의 조건을 갖추게 되네.

요즘 같으면 절이나 교회나 성당 같은 곳에 가서 빌면 될 텐데, 옛날에는 '명산대천'이라고 유명한 산이나 큰 하천에 가서 빌었어. 그런 곳에라야 신(神)이 있다고 생각했나 봐. 요즘도 그런 생각을 가진 사람이 있지. 그 당시에 종교다운 종교는 불교밖에 없어서 부처님께 비는 경우도 있었어. '춘향'은 지리산 반야봉에서 산신에게 소원을 빌었어. 산신은 산신령인데, 산신령을 믿는 것은 도교와 관련이 있지. 신선이니 선녀니 하는 존재도 그렇고.

정성껏 빌었는가 봐. 덕분에 '월매'가 태몽(胎夢)을 꿔. 태몽은 아이를 가질 가능성을 예고하는 꿈인데, 영웅의 탄생에는 이것 또한 필수 코스야. 꿈에, '낙수'라는 강이 있고, 그 강을 다스리는 신은 여신이며, 그의 딸이 나타났지. 옥황상제께 '반도'라는, 신선들이 먹는 복숭아를 바치러 갔다가 다른 남자 신선을 만나 놀다가 지각을 했나 봐. 그래서 옥황상제가 노해서 인간 세상으로 쫓아버렸는데, 마침 지리산 산신령이 '월매'한테 가랬다나 어쨌다나. 딴 고전소설 작품도 다 이런 식이야. 거의 공식(formula)이지. 그러니 '춘향'은 하늘에서 죄를 짓고 지상에 귀양살이하러 온, 어렵게 말하면 적강(謫降)한 선녀인 셈이지. 그렇다 보니 '춘향'은 하늘의 질서에 따라 살아갈 지상의 인물이 되는 거야.

그렇게 하여 '춘향'이 태어났어. 그런데 '춘향'은 열 달을 다 채우고 나왔네. 인간적이야. 어떤 영웅은 일찍도 나오고 늦게도 나오거든. 물론 태어날 때 신비로운 일이 있긴 했지. 잘 길러내니 효녀에다 어질고 착했네. 칠팔 세가 되어서는 글도 읽고 글씨도 쓰면서 그의 효행이 온 남원 고을에 소문이 났다네. 그런데 칠팔 세 이전의 이야기를 훌쩍 뛰어넘어 버렸어. 별로 재미 없었나 봐. 좀 있으면 알겠지만, 10년쯤을 또 훌쩍 뛸 거야. 초등학교나 중학교 다닐 나이에 재미있는 이야기가 있겠어? 옛날이나 지금이나.

높이 들었다가 한참이나 허리를 숙여 절하고는 공손히 말하면서 품속으로 달려들었다.

"저는 낙수(洛水) 여신(女神)의 딸인데, 신선들만 먹는 반도(蟠桃)라는 복숭아를 바치려고 옥황상제의 궁궐인 광한전에 갔더랬지요. 거기에서 적송자(赤松子)라는 신선을 만났는데, 반가운 정을 미처 다 풀지도 못하고는 시간을 못 맞춘 죄를 지었지요. 옥황상제께서 크게 노하여 인간 세계로 내쫓으셔서 갈 데를 모르고 있는데, 마침 지리산 산신령께서 부인 댁으로 가라고 하셔서 왔사오니 받아 주십시오."

그때 마침 목이 길어 큰소리를 내는 학이 우는 소리에 놀라서 깨니, 허무한 꿈이었다.

황홀한 정신을 가라앉히고 남편과 꿈 이야기를 하면서 하늘이 내린 행운으로 아들을 낳을까 기다렸더니, 과연 그 달부터 아이를 배어 열 달이 되었다. 하루는 향기가 방안에 가득하고 구름이 곱게 피어나더니, 의식이 흐릿한 가운데 아기를 낳으니, 구슬같이 예쁜 딸이었다. 월매가 오래도록 아들을 그리던 마음이 금방 풀려, 딸 사랑을 어찌 말로 표현할 수 있겠는가? 이름을 '춘향(春香)'이라 부르면서, 손에 쥐고 있는 보옥같이 길러내니, 효행이 비길 데 없고 마음이 어질고 착하였다. 칠팔 세가 되니 글 읽고 글씨 쓰기에 재미를 붙여, 몸을 예의롭게 하고 마음을 곧게 가지기를 일삼으니, 춘향의 효행을 온 고을에서 칭찬하지 않는 사람이 없었다.

이때 삼청동(三淸洞)에 이 한림(李翰林)이라 하는 양반이 있었는데, 대대로 훌륭한 집안이요 충신의 후손이었다.

하루는 임금께서 충신과 효자를 찾아 기록해 놓은 책을 보시고, 충신과 효자를 가려내어 지방의 관리로 임명하시는데, 이 한림을 과천(果川) 현감에서 금산(錦山) 군수로 전근시켰다가 다시 남원(南原) 부사 자리를 내려 주자, 이 한림이 임금의 은혜에 감사하며 공손히 절하고 하직하였다. 살림살이를 챙기고 가족을 이끌어 남원부에 부임하여 백성의 뜻에 맞게 잘 다스리니, 사방에 아무 일이 없고 방방곡곡의 백성들은 왜 이제 왔냐며 칭송하였다. 태평한 세상이라는 아이들의 노래가 들리고, 시절이 평화롭고 해마다 풍년이 들며, 백성들이 효도하니 옛날 중국의 요(堯)임금과 순(舜)임금이 다스리던 시절 같았다.

이때는 어느 때냐 하면 놀기 좋은 봄철이라. 제비나 호반새 같은 온갖 새들이 봄을 즐기며 서로 대답하고, 짝을 지어 쌍쌍이 날아들어 온갖 방식으로 짝짓기를 다툰다. 남산에 꽃이 피니 북산도 붉어지고, 천 갈래 만 갈래 수양버들 가지에서 황금빛 꾀꼬리는 벗을 부른다. 나무와 나무가 모여 숲을 이루고 두견새와 접동새가 다 지나가니 일 년 중에 가장 아름다운 계절이었다.

이때 사또의 자제인 이 도령이 나이는 열여섯이요, 풍채는 당나라 최고의 미남 두목지(杜牧之) 같았다. 너그럽고 깊은 생각은 푸른 바다 같고, 지혜는 넓고 크며, 문장은 이태백(李太白)이요 글씨는 왕희지(王羲之)이었다.

하루는 방자를 불러 말하였다.

"이 고을에 경치 좋은 곳이 어디냐? 시를 짓고 봄 경치를 보고 싶은 마음이 흘러넘치니 경치가 빼어난 곳을 말하여라."

방자 놈이 여쭈었다.

"글공부하시는 도련님이 경치 좋은 곳 찾아 쓸데없소."

이 도령이 말했다.

"너 무식한 말이다. 예로부터 글쓰기에 뛰어난 재주를 가진 사람이 빼어난 강산을 구경하는 일은 풍월을 읊고 글을 짓는

여기서 '이 한림'이란 사람이 등장하네. '이몽룡'의 아버지이지. 현감에서 군수, 부사로 고속 승진할 정도로 훌륭한 사람이었다는군. 그런데 그가 공부를 잘하거나 재능이 뛰어난 것은 아니었고, 충신이며 효자란 것으로 임금에게 픽업되었나 봐. 남원 고을 백성들이 그를 좋아했다는군. '한림'이라는 '한림학사'를 줄인 말인데, 우리 고전소설의 남자 주인공 대부분이 이 벼슬이름으로 불려. 그냥 과거 급제한 사람한테는 아무에게나 붙이는 말이라 생각해도 돼.

어느 봄날이라네. 좋은 때이지. 추운 겨울을 이겨낸 동물과 식물이 짝짓기도 하고 꽃도 피우며 후손을 늘리려고 애쓰는 때이거든. 이런 배경이 필요한 이유가 뭘까? '춘향'이와 '이몽룡'이 만나게 해야 하기 때문이지. '이몽룡'이 나이가 열여섯 살이라는군. 연애하기 좋은 나이지? 그는 잘생기고 생각이 깊고 지혜가 넓고 글 잘 짓고 글씨 잘 썼다는군. 딱 각 나오지?

바탕이었다. 신선도 두루 돌아 널리 보니 어이하여 마땅치 않 겠는가? 사마천(司馬遷)이 강회(江淮) 지역에 배를 타고 큰 강 을 거슬러 남쪽으로 갈 때, 미친 물결과 거센 파도가 일고 으 스스한 바람이 성내어 부르짖었지. 예로부터 그런 자연으로부 터 배웠으니, 세상 만물의 변화가 놀랍고 즐겁고 아름다운 것 이 글 아닌 게 없느니라. 시중천자(詩中天子) 이태백(李太白)은 채석강에서 놀았고, 적벽강에서 가을밤에 소동파(蘇東坡)가 놀 았고, 심양강 달 밝은 밤에 백낙천(白樂天)이 놀았고, 보은(報 恩) 속리산 문장대(文藏臺)에서 세조대왕(世祖大王) 노셨으니 아 니 놀지는 못하리라."

이때 방자, 도련님의 뜻을 받아 사방 경치를 말하였다.

"서울로 이르자면 자하문 밖에 내달아 칠성암, 청련암, 세 검정과 평양의 연광정, 대동루, 모란봉, 양양의 낙산사, 보은 속리산의 문장대, 안의(安義)의 수승대, 진주의 촉석루, 밀양의 영남루가 어떠한지 모르고, 전라도로 이르자면 태인의 피향 정, 무주의 한풍루, 전주의 한벽루가 좋긴 합니다. 남원의 경처 를 들어보십시오. 동문 밖에 나가면 있는 관왕묘(關王廟)는 천 고 영웅의 엄한 위풍이 어제나 오늘이나 같사옵고, 남문 밖에 나가면 광한루, 오작교, 영주각이 좋사옵니다. 북문 밖에 나가 오면 푸른 하늘에 깎아 세운 금빛 연꽃처럼 남달리 우뚝 서 있 는, 기이한 바위가 둥실 솟은 교룡산성이 좋사오니 처분대로 가십시다."

도련님이 말했다.

"얘, 네 말을 듣더라도 광한루와 오작교가 절경이로구나. 그리로 구경 가자."

도련님 거동 보소. 사또 앞에 들어가서 공손히 여쭈었다.

"오늘 날씨 화창하오니 잠깐 나가 풍월을 읊고, 시(詩)의 운

'이몽룡'에겐 몸종이 한 명 있었 지. 그의 이름은 '방자'. 이 녀석 이, 종이니까 우리도 그렇게 부 르기로 하자. 이 녀석이 어리숙 한 것처럼 하면서 '이몽룡'을 가 지고 놀아. 여자 친구를 만나서 어떻게 해야 하는지를 이 녀석 이 가르쳤을 가능성도 있어. 더 구나 상전의 말에 꼬박꼬박 댓 글을 달아. 아니 꼭 한마디씩 붙 여. 오늘도 경치 좋은 곳 어디냐 고 '이몽룡'이 물으니까 '공부나 하셈.' 한단 말야. 그러자 '이몽 룡'은 그럴듯한 이유를 대지. 자 기의 독서 체험을 통해 얻은 지 식, 중국의 유명한 사람들 여럿 을 들면서 그들이 어디서 놀았 다는 말을 해. 물론 그들이 놀던 때가 열여섯 살 때였다는 말은 안 하지.

'방자'는 종이니 어쩔 수 없지. 다른 지방은 잘 모르고 전라도 몇 군데하고 남원의 경치 좋은 곳을 가르쳐 줬어. 그랬더니 '이 몽룡'은 광한루와 오작교로 가 자고 하네. 그냥, 아무 이유도 없이 그곳이 좋대.

그래도 '이몽룡'이 착하긴 하네. 자기 아버지 허락을 받으러 갔 지. 뭐라 했을까? 독서실에 공 부하러 간다고 했을까? 날씨도 좋고 하니 잠깐 밖에 나가서 시 나 한 수 지어볼까 한다 했지. 그의 아버지는 신났지. 시 작품 도 수능에 나오니까. 용돈도 좀 줬을지도?

(韻)이나 생각하고 싶으니, 성이나 한 바퀴 돌아보겠습니다."

사또 크게 기뻐하시며 허락하셨다.

"남원의 풍물을 구경하고 돌아오되 시제(詩題)를 생각하여라."

도령이 대답했다.

"아버님 가르침대로 하오리다."

물러나와,

"방자야, 나귀 안장 지어라."

방자가 분부 듣고 나귀의 안장을 짓는다. 나귀에 안장을 얹는데, 붉은 실로 만든 굴레와 좋은 채찍과 좋은 안장, 비단으로 만들어 아름다운 언치, 황금으로 만든 재갈, 푸르고 붉은 실로 짠 고운 굴레며, 붉은 빛 술을 덥석 달고, 흙막이 말다래를 층층이 달며, 은박으로 꾸민 디딤판 등자에다 호랑이 가죽 안장, 앞뒤에 거는 줄방울을 염불하는 스님의 염주 매듯 하여 놓고 말했다.

"나귀 준비되었소."

도련님 거동 보소. 잘생기고 신선 같은 고운 얼굴에 치렁치렁한 머리채 곱게 빗어 머릿기름을 발라 잠재우고, 비단 댕기에 석황 장식을 물려 맵시 있게 잡아 땋고, 성천(成川)에서 나는 비단으로 지은 두꺼운 저고리, 곱고 흰 모시로 실밥 보이게 지은 바지, 아주 고운 무명 겹버선에 남색 비단 대님 치고, 비단 겹저고리에 누런빛 단추 달아 입고, 무릎 아래 느슨하게 행전을 차고, 두꺼운 비단 허리띠를 매고, 비단 주머니를 여덟 가닥 끈으로 갖은 매듭을 지어 느슨하게 매고, 긴 동정이 달린 비단 두루마기에 도포 받쳐 입고 검은 실띠를 가슴 위로 눌러 매고 가죽신을 끌면서 말했다.

"나귀를 붙들어라!"

'이몽룡'은 나귀를 타고 갈 모양이야. 아버지가 잘 나가니까 그때는 나귀가 요새의 고급 승용차 같은 것일까? 나귀를 아주 화려하게 꾸미네. 아무리 예쁘게 꾸며도 나귀는 나귀인데, 무엇보다 시나 한 수 짓겠다더니 웬걸, 뭔가 딴 생각이 있음이 분명해. 왜냐고? 자기 몸치장에도 난리가 났거든. 머리에 무스도 바르고 명품도 두르네. 동기가 매우 불순해 보이지 않는가? 은근히 무슨 짓을 할지 기대는 되지만.

그렇게 차리고 나가니 남원 성 안의 백성들이 다들 '이몽룡'을 사랑했다네. 사랑이라기보다 부러움일 수도 있지. 몇몇은 질투를 했을 수도 있고. 왜냐고? 자기들과 너무 다르니까. 너무 티가 나니까.

디딤판을 딛고 선뜻 올라 뒤를 싸고 나올 때, 심부름꾼 통인 하나가 뒤를 따라 삼문 밖에 나와 금물 들인 부채로 햇빛을 가리고, 성 남쪽의 넓은 길로 생기 있게 나갔다. 술에 취하여 양주(楊州)에 오니 그의 풍채에 반해 수레에 귤을 던졌다던 두목지 같고, 일부러 잘못 연주하여 돌아보게 할 정도로 잘났다던 주유(周瑜)로구나. 향기롭고 넓은 거리가 봄의 성 안에 있으니, 이를 본 성 안 백성 누군들 사랑하지 않겠는가?

광한루에 훌쩍 올라 사면을 살펴보니 경치가 아주 좋다. 남원 서쪽에 있는 적성(赤城)의 아침 날에 늦도록 안개가 끼어 있고, 푸른 나무에 봄이 저물어가고, 꽃과 버들에 봄바람이 불고 있다. 붉고 붉은 누각들은 어지럽게 빛나고 아름다운 집과 비단 궁전은 서로 찬란하게 빛나는 것은 임고대(臨高臺)를 이르는 것이고, 아름다운 처마와 서까래가 먼 데서도 빛나는 것은 광한루를 두고 하는 말이로다. 여기가 곧 악양루와 고소대가 있는, 오(吳)나라와 초(楚)나라를 동남쪽으로 가른 물이 흘러드는 동정호 주변 같고, 연자루 서북쪽의 팽택이 분명하구나.

또 한 곳을 바라보니 흰 꽃과 붉은 꽃이 활짝 피어 있는 곳에 앵무새와 공작이 날아들고, 산천의 경치를 둘러보니 에굽은 반송과 떡갈나무 잎이 아주 춘풍을 못 이기어 흐늘흐늘거리고, 폭포수가 흘러드는 시냇가의 꽃들은 뻥긋뻥긋하며, 낙락장송은 빽빽하게 들어서 있고, 짙은 나뭇잎과 향기로운 풀이 꽃보다 나은 때로구나. 계수나무, 자단나무, 모란꽃, 벽도화에 취한 산빛은 긴 강 요천(蓼川)에 풍덩실 잠기어 있구나.

또한 곳 바라보니 어떤 미인이 봄새의 울음과 한가지로 온갖 춘정(春情)을 못 이겨 진달래 질끈 꺾어 머리에도 꽂아 보며, 함박꽃도 질끈 꺾어 입에 함쑥 물어 보고, 비단 저고리 반

광한루에 올라가서 주변의 경치를 보는데, '이몽룡' 이 자식은 좋으면 좋다 하면 될 것을 꼭 중국의 유명한 곳과 비교해 대며 난리네. 실제로 가보지도 않고 말이야. 그 다음엔 주변 산천의 경치를 구경하였지.

한 곳에는 어떤 미인이 있다네. 그 미인이 춘정(春情)을 못 이겨 어쩌구저쩌구 하는데, 그걸 어떻게 알았을까? 참, 춘정이 뭔지는 아니? 봄철에 느끼는 정? 맞아. 앞에서 봤잖아. 봄은 번식의 계절이라고. '이몽룡'이 어떤 미인이 그렇다고 한 것은 오로지 자기 자신의 잣대였음이 분명해. 자기가 춘정을 느끼고 있으니 남들도 그럴 거라고 생각한 거지.

쯤 걷고 청산유수 맑은 물에 손도 씻고 발도 씻고 물 머금어 양치질하며 조약돌 덥석 쥐어 버들가지에서 노니는 꾀꼬리를 희롱하니, 이게 바로 '꾀꼬리를 쳐서 일어나게 한다.'는 것 아니냐? 버들잎도 주루룩 훑어 물에 휠휠 띄워 보고, 흰 눈 같은 흰 나비, 수벌과 암나비는 꽃수염 물고 너울너울 춤을 춘다. 황금 같은 꾀꼬리는 숲마다 날아든다.

광한루 훌륭한 경치도 좋거니와 오작교가 더욱 좋다. 바야흐로 '호남의 제일가는 성(城)'이라 할 수 있으리라. 오작교가 분명하면 견우와 직녀는 어디 있나? 이런 좋은 경치에 풍월이 없을쏘냐? 도련님이 글 두 구(句)를 지었다.

돌아보고 곁눈질하는 것은 오작교의 신선이요,
넓고도 차가운 것은 하늘나라의 누각이라.
묻노니, 하늘의 직녀는 누구인가?
알겠네, 오늘은 내가 바로 견우임을.

이때 관청의 안채에서 여러 가지 차린 술상이 나오거늘, 술 한 잔 먹은 후에 통인과 방자에게 물려주고, 술에 취해 흥겨워져 담배를 피워 입에다 물고 이리저리 거닐 적에, 좋은 경치로 흥겨워할 곳으로 충청도 공주 수영의 보련암을 일컫지만 이곳 경치를 당하겠는가? 붉은 단(丹), 푸른 청(靑), 흰 백(白), 붉은 홍(紅), 고물고물하게 단청한 듯, 버드나무에 노란 꾀꼬리가 짝을 부르는 소리는 나의 춘흥(春興)을 돋워 낸다. 노란 벌, 흰 나비, 왕나비는 향기 찾는 움직임이라 날아가고 날아오니 봄 성의 안이요, 영주산과 방장산, 봉래산 등 삼신산이 눈 아래 가까우니, 물은 보니 은하수요, 경치는 잠깐 옥경(玉京)이구나. 옥경이 분명하면 월궁의 항아(姮娥)가 없을쏘냐?

그 다음엔 오작교를 구경해. 오작교가 뭔지는 알지? 다리(bridge) 이름이야. 원래는 임시로 만든 다리이지. 견우와 직녀가 은하수를 사이에 두고 떨어져 지내다가 칠월 칠석이 되면 까마귀와 까치가 서로 몸을 맞대어 놓아 주는 다리를 건너 서로 만나서 울고 웃고 난리친다는, 그 다리. 그 다리 이름을 남원의 광한루 경내에 있는 다리에다 붙인 거지. 거기서 '이몽룡'이 시를 한 수 짓네. 아버지 숙제는 한 셈이지. 그 시에서 자기가 '견우'래. '직녀'를 만나고 싶은 '춘정'이 발동하고 있다는 말씀. 과연 무슨 일이 생길까?

'이몽룡'은 겨우 열여섯 살인데 술도 마시고 담배도 피워. 거기다 주변 경치를 보면서 그곳이 옥황상제의 궁궐이 있는 달이래. 달이니까 그곳에 선녀도 있을 거라는 거지. 여자 친구 생각이 난다는 말을 이상하게 돌려대네.

놀라지 마. 갑자기 날짜가 바뀌었어. '이몽룡'이 경치 구경나올 때는 '춘삼월'이었는데 여기서는 '오월 오일'이래. 앞에서 슬쩍 언급했지? 남자와 여자가 만나는 건 '춘정' 때문이라고. '오월'은 여름이란 말야. 그러니 그 춘정하고는 무관하잖아. 그런데 왜 뜬금없이 오월? 그건 말야, '춘향'을 '이몽룡' 앞에 등장시키기 위해서야. '춘향'의 아버지는 '성 참판'이라고 양반 사대부잖아. 그래서 '춘향' 스스로 양반댁 규수로 살고 있어. '이몽룡'에게는 그런 신분이 더 잘 어울릴 테니까, '춘향전'의 작가들, 우리가 흔히 '작자 미상'이라 하는데, '춘향전'의 경우는 너무 많아 특정할 수 없다는 말이야. 그 작가들이 그걸 알지. 그래서 오월 오일 단옷날로 시간적 배경을 바꿔 버린 거지. 단옷날에는 양반댁 처자들도 밖에 나와 그네를 타는 게 허용되었거든.

이때는 춘삼월이라 일렀으되, 오월 단오일이었다. 제일 좋은 시절이다.

이때 월매 딸 춘향이도 또한 시서(詩書)와 음률이 능통하니, 천중절(天中節), 곧 단오를 모를쏘냐? 그네를 뛰려고 향단이를 앞세우고 내려오는데, 난초 같이 고운 머리를 두 귀를 눌러 곱게 땋아서 금으로 봉황을 새겨 만든 비녀를 똑바로 꽂고, 비단 치마 두른 허리가 미앙궁의 버드나무 가지가 힘없이 드리운 듯, 아름답고 고운 태도로 아장거리고 흐늘거리며 가만가만 다닌다. 장림(長林) 속으로 들어가니 녹음방초가 우거져 금잔디 좌르륵 깔린 곳에 황금 같은 꾀꼬리는 쌍쌍이 왔다갔다 날아든다.

무성한 버드나무에 100자 길이로 높이 매고 그네를 뛰려 할 때, 무늬가 있는 초록색 장옷과 남빛 명주 홑단치마를 훨훨 벗어 걸어 두고, 자줏빛 비단에 수를 놓은 신발을 썩썩 벗어 던져 두고, 흰색 명주 새 속옷을 턱밑에 훨씬 추켜올리고, 삼껍질 그넷줄을 가늘고 고운 손 넌짓 들어 양쪽에 갈라 잡고, 흰 비단버선 두 발길로 살짝 올라 발구를 적에, 버드나무 가지 같은 고운 몸이 단정하게 노니는데, 뒷단장은 옥비녀와 은장식이고, 앞치레 볼 것 같으면 밀화(蜜花)로 만든 장도(粧刀)와 옥(玉)으로 만든 장도며 비단 겹저고리에 이중 고름이 태깔이 난다.

"향단아, 밀어라!"

한 번 힘을 주며 두 번 굴러 힘을 주니, 발밑의 가는 티끌 바람 따라 펄펄, 앞 뒤 점점 멀어가니 머리 위의 나뭇잎은 몸을 따라 흔들흔들, 오고 갈 때 살펴보니 녹음 속의 붉은 치맛자락이 바람결에 내비치니, 높고 높은 하늘의 흰 구름 사이에 번갯불이 쏘이는 듯, 앞에 보였다가 문득 뒤에 있네. 앞에 얼른 하는 모양은 가벼운 저 제비가 복숭아꽃 한 점 떨어질 때 잡아채려고 좇는 듯, 뒤로 번듯 하는 모양은 미친바람에 놀란 나비가 짝을 잃고 날아가다 돌이키는 듯, 무산(巫山)의 선녀가 구름을 타고 양대(陽臺) 위에 내려와 초나라 양왕(襄王)과 즐기는 듯, 나뭇잎도 물어보고 꽃도 질끈 꺾어 머리에다 실근실근한다.

"얘, 향단아! 그네 바람이 독해서 정신이 어질어질하다. 그네를 붙들어라."

붙들려고 무수히 나아갔다 물러났다 하며 한창 이렇게 노닐 적에, 시냇가 너럭바위 위에 옥비녀가 떨어져 쟁쟁 하니,

"비녀, 비녀!"

하는 소리가 산호로 만든 머리꽂이를 들어 옥쟁반을 깨치는 듯, 그 태도 그 모습은 세상의 인물이 아니로다. 봄날에 이리저리 날아다니는 제비로구나.

이 도령 마음이 울적하고 정신이 아찔하여 별 생각이 다 나서 혼잣말로 중얼거렸다.

"오호에서 조각배를 타고 범소백(范小伯)을 따라갔으니 서시(西施)도 올 리 없고, 해성(垓城)에서 달밤에 장막에서 슬픈 노래로 패왕을 이별하던 우미인(虞美人)도 올 리 없고, 대궐을 하직하고 백룡퇴로 간 연후에 홀로 푸른 무덤으로 남았으니 왕소군(王昭君)도 올 리 없고, 장신궁 깊이 닫고 백두음(白頭吟)을 읊었으니 반첩여(班婕妤)도 올 리 없고, 소양궁(昭陽宮) 아침 날에 빗자루 들고 돌아오니 조비연(趙飛燕)도 올 리 없다. 낙포(洛浦)의 선녀인가, 무산(巫山)의 선녀인가?"

도련님은 영혼이 중천에 날아 일신이 고단하니, 진실로 결혼 안 한 사람이로다.

"통인아!"

"예!"

'춘향'이 그네를 타고 있어. '향단이'는 누굴까? '춘향'의 몸종이지. '이몽룡'에게 '방자' 같은 존재인 셈이지. 얘가 참 착해. 충직하고 정이 많아. '춘향'이가 탄 그네를 밀고 있어. 그네 타는 장면을 머릿속에 그려 봐. 상상되지? 무엇이 무엇 하는 듯 어찌구 하며 표현해 두었는데, '무산 선녀'니 '초나라 양왕'이니 하는 사람들 이야기는 '19금'인데 어쩌지? 하긴 뒤에 나오는 이야기가 그런 이야기이니 그냥 스마트폰으로 '운우지락(雲雨之樂)'이란 말의 뜻을 찾아봐. 그 주인공들 이야. 그네를 타다가 '춘향'이 비녀를 떨어뜨렸네. 비녀가 뭔지는 알겠지? 그의 머리카락은 어찌 됐을까? 펄펄 날렸을까? 그런데, '춘향'은 처녀인데 뭔 비녀란 말인가? 어른이 되어야 머리를 올리고 비로소 비녀가 필요할 텐데……
참, '춘향'이 그네 타는 이 장면을 시로 쓴 게 있어. 서정주라는 시인의 '추천사'라는 작품인데, '춘향의 말'이라는 부제가 붙어 있어. '추천(鞦韆)'이 '그네'라는 뜻이야.

'이몽룡'이 드디어 '춘향'을 봤어. 그러고는 엉뚱한 상상을 해. 자기 눈 앞에 보이는 사람을 두고 옛날 중국의 미인들을 막 떠올려. 그러면서 그녀들은 올 리 없고를 반복하다가 선녀일까까지 생각해. '빗자루 들고'라 한 게 원문에는 '시치'인데, 그걸 '시추(侍帚)'로 읽었지. 이걸 어떤 이는 '곁에서 모심'의 뜻인 '시측(侍側)'이라 읽고, 심지어 어떤 이는 '변소 가는 일을 도움'의 뜻인 '시측(侍廁)'이라 읽어. 어느 것이든 앞뒤가 안 맞지? 이 책의 제2장 '따지며 읽는 춘향전'에서 이 부분을 확인해 보시라.

'이몽룡'이 통인을 불러 물어 봐. 누구냐고. '통인'이 누구냐고? 아, 시중드는 하인. 알려 줬지. 기생 '월매'의 딸 '춘향'이라고. 그랬더니 '이몽룡'이 대번에 '불러와.' 그래. 기생 딸이기 때문에 그런 거지. 방자가 태클을 걸지. '춘향'은 좀 다르다고. '이몽룡'이 그 태클을 격파하지. '이 자식아, 모든 건 임자가 있는 법이야. 춘향은 내 꺼야.'

'방자'가 '춘향'에게 '이몽룡'의 말을 전하러 갔어. 서왕모(西王母)라는 여신이 요지(瑤池)라는 연못에서 잔치를 벌일 때 초청장을 전하던 게 청조(靑鳥), 곧 파랑새였는데, '방자'가 그 역할을 한 거지. '방자'의 말투로 보아 '춘향'의 신분이 어떤지 드러나네. '얘'라는 말을 써. 머잖아 자기 상전의 아내가 될 사람인데 말야. 그런데 '춘향'은 자기를 어떻게 알았냐며 '방자'를 나무라지. 그네 뛰는 장면을 봤다고 했지. 그네를 나만 뛰었냐고 대들었어. 그리고 부른다고 갈까 보냐 그래. 때론 이렇게 대드는 것이 매력일 수도 있어.

"저 건너 꽃과 버들 사이로 오락가락 희뜩희뜩 얼른얼른 하는 게 무엇인지 자세히 보아라."

통인이 살펴보고 말했다.

"다른 무엇이 아니오라, 이 고을 기생이던 월매란 사람의 딸 춘향이란 계집아이입니다."

도련님이 엉겁결에 말했다.

"굉장히 좋다. 훌륭하다."

통인이 말했다.

"제 어미는 기생이오나 춘향이는 도도하여 기생 구실 마다 하고 온갖 꽃과 풀과 잎의 글자도 생각하고, 바느질 솜씨와 문장력을 함께 가져 보통 집안의 처자와 다름이 없나이다."

도령이 허허 웃고 방자를 불러서 분부하였다.

"들어 보니 기생의 딸이라니까 급히 가 불러오라."

방자놈이 대답했다.

"흰 눈 같은 살결에 꽃 같은 얼굴이 남방에 유명키로 방백이나 첨사, 병부사, 군수, 현감, 관장님네 엄지발가락이 두 뼘 가웃씩 되는 양반 외입쟁이들도 무수히 보려 하되, 장강(莊姜)의 미모와 임사(姙姒)의 덕행이며, 이두(李杜)의 문필이며 태사(太姒)의 온화하고 순한 마음과 이비(二妃)의 정절을 품었으니, 요즘 세상에 절색이요, 만고에 여자 중의 군자이오니, 황공하온 말씀이나 불러오기 어렵습니다."

도령이 크게 웃으며 말했다.

"방자야, 네가 모든 물건은 각각 주인이 있음을 모르는구나. 형산(荊山)에서 나는 백옥과 여수(麗水)에서 나는 황금은 각각 임자가 있느니라. 잔말 말고 불러오너라."

방자가 분부를 듣고 춘향을 불러오러 건너갈 때에, 맵시 있는 방자 녀석은 서왕모가 벌인 요지(瑤池)의 잔치에 편지를 전

하던 청조(靑鳥)같이, 이리저리 건너가서,

"여봐라, 이애 춘향아."

하고 불렀다. 이 소리에 춘향이 깜짝 놀라 말했다.

"무슨 소리를 그 따위로 질러 사람의 정신을 놀라게 하느냐?"

"애야, 말 마라, 일이 났다."

"일이라니, 무슨 일?"

"사또 자제 도련님이 광한루에 오셨다가 너 노는 모양 보고 불러오라 명령을 내렸다."

춘향이 화를 내어 말했다.

"네가 미친 자식이다. 도련님이 어찌 나를 알아서 부른단 말이냐? 이 자식, 네가 내 말을 종달새가 삼씨 까듯 하였나 보다."

"아니다. 내가 네 말을 할 리 없으되, 네가 그르지 내가 그르냐? 네가 그른 내력을 들어 보아라. 계집아이 행실로 그네를 타려면 네 집 뒤뜰 담장 안에 줄을 매고, 남이 알까 모를까 은근히 매고 타는 게 도리에 당연하기 때문이다. 광한루가 멀지 않고, 또한 이곳을 말하자면, 푸른 잎과 향기 나는 풀이 꽃보다 더 좋은 때라, 꽃 같은 풀은 푸르른데, 앞내의 버들은 초록 장막을 두르고 뒷내의 버들은 버들빛 장막을 둘러, 한 가지 늘어지고 또 한 가지 펑퍼져 광풍에 겨워 흐늘흐늘 춤을 추는데, 광한루의 경치 좋은 곳에 그네를 매고 네가 뛸 때, 외씨 같은 두 발길로 흰 구름 사이에 노닐 적에 붉은 치맛자락이 펄펄, 흰 모시 속옷 가랑이 동남풍에 펄렁펄렁, 박 속 같은 네 살결이 흰구름 사이에 희뜩희뜩, 도련님이 보시고 너를 부르시니 내가 무슨 말을 한단 말이냐? 잔말 말고 건너가자."

"네 말이 당연하나 오늘이 단옷날이라, 비단 나뿐이랴. 다른 집 처자들도 여기 와서 함께 그네를 탔으니 그럴 뿐 아니라, 설혹 내 말을 했을지라도 내가 지금 매인 신분이 아니니 보통 사람을 불렀다 쫓았다 할 리도 없고, 부른다 해도 갈 리도 없다. 당초에 네가 말을 잘못 들은 것이야."

방자가 보고 듣기에 겸연쩍어 광한루로 돌아와 도련님께 여쭈니, 도련님이 그 말 듣고 말하였다.

"기특한 사람이로다. 말인즉 옳지만, 다시 가서 이리이리 말하여라."

방자 그 전갈을 가지고 춘향에게 건너가니, 그 사이에 제 집으로 돌아갔거늘, 저의 집을 찾아가니 모녀간에 마주 앉아 막 점심을 먹으려 하고 있었다. 방자가 들어가니 춘향이 말했다.

"너 왜 또 오느냐?"

"황송하구나. 도련님이 다시 전갈하시더라. '내가 너를 기생으로 안 것이 아니라, 들으니 네가 글을 잘 한다기로 청하노라. 보통 집의 처자를 불러 보기가 남의 이목에 괴이하나 꺼리지만 말고 잠깐 와 다녀가라.' 하시더라."

춘향의 너그러운 마음이 연분이 되려고 그런지 갑자기 가고 싶다고 생각했으나 모친의 뜻을 몰라 한동안 생각에 빠져 말을 않고 앉아 있었다. 그랬더니, 춘향 어미 썩 나앉아 정신 없이 말을 하였다.

"꿈이라 하는 것이 모두 허사는 아니로다. 간밤에 꿈을 꾸니 난데없는 청룡 하나가 벽도화가 주변에 피어 있는 연못에 잠겨 보이기에 무슨 좋은 일이 있을까 하였더니 우연한 일이 아니로다. 또한 들으니 사또 자제 도련님 이름이 몽룡이라 하니 꿈 '몽(夢)' 자, 용 '룡(龍)' 자 신통하게 맞추었다. 그러나 저러나 양반이 부르시는데 아니 갈 수 있겠느냐? 잠깐 다녀오너라."

춘향이가 그제야 못이기는 듯이 겨우 일어나 광한루로 건너갈 제, 대명전(大明殿) 대들보의 명매기 걸음으로, 양지 마당의 씨암탉 걸음으로, 흰 모래밭의 금자라 걸음으로, 달 같은 태도 꽃다운 용모로 천천히 건너간다. 월(越)나라 서시(西施)가 배우던 걸음걸이로 흐늘흐늘 건너온다. 도련님 난간에 절반만 기대서서 은근히 바라보니 춘향이가 건너오는데 광한루에 가까이 온지라, 도련님이 좋아라고 자세히 살펴보니 아리땁고 점잖아서 그 달 같은 태도와 꽃 같은 얼굴이 세상에 둘도 없었다. 얼굴이 말쑥하니 맑은 강에 노는 학(鶴)이 눈에 비친 달빛 같고, 흰 이와 붉은 입술이 반쯤 열리니 별도 같고 옥(玉)도 같다. 연지(臙脂)를 품은 듯 자줏빛 치마를 입은 고운 태도는 석양에 비치는 옅은 안개 같고, 푸른 치마가 반짝여서 그 무늬가 은하수 물결 같다. 연꽃이 피어나는 것 같은 걸음을 똑바로 옮겨 차분하게 누각에 올라 부끄러이 서 있거늘, 통인 불러 말했다.

"앉으라고 일러라."

춘향이 고운 태도로 단정하게 앉는 거동을 자세히 살펴보니, 금방 비가 내린 흰 썰물 푸른 물결에 목욕하고 앉은 제비가 사람을 보고 놀라는 듯, 별로 꾸민 것도 없이 자연스러운, 나라에서 제일가는 미인이라. 아름다운 얼굴을 대하니 구름 사이에 보이는 밝은 달이요, 붉은 입술 반쯤 여니 강 가운데에 핀 연꽃이로다. 신선을 내가 몰라도 신선의 세상에서 놀던 선녀가 죄를 지어 남원에 내려왔으니, 달나라 궁궐에 모이던 선녀가 벗 하나를 잃었구나. 네 얼굴, 네 태도는 세상 인물이 아니로다.

이때 춘향이 눈길을 잠깐 들어 이 도령을 살펴보니 이 시대의 호걸(豪傑)이요 이 세상의 기이한 남자라. 이마가 높으니 젊은 나이에 공명을 얻을 것이요, 이마며 턱이며 코와 양쪽 광대

> '춘향'이도 '이 도령'을 봤어. 언제 관상 보는 법을 배웠는지, 관상쟁이처럼 말해. 한마디로 말하자면 멋있는 남자. 그렇더라도 그렇다고 할 수 없지. 그래 가만히 앉아 있었어.

'이몽룡'이 먼저 말을 걸어. 그게 맞지. 성과 나이를 물었어. 같은 성끼리는 결혼하지 않는다나 어쩐다나. 얘는 만나자 마자 결혼부터 생각하네. '이성지합(二姓之合)'이란 말이 있어. 두 가지 성이 합쳐진다는 말인데, 그게 결혼이잖아. 그런데 '이몽룡'의 '이(李)'와 '성춘향'의 '성(成)'이 합쳐도 '이성지합'이네? 언어유희, 곧 말장난인데, 그걸 하늘이 정해준 것이래. '춘향'도 열여섯 살이니 둘이 동갑이구나. 거듭 말하지만 중3이야. ㅋㅋㅋ.

'이몽룡'이 좀 급했어. 하늘이 정해준 인연이니 오래도록 즐겁게 지내자고 제안하지. '춘향'이 영악해. 자기는 열녀가 될 터인데, 당신이 떠나면 난 어떡하라고? 이쯤 되면 계약서나 각서나 이런 거 한 장쯤 써야 한다는 거지. 일단 언약은 받아냈어. 얘들, 진도 빨리 나간다. '이몽룡'이 '춘향'에게 집을 물어. '방자'한테 물으래. 평소에 양반 공부를 제대로 한 게 맞아. 그래서 '방자'가 '춘향'의 집을 알려줬다. 집을 알려주는 건 오라는 말이지? 그럼 가야지. '이몽룡'이 신났다. 오늘밤에 갈게. '춘향'은 그야말로 불감청(不敢請)이나 고소원(固所願)이지. 이게 뭔 말이야? '감히 청하지는 못해도 참으로 원하던 바!'

뼈가 잘 어울리니 나랏일을 잘 돕는 충신이 될 것이라, 마음에 공경하고 사랑하여 고운 눈썹을 숙이고 무릎을 모아 단정히 앉을 뿐이로다.

이 도령이 말했다.

"옛 성현도 같은 성(姓)끼리는 혼인하지 않는다 했으니 네 성은 무엇이며 나이는 몇 살이냐?"

"성은 성가(成哥)옵고 나이는 십육 세로소이다."

이 도령 거동 보소.

"허허 그 말 반갑도다. 네 나이 들어보니 나와 동갑인 열여섯 살이라. 성씨를 들어 보니 하늘이 정한 것이 분명하다. 다른 성씨인 이씨(李氏)와 성씨(成氏)가 합쳐서 좋은 연분 만들어 평생 함께 즐겨 보자. 부모는 모두 살아 계시냐?"

"어머니만 계십니다."

"형제는 몇이나 되느냐?"

"올해 육십 세인 모친의 무남독녀(無男獨女)라, 나 하나요."

"너도 남의 집 귀한 딸이로다. 하늘이 정하신 연분으로 우리 둘이 만났으니 오래도록 즐거움을 이뤄 보자."

춘향이 거동 보소. 여덟팔자 눈썹을 찡그리며 붉은 입술 반쯤 열고 가는 목 겨우 열어 옥같이 고운 소리로 여쭈었다.

"충신은 두 임금을 섬기지 않고 열녀는 남편을 바꾸지 않는다고 옛글에 일렀으니, 도련님은 귀공자요 소녀는 천한 계집이라. 한번 정을 맡긴 뒤에 곧바로 버리시면 일편단심 이내 마음으로 독수공방 홀로 누워 우는 한(恨)은 이내 신세 내 아니면 누구일꼬? 그런 분부 마옵소서."

이 도령이 말했다.

"네 말을 들어 보니 어찌 아니 기특하랴. 우리 둘이 인연 맺을 적에 쇠나 돌 같이 굳게 약속하리라. 네 집이 어디냐?"

춘향이 여쭈었다.

"방자 불러 물으소서."

이 도령이 허허 웃었다.

"내 너더러 묻는 일이 허황하다. 방자야!"

"예."

"춘향의 집을 네 일러라."

방자 손을 넌지시 들어 가리키며 말했다.

"저기 저 건너 동산은 빽빽하고 연못은 맑디맑은데, 물고기가 바람을 일으키며 놀고, 아름다운 화초가 활짝 피어 나무마다 앉은 새는 호화로움을 자랑하고, 바위 위의 굽은 솔은 건듯 부는 맑은 바람에 늙은 용이 꿈틀대는 듯하고, 있는 듯 없는 듯 가느다란 버드나무 가지, 들쭉나무, 측백나무, 전나무며 그 가운데 은행나무는 암수를 좇아 마주 서고, 초당(草堂)의 문 앞에서 오동나무, 대추나무, 깊은 산중에 물푸레나무, 포도·다래·으름 넌출이 휘휘친친 감겨 얕은 담 밖에 우뚝 솟았는데, 소나무 정자가 대나무 숲 사이로 은은히 보이는 게 춘향의 집입니다."

도련님이 말했다.

"집이 깨끗하고 송죽(松竹)이 울창하니 여자의 절행을 알 수 있겠구나."

춘향이 일어나며 부끄러이 여쭈었다.

"세상 인심 고약하니 그만 놀고 가겠습니다."

도련님 그 말을 듣고,

"기특하다. 그럴듯한 일이로다. 오늘 밤 퇴근 명령이 나면 너의 집에 갈 것이니 괄시나 부디 마라."

하자, 춘향이 대답했다.

"나는 몰라요."

급한 사람 하나 더 있네. 딸내미를 외간 남자에게 보내놓고 조바심 안 낼 어머니가 있겠는가마는, '월매'도 어머니니까 관심이 많았던가 봐. 어쨌느냐고 물어보았지. 어쨌다 하니까 잘했다고 하네. 그럼, 그럴 만하지.

'이몽룡'은 집에 돌아와 공부방에 들어갔지. 어떻겠어? 공부가 잘 될까? 온통 '춘향'이 생각으로 빨리 해가 지기를 기다렸어. 시간이 너무 느리게 가니까 환장하겠다. 물리적 시간과 심리적 시간의 차이가 뭘까, 이런 것 고민했을까? 죄 없는 '방자'에게 화를 내기까지 해. '방자' 기분 어땠을까? '일락함지(日落咸池) 황혼 되고 월출동령(月出東嶺)하옵네다.'라고 양반 스타일로 알려 주었어. 수준 높게 비꼰 거지.

'이몽룡'은 저녁밥을 먹고 퇴근 시간이 되기를 기다렸지. 퇴근? 누구? 자기 아버지가 퇴근해야 자기가 자유로워지겠지? 시간이 안 가니까 책을 내어 읽기 시작해. 아무 책이나 내어놓고 아무 구절이나 읽어대는 거지. '사서삼경(四書三經)'부터 '천자문'까지, '통감'이나 '사략' 같은 역사책도 읽고, 당나라 시인 이백과 두보의 시도 읽고…….
그런데, 그 책을 책대로 읽는 게 아니라, 그 책의 한 구절을 읽고 '춘향'이와 관련짓거든. 교묘하게 말이야. '대학'이란 책을 읽는데 앞부분은 실제로 있는 것이고 '춘향에게 있'로 바꾼 거야. '주역'은 우주의 원리를 설명하는 책인데, 거기서 사물의 근본 원리를 설명하는 '원형이정(元亨利貞)'이란 것이 있는데, 이것을 한문식으로 읽으면 '원(元)하고 정(亨)하고 이(利)하고 정(貞)하고'처럼 읽는데, '하고'를 줄여 '코'라 할 수 있겠지. 그 '코'에 느닷없이 '춘향이 코 딱댄 코'가 나오는 거야. '사략'을 읽으면서는 '목덕(木德)'의 발음 '목떡'에서 연상한 '쑥떡'이 나오고, '방자'기 고쳐 주니까 엉뚱한 소리를 하고 있네.

"네가 모르면 되겠느냐. 잘 가거라. 오늘 밤에 서로 만나자."

누각에서 내려 건너가니 춘향 어미가 마중을 나왔다.

"애고 내 딸 다녀오느냐? 도련님이 무엇이라 하시더냐?"

"무엇이라 하긴요. 조금 앉았다가, 가겠다고 일어나니 저녁에 우리 집에 오시마고 하옵디다."

"그래 어찌 대답하였느냐."

"모른다 하였지요."

"잘하였다."

이때 도련님이 춘향을 서둘러 보낸 후에 잊을 수가 없어 공부방에 돌아와도 만사에 뜻이 없고 다만 생각이 춘향이라. 말소리는 귀에 쟁쟁하고, 고운 태도는 눈에 삼삼하다.

해 지기를 기다리다, 방자를 불렀다.

"해가 어느 때나 되었느냐?"

"동에서 아귀 트나이다."

도련님이 크게 화를 내었다.

"이놈 괘씸한 놈, 서쪽으로 지는 해가 동쪽으로 도로 가랴. 다시금 살펴보라."

이윽고 방자 여쭈오되,

"해가 함지(咸池)에 져서 황혼이 되고 달이 동쪽 고개 위로 떠오릅니다."

저녁밥이 맛이 없어, 전전반측(輾轉反側)하니 어이하리.

"퇴근 명령을 기다려라."

하고 서책을 보려 할 때, 책상을 앞에 놓고 서책을 자세히 살피는데, 중용, 대학, 논어, 맹자, 시전, 서전, 주역이며 고문진보, 통·사략과 이백과 두보의 시, 천자문까지 내어 놓고 글을 읽는데,

"시전이라, 관관 우는 징경이는 물가에 있도다. 아리따운 숙녀는 군자의 좋은 짝이로다. 아서라, 그 글도 못 읽겠다."

대학을 읽을새,

"대학의 도(道)는 밝은 덕을 밝히는 데 있으며 백성을 새롭게 함에 있으며 춘향에게 있도다. 그 글도 못 읽겠다."

주역을 읽는데,

"원(元)은 형(亨)코 정(貞)코 춘향이 코 딱 댄 코 좋고 하니라. 그 글도 못 읽겠다."

등왕각서라.

"남창은 옛 고을이요, 홍도는 새 고을이로다. 옳다. 그 글 되었다."

맹자를 읽을새,

"맹자가 양나라 혜왕을 만나셨는데, 왕이 말하기를, 어르신께서 천 리를 멀다 않으시고 오셨으니, 춘향이 보시러 오시니까?"

사략을 읽는데,

"태고라 천황씨는 쑥떡으로 섭제라는 별에서 왕이 되어 다스리니, 가만히 있어도 백성들이 감화를 받아 형제 11인이 각 일만 팔천 세를 누렸다."

방자가 여쭈었다.

"여보, 도련님, 천황씨가 목덕(木德)으로 왕이란 말은 들었으되 쑥떡으로 왕이란 말은 금시초문이오."

"이 자식, 네 모른다. 천황씨는 일만 팔천 세를 살던 양반이라 이가 단단하여 목떡을 잘 자셨거니와 시속 선비들은 목떡을 먹겠느냐? 공자님께옵서 후생을 생각하사 명륜당에 현몽하고 시속 선비들은 이가 부족하여 목떡을 못 먹기로 물씬물씬한 쑥떡으로 하라 하여 삼백육십 주 향교에 문서를 돌리고 쑥떡으로 고쳤느니라."

방자 듣다가 말했다.

"여보, 하느님이 들으시면 깜짝 놀라실 거짓말도 듣겠습니다."

또 적벽부를 들여 놓고,

"임술년 가을 7월 16일에 소자(蘇子)가 손님과 더불어 배를 띄워 적벽의 아래에서 노는데 청풍은 서서히 불고 물결은 일지 않더라. 아서라, 그 글도 못 읽겠다."

천자를 읽을새,

"하늘 천 따 지."

방자 듣고 물었다.

"여보 도련님, 점잖지 않게 천자는 웬일이오?"

"천자라 하는 글이 칠서(七書)의 바탕이 되는 글이라. 양(梁)나라 사봉(捨奉)을 지낸 주흥사(周興嗣)가 하룻밤에 이 글을 짓고 머리가 희였기로 책 이름이 백수문(白首文)이라. 낱낱이 새겨보면 뼈똥 쌀 일이 많으니라."

"소인 놈도 천자 속은 아옵니다."

"네가 알더란 말이냐?"

"알다 뿐이겠소."

"안다 하니 읽어 봐라."

"예 들으시오. 높고 높은 하늘 천, 깊고 깊은 땅 지, 화화 친 친 감을 현, 불타졌다 눌을 황."

"예 이놈, 상놈이 확실하다. 이놈, 어디서 장타령하는 놈의 말을 들었구나. 내 읽을 테니 들어 보아라.

"하늘이 자시(子時)에 열려 하늘을 나으니 태극이 광대(廣大)한 하늘 천(天),

땅이 축시(丑時)에 열리니 오행과 팔괘로 땅 지(地),

이젠 '천자문'까지 읽어내는구나. '천자문'은 한문 공부의 가장 기초적인 글이야. 말 그대로 한자 1000자로 만들어진 글. 이걸 읽겠다는데, 그냥 읽는 게 아니라 이른바 '천자 뒤풀이'라는 걸 하네. 이렇게 생각하는 게 좋겠다. '천자문'의 글자 하나하나를 운(rhyme)이라 하고 그 라임에 맞추어 앞부분을 채워 넣은 거라 생각하면 좀 더 쉽게 본질에 다가갈 수 있겠다. 그런데 이 '천자 뒤풀이'는 '이몽룡'과 '춘향'의 사랑 이야기와 아무런 관계가 없을 수도 있잖아. 이게 없어도 이야기의 전개에 아무런 제약도 없는 것이란 말이지. '춘향 입과 내 입을 한데다 대고 쪽쪽 빠니 법 여(呂)'라 한 것은 '춘향전'과 연관이 있어 보이네. 둘이 키스를 하는 건데, 눈치를 못 챘다면... 입 구(口)자가 붙어 있는데, 그걸 몰라? 그런데 이 정도는 앞에서 다른 책 읽을 때의 그것과 비슷한 것이잖아. 이 부분은 억지로 읽지 않아도 될 것 같아. 읽어도 별 재미 없으니까.

삼십삼천이 비고 또 비니 사람 마음이 가리키는 검을 현(玄),

이십팔수(二十八宿), 금목수화(金木水火) 토(土)의 정색(正色) 누를 황(黃),

우주(宇宙)의 일월(日月)이 거듭 빛나니 옥황상제의 집이 높고 높아 집 우(宇),

해마다 나라가 흥하고 성하고 쇠하니 옛날은 가고 지금은 오니 집 주(宙),

우(禹)임금이 홍수를 다스리고, 기자(箕子)가 넓힌 홍범구주(洪範九疇) 넓을 홍(洪),

고대의 삼황오제(三皇五帝)가 돌아가신 후 난리를 일으키고 도둑질하는 신하들이 거칠 황(荒),

동방이 장차 밝아오기로 빛나는 하늘가에 붉은 해가 번듯 솟아 날 일(日),

수많은 백성이 부르는 격양가에 강구연월(康衢煙月)의 달 월(月),

차가운 초승달이 나날이 불어나 보름날 밤에 찰 영(盈),

세상의 온갖 일 생각하니 달빛과 같은지라 보름날 밤 밝은 달이 다음날부터 기울 측(昃),

스물여덟 별자리 하도낙서(河圖洛書) 벌인 법(法) 일월성신(日月星辰) 별 진(辰),

가엾게도 오늘밤엔 기생의 집에서 자는구나 원앙금침(鴛鴦衾枕)에 잘 숙(宿),

절대가인(絶代佳人)의 좋은 풍류 춘추(春秋)로 나열(羅列)하여 벌일 열(列),

어렴풋한 달빛의 한밤중에 온갖 정과 회포를 베풀 장(張),

오늘 찬바람이이 쓸쓸하게 불어오니 침실에 들어라 찰 한(寒),

베개가 높거든 내 팔을 베어라 이만큼 오너라 올 래(來),

확 채어 질끈 안고 임의 다리에 들어가니 눈보라에도 더울 서(暑),

침실이 덥거든 서늘한 바람을 취하여 이리저리 갈 왕(往),

춥지도 덥지도 않은 때가 어느 때냐 오동잎 지는 가을 추(秋),

백발이 장차 우거지니 젊을 때 풍채와 태도를 거둘 수(收),

잎 지고 찬바람 부니 흰 눈 덮인 강산에 겨울 동(冬),

자나 깨나 잊지 못할 우리 사랑 규중심처(閨中深處)에 갈물 장(藏),

연꽃이 지난밤의 가랑비에 윤이 반짝이는 모습 불을 윤(潤),

이러한 고운 태도 평생을 보고도 남을 여(餘),

평생의 기약 깊은 맹세 만경창파(萬頃蒼波) 이룰 성(成),

이리저리 노닐 적에 세월(歲月) 몰라 해 세(歲),

가난할 때의 아내는 내쫓지 못해, 아내 박대 못 하나니 대전통편(大典通編) 법 률(律),

군자(君子)의 좋은 짝 아니냐, 춘향 입과 내 입을 한데다 대고 쪽쪽 빠니 법 여(呂) 자(字)가 이 아니냐.

애고애고 보고지고."

소리를 크게 질러 놓으니, 이때 사또가 저녁 진지를 잡수시고 식곤증(食困症)이 나셔서 평상(平床)에 취침하시다가, '애고애고 보고지고.' 소리에 깜짝 놀라,

"이리 오너라."

하였다.

"예!"

"책방에서 누가 생침을 맞느냐, 아픈 다리를 주물렀느냐? 알아보고 오너라."

원래 재미있는 일을 하면 소리가 커지는 법이지. '이몽룡'이 '천자 뒤풀이'를 재미있게 하다 보니 자기 아버지한테도 그 소리가 들렸나 봐. 무슨 일인지 알아보라 했겠지. 통인이 와서 무슨 일이냐 물으니 자기 아버지 귀가 밝다고 험담을 해. '이몽룡'이 정말 그런 말을 할까? 아니나 다를까 서술자가 개입해서 그럴 리가 없다고 하네. 아니, 충분히 그랬을 것 같애. '이몽룡'이 거짓말을 하거든. '논어'의 어떤 구절을 읽다가 흥이 나서 그랬다고.

통인이 들어가 물었다.

"도련님, 웬 목통이오? 고함소리에 사또께서 놀라시어 알아보라 하오시니 어찌 아뢰리까?"

"딱한 일이다. 남의 집 늙은이는 귀 어두운 병도 있느니라마는 귀 너무 밝은 것도 예삿일 아니로구나."

그러한다 하지마는 그럴 리가 왜 있을까?

도련님 크게 놀라,

"이대로 여쭈어라. 내가 『논어(論語)』라는 글을 보다가, '슬프다, 내가 늙은 지 오래라 꿈에 주공을 뵙지 못하였다.'라는 대목을 보다가 나도 주공을 보면 그리하여 볼까 하여 흥취로 소리가 높아졌으니, 너 그대로만 여쭈어라."

통인이 들어가 그대로 여쭈니 사또는 도련님께 승부욕이 있음을 크게 기꺼워하였다.

"이리 오너라! 책방에 가서 목(睦) 낭청(郎廳)을 가만히 오시래라."

낭청이 들어오는데, 이 양반이 어찌 고리게 생기었던지 재빠른 걸음으로 근심이 담쑥 들어 있었다.

"사또 그새 심심하시지요?"

"아, 거기 앉으시오. 할 말이 있네. 우리 피차 옛 친구로서 동문수학하였거니와, 어릴 때 글 읽기처럼 싫은 것이 없건마는 우리 아이 시흥(詩興)을 보니 어이 아니 즐겁겠는가?"

이 양반은 아는지 모르는지 대답하였다.

"아이 때 글 읽기처럼 싫은 게 어디 있으리오."

"읽기가 싫으면 잠도 오고 꾀가 많아지지. 이 아이는 글 읽기를 시작하면 밤낮을 가리지 않고 읽고 쓰고 하지?"

"예, 그럽디다."

"배운 바 없어도 쓰는 재주가 뛰어나지?"

거짓말을 듣고 은근히 기분 좋아하는 '이몽룡'의 아버지를 보니 기분이 어때? 아버지를 기쁘게 해 드리기 위해 때론 거짓말도 필요하다. 맞아. 그럴 수 있어. 그런데 아버지가 자식의 거짓말을 참말로 믿고 기분 좋아하는 것에서 머물면 다행인데, 남에게 자랑한다거나 SNS에 올린다거나 하면 망신당할 수도 있어. '이몽룡'의 아버지가 그래. '목'이란 성의 '낭청'이란 벼슬아치를 불러서 자랑을 했나 봐. 그랬더니 '목 낭청'은 이상한 말만 자꾸 해대. 심지어는 언어유희까지 가 버리네. '정승'과 '장승'의 발음이 비슷한 것을 이용한 말장난. 설마 그렇게까지야 했겠느냐고 서술자가 개입하고 있는데, 드러내놓고 그렇게까지야 안 해도 속으로는 아니 꼬와했을 가능성은 있어. 왜냐고? 다들 안 그래? 잘난 척하는 꼴 보면 신나? 화나지!

"그렇지요."

"점 하나만 툭 찍어도 높은 봉우리에서 돌을 던지는 것 같고, 한 일(一)을 그어 놓으면 천 리에 구름이 깔린 것이요, 갓머리[宀]는 전쟁터에서 베고 자르는 그림이요, 필법을 논한다면 무너지고 물결 일고 번개 치며 내달리는 것이요, 내리 그어 채는 획[丨]은 늙은 소나무가 절벽에 거꾸로 걸린 것이라. 창 과(戈)로 이를진댄 마른 등(藤) 넝쿨같이 뻗어갔고, 도로 채는 데는 성난 큰 활의 끝 같고 기운이 부족하면 발길로 툭 차 올려도 획은 획대로 되나니."

"글씨를 가만히 보면 획은 획대로 되옵디다."

"글쎄 들어 보게. 저 아이 아홉 살 먹었을 때 서울 집 뜰에 늙은 매화가 있어서 그 매화나무를 두고 글을 지으라 하였더니, 잠시 지었으되 정성 들여 새로운 내용을 찾으려는 것과 옛글에서 뛰어난 형식을 찾아 쓰려는 것이 서로 비슷하였다. 한 번 본 것은 단숨에 기억하니, 조정(朝廷)의 당당한 명사가 될 것이야. 이리저리 돌아보면서 나이가 들수록 나날이 훌륭해지겠지."

"장래 정승을 하오리다."

사또가 너무 감격하였다.

"정승이야 어찌 바라겠나마는, 내 생전에 과거 급제는 쉬하겠지마는, 급제만 쉽게 하면 육품 벼슬이야 어련히 지내겠지."

"아니오, 그리 할 말씀이 아니라 정승을 못하면 길가에 서 있는 장승이라도 되지요."

사또가 호령하였다.

"자네 뉘 말로 알고 대답을 그리 하는가?"

"대답은 하였사오나 뉘 말인지는 몰라요."

그런다고 하였으되 그게 또 다 거짓말이었다.

이때 이 도령은 퇴근 명령 내리기를 기다리다가, 방자를 불렀다.

"방자야!"

"예!"

"퇴령 놓았나 보아라."

"아직 아니 놓았소."

조금 있다가,

"하인 불러라."

그때 퇴근 명령 소리 길게 났다.

"좋다. 좋다. 옳다. 옳다. 방자야 등롱에 불 밝혀라."

통인 하나 뒤를 따라 춘향의 집으로 건너 갈 때, 자취 없이 가만가만 걸으면서,

"방자야, 상방(上房)에 불 비친다. 등롱을 옆으로 감춰라!"

삼문 밖에 썩 나서니 좁은 길 사이에는 월색이 영롱하였다.

"꽃 사이에 푸른 버들 몇 번이나 꺾었으며, 닭싸움 붙이며 놀던 젊은 아이들은 밤에 청루(靑樓)에 들어갔으니 지체 말고 어서 가자."

그럭저럭 당도하니, 애달프게도 이 밤은 고요하고 적적한데, 이것이야말로 좋은 때의 상황이 아니겠는가? 가소롭구나, 어부는 무릉도원(武陵桃源) 가는 길을 몰랐던가. 춘향의 집 문 앞에 도착하니, 사람이 없어 고요하고 밤은 깊은데 달빛은 한밤중이었다. 물고기는 뛰었다 잠겼다 하고, 대접 같은 금붕어는 임을 보고 반기는 듯, 달 아래 두루미는 흥에 겨워 짝을 부른다.

이때 춘향이 일곱 줄 거문고를 비스듬히 안고 좋은 시대를 노래한 남풍시(南風詩)를 읊조리다가 잠자리에서 졸더니, 방자

드디어 퇴근 시간이 되었어. 이제 '이몽룡'이 작전을 개시할 시간이지. '춘향'의 집을 찾아갔지. 이때 '춘향'은 시를 읊조리다가 잠깐 졸았나 봐. '방자'가 깨웠지. '춘향'은 제 어머니한테 가서 도움을 청하지. 부끄러워 그랬다고 했네. 그럴 테지. 그게 정상이지. '월매'는 '향단'에게 손님 맞을 준비를 시키네.

가 안으로 들어가는데, 개가 짖을까 염려하여 자취 없이 가만가만 춘향 방의 창문 밑에 가만히 살짝 들어가서 춘향을 불렀다.

"이애 춘향아, 잠들었냐?"

춘향이 깜짝 놀랐다.

"네 어찌 왔느냐?"

"도련님이 와 계시다."

춘향이가 이 말을 듣고 가슴이 울렁울렁 속이 답답하여 부끄럼을 못 이기어 문을 열고 나오더니, 건넌방에 건너가서 저의 모친을 깨웠다.

"애고 어머니, 무슨 잠을 이렇게 깊이 주무시오?"

춘향의 모가 잠을 깼다.

"아가, 무엇을 달라고 부르느냐?"

"누가 무엇을 달랬소?"

"그러면 어째서 불렀느냐?"

엉겁결에 춘향이 말했다.

"도련님이 방자 뫼시고 오셨다오."

춘향의 모친이 문을 열고 방자를 불러 물었다.

"누가 왔냐?"

방자가 대답했다.

"사또 자제 도련님이 와 계시오."

춘향의 모 그 말을 듣고 향단을 불렀다.

"향단아!"

"네."

"뒤 초당에 좌석과 등불을 잘 살펴 펼쳐라."

당부하고 춘향 어미가 나오는데, 세상 사람들이 다 춘향 어미를 칭송하더니 과연 그럴 만했다. 예로부터 사람이 외가 쪽을 많이 닮으니까 춘향 같은 딸을 낳았구나. 춘향 어미가 나오

'이몽룡'이 '월매'를 만났어. '월매'가 멋진 여자로 소문이 났는데, 정말 그렇게 보인다고 했네. 둘의 대화가 좀 이상하지? '이몽룡'은 낮춤말을 쓰고 '월매'는 높임말을 쓰고 있어. 상대높임법보다 더 중요한 게 뭔지 드러나는 시점이야. 신분 문제, 계층 문제, 이런 것. 나이가 아무리 많아도 신분이 낮으면 높임말을 써야 했어.

는데 거동을 살펴보니, 머리가 희끗희끗한 나이인데 소탈한 모양이며 단정한 모양이 두드러지고 살결이 통통하여 복이 많게 보였다. 쑥스럽고 점잖게 신발을 끌고 나오는데, 가만가만 방자가 뒤를 따라온다.

이때 도련님이 천천히 거닐며 힐끗힐끗 돌아보고 열없게 서 있을 때 방자가 나와서 여쭈었다.

"저기 오는 게 춘향 어미로소이다."

춘향의 어미가 나오더니 두 손을 마주잡고 우뚝 섰다.

"그 사이 도련님 문안이 어떠시오?"

도련님 반만 웃었다.

"춘향의 모친이라지? 평안한가?"

"예 겨우 지냅니다. 오실 줄 좀더 일찍이 몰라 영접이 느렸습니다."

"그럴 리가 있나?"

춘향 어미 앞을 서서 인도하여 대문 중문 다 지나고 뒤뜰을 돌아가니, 오래된 별당에 등롱을 밝혔는데, 버들가지 늘어져 불빛을 가린 모양이 구슬발[珠簾]이 갈고랑이에 걸린 듯하고, 오른쪽의 벽오동은 맑은 이슬이 뚝뚝 떨어져 학의 꿈을 놀라게 하는 듯하고, 왼쪽에 서 있는 납작하게 자란 소나무는 맑은 바람이 건듯 불면 늙은 용이 꿈틀거리는 듯하며, 창 앞에 심은 파초는 햇살이 따뜻하게 비치어 봉의 꼬리처럼 긴 속잎이 빼어나고, 물 가운데에는 구슬 같은 어린 연꽃이 물 밖에 겨우 떠서 옥 같은 이슬을 받쳐 있고, 대접 같은 금붕어는 고기가 변해 용 되려고 때때마다 물결쳐서 출렁 텀벙 굼실 놀 때마다 마음대로 하고, 새로 나는 연잎은 받을 듯이 벌어지고, 높이 솟은 세 봉우리처럼 돌로 만든 가짜 산은 층층이 쌓였는데, 섬돌 아래 학두루미는 사람을 보고 놀라 두 날갯죽지를 떡 벌리

'월매'가 '이몽룡'을 모시고(?) 자기 딸 '춘향'의 거처로 가는구나. 뒤뜰에 있는 별당에서 지내나 봐. 그곳의 주변 환경을 온갖 자연물을 동원하여 비유하고 묘사하고 있네. 유사한 구절이 반복되고 매우 감각적으로 표현해서 현실감이나 현장감마저 들게 하는구나.

고 긴 다리로 징검징검 끼룩 뚜루룩 소리하며, 계수나무 꽃 밑에 삽살개가 짖는구나. 그중에 반가운 것, 못 가운데 쌍오리는 손님 오신다고 둥덩실 떠서 기다리는 모양이다.

처마에 다다르니 그제야 저의 모친의 영을 받들어 비단 바른 창문을 반쯤 열고 나오는데, 그 모양을 살펴보니 뚜렷한 수레바퀴 같은 밝은 달이 구름 밖에 솟은 듯 황홀한 그 모양은 헤아리기 어렵구나. 부끄러이 마루에 내려 천연스레 서 있는 거동은 사람의 애간장을 다 녹인다.

도련님 반만 웃고 춘향더러 물었다.

"피곤하지 아니하고 밥이나 잘 먹느냐?"

춘향이 부끄러워 대답지 못하고 묵묵히 서 있거늘, 춘향 어미가 먼저 초당에 올라 도련님을 자리로 모신 후에 차를 들여 권하고 담배 붙여 올리니, 도련님 받아 물고 앉았을 때, 도련님 춘향의 집 오실 때는 춘향에게 뜻이 있어 와 계시지, 춘향의 살림살이 물건 구경 온 게 아니로되, 도련님의 첫 바깥출입인지라 밖에서는 무슨 말이 있을 듯하더니, 들어가 앉고 보니 별로 할 말이 없고 공연히 기침이 나오려 하고 몸이 덜덜 떨리게 되면서 아무리 생각하여 보아도 할 말이 없었다.

방 한가운데를 둘러보며 벽 위를 살펴보니 온갖 물건들이 놓여 있다. 용을 새긴 장롱, 봉을 새긴 장롱, 서랍 달린 궤짝 여기저기 벌여 있고, 그림 몇 장도 붙어 있지만, 서방 없는 춘향이요, 공부하는 계집아이가 살림살이 물건과 그림이 왜 있을까마는 춘향 어미가 유명한 기생이라 그 딸을 주려고 장만한 것이었다. 조선의 유명한 명필의 글씨가 붙어 있고, 그 사이에 붙은 이름난 그림 다 내팽개쳐 던져두고 월선도(月仙圖)란 그림이 붙었으되, 월선도는 제목처럼 이런 내용이었다.

옥황상제가 높이 앉아 여러 신하의 인사를 받는 그림, 청련

이제 '춘향'이 '이몽룡'을 만나는구나. 그런데 얘들이 서로가 좀 부끄러운가 보다. '월매'가 권하는 담배를 물고 앉아 있는데, 말이 안 나와. 첫 바깥출입이라서 그런다고 하네. 헛기침이 나오려 하고 몸도 덜덜 떨린대.

그러면서, 멋쩍어서, 겸연쩍어서, 앉아 있는데, '이몽룡'의 눈에 띈 건 '춘향'의 방 안 모습이야. 가구가 몇 점 있고, 그림이나 글씨도 몇 점 있는데, '춘향'은 기생이 아니라 공부하는 아이랬으니 공부방인 셈인데, 이게 뭔 난리? 그래, 이거, 딸내미에게 주려고 어머니가 장만해 준 것이지. 어머니는 전직이 기생이었으니 보고 들은 게 무서운 거야.

거사 이태백이 황학전(黃鶴殿)에 꿇어앉아 도교 경전 황정경(黃庭經)을 읽던 그림, 백옥루(白玉樓) 지은 후에 장길(長吉)을 불러 올려 상량문(上樑文) 짓던 그림, 칠월 칠석 오작교에서 견우 직녀 만나는 그림, 광한전 달 밝은 밤에 약을 찧던 항아(姮娥)의 그림, 층층이 붙였으되 광채가 찬란하여 정신이 어지러웠다.

또 한 곳을 바라보니, 부춘산 엄자릉(嚴子陵)은 간의대부(諫議大夫) 마다하고 갈매기를 벗을 삼고 원숭이와 학으로 이웃삼아 양가죽 옷 떨쳐입고 가을에 동강(桐江)가 칠리탄(七里灘)에 낚싯줄 던진 경치를 뚜렷이 그려 놓았다. 바야흐로 신선이 사는 곳의 경치라 이를 만하니, 군자가 좋은 짝과 놀 곳이로구나.

춘향이 일편단심으로 한 남편을 따르려 하고 글 한 수를 지어 책상 위에 붙였으되,

운치(韻致) 띠워 봄에 대나무를 날리고,
향불 피워 밤에 책을 읽는다.

"기특하다. 이 글 뜻은 효녀로 유명한 목란(木蘭)의 절개로다."

이렇듯 칭찬할 때 춘향 어미가 말했다.

"귀중하신 도련님이 누추한 곳에 욕됨을 무릅쓰고 와 주시니 황공하고 감격하옵니다."

도련님 그 말 한 마디에 말구멍이 열렸다.

"그럴 리가 왜 있는가? 우연히 광한루에서 춘향을 잠깐 보고 애틋하게 보냈기로 꽃을 찾는 벌나비의 취한 마음으로 오늘 밤에 오는 뜻은 춘향의 모를 보러 왔거니와 자네 딸 춘향이와 백년언약을 맺고자 하니 자네의 마음 어떠한가?"

벽에 붙여 놓은 그림 중에서 '월선도'라는 제목의 그림이 특별했나 봐. '월선'은 '달에 사는 신선'이란 뜻인데 그들을 그려 놓은 그림이지. 당연히 전설의 주인공이지. 실존 인물도 있는데, 이태백(李太白)하고 이하(李賀). '장길(長吉)'이라 한 게 이하야. 그 사람의 이름 대신 부르는 다른 이름이지. 그들은 요샛말로 하면 레전드(legend)야. 글을 워낙 잘 지으니까 신선과 동격으로 여겼지. 엄자릉(嚴子陵)은 자연에서 신선처럼 살았던 사람이야. 이런 그림이 특별하다고 한 것은 '춘향전'에 신선 사상, 확대하면 도교 사상이 담겼다고 할 근거가 되기도 해. 신선놀음이란 게 양반 사대부들의 로망(roman)이었나 봐. '춘향'이 지은 글도 한 수 책상 위에 붙여 놓았나 보네. 공부방이니 '과거 급제하여 부모 사랑 나라 사랑', 'Go! SKY!' 이런 거라고? 아니야. 일편단심(一片丹心)으로 남편을 따르려는 뜻으로 쓴 거라네. 운치 어쩌구 향불 저쩌구. 이걸 '몽룡'은 효녀로 이름난 '목란'이란 여자를 끌어들여 해석하는구나.

이럴 때 어른이 필요한 거지. '월매'가 말문을 틔워 줘. 우리의 '이몽룡', 단도직입(單刀直入)에 쇠뿔도 단 김에 빼자고, '춘향이와 백년언약'을 맺자고 예비 장모님께 제안하네. 결혼하겠다는 말이지. 따지지도 묻지도 않고 말이야. '월매'는 알아. '백년'이 아니라 '잠시'인 줄을. 그게 상식이거든. 그녀는 '춘향전'을 안 읽어봐서 모르는 게 당연하지. 뒤에 벌어질 일을 몰라서 그럴 거라고 서술자가 알려주네. 그래도 모르니까, '춘향'의 아버지가 '성 참판'이라는, 꽤 괜찮은 씨라는 걸 강조하면서 딸 자랑을 하는구나.

알고 보면 '월매'는 확실히 산전수전(山戰水戰) 다 겪은 고수야. '이몽룡'의 약점을 파고 들어가서 한 방 먹이네. 암만 그래도 넌 재미나 보다가 재미없으면 떠날 거잖아, 이거지. 급한 건 '이몽룡'이야. 최선을 다해 방어를 해. 걱정 마시라. 바다 같은 깊은 마음으로 '춘향'을 사랑하겠노라 다짐하노라. 이렇게. 그래 '월매'는 이 정도면 됐다, 그 꿈이 이루어지겠지, 하고 허락해. 어디까지? 담뱃불은 직접 붙여 줬고, 술? 입술 서로 맞닿기? 그 이상?

춘향의 모가 여쭈었다.

"말씀은 황송하오나 들어보오. 자하골 성 참판 영감이 조정에 들어가기 전에 임시로 남원에 자리 잡으셨을 때 솔개를 매로 보고 수청을 들라 하옵기로 관장(官長)의 명령을 못 어기어 모신 지 석 달 만에 올라가신 후로 뜻밖에 잉태하여 낳은 게 저것이라. 그런 연유로 성 참판께 아뢰니 '젖줄 떨어지면 데려가련다.' 하시더니, 그 양반이 불행하여 세상을 버리시니 보내지 못하옵고 저것을 길러 낼 때, 어려서 잔병조차 그리 많고 일곱 살에 『소학』 읽혀 몸을 닦고 집안을 가지런히 하며, 온화하고 순한 마음 가지기를 낱낱이 가르치니, 씨가 있는 자식이라 온갖 일을 통달하고 삼강(三綱)을 따르는 행실 뉘라서 내 딸이라 하리오. 살림이 부족하니 재상(宰相) 집안에는 부당하고 선비와 서민이 아래위로 다 미치지 못하니 혼인이 늦어져서 밤낮으로 걱정이나, 도련님 말씀은 잠시 춘향과 백년 기약한다는 말씀이오나 그런 말씀 마시고 놀다가 가십시오."

이 말이 참말 아니라 이 도령님 춘향을 얻는다 하니 다가올 앞일을 몰라 뒤를 짐작하여 하는 말이었다.

이 도령은 기가 막혔다.

"좋은 일에는 장애가 많다네. 춘향도 미혼이나 나도 장가들기 전이라 피차 언약이 이러하고 육례(六禮)는 못할망정 양반의 자식이 일구이언을 할 리 있겠나?"

춘향의 모가 이 말을 듣고 말했다.

"또 내 말 들으시오. 옛날 글에 하였으되, '신하를 아는 것은 임금만 한 이 없고, 아들을 아는 것은 아비만 한 이 없다.' 라고 하니, 딸을 아는 것은 어미 아닌가요? 내 딸 속마음은 내가 알지요. 어려서부터 깨끗하고 곧은 뜻이 있어 행여 신세를 그르칠까 의심이요, 한 남편만 섬기려 하고 일마다 하는 행실이 철석같이 굳은 뜻이 푸른 소나무와 대나무, 전나무가 사계절을 다투는 듯 상전벽해 될지라도 내 딸 마음 변할쏜가? 금은이나 고급 비단이 언덕이나 산같이 쌓여 있을지라도 받지 아니할 것이요, 백옥 같은 내 딸 마음 맑은 바람인들 미치리오? 다만 옛 뜻을 본받고자 할 뿐인데 도련님은 욕심 부려 인연을 맺었다가 장가들기 전 도련님이 부모 몰래 깊은 사랑 금석(金石)같이 맺었다가 소문이 두려워 버리시면 옥결 같은 내 딸 신세가 무늬 좋은 거북 껍데기, 진주(眞珠) 고운 구슬이 꿰는 구멍 깨어진 듯, 맑은 강에 놀던 원앙새가 짝 하나를 잃었다 한들 어이 내 딸 같을쏜가? 도련님의 속마음이 말과 같을진댄 깊이 헤아려 행하소서."

도련님 더욱 답답하였다.

"그건 두 번 다시 염려 마소. 내 마음 헤아리니 특별히 간절하고 굳은 마음이 가슴속에 가득하니, 분수에 맞는 의리는 다를망정 저와 나와 평생 기약을 맺을 때에 전안(奠雁)이나 납폐(納幣) 같은 혼인 절차는 거치지 않았지만 바다같이 깊은 마음 춘향 사정 모를쏜가?"

이렇듯 말하니, 청실홍실 육례를 갖춰 만난다 해도 이 위에 더 뾰족할까?

"내 저를 첫 아내같이 여길 터이니 부모 계신다고 염려 말고 장가들기 전이라고 염려 마오. 대장부 먹은 마음으로 푸대접하는 행실 있겠는가? 허락만 하여 주오."

춘향의 어미가 이 말을 듣고 이윽히 앉았더니 꿈에 나타난 징조가 있는지라 연분인 줄 짐작하고 기쁘게 허락하였다.

"암컷인 봉(鳳)이 나매 수컷인 황(凰)이 나고, 장군 나자 용마 나고 남원에 춘향이 나매 자두꽃이 봄바람에 꽃답구나. 향단아, 술상 준비하였느냐?"

사실 말로야 무엇이든 못해. 나중에 증거 대 봐, 하면? 그래? 녹음해 놓은 건 모르나 봐. '월매'든 '춘향'이든 이럴 형편은 아니었지. 그래서 말인데, 다른 이본(異本), '춘향전'은 100가지도 넘는 이본이 있는데, 이본은 '버전(version)'이야. 그 중에는 정말로 불망기(不忘記) 같은, 잊지 않겠노라는 문서를 써 주는 것도 있어.
그나마 언약(言約)은 받아냈으니까, 술상을 준비하는구나. '월매'의 말 중에 '자두꽃'이라는 말은 한자어로 '이화(李花)'인데, '이몽룡'의 성 '이(李)'가 '자두'야. '오얏'이라 하는데, 그건 옛말이자 사투리.

이쯤에서 우리가 읽고 있는 '춘향전'의 색깔이 확 드러나네. 이건 판소리로 불렸던 사설을 독서물로 바꾸어 놓은 것이라 생각하면 돼. 그래서 판소리의 특징이 막 드러나. 앞에서 '천자 뒤풀이'처럼 길어졌다 짧아졌다 맘대로 해.
'이몽룡'을 위해 준비하는 술상을 보렴. 안주, 술병, 술. 엄청나게 벌여놨어. 이걸 줄이면 어떻게 될까? 온갖 안주, 온갖 술병, 온갖 술. 늘이면 어떻게 돼? 예컨대 이런 안주를 더 보태면 되겠네. 피자, 스파게티, 스테이크, 바나나, 자몽, 오렌지……

"예."

대답하고 술과 안주를 차릴 적에, 여러 안주를 보자 하니 괸 모양도 정결하다. 큰 양푼에 소갈비찜, 작은 양푼에 돼지고기찜, 풀풀 뛰는 숭어찜, 포도동 나는 메추리 탕에, 동래와 울산의 큰 전복, 거북 껍데기로 꾸민 장도 잘 드는 칼로 맹상군(孟嘗君)의 눈썹처럼 어슥비슥 오려 놓고 염통 산적, 소의 위장 양 볶음과 봄철의 꿩이 스스로 운다는 산 꿩의 다리를 적벽에서 만든 대접과 분원(分院)에서 만든 그릇에 냉면으로 비벼 놓고, 생밤, 익힌 밤, 잣송이며, 호두, 대추, 석류, 유자, 말린 감, 앵두, 국그릇 같은 푸른 배를 볼품 있게 괴었다.

술병 차림새를 보면, 티끌 없는 백옥병과 푸른 바닷물에 산호병과 금정에 잎 지는 오동병과 목이 긴 황새병, 자라병, 중국 그림 그린 당화병, 금가루로 꾸민 쇄금병, 소상강 동정호의 죽절병, 그 가운데 고급 은으로 만든 주전자, 붉은 구리로 만든 주전자, 금가루로 꾸민 주전자 등을 차례로 놓았는데 빠짐없이 구비하여 놓았구나.

술 이름을 이를진대, 이태백(李太白)의 포도주와, 안기생(安期生)의 이슬 받아 만든 술, 산속에 사는 선비의 솔잎술과, 과하주(過夏酒), 방문주(方文酒), 천일주, 백일주, 금로주(金露酒), 팔팔 뛰는 소주, 약주(藥酒), 그 가운데 향기로운 연잎술 골라 내어 알 모양의 주전자에 가득 부어 청동화로 숯불에, 찬물 끓는 냄비의 가운데, 동그란 주전자에 둘러 차갑지도 뜨겁지도 않게 데워내어 금으로 만든 잔, 옥으로 만든 잔, 앵무새 모양의 잔을 그 가운데 띄웠으니, 옥황상제의 궁궐에 연꽃 피는 곳에 태을선녀(太乙仙女)가 연잎 배를 띄우듯, 가장 높은 벼슬인 대광보국 영의정이 파초선을 띄우듯 둥덩실 띄워 놓고 권주가 한 곡조에 한 잔 한 잔 또 한 잔이라.

이 도령이 말했다.

"오늘밤에 하는 절차 보니 관청이 아닌 바에 어이 그렇게 구비했는가?"

춘향 어미가 여쭈었다.

"내 딸 춘향을 요조숙녀로 곱게 길러 좋은 짝 군자를 가려서 거문고와 비파를 벗하여 평생을 함께 즐길 때에, 사랑에 노는 손님 영웅호걸, 문장가들과 죽마고우 벗님네들과 주야로 즐기실 때, 내당의 하인 불러 밥상 술상 재촉할 때, 보고 배우지 못하고는 어찌 곧 준비하리오? 아내가 재빠르지 못하면 남편의 낯을 깎는 것이니 내 생전에 힘써 가르쳐 아무쪼록 본받아 행하라고 돈이 생기면 사 모으고 손으로 만들어서 눈에 익고 손에도 익히려고 한 때 반 때 놀지 않고 시킨 바이라, 부족하다 마시고 입맛대로 잡수시오."

앵무새 모양 술잔에 가득히 술을 부어 도련님께 드리오니, 이 도령 잔 받아 손에 들고 탄식하며 말했다.

"내 마음대로 한다면 육례(六禮)를 행할 터이나 그렇게는 못하고 개구멍 서방으로 들고 보니 이 아니 원통하랴. 얘 춘향아, 그러나 우리 둘이 술을 혼례(婚禮) 술로 알고 먹자."

한 잔 술을 부어 들었다.

"너, 내 말 들어라. 첫째 잔은 인사 술이요, 둘째 잔은 서로 바꿔 마시는 술이니, 이 술이 다른 술이 아니라 근원 근본으로 삼으리라. 순임금이 아황(娥皇)과 여영(女英)을 귀하게 만난 연분이 매우 중요하다 하였으되, 달 아래 노인이 중매해준 우리 연분, 전생부터 후생까지 함께하려는 아름다운 언약을 맺은 연분, 천만 년이라도 변치 않을 연분, 대대로 삼정승 육판서 벼슬 하고 자손이 많이 번성하여 자손·증손·고손이며 무릎 위에 앉혀 놓고 죄암죄암 달강달강 백 살까지 살다가 한 날

'이몽룡'도 놀랐나 봐. 그래 물어. 너네는 관청도 아니잖아? '월매'가 대답해. 딸의 남편의 친구들이 오면 주려고 준비해 두었다. 딸의 친구는 아님. 그리고 '월매'가 '이몽룡'에게 술을 권해. 그도 그녀에게 한 잔 줘야겠지. 그들의 대화는 줄곧 이 술판이 결혼식을 올리고 난 피로연 모임처럼 진행되고 있어. 물론 '월매'야 원하던 바일 테고. '월매'의 말 중에 이건 정말 중요해요. '영감 생각이 간절해용.' 이 영감이 누구? '성 참판'이지. '춘향'의 아버지. '춘향'은 누구 딸? 양반 사대부 딸.

한 시 마주 누워 앞뒤 없이 죽게 되면 천하에 제일가는 연분이지.”

술잔을 들어 마신 후에 말했다.

“향단아, 술 부어 너의 마나님께 드려라. 장모, 경사 술이니 한 잔 먹으소.”

춘향 어미가 술잔 들고 슬프기도 하고 기쁘기도 하여 말했다.

“오늘이 우리 딸 백년의 고락(苦樂)을 맡기는 날이라 무슨 슬픔 있을까마는, 저것을 길러낼 때 애비 없이 길러 이 때를 당하오니 영감 생각이 간절하여 슬퍼지나이다.”

도련님이 말했다.

“이미 지난 일 생각 말고 술이나 먹소.”

춘향 어미가 서너 잔 먹은 후에, 도련님이 통인을 불러 상을 물려주었다.

“너도 먹고 방자도 먹여라.”

통인과 방자가 상을 물려 먹은 후에 대문 중문 다 닫히고 춘향의 어미는 향단을 불러 자리를 마련하게 할 때, 원앙(鴛鴦)을 수놓은 이불과 베개, 잣 모양으로 만든 베개, 샛별 같은 요강, 대야까지 갖춰 자리를 깨끗이 마련하고 말했다.

“도련님, 평안히 쉬시옵소서. 향단아, 나오너라. 나하고 함께 자자.”

둘이 다 건너갔구나.

춘향과 도련님이 마주 앉아 놓았으니 그 일이 어찌 되겠느냐. 지는 햇살을 받으면서 삼각산 제일봉에 봉황과 학이 앉아 춤추는 듯 두 활개를 굽혀 들고 춘향의 가늘고 고운 손을 빠듯이 겹쳐 잡고 의복을 교묘하게 벗기는데 두 손길을 썩 놓더니 춘향의 가는 허리를 담쑥 안았다.

“치마를 벗어라!”

이제 잠자리에 들 시간. 둘만 남았어. 서술자가 이렇게 흥분하네. 둘만 남았으니 '그 일이 어찌 되겠느냐.' 어찌 되긴 뭐가 어찌 돼. 열여섯 살 중3인걸. 컴퓨터나 스마트폰 가지고 엄지손가락으로 위로 스크롤, 검지손가락으로 아래로 스크롤, 아니면 유튜브나 넷플릭스를 봤겠지.

춘향이가 처음 일일 뿐 아니라 부끄러워 고개를 숙여 몸을 틀매 이리 곰실 저리 곰실 푸른 물에 붉은 연꽃이 잔바람을 만나 꿈틀거리는 듯, 도련님이 치마 벗겨 젖혀 놓고 바지와 속옷을 벗길 때에 무한히 실랑이한다. 이리 굼실 저리 굼실 동해의 청룡이 굽이를 치는 듯.

"아이고 놓아요. 좀 놓아요."

"에라, 안 될 말이로다."

실랑이하는 중에 옷끈 끌러 발가락에 딱 걸고서 껴안고 진득이 누르며 기지개를 켜니 발길 아래 떨어진다. 옷이 활짝 벗겨지니 형산(荊山)의 백옥덩이가 춘향에 비길쏘냐? 옷이 활씬 벗겨지니, 도련님이 춘향의 거동을 보려 하고 슬그머니 손을 놓았다.

"아차차 손 빠졌다."

춘향이가 이불 속으로 달려든다. 도련님이 왈칵 좇아 드러누워 저고리를 벗겨 내어 도련님 옷과 모두 한데다 둘둘 뭉쳐 한 편 구석에 던져두고, 둘이 안고 마주 누웠으니 그대로 잘 리가 있겠는가. 한창 애를 쓸 때에 굵은 삼실로 짠 이불이 춤을 추고, 샛별 요강은 장단을 맞추어 청그렁 쟁쟁, 문고리는 달랑달랑, 등잔불은 가물가물, 맛이 있게 잘 자고 났구나. 그 가운데의 흥미진진한 일이야 오죽하랴.

하루 이틀 지나가니 어린 것들이라 신맛이 때때로 새로워 부끄러움은 차차 멀어지고 그제는 놀리기도 하고 우스운 말도 있어 자연히 사랑가가 되었구나. 사랑하고 노는데 꼭 이 모양으로 놀던 것이더라.

"사랑 사랑 내 사랑이야
동정호 둘레 칠백 리에 달 뜰 때 무산(巫山) 같이 높은 사랑

뭐 이래? 얘들이 만난 지 얼마 됐다고, 옷을 벗기고 난리네. 혹시 주변에 누구 없어? 이 부분은 혼자 보는 게 좋을 텐데. 얘들이 막 벗거든. 벗고 그냥 자면 되는데, 안 자. 어디서 배웠는지 이상한 짓 막 해. 물론 보기에 따라 이상한 짓이 아닐 수도 있는 짓을 막 해. '그대로 잘 리가 있겠는가.' '흥미진진한 일이야 오죽하랴.'라면서 서술자가 신이 났군. 어떻든 '첫날밤'을 얼레리 꼴레리로 지냈던가 봐. 판소리에서는 이 부분을 '초야 사설'이라 하는데, '초야'가 '첫날밤'이란 말이야. 그런데 여러분, '첫날밤'에 그냥 잠만 자는 사람도 많단다. 여러분의 엄마 아빠처럼.

'이몽룡'이 아예 '춘향' 집에 사나 봐. 첫날밤에는 부끄러워하기라도 했는데 하루 이틀 지나니 점점 '사랑놀이', 이렇게 부르니 좋네. 사랑이란 좋은 거니까. 어쨌든 둘은 들어서 아는 놀이, 저들끼리 새로 개발한 놀이로 잘 놀아. 그 놀이를 노래로 만들었으니, 이른바 '사랑가'.

보이지 않을 만큼 끝없는 물에 하늘처럼 넓은 바다같이 깊은 사랑

옥산(玉山) 봉우리 달 밝은데 가을 산 여러 봉우리에서 달 구경하는 사랑

일찍이 춤 배울 적에 짐짓 퉁소 소리를 묻던 사랑

느릿느릿 해가 지고 발[簾] 사이로 달이 뜰 때 활짝 핀 복숭아꽃 자두꽃에 비친 사랑

가늘디가는 초승달이 하얗게 분 바르고 웃음과 자태 머금은 숱한 사랑

달 아래 삼생(三生) 연분 너와 내가 만난 사랑 허물 없는 부부 사랑

꽃비 내리는 동산에 모란꽃같이 펑퍼지고 고운 사랑

연평 바다 그물같이 얽히고 맺힌 사랑

은하수 직녀가 비단 짜는 것같이 올올이 이은 사랑

기생집 미녀(美女) 이불 베개같이 꿰맨 솔기마다 감친 사랑

시냇가의 수양버들같이 처지고 늘어진 사랑

남쪽 창고 북쪽 창고에 노적(露積)같이 다물다물 쌓인 사랑

은으로 꾸민 옷장 옥으로 꾸민 옷장같이 모모이 잠긴 사랑

붉고 푸르게 빛나는 산에서 봄바람에 넘노나니 노란 벌 흰 나비가 꽃을 물고 즐긴 사랑

푸른 물 맑은 강에 원앙새 격으로 마주 둥실 떠 노는 사랑

해마다 칠월 칠석날 밤에 견우와 직녀 만난 사랑

육관대사(六觀大師) 성진(性眞)이가 팔 선녀(八仙女)와 노는 사랑

산을 뽑을 만큼 힘센 초패왕(楚覇王)이 우미인(虞美人)을 만난 사랑

당나라 당명황(唐明皇)이 양귀비(楊貴妃)를 만난 사랑

명사십리 해당화같이 아름답고 고운 사랑

네가 모두 사랑이로구나.

어화 둥둥 내 사랑아.

어화 내 간간 내 사랑이로구나."

"여봐라 춘향아, 저리 가거라 가는 태를 보자. 이만큼 오너라 오는 태를 보자. 빵긋 웃고 아장아장 걸어라 걷는 태도 보자. 너와 나와 만난 사랑 연분을 팔자한들 팔 곳이 어디 있어, 살아 사랑 이러하고 어찌 죽은 뒤 기약이 없을쏘냐?

너는 죽어 될 것 있다. 너는 죽어 글자 되되 땅 지(地) 자, 그늘 음(陰) 자, 아내 처(妻) 자, 계집 여(女) 자 변(邊)이 되고, 나는 죽어 글자 되되 하늘 천(天) 자, 하늘 건(乾) 자, 지아비 부(夫) 자, 사내 남(男) 자, 아들 자(子) 자 몸이 되어 여(女) 변(邊)에다 딱 붙이면 좋을 호(好) 자로 만나 보자.

또 너 죽어 될 것이 있다. 너는 죽어 물이 되되 은하수, 폭포수, 만경창해수(萬頃滄海水), 청계수(淸溪水), 옥계수(玉溪水), 일대장강(一帶長江) 던져 두고, 칠 년 대한(大旱) 가물 때도 항상 넉넉하게 젖어 있는 음양수(陰陽水)란 물이 되고, 나는 죽어 새가 되되, 두견새도 되려 말고 요지(瑤池) 일월(日月) 청조(靑鳥), 청학, 백학이며 대붕조(大鵬鳥), 그런 새가 되려 말고 쌍쌍이 왔다갔다 떠날 줄 모르는 원앙조(鴛鴦鳥)란 새가 되어 푸른 물에 원앙 격으로 어화 둥둥 떠 놀거든 나인 줄을 알려무나. 사랑 사랑 내 간간 내 사랑이야."

"아니 그것도 내 아니 되려오."

"그러면 너 죽어서 될 것이 있다. 경주 인경도 되려 말고, 전주 인경도 되려 말고, 송도 인경도 되려 말고, 장안 종로 인경 되고, 나는 죽어 인경 마치 되어 서른세 하늘과 스물여덟 별을 응하여 질마재의 봉화 세 자루 꺼지고 남산의 봉화 두 자루 꺼

이번에는 이리 가라 저리 가라, 가는 모양 오는 모양 보고 싶단다. 죽어서 무슨 글자가 되겠느냐며 남녀 성역할을 딱 나눠 버리기도 하네. 또 죽어서 될 물, 죽어서 될 새를 늘어놓네. 또 죽어서 될 것으로 인경, 방아, 맷돌이 되려고 하네. 인경은 옛날에 통행을 금지하고 해제하는 시간을 알려주는 종인데, 이걸 치려면 망치가 있어야 하고 둘이 하나씩 되면 되겠다는 거야. 방아도 그렇고 맷돌도 그렇네. 둘이 함께 있자는 것이지. 헤어지지 말고. 그게 사랑 맞아. 그래야지. 해당화가 되고 나비가 되자는 것도 마찬가지.

지면, 인경 첫마디 치는 소리 그저 뎅뎅 칠 때마다 다른 사람 듣기에는 인경 소리로만 알아도 우리 속으로는 '춘향 뎅 도련님 뎅.'이라 만나 보자꾸나. 사랑 사랑 내 간간 내 사랑이야."

"아니 그것도 나는 싫소."

"그러면 너 죽어 될 것 있다. 너는 죽어 방아확이 되고 나는 죽어 방아공이가 되어 경신년 경신월 경신일 경신시에 강태공이 만든 방아, 그저 떨꾸덩떨꾸덩 찧거들랑 나인 줄 알려무나. 사랑 사랑 내 사랑 내 간간 사랑이야."

춘향이 말했다.

"싫소, 그것도 내 아니 되려오."

"어찌하여 그 말이냐?"

"나는 항시 어찌 이생이나 후생이나 밑으로만 되려니까 재미없어 못 쓰겠소."

"그러면 너 죽어 위로 가게 하마. 너는 죽어 맷돌 위짝이 되고 나는 밑짝이 되어 이팔청춘 젊은 미인들이 섬섬옥수로 밑대를 잡고 슬슬 돌리면 하늘은 둥글고 땅은 모난 격으로 휘휘 돌아가거든 나인 줄을 알려무나."

"싫소. 그것도 아니 되려오. 위로 생긴 것이 부아가 나게만 생기었소. 무슨 년의 원수로서 일생 한 구멍이 더하니 아무 것도 나는 싫소."

"그러면 너 죽어서 될 것이 있다. 너는 죽어 명사십리 해당화 되고 나는 죽어 나비 되어 나는 네 꽃송이 물고 너는 내 수염 물고 춘풍이 건듯 불거든 너울너울 춤을 추고 놀아보자. 사랑 사랑 내 사랑이야. 내 간간 사랑이지. 이리 보아도 내 사랑 저리 보아도 내 사랑. 이 모두 내 사랑 같으면 사랑에 걸려 살 수 있나. 어허 둥둥 내 사랑 내 예쁜이 내 사랑이야. 방긋 방긋 웃는 것은 꽃의 왕 모란꽃이 하룻밤 가랑비 맞고 반만 피고자 한 듯, 아무리 보아도 내 사랑, 내 간간이로구나."

"그러면 어쩌잔 말이냐? 너와 나와 유정(有情)하니 '정' 자(字)로 놀아보자. 음이 서로 같아 '정' 자 노래나 불러 보세."

"들읍시다."

"내 사랑아 들어라. 너와 나와 유정하니 어이 아니 다정(多情)하리. 맑고 맑은 긴 강물에 멀고 먼 나그네의 정, 강의 다리에서 서로 못 보내니 강가 나무가 멀리 품은 정, 남포로 임 보내며 이기지 못하는 정, 아무도 보지 못하는, 나를 보내는 정, 한(漢)나라 태조(太祖) 희우정(喜雨亭), 삼정승 육판서 등 온갖 벼슬아치가 있는 조정(朝廷), 도량(道場) 청정(淸淨), 각씨(閣氏) 친정(親庭), 친고(親故) 통정(通情), 난세(亂世) 평정(平定), 우리 둘이 천 년 인정(人情), 달 밝고 별이 드문 소상동정(瀟湘洞庭), 세상만물조화정(世上萬物造化定), 근심 걱정, 소지(所志) 원정(原情), 주어서 인정, 음식 투정, 복 없는 저 방정, 송정(訟庭), 관정(官庭), 내정(內情), 외정(外情), 애송정(愛松亭), 천양정(穿楊亭) 양귀비의 침향정(沈香亭), 이비(二妃)의 소상정(瀟湘亭), 한송정(寒松亭), 온갖 꽃 활짝 핀 호춘정(好春亭), 기린봉에 달이 뜨는 백운정(白雲亭), 너와 나와 만난 정, 일정(一定) 실정(實情) 논한다면 내 마음은 원형이정(元亨利貞), 네 마음은 일편탁정(一片託情), 이같이 다정하다가 만일 곧 파정(破情)하면 복통 절정(絶情) 걱정되니 진정으로 원정(原情)하자는 그 '정' 자다."

춘향이 좋아라고 하는 말이,

"정 속은 충분하오. 우리 집 재수 있게 비는 안택경(安宅經)이나 좀 읽어 주오."

도련님 허허 웃고,

"그뿐인 줄 아느냐? 또 있지야. 궁(宮) 자(字) 노래를 들어보아라."

이젠 '정' 자 노래를 하재. '노래'이지만 이건 '정' 자가 들어가는 말 찾기 놀이인 셈이지. 뜻과는 무관하게 음만 같으면 돼. '인정(人情)' '다정(多情)' 같이 느껴 일어나는 마음을 뜻하는 '정(情)', '한송정(寒松亭)', '백운정(白雲亭)'처럼 경치가 좋은 곳에 놀거나 쉬기 위하여 지은 집인 정자(亭子) 이름, 한자어나 우리말에 '정'이 들어가는 말을 늘어놓는 놀이. '이같이 다정하다가 만일 곧 파정하면 복통 절정 걱정되니 진정으로 원정하자' 같은 것. 마라토너 손기정, '방자전'의 조여정, 미운 정 고운 정…… '이몽룡'과 '춘향' 사이의 정이 깊고 오래가야 하니까 이 노래를 불러야 할 터.

그 다음엔 '궁(宮)' 자 노래. '궁(宮)'은 집이나 궁궐을 뜻하는 말이니, 진시황이 지었다는 '아방궁(阿房宮)'이나 '토끼전'에 나오는 '수정궁(水晶宮)', 이렇게 만들면 돼. 왜 하필 '궁(宮)'일까? 이 노래의 마지막 문장 무슨 뜻인지 알겠니? 사실 19금이야. 너무 깊이 알려고 하지는 마. 하긴 열여섯 살이면 아는 것이니 힌트만 줄게. 우리가 태어나기 전에 엄마 뱃속의 '자궁(子宮)'에 있었지. 그 아이가 생기려면 엄마 아빠가 사랑해야지. 어떤 사랑? 그게 마지막 문장이야. 아직도 모르겠어? 그럼 더 알려고 하지 말고 내년쯤 다시 읽을래? 다시 읽어도 모르겠으면 또 그 다음해에 다시 읽고.

"애고 얄궂고 우습다. 궁 자 노래가 무엇이오?"

"너 들어 보아라. 좋은 말이 많으니라. 좁은 천지 개탁궁(開坼宮), 뇌성벽력 풍우 속에 서기(瑞氣)가 둘러 햇빛, 달빛, 별빛이 풀려 있는 장엄하다 창합궁, 성덕이 넓으시어 백성을 다스림이 어인 일인가, 술로 채운 연못에 손님이 구름처럼 모여들던 은나라 주왕의 대정궁, 진시황의 아방궁, 천하를 얻은 까닭을 물으실 적에 한나라 태조의 함양궁, 그 곁의 장락궁, 반첩여의 장신궁, 당명황의 상춘궁, 이리 올라서 이궁(離宮), 저리 올라서 별궁(別宮), 용궁 속의 수정궁, 월궁(月宮) 속의 광한궁, 너와 합궁(合宮)하니 한평생 무궁이라. 이 궁 저 궁 다 버리고 네 양 다리 사이의 수룡궁(水龍宮)에 나의 힘줄 방망이로 길을 내자꾸나."

춘향이 반만 웃었다.

"그런 잡담은 말으시오."

"그것 잡담 아니로다. 춘향아, 우리 둘이 업음질이나 하여 보자."

"애고 참 잡상스러워라. 업음질을 어떻게 하여요?"

업음질을 여러 번 한 성싶게 말하던 것이었다.

"업음질은 천하에 쉬우니라. 너와 나와 활씬 벗고 업고 놀고 안고도 놀면 그게 업음질이지야."

"애고 나는 부끄러워 못 벗겠소."

"에라 요 계집아이야, 안 될 말이로다. 내 먼저 벗으마."

버선, 대님, 허리띠, 바지, 저고리, 활씬 벗어 한편 구석에 밀쳐 놓고 우뚝 서니, 춘향이 그 거동을 보고 방긋 웃고 돌아서며 말했다.

"영락없는 낮도깨비 같소."

"오냐, 네 말 좋다. 천지 만물이 짝 없는 게 없느니라. 두 도깨비 놀아보자."

"그러면 불이나 끄고 노사이다."

"불이 없으면 무슨 재미가 있겠느냐? 어서 벗어라. 어서 벗어라."

"애고, 나는 싫어요."

도련님 춘향 옷을 벗기려 할 때 넘놀면서 어룬다. 깊고 깊은 푸른 산에 늙은 범이 살찐 암캐를 물어다 놓고 이가 없어 먹지는 못하고 흐르릉흐르릉 아웅 어루는 듯, 북해(北海)의 검은 용이 여의주를 입에 다 물고 오색구름 사이에서 넘노는 듯, 단산의 봉황이 대나무 열매를 물고 오동나무 속에 넘노는 듯, 깊은 늪지에 푸른 학이 난초를 물고서 늙은 소나무 사이에 넘노는 듯, 춘향의 가는 허리를 후리쳐 담쑥 안고 기지개 아드득 떨며 귀와 뺨도 쪽쪽 빨며 입술도 쪽쪽 빨면서 주홍 같은 혀를 물고 오색으로 단청하고 순금으로 장식한 장롱 안에 쌍쌍이 날아가고 날아오는 비둘기같이 꾹꿍꾹꿍 으흥거려 뒤로 돌려 담쑥 안고 젖을 쥐고 발발 떨며, 저고리, 치마, 바지, 속옷까지 활씬 벗겨 놓으니, 춘향이 부끄러워 한편으로 잡치고 앉았을 때, 도련님 답답하여 가만히 살펴보니 얼굴이 상기되어 구슬땀이 송실송실 맺혔구나.

"이애 춘향아, 이리 와 업혀라."

춘향이 부끄러워 하니,

"부끄럽기는 무엇이 부끄러워. 이왕에 다 아는 바이니 어서 와 업혀라."

하며, 춘향을 업고 추켜올렸다.

"아따 그 계집아이 똥집 장히 무겁구나. 네가 내 등에 업힌 것이 마음에 어떠하냐?"

"한껏 나게 좋소이다."

사랑가를 부르다가 이젠 업고 놀자네. 그것도 옷을 다 벗고. 이것들 아주 제대로 노는구나. '이몽룡'이 먼저 '춘향'을 업고, 금이라고도 하고 옥이라도 하네. 그래서 이걸 '금옥(金玉) 사설'이라 하지. 그 다음에는 이것저것 먹을거리를 대면서 먹겠느냐고 물어대.

"좋으냐?"

"좋아요."

"나도 좋다. 좋은 말을 할 것이니 너는 대답만 하여라."

"말씀 대답할 터이니 하여보옵소서."

"네가 금(金)이지야?"

"금이란 당치 않소. 팔 년이나 먼지바람을 일으키며 싸운 초나라 한나라 시절에 여섯 번 기묘한 꾀를 낸 진평(陳平)이 범아부(范亞父)를 잡으려고 황금 사만을 뿌렸으니 금이 어디 남으리까?"

"그러면 진옥이냐?"

"옥이란 당치 않소. 만고 영웅 진시황이 형산의 옥을 얻어 이사(李斯)의 명필로 '하늘로부터 명을 받았으니 오래 살고 영원히 번창하리라'라는 옥새를 만들어 오랫동안 전해 내려오니 옥이 어이 되오리까?"

"그러면 네가 무엇이냐? 해당화냐?"

"해당화라니 당치 않소. 명사십리 아니어든 해당화가 되오리까?"

"그러면 네가 무엇이냐? 밀화, 금패(錦貝), 호박(琥珀), 진주냐?"

"아니 그것도 당치 않소. 삼정승, 육판서, 대신, 재상, 팔도 방백, 수령님네 갓끈 풍잠 다 하고서 남은 것은 서울과 시골의 일등 기생 가락지를 허다히 다 만드니, 호박 진주 부당하오."

"네가 그러면 대모나 산호냐?"

"아니 그것도 아니오. 대모로 칸을 지른 큰 병풍을 산호로 난간을 만들어 남해 용왕 광리왕(廣利王)의 상량문을 써서 수궁의 보물이 되었으니 대모 산호가 부당하오."

"네가 그러면 반달이냐?"

"반달이라니 당치 않소. 오늘밤이 초승이 아니어든 푸른 하늘에 돋은 밝은 달을 내가 어찌 기울이리까?"

"네가 그러면 무엇이냐? 날 홀려먹는 불여우냐? 네 어머니 너를 낳아 곱게 길러 내어 나를 홀려 먹으라고 생겼느냐? 사랑 사랑 사랑이야. 내 간간 사랑이야. 네가 무엇을 먹으려느냐? 생밤 익힌 밤을 먹으려느냐? 둥글둥글 수박 위꼭지 대모장도 드는 칼로 뚝 떼어 강릉에서 나는 좋은 꿀을 두루 부어 은수저와 젓가락으로 붉은 점 한 점을 먹으려느냐?"

"아니 그것도 내사 싫소."

"그러면 무엇을 먹으려느냐? 시금털털 개살구를 먹으려느냐?"

"아니 그것도 내사 싫소."

"그러면 무엇을 먹으려느냐? 돼지 잡아 주랴? 개 잡아 주랴? 내 몸 통째 먹으려느냐?"

"여보 도련님, 내가 사람 잡아 먹는 것 보았소?"

"에라 요것, 안 될 말이로다. 어화 둥둥 내 사랑이지. 얘 춘향아 내리려무나. 온갖 일이 다 품앗이가 있느니라. 내 너를 업었으니 너도 나를 업어야지."

"애고 도련님은 기운이 세어서 나를 업으셨거니와 나는 기운이 없어 못 업겠소."

"업는 수가 있느니라. 나를 돋워 업으려 말고 발이 땅에 닿일 듯 말 듯 하게 뒤로 기울인 듯 업어다오."

도련님을 업고 툭 추켜 놓으니 대중이 틀렸구나.

"애고 잡상스러워라."

이리 흔들 저리 흔들,

"내가 네 등에 업혀 노니 마음이 어떠하냐? 나는 너를 업고 좋은 말을 하였으니 너도 나를 업고 좋은 말 하여야지."

이제 '춘향'이 '이몽룡'을 업을 차례. 품앗이니까. 그런데 '춘향'이 힘이 없어 업을 수 없잖아. 방법이 있겠지. 어쨌든 업었어. 그리곤 '좋은 말'을 하래. 그냥 업고만 있으면 재미없어서 그랬겠지. 그래서 '춘향'은 우리나라와 중국의 유명한 분들 이름을 여럿 들면서 마치 그들을 업은 것 같다고 해. 그 다음엔 '이몽룡'이 과거에 급제하고 해야 할 여러 벼슬 이름을 늘어놓아. 말하자면 충신열사나 주석지신이 되라는 거니까, '이몽룡'이 엄청난 심리적 부담을 안았음 직한데, 그런 사정은 드러나지 않네. '주석지신'이 뭐냐고? 이 '춘향전'의 첫 문단에 나오는 말인데, '나라의 기둥과 주춧돌 같은 신하'를 뜻하는 말이야.

"좋은 말을 하오리다. 들으시오. 은나라의 어진 재상 부열(傅說)을 업은 듯, 강태공이라 불리는 여상(呂尙)을 업은 듯, 가슴속에 큰 지략을 품었으니 이름이 온 나라에 가득한 대신이 되어, 나라의 기둥이요 주춧돌 같은 신하, 임금을 도울 충성스러운 신하 모두 헤아리니 사육신을 업은 듯, 생육신을 업은 듯, 일(日) 선생, 월(月) 선생, 고운(孤雲) 최치원(崔致遠) 선생을 업은 듯, 제봉(霽峰) 고경명(高敬命)을 업은 듯, 요동백(遼東伯) 김응하(金應河)를 업은 듯, 송강(松江) 정철(鄭澈)을 업은 듯, 충무공(忠武公) 이순신(李舜臣)을 업은 듯, 우암(尤庵) 송시열(宋時烈), 퇴계(退溪) 이황(李滉), 사계(沙溪) 김장생(金長生), 명재(明齋) 윤증(尹拯)을 업은 듯, 내 서방이지 내 서방, 알뜰 간간 내 서방. 진사(進士) 급제를 바탕으로 곧바로 주서(注書), 한림학사(翰林學士)가 되고, 이렇듯이 된 연후에 부승지(副承旨), 좌승지(左承旨), 도승지(都承旨)로 당상(堂上)에 올라 팔도 방백(方伯) 지낸 후에 내직(內職)으로 각신(閣臣), 대교(待敎), 복상(卜相), 대제학(大提學), 대사성(大司成), 판서(判書), 좌상(左相), 우상(右相), 영상(領相), 규장각(奎章閣) 하신 후에 안으로 삼천, 밖으로 팔백 가지 벼슬을 다한, 기둥 같고 주춧돌 같은 신하, 내 서방 알뜰 간간 내 서방이지."

제 손수 농즙 나게 문질렀구나.

"춘향아, 우리 말 놀음이나 하여 보자."

"애고 참 우스워라. 말 놀음이 무엇이오?"

말 놀음 많이 하여 본 성싶게 말했다.

"천하에 쉽지야. 너와 나와 벗은 김에 너는 온 방바닥을 기어 다녀라. 나는 네 궁둥이에 딱 붙어서 네 허리를 잔뜩 끼고 볼기짝을 내 손바닥으로 탁 치면서 '이랴!' 하거든, 흐흥거려 발을 벌떡 들고 물러서며 뛰어라. 야무지게 뛰게 되면 탈 승

이젠 '말 놀음' 차례. '말'은 타는 말, horse, 마(馬). 그럼 하나는 말이 되고 하나는 사람이 되어 놀자는 뜻? 그 말도 맞는데, 말 타기만이 아니라 타는 것, 여러 가지 늘어놓네. 수레도 타고 백로, 학, 고래도 타고, 여러 종류의 가마도 타고 한다는구나. 비행기도 타고 기차도 타고 타이타닉호도 타고 하면 되겠는데, '이몽룡'은 뭘 탈까? '이몽룡'이 녀석 이거 좀 야한 말 잘 하니까 뭐라 했을 텐데…….

(乘) 자(字) 노래가 있느니라. 타고 놀자 타고 놀자. 옛날의 황제(黃帝) 헌원씨(軒轅氏)가 무기 쓰는 법을 익혀 능히 짙은 안개를 끼게 하여 포악한 치우(蚩尤)를 탁녹야(涿鹿野)에서 사로잡고 승전고를 울리면서 지남거(指南車)를 높이 타고, 하우씨(夏禹氏) 구 년 동안 이어진 홍수를 다스릴 때 육지로 갈 때는 수레를 높이 타고, 신선 적송자는 구름을 타고, 신선 여동빈(呂洞賓)은 백로를 타고, 이태백은 고래를 타고, 맹호연(孟浩然)은 나귀를 타고, 태을선인(太乙仙人)은 학을 타고, 대국 천자는 코끼리를 타고, 우리 전하는 연(輦)을 타고, 삼정승은 평교자를 타고, 육판서는 초헌(軺軒) 타고, 훈련대장은 수레 타고, 각읍 수령은 독교(獨轎) 타고, 남원 부사는 별연(別輦) 타고, 해질 무렵 강에서 어옹들은 일엽편주 도도히 타고, 나는 탈 것 없었으니 오늘밤 삼경 깊은 밤에 춘향 배를 넌짓 타고 홑이불로 돛을 달아 내 그것으로 노를 저어 오목한 섬을 들어가되, 순풍에 음양수를 시름없이 건너갈 제, 말을 삼아 탈 양이면 걸음걸이 없을쏘냐? 마부는 내가 되어 네 고삐를 넌지시 잡아 구종(驅從) 걸음 빠른 걸음으로 뚜벅뚜벅 걸어라. 썩 잘 달리는 기총마(騎驄馬) 뛰듯 뛰어라."

온갖 장난을 다하고 보니 이런 장관이 또 있으랴. 열여섯 살과 열여섯 살 둘이 만나 미친 마음 세월 가는 줄 모르던가 보더라.

이때 뜻밖에 방자 나와,

"도련님! 사또께옵서 부릅시오."

하니, 도련님이 들어가니 사또 말씀하셨다.

"여봐라! 서울서 동부승지의 교지(敎旨)가 내려왔다. 나는 문서와 장부를 살펴보고 갈 것이니, 너는 식구들을 모시고 내일 바로 떠나거라."

세월 가는 줄 모르고 온갖 장난 다 치는데, 좋았겠지. 그런데 늘 좋을 수만은 없잖아. 이들에게 안 좋은 일은 무엇? 이별이지. 이별하려면 어떻게? '이몽룡'이 떠나는 거지. 그의 아버지가 궁궐 안에서 근무하게 되었나 봐. 한양으로 올라가야겠지. 이사 준비를 하라 했겠지.

도련님이 아버지의 명을 듣고 한편 반가우나 한편 춘향을 생각하니 가슴이 답답하여 팔다리의 맥이 풀리고 간장이 녹는 듯, 두 눈에서 더운 눈물이 펄펄 솟아 고운 얼굴을 적시거늘, 사또 보시고,

"너 왜 우느냐? 내가 남원에서 일생을 살 줄 알았더냐? 내직으로 승진하니 섭섭히 생각 말고 오늘부터 떠날 준비를 절차대로 급히 차려 내일 오전으로 떠나거라."

하니, 겨우 대답하고 물러나와 안채로 들어가, 사람의 상중하를 막론하고 모친께는 허물이 적은지라 춘향의 말을 울며 청하다가 꾸중만 실컷 듣고 춘향의 집으로 가는데, 설움은 기가 막히나 길거리에서 울 수 없어 참고 나오는데 속에서는 두부 넣은 장이 끓듯 하였다.

춘향 문전에 당도하니 통째 건더기째 보째 왈칵 쏟아져 나왔다.

"어푸어푸 어허."

춘향이 깜짝 놀래어 왈칵 뛰어 내달아,

"애고 이게 웬 일이오? 안으로 들어가시더니 꾸중을 들으셨소? 노상에 오시다가 무슨 분함 당하셨소? 서울서 무슨 기별이 왔다더니 상복을 입어야겠소? 점잖으신 도련님이 이것이 웬 일이오?"

춘향이 도련님 목을 담쑥 안고 치맛자락을 걷어잡고 고운 얼굴에 흐르는 눈물을 이리 씻고 저리 씻으면서 달랬다.

"울지 마오, 울지 마오."

도련님 기가 막혀, 울음이란 게 말리는 사람이 있으면 더 울게 되는 것이었다. 춘향이 화를 냈다.

"여보 도련님, 아가리 보기 싫소. 그만 울고 내력 말이나 하오."

'이몽룡'이 찔찔 울며 '춘향'을 찾아왔어. 괜찮다고 달랠 때까지만 해도 별일 없을 것이라 생각했어. 신분이 정식 부인이 될 수 없다는 걸 아니까 첩으로 들어가면 된다고 생각한 거야. 그런데 '이몽룡'이 자기 어머니한테 '춘향' 이야기를 했다가 웃기는 소리라고 욕만 먹었다고 했지. 이때부터 '춘향'은 그 성격이 확 바뀌어. 180도도 넘게 바뀌었을걸. 치맛자락을 찢고 거울을 내동댕이칠 정도라면 말 다한 거지. '모질도다', '죽고 지고'를 거듭하면서 슬피 울 밖에.

"사또께옵서 동부승지 하여 계시단다."

춘향이 좋아했다.

"댁의 경사요. 그래서, 그러면 왜 운단 말이오?"

"너를 버리고 갈 터이니 내 아니 답답하냐?"

"언제는 남원 땅에서 평생 사실 줄 알았겠소? 나와 같이 어찌 함께 가기를 바라리오. 도련님 먼저 올라가시면 나도 예서 팔 것 팔고 나중에 올라갈 것이니 아무 걱정 마시오. 내 말대로 하였으면 군색지 않고 좋을 것이오. 내가 올라가더라도 도련님 큰댁으로 가서 살 수 없을 것이니 큰댁 가까이 조그마한 집 방이나 두엇 되면 족하오니 염탐하여 사 두소서. 우리 식구 가더라도 공밥 먹지 아니할 터이니 그렁저렁 지내다가 도련님 나만 믿고 장가 아니 갈 수 있소? 부귀하고 임금의 총애를 받는 재상 집안의 요조숙녀 가리어서 혼정신성할지라도 아주 잊진 마옵소서. 도련님 과거하여 벼슬이 높아져 외방 가면 새로 급제한 사람의 첩이 길 떠날 준비를 할 때, 첩으로 나를 세우면 무슨 말이 되오리까? 그리 알아 조처하오."

"그게 될 법한 말이냐? 사정이 그렇기로 네 말을 사또께는 못 여쭙고 대부인께 여쭈오니, 꾸중이 대단하시며, '양반의 자식이 부형을 따라 시골로 왔다가 기생을 첩으로 삼아 데려간단 말이 앞길에도 괴이하고 조정에 들어가 벼슬도 못한다.' 라고 말씀하시는구나. 불가불 이별이 될 수밖에 별 수 없다."

춘향이 이 말을 듣더니 금방 낯빛이 변하여 머리를 흔들고 눈을 돌리며 붉으락푸르락 눈을 가느스름하게 뜨고 눈썹이 꼿꼿하여지면서 코가 발름발름하며 이를 뽀도독뽀도독 갈며 온몸을 수숫잎 비틀 듯하며, 매가 꿩을 채는 듯하고 앉더니,

"허허 이게 웬 말이오?"

하며, 왈칵 뛰어 달려들며 치맛자락도 와드득 좌루룩 찢어 버

리고, 머리도 와드득 쥐어뜯어 싹싹 비벼 도련님 앞에 던지면서 소리쳤다.

"무엇이 어쩌고 어째요? 이것도 쓸 데 없다."

얼굴 보는 면경, 온몸을 보는 체경, 산호 비녀, 대나무 비녀를 한꺼번에 내쳐 방문 밖에 탕탕 부딪치며, 발을 동동 굴러 손뼉치고 돌아앉아 자탄가(自歎歌)로 울며 말했다.

"서방 없는 춘향이가 살림살이 무엇하며 곱게 꾸며 누구 눈에 사랑받을꼬? 몹쓸 년의 팔자로다. 이팔청춘 젊은 것이 이별 될 줄 어찌 알랴. 부질없는 이내 몸을 허망하신 말씀으로 앞날 신세 버렸구나. 애고 애고 내 신세야."

천연히 돌아앉아 말을 이었다.

"여보 도련님! 지금 막 하신 말씀 참 말이오, 농담이오? 우리 둘이 처음 만나 백년언약 맺을 적에 대부인과 사또께옵서 시키시던 일이오니까? 핑계가 웬 일이오? 광한루서 잠깐 보고 내 집에 찾아 와서, 어두워 아무도 없는 한밤중에 도련님은 저기 앉고 춘향 나는 여기 앉아 나더러 하신 말씀, '언덕에 맹세함은 하늘 두고 맹세함만 같지 못하고, 산을 두고 맹세함은 하늘 두고 맹세함만 같지 못하다.'라고, 작년 오월 단옷날 밤에 내 손길 부여잡고 우둥퉁퉁 밖에 나와 집 가운데 우뚝 서서 환하고 맑은 하늘 천 번이나 가리키며 만 번이나 맹세키로, 내 정녕 믿었더니 막판에 가실 때는 톡 떼어 버리시니, 이팔청춘 젊은 것이 낭군 없이 어찌 살꼬? 어두침침 빈 방에서 긴긴 가을밤에 시름과 임 생각을 다 어이할꼬? 애고 애고 내 신세야. 모질도다 모질도다 도련님이 모질도다. 독하도다 독하도다 서울 양반 독하도다. 원수로다 원수로다 존비귀천 원수로다. 천하에 다정한 게 부부의 정이 유별하건만, 이렇듯 독한 양반 이 세상에 또 있을까? 애고 애고 내 일이야. 여보 도련님, 춘향 몸이 천하다고 함부로 버리셔도 그만인 줄 알지 마오. 팔자 사나운 춘향이가 먹으나 달지 않아 밥 못 먹고, 누우나 편치 않아 잠 못 자면 며칠이나 살 듯하오? 상사(相思)로 병이 들어 애통하다 죽게 되면 슬프고 원망스러운 이 혼신(魂神)이 원통한 귀신이 될 것이니, 높고도 귀중하신 도련님께 그것인들 재앙이 아니겠소. 사람의 대접을 그리 마오. 인물 천거하는 법이 그런 법이 왜 있을꼬? 죽고지고 죽고지고, 애고 애고 설운지고."

한참 이리 스스로 지칠 정도로 슬피 울 때 춘향 어미는 사정도 모르고,

"애고 저것들 또 사랑싸움 났구나. 어 참 아니꼽다. 눈구석에 쌍 가래톳 서듯 어이없는 일 많이 보네."

하고, 아무리 들어도 울음이 장차 길겠구나. 하던 일을 밀쳐놓고 춘향 방 영창 밖으로 가만가만 들어가며 아무리 들어도 이별이로구나.

"허허 이것 별일 났다."

두 손뼉 땅땅 마주 치며,

"허허 동네 사람 다 들어 보오, 오늘날로 우리 집에 사람 둘 죽습네."

하고, 방 사이의 마루에 덥석 올라 영창의 문을 두드리며 우루룩 달려들어 주먹을 겨누면서,

"이년 이년 썩 죽어라. 살아서 쓸 데 없다. 너 죽은 시체라도 저 양반이 지고 가게. 저 양반 올라가면 뉘 간장을 녹이려느냐? 이년 이년 말 들어라. 내 늘상 이르기를 '후회되기 쉬우니라. 도도하게 마음먹지 말고 보통사람 가리어서 형세와 지체가 너와 같고 재주와 인물이 모두 너와 같은 봉황의 짝을 얻어 내 앞에서 노는 모양을 내 눈으로 보았으면 너도 좋고 나도 좋지.' 마음이 도도하여 남과 별로이 다르더니 잘 되고 잘

'월매'가 등장했어. 이것들 사랑싸움 하는구나 정도로만 알았지 문제의 심각성을 모른 거지. 그런데 알고 보니 난리가 났거든. '춘향'을 나무라다가 '이몽룡'에게 '대가리가 돌 돈쳤소?', '애고 무서워라 이 쇠띵띵아.'라고 할 정도로까지 갔지. 무서워. 앞뒤 가릴 게 뭐 있나. 신분의 높고 낮음 따위는 개나 줘 버려. 딸 가진 부모는 딸을 위해서는 물불을 안 가려. 물론 아들 가진 부모도 그렇고.

되었다."

두 손뼉 꽝꽝 마주 치면서 도련님 앞에 달려들었다.

"나와 말 좀 하여 봅시다. 내 딸 춘향을 버리고 간다 하니 무슨 죄로 그러시오? 춘향이 도련님을 모신 게 거의 일 년 되었으니 행실이 그르던가, 예절이 그르던가, 바느질이 그르던가, 언어가 불순하던가, 잡스런 행실을 가져 노류장화(路柳墻花) 음란턴가, 무엇이 그르던가, 이 봉변이 웬일인가? 군자가 숙녀를 버리는 법, 칠거지악 아니면 못 버리는 줄 모르는가? 내 딸 춘향 어린 것을 밤낮으로 사랑할 때, 안고 서고 눕고 지며, 백 년 삼만 육천 일을 떠나 살지 말자 하고 주야장천 어르더니 말경에 가실 때는 뚝 떼어 버리시니, 버드나무 천만 가지인들 가는 봄바람을 어이하며, 꽃 지고 잎 지게 되면 어느 나비가 다시 올까. 백옥 같은 내 딸 춘향의 꽃 같은 몸도 어쩔 수 없이 세월이 장차 늙어져 붉은 얼굴이 흰 머리가 되면 '시절이여, 시절이여, 다시 안 오는구나.'라 했으니 다시 젊어지지는 못하나니 무슨 죄가 대단하여 백 년을 허송하오리까? 도련님 가신 후에 내 딸 춘향 임 그릴 때 달 밝은 깊은 밤에 쌓이고 쌓인 수심에 어린 것이 가장(家長) 생각 절로 나서 초당 앞 섬돌 위에, 담배 피워 입에 물고 이리 저리 다니다가 불꽃 같은 시름과 임 생각이 가슴에서 솟아나 손들어 눈물 씻고 후유 한숨 길게 쉬고, 북쪽을 가리키며 '한양 계신 도련님도 날과 같이 그리워하시는지, 무정하여 아주 잊고, 편지 한 장 아니 하시나?' 긴 한숨에 듣는 눈물로 어여쁜 얼굴 붉은 치마 다 적시고, 제 방으로 들어가서 의복도 아니 벗고 외로운 베개 위에 벽만 안고 돌아누워 밤낮으로 길게 탄식하며 우는 것은 병 아니고 무엇이오? 시름 상사(相思) 깊이 든 병 내가 고쳐 주지 못하여 원통히 죽는다면 칠십 당년 늙은 것이 딸 잃고 사위 잃고 태백산 갈가마귀가 게발 물어다 던지듯이 혈혈단신 이내 몸이 뉘를 믿고 산단 말인가? 남 못 할 일 그리 마오. 애고 애고 서럽구나. 못 하지요. 몇 사람 신세를 망치려고 아니 데려가오? 도련님 대가리가 돌 돌쳤소? 애고 무서워라 이 쇠띵띵아."

왈칵 뛰어 달려드니, 이 말 만일 사또 귀에 들어가면 큰 야단이 나겠거든.

"여보소 장모, 춘향만 데려가면 그만 두겠네?"

"그래 아니 데려가고 견녀낼까?"

"너무 덤벼들지 말고 여기 앉아 말 좀 듣소. 춘향을 데려간대도 가마 쌍교 말을 태워 가자 하니 필경에는 이 말이 날 것인즉 달리는 변통할 수 없고 내 이 기막힌 중에서도 꾀 하나를 생각하고 있네마는, 이 말이 입 밖에 나면 양반 망신만 하는 게 아니라, 우리 선조 양반이 모두 망신을 할 일로세."

"무슨 말이 그리 좋은 말이 있단 말인가?"

"내일 안식구들이 나오실 때 그들 뒤에 신주 모신 요여(腰輿)가 나올 터이니 모시고 가는 일은 내가 하겠네."

"그래서요?"

"그만하면 알겠지."

"나는 그 말 모르겠소."

"신주는 모셔 내어 내 웃옷 소매에다 모시고 춘향은 요여에다 태워 갈 밖에 수가 없네. 걱정 말고 염려 마소."

춘향이 그 말 듣고 도련님을 물끄러미 바라보더니,

"마소 어머니, 도련님 너무 조르지 마소. 우리 모녀의 평생 신세가 도련님의 손 안에 매였으니 알아 하시라 당부나 하오. 이번엔 아무래도 이별할 밖에 수가 없사오니, 이왕에 이별이 될 바에는 가시는 도련님을 왜 조르리까마는 우선 갑갑하여 그러는 것이지. 내 팔자야. 어머니 그만 건넌방으로 가옵소서.

이 장면을 '이몽룡'의 아버지나 어머니가 알면 어떨까? 그들은 어떨까? 누구 편을 들까? 절대 권력을 가지고 있으니, 아들 편이 되어 '우리 착한 아들 유혹하여 어쩌구저쩌구.' 했을까? 아니면? 위자료 몇 푼 주고 무마? 며느리로 인정?
이런 심각한 상황에도 웃음을 유발하는 자가 있으니, 그 이름 '이몽룡'. 죽은 사람의 신분을 적은 나무 조각으로 그 사람을 상징하는 게 신주(神主)인데, 이걸 모시는 가마가 요여(腰輿)거든. 그 신주를 자기 소매에 모시고, 요여에는 '춘향'을 태워 가겠다나 어쩐다. 자기 말로 '선조 양반 모두 망신'이라고까지 한 녀석이 내놓은 해결책이 이 정도니.

어쩔 수 없음을 깨닫고 울며불며 이별을 한다. 이 정도면 체면이고 뭐고 있을 수 없을 거야. 이성이 아니라 감성의 차원일 테니까. '춘향'의 눈물 섞인 하소연과 딴 여자에게 갈 것이라는 말에 '이몽룡'은 이런 이별 저런 이별 다 있다고 한시 구절을 들어 폼나게 위로하고, 너밖에 없다며 다짐하네. 믿어야지, 어쩔 거야?

내일은 이별이 될 텐가 보오. 애고 애고 내 신세야. 이별을 어찌할꼬? 여보 도련님."

"왜야?"

"여보, 참으로 이별을 할 테요?"

촛불을 돋워 켜고 둘이 서로 마주 앉아 갈 일을 생각하고 보낼 일을 생각하니 정신이 아득하고, 한숨질에 눈물겨워 목이 메어 흐느껴 울며 얼굴도 대어보고 손발도 만져보며,

"날 볼 날이 몇 밤이오? 애달프나 나쁜 수작도 오늘 밤이 마지막이니 나의 서러운 하소연 들어 보오. 나이 육순(六旬)에 가까운 나의 모친 일가친척 전혀 없고 다만 외딸 나 하나라. 도련님께 의탁하여 영화롭고 귀할까 바랐더니, 하느님이 시기하고 귀신이 방해하여 이 지경이 되었구나. 애고 애고 내 일이야. 도련님 올라가면 나는 누구를 믿고 사오리까? 겹겹이 쌓인 근심과 한스러운 회포를 밤낮으로 생각 어이하리. 자두꽃, 복사꽃이 활짝 필 때, 물가에서 어찌 즐겁게 놀며, 노란 국화 붉은 단풍 늦어갈 때, 외로운 절개를 어이 소중히 여길꼬? 독수공방 긴긴 밤에 이리 뒤척 저리 뒤척 잠 못 자서 어이하리. 쉬는 게 한숨이요, 뿌리는 게 눈물이라. 적막강산 달 밝은 밤에 두견새 우는 소리를 어이하리. 서리와 바람에 맞서는 높은 절개로 만 리 밖의 짝을 찾는 저 기러기 소리를 뉘라서 금하오며, 춘하추동 사시절에 첩첩이 쌓인 경치를 보는 것도 수심이요 듣는 것도 수심이라."

애고 애고 섧게 울 때, 이 도령이 하는 말이,

"춘향아, 울지 마라. '남편은 국경인 소관(蕭關)을 지키는 병사로 뽑혀가고, 아내는 오(吳)나라에 남아 있네.'라는 시구처럼, 변방에 있는 남편들과 오나라에 남은 아내들도 동쪽과 서쪽에 있는 임이 그리워 여자들만의 방 깊은 곳에 늙어 있고,

'임 계신 관산(關山) 길은 얼마나 멀까?'라는 시구처럼, 관산에 싸우러 간 남편과 푸른 물에서 연밥을 따는 아내도 부부의 새로 사귄 정이 매우 두텁다가 가을 강산은 달빛 어려 고요한데 연밥 따며 임을 생각하니, 나 올라간 뒤에라도 창 앞에 달이 밝거든 부디 천 리 밖을 그리워하지 마라. 너를 두고 가도 내가 하루를 골고루 나눈 열두 시를 나인들 어이 무심하랴. 울지 마라 울지 마라."

춘향이 또 울며 말했다.

"도련님 올라가면 살구꽃 피고 봄바람 부는 거리마다 취하는 게 권하는 술이요, 기생집 집집마다 보시는 이가 미인이요, 곳곳에 풍악소리 간 곳마다 꽃과 달이라. 여색(女色)을 좋아하는 도련님이 밤낮으로 호강하며 노실 때에 나 같은 시골 천한 여자야 손톱만치나 생각하오리까? 애고 애고 내 일이야."

"춘향아 울지 마라. 한양성 남북촌에 옥 같은 여자와 아름다운 여인이 많건마는 여인네 방 깊은 곳의 깊은 정 너밖에 없으니, 내 아무리 대장부인들 잠시인들 잊을쏘냐?"

서로 피차 기가 막혀, 애틋하게 그리워 이별하지 못할지라.

도련님을 모시고 갈 후배(後陪) 사령이 헐떡헐떡 들어왔다.

"도련님 어서 행차하옵소서. 안에서 야단났소. 사또께옵서 도련님 어디 가셨느냐 하옵기에 소인이 여쭙기를, 놀던 친구 작별하려고 문 밖에 잠깐 나가셨노라 하였사오니 어서 행차하옵소서."

"말 대령하였느냐?"

"말 마침 대령하였소."

백마는 떠나자고 길게 우는데 여인은 안타까운 이별에 옷을 이끄는구나. 말은 가자고 네 굽을 치는데 춘향은 마루 아래 뚝 떨어져 도련님 다리를 부여잡고,

"날 죽이고 가면 갔지 살리고는 못 가고 못 가느니."

말 못하고 기절하니 춘향 어미 달려들어,

"향단아, 찬물 어서 떠 오너라. 차를 달여 약 갈아라. 네 이 몹쓸 년아, 늙은 어미 어찌하려고 몸을 이리 상하느냐?"

춘향이 정신 차려,

"애고 갑갑하여라."

춘향의 어미가 기가 막혀,

"여보 도련님, 남의 생때같은 자식을 이 지경이 웬일이오? 간절한 우리 춘향 애통하여 죽게 되면 혈혈단신 이내 신세 누굴 믿고 살잔 말인고?"

도련님 어이없어,

"이봐 춘향아, 네가 이게 웬일이냐? 나를 영영 안 보려느냐? '강의 다리에 해 지는데 근심이 구름처럼 일어나네.'라 한 것은 소통국(蘇通國)이 아버지 소무(蘇武)의 나라인 한(漢)나라로 돌아오면서 흉노의 어머니와 이별한 것이고, '임 계신 관산(關山) 길은 얼마나 멀까?'에서 오나라와 월나라 여자들의 부부 이별, '모두들 수유(茱萸)를 꽂았는데 한 사람이 모자라네.'는 용산(龍山)의 형제 이별, '서쪽으로 양관(陽關)을 나가면 친구가 없으리라.'는 위성(渭城)의 친구 이별, 그런 이별 많다 해도 소식 들을 때가 있고 서로 만날 날이 있었으니 내가 이제 올라가서 장원급제하고 벼슬하여 너를 데려갈 것이니 울지 말고 잘 있어라. 울음을 너무 울면 눈도 붓고 목도 쉬고 골머리도 아프니라. 돌이라도 무덤 앞에 세우는 망두석은 천만 년 지나도 무덤 안에 묻는 광석이 될 줄은 모르며, 나무라도 상사목은 창 밖에 우뚝 서서 일 년 봄철 다 지나되 잎이 필 줄 모르며, 병이라도 속상하여 생긴 훼심병은 자나 깨나 잊지 못하고 죽느니라. 네가 나를 보려거든 서러워 말고 잘 있어라."

하인이 와서 빨리 가자고 재촉하는데 이별이 자꾸만 길어지네. '이몽룡'은 온갖 이별 다 있다며 중국의 고사를 들먹이고, 장원 급제하고 와서 데려가겠노라고 다짐한다. 어쩔 수 없다고 생각했는지 마지막으로 술을 올리고, 가다가 먹으라며 음식을 마련하여 주는구나. 언제 준비했을까 따위의 생각은 말자. 이 장면에서는 그냥 우리도 그런 이별의 주체라면 어떨지 생각해 보자. 모르잖아? 사람의 일인데.

이 장면에서도 우리의 '춘향'은 중국의 고사를 들어 그들이 하던 것처럼 편지를 하라 하고, '끊어지다'는 뜻의 '절(絶)' 자를 넣어 한 바탕 랩(rap)을 불러대는구나. 결국 대문 밖에 나가 거꾸러져 땅을 꽝꽝 치면서 울부짖을 수밖에.

춘향이 하릴없어,

"여보, 도련님, 내 손에 술이나 마지막으로 잡수시오. 행차 중에 먹을 음식 없이 가실 텐데, 내가 드리는 찬합 간직하셨다가 숙소 잠잘 자리에서 날 본 듯이 잡수시오. 향단아, 찬합 술 병 내 오너라."

춘향이 한 잔 술 가득 부어 눈물 섞어 드리면서 말했다.

"한양성 가시는 길에 강가의 나무가 청청하게 푸르거든 멀리서 정을 품고 있는 사람을 생각하시고, 아름답고 좋은 때가 되어 가랑비가 흩뿌리거든 길 위에 오가는 사람은 넋이 끊어질 만큼 슬퍼지겠지요. 말에 오른 채 지쳐서 병이 날까 염려되니 꽃풀이든 잡초든 저문 날에는 일찍 들어 주무시고, 아침 날 바람 불고 비 내리면 늦게야 떠나시며, 한 채찍 천리마로 모실 사람 없사오니 부디부디 천금같이 귀하신 몸 늘 잘 지키시옵소서. 푸른 나무 우거진 서울 길에 평안히 행차하옵시고 짧은 소식 듣고 싶소. 종종 편지나 하옵소서."

도련님이 대답했다.

"소식 듣기는 걱정 마라. 요지의 서왕모도 주나라 목왕(穆王)을 만나려고 한 쌍의 청조를 오게 하여 수천 리 먼먼 길에 소식을 전해 보냈고, 한나라 무제(武帝) 때 중랑장 벼슬 하던 소무는 상림원에 계신 임금 앞에 한 자나 되는 비단에 편지를 써 보냈으니, 흰 기러기와 파랑새가 없을망정 남원에 올 인편조차 없을쏘냐? 서러워 말고 잘 있어라."

말을 타고 하직하니, 춘향이 기가 막혀 하는 말이,

"우리 도련님이 '가네. 가네.' 하여도 거짓말로 알았더니 말 타고 돌아서니 참으로 가는구나."

하고, 춘향이가 마부를 불러,

"마부야, 내가 문 밖에 나설 수가 없는 터이니 말을 붙들어 잠깐 지체하여 서라. 도련님께 한 말씀 여쭈련다."

춘향이 내달아,

"여보 도련님, 이제 가시면 언제나 오시려오. 사철 소식 끊어질 절(絶), 보내느니 아주 영절(永絶), 푸른 대나무와 푸른 소나무 같은 백이(伯夷)와 숙제(叔齊)의 만고충절(萬古忠節), 온 산에 조비절(鳥飛絶), 병으로 누우니 인사절(人事絶), 죽절(竹節), 송절(松節), 춘하추동 사시절(四時節), 끊어져 단절(斷絶), 분절(分節), 훼절(毁節), 도련님은 날 버리고 박절(迫切)히 가시니 속절 없는 이내 정절(貞節), 독수공방 수절(守節)할 때 어느 때나 파절(破節)할꼬? 첩의 원정(寃情) 슬픈 고절(孤節), 주야 생각 미절(未絶)할 제 부디 소식 돈절(頓絶) 마오."

대문 밖에 거꾸러져 가늘디가는 두 손길로 땅을 꽝 꽝 치며,

"애고 애고 내 신세야."

애고 한 마디 하는 소리, 누런 먼지 흩날리니 바람은 쏠쏠하고, 깃발에 빛이 없으니 햇빛조차 엷구나. 엎어지며 자빠질 때 서운찮게 갈 양이면 몇 날 며칠이 되는지 모르겠구나. 도련님이 타신 말은 좋은 말이고 훌륭한 채찍이 아니냐. 도련님 눈물을 흘리고 훗날 기약을 당부하고 말을 채쳐 가는 모양은 미친바람에 조각구름 같더라.

이때 춘향이 하릴없이 자던 침실로 들어갔다.

"향단아! 주렴 걷고 안석(案席) 밑에 베개 놓고 문 닫아라. 도련님을 생시에는 만나보기 망연하니 잠이나 들면 꿈에나 만나 보자. 예로부터 이르기를 '꿈에 와 보이는 임은 신(信)이 없다.'고 일렀건만 '답답히 그릴진대 꿈 아니면 어이 보리.' 꿈아 꿈아 너 오너라. 수심이 첩첩 쌓여 한이 되어 꿈도 못 이루니 어이 하랴. 애고애고 내 일이야. 인간의 이별 만사 중에 독수

침실로 돌아온 '춘향', 할 수 있는 일이 아무것도 없으니 답답하겠지. 귀신을 욕하고 하느님을 미워하다가도 결국 문제 해결은 그들이 하는 것임을 알았는지 그들에게 빌기도 하면서 신세 타령을 하며 세월을 보내는구나.

공방 어이하리. 그리며 못 보는 나의 심정, 그 뉘라서 알아 주리. 맺힌 마음 이렁저렁 흐트러진 근심 후리쳐 다 버리고 자나 누우나, 먹고 깨나 임 못 보아 가슴 답답, 어린 모습 고운 소리가 귀에 쟁쟁, 보고지고 보고지고 임의 얼굴 보고지고. 듣고지고 듣고지고 임의 소리 듣고지고. 전생에 무슨 원수로 우리 둘 생겨나서 그리운 상사 함께 만나 잊지 말자 처음 맹세, 죽지 말고 한데 있어 백년기약 맺은 맹세, 많은 돈 귀한 보물은 꿈밖이요. 세상의 모든 일을 관계하랴. 근원 흘러 물이 되고 깊고 깊고 다시 깊고, 사랑 모여 산이 되어 높고 높고 다시 높아 끊어질 줄 모르는데 무너질 줄 어이 알리. 귀신이 방해하고 하느님이 시기한다.

하루 아침에 낭군을 이별하니 어느 날에 만나보리. 온갖 근심과 한이 가득하여 끝끝내 느꺼워라. 고운 얼굴 탐스러운 머리가 헛되이 늙으니, 해와 달이 무정하니 오동추야 달 밝은 밤에 어이 그리 더디 새며, 녹음방초 비낀 곳에 해는 어이 더디 가는고. 이 그리운 마음 아시면 임도 나를 그리워하련만 독숙공방 홀로 누워 다만 한숨 벗이 되고 구곡간장 굽이쳐서 솟아나니 눈물이라. 눈물 모여 바다 되고 한숨 지어 청풍 되면 일엽주(一葉舟) 만들어 타고 한양 낭군 찾으련만 어이 그리 못 보는고. 비를 따라 뜬 명월 달 밝은 때 지성껏 신에게 비는 마음을 느끼오니 분명한 꿈이로다.

달이 높이 뜬 밤 북두칠성과 견우성은 임 계신 곳 비치련만, 심중에 품은 수심 나 혼자뿐이로다. 밤빛이 아득한데 깜빡깜빡 비치는 게 창 밖에 반딧불이로다. 밤은 깊어 삼경인데 앉았은들 임이 올까, 누웠은들 잠이 오랴. 임도 잠도 아니 온다. 이 일을 어이하리. 아마도 원수로다.

홍진비래 고진감래 예로부터 있건마는 기다림도 적지 않고 그린 지도 오래건만, 일촌(一寸) 간장에 굽이굽이 맺힌 한을 임 아니면 누가 풀꼬? 명천은 아래를 살피어 쉬 보게 하옵소서.

다하지 못한 인정 다시 만나 백발이 다하도록 이별 없이 살고지고. 묻노라 푸른 물 푸른 산, 우리 임 야윈 행색, 갑자기 이별한 후에 소식조차 뚝 끊어졌구나. 사람이 목석이 아닐진대 임도 응당 느끼리라. 애고애고 내 신세야."

하늘을 우러러 혼자 탄식하며 세월을 보내는데, 이때 도련님은 올라갈 때 숙소마다 잠 못 이뤄,

"보고지고 나의 사랑 보고지고. 밤낮 잊지 못하는 우리 사랑, 날 보내고 그리는 마음 속히 만나 풀리라."

날이 가고 달이 감에 따라 마음을 굳게 먹고 과거 급제하여 외직(外職)하기를 기다리더라.

이때 몇 달 만에 신임 사또 났으되, 자하골 변학도(卞學道)라 하는 양반이 오는데, 문필도 뛰어나고 인물과 풍채도 훤하며 풍류 속에 달통하여 외입(外入) 속이 넉넉하되 흠이 있으니, 성품이 괴팍하고 가끔 멀쩡하다가 미친 행동하는 사증(邪症)을 겸하여, 혹 덕망을 잃기도 하고 잘못 결재하는 일이 간간이 있어서, 그를 아는 이들은 다 고집불통이라 하였다.

새로 부임하는 사또를 맞이하는 일을 맡은 신연하인이 나섰다.

"사령들 현신이오!"

"이방이오!"

"음식 담당 감상(監床)이오!"

"사령들의 우두머리 수배(首陪)요."

"이방 부르라!"

"이방이오."

"그새 너의 골에 일이나 없느냐?"

'이몽룡'인들 편안할 리 없지. 그동안 '춘향'을 미워할 어떤 근거도 찾지 못했으니 말야. 과거에 급제하여 사랑하는 이와 만나겠다는 다짐을 하면서 세월을 보내고 있어. 결과론으로 말한다면 이 기간 동안에 정말 공부를 많이 한 건 틀림없어. 결과로 말하잖아. 과거 시험 수석 합격.

'이몽룡'의 아버지가 떠난 자리에 새로 사또가 왔겠지. 그가 '변학도'야. 이 사람 능력도 있고 인물과 풍채도 꽤 잘났으며, 풍류에 달통하고 딴 여자와도 잘 놀아 멋있는데, 괴팍하고 술주정을 심해 실수도 하고 고집이 셌다. 딴 여자와 잘 노는 걸 '외입(外入)'이라 하는데, 옛날에는 이것도 멋짐 또는 안 멋짐의 기준이 되기도 했나 봐. 이게 '변학도'가 신세 망친 원인 중의 하나인 것쯤은 알지? 자기를 맞으러 나온 하인한테 '춘향'에 대한 정보를 얻으려는 치밀함도 보이네.

"예, 아직 무고하옵니다."

"네 골은 관청 노비가 삼남에서 제일이라지?"

"예, 부림직 하옵니다."

"또 네 골은 춘향이란 계집이 매우 예쁘다지?"

"예."

"잘 있느냐?"

"무고하옵니다."

"남원이 예서 몇 리인고?"

"육백삼십 리로소이다."

"마음이 바쁜지라 급히 갈 준비를 하라."

신연하인이 물러 나와,

"우리 골에 일이 났다."

이때 신관사또 출발하는 날을 급히 하여 부임하러 내려올 때 엄숙한 모습이 대단하구나.

구름 같은 큰 수레와 가마에 푸른 막대를 떡 벌이고, 좌우편에 부축하는 하인은 물색 진한 모시로 지은 관복인 천익(天翼)을 입고, 흰 모시 백저(白苧)로 만든 허리띠 매듭을 늘여 엇비슷이 눌러 매고, 거북등껍데기 대모(玳瑁)로 만든, 망건 줄을 꿰는 관자(貫子), 통영에서 나는 갓을 이마에 눌러 숙여 쓰고 푸른 막대에 묶은 줄을 휘감아 잡고,

"에라! 물러섰거라! 나가거라."

아무나 못 오게 막는 소리 매우 엄격하고,

"좌우에 하인은 긴 고삐 잘 잡고 가마 뒤채 잡기에 힘을 써라."

통인 한 쌍은 채찍 들고 벙거지 쓰고 행차를 모시고 뒤를 따르고, 수배(首陪), 감상(監床), 공방(工房)이며 신연 갔던 이방이 의젓하다. 사내종 한 쌍, 사령 한 쌍, 양산 든 종들이 앞에서

신임 사또가 남원에 내려올 때의 모습을 그리고 있는 장면이야. 행렬이 대단히 화려하고 거창하네. 남원 부사 정도가 이렇다면, 전라 감사는 어땠을까? 임금의 행차는?

모시고 큰길 가로 갈라서고, 흰색 비단 일산 복판에 남빛 비단 줄을 둘러 주석(朱錫) 고리 얼른얼른 호기 있게 내려올 때, 전후에 잡인들 접근 막는 소리에 청산이 메아리로 응답하고, 말을 재촉하는 높은 소리에 흰 구름이 맑고 맑구나.

전주(全州)에 도착하여 경기전(慶基殿) 객사에서 임금의 명령을 널리 알리는 연명(延命)을 하고, 영문에 잠깐 들렀다가 좁은목을 썩 내달아 만마관이란 고개, 노구바위를 넘어 임실을 얼른 지나 오수에 들러 점심 먹고 그날로 부임할새, 오리정(五里亭)으로 들어갈 때 천총(千摠)이 거느리고 육방(六房) 하인이 청로도(淸路道)로 들어올 때 청도기 한 쌍, 홍문기 한 쌍, 붉은 비단에 남색 무늬 홍초남문 주작기 남동쪽과 남서쪽에 한 쌍, 동남쪽과 서남쪽에 남색 비단 청룡기 한 쌍, 북동쪽과 북서쪽에 검은 비단 붉은 무늬 현무기 한 쌍, 등사기 순시기 한 쌍, 영기(令旗) 한 쌍, 집사(執事) 한 쌍, 기패관(旗牌官) 한 쌍, 군뢰(軍牢) 열두 쌍, 좌우가 요란하다. 행군 취타(吹打) 풍악 소리, 성 동쪽에 진동하고 삼현육각 권마성은 원근에 낭자하였다.

광한루에 자리를 잡아 옷을 갈아입고 객사에 연명하러 덮개 없는 가마를 타고 들어갈새, 백성의 눈에 엄숙하게 보이려고 눈을 별다르게 궁글궁글 하며 객사에 들어가 연명하고, 동헌(東軒)에 자리 잡고 도임을 축하하는 상을 받아 잡순 후에,

"행수 문안이오!"

행수 군관이 의례를 주관하여, 육방에 속한 관리와 하인들의 인사를 받은 뒤 사또 분부하되,

"수노 불러서 기생 점고하라."

호장이 분부 듣고, 기생 안책 들여 놓고, 호명을 차례로 하는데, 낱낱이 글귀를 붙여 부르는 것이었다.

"비 갠 뒤의 동산, 명월이."

전주를 거쳐 남원에 도착하고, 집무실인 동헌(東軒)에서 맨 먼저 할 일은 무엇일까? 업무 파악이겠지. 상식적으로는 말야. 그런데 '변학도'는 남원부에 소속되어 있는 기생의 출석 확인을 맨 먼저 하네. 그의 장기인 외입(外入) 행위의 구체화인 셈이지. 알고 보면 관청 소속 기생은 사또 마음대로 할 수 있는 사람들이야. 그들은 관기(官妓)라 불리는 사람들인데, 일종의 공무원이거든. 그런데도 굳이 이 일을 하는 것은 '춘향'을 만나기 위해서야. 기생들이 다 있느냐 없느냐 따위는 중요하지 않고, '춘향'이 있느냐 없느냐가 그의 관심사일 따름이거든.

명월이가 들어오는데 비단치마 자락을 거듬거듬 걷어다가 가는 허리, 가슴 복판에 딱 붙이고 아장아장 들어오더니,

"점고 맞고 나요."

"고깃배가 물을 따라 가며 봄의 산을 사랑하는데, 양편에 흐드러진 고운 봄빛이 아니냐, 도홍이."

도홍이가 들어를 오는데 붉은 치마 자락을 걷어 안고 아장아장 조촘 걸어 들어를 오더니,

"점고 맞고 나요."

"단산의 저 봉이 짝을 잃고 벽오동에 깃들이니 산수의 신령이요 날으는 벌레의 정령이라. 굶주릴망정 좁쌀은 안 쫀다는 굳은 절개, 만수문 앞의 채봉이."

채봉이가 들어오는데 비단치마 두른 허리 맵시 있게 걷어 안고 연꽃 걸음을 바르게 옮겨 아장거려 들어와,

"점고 맞고, 사또 안전에 나왔다 들어가는 나요."

"맑고 깨끗한 연꽃은 절개를 고치지 않나니, 묻노라 저 연화, 어여쁘고 고운 태도, 꽃 중의 군자 연심이."

연심이가 들어오는데 비단 치마를 걷어 안고 비단 버선, 수놓은 신을 끌면서 아장거려 가만가만 들어오더니 맵시 있는 진퇴로,

"사또 안전에 나왔다 들어가는 나요."

"정직하여 명옥 얻은 화씨(和氏)같이 밝은 달 푸른 바다에 들었는데 형산의 백옥 명옥이."

명옥이가 들어오는데 마름과 연(蓮)으로 만든 치마를 입은 고운 태도, 밟아 감이 신중한데 아장 걸어 가만가만 들어를 오더니,

"점고 맞고 사또 안전에 나왔다 들어가는 나요."

"구름은 엷고 바람은 가벼워 한낮이 가까운데, 버드나무 사

이의 금 조각, 앵앵이."

앵앵이가 들어오는데 붉은 치마 자락을 에후리쳐 가는 허리와 가슴 복판에 딱 붙이고 아장 걸어 가만가만 들어오더니

"점고 맞고, 사또 안전에 나왔다 들어가는 나요."

사또 분부하되,

"자주 불러라!"

"예."

호장이 분부 듣고 넉 자 가락으로 부르는데,

"광한전 높은 집에 복숭아 바치던 고운 선녀, 반겨보니 계향이."

"예, 등대하였소."

"소나무 아래 저 동자야, 묻노라 선생 소식, 여러 겹 청산의 운심이."

"예, 등대하였소."

"월궁에 높이 올라 계수나무 꽃을 꺾어 애절이."

"예, 등대하였소."

"문득 물어 주막이 어느 곳에 있는가, 목동이 멀리 가리켜, 행화."

"예, 등대하였소."

"아미산에 가을 반달 걸려 있고 그 그림자 평강에 들어, 강선이."

"예, 등대하였소."

"오동나무 복판 거문고 타고 나니 탄금이."

"예, 등대하였소."

"팔월 부용 군자의 얼굴은 가을 물이 연못에 가득, 홍련이."

"예, 등대하였소."

"주홍빛 명주실 갖은 매듭, 차고 나니 금낭이."

"예, 등대하였소."

사또가 분부하였다.

"한숨에 열두서넛씩 부르라!"

호장이 분부 듣고 자주 불렀다.

"양대선, 월중선, 화중선이."

"예, 등대하였소."

"금선이, 금옥이, 금련이."

"예, 등대하였소."

"농옥이, 난옥이, 홍옥이."

"예, 등대하였소."

"바람맞은 낙춘이."

"예, 등대, 들어를 가오."

낙춘이가 들어를 오는데, 제가 잔뜩 맵시 있게 들어오는 체하고 들어오는데, 얼굴에 잔털을 뽑는다는 말은 듣고 이마빡에서 시작하여 귀 뒤까지 파 젖히고, 분단장한단 말은 들었던가 개분 석 냥 일곱 돈어치를 무더기로 사다가 성(城)겉에 회칠하듯 반죽하여 온 낯에다 막 칠하고 들어오는데, 키는 사근내에 있는 장승만 한 년이 치맛자락을 훨씬 추어다 턱 밑에 딱 붙이고 무논의 고니 걸음으로 찔룩 껑쭝껑쭝 엉금 섭적 들어오더니,

"점고 맞고, 나요."

예쁘게 고운 기생도 그 중에 많건마는 사또께옵서는 근본 춘향의 말을 높이 들었던지라 아무리 들으시되 춘향의 이름 없는지라, 사또가 우두머리 종 수노를 불러 물었다.

"기생 점고 다 되어도 춘향은 안 부르니 퇴기(退妓)냐?"

수노가 여쭈었다.

"춘향 어미는 기생이로되 춘향은 기생이 아니옵니다."

그 기생 명부에는 '춘향'이 없어. 당연하지. '춘향'은 애초에 기생이 아니라 생각하고 있으니 그럴 수밖에 없지. 다 아는 사실을 '변학도'만 모르는 거지. 높은 자리에 있는 사람이 자기 자리를 지키기 위해서는 모르는 게 없는 것처럼 굴고 못 하는 일이 없는 것처럼 뻐겨야 해. 그래서 하인들이 '춘향'에 관한 정보를 여러 가지 제공해 줘도 '변학도'는 웃기지 말라고 해야 돼. 그들의 말에 이해는 가. 그렇더라도 없던 일로 갈 수는 없어. 지금까지 여러 사또가 다 시도는 했으나 실패했다는 말까지 들으면, '나는 그들과 달라, 나는 할 수 있어.' 이런 생각 안 하겠어? 왜냐구? 그는 '춘향'과 '이몽룡'의 사랑을 아름답게 만들기 위해 '아름다운' 악역을 맡고 있거든.

사또가 물었다.

"춘향이가 기생이 아니면 어찌 규중에 있는 아이의 이름이 높이 났느냐?"

수노 여쭈오되,

"근본이 기생의 딸이옵고 덕망과 미색이 대단하여 벼슬이 높고 권세가 있는 집안의 양반네와 매우 뛰어난 재주를 가진 선비 한량들과 내려오신 사또마다 구경코자 간청하되, 춘향 모녀가 듣지 않기로, 양반 상하를 막론하고 같은 부류에 속한 소인들도 십 년에 한 번쯤 얼굴을 보지만 언어와 수작이 없었 더니, 하늘이 정하신 연분인지 구관 사또 자제인 이 도령과 백 년기약 맺사옵고 도련님 가실 때에 과거에 급제하면 데려 간 다 당부하고 춘향이도 그리 알고 수절하여 있습니다."

사또가 분을 내어,

"이놈, 무식한 상놈인들 그게 어떠한 양반이라고 엄한 아버 지를 모시고 장가들기 전의 도련님이 기생집에서 첩을 얻어 살자 할까. 이놈 다시는 그런 말 입 밖에 냈다가는 죄를 면치 못하리라. 이미 내가 저 하나를 보려고 하다가 못 보고 그저 말랴. 잔말 말고 불러오라."

춘향을 부르라는 명령이 내리자 이방, 호장이 여쭈었다.

"춘향이가 기생도 아닐 뿐 아니오라, 전임 사또 자제 도련 님과 맹약이 중하옵고, 나이는 같지 아니하오나 같은 양반의 분수와 의리로 부르라 하시니, 사또 본모습이 손상할까 저어 합니다."

사또 크게 노하여,

"만일 춘향을 데려올 시각을 지체하다가는 호장과 이방, 형 방 들 이하 각 기관 두목을 하나같이 내쫓을 것이니 어서 빨리 대령 못 시킬까?"

육방이 소동을 하고 각 기관의 두목이 넋을 잃어,

"김(金) 당번아, 이(李) 당번아, 이런 별일이 또 있느냐? 불쌍하도다. 춘향 정절이 가련하게 되기 쉽다. 사또 분부 지엄하니어서 가자, 바삐 가자."

사령과 관노 뒤섞여서 춘향 집 문전에 당도하니, 이때 춘향이는 사령이 오는지 군뢰(軍牢)가 오는지 모르고, 주야로 도련님만 생각하여 우는데, 망측한 환(患)을 당하려 하니 소리가 화평할 수 있으며, 한때라도 독수공방살이 할 계집아이라, 목소리에 청승이 끼어 자연 슬프게 원망하는 소리가 되는 것이어서, 보고 듣는 사람의 심장인들 아니 상할쏘냐? 임 그리워설운 마음 음식이 달지 않아 밥 못 먹고 잠자리가 편안하지 않아 잠 못 자고, 도련님 생각에 상처가 쌓여 가죽과 뼈가 모두다 서로 붙었구나. 양기가 쇠진하여 진양조란 울음이 되어,

"갈까 부다 갈까 부다. 임을 따라 갈까 부다. 천 리라도 갈까부다. 만 리라도 갈까 부다. 비바람도 쉬어 넘고, 날진이나 수진이, 해동청, 보라매도 쉬어 넘는 높은 산봉우리 꼭대기 동선령 고개라도 임이 와 날 찾으면 나는 신발 벗어 손에 들고 나는 아니 쉬어 가지. 한양 계신 우리 낭군, 나와 같이 그리는가? 무정하여 아주 잊고 나의 사랑을 옮겨다가 다른 임을 사랑하는가?"

한참 이리 섧게 울 때 사령들이 춘향의 슬픈 소리를 듣고 사람이 나무나 돌이 아니거든 감동 아니 될 수 있나. 육천 마디의 팔다리, 머리, 몸통이 떨어지는 물에 봄날 얼음 녹듯 탁 풀리어,

"대체 이 아니 참 불쌍하냐? 이에 외입(外入)한 자식들이 저런 계집을 우러러 받들지 못하면 사람이 아니로다."

이때 재촉 사령이 나오면서,

결국 하인들이 '춘향'을 부르러 왔지. 어쩔 수가 없어. 그들은 '춘향'을 잘 알고 있었으니까. 오로지 '이몽룡'만 생각하여 못 먹고 못 자 바짝 야위고 기력이 쇠진하여 울고 있어. '진양조'란 말이 나오네. 이건 판소리 장단의 하나인데, 가장 느린 장단이라 슬프고 한스러운 내용이 어울리거든. '갈까 부다'로 시작하는 이 노래에는 '바람도 쉬어 넘는 고개'로 시작하는 사설시조의 중장과 종장이 담겨 있어. 임에 대한 사랑이 대단함을 표현한 시조인데, 판소리와 사설시조 중 어느 것이 먼저 지어졌는지를 알기는 어려워. 판소리가 사설시조를 수용했는지, 판소리에서 일부가 떨어져 나와 사설시조가 되었는지 확인하여 일반화하는 일은 사실상 불가능할 거야.

'춘향'이 새로 온 사또가 기생 점고를 한다는 걸 알고는 있었나 봐. 그래서 하인들이 여러 명 오니까 그 때문에 온 줄 알았거든. 이건 또 뭐냐? 스스로 기생이란 걸 인정한 걸까? '이몽룡'이 있을 때야 이런 하인들이 제 하인이었을 테지만, 지금은 다르지. 그걸 '춘향'도 잘 알아. 그래서 술상을 마련하고 돈도 한 냥씩 주었지. 뇌물인 셈이네. 이들이 문제를 해결해 줄 수 있다고는 생각했을까? 그건 아니겠지. 그냥 인정이라 할까? 맞아. 인정이겠지. 근데, '인정'이 '뇌물'의 옛날 말이란 건 아니? 어쨌든, 행수 기생이라고, '행수(行首)'는 한 무리의 우두머리를 뜻하는 말이니, 기생의 우두머리네, 그 행수 기생이 와서 '춘향'더러 너 때문에 여럿 다친다, 수절 별 거 아니다, 이러니 할 수 없지. 그래, 갈게. 죽으면 그만이지 뭐.

"이리 오너라!"

외치는 소리에 춘향이 깜짝 놀라 문틈으로 내다보니 사령, 군노들이 나왔구나.

"아차차 잊었네. 오늘이 그 삼일(三日) 점고라 하더니 무슨 야단이 났나 보다."

밀창문이 열뜨리며,

"허허 번수(番手)님네 이리 오소, 이리 오소, 오시기 뜻밖이네. 이번 신연 길에 노독이나 아니 났으며 사또 정체(正體) 어떠하며, 구관 댁에 가 보셨으며, 도련님 편지 한 장도 아니 하시던가? 내가 지난날에는 양반을 모시기로 남들의 이목이 번거롭고 도련님 본모습이 유달라서 모르는 체하였건만, 마음조차 없을쏜가? 들어가세, 들어가세."

김 번수며 이 번수며 여러 번수 손을 잡고 제 방에 앉힌 후에 향단을 불러,

"주반상 들여라."

취하도록 먹인 후에 궤짝 문을 열고 돈 닷 냥을 내어 놓으며,

"여러 번수님네. 가시다가 술이나 잡숫고 가옵소서. 뒷일이 없게 하여 주오."

사령들이 약주에 취하여 하는 말이,

"돈이라니 당치도 않다. 우리가 돈 바라고 네게 왔겠느냐?"
하며,

"들여 놓아라."

"김 번수야 네게 차라."

"할 수 없다마는, 닢 수(數)나 다 옳으냐?"

돈 받아 차고 흐늘흐늘 들어갈 때, 행수 기생이 나온다. 행수 기생이 나오며 두 손뼉 딱딱 마주 치면서,

"여봐라 춘향아, 말 듣거라. 너만 한 정절은 나도 있고 너만

한 수절은 나도 있다. 너라는 정절이 왜 있으며 너라는 수절이 왜 있느냐? 정절 부인 애기씨, 수절 부인 애기씨, 조그마한 너 하나로 말미암아 육방이 소동이 나고, 각 청 두목이 다 죽어난다. 어서 가자, 바삐 가자."

춘향이 할 수 없이 수절하던 그 태도로 대문 밖에 썩 나서며,

"형님 형님 행수 형님, 사람의 괄시를 그리 마오. 그대라고 대대 행수이며, 나라고 대대로 춘향인가? 사람이 한번 죽으면 도무지 아무 일도 없지, 한 번 죽지 두 번 죽나."

이리 비틀 저리 비틀 동헌에 들어가,

"춘향이 대령하였소."

사또 보시고 크게 기뻐했다.

"춘향이가 분명하다. 대청 위로 오르거라."

춘향이 사또 있는 방에 올라가 무릎을 여미고 단정히 앉을 뿐이다. 사또가 크게 반하여,

"책방에 가서 회계(會計) 나리님을 오시래라."

회계 생원(生員)이 들어오는 것이었다.

사또 크게 기뻐했다.

"자네 보게. 저게 춘향일세."

"하 그년 매우 이쁜데, 잘 생겼소. 사또께서 서울 계실 때부터 '춘향, 춘향.' 하시더니 한 번 구경할 만하오."

사또 웃으며,

"자네 중신하겠나?"

이윽히 앉았더니,

"사또께서 애당초에 춘향을 부르시지 말고 중매쟁이를 보내어 보시는 게 옳을 것을 일이 좀 가볍게 되었소마는 이미 불렀으니 아마도 혼사할 밖에 수가 없소."

사또 크게 기뻐하며 춘향더러 분부하였다.

'춘향'이 사또 앞에 가 앉으니, '변학도'가 회계 담당자를 불러. 그러고는 중매를 해. 그러곤 '춘향'더러 오늘부터 수청을 들라네. '수청'이 뭔지 아니? 아녀자나 기생이 높은 벼슬아치에게 몸을 바쳐 시중을 들던 일, 이게 수청이야. 직설적으로 말하면 뭐냐? 오늘밤부터 몸을 바쳐라, 이런 뜻이지. 그러면 '춘향'은 '이몽룡' 외에 다른 남자를 모시는 게 되잖아. 그러지 않겠다는 게 '수절(守節)'이지. 정절(貞節)을 지키는 것. 그런 여자를 열녀(烈女)라 하고. 어르기도 하고 으르기도 하고 했지만 막무가내야.

"오늘부터 몸단장 깨끗이 하고 수청을 거행하라."

"사또 분부 황송하나 한 남편만 섬기기를 바라오니 분부 시행 못 하겠소."

사또가 웃으며 말했다.

"아름답고 아름다운 계집이로다. 네가 진정 열녀로다. 네 정절 굳은 마음 어찌 그리 어여쁘냐? 당연한 말이로다. 그러나 이 수재는 경성(京城) 사대부의 자제로서 명문 귀족의 사위가 되었으니, 한때 사랑으로 잠깐 기생질하던 너를 조금이나 생각하겠느냐? 너는 근본 절행이 있어 오로지 절개를 지켰다가 고운 얼굴이 늙어지고 백발이 어지러이 드리우면 무정한 세월이 흐르는 물 같음을 탄식할 때 불쌍하고 가련한 게 너 아니냐? 네 아무리 수절한들 누가 너를 열녀로 표창하여 주랴? 그는 다 버려 두고 네 고을 관장에게 매임이 옳으냐, 아니면 아이놈에게 매이는 게 옳으냐? 네가 말을 좀 하여라."

춘향이 여쭈었다.

"충신은 두 임금을 섬기지 않으며 열녀는 두 남편을 바꾸지 않는 절개를 본받고자 하옵는데, 여러 차례 분부가 이러하니 사는 것이 죽느니만 못하옵고, 열녀는 두 남편을 바꾸지 않으니 처분대로 하옵소서."

이때 회계 나리가 썩 나서며 말했다.

"네 여봐라! 어, 그년 요망한 년이로고. 하루살이의 일생은 작은 천하와 같은 것이라. 네 여러 번 사양할 게 무엇이냐? 사또께옵서 너를 우러러 하시는 말씀인데 너 같은 창기(娼妓) 무리에게 수절이 무엇이며 정절이 무엇인가? 구관은 전송하고 신관 사또를 영접함이 법전(法典)에 당연하고 사례에도 당당하거든 괴이한 말 내지 마라! 너 같은 천한 기생 무리에 충렬(忠烈) 두 자가 왜 있으리?"

이때 춘향이 하도 기가 막혀 천연히 앉아 여쭈었다.

"충신과 효녀, 열녀에 상하(上下)가 있소? 자세히 들으시오. 기생으로 말합시다. 충효 열녀 없다 하니 낱낱이 아뢰리다. 황해도 기생 농선(弄仙)이는 동선령에 죽어 있고, 선천 기생은 아이로되 칠거지악 알고 있고, 진주 기생 논개(論介)는 우리나라 충렬로서 충렬문에 모셔 놓고 봄가을로 제사를 지내오고, 청주 기생 화월(花月)이는 삼층각에 올라 있고, 평양 기생 월선(月仙)이는 충렬문에 들어 있고, 안동 기생 일지홍(一枝紅)은 생전에 열녀문 지은 후에 정경부인으로 품계를 올린 일이 있사오니 기생을 나쁘게 여기지 마옵소서."

춘향이 다시 사또 앞에 여쭈었다.

"당초 이 수재(李秀才) 만날 때에 태산과 서해 같은 굳은 마음 저의 한마음 정절(貞節)을 용맹하기로 이름난 맹분(孟賁) 같은 이도 빼어내지 못할 터요, 소진(蘇秦)과 장의(張儀)의 말재주인들 첩의 마음 옮겨가지 못할 터이요, 공명(孔明) 선생의 높은 재주는 동남풍을 빌었으되 일편단심 소녀의 마음은 굴복시키지 못하리라. 기산(箕山)의 허유(許由)는 요임금의 천거를 받지 아니하였고 서산의 백이(伯夷)와 숙제(叔齊) 두 사람은 주(周)나라의 곡식을 먹지 아니하였으니, 만일 허유가 없었으면 속세 떠나 숨어 사는 선비 누가 하며, 만일 백이와 숙제가 없었으면 나라를 어지럽히는 신하와 도적이 많으리라. 첩의 몸이 비록 천한 계집인들 허유와 백이 숙제를 모르리까? 사람의 첩이 되어 지아비를 배반하고 집안을 버리는 법이, 벼슬하는 관장님네가 나라를 잊고 임금을 등짐과 같사오니 처분대로 하옵소서."

사또가 크게 노하여

"이년 들어라. 임금을 몰아내려는 죄는 능지처참하게 되고,

'춘향'에게 '변학도'는 기생 신분이 충효(忠孝)니 열절(烈節)이니 하는 게 가당찮지 않다고 하자, '춘향'은 속으로는 '무슨 개소리.' 했겠지만 알 수 없고, 전국 각지의 유명한 기생 이름들을 대면서 웃기지 마셈 했지. 게다가 '변학도'더러 중국의 유명한 사람을 들며, 너는 그보다 못하잖아 그러고, 능력은 있으나 숨어 지내는 선비, 목숨을 걸고 충절을 지키는 신하를 들면서, 너는 뭐니, 이러니, 화가 안 날 수 없겠지. 물론 '춘향'이 겉으로 '너, 너' 하지는 않았어. 속으로야 '너놈, 너 이 자식' 이랬겠지만.

관장을 조롱하는 죄는 임금의 명령을 적은 제서(制書)에 법률로 쓰여 있으며, 관장을 거역한 죄는 엄하게 형벌하고 귀양 보내느니라. 죽는다고 설워 마라."

춘향이 악을 쓰되,

"유부녀를 겁탈하는 것이 죄가 아니고 무엇이오?"

사또는 기가 막혀 어찌나 분하던지 벼루 엎어 놓은 책상을 두드리니까 탕건이 벗어지고 상투 매듭이 탁 풀리고 첫마디에 목이 쉬어,

"이년을 잡아 내려라!"

호령하니, 골방의 심부름하는 통인이

"예."

하고 달려들어, 춘향의 머리채를 주루루 끌어내며,

"급창!"

"예."

"이년 잡아 내려라!"

춘향이 뿌리치며,

"놓아라."

계단 중간쯤 내려가니 급창이 달려들어,

"요년 요년, 어떠하신 높은 분 앞이라고 대답이 그러하고 살기를 바랄쏘냐?"

대뜰 아래 내리치니 맹호 같은 군노, 사령들이 벌떼같이 달려들어 감태(甘菩) 줄기 같은 춘향의 머리채를 한창 시절 연실 감듯, 뱃사공의 닻줄 감듯, 사월 초파일 연등 다는 장대 감듯 휘휘친친 감아쥐고 동댕이쳐 엎지르니, 불쌍하다 춘향 신세 백옥 같던 고운 몸이 육(六)자 모양으로 엎어졌구나.

좌우에 나졸들이 늘어서서 능장, 곤장, 형장이며 주장 등 온갖 몽둥이를 집고,

그래서 '변학도'는 법대로 하겠다고 했지. '춘향'도 '유부녀 겁탈'이라는 죄명을 '변학도'에게 씌웠고. 그러면 뭘 해. 힘이 없는데. 머리채를 끌어다 내동댕이치고, 한자 육(六) 자 모양으로 바닥에 깔아 버리네. 어찌 보면, '춘향'이 너무 간 것 같기도 해. 김부식(金富軾)이 쓴 〈삼국사기〉에 백제 사람 '도미(都彌)'의 아내 이야기가 있어. 그의 아내는 왕이 탐낼 만큼 미인이었다네. '춘향'보다 한 수 위인 셈이잖아. 그녀는 왕 앞에서 알겠다고, 당신을 모시겠다고, 그런데 오늘이 다달이 찾아오는 그 날이라 어쩔꼬? 일단 넘겼어. 며칠 뒤에 다시 불려갔겠지. 할 수 없잖아. 깨끗이 씻고 모실게. 이래 놓고 몰래 도망쳤지. 이런 '관탈민녀', 곧 관리가 백성의 여자를 빼앗는 이야기가 '춘향전'의 근원이 될 가능성이 있겠지? '춘향'이도 그랬으면 어땠을까. 당장 매를 맞지는 않았겠지. 하긴, 매를 맞고 죽을 각오로 정절을 지켰으니 더 대단한 것일 수도 있지만.

"아뢰라! 형리(刑吏)를 대령하라!"

"예!"

"머리 숙여라!"

"형리요."

사또는 분이 어찌나 났던지 벌벌 떨며 기가 막혀 허푸허푸
하며,

"여봐라! 그년에게 무슨 다짐이 왜 있으리. 묻지도 말고 형
틀에 올려 매고 정강이를 부수고 죽인 보고서를 올려라!"

춘향을 형틀에 올려 매고, 옥사장이의 거동을 봐라. 형장이
며 태장이며 곤장이며 한 아름 담쑥 안아다가 형틀 아래 좌르
륵 부딪치는 소리에 춘향의 정신이 어지러워진다.

집장 사령의 거동을 봐라. 이놈도 잡고 능청능청 저 놈도
잡고서 능청능청, 등이 좋고 빳빳하고 잘 부러지는 놈 골라잡
고 오른쪽 어깨 벗어 메고 형장을 집고 대청에서 명령이 내리
기를 기다릴 때,

"분부 모셔라. 네가 그년을 사정 두고 헛때려서는 당장에
네 목숨을 받을 것이니 각별히 매우 쳐라."

집장 사령이 여쭈었다.

"사또님의 분부가 매우 엄한데 저만 한 년을 무슨 사정 두
오리까? 이년 다리를 까딱 마라! 만일 움직였다가는 뼈 부러
지리라."

호통하고 들어서서 개수 세는 소리에 발을 맞추어 세면서
가만히 말했다.

"한두 개만 견디소. 어쩔 수가 없네. 요 다리는 요리 틀고 저
다리는 저리 트소."

"예잇, 때리오."

딱 붙이니 부러진 형장개비는 푸르륵 날아 공중에 빙빙 솟

사또의 명령을 따르지 않을 수
없고, '춘향'을 모르는 사이도
아니고, 매를 들어야 하는 사령
도 참 곤란했겠어. 얼마 전에
'춘향' 집에서 술 얻어 마시고 돈
한 닢 받은 그 사람일 수도 있
겠네. 그래서 어쩔 수가 없다고,
다리를 어떻게 하면 안 다친다
고, 일러주면서 때릴 수밖에 없
는 처지라니. 세상 살다 보면 이
와 비슷한 일 많아. 부모를 따르
자니 애인이 울고, 애인을 따르
자니 부모가 울고, 뭐 이런 것.

아 사또 있는 방 대뜰 아래 떨어지고, 춘향이는 아무쪼록 아픈 데를 참으려고 이를 복복 갈며 고개만 빙빙 두르면서,

"애고 이게 웬 일이여!"

곤장, 태장을 치는 데는 사령이 서서 하나 둘 세건마는, 형장부터는 법률에 정해진 장형(杖刑)이라 형리와 통인이 닭싸움하는 모양으로 마주 엎디어서 하나 치면 하나 긋고, 둘 치면 둘 긋고, 무식하고 돈 없는 놈이 술집 바람벽에 술값 긋듯 그어 놓으니 한 일(一) 자가 되었구나. 춘향이는 저절로 설움에 겨워 맞으면서 울었다.

"일편단심 굳은 마음은 일부종사(一夫從事)의 뜻이오니, 일개 형벌 친다고 일년이 다 못 가서 일각인들 변하오리까?"

이때 남원부의 한량이며 남녀노소 없이 모여 구경하는데, 좌우의 한량들이,

"모질구나 모질구나. 우리 골 원님이 모질구나. 저런 형벌이 왜 있으며 저런 매질이 왜 있을까? 집장 사령놈을 눈 익혀 두어라. 삼문 밖에 나오면 급살(急煞) 맞아 죽으리라."

하니, 보고 듣던 사람들이야 누가 눈물을 흘리지 않으랴.

둘째 낱을 딱 붙이니,

"아황과 여영 이비(二妃)의 절개를 아옵는데 이부(二夫)를 바꾸지 않는 이내 마음 이 매 맞고 영영 죽어도 이 도령은 못 잊겠소."

셋째 낱을 딱 부치니,

"삼종지례(三從之禮) 지중한 법 삼강오륜 알았으니 삼치(三治) 형문을 받고 유배를 갈지라도 삼청동 우리 낭군 이 도령을 못 잊겠소."

넷째 번 낱을 딱 붙이니,

"사대부 사또님은 사민(四民) 공사 살피지 않고 율력 공사에

지금 '춘향'이 맞는 매는 '형장(刑杖)'이라고 법률에 정해져 있는 것이라 함부로 치지는 못했나 봐. '춘향'이 누구냐. 그냥 맞고만 있을 사람이 아니지. 한 대를 맞더니 한 일(一) 자가 들어가는 말을 여럿 가져다가 문장을 만들어 사또에게 따져 들어. 이걸 '십장가(十杖歌)'라 하는데, 앞에서 보았던, '정' 자나 '궁' 자 들어가는 노래는 운을 뒤에 두고 문장 단위로 끊어지는데, 이것은 운을 앞에 두고 단어 단위로 반복되도록 짜여 있어. '일편단심, 일부종사, 일개, 일 년, 일 각', 이렇게. 보통 열 대까지 나오니까 '십장가'라 했겠지. 우리가 읽고 있는 이 '춘향전', '열녀춘향수절가'는 스물다섯 대까지 맞지만, 열 대 이후에는 열다섯째와 스물다섯째만 언급되어 있어.

만 힘을 쓰니 사십팔 방(坊) 남원 백성 원망함을 모르시오? 사지를 가른대도 사생동거 우리 낭군 사생 간에 못 잊겠소."

다섯 낱째 딱 붙이니,

"오륜 윤기(倫紀) 끊어지지 않고 부부유별 오행(五行)으로 맺은 연분 올올이 찢어낸들 오매불망 우리 낭군 온전히 생각나네. 오동추야 밝은 달은 임 계신 데 보련마는, 오늘이나 편지 올까 내일이나 기별 올까. 무죄한 이내 몸이 오사(誤死)할 리 없사오니 오결(誤決)하여 큰칼 씌워 가두지 마옵소서. 애고 애고 내 신세야."

여섯 낱째 딱 붙이니,

"육육은 삼십육으로 낱낱이 고찰하여 육만 번 죽인데도 육천 마디 어린 사랑 맺힌 마음 변할 수 전혀 없소."

일곱 낱을 딱 붙이니,

"칠거지악 범하였소? 칠거지악이 아니어든 칠개 형문이 웬일이오? 칠척검(七尺劍) 드는 칼로 동강동강 잘라서 이제 바삐 죽여 주오. '쳐라.' 하는 저 형방아, 칠 때 고찰 마오. 칠보(七寶) 홍안(紅顔) 나 죽겠네."

여덟째 날 딱 붙이니,

"팔자 좋은 춘향 몸이 팔도 방백 수령 중에 제일 명관 만났구나. 팔도 방백 수령님네, 치민하러 내려왔지 악형하러 내려왔소?"

아홉 낱째 딱 붙이니,

"구곡간장 굽이 썩어 이내 눈물 구년지수(九年之水) 되겠구나. 구고(九皐) 청산 장송 베어 맑은 강 배 만들어 타고 한양성중 급히 가서 구중궁궐 임금님께 구구한 원정(原情) 아뢰옵고 구정(九庭) 뜰에 물러나와 삼청동을 찾아가서 굽이굽이 맺힌 마음 적으나마 풀련마는."

열째 낱을 딱 붙이니,

"십생구사할지라도 팔십 년 정한 뜻을 십만 번 죽인대도 가망 없고 할 수 없지. 십육 세 어린 춘향 곤장 맞아 원귀 되니 가련하오."

열 치고는 짐작할 줄 알았더니, 열다섯째 딱 붙이니,

"십오야 밝은 달은 떼구름에 묻혀 있고 서울 계신 우리 낭군 삼청동에 묻혔으니, 달아 달아, 보느냐? 임 계신 곳 나는 어이 못 보는고?"

스물 치고 짐작할까 여겼더니 스물다섯 딱 붙이니,

"이십오현탄야월(二十五絃彈夜月)에 맑은 원망 못 이긴 저 기러기, 너 가는 데 어드메냐? 가는 길에 한양성 찾아들어 삼청동 우리 임께 내 말 부디 전해 다오. 나의 모습을 자세히 보고 부디부디 잊지 마라."

삼십삼천 어린 마음을 옥황상제 전에 아뢰고자 옥 같은 춘향 몸에 솟는 것이 유혈이요, 흐르는 건 눈물이라. 피눈물 한데 흘러 무릉도원에 흐르는 붉은 물이라.

춘향이 점점 악을 쓰며 하는 말이,

"소녀를 이리 말고, 능지처참하여 아주 박살하여 죽여 주면, 죽은 뒤에 원조(怨鳥)라는 새가 되어 초혼조(招魂鳥)와 함께 울어 적막공산 달 밝은 밤에 우리 이 도령님 잠든 후 꿈이나 깨게 하여지이다."

말 못하고 기절하니 엎드려 있던 형방, 통인, 고개 들어 눈물 씻고, 매질하던 저 사령도 눈물 씻고 돌아서며,

"사람의 자식은 못 하겠네."

좌우의 구경하는 사람과 거행하는 관속들이 눈물 씻고 돌아서며,

"춘향이 매 맞는 거동 사람 자식은 못 보겠다. 모질도다, 모

스물다섯 대를 맞고도 '춘향'은 악을 쓰면서, 죽여 달라고, 그래서 원통하게 죽은 새가 되어, 잠자는 '이몽룡'을 깨우겠다고. 그러다가 기절을 했지. 매질하던 사령도 울어. 구경꾼 모두 울어. 사또인들 뭐가 좋겠나. 마지막으로 구슬려 보지만, 끝내 안 들어. 그래서 큰칼 씌워 하옥시키게 했지.

질도다. 춘향 정절이 모질도다. 하늘이 낸 열녀로다.”

남녀노소 없이 서로 눈물 흘리며 돌아설 때 사또인들 좋을 리가 있으랴.

“네 이년! 관청 뜰에서 발악하여 맞으니 좋은 게 무엇이냐? 다음에도 또 그렇게 관장을 거역할까?”

반은 죽고 반은 산 저 춘향이 점점 악쓰며 하는 말이,

“여보 사또 들으시오. 한결같은 마음으로 한을 품으면 살고 죽기를 모른다는 것을 어이 그리 모르시오? 계집의 곡진(曲盡)한 마음 오뉴월에 서리 치네. 원통한 혼이 하늘로 날아다니다가 우리 임금님 앉은 자리에 이 원정을 아뢰오면 사또인들 무사할까? 덕분에 죽여 주오.”

사또 기가 막혀,

“허허 그년 말 못 할 년이로고, 큰칼 씌워 하옥(下獄)하라.” 하니, 큰칼 씌워 봉인(封印)하여 옥사장이 등에 업고 삼문 밖을 나올 때, 기생들이 나오며,

“애고 서울집아, 정신 차리게. 애고 불쌍하여라.”

사지를 만지며 약을 갈아 들이며 서로 보고 눈물 흘릴 때 키 크고 속 없는 낙춘이가 들어오며,

“얼씨고 절씨고 좋을시고, 우리 남원도 현판(懸板)감이 생겼구나.”

왈칵 달려들어,

“애고 서울집아, 불쌍하여라.”

이리 야단할 때, 춘향 어미가 이 말을 듣고 정신없이 들어오더니 춘향의 목을 안고,

“애고 이게 웬일이냐? 죄는 무슨 죄며 매는 무슨 매냐? 장청의 집사님네, 길청의 이방님, 내 딸이 무슨 죄요? 장군방(杖軍房)의 두목들아, 형장을 들었던 쇄장이도 무슨 원수 맺었더

‘춘향’이 매를 맞고 큰칼을 쓴 채 나오니까 기생들이 그걸 보고 눈물을 흘리는구나. 그들이 ‘춘향’을 ‘서울집’이라 하는 이유가 뭘까? ‘서울댁’이라 하면 좋을 텐데. 그들은 같은 신분인 것으로 인식했던 것 같네. 염상섭의 소설 ‘삼대’에 ‘수원집’이라는 인물이 등장하지. 본처가 아니라 첩이기 때문에 그랬을 거야.

냐? 애고 애고 내 일이야. 칠십 당년 늙은 것이 의지할 데 없이 되었구나. 무남독녀 내 딸 춘향 규중에 은근히 길러 내어 밤낮으로 서책만 놓고 내칙편 공부 일삼으며 날 보고 하는 말이, '마오 마오 서러워 마오. 아들 없다 서러워 마오. 외손(外孫)이라 제사 못 모시리까?' 어미에게 지극한 정성, 효자로 유명한 곽거(郭巨)나 맹종(孟宗)인들 내 딸보다 더할쏜가? 자식 사랑하는 법이 상중하가 다를쏜가? 이내 마음 둘 데 없네. 가슴에 불이 붙어 한숨이 연기로다. 김 번수야 이 번수야, 윗사람 명령이 지엄하다고 이다지도 몹시 쳤느냐? 애고 내 딸 맞은 곳 보소. 빙설 같던 두 다리에 연지 같은 피 비쳤네. 명문가의 규중 부인이야 눈먼 딸도 원하더라. 왜 그런 곳에 못 생기고, 기생 월매 딸이 되어 이 모양이 웬일이냐? 춘향아, 정신 차려라. 애고 애고 내 신세야."

하며,

"향단아, 삼문 밖에 가서 삯꾼 둘만 사오너라. 서울로 급한 심부름 하는 급주(急走) 둘을 보내련다."

춘향이 쌍급주 보낸단 말을 듣고,

"어머니 마시오. 그게 무슨 말씀이오. 만일 급주가 서울 올라가서 도련님이 보시면은 여러 어른 모시는 처지에 어찌할 줄 몰라 마음이 울적하여 병이 되면 그것인들 절의(節義)를 훼손하는 일 아니오? 그런 말씀 마시고 옥으로 가사이다."

옥사장이의 등에 업혀 옥으로 들어갈 때, 향단이는 칼머리 들고 춘향 어미는 뒤를 따라 옥문 앞에 당도하여,

"옥형방(獄刑房), 문을 여소. 옥형방도 잠들었나?"

옥중에 들어가서 옥방의 모양을 볼작시면, 부서진 죽창 틈에 살 쏘는 건 바람이요, 무너진 헌 벽이며 헌 자리에 벼룩, 빈대가 온몸을 성가시게 한다.

딸이 매를 맞고 죽을 지경이 됐으니 그 어미 마음이 어떨까? 신세 타령을 한참 하고는 서울 간 '이몽룡'에게 급히 이 소식을 전하려고 하지. 그 방법이 유일한 방법이었을 테니까. 유일한 방법은 마땅히 최선책인데, 쓸 수 없으면 어떨까. '춘향'이 그러지 말라고 말려. 그러면 '이몽룡'의 마음이 울적해져 병이 될 수도 있어. 그러면 남편을 위한 정절이 훼손되잖아. 비장(悲壯)하지? '비장'이란 슬프지만 그 감정을 억눌러 씩씩한 걸 말하는데, 바로 '춘향'의 생각과 행동이 그렇잖아. 이런 걸 비장미(悲壯美)라고 해. 아름답잖아? 슬프지만 씩씩하여 아름다운 것!

이때 춘향이 옥방에서 장탄가(長嘆歌)로 울던 것이었다.

이내 죄가 무슨 죄냐?

나라 곡식 훔쳐 먹지 않았는데 엄한 형벌 심한 매질 무슨 일인가?

살인죄인 아니어든 큰칼과 차꼬 웬일이며,

삼강오륜 거스르지 않았는데 사지 결박 웬일이며,

간통죄인 아니어든 이 형벌이 웬일인고?

삼상(三湘)의 물은 벼룻물 되고 푸른 하늘은 종이 삼아

나의 설움 하소연하는 글을 지어 옥황상제 앞에 올리고자.

낭군 그리워 가슴 답답 불이 붙네.

한숨이 바람 되어 붙는 불을 더 부치니 속절없이 나 죽겠네.

홀로 섰는 저 국화는 높은 절개 거룩하다.

눈 속의 푸른 솔은 천고(千古)의 절개를 지켰구나.

푸른 솔은 나와 같고 누런 국화 낭군같이 슬픈 생각

뿌리는 건 눈물이요 적시는 건 한숨이라.

한숨은 맑은 바람 삼고 눈물은 가랑비 삼아

맑은 바람이 가랑비를 몰아다가

불거니 뿌리거니 임의 잠을 깨우고자.

견우성과 직녀성은 칠석(七夕) 상봉하올 적에

은하수 막혔으되 때 놓친 일 없었건만,

우리 낭군 계신 곳에 무슨 물이 막혔는지 소식조차 못 듣는고?

살아 이리 그리워하느니 아주 죽어 잊고지고.

차라리 이 몸 죽어 공산의 두견새 되어

배꽃 피고 달 밝은 한밤중에 슬피 울어 낭군 귀에 들리고자.

맑은 강에 원앙새 되어 짝을 불러 다니면서

옥에 갇혔지. 옥의 상황이 말이 아니야. 창틈으로 바람도 들어오고 벽도 무너지고, 벼룩이나 빈대 같은 물것이 성가셔. 슬픈 데 더 슬픈 셈이지. 그래서 '장탄가', 길이 탄식하는 노래를 불러. '상사별곡'이니 '황계사'니 하는 당시의 유행가라 할 잡가의 구절도 섞여 있고, 허난설헌의 가사 '규원가'에 나오는 구절도 보이네. 판소리 '춘향가'에서 음악적으로 가장 뛰어난 부분을 '눈'이라 하는데, 이 장면이 그것에 해당할 거야. 사실상 '춘향가' 또는 '춘향전'의 핵심 부분이니까. 그래서 잘 알려져 있는 '쑥대머리 귀신 형용'으로 시작하는 '옥중가'도 이 부분에 나오는 것이지. 신소설 작가 이해조(李海朝)가 '춘향전'을 개작하여 지은 작품이라 하는, 개작이라기보다 그 당시에 어떤 판소리꾼이 부르던 사설이라고도 하는, '옥중화(獄中花)', '옥에 핀 꽃', 이게 바로 이 장면을 '춘향전'의 가장 중요한 부분으로 생각한 결과물 아니겠어?

다정하고 유정함을 임의 눈에 보이고자.

봄날에 나비 되어 향기 묻은 두 나래로

봄빛을 자랑하여 낭군 옷에 붙고지고.

푸른 하늘에 밝은 달 되어 밤이 되면 돋아 올라

밝디밝게 밝은 빛을 임의 얼굴에 비추고자.

이내 간장 썩는 피로 임의 화상 그려내어

방문 앞에 족자 삼아 걸어 두고 들며 나며 보고지고.

수절 정절 절대가인 참혹하게 되었구나.

무늬 좋은 형산의 백옥이 진흙 속에 묻혔는 듯,

향기로운 상산초(商山草)가 잡풀 속에 섞였는 듯,

오동 속에 놀던 봉황이 가시밭 속에 깃들인 듯,

예로부터 성현네도 무죄하고 궂기시니

요순우탕(堯舜禹湯) 어진 임금네도 걸왕과 주왕의 포악으로

하대옥(夏臺獄)에 갇혔더니 도로 놓여 성군이 되시고,

밝은 덕으로 백성을 다스린 주문왕(周文王)도 상주(商紂)의 해를 입어

유리옥(羑里獄)에 갇혔더니 도로 놓여 성군이 되고

만고의 성현 공부자(孔夫子)도 양호(陽虎)의 얼을 입어

광야(匡野)에 갇혔더니 도로 놓여 대성(大聖) 되시니

이런 일로 볼작시면 죄 없는 이내 몸도 살아나서 세상 구경 다시 할까?

답답하고 원통하다, 날 살릴 이 누구 있을까?

서울 계신 우리 낭군 벼슬길로 내려와

이렇듯이 죽어갈 때 내 목숨을 못 살릴까?

하운(夏雲)은 다기봉(多奇峰)하니 산이 높아 못 오던가?

금강산 상상봉이 평지 되거든 오시려나?

병풍에 그린 누런 닭이 두 나래를 툭툭 치며

사경 일점에 날 새라고 울거든 오시려나?

애고 애고 내 일이야.

죽창문을 열뜨리니 밝고 깨끗한 달빛은 방 안으로 든다마는 어린 것이 홀로 앉아 달한테 묻는 말이,

"저 달아 보느냐? 임 계신 데 밝은 기운 빌려다오. 나도 좀 보게야. 우리 임이 누웠더냐 앉았더냐. 보는 대로만 네가 일러 나의 수심 풀어 다오."

애고 애고 섧게 울다가 홀연히 잠이 드니, 비몽사몽간에 호랑나비가 장주(莊周) 되고 장주가 호랑나비로 되어 가랑비같이 남은 혼백 바람인 듯 구름인 듯 한 곳에 다다르니, 하늘은 텅 비고 땅은 넓으며 산은 신령스럽고 물은 아름다운데, 은은한 대숲 속에 그림 같은 누각 하나가 반공중에 잠겼거늘, 대체 귀신이 다니는 법은 큰 바람이 일고 하늘로 오르고 땅속으로 들어가니, 베개 위의 짧은 시간 봄꿈 속에서 강남 수천 리를 다 갔다.

앞쪽을 살펴보니 황금색 큰 글자로, '만고정열황릉지묘(萬古貞烈黃陵之廟)'라 뚜렷이 붙였거늘, 심신이 황홀하여 배회했더니 천연한 낭자 셋이 나오는데, 석숭(石崇)의 애첩 녹주(綠珠)가 등롱을 들고, 진주 기생 논개(論介), 평양 기생 월선(月仙)이었다. 춘향을 인도하여 내당에 들어가니 당상에 흰 옷 입은 두 부인이 옥수(玉手)를 들어 청하거늘 춘향이 사양하되,

"속세의 천한 계집이 어찌 황릉묘(黃陵廟)에 오르리이까?"

부인이 기특히 여겨 재삼 청하거늘 사양치 못하여 올라가니 자리를 주어 앉힌 후에,

"네가 춘향이냐? 기특하도다. 일전에 조회하러 요지에서 열리는 잔치에 가니 네 말이 자자하기로 간절히 보고 싶어 너

노래를 부르다가 울다가, 맞은 자리에는 통증이 밀려올 테고, 심신이 지쳤겠지. 그래서 잠이 들어. 꿈을 꾸었어. 꿈속에 '황릉묘(皇陵廟)'에 가. 중국 고대의 순(舜)임금이라고 있어. 그분에겐 두 왕비, 이비(二妃)가 있었는데, 아황과 여영, 자매간이야. 요(堯)임금의 딸이고. 이들을 모신 사당이 바로 황릉묘. 그곳에서 '춘향'은 아황과 여영을 만나고, 정절을 지키다 죽은 사람, 억울하게 죽은 사람들을 만나 그들의 사연을 듣게 돼. 그리고 그곳은 사람이 사는 밝은 세상이 아니라 죽음의 세상이라는 걸 알게 돼. 그러다 귀뚜라미 울음 소리와 나비 날아가는 모양을 보고 잠을 깼는데, 황릉묘 갔던 꿈은 모르겠고, 기억나는 꿈이 있어. 창 밖에 앵두꽃이 떨어지고, 거울 복판이 깨어지며, 문 위에 허수아비가 걸린 꿈. 일단 춘향은 흉몽(凶夢)이라 생각해. 전문가가 아니라면 누가 봐도 부정적 이미지가 강한 꿈이잖아. 떨어지고 깨어지고, 허수아비 네가 왜 거기서 나와.

를 청하였으니 심히 불안하도다."

춘향이 다시 절하며 아뢰기를,

"첩이 비록 무식하오나 고서를 보옵고 죽은 후에나 존안을 뵈올까 하였더니 이렇듯 황릉묘에 모시니 두렵고 슬프나이다."

상군 부인(湘君夫人)이 말씀하되,

"우리 순임금 대순씨(大舜氏)가 남쪽 지방을 두루 살피며 다니시다가 창오산에서 돌아가시니 속절없는 이 두 몸이 소상강 대숲에 피눈물을 뿌려놓으니 가지마다 아롱아롱 잎잎이 원통함과 한스러움이라. 창오산이 무너지고 소상강 물이 끊어진 후에라야 댓잎 위의 눈물을 거두리라. 천추의 깊은 한을 하소연할 곳 없었더니 네 절행이 기특하기로 너더러 말하노라. 친근한 정 보낸 지 몇 천 년에 맑고 밝은 세상은 어느 때며, 오현금 남풍시(南風詩)를 이제까지 전하더냐?"

이렇듯이 말씀할 때 어떠한 부인이,

"춘향아, 나는 진(秦)나라 누각에서 달 밝은 밤에 옥퉁소 소리를 듣고 신선이 되었던 농옥이다. 소사(蕭史)의 아내로서 태화산에서 이별한 후에 용을 타고 날아간 것이 한이 되어 옥퉁소로 원을 풀 때 곡조는 날아가 간 곳을 모르니 산 아래의 벽도가 봄 되니 꽃 피는구나."

이러할 때 또 한 부인이 말씀하되,

"나는 한(漢)나라의 궁녀 소군(昭君)이라. 오랑캐의 땅으로 잘못 시집가니 한 줌의 푸른 무덤뿐이로다. 말 위에서 타는 비파 한 곡조에, 그림으로 살펴보니 봄바람처럼 아름다운 얼굴임을 알겠는데, 옥을 꿰어 만든 환패(環佩) 소리는 부질없이 달밤의 영혼으로 돌아왔구나. 어찌 아니 원통하랴?"

한참 이러할 때 스산한 바람이 일어나며 촛불이 벌렁벌렁하며 무엇이 촛불 앞에 달려들거늘 춘향이 놀라 살펴보니 사람도 아니요 귀신도 아닌데 어렴풋한 가운데 울음소리가 낭자하였다.

"여봐라 춘향아, 너는 나를 모르리라. 나는 한(漢)나라 고조(高祖)의 아내 척부인(戚夫人)이로다. 우리 황제님 용이 되어 날아가신 후에 왕비 여씨(呂氏)의 독한 솜씨 나의 수족(手足) 끊어내고, 두 귀에 불 지르고 두 눈 빼고 벙어리 되는 암약(瘖藥) 먹여 변소에 넣었으니, 천추에 깊은 한을 어느 때나 들어보랴."

이렇게 울 때 상군 부인 말씀하되,

"이곳이라 하는 데가 유명(幽明)의 길이 다르고 항오(行伍)가 다르니 오래 머무르지 못하리라."

여동(女童)을 불러 하직할 때, 동방(洞房)의 귀뚜라미 소리 씨르렁, 한 쌍 호랑나비는 펄펄, 춘향이 깜짝 놀라 깨어보니 꿈이로다. 옥창 밖의 앵두꽃이 떨어져 보이고, 거울 복판이 깨어져 보이고, 문 위에 허수아비가 달려 있듯이 보이거늘,

"나 죽을 꿈이로다."

하고, 근심과 걱정으로 밤을 새는데, 기러기가 울고 가니, 서강(西江) 위에 뜬 한 조각달에 남쪽으로 날아가는 기러기가 바로 너 아니냐? 밤은 깊어 삼경이요 굳은비는 퍼붓는데 도깨비는 삑삑, 밤새 소리 붓붓, 문풍지는 펄렁펄렁, 귀신이 우는데 난장 맞아 죽은 귀신, 형장 맞아 죽은 귀신, 대롱대롱 목 매달아 죽은 귀신, 사방에서 우는데, 귀신의 울음소리가 어지럽다. 방 안이며 추녀 끝이며 마루 아래서도 애고 애고, 귀신 소리에 잠들 길이 전혀 없다. 춘향이가 처음에는 귀신 소리에 정신이 없이 지내더니, 여러 번을 듣고 보니 겁이 없게 되어서 청승맞은 굿거리, 삼잡이 세악(細樂) 소리로 알고 들으며,

꿈이 불길하다고 여기며 걱정하니 잠이 오겠어? 밤이 깊어지니 굳은비는 내리고, 도깨비 소리, 잠 못 든 새 소리, 문풍지 소리가 들리는데, 온갖 귀신의 소리가 들리는구나. 옥중이잖아. 여기서 얼마나 많은 사람들이 죽어갔을까. 정말 죄를 지었다면 원한이나 없겠지만 '춘향'처럼 아무 죄도 없이 죽었다면 이승을 못 떠나고 귀신이 되어 떠돌겠지. 이 귀신이 우는 소리를 귀곡성(鬼哭聲)이라 하지. 동편제의 시조라 하는 소리꾼 송흥록(宋興祿), 김영랑의 '북'이라는 시에도 나오는 송만갑(宋萬甲)의 할아버지, 이 사람이 귀곡성을 내면 공연장의 촛불이 다 꺼졌다. 소리꾼의 기량을 기리는 말이지만, 이 대목이 판소리 '춘향가'의 '눈'임을 알려 주는 말일 거야. '동편제'가 뭐냐구? '서편제'는 알지? 유명하잖아. 영화가 히트를 쳤고, 그 시나리오가 교과서에도 나올 정도이니까. 그것과 함께 판소리의 유파 중 하나가 동편제야.

그때 마침 점을 치는 봉사가 지나갔나 봐. 서울 봉사와 시골 봉사가 다르다지만 '문수(問數)'나 '문복(問卜)'은 결국 점을 쳐서 운수를 알아보는 일이니 그게 그거야. 다르게 부르니 다르다고 한 것이겠지, 대단한 차이를 말하는 건 아닐 거야. 그 봉사가 '월매'의 안내를 받아 옥으로 가는 길에 우스운 사건이 하나 만들어지네. 가는 길에 개천이 있어서 봉사에게는 고난의 길이 되겠군. 그런데 봉사는 멀리는 못 뛰고 높이만 뛴다 하고, 그래서 개천에 빠지고, 기어나오다가 개똥을 짚었다나 어쨌다나. 앞이 안 보여 할 수 없는 일이 너무나 많은 것도 비극적 인생인데 이런 고난을 겪게 만들다니, 이런 의문을 가질 법도 해. 맞아. 이건 점을 치는 봉사가 자신의 운명도 모르는 꼴을 비웃는 설정이기도 하고, 비극을 극단적으로 몰아감으로써 독자나 관객으로 하여금 자신이 처한 현실과 비교하게 하여 상대적 우월감을 갖게 하는 긍정적 설정일 수도 있겠지. 그런데 '봉사'가 벼슬 이름인 건 아니? '소경'이나 '맹인'은 그저 눈먼 사람을 뜻하는 말이지만, '봉사(奉事)'는 조선 시대에 종팔품 벼슬이었어. 선구적인 장애인 정책인 셈이지.

"이 몹쓸 귀신들아, 나를 잡아 가려거든 조르지나 말려무나. 암급급여율령사파 쐬."

진언(眞言)을 치고 앉았을 때, 옥 밖으로 봉사 하나가 지나가되, 서울 봉사 같으면, '문수(問數)하오.' 라고 외치련마는, 시골 봉사라,

"문복(問卜)하오."

하며 외치고 가니, 춘향이 듣고,

"여보 어머니, 저 봉사 좀 불러 주오."

춘향 어미가 봉사를 부르는데,

"여보, 저기 가는 봉사님."

불러 놓으니, 봉사가 대답하되,

"게 누구, 게 누구요?"

"춘향 어미요."

"어찌 찾나?"

"우리 춘향이가 옥중에서 봉사님을 잠깐 오시라 하오."

봉사 한번 웃으면서,

"날 찾기 의외로세. 가지."

봉사가 옥으로 갈 때, 춘향 어미가 봉사의 지팡이를 잡고 길을 인도하는데,

"봉사님 이리 오시오. 이것은 돌다리요, 이것은 개천이요. 조심하여 건너시오."

앞에 개천이 있어 뛰어 볼까 무한히 벼르다가 뛰는데, 봉사의 뜀이란 게 멀리 뛰지는 못하고 올라가기만 한 길이나 올라가는 것이었다. 멀리 뛰는 것이 한가운데 가서 풍덩 빠져 놓았으니, 기어 나오려고 짚는다는 것이 개똥을 짚었지.

"어뿔사, 이게 정녕 똥이지?"

손을 들어 맡아 보니 묵은 쌀밥 먹고 썩은 놈이로구나. 손

을 내뿌린 게 모진 돌에다가 부딪히니 어찌 아프던지 입에 다 훑 쓸어 넣고 우는데, 먼눈에서 눈물이 뚝뚝 떨어지며,

"애고 애고 내 팔자야. 조그만 개천을 못 건너고 이 봉변을 당하였으니, 수원수구(誰怨誰咎)를 누구에게 하리. 내 신세를 생각하니 천지 만물을 보지 못하는지라, 주야를 알랴, 사시를 짐작하며 봄철이 다가온들 복사꽃 자두꽃 핀 걸 내가 알며, 가을철이 되어 온들 누런 국화와 붉은 단풍을 내 어찌 알며, 부모를 내 아느냐 처자를 내 아느냐, 친구 벗님을 내 아느냐? 세상 천지, 일월성신과 두텁고 얇음과 길고 짧음을 모르고 밤중같이 지내다가 이 지경이 되었구나. 참으로 말하자면 '소경이 그르냐, 개천이 그르냐?' 소경이 그르지, 애초부터 생긴 개천이 그르랴?"

애고 애고 섧게 우니, 춘향 어미 위로하여,

"그만 우시오."

봉사를 목욕시켜 옥으로 들어가니 춘향이 반기면서,

"애고 봉사님, 어서 오오."

봉사는 그 중에 춘향이가 일색(一色)이란 말은 듣고 반가워하며,

"음성을 들으니 춘향 각시인가 보다."

"예, 그렇습니다."

"내가 벌써 와서 자네를 한 번이라도 볼 터이로되, 가난한 사람 일 많다고 못 오고 청하여 왔으니 내 수인사(修人事)가 아니로세."

"그럴 리가 있소? 안맹하옵고 늙으셨으니 기력이 어떠하시오."

"내 염려는 말게. 대체 나를 어찌 청하였나?"

"예, 다름 아니라 간밤에 흉몽을 꾸었기로 해몽도 하고 우

리 서방님이 어느 때나 나를 찾을까 길흉 여부(與否) 점을 치려고 청하였소."

"그리하세."

봉사가 점을 치는데,

"저 점쟁이의 믿음직한 말을 빌려서 존경의 뜻을 표하면서 비나이다. 하늘이 무슨 말을 하며 땅이 무슨 말을 하시겠는가마는 두드리면 곧 감응하시고 신께서는 이미 영험이 있으시니, 느끼어서 드디어 통하게 하소서. 길흉을 알지 못하고 의심을 풀지 못하나니, 오로지 신령님들이 밝으신 지시를 드리워 주셔서 옳은 것인지 그른 것인지 밝혀주길 바라고 두드리면 즉시 감응해 주시옵소서. 복희(伏羲), 문왕(文王), 무왕(武王), 무공(武公), 주공(周公), 공자(孔子), 오대성현(五大聖賢), 칠십이현(七十二賢), 안회(顔回)·증삼(曾參)·공급(孔伋)·맹자(孟子), 성문십철(聖門十哲), 제갈공명(諸葛孔明) 선생, 이순풍(李淳風), 소강절(邵康節), 정명도(程明道), 정이천(程伊川), 주렴계(周濂溪), 주회암(朱晦庵), 엄군평(嚴君平), 사마군실(司馬君實), 귀곡자(鬼谷子), 손빈(孫臏), 소진(蘇秦)·장의(張儀), 왕보사(王輔嗣), 주원장(朱元璋) 등 제대선생(諸大先生)은 밝히 살피시고 밝히 기억하소서. 마의도자(麻衣道者), 구천현녀(九天玄女), 육정(六丁)·육갑(六甲), 신장(神將)이시여, 연월일시(年月日時)가 제자리에 있으니, 사치공조(四値功曹), 괘(掛)를 펴는 동자(童子), 괘를 이룬 동랑(童郎), 텅 빈 가운데 느낌이 있고, 본가에서 받드는 제사, 제단을 놓고 향로에 향불을 피우고 밝으신 신령님께서 이러한 귀한 향의 냄새를 맡으시고 원컨대 강림하소서. 전라좌도 남원부 천변(川邊)에 사는 임자생신(壬子生辰) 여자(女子) 열녀(烈女) 성춘향이 어느 달 어느 날에 옥에서 풀려나며, 서울 삼청동에 사는 이몽룡은 어느 날 어느 시에 본부(本府) 남원에 도착하오

어쨌든 봉사는 '춘향'의 점을 치러 옥에 갔어. 손에 묻은 개똥은 '월매'가 깨끗이 씻어 줬으니까 걱정 말게나. 봉사가 점을 치는데, 주문이 복잡해. 복잡하지만 뻔한 내용 아니겠어? 요약건대, 여러 신령님께 빕니다. 이런 일이 있습니다. 어떻게 될까요? 이 봉사는 그 '여러 신령님'에 해당하는 사람이 여럿이군. '춘향'이가 알고 싶은 것은 '이몽룡'이 언제 오며 자기는 언제 옥에서 풀려날까인데, 점괘는 베리 굿, 곧 모든 게 해결될 거라는군.

리까? 엎드려 빌건대 모든 신은 신령스럽고 분명하게 밝혀 보이소서."

점대 통을 철겅철겅 흔들더니,

"어디 보자. 일, 이, 삼, 사, 오, 육, 칠, 허허 좋다. 좋은 괘로구나. 칠간산(七艮山)이로구나. 고기가 물에서 놀다 그물을 피하니 작은 게 쌓여 크게 성취할 괘라. 옛날에 주(周)나라 무왕이 벼슬을 할 때 괘를 얻어 금의환향하였으니 어찌 아니 좋을쏜가? 천 리나 먼 곳에 떨어져 있어도 서로 마음을 아니 친한 사람을 만날 것이라. 자네 서방님이 머지않아 내려와서 평생의 한을 풀겠네. 걱정 마소. 참 좋거든."

춘향이 대답하되,

"말대로 그러하면 오죽이나 좋사오리까? 간밤 꿈 해몽이나 좀 하여 주옵소서."

"어디 자상히 말을 하소."

"단장하던 체경이 깨져 보이고, 창 앞에 앵두꽃이 떨어져 보이고, 문 위에 허수아비가 달린 듯이 보이고 태산이 무너지고 바닷물이 말라 보이니, 나 죽을 꿈 아니오?"

봉사 이윽히 생각하다가 한참 만에 말했다.

"그 꿈 굉장히 좋다. 꽃이 떨어지니 능히 열매를 맺을 것이요, 거울이 깨어지니 어찌 큰 소리가 없겠는가? '문상(門上)에 현우인(懸偶人)하니 만인이 개앙시(皆仰視)라.' 문 위에 허수아비가 달리니 만인이 다 우러러 봄이라. '해갈(海渴)하니 용안견(龍顔見)이요 산붕(山崩)하니 지택평(地澤平)이라.' 바다가 마르면 용의 얼굴을 능히 볼 것이요, 산이 무너지면 평지가 될 것이라. 좋다, 쌍가마 탈 꿈이로세. 걱정 마소, 멀지 않네."

한참 이리 수작할 때 뜻밖에 까마귀가 옥 담에 와 앉더니, '까옥까옥' 울거늘, 춘향이 손을 들어 후여 하고 날리며,

해몽도 부탁했지. 간단해. 꽃이 떨어지면 열매 맺고, 거울이 깨지면 소리 나고, 문 위에 허수아비가 걸렸으면 다들 우러러 보겠지. 이게 봉사의 해몽이야. 긍정적으로 해석하는 것이지. 좋은 게 좋으니까. 그런데 이렇게 해석했다고 생각해 봐. 꽃이 떨어지는 건 과거 시험에 낙방하는 것이고, 거울이 깨지는 건 파경(破鏡)이니 부부가 헤어지는 것이며, 허수아비가 문 위에 있는 것은 상식적으로 일어날 수 없는 일이니 기생 '춘향'이 어찌 양반 '이몽룡'과 혼인을 한단 말인가. 결과론으로 말하자면 봉사의 해몽이 맞았지. 부정적 해몽이라고? 맞아. 어떻게 보느냐에 따라 달라지는 건 꿈만이 아니야. 우리의 삶이 다 그럴지도 몰라. '태산이 무너지고 바닷물이 말라 보이'는 것은 앞에서 언급하지 않았던 내용이지. 판소리 사설이었기 때문이야.

봉사, 이 사람 멋있네. 그때 마침 까마귀가 울고 가. 까마귀 소리에 기분 좋아하는 사람 없잖아. 그래서 '춘향'도 그 까마귀를 쫓으려 했어. 그런데 봉사는 이렇게 해석하네. 까마귀가 '가옥가옥' 우는데, '가'는 '아름다울 가(嘉)'요, '옥'은 '집 옥(屋)'이라나. '가옥(假玉)'은 가짜 옥, '가옥(假獄)'은 임시로 만든 감옥인데 말야. 그런데, '까옥까옥' 하고 울면 '까마귀'이고, '가옥가옥'하고 울면 '가마귀'일까?

'이몽룡'의 이야기로 넘어가자. 실제로는 같은 시간대에 진행된 이야기인데, 같이 이야기할 수가 없어서 '이몽룡' 이야기는 이제 나오는 것이야. 이게 언어 예술의 가장 큰 한계이지. 영화 같으면 화면을 양쪽으로 갈라서 동시에 일어나게 하는 방법을 쓸 수도 있겠는데, 종이 위에 쓰거나, 말로 하는 일은 두 가지를 동시에 할 수 없어. 어쨌든 '이몽룡'은 공부를 열심히 했고, 과거 시험에서 수석인 장원을 했어. 천재는 놀기도 잘 노는가 봐. 그렇게 놀다가 마음먹고 공부하니 장원이 되네. 맞아, 천재는 놀아도 돼. 마음만 먹으면 되니까. 천재 아닌 사람은? 공부 열심히 해야지. 열심히 해도 될지 말지 하니 말이야.

"방정맞은 까마귀야. 나를 잡아 가려거든 조르지나 말려무나."

봉사가 이 말을 듣더니,

"가만있소. 그 까마귀가 가옥가옥 그렇게 울었지?"

"예 그래요."

"좋다 좋다. '가' 자(字)는 아름다울 '가(嘉)' 자요, '옥' 자는 집 '옥(屋)' 자라. 아름답고 즐겁고 좋은 일이 머지않아 돌아와서 평생에 맺힌 한을 풀 것이니 조금도 걱정하지 마소. 지금은 복채 천 냥을 준대도 아니 받아갈 것이니, 두고 보고 영화롭고 귀하게 되는 때에 괄시나 부디 마소. 나는 돌아가네."

춘향은 길게 탄식하고 근심으로 세월을 보내더라.

이때 한양성 도령님은 밤낮으로 『시경(詩經)』과 『서경(書經)』, 여러 학자가 지은 여러 가지 책을 익숙하도록 읽었으니, 글로는 이백(李白)이요, 글씨는 왕희지(王羲之)라. 나라에 경사가 있어 태평과(太平科)를 보일 때에 서책을 품에 품고 과거장으로 들어가서 좌우를 둘러보니 수많은 백성과 허다한 선비들이 일시에 임금님께 절을 한다. 궁중 풍악의 맑고 고운 소리에 앵무새가 춤을 춘다. 대제학(大提學)이 뽑아내어 임금께서 정한 글 제목을 내리시니 도승지(都承旨)가 모셔내어 붉은 장막 위에 걸어 놓으니, 제목(題目)에 하였으되,

'춘당춘색고금동(春塘春色古今同)이라.'

뚜렷이 걸었거늘, 이 도령이 글제를 살펴보니 익히 보아온 바이라.

시험 제목을 펼쳐 놓고 그 뜻풀이를 생각하여 용을 새긴 벼루에 먹을 갈아 당황모(唐黃毛) 무심필(無心筆)을 반중동 덤벅 풀어 왕희지의 글씨 쓰는 법으로 조맹부(趙孟頫)의 글씨체를 받아 단숨에 써내려 맨 먼저 제출하니, 우두머리 시험관(試驗

官)이 글을 보고, 글자마다 잘되었다고 비점을 찍고, 구절마다 붉은색 동그라미를 그렸다. 글씨가 마치 용이 하늘로 치솟는 듯하고 기러기가 모래밭에 내려앉은 듯하니 요즘 세상에서 대단한 인재로구나.

급제자 이름을 불러 금방(金榜)에 걸고 임금님이 석 잔 술을 권하신 후, 장원 급제한 답안지를 내걸었다. 새로 급제한 신래(新來)가 나아갔다 물러났다 나올 적에 머리에는 임금님이 내려 주신 꽃이요 몸에는 연두색 관복이며 허리에는 학을 수놓은 띠로다. 사흘 동안 장안의 여기저기에 인사를 다닌 후에 산소를 돌아보고 전하께 절하니, 전하께옵서 친히 불러 보신 후에,

"경의 재주 조정에 으뜸이로다."

하시고 도승지 입시(入侍)하사, 전라도 암행어사의 벼슬을 내리시니 평생의 소원이었다.

수놓은 옷 수의(繡衣), 마패, 놋쇠로 만든 자 유척을 내어 주시니 전하께 하직하고 본댁으로 나갈 적에 어사의 갓 철관을 쓴 풍채는 깊은 산 속의 사나운 호랑이와 같은지라.

부모께 하직하고 전라도로 향할 때, 남대문 밖 썩 나서서 서리, 중방(中房) 역졸 등을 거느리고, 청파역에서 말 잡아 타고, 칠패와 팔패며 배다리를 얼른 넘어, 밥전거리 지나 동작(銅雀)이를 얼른 건너 남태령을 넘어 과천읍에서 점심 먹고, 사근내, 미륵당이, 수원에서 묵고, 대황교, 떡전거리, 진개울, 중미, 진위읍에서 점심 먹고, 갈원, 소사, 애고다리, 성환역에 잠을 잔다. 상류천, 하류천, 새술막, 천안읍에서 점심 먹고, 삼거리, 도리치, 김제역에서 말 갈아 타고, 신구(新舊) 덕평을 얼른 지나 원터에서 묵고, 팔풍정, 활원, 광정, 모란, 공주, 금강을 건너 금영에서 점심 먹고, 높은 행길 소개문, 어미널티, 경천에서 묵

암행어사가 되었어. 평생의 소원이었지. '이몽룡'은 사실상 싹수가 노래. 공사(公私)를 구분할 줄 몰라. 사적인 일로 공적인 직책을 이용하는 것일 수도 있잖아. 임금도 그래. '이몽룡'은 기존의 신분 구조를 와해시키려는 진보주의자인데, 그걸 몰랐어. 좀더 크면 전제군주제(專制君主制)를 민주주의 정치 체제로 바꿀지도 모르는 인물인데 말야.

암행어사가 된 '이몽룡'이 남원으로 내려가는 일정이야. 어디가서 점심 먹고 어디 가서 묵고, 또 어디 가서 점심 먹고 또 어디 가서 묵고. 그렇지 뭐. '노정(路程)'이니까. 목적지를 향해 거쳐 가는 길이니까. 이런 과정을 기록한 게 '노정기(路程記)'야. 문득 이육사의 시 '노정기'가 떠오르네. 전라도에 도착해서는 부하들에게 여러 지역을 나눠 순찰하게 하네. 암행어사 본연의 임무에 충실하는 것처럼 보여. 그래야지. 선공후사(先公後私)야말로 관리의 첫째 덕목이니까.

암행어사가 정체를 감추기 위해 분장하는 장면이 나오네. 겉모습을 꾸미는 걸 '치레'라 하는데, 굳이 거지꼴로 만들 필요는 없잖아. 오히려 과한 것은 모자라는 것보다 못할 때도 있으니까. 완전 거지로 만들어. 어리숙하게 보이도록 꾸미기도 하고. 그런 차림으로 전주로 가서 '완산팔경'을 구경했지. 그런데 암행어사가 떴다는 소문이 났나 봐. 꼭 그런 사람 있어. 이건 비밀인데 하며 말하는 사람. 비밀은 지켜야 의미가 있는데 새어 나갔으니 비밀이 더 이상 아니지.

는다. 노성, 풋개, 사다리, 은진, 까치다리, 황화정, 장애미고개, 여산읍에 묵고, 이튿날에 서리 중방을 불러 분부하되,

"전라도 첫 고을 여산이라. 막중한 나랏일을 거행하매 밝지 않으면 죽기를 면하지 못하리라."

추상같이 호령하여 서리를 불러 분부하되,

"너는 좌도(左道)로 들어 진산, 금산, 무주, 용담, 진안, 장수, 운봉, 구례로 여덟 읍을 순행(巡行)하여 아무 날 남원읍으로 대령하고, 중방과 역졸 너희들은 우도(右道)로 용안, 함열, 임피, 옥구, 김제, 만경, 고부, 부안, 흥덕, 고창, 장성, 영광, 무장, 무안, 함평으로 순행하여 아무 날 남원읍에 대령하고, 종사(從事) 불러 익산, 금구, 태인, 정읍, 순창, 옥과, 광주, 나주, 창평, 담양, 동복, 화순, 강진, 영암, 장흥, 보성, 흥양, 낙안, 순천, 곡성으로 순행하여 아무 날 남원읍으로 대령하라."

분부하여 각기 출발하게 하신 후에 어사또 행장을 차리는데 모양 보소. 뭇사람을 속이려고 테두리만 남은 갓을 줄로 촘촘히 얽어매어 질 낮은 명주실 갓끈을 달아 쓰고, 윗부분만 남은 헌 망건에 아교풀로 만든 관자와 노끈으로 만든 줄을 달아 쓰고, 어리숙하게 보이려는 듯 헌 도복에 무명실 띠를 가슴에 둘러 매고, 살만 남은 헌 부채에 솔방울을 장식으로 달아 햇빛을 가리고 내려오는데, 통새암, 삼례에서 묵고, 한내, 주엽쟁이, 가리내, 싱금정을 구경하고, 숲정이, 공북루 서문을 얼른 지나 남문에 올라 사방을 둘러보니, 서호(西湖)와 강남(江南)이 여기로다. 기린봉에 솟는 달, 한벽당에 낀 맑은 안개, 남고사에서 울리는 저녁 종소리, 건지산에 뜨는 보름달, 다가산에 있는 활터의 과녁, 덕진지에서 연밥 캐기, 비비정에 내려앉는 기러기, 위봉산에 있는 폭포 등 완산팔경(完山八景)을 다 구경하고 차차로 암행하여 내려오면서, 고을마다 수령들이 어사 났

단 말을 듣고 민정을 가다듬고 지난 날 했던 업무를 염려할 때 하인인들 편하리오? 이방과 호장은 혼이 빠지고, 공사(公事)를 회계(會計)하는 형방, 서기들은 여차하면 도망치려 신을 신고 있고, 수많은 관청의 관리들이 넋을 잃고 분주할 때, 이때 어사또는 임실 구화들 근처에 이르니, 이때가 마침 농사철이라 농부들이 '농부가'를 부르고 하면서 야단이었다.

　　어여로 상사뒤요

　　천리 건곤 태평시에 도덕 높은 우리 성군
　　강구연월 동요(童謠) 듣던 요(堯)임금의 성덕이라
　　어여로 상사뒤요

　　순(舜)임금 높은 성덕으로 만드신 그릇, 역산(歷山)의 밭을 갈고
　　어여로 상사뒤요

　　신농씨(神農氏) 내신 따비, 천추만대 유전하니 어이 아니 높으던가,
　　어여로 상사뒤요,

　　하우씨(夏禹氏) 어진 임금 구년 홍수 다스리니,
　　어여로 상사뒤요,

　　은왕(殷王) 성탕(成湯) 어진 임금 대한(大旱) 칠 년 당하였네.
　　어여로 상사뒤요

　　이 농사를 지어 내어 우리 성군께 세금낸 후에

전라도 임실의 구화들에 와서 농부들을 만났네. '농부가'를 부르는데, 그 가사가 매우 긍정적이야. 암행어사가 이들 농부에겐 필요가 없을 것 같네. 그런데 가사가 양반 사대부의 입김이 강하게 작용한 것 같애. 반상(班常), 곧 양반과 상민으로 가를 때 농부는 상민에 속하거든. 그 농부들이 중국 고대의 임금과 그들의 행적을 입에 올린다는 게 현실적으로 있을 수 없기 때문이야.

남은 곡식 장만하여 앙사부모(仰事父母) 아니하며 하육처자
(下育妻子) 아니할까

　어여로 상사뒤요

백초(百草)를 심어 사시를 짐작하니 유신(有信)한 게 백초
로다

　어여로 상사뒤요

청운공명(靑雲功名) 좋은 호강 이 업(業)을 당할쏘냐

　어여로 상사뒤요

남전북답 기경(起耕)하여 함포고복하여 보세

　어널널 상사뒤요.

한참 이러할 때 어사또 죽장을 짚고 이만치 떨어져서 '농부
가'를 구경하다가,

　"거기는 대풍이로구나."

또 한 편을 바라보니, 중년이 넘은 듯한 노인들이 끼리끼리
모여서서 등걸밭을 일구는데, 갈멍덕 숙여 쓰고 쇠스랑을 손
에 들고 백발가(白髮歌)를 부르는데,

등장(等狀) 가자 등장 가자
하느님 전으로 등장 갈 양이면 무슨 말을 하실는지
늙은이는 죽지 말고 젊은 사람 늙지 말게
하느님 전에 등장 가세
원수로다 원수로다 백발이 원수로다
오는 백발 막으려고

또 한쪽에는 노인들이 모여 '백발가'를 불러. 한마디로 인생은 무상하다는 거지. 하느님께 가서 안 늙게 해달라고 진정서(陳情書)를 올리자네. 그렇게 해서 안 늙는다면 온 세상에 젊은이만 살아야 할 텐데. 산신령은 하나같이 노인이고, 도통하였다는 도사들도 다 노인이지. 서양의 하느님도 노인 아니던가? 아쉬움은 언제나 남는다지만, 보이즈, 비 앰비셔스! 후회 없는 삶 살자구. 우리 다같이.

오른손에 도끼 들고 왼손에 가시 들고

오는 백발 두드리며 가는 홍안 걸어 당겨

청사(靑絲)로 결박하여 단단히 졸라 매되

가는 홍안 저절로 가고 백발은 시시(時時)로 돌아와

귀밑에 살 잡히고 검은 머리 백발 되니

조여청사모성설(朝如靑絲暮成雪)이라 무정한 게 세월이라

소년행락(少年行樂) 깊은들 왕왕(往往)이 달려가니

이 아니 광음(光陰)인가

천금준마(千金駿馬) 잡아 타고 장안대도(長安大道) 달리고자

만고강산(萬古江山) 좋은 경개 다시 한 번 보고지고

절대가인(絶對佳人) 곁에 두고 온갖 교태 놀고지고

화조월석(花朝月夕) 사시가경(四時佳景)

눈 어둡고 귀가 먹어 볼 수 없고 들을 수 없어

하릴없는 일이로세

슬프다 우리 벗님 어디로 가겠는고

구추단풍(九秋丹楓) 잎 지듯이 선아선아 떨어지고

새벽 하늘 별 지듯이 듬성듬성 스러지니

가는 길이 어드멘고 어여로 가래질이여

아마도 우리 인생 일장춘몽인가 하노라

한참 이러할 때 한 농부 썩 나서며,

"담배 먹세, 담배 먹세."

갈멍덕을 숙여 쓰고 둔덕에 나오더니, 곱돌로 만든 담뱃대를 넌짓 들어 꽁무니 더듬어서 가죽 쌈지 빼어 들고, 담배에 세게 침을 뱉어 엄지손가락이 자빠지게 비빗비빗 단단히 털어 넣어 짚불을 뒤져 놓고 화로에 푹 질러 담배를 먹는데, 농사꾼이라 하는 것이 담뱃대가 빡빡하면 쥐새끼 소리가 나겠다. 양

암행어사 '이몽룡'이 담배를 피는 농부한테 말을 걸어. '춘향'이 나쁘지? 그 농부가 열을 내네. '춘향'이 나쁘다고 하는 놈은 굶어 뒤진대. 진짜 나쁜 자식은 '이몽룡'이야. 그놈처럼 살면 벼슬은커녕 '내 □만도 못하지.' 욕을 먹었어. 전국 1등하여 암행어사가 되었는데, 한낱 농부한테, 그것도 심한 욕을 먹었어. □ 안에 들어갈 말은 차마 못 적겠네. 요즘 다들 아무렇지도 않게 쓰는 말이긴 하지만 써놓고 보면 거시기하거든. 우리 '졸라'니, '존나'나 하잖아. 그 말의 어원이 되는 한 음절, 한 글자로 된 단어야. 알면 다행이고 몰라도 괜찮고.

볼때기가 오목오목 콧구멍이 발심발심 연기가 홀홀 나게 피어 물고 나서니 어사또 반말하기는 이골이 났지.

"저 농부 말 좀 물어 보면 좋겠구먼."

"무슨 말?"

"이 골 춘향이가 본관에게 수청 들어 뇌물을 많이 받아먹고 백성들의 마음에 폐를 끼친다는 말이 옳은지?"

저 농부 열을 내어,

"거기는 어디 사는가?"

"아무데 살든지."

"아무데 살든지라니, 그대는 눈콩알 귀콩알이 없나? 지금 춘향이가 수청 아니 든다고 형장 맞고 갇혔으니 기생 집안에 그런 열녀 세상에 드문지라. 옥결같이 깨끗한 춘향 몸에 자네 같은 동냥치가 더러운 말 해대다가는 빌어먹도 못하고 굶어 뒤지리. 올라간 이 도령인지 삼 도령인지 그놈의 자식은 한 번 간 후 소식이 없으니, 사람의 일이 그렇고는 벼슬은커녕 내 □ 만도 못하지."

"어 그게 무슨 말인고?"

"왜? 어찌 되나?"

"되기야 어찌 되랴마는 남의 말로 말버릇을 너무 고약하게 하는군."

"자네가 철모르는 말을 하니까 그렇지."

수작을 끝내고 돌아서며,

"허허 망신이로구나. 자 농부네들 일하오."

"예."

작별하고 한 모퉁이를 돌아드니 아이 하나가 오는데 지팡이 막대를 끌면서 시조(時調) 절반 사설(辭說) 절반 섞어 하되,

"오늘이 며칠인고? 천릿길 한양성을 며칠 걸어 올라가랴?

암행어사가 된 '이몽룡'이 한양에 사는 '이몽룡'에게 편지를 전하러 가는 '아이'를 만났어. 아이가 중얼거리는 소리로 욕을 하는데, 그 소리를 '이몽룡'이 듣고는 물어. 그리고 그 물음에 아이가 대답해. 이 대화 참 좋아. 확장적 문체에 지친 독자에게는 핵심만 간단하게 전하는 이런 대화가 낯설 수도 있겠어. 판소리 명창 김소희의 사설에는 이 아이가 '방자'로 나와. '이몽룡'은 알아봤는데, '방자'는 못 알아봐. '정체 감추기'를 성공한 셈이니 암행어사 분장팀의 능력을 인정해 줘야겠어. '아이'는 이른바 '방자형 인물'에 어울리는 대화를 보여주고 있어. '방자형 인물'의 특징은 양반을 웃기는 사람으로 만드는 것이야. 말투부터 건방지기 짝이 없는데, 독자나 관객은 좋아 죽지. 같은 편이거든.

조자룡이 강 건너던 청총마(靑驄馬)가 있었더라면 오늘로 가련
마는, 불쌍하다 춘향이는 이 서방을 생각하여 옥중에 갇히어
서 곧 죽을 판이니 불쌍하다. 몹쓸 양반 이 서방은 한 번 가고
소식이 뚝 끊어지니 양반의 도리는 그러한가."

어사또가 그 말 듣고

"애, 어디 있지?"

"남원에 사오."

"어디를 가니?"

"서울 가오."

"무슨 일로 가니?"

"춘향이 편지 갖고 구관 댁에 가오."

"애, 그 편지 좀 보자꾸나."

"그 양반 철모르는 양반이네."

"웬 소린고?"

"글쎄 들어 보오. 남의 편지 보기도 어렵거든 하물며 남의
여자 편지를 보잔단 말이오?"

"애, 들어. '편지 전할 행인이 떠나려 할 때 또 다시 뜯어본
다.'는 말이 있느니라. 좀 보면 상관있느냐?"

"그 양반 몰골은 흉악하구만 문자 속은 기특하오. 얼핏 보
고 주시오."

"후레자식이로군."

편지를 받아 떼어 보니 그 사연은 이러했다.

"한 번 이별한 후에 소식이 막히니 도련님 부모 모신 몸이
두루 평안하옵신지 간절하게 엎드려 바라옵니다. 천첩 춘향은
관장(官長)에게 형장을 맞고 살림이 결딴날 형편이 되어 감옥
에 갇혀 목숨이 얼마 남지 않았습니다. 죽을 지경에 이르러 혼

'춘향'의 편지를 '이몽룡'이 읽
어. 그간의 사정을 요약적으로
적었네. 한마디로 빨리 와서 구
해달라는 것. 편지 끝에다 한시
를 한 수 썼어. 혈서로 말야. 우
리는 지난해 서로 이별했음, 겨
울도 되고 가을도 되고, 바람도
불고 눈비도 내림. 나는 남원 옥
중의 죄수가 되었음. '이몽룡'에
게는 눈물이 날 만한 내용이지.
자기 탓이니까. 그래서 울었지.
'아이'가 보면 웃기는 일이지.
남의 편지를 보고 우니까 말야.
'아이'는 그 편지가 훼손되면 안
된다고 해. 당연한 말이지만 그
편지가 비싼 것이라서나라. 지
금 그 '이몽룡'이 전주에 와 있
다고 하니, 사실은 그러하나 '아
이'에게는 통할 수 없는 말이지.
'그의 청을 가로막으며'라는 구
절의 원문은 '방색하며'인데, 어
떤 분은 '반색하며'라고 풀이했
더라고. 문맥에 맞지 않게. 그
러다가 숨겨 놓았던 마패를 '아
이'가 봤어. 처음 본 것이겠지만
'찬바람'이 난다고 해. 그 '찬바
람'이 곧 불겠지. 어떤 이에게는
추운 바람, 어떤 이에게는 시원
한 바람.

이 황릉묘(皇陵廟)로 날아가고, 저승으로 가는 문에 나왔다 사라졌다 하니, 저의 몸이 비록 만 번 죽으나, 다만 열녀는 두 남편을 섬기지 않음을 알고, 저의 생사와 노모의 상황이 어떤 지경인지 모를 뿐이오니, 서방님 깊이 헤아려 처리하시옵소서."

편지 끝에 하였으되,

거세하시군별첩(去歲何時君別妾)고
작이동설우동추(昨已冬雪又動秋)라.
광풍반야우여설(狂風半夜雨如雪)하니
하위남원옥중수(何爲南原獄中囚)라.

지난해 어느 때에 임이 저와 이별했던가요?
엊그제 이미 겨울눈이 내리더니 또 가을이 왔어요.
미친바람 깊은 밤에 눈물이 눈 같으니,
어찌하여 남원 옥중의 죄수가 되었던고?

혈서(血書)로 썼는데 모래밭에 내려앉는 기러기 격(格)으로 그저 툭툭 찍은 것이 모두 다 '애고'로다.

어사 보더니 두 눈에 눈물이 듣거니 맺거니 방울방울이 떨어지니, 저 아이 하는 말이,

"남의 편지 보고 왜 우시오?"

"아따 얘, 남의 편지라도 서러운 사연을 보니 자연히 눈물이 나는구나."

"여보, 인정 있는 체하고 남의 편지에 눈물 묻어 찢어져요. 그 편지 한 장 값이 열닷 냥이오. 편지 값 물어내오."

"여봐라, 이 도령이 나와 죽마고우 친구로서 먼 시골에 볼

일이 있어 나와 함께 내려오다가 전주(全州) 감영에 들렀으니 내일 남원에서 만나자고 언약하였다. 나를 따라 가 있다가 그 양반을 뵈어라.”

그 아이, 그의 청을 가로막으며,

“서울을 저 건너로 아시오?”

하며 달려들어,

“편지 내오.”

하고 서로 버티며, 옷 앞자락을 잡고 실랑이하며 살펴보니, 명주로 만든 자루를 허리에 둘렀는데 제사상에 쓰는 접시 같은 것이 들었거늘, 물러나며,

“이것 어디서 났소? 찬바람이 나오.”

“이놈, 만일 천기(天機)를 누설하였다간 목숨을 보전치 못하리라.”

당부하고 남원으로 들어올 때, 박석치 고개에 올라서서 사방을 둘러보니 산도 옛날 보던 산이요, 물도 옛날 보던 물이었다. 남문 밖에 썩 내달아,

“광한루야 잘 있더냐? 오작교야 무사하냐? 객사(客舍) 앞의 푸르른 수양버들은 나귀 매고 놀던 데요, 푸른 구름이 물에 떨어져 맑은 물은 내 발을 씻던 청계수(淸溪水)라. 푸른 나무 늘어선 넓은 길은 오고 가던 옛 길이오.”

오작교 다리 밑에 빨래하는 여인들은 계집아이 섞여 앉아,

“야야.”

“왜야?”

“애고 애고 불쌍터라. 춘향이가 불쌍터라. 모질더라. 모질더라. 우리 고을 사또가 모질더라. 절개 높은 춘향이를 울력으로 겁탈하려 한들 철석 같은 춘향 마음 죽는 것을 헤아릴까? 무정터라, 무정터라, 이 도령이 무정터라.”

암행어사가 남원에 도착했어. 산도 물도 변한 게 없대. 사람은 변했겠지. 오작교 아래에서 여인들이 빨래를 하며 '춘향' 이야기를 나누네. 이들도 '이몽룡' 욕을 해. 그가 이 욕을 들어. 김만중이 지은 '구운몽'의 남녀 주인공이 왜 여기서 나와. 판소리 사설이나 그것을 바탕으로 만든 판소리계 소설에는 이처럼 '느닷없이' 나타나는 게 많아. 그러려니 읽으면 돼. 그냥 넘어가도 서사 전개상 아무런 문제가 없어. 시간 나면 〈구운몽〉도 한번 읽어 보시길. 한 남자와 여덟 여자가 만나 사랑을 나누는 이야기라서 〈춘향전〉보다 여덟 배나 재미있을지 모르잖아.

저희끼리 이야기하며 추적추적 빨래하는 모양은, 〈구운몽 (九雲夢)〉의 여자 주인공 영양공주, 난양공주, 진채봉, 계섬월, 백능파, 적경홍, 심요연, 가춘운과도 비슷하다마는, 남자 주인 공 양소유가 없었으니 누구를 찾아 앉았는고?

어사또 누각에 올라 자세히 살펴보니, 저녁 해가 서쪽에 있고 자러 가는 새는 숲으로 들어가는데, 저 건너 버드나무는 우리 춘향이 그네를 매고 오락가락 놀던 모양을 어제 본 듯 반갑구나. 동편을 바라보니 장림(長林) 깊은 곳 푸른 숲 속에 춘향의 집이 저기로구나. 저 안의 안뜰은 예전에 보던 그 모습이요, 돌벽의 험한 옥은 우리 춘향이 울고 지내는 듯 불쌍하고 가련하다.

해기 서산에 진 황혼에 춘향 집 문앞에 이르니, 딸린 행랑은 무너지고 몸채는 기둥 따위가 벗겨졌는데, 예 보던 벽오동은 숲속에 우뚝 서서 바람을 못 이기어 추레하게 서 있거늘, 나지막한 담 밑에 흰 두루미는 함부로 다니다가 개한테 물렸는지 깃도 빠지고 다리를 징금 끼룩 뚜루룩 울음을 울고, 빗장 앞의 누렁개는 기운 없이 졸다가 전에 보던 손님을 몰라보고 꽝꽝 짖고 내달리니,

"요 개야, 짖지 마라. 주인 같은 손님이다. 너의 주인 어디 가고 네가 나를 반기느냐?"

중문을 바라보니 내 손으로 쓴 글자가 충성 '충(忠)' 자 완연하더니, 가운데 '중(中)' 자는 어디 가고 마음 '심(心)' 자만 남아 있고, '와룡장(臥龍莊)'이라 쓴 입춘서는 동남풍에 펄렁펄렁 이내 수심 돋워 낸다. 그렁저렁 들어가니 안뜰은 적막한데 춘향의 모 거동 보소. 미음 솥에 불 넣으며,

"애고애고 내 일이야. 모질도다. 모질도다. 이 서방이 모질도다. 위태로운 지경의 내 딸을 아주 잊어 소식조차 뚝 끊겼

암행어사가 '춘향'의 집에 도착했어. 누렁개가 몰라본다네. 똥개인가 봐. 문이나 기둥에 자기가 써 붙인 글이나 글자가 훼손되거나 바람에 날리는 스산한 분위기이네. '월매'가 미음을 끓이다가 '향단'에게 맡기고 정화수를 떠 놓고 빌어. 해님과 달님과 별님에게, '이몽룡'이 높은 벼슬하여 자기 딸을 살려달라고. '이몽룡'이 중얼거려. 자기 조상님의 덕인 줄 알았더니 장모 덕에 장원급제했나 보다고.

네. 애고 애고 서럽구나. 향단아, 이리 와 불 넣어라."

하고 나오더니 울 안의 개울물에 흰 머리 감아 빗고 정화수 한 동이를 제단 아래에 받쳐 놓고, 땅에 엎드려 소원을 빌었다.

"하늘과 땅의 신이여, 해님, 달님, 별님은 조화를 이루어 한 마음이 되옵소서. 다만 외딸 춘향이를 금쪽같이 길러 내어 외손자가 지내는 제사를 바랐더니, 죄없이 매를 맞고 옥중에 갇혔으니 살릴 길이 없사옵니다. 하늘과 땅의 신은 감동하사 한양성 이몽룡을 벼슬자리 높게 올려 내 딸 춘향을 살려지이다."

빌기를 다한 후에,

"향단아, 담배 한 대 붙여 다오."

춘향의 모 받아 물고 후유 한숨 눈물 질 때, 이때 어사는 춘향 어미의 정성을 보고,

"나의 벼슬 한 것이 조상의 음덕(陰德)으로 알았더니 우리 장모의 덕이로다."

하고,

"그 안에 누구 있느냐?"

"뉘시오?"

"내로세."

"내라니 뉘신가?"

어사 들어가며,

"이 서방일세."

"이 서방이라니. 옳지, 이 풍헌(李風憲)의 아들 이 서방인 가?"

"허허 장모 망령이로세. 나를 몰라? 나를 몰라?"

"자네가 누구여?"

"사위는 백년손님이라 하였으니 어찌 나를 모르는가?"

춘향의 모 반겨하며,

안에 있는 사람을 불렀어. 얼마나 반갑겠는가. '월매'가 신이 났네. 그런데 불을 켜고 보니 아뿔싸, 거지야. '이몽룡'은 거짓말을 해. 집이 망했다고. 그래서 아버지는 한문 가르치는 학원을 차렸고, 어머니는 친정에 갔고, 나는 돈푼이나 얻을까 왔다고. 그간의 사정을 알고 있는 독자에게는 이렇게 속이고 속아 넘어가는 것도 재미일 수 있어. 이런 거짓말은 해도 될까?

"애고 애고 이게 웬일인고? 어디 갔다 이제 와. 바람이 크게 일더니 바람결에 풍겨 왔나. 기이한 봉우리에 구름이 일더니 구름 속에 싸여 왔나. 춘향의 소식을 듣고 살리려고 와 계신가. 어서 어서 들어가세."

손을 잡고 들어가서 촛불 앞에 앉혀 놓고 자세히 살펴보니 걸인 중에 상걸인이 되었구나. 춘향의 모 기가 막혀,

"이게 웬일이오?"

"양반이 그릇되매 말로 할 수 없네. 그때 올라가서 벼슬길은 끊어지고 가산을 탕진하여 부친께서는 서당 훈장 하러 가시고, 모친은 친정으로 가시고 다 각기 갈리어서 나는 춘향에게 내려와서 돈전(錢)이나 얻어갈까 하였더니, 와서 보니 두 집안 형편이 말이 아닐세."

춘향의 모 이 말을 듣고 기가 막혀,

"무정한 이 사람아, 한 번 이별한 후로 소식이 없었으니, 그런 인사가 어디 있으며, 뒷날 기약인지나 바랐더니, 일이 잘되었소? 쏘아 놓은 화살이요 엎질러진 물이 되어 누구를 원망하고, 누구를 허물하겠나마는, 내 딸 춘향을 어찌하려는가?"

홧김에 달려들어 코를 물어 떼려 하니,

"내 탓이지, 코 탓인가? 장모가 나를 몰라보네. 하늘이 무심해도 바람 불고 구름 끼는 이치와 천둥과 벼락은 있나니."

춘향 어미가 기가 막혀서,

"양반이 그릇되매 못된 농담조차 들었구나."

어사가 짐짓 춘향 어미가 하는 거동을 보려고,

"시장하여 나 죽겠네. 나 밥 한 술만 주소."

춘향 어미는 밥 달라는 말을 듣고,

"밥 없네."

어찌 밥이 없을까마는 홧김에 하는 말이었다.

'월매'의 처지에서 보면 가당찮은 일이야. 희망이 없어져 버렸어. 그래서 '이몽룡'의 코를 물어뜯으려 하네. 코가 아주 컸나 봐. '이몽룡'이 슬그머니 무심한 하늘이 결코 무심하지 않음을 일러 주지. '향단'이가 옥에 갔다가 돌아왔어. 어사를 봤지. 사람은 이래야 돼. 진심이 뚝뚝 넘쳐나. 우선 있는 밥 주며 시장기나 속이라 하고는 새로 밥을 짓지. '향단'이 '춘향' 걱정을 하자 '행실이 지극하면 사는 날이 있'다고 힌트를 주지. 물론 '월매'나 '향단'은 눈치를 못 채고. 작중 인물과 독자 또는 관객의 정보량은 차이가 날 수밖에 없는데, 그것도 흥미 요소이지.

이때 향단이 옥에 갔다 나오더니, 저의 아씨 야단 소리에 가슴이 우둔우둔 정신이 울렁울렁, 정신없이 들어가서 가만히 살펴보니 전의 서방님이 와 계시구나. 어찌나 반갑던지 우루루 들어가서,

"향단이 문안이오. 대감님 문안이 어떠하시며 대부인께서 몸과 마음이 안녕하옵시며, 서방님께서도 먼 길에 평안히 행차하셨습니까?"

"오냐, 고생이 어떠하냐?"

"소녀의 몸은 아무 탈이 없사옵니다. 아씨 아씨, 큰아씨, 마오 마오 그리 마오. 멀고 먼 천릿길에 누구를 보려고 오셨는데 이 업신여김이 웬일이오? 아가씨가 아신다면 지레 야단이 날 것이니 너무 괄시를 마옵소서."

부엌으로 들어가더니 먹던 밥에 풋고추, 저리김치, 양념을 넣고 단간장에 냉수를 가득 떠서 모반에 받쳐 드리면서,

"더운 진지 할 동안에 시장하실 터인데 우선 요기나 하옵소서."

어사또 반겨하며,

"밥아, 너 본 지 오래로구나."

여러 가지를 한데다 붓더니 숟가락 댈 것 없이 손으로 뒤저어서 한편으로 몰아치더니, 마파람에 게 눈 감추듯 하는구나.

춘향 어미가 하는 말이.

"얼씨구 밥 빌어먹기에 익숙해졌구나."

이때 향단이는 저의 아가씨 신세를 생각하여 크게 울지는 못하고 훌쩍이며 하는 말이,

"어찌 할까나, 어찌 할까나. 도덕 높으신 우리 아가씨 어찌하여 살리시려오. 어찌해야 하나? 어찌해야 하나?"

소리 없이 우는 모양을 어사또가 보시더니 기가 막혀,

"여봐라 향단아, 울지 마라, 울지 마라, 너의 아가씨 설마 살지 죽을쏘냐? 행실이 지극하면 사는 날이 있느니라."

춘향 어미 듣더니,

"애고, 양반이라고 오기(傲氣)는 있어서. 대체 자네가 왜 저 모양인가?"

향단이 하는 말이,

"우리 큰아씨 하는 말을 조금도 마음 두지 마옵소서. 나이 많아 노망한 중에 이 일을 당해 놓으니 홧김에 하는 말을 조금인들 노하리까? 더운 진지 잡수시오."

어사또 밥상 받고 생각하니, 분한 마음 하늘에 뻗치어 마음이 울적하고 오장이 월렁월렁하고 저녁밥이 맛이 없어,

"향단아, 상 물려라."

담뱃대 툭툭 털며,

"여보소 장모, 춘향이나 좀 보아야지."

"그러지요. 서방님이 춘향을 아니 보아서야 인정이라 하오리까?"

향단이 여쭈오되,

"지금은 문을 닫았으니 통행금지 해제하는 파루(罷漏) 치거든 가사이다."

이때 마침 파루를 뎅뎅 치는구나. 향단이는 미음 상을 이고 등롱을 들고 어사또는 뒤를 따라 옥문 앞에 당도하니, 인적이 고요하고 옥사장이도 간 곳이 없었다.

이때 춘향이 비몽사몽간에 서방님이 오셨는데, 머리에는 금관이요, 몸에는 붉은 저고리라. 오로지 임만 그리는 마음에 목을 안고 온갖 정다운 생각을 하고 있던 차였다.

"춘향아."

부른들 대답이 있을쏘냐? 어사또 하는 말이,

'이몽룡'이 '춘향'을 보러 갔어. '춘향'은 온갖 좋은 상상을 하고 있었지. 불러도 대답이 없자 사또에게 들켜도 괜찮다는 듯이 크게 불러 보라고 채근해. '월매'가 '서방인지 남방인지'라 비꼬고 비아냥대지만, 자기를 살리려고 왔을 거란 기대감에 '춘향'은 좋아 죽지. 그의 몰골을 확인한 '춘향'은 자기야 죽어도 좋지만 당신이 이 지경이 되어서는 안 된다나. 열녀 맞아. '이몽룡'은 다시 한 번 설마하니 죽을까라며 정체를 암시하지만, 잘 몰라. 알면 안 되지. 극적인 장면을 연출하려면 하루쯤 더 고생하게 둬도 괜찮아.

"크게 한 번 불러보소."

"모르는 말씀이오. 여기에서 사또 있는 곳이 마주치는데 소리가 크게 나면 사또가 염문할 것이니 잠깐 머무시옵소서."

"뭐 어때? 염문이 무엇인고? 내가 부를게 가만 있소. 춘향아!"

부르는 소리에 깜짝 놀라 일어나며,

"허허, 이 목소리, 잠결인가, 꿈결인가, 그 목소리 괴이하다."

어사또 기가 막혀,

"내가 왔다고 말을 하소."

"왔다고 말을 할 것 같으면 놀라서 정신을 잃을 것이니 가만히 계시옵소서."

춘향이 저의 모친 음성을 듣고 깜짝 놀라,

"어머니, 어찌 오셨소? 몹쓸 딸자식을 생각하여 함부로 다니다가 넘어져 다치기 쉽소. 이 다음엘랑 오시려 마옵소서."

"날랑은 염려 말고 정신을 차려라. 왔다."

"오다니 누가 와요?"

"그저 왔다."

"갑갑하여 나 죽겠소. 일러 주오. 꿈속에서 임을 만나 온갖 회포 풀었더니 혹시 서방님께서 기별이 왔소? 언제 오신다는 소식 왔소? 벼슬 띠고 내려온다는 소식 왔소? 애고 답답하여라."

"너의 서방인지 남방인지 걸인이 하나 내려왔다."

"허허 이게 웬 말인가? 서방님이 오시다니. 꿈속에서 보던 임을 생시에 보단 말가?"

문틈으로 손을 잡고 말 못 하고 기막혀 하며,

"애고 이게 누구시오. 아마도 꿈이로다. 사랑하며 보지 못하고 그리워하던 임을 이리 쉬 만날쏜가? 이제 죽어 한이 없네. 어찌 그리 무정한가? 팔자도 사납다, 우리 모녀, 서방님을 이별한 후에 자나 누우나 임 그리워하며 날이 가고 달이 갈수록 한이더니, 내 신세가 이리 되어 매에 말려 죽게 되니, 나를 살리려고 와 계시오?"

한참 이리 반기다가 임의 모습을 자세히 보니 어찌 아니 한심하랴.

"여보 서방님. 내 몸 하나 죽는 것은 서러운 마음이 없소마는 서방님은 이 지경이 웬일이오?"

"오냐 춘향아 서러워 마라. 사람 목숨은 하늘에 매인 것이니 설마한들 죽을쏘냐?"

춘향이 저의 모친을 불러,

"한양성 서방님을, 칠 년 대한(大旱) 가문 날에 목마른 백성들이 비를 기다린들 나와 같이 지칠 텐가? 심은 나무가 꺾어지고 공든 탑이 무너졌네. 가련하다 이내 신세, 하릴없이 되었구나. 어머님, 나 죽은 후에라도 원이나 없게 하여 주옵소서. 나 입던 비단 장옷 봉장 안에 들었으니 그 옷 내어 팔아다가 한산에서 나는 고운 모시와 바꾸어서 물색 곱게 도포 짓고, 흰빛 비단으로 지은 긴 치마를 되는 대로 팔아다가 갓과 망건, 신발을 사 드리고, 병 모양의 장신구, 천은(天銀)으로 만든 비녀, 밀화로 꾸민 작은 칼, 옥으로 만든 반지가 상자 속에 들었으니, 그것도 팔아다가 속적삼과 홑바지 초라하지 않게 하여 주오. 오래잖아 죽을 년이 세간은 두어 무엇할까? 용장 봉장 빼닫이를 있는 대로 팔아다가 좋은 반찬으로 진지 대접하오. 나 죽은 후에라도 나 없다 말으시고 나 본 듯이 섬기소서.

서방님, 내 말씀을 들으시오. 내일이 본관사또 생신이라, 술에 취해 심한 술주정이 나면 나를 올려 칠 것이니 형문 맞은 자리에 독이 났으니 손발인들 놀릴쏜가? 어지러이 흐트러진

죽을 일만 남았다고 생각한 '춘향'은 자기 어머니와 '이몽룡'에게 유언을 한다. 자기의 옷이나 장신구 들을 팔아서 '이몽룡' 옷 지어 주고, 자기가 죽더라도 잘 섬겨달라네. 또 '이몽룡'에게도 유언한다. 내일 사또 생일 잔치에서 맞아 죽을 것이니 삯꾼인 체 달려들어 업고 나와 손수 염습하여 입은 옷 벗기지 말고 묻어 두었다가, 나중에 벼슬하면 다시 염습하여 선산 발치에 묻어 주고, 비석에다 '수절하다 죽은 춘향의 묘'라고 써 달라네. 그리곤 자기 어머니 걱정이야. '하늘이 무너져도 솟아날 구멍이 있'다고 거듭 정체를 암시하지만, 우리야 알지만 '춘향'이야 알 리 있나.

이 장면을 소재로 한 시가 하나 있지. 서정주의 시 '춘향 유문'이라고. '유문(遺文)'은 '유서(遺書)'야. 죽으면서 남기는 말. '춘향의 말 3'이란 부제가 붙어 있지. '추천사', '다시 밝은 날에'와 함께 3부작인 셈이지.

긴 머리카락 이렁저렁 걷어 얹고, 이리 비틀 저리 비틀 들어가서 매 맞은 병으로 죽거들랑 삯꾼인 체 달려들어 둘러업고 우리 둘이 처음 만나 놀던 부용당의 적막하고 고요한 데 뉘어 놓고, 서방님께서 손수 염습하되 나의 혼백을 위로하여 입은 옷 벗기지 말고 양지 끝에 묻었다가, 서방님께서 귀하게 되어 높은 벼슬을 하시거든, 잠시도 그대로 두지 말고 함경도의 육진(六鎭)에서 나는 삼베로 다시 염습하여, 조촐한 상여 위에 덩그렇게 실은 후에 북망산천 찾아 갈 때, 앞의 남산과 뒤의 남산을 다 버리고 한양으로 올려다가 선산 발치에 묻어 주고, 비문에 새기기를 '守節寃死春香之墓(수절원사춘향지묘, 수절하다 원통하게 죽은 춘향의 묘)'라고 여덟 자만 새겨 주오. 망부석이 아니 될까? 서산에 지는 해는 내일 다시 오르련마는 불쌍한 춘향이는 한 번 가면 어느 때 다시 올까? 원통함이나 풀어 주오.

애고 애고 내 신세야. 불쌍한 나의 모친 나를 잃고 가산을 탕진하면 하릴없이 걸인이 되어 이 집 저 집 걸식하다가 언덕 밑에 조속조속 졸면서 지쳐서 죽게 되면 지리산 갈가마귀 두 날개를 떡 벌리고 두둥실 날아들어 까옥까옥 두 눈을 다 파먹은들 어느 자식 있어 후여 하고 날려 주리."

애고 애고 섧게 우니, 어사또,

"울지 마라. 하늘이 무너져도 솟아날 구멍이 있느니라. 네가 나를 어찌 알고 이렇듯이 서러워하느냐?"

작별하고 춘향의 집으로 돌아왔다.

춘향이는 어둠침침한 한밤중에 서방님을 번개같이 얼른 보고 옥방에 홀로 앉아 탄식하는 말이,

"하느님은 사람을 낼 때 별로 두텁고 얇음이 없건마는 나의 신세 무슨 죄로 이팔청춘에 임 보내고 모진 목숨을 살아 이 형문 이 형장이 무슨 일인고? 옥중 고생 서너 달에 밤낮 없이 임

오시기만 바랐더니, 이제는 임의 얼굴을 보았으니 빛이 없게 되었구나. 죽어 황천에 돌아간들 저승의 여러 왕 앞에 무슨 말을 자랑하리."

애고 애고 슬피 울 때 지쳐서 반은 죽고 반은 살았구나.

어사또, 춘향 집을 나와서 그날 밤을 새려 하고 문 안 문 밖을 몰래 물으러 다닐새, 길청에 가 들으니 이방이 잡무를 보는 승발(承發)을 불러 하는 말이,

"여보소. 들으니 수의(繡衣) 사또가 서대문 밖 이씨라더니 아까 밤중에 등불을 켜들고 춘향 어미를 앞세우고, 찢어진 옷에 떨어진 갓을 쓴 손님이 아마도 수상하니 내일 본관 잔치 끝에 옷차림을 구별하여 공연한 탈이 없게 아주 충분히 조심하오."

어사가 그 말 듣고,

'그놈들 알기는 아는데.'

하고, 또 장청(將廳)에 가 들으니 행수 군관의 거동을 보소.

"여러 군관님네. 아까 감옥 가까이에 서성대던 걸인이 실로 괴이하데. 아마도 분명 어사인 듯하니 용모 적어 놓은 것 내어 놓고 자세히 보소."

어사또 듣고,

'그놈들 하나하나가 귀신이로다.'

하고, 고을의 물품을 출납하는 현사(縣司)에 가 들으니 호장(戶長) 역시 그렇게 한다.

이(吏)·호(戶)·예(禮)·병(兵)·형(刑)·공(工) 육방을 다 몰래 살핀 뒤에 춘향의 집에 돌아와서 그 밤을 새고 난 뒤 이튿날, 으뜸 벼슬아치인 본관 사또를 뵈려고 가까운 고을의 수령들이 모여든다.

운봉의 영장(營將), 구례·곡성·순창·옥과·진안·장수의 원

암행어사가 밤에 여기저기를 돌아다니며 알아보니, 어사가 나타났음을 짐작하고 있는 것 같아. 전주에 왔을 때부터 이랬으니, 그 옆 고을이니 남원에서도 알았겠지. 걸인(乞人)이 수상하다고 이구동성(異口同聲)이네. 그렇다면 완벽하게 정체를 숨기지 못한 셈이지.

이튿날, 드디어 본관 사또의 생일날. 가까운 고을의 수령들이 모여들기 시작한다. 자리를 잡고, 잔치가 시작된다. 수령들이야 맛있는 먹을거리에 풍악을 울리고 기생들이 춤을 추니 좋겠지. 암행어사는 어떨까? 심란했을 거야. 걸인은 못 들어오게 막았는데 용케 들어왔네. '운봉 영장'은 인정이 있고 생각이 깊은 것 같아. 누더기 차림이지만 양반이니 술이나 몇 잔 먹여 보내자 제안하자, 본관 사또는 마음이 좀 찜찜한 것 같아. 물리치자니 덕이 없어 보이고, 그냥 두자니 보기 싫고.

님들이 차례로 모여든다. 왼쪽에 우두머리 군관, 오른쪽에 명령을 전하는 사령, 한가운데에는 본관이 주인으로서 하인을 불러 분부하되,

"음식 담당하는 관청색을 불러 차(茶)와 과일을 올려라. 고기를 맡은 육고자(肉庫子)를 불러 큰 소를 잡고, 예방(禮房)을 불러 음악 담당 악공을 대령하고, 승발 불러 해 가리개를 대령하라. 사령 불러 잡인을 금하라."

이렇듯 요란할 적에, 온갖 깃발과 무기이며 육각(六角)과 풍류(風流)의 음악 소리가 허공에 떠 있고, 푸른 저고리에 붉은 치마를 입은 기생들은 비단 저고리에 흰 손을 높이 들어 춤을 추고,

"지화자 둥덩실."

하는 소리, 어사또 마음이 심란하구나.

"여봐라. 사령들아! 너의 원님께 여쭈어라. 먼 데 있는 걸인이 좋은 잔치에 왔으니 술과 안주 좀 얻어먹자고 여쭈어라."

저 사령 거동 보소.

"어느 양반이건대, 우리 사또님께서 걸인을 못 들어오게 막으시니 그런 말은 내지도 마시오."

등을 밀쳐 내니 어찌 아니 명관인가. 운봉 영장이 그 거동을 보고 본관에게 청하는 말이,

"저 걸인의 의관은 남루하나 양반의 후예인 듯하니 말석에 앉히고 술이나 몇 잔 먹여 보냄이 어떠하뇨?"

본관 하는 말이,

"운봉의 소견대로 하오마는……."

하니, '마는' 소리의 뒷입맛이 사납것다. 어사또는 속으로,

'오냐, 도적질은 내가 하마, 오랏줄은 네가 져라.'

운봉 영장이 분부하여,

암행어사가 자리에 앉아 둘러보니, 수령들의 음식상과 자기 것은 다르거든. 당연한 걸 당연하게 못 받아들이는 것도 정체를 감추는 데 실패한 것이야. 상을 발길로 찼다네. 그리곤 '운봉 영장'의 갈비뼈를 지그시 누르며 '갈비 한 대 먹고 지고.'라 해. 그러니 '운봉 영장'은 '한 대'가 아니라 '다라도 잡수시오.'라 응수하네. '다리도 잡수시오.'라고 할 수도 있을까? '갈비'는 구워도 먹고 찜도 해 먹는데, '다리'는 어떻게 먹지? 원본에도 '다라도'라 되어 있으니 '다리도'는 잘못 읽은 것으로 보여. 어떤 책이 그렇게 해 놓으니 그 책을 그대로 교과서에 실어 버렸어. 어쩔거나.
'운봉 영장'이 차운이나 한 수씩 하자네. '차운'은 이미 있는 시에서 쓴 자를 다시 쓰는 것이니 일종의 패러디(parody)라고도 할 수 있겠어. 이것도 양반들의 놀이인 셈인데, '이몽룡'도 같이 하겠다 하니, '운봉 영장'이 말릴 까닭이 없지. 역시 수준이 달라. 제일 먼저 '이몽룡'이 써 냈어. '운봉 영장'은 알아챘지. 다급해지기 시작했어. 아전들에게 각자의 소임을 살피라고 지시해. 그때까지도 '변학도'는 사태 파악을 못 하고 있어.

"그 양반 듭시라고 해라."

어사또 들어가 단정히 앉아 좌우를 살펴보니 당상의 모든 수령들이 다과상을 앞에 놓고 진양조 장단이 퍼져 나갈 때, 어사또 상을 보니 어찌 아니 원통하고 분하랴. 모서리 떨어진 개다리소반에 닥나무 젓가락, 콩나물, 깍두기, 막걸리 한 사발을 놓았구나. 상을 발길로 탁 차 던지며 운봉 영장의 갈비를 지그시 누르며,

"갈비 한 대 먹고 지고."

"다라도 잡수시오."

하고 운봉 영장이 하는 말이,

"이러한 잔치에 풍악으로만 놀아서는 맛이 적사오니 차운(次韻)이나 한 수씩 해 보면 어떠하오?"

"그 말이 옳소."

하니 운봉이 운을 내는데, 높을 '고(高)' 자, 기름 '고(膏)' 자, 두 자를 내어 놓고 차례로 운을 달 적에, 어사또가 하는 말이,

"걸인도 어려서 좋은 시구를 모은 책 『추구』 몇 권이나 읽었는데, 좋은 잔치를 만나서 술과 안주를 배불리 먹고 그저 가기 염치 없으니 차운 한 수 하사이다."

운봉 영장이 반겨 듣고 붓과 벼루를 내어 주니, 모여 앉은 사람들이 아무도 못 하였는데 글 두 구를 지었으되 백성들의 형편을 생각하고 본관의 본디 모습을 생각하여 지었것다.

금준미주(金樽美酒)는 천인혈(千人血)이요,

옥반가효(玉盤佳肴)는 만성고(萬姓膏)라.

촉루낙시(燭淚落時) 민루낙(民淚落)이요,

가성고처(歌聲高處) 원성고(怨聲高)라.

이 글 뜻은,

금동이의 아름다운 술은 일천 백성의 피요,
옥소반의 아름다운 안주는 일만 백성의 기름이라.
촛불의 눈물 떨어질 때 백성의 눈물이 떨어지고,
노랫소리 높은 곳에 원망 소리 높았더라.

이렇듯이 지었으되, 본관은 몰라보고 운봉 영장이 이 글을 보며 마음속 생각에,

"아뿔싸! 일이 났다."

이때 어사또가 하직하고 간 연후에 호장과 이방, 우두머리 형리를 불러 분부하되,

"야, 야, 일이 났다."

공방(工房)을 불러 잔치 자리 단속, 병방(兵房)을 불러 역마(驛馬) 단속, 관청색 불러 다담(茶啖) 단속, 옥형리(獄刑吏) 불러 죄인 단속, 집사(執事) 불러 형구(刑具) 단속, 형방(刑房) 불러 문서와 장부 단속, 사령 불러 합번(合番) 단속, 한참 이리 요란할 때 상황을 모르는 저 본관이,

"여보, 운봉이 어디 다니시오?"

"소변을 보고 들어옵니다."

본관이 분부하되,

"춘향을 급히 올리라!"

하고 술주정이 난다.

이때 어사또가 신호할 적에 서리 보고 눈을 주니, 서리와 중방의 거동 보소. 역졸을 불러 단속할 때 이리 가며 수군수군, 저리 가며 수군수군. 서리와 역졸의 거동 보소. 외올망건, 공단 쓰개, 새 패랭이 눌러 쓰고 석 자 감발을 두르고, 새 짚신

어사또가 사인(sign)을 냈어. 때가 됐다는 거지. 마패를 번쩍 들었어. 달 같고 햇빛 같다네. 둥근 모양인데 빛이 나니까. 아니면 달과 해가 다 밤낮을 바꾸어 빛을 낸다는 의미일 수도 있어. '달'과 '해'가 임금을 상징하는 경우도 있고. 소리가 커서 강산이 무너지고 천지가 뒤집히나 봐. 그리고 무서워서 풀과 나무, 길짐승과 날짐승이 겁을 먹고 벌벌 떤다네.

을 신고 속적삼 홑바지를 산뜻이 입고, 육모방망이와 사슴가
죽 끈을 손목에 걸어 쥐고 여기서 번뜻 저기서 번뜻 남원읍이
우꾼우꾼, 청파역졸의 거동을 보소. 달 같은 마패를 햇빛같이
번뜻 들어,

"암행어사 출또야!"

외치는 소리 강산이 무너지고 천지가 뒤집히는 듯, 초목금
수인들 아니 떨랴.

남문에서,

"출또야!"

북문에서,

"출또야!"

동서문에서 출또 소리가 청천에 진동하고,

"공형 들라!"

외치는 소리에 육방이 넋을 잃어,

"공형이오!"

등채찍으로 휘닥닥,

"애고 죽는다!"

"공방, 공방!"

공방이 포장을 들고 들어오며,

"안 하려는 공방을 하라더니 저 불 속에 어찌 들랴?"

등채찍으로 휘닥닥,

"애고 박 터졌네."

좌수(座首), 별감(別監)은 넋을 잃고, 이방, 호장 혼이 나가고,
나장(羅將)·군뢰(軍牢)·사령은 분주하고, 모든 수령 도망할 제
거동 보소. 관인(官印) 통 잃고 기름에 튀긴 유과(油菓) 들고, 군
대를 동원할 때 쓰는 병부(兵符) 대신 송편 들고, 머리에 쓰는
탕건 대신 술 거르는 용수를 쓰고, 갓 잃고 소반을 쓰고, 칼집

다들 난리 났어. 수령들은 도망을 가느라 바빠. 정신이 없으니까 착각도 하겠지. 비슷하게 생긴 것을 서로 바꾸어 들었는데, 관청의 도장 담는 통 대신 네모 모양으로 쌓아올려 놓은 유과를 들고, 군대를 동원할 때 쓰는 병부는 둥글납작하게 생겼으니 송편을 그것이라 들고 등등, 판소리 식으로 말하자면, '이런 난리가 없던가 보더라.' 본관 사또의 행동이 압권이야. 똥을 쌌대. 급했나 보다. '생쥐'를 보조관념으로 끌어들인 것도 욕하는 재미를 더해 주네. 그리고는 '문'과 '바람', '물'과 '목'을 바꿔 말하니 얼마나 다급한지 짐작할 수 있겠어.

쥐고 오줌 누기, 부서지는 건 거문고요, 깨지는 건 북과 장구로다.

본관이 똥을 싸고, 멍석 구멍 속에서 생쥐 눈 뜨듯 하고 안채로 들어가서,

"어, 추워라! 문 들어온다. 바람 닫아라. 물 마른다 목 들여라!"

관청색은 상을 잃고 문짝 이고 내달으니 서리와 역졸이 달려들어 휘닥닥,

"애고 나 죽네."

이때 수의(繡衣) 사또가 분부하되,

"이 고을은 대감(大監)이 좌정(坐定)하시던 고을이라, 헌화(喧譁)를 금하고 객사로 자리를 옮기어라!"

자리를 잡은 후에,

"본관은 봉고파직(封庫罷職)하라!"

분부하니,

"본관은 봉고파직이오!"

사대문에 방을 붙이고 옥형리를 불러 분부하되,

"네 고을 옥에 갇힌 죄수를 다 올리라!"

호령하니, 죄인을 올리거늘, 다 각각 죄를 물은 후에 죄 없는 자는 놓아 보내는데,

"저 계집은 무엇이냐?"

형리가 여쭈오되,

"기생 월매의 딸이온대, 관정에 포악한 죄로 옥중에 있사옵니다."

"무슨 죄인가?"

형리가 아뢰되,

"본관 사또의 수청으로 불렀더니 수절이 정절이라 수청을

암행어사가 자리를 잡았어. 그런데 이 고을은 얼마 전까지만 해도 그의 아버지가 다스렸으니 아들이 아버지가 앉던 자리에 앉을 수 없지. 그래서 장소를 객사로 옮기라는 거야. 그런 것을 '기휘(忌諱)'한다고 해. 글자 그대로는 꺼린다는 말인데, 삼간다는 뜻도 있어. 싫어서 꺼리는 것도 있지만, 예의상 피한다는 것이지. 임금이나 조상의 이름에 쓴 글자를 기휘하고, 아버지와는 겸상하는 일도 기휘하지. 결과적으로는 효자이지만 그들의 세계에서는 상식적인 행위이지. 본관 사또 봉고파직의 벌을 내려. '봉고'는 그의 모든 재산을 동결한다는 의미와, 그가 관할하는 모든 창고를 잠금으로써 권리 행사를 제한한다는 의미가 있어. 물론 '파직'은 '파면'이나 마찬가지로 '일자리에서 잘라버림'이란 뜻이고.

이제 감옥에 갇힌 죄수들을 다시 재판해야 할 차례야. 탐관오리의 수탈을 감당하지 못한 사람이라면 가난한 죄밖에 없으니 방면되겠지. 못된 관리한테 대들었다가 모욕죄에 걸렸다면 표창장을 받을 수도 있겠지. '춘향'을 불러냈어. '춘향'은 어떨까? 기생이라면 명령 불복종의 죄가 분명해. 기생이 아니라면 무고하게 벌을 받은 셈이야. 요즘 같으면 국가가 책임을 지고 보상을 해야 해. '이몽룡'이 '춘향'의 진심을 확인해 보려고 하지, 나라면 어떻겠니? 싫어요. 그럼 진심이구나. 얼굴을 들어 봐라. OMG!!

'춘향'이 '이몽룡'을 따라 한양으로 가야 할 때가 되었네. 좋기도 하고 싫기도 하겠지. 싫다기보다 섭섭하다고 하는 게 적절하겠네. 고향을 떠나야 하니까. '월매'야 모셔 가야겠지만 '향단'은 어쨌을까? '방자'는? 이 둘을 결혼시키면 또 어떨까? '향단'은 개인이 고용한 하인이니 데리고 갔어. '방자'는 관청 소속이니 데려가야 할 명분이 없지.

아니 들랴 하고 사또께 포악하게 군 춘향이로소이다."

어사또가 분부하되,

"네년이 수절한다고 관정포악하였으니 살기를 바랄쏘냐? 죽어 마땅하되 내 수청도 거역할까?"

춘향이 기가 막혀,

"내려오는 관장마다 하나같이 명관이로구나. 수의사또 들으시오. 높은 절벽에 겹겹이 쌓인 바위가 바람이 분들 무너지며 소나무나 대나무 같이 푸른 나무가 눈이 온들 변하리까? 그런 분부 마옵시고 어서 바삐 죽여 주오."

하며,

"향단아, 서방님 어디 계신가 보아라. 어젯밤에 옥문간에 오셨을 적에 여러 번 당부하였더니 어디로 가셨는지 나 죽는 줄 모르는가?"

어사또가 분부하되,

"얼굴 들어 나를 보라!"

하시니, 춘향이 고개를 들어 대청 위를 살펴보니 걸객으로 왔던 낭군이 어사또로 두렷이 앉았구나. 반웃음, 반울음에,

"얼씨구나 좋을시고, 어사 낭군 좋을시고. 남원읍내 가을 들어 떨어지게 되었더니, 객사에 봄이 들어 이화춘풍 날 살린다. 꿈이냐 생시냐, 꿈을 깰까 염려로다."

한참 이리 즐길 적에 춘향 어미 들어와서 그지없이 즐거워하는 말을 어찌 말하랴. 춘향의 높은 절개가 빛나게 되었으니, 어찌 아니 좋을쏜가?

어사또는 남원의 공무(公務)를 처리한 후에 춘향 모녀와 향단이를 서울로 데려가려 준비할 적에 위엄 있는 차림새가 찬란하니 세상 사람들이 누가 아니 칭찬하랴.

이때 춘향이 남원을 하직할 때 지체가 높고 귀하게 되었건

만 고향을 이별하니 한편으로는 기쁘고 다른 한편으로는 슬프지 아니하랴.

"놀고 자던 부용당아 너 부디 잘 있거라. 광한루 오작교며 영주각도 잘 있거라. '봄풀은 해마다 푸르러지되 왕손(王孫)은 가고는 다시 못 돌아오느니라.' 나를 두고 이른 말이로다."

다 각기 이별할 때,

"오래도록 평안하옵소서. 다시 보기 아득하오."

이때 어사또는 좌우도(左右道)의 고을을 돌며 민정을 살핀 후에 서울로 올라가 임금께 절하니, 육조(六曹)의 판서(判書), 참판(參判), 참의(參議) 들이 대궐에 들어와 임금을 뵙고, 문서와 장부를 살펴서 바로잡은 후에 임금께서 크게 칭찬하시고 즉시 이조참의(吏曹參議), 대사성(大司成) 벼슬을 내리시고, 춘향에게 정렬부인(貞烈夫人) 품계를 내리시니, 은혜에 감사하며 절하고 물러 나와 부모 전에 뵈온대 성은(聖恩)을 축수(祝壽)하시더라.

이때 이조판서(吏曹判書), 호조판서(戶曹判書), 우의정(右議政), 좌의정(左議政), 영의정(領議政)을 다 지내고 벼슬을 그만둔 후에 정렬부인과 더불어 평생을 함께 즐거워할새, 정렬부인에게 세 아들과 두 딸을 두었으니 모두가 총명하여 그 부친보다 낫고, 일품(一品) 벼슬자리를 끊지 않고 이어 길이 전하더라.

암행어사의 업무가 남원에서 끝난 게 아니군. 여러 고을을 두루 살피고, 그 결과를 문서로 만들어 대궐에 들어가 보고하고, 칭찬을 듣고 벼슬이 높아졌어. 무엇보다 '춘향'이 '정렬부인'이란 품계를 받았네. 양반이 된 거지. 신분 이동이 가능한 현장을 우리가 직접 보고 있는 셈이야.

이제 후일담. 양반이 주인공으로 등장하는 작품의 마무리는 다 이래. 어떤 벼슬을 지냈고, 자식은 몇을 두었고, 그 자식들의 삶은 어땠고, 또 언제 죽었고. 이런데, 우리의 주인공들이 언제 죽었는지 정보가 없네. '평생을 함께 즐거워'했다는 걸로 그들의 죽음을 받아들여야 할 것 같아. 하긴 아직 살아 있을지도 몰라. 어디에선가 사랑가를 부르며, 업고 놀고 말놀이하며 놀고 있을지도 몰라. 그들은 우리의 영웅이니까.

제2장

:

따지며 읽는 춘향전

숙종대왕(肅宗大王) 즉위(卽位) 초 : 이 작품의 시대적 배경이다.

요순·우탕 : 중국 고대의 지도자들인데, 이들이 다스리던 시대는 태평성대였다고 한다. 이들을 끌어온 것은 존화사상(尊華思想)을 바탕으로 한 사대주의라기보다 고전 소설에서 흔히 나타나는 상투적 표현이라 할 수 있다.

숙종대왕(肅宗大王) 즉위(卽位) 초에 성덕[1]이 넓으시사 성자성손[2]은 계계승승[3]하사 금고옥적[4]은 요순[5] 시절이요 의관문물[6]은 우탕[7]의 버금이라. 좌우보필(左右輔弼)은 주석지신[8]이요 용양호위[9]는 간성지장[10]이라. 조정(朝廷)에 흐르는 덕화(德化) 향곡[11]에 퍼졌으니 사해(四海) 굳은 기운이 원근에 어렸다. 충신은 만조[12]하고 효자 열녀 가가재[13]라. 미재미재,[14] 우순풍조[15]하니 함포고복[16] 백성들은 처처(處處)에 격양가[17]라.

---

1 성덕(聖德) : 거룩한 덕. 성스러운 덕. 임금의 덕.
2 성자성손(聖子聖孫) : 탁월하게 덕행(德行)으로 교화하는 어진 임금의 자손.
3 계계승승(繼繼承承) : 자손(子孫)이 대(代)를 이어 가는 모양. 계승(繼承).
4 금고옥적(金鼓玉笛) : 금으로 꾸민 북과 옥으로 만든 피리. 여기서는 그런 악기를 연주하며 태평성대를 누리고 있음을 비유한 것이다.
5 요순(堯舜) : 중국 고대에 덕망이 높아 존경을 받았던 요(堯)임금과 순(舜)임금.
6 의관문물(衣冠文物) : 옷이나 관(冠) 같은 겉으로 드러난 것과 그것이 의미하는 내면적인 것을 가리키는 말로, 문화와 문명을 두루 일컫는 말이다.
7 우탕(禹湯) : 중국 고대의 주(周)나라 우왕과 은(殷)나라 탕왕. 둘 다 나라를 잘 다스려 백성들이 태평하게 살았음을 상징하는 존재들이다.
8 주석지신(柱石之臣) : '기둥과 주춧돌 같은 신하'라는 뜻으로, 유능하고 덕망이 있어 나라에 꼭 필요한 신하를 비유해서 이르는 말이다.
9 용양호위(龍驤虎衛) : 용처럼 뛰어오르고 호랑이처럼 지킴.
10 간성지장(干城之將) : 국가를 위하여 방패가 되고 성이 되어 외적(外敵)을 막는 장수.
11 향곡(鄕谷) : 시골 구석.
12 만조(滿朝) : 조정에 가득 참. '조정(朝廷)'은 임금이 나라의 정치를 신하들과 의논하거나 집행하는 곳. 또는 그런 기구.
13 가가재(家家在) : 집집마다 있음.
14 미재미재(美哉美哉)라 : 아름답고 아름답도다.
15 우순풍조(雨順風調) : 비와 바람이 때를 어기지 아니하고 순조로움. 이렇게 되면 농사가 잘되고 나라가 태평하게 됨을 의미한다.
16 함포고복(含哺鼓腹) : 배불리 먹고 배를 두드리며 즐겁게 지냄.
17 격양가(擊壤歌) : 농부가 태평한 세월을 읊은 노래. 옛날 중국(中國)의 요(堯)임금이 신분을 감추고 백성들을 살피러 나갔다가, 어떤 농부가 땅을 치면서 부르는, "해가 뜨면 일하고(日出而作), 해가 지면 쉬고(日入而息), 우물 파서 마시고(鑿井而飮), 밭을 갈아 먹으니(耕田而食), 임금의 덕이 내게 무슨 소용이 있으랴(帝力于我何有哉)"라는 노래, 곧 '격양가(擊壤歌)'를 들었다 한다.

배경 1. 시간(시대)

〈춘향전〉의 시간적 배경은 '숙종대왕 즉위 초'이다. 숙종대왕은 1661년에 태어나 1720년에 사망한 조선 제19대 왕이고, 그는 1674년에 왕위에 올랐다. 이 작품의 배경을 비교적 구체적으로 드러낸 이것은 〈춘향전〉의 발생 연도를 짐작하는 지표로 쓰인다. 곧 〈춘향전〉은 17세기 말에 발생하였는데, 처음에는 한두 가지 이야기를 노래로 불렀으나 점점 사건이 복잡해지고 서술량이 늘어나는 적층(積層) 과정을 거쳐 오늘날 전하는 완결된 형식이 된 것이다.

대부분의 작품은 공간과 시간을 '당(唐)·명(明)·송(宋)나라의 어느 황제 때'로 배경을 설정하고 있다. 이런 현상은 소설의 기본 특성인 개연성(蓋然性)을 확보하기 위하여 나온 것이다. 중국에서 그때에는 일어날 법한 일이라 여길 수 있기 때문이다. 그러므로 배경이 이런 상투성에서 벗어나는 것만으로도 〈춘향전〉은 주목받을 만하다.

이때 전라도 남원부에 월매라 하는 기생이 있으되, 삼남[18]의 명기[19]로서 일찍이 퇴기[20]하여 성가(成哥)라 하는 양반을 데리고 세월을 보내되, 연장 사순[21]에 당하여 일점(一點) 혈육(血肉)이 없어 이로 한(恨)이 되어 장탄수심[22]에 병이 되겠구나.

월매라 하는 기생이 있으되 : 등장인물을 말하기(telling)의 방법으로 직접 제시하고 있다.

연장 사순에 당하여 일점(一點) 혈육(血肉)이 없어 : 여자의 나이 40은 정상적으로 출산할 가능성이 없다는 것을 의미한다. 따라서 이것은 자식 얻기를 기도하는 기자(祈子) 정성의 원인이 된다. 한편 이것은 팔자소관 또는 운명으로 여기고 포기한 것을 절대적 존재의 힘을 빌려 극복하고자 하는 의도의 산물이다. 이것이 '영웅의 일생'에 따르면 '기이한 출생'에 해당한다.

---

18 삼남(三南) : 서울에서 남쪽에 있는, 충청도·경상도·전라도의 삼도를 함께 일컫는 말.
19 명기(名妓) : 이름난 기생. 용모가 뛰어나고 재주가 많아 유명한 기생. '기생(妓生)'은 잔치나 술자리에서 노래나 춤 또는 풍류로 흥을 돋우는 것을 직업으로 하는 여자.
20 퇴기(退妓) : 기생의 자리를 물러남. 나이가 들어 자리에서 물러난 기생.
21 연장 사순(年長四旬) : 나이 마흔 살. '순(旬)'은 '열흘', '열 번', '십 년'을 뜻한다.
22 장탄수심(長歎愁心) : 긴 탄식과 근심스러운 마음.

배경 2. 공간(남원 / 춘향 집 / 감옥 / 마당)

춘향전의 공간적 배경은 '전라도 남원부'라는 고을과 그 고을의 여러 곳, 곧 광한루, 춘향 집, 감옥, 관청 등이다.

'남원'은 중국이 아니라 우리나라로 설정함으로써 향수자에게 이야기의 현실감을 강화하고 참신성을 확보함으로써 흥미를 고조시키기도 한다. 고전 소설 작품의 공간적 배경은 천편일률적이다. 대부분 작품의 공간은 중국 '당(唐)·명(明)·송(宋)나라'의 어느 곳이다. 독자들이 중국의 그 나라 그곳에서는 이런 일이 일어날 법하다고 여길 것이기 때문이다. 그러므로 '남원'이라는 구체적 배경을 설정한 것만으로도 상투성에서 벗어난 공간 설정으로 주목받을 만하다.

'춘향 집'은 '춘향'과 '이몽룡'이 만나 사랑을 나누다가 이별하는 공간이다. 서사 전개상 가장 긴 시간이 할애되어 있는 공간으로, 여기에서 두 주인공은 만남과 헤어짐이라는 극단적인 감정의 변화를 겪게 된다. 숙녀(淑女)이면서 동시에 유녀(遊女)인 '춘향', 군자(君子)이면서 동시에 경박자(輕薄子)인 '이몽룡'의 성격을 드러내기에 적절한 공간이다. 향수자에게는 자기도 재자가인(才子佳人)과 별로 다르지 않음을 확인함으로써 자기 합리화의 계기를 마련하게 하는 공간이다.

'감옥'은 '춘향'이 '변학도'의 수청 요구를 거부하고 모진 형장(刑杖)을 맞고 갇히는 공간이다. '춘향'이 형장을 맞아 생긴 육체적 고통으로 괴로워하고, 앞으로 닥칠 고난을 생각하며 정신적 고통을 겪는 공간이 이 '감옥'이다. 꿈을 통해 위안을 받기도 하는 신성성(神聖性)과 봉사가 등장하여 점을 치는 세속성(世俗性)이 드러나는 공간이기도 하다. 더구나 이 '감옥'은 주인공이 꿈꾸는 고귀한 신분으로 재탄생하게 되는 통과 제의적 공간이면서, 행복한 결말을 극단적으로 강화하기 위한 서술적 장치이기도 하다.

'마당'은 '변학도'의 생일 잔치가 열리고 '이몽룡'의 암행어사 출또가 이루어져 서사 전개가 마무리되고, 제기된 문제들이 해결되는 공간이다. 이처럼 판소리나 판소리계 소설의 마지막 장면이 잔치 마당으로 끝나는 경향이 있다. 〈심청전〉의 맹인 잔치가 대표적인 예가 된다. 이런 설정은 공연 예술의 장르적 속성과 연관된다. 관객이 극적 환상(dramatic illusion)에서 벗어나 작중 세계와 현실 세계를 하나로 만듦으로써 흥미가 최고조에 이르게 하는 것이다.

일일(一日)은 크게 깨쳐 옛사람을 생각하고 가군[23]을 청입[24] 하여 여쭈오되, 공순히[25] 하는 말이,

"들으시오. 전생에 무슨 은혜 끼쳤던지 이생[26]에 부부 되어 창기(娼妓) 행실 다 버리고 예모[27]도 숭상하고 여공[28]도 힘썼건만 무슨 죄가 진중(珍重)하여 일점혈육이 없었으니 육친무족[29] 우리 신세 선영향화[30] 누가 하며 사후감장[31] 어이 하리. 명산대찰(名山大刹)[32]에 신공[33]이나 하여 남녀간 낳게 되면 평생 한을 풀 것이니 가군의 뜻이 어떠하오?"

성 참판 하는 말이,

"일생 신세 생각하면 자네 말이 당연하나 빌어서 자식을 낳을진대 무자(無子)할 사람이 있으리오?"

> 예모도 숭상하고 여공도 힘썼건만 : '월매'가 기생 일을 그만두고 평범한 여성으로서 갖추어야 할 조건에 대해 언급하고 있는 구절이다.

> 선영향화 : 대를 이을 자식이 있어야 하는 가장 중요한 까닭으로 든 것인데. 이것은 제사 의례를 중시하는 유교적 윤리 사상을 담고 있다.

---

23 가군(家君) : 남에게 자기 남편을 이르는 말.
24 청입(請入) : 들어오기를 청함.
25 공순(恭順)히 : 공손하고 온순하게.
26 이생 : 이승. 지금 살고 있는 세상.
27 예모(禮貌) : 예절을 지키는 모양. 예절에 맞는 몸가짐.
28 여공(女功) : 여자들이 실을 내어 베를 짜고 옷을 짓는 길쌈.
29 육친무족(肉親無族) : 가까운 피붙이가 하나도 없음.
30 선영향화(先塋香火) : 조상의 무덤에 향을 피운다는 뜻으로, 조상의 제사를 받드는 일을 의미함.
31 사후감장(死後勘葬) : 죽은 뒤에 장사를 치름.
32 명산대찰(名山大刹) : 이름난 산과 큰 절. 뒤에는 '명산대천(名山大川)', 곧 '이름난 산과 큰 내'로 나옴.
33 신공(申供) : 정성을 드려 소원을 빎.

하니, 월매 대답하되,

"천하대성(天下大聖) 공부자[34]도 이구산(尼丘山)에 빌으시고 정나라[35] 정자산[36]은 우형산(右刑山)에 빌어 나계시고 아동방[37] 강산을 이를진대 명산대천(名山大川)이 없을쏜가? 경상도 웅천[38] 주천의[39]는 늦도록 자녀 없어 최고봉(最高峰)에 빌었더니 대명천자(大明天子)[40] 나계시사 대명천지(大明天地) 밝았으니 우리도 정성이나 드려 보사이다. 공든 탑이 무너지며 심은 나무 꺾일 쏜가?"

경상도 웅천~최고봉(最高峰) : 경상남도 창원시 진해구 자은동과 웅천 1동에 걸쳐 있는, 높이 502m의 천자봉(天子峰)을 가리킨다. '천자'라는 이름과 주원장(朱元璋) 탄생 설화가 연관되어 있다.

대명천자(大明天子) 나계시사 대명천지(大明天地) 밝았으니 : '대명천자'와 '대명천지'의 발음이 유사한 점을 통한 언어유희이다. '대명(大明)'은 '중국 명나라를 높여 부른 말'이면서 '아주 환하게 밝음'이라는 서로 다른 의미를 지닌 낱말이다.

표현 1. 언어유희

'언어유희'는 다른 의미를 암시하기 위해 어휘나 동음이의어를 해학적으로 사용하는 표현 방법으로, 음성언어인 말이나 문자언어인 글자를 소재로 하는 말장난을 의미한다. 따라서 이것은 일차적으로 저급한 기지(機智, wit)의 형식으로, 낱말을 이용한 놀이의 초보적인 유형에 속한다.

그런데 낱말이 가진 두 가지 이상의 소리나 뜻에 대한 진지한 관심을 바탕으로 발생하였기 때문에 이것은 차츰

---

34 공부자(孔夫子) : 공자(孔子)를 높여 이르는 말. 공자는 유가(儒家)를 처음으로 세운 사람으로 춘추시대(春秋時代)의 노(魯)나라 사람.

35 정(鄭)나라 : 춘추전국시대에 있었던 나라.

36 정자산(鄭子産) : 춘추시대 정(鄭)나라의 재상 공손교(公孫僑). 성이 국(國) 또는 공손(公孫)), 이름은 교(僑)이며 '자산'은 그의 자(字)이다. 정나라 목공(穆公)의 손자라서 흔히 '정자산'이라 부른다.

37 아동방(我東方) : 우리나라. '중국의 동쪽에 있는 나라'라는 뜻에서 온 말이다.

38 웅천(熊川) : 경상남도 창원군 진해(鎭海) 지역의 옛 지명. 이곳에 '천자봉(天子峰)'이 있다.

39 주천의 : 문맥상으로 명(明)나라 태조(太祖) 주원장(朱元璋)의 아버지인데, 그의 이름은 '천의'가 아니라 '세진(世珍)'이다.

40 대명천자(大明天子) : 명(明)나라의 천자(天子). 조선 시대에는 명나라를 높이 일컬어 '대명(大明)'이라 하였다. 명나라의 태조(太祖) 주원장(朱元璋)을 가리키는 것으로 보인다.

해학(諧謔, humor)이나 풍자(諷刺, satire)를 목적으로 하는 데 효과적으로 쓰이게 된다. 한편 이것은 독자나 관객의 긴장을 이완시킴으로써 극적 환상(dramatic illusion)에 빠지는 일을 차단하는 기능을 하기도 한다.

이날부터 목욕재계(沐浴齋戒)[41] 정히 하고 명산승지(名山勝地) 찾아갈 제 오작교[42] 썩 나서서 좌우 산천 둘러보니 서북의 교룡산[43]은 술해방[44]을 막아 있고, 동으로는 장림[45] 수풀 깊은 곳에 선원사[46]는 은은히 보이고, 남으로는 지리산(智異山)이 웅장한데, 그 가운데 요천수[47]는 일대장강[48] 벽파[49] 되어 동남으로 둘렀으니 별유건곤[50] 여기로다. 청림(靑林)을 더위잡고[51] 산수를 밟아 들어가니 지리산이 여기로다. 반야봉[52] 올라서서 사면을 둘러보니 명산대천 완연[53]하다.

상봉(上峰)에 단(壇)을 무어[54] 제물(祭物)을 진설[55]하고 단하

> **오작교 썩 나서서~반야봉 올라서서 :** 이 작품의 공간적 배경인 남원 주변의 산이나 강, 숲 같은 공간을 사실적으로 서술하고 있다. 이렇게 배경을 설정함으로써 실존 인물의 실재 이야기처럼 느끼게 하는 효과를 얻는다.

> **여기로다 :** '여기'는 '바로 앞에서 이야기한 대상을 가리키는 지시 대명사'이다. 서술자는 작중 인물이 공간을 이동하는 과정을 서술하면서 독자도 따라오게 하고 있고, '여기로다'라 함으로써 서술자와 작중 인물, 독자가 한자리에 있게 하고 있다.

41 목욕재계(沐浴齋戒) : 부정(不淨)을 타지 않도록 깨끗이 목욕하고 몸가짐을 가다듬는 일.
42 오작교(烏鵲橋) : 전북 남원의 광한루(廣寒樓) 경내에 있는 작은 다리.
43 교룡산(蛟龍山) : 전북 남원의 서북쪽에 있는 산.
44 술해방(戌亥方) : 서북쪽. 12지(支)의 자(子)를 북쪽으로 하여 시계 방향으로 늘어놓아 방향을 가리키는 말로 썼다.
45 장림(長林) : 전북 남원 근교에 있는 숲.
46 선원사(禪院寺) : 전북 남원시 도통동 만행산에 있는 절.
47 요천수(蓼川水) : 요천에 흐르는 물. '요천'은 전북 남원시를 통과하는 강으로, 장수군 영취산에서 발원하여 섬진강으로 흘러든다.
48 일대장강(一帶長江) : 띠 모양으로 펼쳐진 긴 강.
49 벽파(碧波) : 푸른 물결. 푸른 파도.
50 별유건곤(別有乾坤) : 신선들이 산다는 특별한 세상. 별건곤(別乾坤).
51 더위잡고 : (높은 데로 올라가려고 무엇을) 끌어 잡고.
52 반야봉(般若峰) : 전북 남원시 산내면과 전남 구례군 산동면 사이에 있는 산.
53 완연(宛然) : 눈이 보이는 것처럼 뚜렷함.
54 무어 : 쌓아.
55 진설(陳設) : 음식을 상에 차리어 놓음.

한 꿈을 얻으니 : '춘향'의 어머니 '월매'의 태몽이다. 이 태몽의 내용이 태어날 '춘향'이 천상적 질서에 따르는 인물이고, 그래서 이른바 '영웅의 일생' 구조를 따르게 될 것임을 알려 준다. 천상에서 죄를 짓고 지상으로 적강(謫降)하는 모티프는 고전 소설에 자주 등장한다.

(壇下)에 복지[56]하여 천신만고[57] 빌었더니, 산신(山神)님의 덕이신지 이때는 오월 오일 갑자[58]라. 한 꿈을 얻으니 서기[59] 반공[60]하고 오채[61] 영롱(玲瓏)하더니 일위 선녀[62] 청학(靑鶴)을 타고 오는데, 머리에 화관(花冠)이요 몸에는 채의(彩衣)로다. 월패[63] 소리 쟁쟁하고 손에는 계화일지[64]를 들고 당(堂)에 오르며 거수장읍[65]하고 공순(恭順)히 여쭈오되,

"낙포[66]의 딸이러니 반도[67] 진상[68] 옥경[69] 갔다 광한전[70]에서 적송자[71] 만나 미진정회[72]할 차에 시만[73]함이 죄가 되어 상제[74] 대로(大怒)하사 진토[75]에 내치시매 갈 바를 몰랐더니 두류산[76] 신령(神靈)께서 부인 댁으로 지시하기로 왔사오니 어여삐 여기소서."

---

56 복지(伏地) : 땅에 엎드림.
57 천신만고(千辛萬苦) : 천 가지 매운 것과 만 가지 쓴 것이라는 뜻으로, 온갖 어려운 고비를 다 겪으며 심하게 고생함을 이르는 말.
58 갑자(甲子) : 갑자시(甲子時). 밤 11시부터 1시 사이인 자시(子時) 중 앞의 한 시간, 곧 밤 11시부터 12시까지를 이르는 말.
59 서기(瑞氣) : 상서(祥瑞)로운 기운. 복되고 좋은 일이 일어날 것 같은 기운.
60 반공(盤空) : 공중에 서려 있음. 공중에서 돎.
61 오채(五彩) : 다섯 가지의 채색. 곧 청(靑), 황(黃), 적(赤), 백(白), 흑(黑).
62 일위 선녀(一位仙女) : 한 명의 선녀. 선녀 한 명.
63 월패(月佩) : 가슴이나 허리에 차는 패옥(佩玉)의 한 가지.
64 계화일지(桂花一枝) : 계수나무 한 가지. 계수나무 가지 하나.
65 거수장읍(擧手長揖) : 두 손을 잡아 높이 들고 허리를 굽히는 예.
66 낙포(洛浦) : 낙신(洛神). 낙수(洛水)의 귀신으로, 복희씨(伏羲氏)의 딸 복비(宓妃)가 낙수에 빠져 죽은 넋이라 한다.
67 반도(蟠桃) : 신선이 사는 곳에 있다는 큰 복숭아. 장수(長壽)를 빌 때 쓰는 말.
68 진상(進上) : 물건을 임금에게 바침.
69 옥경(玉京) : 옥황상제가 산다고 하는 가상의 서울.
70 광한전(廣寒殿) : 광한부(廣寒府). 달의 궁전 혹은 달의 서울을 말한다.
71 적송자(赤松子) : 고대의 신선 이름. 신농씨(神農氏) 시대에 활약했던 비[雨]의 신으로, 뒤에 곤륜산(崑崙山)에 들어가서 신선이 되었다 한다.
72 미진정회(未盡情懷) : 마음속에 품고 있던 정을 다 풀지 못함.
73 시만(時晩) : 시간이 지체되어 늦어짐.
74 상제(上帝) : 옥황상제(玉皇上帝). 하느님.
75 진토(塵土) : 티끌과 흙을 통틀어 이르는 말로, 사람이 사는 세상을 뜻한다.
76 두류산(頭流山) : 지리산(智異山)을 달리 부르는 말.

하며 품으로 달려들새, 학지고성은 장경고라.[77] 학의 소리에 놀라 깨니 남가일몽[78]이라.

배경 사상 1. 도교

〈춘향전〉에 나타나는 도교적 인물은 '신선'의 부류이다. '선녀', '산신령', '신선' 등의 이름으로 등장하는 이들이 가상공간에 존재하므로 '꿈'이라는 기제(mechanism)를 통해 현실 세계의 인간과 접촉한다.

'춘향'의 탄생을 알리는 '월매'의 태몽(胎夢)에는 '낙포 선녀'가 '옥경(玉京)', '광한전(廣寒殿)' 같은 천상의 공간에 가서 신선이 된 '적송자'를 만나 수작하다가 시간을 늦춘 죄로 적강(謫降)하였고, 지리산 '산신령'의 지시에 따라 왔다고 한다. '월매'가 꿈속에서 '청룡(靑龍)'을 보고 '이몽룡'의 방문을 받는 것도 천상적 질서를 따르는 사고방식으로 도교적이라 할 수 있다.

〈춘향전〉에 나타나는 도교 사상, 범위를 좁혀 신선 사상이 작품 전체를 지배하는 것은 아니다. 작중 기능은 미약하지만 도교 사상과 연관되는 모티프는 작품의 의미를 다양하게 보게 하고 향수자에게 흥미를 더해주기에는 충분하다.

황홀한 정신을 진정하여 가군(家君)과 몽사(夢事)를 설화(說話)하고 천행(天幸)으로 남자를 낳을까 기다리더니, 과연 그 달

> **학지고성은 장경고라. 학의 소리에 놀라 깨니** : '월매'가 태몽(胎夢)을 꾸고 잠을 깨는 원인이 '학의 소리'인데, '학지고성(鶴之高聲)은 장경고(長頸故)라', 곧 '학의 울음소리가 높은 것은 목이 길기 때문이다.'라는 구절이 삽입되었다. 이런 현상은 고전소설에 흔히 나타나는 서술 방식으로, 서술의 논리적 구조보다 흥미를 높이는 것을 더 중요하게 여기기 때문에 나타난 결과이다.

---

77 학지고성(鶴之高聲)은 장경고(長頸故)라 : 학의 울음소리가 높은 것은 목이 길기 때문이다. '글 잘하는 사위'로 널리 알려진 이야기에 나오는 구절로, 이것에 대해 '개구리(혹은 매미)가 잘 우는 것도 목이 긴 까닭인가[蛙(혹은 蟬)之善鳴亦長頸故].'라 반박하며 동서(同壻)끼리 대결을 벌인다.

78 남가일몽(南柯一夢) : 한 때의 헛된 부귀를 이르는 말. 중국 당(唐)나라 때 순우분(淳于棼)이란 사람이 꿈에 남가군(南柯郡) 태수가 되어 겪은 우여곡절을 겪었다는 고사에서 연유한 말이다.

부터 태기(胎氣) 있어 십삭(十朔)이 당하매, 일일은 향기 만실[79] 하고 채운이 영롱하더니 혼미(昏迷) 중에 생산(生産)하니 일개 옥녀(玉女)를 낳으니, 월매의 일구월심[80] 기루던[81] 마음 남자는 못 낳았으되 저근덧[82] 풀리는구나. 그 사랑함은 어찌 다 형언(形言)하리. 이름을 춘향이라 부르면서 장중보옥[83]같이 길러내니 효행(孝行)이 무쌍(無雙)이요 인자함이 기린[84]이라. 칠팔 세 되매 서책(書冊)에 착미[85]하여 예모(禮貌) 정절(貞節)을 일삼으니 효행을 일읍[86]이 칭송(稱頌) 아니할 이 없더라.

향기 만실하고 채운이 영롱하더니 : 춘향의 출생이 평범하지 않음을 드러내는 구절이다. '영웅의 일생' 중 비정상적인 출생과 연관된다. 영웅소설에서 출생 장면에 흔히 나타나는 상투적 구절이다.

그 사랑함은 어찌 다 형언(形言)하리. : '형언(形言)'하는 일은 서술자의 몫인데, 말이나 글로 감당할 수 없을 만큼 사랑이 깊다는 의미이다. 서술자의 목소리가 개입된 구절이다.

인물 1. 성 참판

'성 참판'은 〈춘향전〉의 주인공 '춘향'의 아버지이다. 그가 내직(內職)으로 들기 전에 남원부사로 내려왔을 때 '월매'가 수청을 들었고 '춘향'을 잉태한 뒤 석 달 만에 한양으로 올라갔으며, '춘향'을 데려가지 못한 채 사망하였다.

'춘향'의 아버지에 대한 이런 설정은, 어머니의 신분을 따르는 종모법(從母法)에 따라 천민(賤民)일 수밖에 없는 '춘향'이 스스로 양반의 후예라 여기고 생각과 행동을 조심하는 행위를 합리화한다. 그리고 그런 '춘향'의 생각과 행동이 '이 도령'을 만나 신분 상승을 완성하는 데 일정 부분 기여한다고 할 수 있다.

---

79 만실(滿室) : 방에 가득 참.
80 일구월심(日久月深) : 날이 오래고 달이 깊어짐. 오랫동안 간절하게 바라는 마음을 나타낼 때 쓰이는 말.
81 기루던 : 어떤 대상을 그리워하거나 아쉬워하던. 전라도 방언임.
82 져근덧 : 잠깐 동안. 금방. 어느새.
83 장중보옥(掌中寶玉) : 손 안의 귀한 보물. 보배처럼 여겨서 사랑하는 물건.
84 기린(麒麟) : 성인이 이 세상에 나올 징조로 나타난다고 하는 상상 속의 짐승. 여기서는 '지혜와 재주가 썩 뛰어난 사람'을 뜻하는 '기린아(麒麟兒)'나, '성품이 바르고 복스러워 좋은 사람'의 뜻인 '길인(吉人)'의 뜻으로 쓰였다.
85 착미(著味) : 맛을 붙임. 취미를 붙임.
86 일읍(一邑) : 온 읍 즉, 읍내 모든 사람들.

　　이본에 따라 '춘향'의 아버지는 누구인지 모르거나 성
(姓)도 '성(成)'이 아니라 '김(金)'이나 '안(安)' 등으로 되어
있기도 하다. 이런 특성은 구비문학의 유동성(流動性)이나
적층성(積層性)에 기인한 것이다. 그의 성(姓)이 성(成)이어
야 '이몽룡'과 '성춘향'의 만남이 '이성지합(二姓之合)'이기
도 하고 '이성지합(李成之合)'이기도 할 수 있다.

　　이때 삼청동(三淸洞) 이 한림[87]이라 하는 양반이 있으되 세
대명가[88]요 충신의 후예라. 일일은 전하께옵서 충효록(忠孝錄)
을 올려 보시고 충효자를 택출[89]하사 자목지관[90] 임용(任用)하
실새, 이 한림으로 과천 현감[91]에 금산 군수[92] 이배[93]하여 남원
부사[94] 제수[95]하시니 이 한림이 사은숙배[96] 하직하고 치행[97] 차
려 남원부에 도임하여 선치민정(善治民情)하니 사방에 일이 없
고 방곡(坊曲)의 백성들은 더디 옴을 칭송한다. 강구연월문동
요[98]라. 시화연풍[99]하고 백성이 효도하니 요순(堯舜) 시절이라.

87　이 한림(李翰林) : 이씨 성을 가진 한림. '한림'은 예문관(藝文館)에서 사초(史
　　草)를 꾸미던 정구품 벼슬인 '검열(檢閱)'이지만, 고전소설에서는 일반적으
　　로 과거에 급제하여 처음 받는 벼슬 이름이다.
88　세대명가(世代名家) : 대대로 내려오는 이름난 집안.
89　택출(擇出) : 가리어 뽑음.
90　자목지관(字牧之官) : 백성을 사랑하여 다스리는 지방의 원이나 수령. 자목
　　지임(字牧之任).
91　현감(縣監) : 조선 때 외관직(外官職) 문관의 종육품 관리. 곧 작은 현(縣)의
　　우두머리.
92　군수(郡守) : 군(郡)의 행정을 맡아보던 지방 장관. 종사품.
93　이배(移拜) : 벼슬아치가 자리를 옮기는 명령을 받음.
94　부사(府使) : 정3품의 대도호부사(大都護府使)와 종3품의 도호부사(都護府使)
　　를 간략하게 줄여 가리키는 칭호.
95　제수(除授) : 추천을 받지 않고 임금이 직접 관리를 임명함.
96　사은숙배(謝恩肅拜) : 임금의 은혜를 사례하여 공손하게 절함.
97　치행(治行) : 행장을 차림. 길 떠날 준비를 함.
98　강구연월문동요(康衢烟月聞童謠) : 강구연월을 노래하는 아이들의 노랫소리
　　를 들음. '강구연월'은 태평한 시대에 번화한 거리의 평화로운 모습.
99　시화연풍(時和年豊) : 나라가 태평하고 해마다 곡식이 잘됨.

인물 2. 이몽룡의 부모

'이몽룡'의 부모가 작품의 서사 전개에 미치는 영향은 미미하다. 이들의 작중 기능은 '이몽룡'의 신분이나 성격을 드러내게 하는 정도이다.

'이몽룡'의 아버지는 충신의 후예이면서 동시에 충신이자 효자이고, 훌륭한 목민관으로 전형적인 양반 사대부이다. 그렇지만 아들 '이몽룡'의 거짓말을 참말로 믿고 아들에 대한 기대감이 넘치는 평범한 아버지이기도 하다. 이런 사정은 '이몽룡'의 삶이 궁극적으로 어떠해야 하는가를 보여 준다.

'이몽룡'의 어머니는, 이별해야 할 처지에 놓인 아들 '이몽룡'이 '춘향'의 존재를 고백하고 도움을 요청하는 자리에만 등장한다. 물론 그는 아들의 행위나 생각이 잘못되었음을 질책함으로써 양반 사대부 아내로서의 전형적인 생각을 드러낸다.

이때는 어느 때뇨. 놀기 좋은 삼춘[100]이라 : 작품의 계절적 배경을 '삼춘', 곧 '봄'으로 설정해 놓은 구절이다. '뭇 새들'이 '춘정(春情)'을 다투'는 것은 번식을 위해 짝을 찾는 행위인데, 이것이 '이 도령'과 '춘향'이 만나는 일이 자연스러운 것임을 드러내는 기능을 한다. 그런데, 이 설정은 '춘향'이 그네를 뛰러 나오는 상황을 합리적으로 만들기 위해 '오월 단오'로 바뀐다.

이때는 어느 때뇨. 놀기 좋은 삼춘[100]이라. 호연[101] 비조[102] 뭇 새들은 농춘화답(弄春和答)[103] 짝을 지어 쌍거쌍래(雙去雙來) 날아들어 온갖 춘정[104] 다투는데 남산화발북산홍[105]과 천사만사수양지[106]에 황금조[107]는 벗 부른다. 나무나무 성림[108]하고

---

100 삼춘(三春) : 봄의 석 달, 곧 맹춘(孟春) 1월, 중춘(仲春) 2월, 계춘(季春) 3월을 가리킴. 또는 세 해의 봄이란 말로 3년을 말하기도 한다.

101 호연(胡燕) : 명매기. 명매기과에 딸린 새. 등은 흑갈색이며 허리에 흰 빛 띠가 둘리고 턱 아래는 암갈색이다.

102 비조(翡鳥) : 자주호반새. 물총새과에 딸린 새로서 우리나라, 유구, 일본 등의 지역에 번식하는 새.

103 농춘화답(弄春和答) : 봄의 정취에 겨워 서로 노래로 답함.

104 춘정(春情) : 남녀 간의 정욕(情慾). 암컷과 수컷이 서로 그리워하는 정.

105 남산화발북산홍(南山花發北山紅) : 남쪽 산에 꽃이 피니 북쪽 산도 붉어진다.

106 천사만사수양지(千絲萬絲垂楊枝) : 천 갈래 만 갈래의 버드나무 가지.

107 황금조(黃金鳥) : 노랑딱새. 황금빛이 나는 새.

108 성림(成林) : 숲을 이룸.

두견 접동 다 지나니 일년지가절[109]이라.

이때 사또 자제 이 도령이 연광[110]은 이팔이요 풍채는 두목지[111]라. 도량(度量)은 창해[112] 같고 지혜 활달하고 문장은 이백[113]이요 필법(筆法)은 왕희지[114]라.

서술 방법 1. 직접 제시(말하기)

서술자가 인물이나 사건, 배경 등을 직접적으로 요약해서 설명하는 방식으로 해석적 방법이라고도 한다. 서술자가 직접 제시하므로 '말하기(telling)'라 부른다. 서술자가 주도적으로 작품 전반을 이끌어가므로 전지적 작가 시점이나 1인칭 주인공 시점에 어울리는 서술 방법이다. 이 방법은 작품의 전반을 직접 제시하므로 관객이나 독자의 오해를 부를 소지가 줄어들어 수용이 편리하다는 장점이 있다. 하지만 인물의 경우 직접적으로 제시함으로써 관객이나 독자가 그 인물에 대한 상상력을 발휘할 여지가 제한될 수밖에 없는 단점이 있다.

주지하다시피 〈춘향전〉은 다양한 이본이 존재하는데, 이 말하기 방식은 가창물인 판소리 사설보다 독서물인 소설에서 더 빈번하게 사용된다. 판소리 사설은 창자(唱者)가 관객 또는 청중에게 작품을 말이나 창(唱)이라는 방식으로 보여주는 형식이기 때문이다. 서술자가 직접 개입하는 방식, 곧 편집자적 논평도 직접 제시에 해당한다.

---

109 일년지가절(一年之佳節) : 일 년 중에 가장 아름다운 때.

110 연광(年光) : 나이.

111 두목지(杜牧之) : 두목(杜牧). 만당(晚唐) 때의 시인. 자는 목지(牧之). 호는 번천(樊川). 두보(杜甫)를 대두(大杜)라 함에 따라 소두(小杜)라 일컫는다.

112 창해(滄海) : 푸르고 넓은 바다.

113 이백(李白) : 성당(盛唐) 때의 대시인(大詩人). 자는 태백(太白). 호는 청련(青蓮). 두보와 함께 시종(詩宗)으로 추앙(推仰)받았다.

114 왕희지(王羲之) : 중국 동진(東晉)의 관리이자 서예가. 예서(隷書)를 잘 썼고, 당시 아직 성숙하지 못하였던 해서(楷書), 행서(行書), 초서(草書)를 예술적인 서체로 완성하여 중국 고금의 첫째가는 서성(書聖)으로 존경받고 있다.

한편 등장인물의 대화를 노출시키는 것은 간접 제시, 곧 보여주기 방식이지만, 그 대화를 매개하는 설명은 직접 제시에 해당한다. 〈춘향전〉에는 대화만으로 전개되는 방식도 있지만 대화 사이를 매개하는 설명, '말씀하되, 여쭈오되, 이르는 말이' 등이 개입되는 경우도 적지 않다.

시흥춘흥(詩興春興) 도도하니 : '이몽룡'이 시흥과 춘흥이 넘쳐난다는 말인데, 이것은 그가 시 짓기를 즐길 수 있는 신분 또는 능력을 보여줌과 함께 계절적 배경이 '봄'임을 드러낸다. 이것은 〈춘향전〉이 4계절의 순환과 어울리는 사건 전개를 가진다는 점을 확인할 수 있는 근거이다.

일일(一日)은 방자 불러 말씀하되,

"이 골 경처[115] 어드메냐? 시흥춘흥(詩興春興) 도도하니[116] 절승(絶勝) 경처(景處) 말하여라."

방자 놈 여쭈오되,

"글공부 하시는 도령님이 경처 찾아 부질없소."

이 도령 이르는 말이,

"너 무식한 말이로다. 자고(自古)로 문장재사(文章才士)도 절승 강산 구경하기는 풍월(風月) 작문(作文) 근본이라. 신선(神仙)도 두루 돌아 박람(博覽)하니 어이하여 부당(不當)하랴. 사마장경[117]이 남(南)으로 강회(江淮)에 떴다 대강(大江)을 거스를 제 광랑성파[118]에 음풍[119]이 노호[120]하여 예로부터 가르치니 천지

---

115 경처(景處) : 아름다운 경치를 이룬 곳.
116 도도(滔滔)하니 : (유행이나 사조, 세력 따위가) 바짝 성행하여 걷잡을 수가 없으니.
117 사마장경(司馬長卿) : 사마상여(司馬相如). 중국 전한(前漢)의 문인. 사부(辭賦)에 능하여 한위육조(漢魏六朝) 문인의 모범이 되었다. 그런데 남쪽의 강회(江淮) 지역을 유람한 주인공은 사마천(司馬遷)이다. 마존(馬存)이 지은 「자장유증합방식(子長遊贈蓋邦式)」 '남쪽으로 긴 회수에 배를 띄우고 큰 강을 거슬러 올라가면서, 미친 듯한 물결과 놀란 파도가 검은 구름 속에 성내어 부르짖으면서 거슬러 올라가고 옆으로 치고 하는 것들을 보았다. 그러므로 그의 글은 분망하면서도 광대한 것이다(南浮長淮 泝大江 見狂瀾驚波 陰風怒號 逆走而橫擊 故其文奔放而浩漫).'라는 구절에서 확인할 수 있다.
118 광랑성파(狂浪盛波) : 미친 듯이 거센 물결과 파도.
119 음풍(陰風) : 음랭한 바람. 겨울바람.
120 노호(怒號) : 성내어 부르짖음. 바람, 물결 따위의 세찬 소리.

간 만물지변(萬物之變)이 놀랍고 즐겁고도 고운 것이 글 아닌 게 없느니라. 시중천자[121] 이태백(李太白)은 채석강(采石江)에 놀았고, 적벽강(赤壁江) 추야월(秋夜月)에 소동파[122] 놀았고, 심양강(潯陽江) 명월야(明月夜)에 백낙천[123] 놀았고, 보은(報恩) 속리(俗離) 문장대[124]에 세조대왕(世祖大王) 노셨으니 아니 놀든 못하리라."

이때 방자, 도령님 뜻을 받아 사방 경개(景槪) 말씀하되,

"서울로 이를진대 자문[125] 밖 내달아 칠성암 청련암 세검정과, 평양 연광정 대동루 모란봉, 양양 낙선대, 보은 속리 문장대, 안의 수승대, 진주 촉석루, 밀양 영남루가 어떠한지 모르오나, 전라도로 이를진대 태인 피향정, 무주 한풍루, 전주 한벽루 좋사오나, 남원 경처 들어보시오. 동문 밖 나가시면 장림 숲 천은사 좋삽고, 서문 밖 나가오면 관왕묘[126]는 천고 영웅 엄한 위풍 어제 오늘 같삽고 남문 밖 나가오면 광한루[127] 오작교 영

> **서울로 이를진대~한벽루 좋사오나** : '이 도령'이 남원에서 경치가 좋은 곳을 이르라 하였는데, '방자'는 전국의 명승지를 열거하고 있는 부분이다. 이 부분은 필요에 따라 빼거나 늘리거나 바꾸는 일이 자유로운데, 그만큼 판소리 사설이 현장성을 중시하던 개방적 형식임을 알려 주는 징표이다.

---

121 시중천자(詩中天子) : 시(詩)로만 보면 천자(天子)라 할 만함. 그런 사람.

122 소동파(蘇東坡) : 소식(蘇軾). 중국 송(宋)나라의 문장가. 자는 자첨(子瞻). 순(洵)의 장자로서 아버지와 동생과 함께 당송팔대가(唐宋八大家)의 한 사람. 신종(神宗) 때 왕안석(王安石)과 뜻이 맞지 않아 황주(黃州)로 좌천되어 동파라 호를 지었다.

123 백낙천(白樂天) : 백거이(白居易). 당(唐)나라의 시인. 자는 낙천. 호는 향산거사(香山居士). 벼슬은 형부상서(刑部尙書)에 이름. 문장은 정절(精切)하고 시는 평이하여 원진(元進)과 이름을 가지런히 하였으므로 세상에서 원백(元白)이라 일컬었다.

124 문장대(文藏臺) : 충청도 보은(報恩)의 속리산(俗離山)에 있는 누대의 이름.

125 자문(紫門) : 자하문(紫霞門)의 준말. 북악과 인왕의 사이에 있는 성문.

126 관왕묘(關王廟) : 관우(關羽)의 영정을 모신 사당. '관우'는 중국 삼국시대 촉(蜀)나라의 장수로, 조선 시대 민간 신앙에서 신격화(神格化)한 인물이다.

127 광한루(廣寒樓) : 전북 남원에 있는 누각.

주각[128] 좋삽고 북문 밖 나가오면 청천삭출금부용[129] 기벽[130]하여 우뚝 섰으니 기암(奇巖) 둥실 교룡산성[131] 좋사오니 처분대로 가사이다"

도령님 이른 말씀,

"이애, 말로 듣더라도 광한루 오작교가 경개로다. 구경 가자."

인물 3. 방자

'이몽룡'을 상전으로 모시는 인물로 순진하고 충직하며 쾌활한 성격의 소유자이다. 양반의 약점을 많이 알고 있어서 양반을 풍자하고 조롱하며 희극미를 창조하여 작품에 활기를 불어 넣는 인물이다. 상전을 희화화하고 풍자함으로써 주종 관계를 파괴하는 역할을 하는, 이른바 '방자형 인물'로서 전형성을 지니고 있다. '방자형 인물'은 〈배비장전〉의 '방자', 판소리 〈적벽가〉의 '정욱', 〈봉산탈춤〉의 '말뚝이' 등이다.

〈춘향전〉에서 '방자'는 전반부와 후반부에서 다른 모습으로 나타난다. 전반부에서 '방자'는 자기가 모시는 '이몽룡'이 '춘향'과 만나는 과정에서 중요한 역할을 한다. 이 과정에서 '방자'는 '이몽룡'의 충직한 하인이기도 하고 교활한 장난꾼이기도 하다. 〈열녀춘향수절가〉에서처럼 '아이'로 대치되기도 하지만 후반부에서는 '춘향'의 편지를 전하려고 서울로 가다가 중도에서 '이몽룡'을 만나는 대목에서 나온다. '아이'이든 '방자'이든 이때도 전반부와 마찬가지로 '이몽룡'에게 거칠게 대하지만, '이몽룡'이 거지 행색을 하고 있어서이지 양반이라서 저항하는 모습은 아니다.

---

128 영주각(瀛洲閣) : 전북 남원의 광한루 옆에 있는 누각.

129 청천삭출금부용(靑天削出金芙蓉) : 푸른 하늘에 깎은 듯이 솟아 금빛 연꽃 같음. 중국 당(唐)나라 시인 이백(李白)의 '등여산오로봉(登廬山五老峰)'의 한 구절.

130 기벽(氣癖) : 자부심이 많아서 남에게 지거나 굽히지 않으려는 성질.

131 교룡산성(蛟龍山城) : 남원 서쪽 7리에 밖에 있는 산.

문체 1. 가창물로서의 운문

〈춘향전〉은 판소리계 소설이다. 판소리는 일정한 장단에 따라 노래로 부르는 가창물(歌唱物)이므로 그 가사인 사설은 운율을 가진 운문이다. 주로 4음보 연속체인 가사(歌詞)의 형식이고, 각 음보는 3 또는 4음절로 이루어진다.

이러한 문체의 특징 때문에 〈춘향전〉은 기존의 가창물인 시조나 잡가, 민요나 가사 등의 작품을 일부 또는 전부를 수용하기도 하고, 사설의 일부가 잡가나 가사 작품으로 독립되기도 한다. 전자의 예는 '농부가', '백발가', '상사별곡', '황계사' 등이고 후자의 예는 잡가 '형장가'나 '집장가', '소춘향가', '춘향 이별가' 등이다. 이들은 물론 가창물이므로 운문으로 이루어져 있다.

도련님 거동 보소. 사또 전 들어가서 공순히 여쭈오되,

"금일 일기 화난[132]하오니 잠깐 나가 풍월음영 시 운목[133]도 생각하고자 싶으오니 순성[134]이나 하여이다."

사또 대희(大喜)하여 허락하시고 말씀하시되,

"남주[135] 풍물을 구경하고 돌아오되 시제(詩題)를 생각하라."

도령 대답,

"부교(父敎)대로 하오리다."

> **거동 보소** : '거동'은 '행동거지(行動擧止)'이고, 이것을 '보소'라 하면서 보여 주는 것이다. 판소리를 공연하는 현장에서 창자가 관객(청중)에게 특정 인물이나 사건을 제시할 때 쓰는 상투어이다. 서술자의 목소리라 하기도 하지만, 엄밀하게 말하면 작품 밖의 인물이 작중에 개입하는, 판소리계 작품만이 갖는 특성이 드러난 구절이다.

---

132 화난(和暖) : 날씨가 화창하고 따뜻함.
133 운목(韻目) : 같은 운자(韻字)를 끝자로 해서 한두 자 혹은 석 자로 된 어구.
134 순성(巡城) : 성을 순찰(巡察)함. 성을 한 바퀴 돌아 봄.
135 남주(南州) : '남원(南原)'을 달리 이른 말.

서술 방법 2. 간접 제시(보여주기)

'간접 제시'는 서술자가 인물의 성격이 그들의 언어와 행동을 통해 스스로 독자들에게 드러나도록 하는 방식으로 '보여주기(showing)', '극적 방식'이라고도 한다. 사건이나 대화를 직접 보여 줌으로써 인물의 성격을 드러내는 것이므로 서술자는 사라지고 독자는 자신이 '보고' '듣는' 것으로부터 스스로 판단해야 하는 부담을 가진다. 이러한 방법은 인물을 생생하게 묘사할 수 있어서 독자는 서술자의 견해와 설명을 듣지 않고도 곧바로 등장인물에 대해 스스로 판단할 수 있게 된다.

〈춘향전〉과 같은 판소리계 소설에서는 흔히 '거동 보소'라는 상투어를 통해 보여주기 방식이 실현되기도 한다. 판소리 창자(唱者)가 공연 현장에서 관객에게 직접 말을 걸 듯이 하는 것이 독서물로 정착된 소설에도 남아 있는 것이다. '거동'은 '행동거지(行動擧止)'의 준말이겠는데, 대상의 겉으로 보이는 것뿐만 아니라 생각까지 아울러 일컬을 수 있는 말이다.

물러나와,

"방자야, 나귀 안장 지어라."

방자, 분부 듣고 나귀 안장 짓는다. 나귀 안장 지을 제, 홍영자공산호편 옥안금천황금륵,[136] 청홍사(靑紅絲) 고운 굴레, 주

136　홍영자공산호편(紅纓紫鞚珊瑚鞭) 옥안금천황금륵(玉鞍錦韉黃金勒) : '홍영'은 붉은 색으로 된, 말의 가슴에 걸어 안장에 매는 가죽 끈. '자공'은 자줏빛의 재갈. '산호편'은 산호로 만든 좋은 채찍. '옥안'은 좋은 안장, '금천'은 비단으로 만든, 말의 등에 덮어주는 방석이나 담요 따위를 의미하는 언치. '황금륵'은 황금으로 만든 좋은 굴레. 중국 당(唐)나라의 시인(詩人) 잠삼(岑參)의 '위절도적표마가(衛節度赤驃馬歌)'의 두 구절.

락상모[137] 더뻑[138] 달아 층층 다래[139] 은엽등자[140] 호피도담[141]에 전후걸이 줄방울을 염불법사(念佛法師) 염주 매듯,

　"나귀 등대[142]하였소."

　도령님 거동 보소. 옥안선풍(玉顔仙風) 고운 얼굴 전반 같은[143] 채머리[144] 곱게 빗어 밀기름[145]에 잠재워 궁초댕기[146] 석황[147] 물려 맵시 있게 잡아 땋고, 성천수주[148] 겹동배,[149] 세백저[150] 상침[151] 바지, 극상세목[152] 겹버선에 남갑사[153] 대님 치고, 육사단[154] 겹배자[155] 밀화[156]단추 달아 입고, 통행전[157]을 무릎 아래

옥안선풍(玉顔仙風) 고운 얼굴 ~육분당혜 끌면서 : 외출하는 '이 도령'의 외양을 묘사하는 부분이다. 이런 외양 묘사는 서술자의 직접 제시로 서술되는데, 서사 전개상 실제 시간은 멈추어 있다. 더 넣을 수도 있고 뺄 수도 있어 구절 간의 긴밀도는 낮으며, 유사한 통사 구조가 반복되어 운율감을 가지므로 가창(歌唱)할 수 있는 부분이다.

137　주락상모(珠絡象毛) : 임금이나 벼슬아치가 타는 말에 붉은 줄과 붉은 털로 꾸민 치레.

138　더뻑 : 헤아리지 않고 경솔히 덮치듯이 행동하는 모양.

139　다래 : 말다래. 말의 배 양 쪽에 달아서 튀는 흙을 막는 도구.

140　은엽등자(銀葉鐙子) : 은엽으로 만든 등자. '은엽'은 분향(焚香)할 때 불 위에 까는 운모(雲母)의 얇은 조각, '등자'는 말을 탔을 때 두 발로 디디는 장치.

141　호피(虎皮)도담 : 호랑이 가죽으로 만든 안장.

142　등대(等待) : 미리 준비하고 기다림.

143　전반 같은 : 땋아 늘인 머리채가 숱이 많고 치렁치렁한. '전반'은 종이의 가장자리를 가지런하게 자를 때에 쓰는 좁다랗고 얇은 긴 나뭇조각.

144　채머리 : 머리채. 길게 늘어뜨린 머리털.

145　밀기름 : 벌집을 만들기 위하여 꿀벌이 분비하는 물질인 밀랍(蜜蠟)과 참기름을 섞어서 끓여 만든 머릿기름.

146　궁초(宮綃)댕기 : 궁초로 만든 댕기. '궁초'는 비단의 한 가지.

147　석황(石黃) : 천연으로 나는 비소(砒素)의 화합물. 댕기에 물리는 장식물.

148　성천수주(成川水紬) : 평안도 성천 지방에서 나는 수화주(水禾紬). 수화주는 좋은 비단의 한 가지.

149　겹동배(冬褙) : 두 겹으로 되어 겨울에 입는 배자(褙子). '배자'는 추울 때에 저고리 위에 덧입는, 주머니나 소매가 없는 옷.

150　세백저(細白苧) : 올이 가는 흰 모시.

151　상침(上針) : 옷의 가장자리를 실밥이 드러나 보이게 꿰매는 것을 말한다.

152　극상세목(極上細木) : 최고로 좋은 세목. 세목은 올이 아주 가는 무명을 말한다.

153　남갑사(藍甲紗) : 남빛 갑사. '갑사'는 품질이 좋은 얇은 비단을 말한다.

154　육사단(六紗緞) : 비단 이름.

155　겹배자 : 마고자 모양으로 되고 소매가 없는 덧저고리를 말함.

156　밀화(蜜花) : 밀과 비슷한 빛깔의 누른 호박(琥珀)의 한 가지. '호박'은 지질 시대 나무의 진 따위가 땅속에 묻혀서 탄소, 수소, 산소 따위와 화합하여 굳어진 누런색 광물.

157　통행전(筒行纏) : 아래에 귀가 달리지 않은 예사 행전. '행전'은 바지나 고의(袴衣)를 입을 때 정강이에 감아 무릎 아래에 매는 물건.

넌짓[158] 매고 영초단[159] 허리띠 모초단[160] 도리낭[161]을 당팔사[162] 갖은 매듭 고[163]를 내어 넌짓 매고 쌍문초[164] 긴 동정 중치막[165]에 도포 받쳐 흑사(黑絲) 띠를 흉중에 눌러 매고 육분[166] 당혜[167] 끌면서,

"나귀를 붙들어라."

등자 딛고 선뜻 올라 뒤를 싸고 나오실 제, 통인[168] 하나 뒤를 따라 삼문[169] 밖 나올 적에 쇄금부채[170] 호당선[171]으로 일광(日光)을 가리우고 관도성남[172] 넓은 길에 생기 있게 나갈 제, 취래양주[173]하던 두목지(杜牧之)의 풍챌런가. 시시오불[174]하던

취래양주하던~만성군자수불애라. : 작중 상황에 어울리는 중국의 고사와 한시의 일부를 끌어온 구절이다. 향수자의 계층에 걸맞게 적층(積層) 과정에서 추가된 것이다.

---

158 넌짓 : 넌지시. 드러나지 않게 가만히.
159 영초단(英綃緞) : 중국에서 나는 비단의 한 가지.
160 모초단(毛綃緞) : 날은 가늘고 씨는 굵은 올로 짠 비단의 한 가지.
161 도리낭 : 둥그렇게 만든 주머니.
162 당팔사(唐八絲) : 중국에서 생산된 팔사. '팔사'는 여덟 가닥으로 드리운 끈.
163 고 : 옷고름이나 노끈 따위의 매듭이 풀리지 않도록 한 가닥을 고리처럼 맨 것.
164 쌍문초(雙文綃) : 중국에서 나는 비단의 한 가지.
165 중치막 : 소매가 넓고 길며 옆이 터지고 네 폭으로 된, 옛날 남자가 입던 웃옷의 한 가지.
166 육분 : 미상. 가죽과 관련된 '육분(肉粉)'이나 크기와 관련된 '육분(六分)'의 뜻으로 보임.
167 당혜(唐鞋) : 예전에 사용하던 울이 깊고 앞코가 작은 가죽신. 흔히 앞코와 뒤꿈치 부분에 꼬부라진 눈을 붙이고 그 위에 덩굴무늬를 새긴 것으로, 남녀가 다 신었다.
168 통인(通人) : 지방 관청에 딸려 잔심부름을 하던 사람.
169 삼문(三門) : 대궐이나 관아 앞에 있는 세 개의 문. 곧 정문(正門)과 왼쪽·오른쪽의 동협문(東夾門)과 서협문(西夾門)을 이름.
170 쇄금부채 : 손잡이를 금빛으로 물들인 부채.
171 호당선(胡唐扇) : 중국에서 나는 부채.
172 관도성남(官道城南) : 성 남쪽의 관도. '관도'는 예전에, 국가에서 관리하던 간선길.
173 취래양주(醉來楊州) : 중국 당(唐)나라 시인 두목(杜牧)이 술에 취해서 수레를 타고 양주를 지나는데, 그의 풍채를 연모하던 기생들이 귤을 던져 수레에 가득 차게 되었다는 이야기.
174 시시오불(時時誤拂) : 때때로 일부러 악기를 틀리게 연주함. 중국 오(吳)나라의 주유(周瑜)가 음악에 정통(精通)하여 길을 가다가도 음악이 잘못되는 것을 들으면 돌아다보았으므로, 당시 사람들이 주유를 돌아보게 하기 위하여 일부러 음악을 틀리게 연주하곤 하였다는 고사에서 온 말.

주랑[175]의 고음[176]이라. 향가자맥춘성내요 만성군자수불애라.[177]

문제 2. 확장적 문체

특정한 대상이나 상황과 관련하여 여러 가지를 나열하거나, 덧붙여 반복하고 부연하는 식의 문체를 말한다. 판소리에서 나타나는 특징으로, 판소리 구연자들은 이야기 중 흥미로운 대목의 내용이나 표현을 확장적 문체로 표현함으로써 인물의 대사가 길어지고 대상의 묘사가 정밀해져서 '장면의 극대화', '부분의 독자성'과 같은 결과를 가져온다.

확장적 문체를 통한 장면의 극대화는 독자나 관객에게 생동감과 현실감을 가져다 주지만, 지나치게 허용될 경우에는 작품 전체와 장면, 장면과 장면이 서로 어긋나거나 모순되기도 하고, 서술량의 불균형이 발생하여 서사 구조의 틀을 깨기도 한다.

광한루 섭적 올라 사면을 살펴보니 경개가 장히 좋다.

적성[178] 아침 늦은 안개 떠 있고 녹수(綠樹)에 저문 봄은 화류동풍(花柳東風) 둘러 있다. 자각단루분조요요 벽방금전상영

> **광한루 섭적 올라~경개가 장히 좋다.** : '광한루'에서 '이 도령'이 바라본 주변의 경개를 길게 늘어놓고 있다. '또 한 곳 바라보니'라는 어구를 통해 시선의 이동을 표시하면서, 원경(遠景)에서 근경(近景)으로 초점이 옮겨지고, '어떠한 일 미인'을 보고 '직녀(織女)'와 '항아(姮娥)'를 연상하면서 '춘향'의 출현을 암시하고 있다.

---

175 주랑(周郎) : 주유(周瑜). 삼국시대 오(吳)나라의 장수.

176 고음(顧音) : 소리를 돌아봄. 소리 나는 쪽을 돌아봄.

177 향가자맥춘성내(香街紫陌春城內)요 만성견자수불애(滿城見者誰不愛)라 : 향기로운 읍내의 거리 봄의 성 안에 있으니, 성 안 가득 본 사람들 누군들 사랑하지 않겠는가. '자맥(紫陌)'은 도성(都城)의 큰 거리. 당(唐)나라의 시인 잠삼(岑參)의 '위절도적표마가(衛節度赤驃馬歌)'의 두 구절.

178 적성(赤城) : 남원의 서쪽에 있는, 순창 지방에 있는 적성산(赤城山).

롱[179]은 임고대[180]를 이르는 것이고 요헌기구하처요[181]는 광한루를 이르는 것이라. 악양루[182] 고소대[183]와 오초 동남수(東南水)는 동정호로 흐르고[184] 연자[185] 서북의 팽택[186]이 완연(宛然)한데, 또 한 곳 바라보니 백백홍홍[187] 난만(爛漫) 중에 앵무 공작 날아들고 산천경개 둘러보니 에굽은 반송솔[188] 떡갈잎은 아주 춘풍 못 이기어 흐늘흐늘 폭포 유수(流水) 시냇가의 계변화[189]는 뼁긋뼁긋, 낙락장송(落落長松) 울울하고 녹음방초승화

---

179 자각단루분조요(紫閣丹樓紛照耀)요 벽방금전상영롱(璧房錦殿相玲瓏) : 붉고 붉은 누각들은 어지럽게 빛나고 아름다운 집과 비단 궁전은 서로 찬란하게 빛난다. 당(唐)나라 문인 왕발(王勃)의 '임고대편(臨高臺篇)'에 나오는 구절.
180 임고대(臨高臺) : 높은 누대에 임해 있음.
181 요헌기구하처요(瑤軒綺構遐處耀) : 아름다운 처마와 서까래가 먼 데서도 빛남.
182 악양루(岳陽樓) : 호남성(湖南省) 악양현(縣) 동정호(洞庭湖)의 동쪽 해안에 있는 요지(要地)를 악주부(岳州府)라 하는데, 악양루는 그 서문(西門)의 누각으로서 동정호를 굽어보고 있음. 경치가 아름다운 것으로 유명하다.
183 고소대(姑蘇臺) : '고소'는 춘추전국시대(春秋戰國時代) 오(吳)나라의 서울. '고소대'는 오왕(吳王) 부차(夫差)가 월(越)나라를 격파하고 얻은 미인인 서시(西施)를 위하여 쌓은 누대.
184 오초(吳楚) 동남수(東南水)는 동정호로 흐르고 : 오나라와 초나라의 동쪽과 남쪽으로 가른 물은 동정호로 흐르고. 두보(杜甫)의 시 '등악양루(登岳陽樓)'에 나오는, '옛날에 동정호를 말로만 듣다가, 오늘에야 악양루에 올랐네. 오나라와 초나라가 동남으로 갈라지고, 하늘과 땅이 밤낮으로 떠있네(昔聞洞庭湖 今上岳陽樓 吳楚東南坼 乾坤日夜浮).'를 암인(暗引)한 구절이다. '동정호'는 중국 후난성 북부에 있는 중국 제2의 담수호로 주변의 경치가 매우 아름다운 곳이다.
185 연자(燕子) : 연자루(燕子樓). 누대 이름. 중국 당(唐)나라 때 서주절도사(徐州節度使) 장건봉(張建封)의 애첩 관반반(關盼盼)이 상서가 죽은 뒤 이곳에서 10년 넘게 수절하고 있었는데, 백거이(白居易)가 왜 따라 죽지 않느냐고 묻는 시를 보내자 '첩이 죽기 어려워서가 아니라 후세 사람들이 우리 남편이 첩을 사랑하여 따라 죽게 했다 하면 깨끗한 덕에 누가 될까 염려해서였다(妾非不能死 , 恐我公有從死之妾 , 玷清範耳).'라고 화답하고 열흘 동안 먹지 않다가 죽었다 한다.
186 팽택(彭澤) : 중국 강서성(江西省)의 진(晉)나라 도연명(陶淵明)이 이곳의 현령(縣令)을 지냈음.
187 백백홍홍(白白紅紅) : 흰 꽃과 붉은 꽃. 갖가지 색깔의 꽃들.
188 반송(盤松)솔 : 소나무 이름. 키가 작고 가지가 옆으로 퍼진 소나무.
189 계변화 : 시냇가에 피는 꽃.

시[190]라. 계수(桂樹), 자단(紫壇), 모란, 벽도(碧桃)에 취한 산색(山色) 장강(長江) 요천(蓼川)에 풍덩실 잠겨 있고,

또 한 곳 바라보니 어떠한 일 미인이 봄새 울음 한가지로 온갖 춘정(春情) 못 이기어 두견화 질끈 꺾어 머리에도 꽂아 보며 함박꽃도 질끈 꺾어 입에 함쑥 물어 보고 옥수나삼[191] 반만 걷고 청산유수 맑은 물에 손도 씻고 발도 씻고 물 머금어 양수[192] 하며 조약돌 덥석 쥐어 버들가지 꾀꼬리를 희롱하니 타기황앵[193]이 아니냐. 버들잎도 죽죽 훑어 물에 훨훨 띄워 보고 백설 같은 흰나비 웅봉자접[194]은 화수[195] 물고 너울너울 춤을 춘다. 황금 같은 꾀꼬리는 숲숲이 날아든다. 광한 진경(珍景) 좋거니와 오작교가 더욱 좋다. 방가위지[196] 호남(湖南)의 제일성[197]이로다. 오작교 분명하면 견우직녀 어디 있나. 이런 승지(勝地)에 풍월(風月)이 없을쏘냐? 도련님이 글 두 구를 지었으되,

고명오작선이요 광한옥계루라.
차문천상수직녀요 지흥금일아견우라.[198]

---

190 녹음방초승화시(綠陰芳草勝花時) : 녹음과 향기로운 풀이 꽃보다 나을 때.
191 옥수나삼(玉繡羅衫) : 곱게 수놓은 비단 적삼.
192 양수 : 양치질.
193 타기황앵(打起黃鶯) : 꾀꼬리를 (돌로) 쳐서 날아가게 함.
194 웅봉자접(雄蜂雌蝶) : 수벌과 암나비.
195 화수(花鬚) : 꽃술.
196 방가위지(方可謂之) : 바야흐로 (호남의 제일성이라) 이를 만함.
197 제일성(第一城) : 첫째가는 성.
198 고면오작선(顧眄烏鵲仙)이요 광한옥계루(廣寒玉界樓)라. 차문천상수직녀(借問天上誰織女)요 지응금일아견우(知應今日我牽牛)라. : 돌아보고 곁눈질하는 것은 오작교의 신선이요, 광한전은 하늘나라의 누각이라. 묻노니 하늘의 직녀는 누구인가? 알겠네, 오늘은 내가 바로 견우임을. '고명오작선(高明烏鵲船)이요 광한옥계루(廣寒玉階樓)라. 차문천상수직녀(借問天上誰織女)요 지흥금일아견우(至興今日我牽牛)'라고 읽어, '높고 밝은 오작의 배요, 광한루 옥섬돌이라. 감히 묻노니, 천상의 직녀는 누구요? 지극히 흥겨운 오늘은 내가 견우일세.'라 풀이하기도 한다.

고명오작선이요~지흥금일아견우라. : '광한루'의 '오작교'에서 '직녀'를 떠올리는 것은 자연스럽다. 그런데 자신을 '견우'라 하는 것은 '직녀'가 나타날 것임을 암시하는 복선이다.

서술 방법 3. 수용 – 한시(漢詩)

한시(漢詩)는 한문 지식층의 전유물(專有物)이라 할 수 있다. 따라서 한시를 작중에 삽입하는 것은 작품의 독자층이 기대하는 방향으로 개작하는 과정이자 결과이다. 한시는 기존의 작품을 차용하거나 새롭게 창작한 것으로 대별된다.

기존의 작품을 차용하는 경우는 완결된 작품을 그대로 가져오기도 하고, 작중 상황에 따라 일부를 변개하는 방법이 쓰이기도 한다. 새롭게 창작하는 경우는 완결된 한 편이 아니라 5언 또는 7언으로 한두 구(句)만을 끼워 넣는다. 암행어사 출또 대목에서 나오는, 〈춘향전〉 하면 맨 먼저 떠오를 법한, '금 술동이 술은'으로 시작하는 한시는 기존의 것을 그대로 가져온 사례에 해당한다.

이때 내아[199]에서 잡술상이 나오거늘 일배주[200] 먹은 후에 통인 방자 물려주고 취흥(醉興)이 도도하여[201] 담배 피워 입에다 물고 이리저리 거닐 제, 경처(景處)에 흥이 겨워 충청도 고마, 수영(水營) 보련암(寶蓮菴)을 일렀은들 이곳 경처 당할쏘냐. 붉을 단(丹) 푸를 청(靑) 흰 백(白) 붉을 홍(紅) 고몰고몰이[202] 단청(丹靑), 유막황앵환우성[203]은 나의 춘흥(春興) 도와 낸다. 황봉백접[204] 왕나비는 향기 찾는 거동이라 비거비래춘성내요[205] 영

199 　내아(內衙) : 지방 관청의 안채.
200 　일배주(一盃酒) : 한 잔의 술.
201 　도도(陶陶)하여 : 매우 화평하고 즐거워.
202 　고몰고몰이 : 고물고물하게.
203 　유막황앵환우성(柳幕黃鶯喚友聲) : 버드나무 가지 속에서 꾀꼬리가 벗을 부르는 소리. '유막'은 버드나무 가지가 쳐져서 장막을 쳐 놓은 것 같아서 나온 말.
204 　황봉백접(黃蜂白蝶) : 노란 벌과 흰 나비.
205 　비거비래춘성내(飛去飛來春城內)요 : 날아가고 날아오니 봄 성의 안이요. 봄

주·방장·봉래산[206]이 안하(眼下)에 가까우니 물은 보니 은하수요 경개는 잠깐 옥경(玉京)이라. 옥경이 분명하면 월궁(月宮) 항아[207] 없을쏘냐.

이때는 삼월이라 일렀으되 오월 단오일이렷다. 천중지가절[208]이라. 이때 월매 딸 춘향이도 또한 시서음률(詩書音律)이 능통하니 천중절을 모를쏘냐? 추천[209]을 하려 하고 향단이 앞세우고 내려올 제, 난초같이 고운 머리 두 귀를 눌러 곱게 땋아 금봉채[210]를 정제(整齊)하고, 나군[211]을 두른 허리 미앙의 가는 버들[212] 힘이 없이 드리운 듯, 아름답고 고운 태도 아장거려 흐늘거려 가만가만 나올 적에, 장림(長林) 속으로 들어가니 녹음방초 우거져 금잔디 좌르륵 깔린 곳에 황금 같은 꾀꼬리는 쌍거쌍래 날아들 제, 무성한 버들 백척장고[213] 높이 추천을 하려할 제 수화유문[214] 초록 장옷[215] 남방사[216] 홑치마 훨훨 벗어 걸어

성의 안에서 날아가고 날아옴이요.

206 영주(瀛洲)·방장(方丈)·봉래(蓬萊) : 삼신산(三神山). 진시황과 한무제가 불로불사약을 구하기 위하여 동남동녀 수천 명을 보냈다고 한다. 이 이름을 본떠 우리나라의 금강산을 봉래산, 지리산을 방장산, 한라산을 영주산이라 이르기도 한다.

207 항아(姮娥) : 중국 고대 신화에 나오는 달의 신(神). 남편 예(羿)가 서왕모(西王母)에게 얻은 불사약(不死藥)을 훔쳐 가지고 달로 달아나 신이 되었다 한다.

208 천중지가절(天中之佳節) : '단오(端午)'를 좋은 명절이라는 뜻으로 이르는 말. 천중가절(天中佳節). 천중절(天中節). 천중(天中).

209 추천(鞦韆) : 그네. 그네뛰기.

210 금봉채(金鳳釵) : 금으로 봉황을 새긴 비녀. 봉황을 새긴 금비녀.

211 나군(羅裙) : 엷은 비단치마.

212 미앙(未央)의 가는 버들 : 미앙궁의 가는 버들. 당(唐)나라 시인 백거이(白居易)의 '장한가(長恨歌)'에 '돌아와 못과 뜰을 보니 모두 옛날과 같아, 태액지에는 연꽃, 미앙궁엔 버드나무(歸來池苑皆依舊 太液芙蓉未央柳)'에 나오는 구절이다.

213 백척장고(百尺長高) : 백 자나 되는 높은 곳.

214 수화유문(水禾有紋) : 수화주에 무늬가 있는 비단.

215 장옷 : 부녀자가 나들이할 때에 머리에 써서 온 몸을 가리던 옷.

216 남방사(藍紡紗) : 남방사주(藍紡紗紬). 남빛이 나는 비단.

옥경이 분명하면 월궁(月宮) 항아 없을쏘냐. : '광한루'를 '옥경'이라 한다면, 광한루에도 옥경에 있는 '항아'에 대응되는 사람이 있을 법하다는 말로, '춘향'의 출현에 대한 복선이다.

이때는 삼월이라 일렀으되 오월 단오일이렷다 : 앞에 서술된 내용이 이 부분과 상치된다는 것을 드러내거나, 이본(異本, version)의 존재를 알려 주는 편집자적 논평이다. '3월'을 배경으로 삼아야 '이 도령'을 의미하는 '이화(李花, 자두꽃)'와 '봄의 향기' '춘향(春香)'이 자연스럽게 어울릴 수 있다. 그런데, '춘향'으로 하여금 그네를 뛰게 하려니 '단오'라는 시간적 배경이 필요하게 되고, 서술자가 그 상황을 직접 설명하고 있다. 한편 '5월'은 '여름'이라 '춘향'과 '이몽룡'의 사랑이 무르익어 감을 계절의 순환과 연관짓는 발상임을 알 수 있다.

두고 자주영초[217] 수당혜[218]를 썩썩 벗어 던져두고 백방사(白紡絲) 진솔 속곳[219] 턱 밑에 훨씬 추고 연숙마[220] 추천 줄을 섬섬옥수(纖纖玉手) 넌짓 들어 양수(兩手)에 갈라 잡고 백릉[221]버선 두 발길로 섭적 올라 발구를 제, 세류[222] 같은 고운 몸을 단정히 노니는데 뒷단장 옥(玉)비녀 은죽절[223]과 앞치레 볼 것 같으면 밀화장도[224] 옥장도(玉粧刀)며 광원사[225] 겹저고리 제색고름[226]에 태(態)가 난다.

문체 3. 독서물로서의 산문

〈춘향전〉은 구비 가창물(口碑歌唱物)인 판소리와 영향을 주고받은 작품이기 때문에 산문과 운문이 섞여 있고, 독서물로 기록·정착되면서 산문적 요소가 강화되었다. 이러한 현상은 〈춘향전〉의 다양한 이본(異本) 형성의 요인이 되면서, 판소리 사설과 문장체 소설로 향유 방식의 변화를 가져왔다.

판소리 연행(演行, performance) 과정에 창(唱), 곧 소리로 하는 부분은 운문으로 되어 있지만, 아니리, 곧 말로 하는 부분은 산문으로 되어 있다. 이런 점이 독서물로 정착되면서 변모를 겪는다. 새로운 장면이 시작됨을 알려 주는 '각

---

217 자주영초 : 자줏빛의 영초단.
218 수당혜 : 아름답게 수놓은 당혜.
219 진솔속곳 : 모시 속곳. '진솔'은 옷이나 버선 따위가 한 번도 빨지 않은 새것 그대로인 것. 봄가을에 다듬어 지어 입는 모시옷.
220 연숙마(軟熟麻) : 삶아서 부드럽게 누인 삼 껍질.
221 백릉(白綾) : 흰색 비단.
222 세류(細柳) : 세버들. 가지가 몹시 가는 버드나무.
223 은죽절(銀竹節) : 대마디 모양으로 만들어 여자의 쪽에 꽂는 은장식품.
224 밀화장도(蜜花粧刀) : 밀화(蜜花)로 만든 장도, 즉 평복에 차는 작은 칼. '밀화'는 밀랍 같은 누런빛이 나고 젖송이 같은 무늬가 있는 광물질인 호박(琥珀).
225 광원사(光原絲) : 윤기 나는 가공하지 않은 실.
226 제색고름 : 이중으로 된 고름. 저고리나 두루마기의 깃 끝과 그 맞은편에 하나씩 달아 양편 옷깃을 여밀 수 있도록 한 헝겊 끈.

설(却說), '차설(且說)' 같은 말이나 '여쭈되', '아뢰되' 같은 대화 표지어 등이 그것이다.

판소리의 성격을 완전히 떨쳐 버린 문장체 소설 〈춘향전〉은 운문으로 된 문장이 거의 보이지 않는다. 삽입 가요 등도 사라졌고, 여느 문장체 소설과 마찬가지로 대화 표지어는 대부분 '왈(曰)'로 바뀌었다.

서술 방법 4. 편집자적 논평

작품 밖의 서술자가 직접 작품 속에 들어가서 작가의 사상이나 지식 등을 적당히 배합시켜 인물의 감정 상태를 분석하고 행동 및 심리적 변화의 의미까지 해석하는 일이 있는데, 이것을 서술자의 작중 개입, 편집자적 논평이라 부른다. 이 특징은 고전소설 전반에 두루 나타나는 것으로, 특히 〈춘향전〉과 같은 판소리계 소설에서 두드러진다. 판소리계 소설은 판소리 공연 현장에서 창자(唱者)가 관객과 직접 대면하며 '아니리'를 통해 나누는 이야기가 그대로 문자로 정착된 경우가 적지 않기 때문이다.

제시된 사건이나 인물에 대한 편집자로서의 논평이 독자가 작품을 이해하는 데 도움을 주기도 하지만, 독자의 상상력을 제한하여 흥미를 떨어뜨리는 부작용도 함께 가지고 있다. 한편, 구비 가창물(口碑歌唱物)인 판소리는 적층적(積層的) 성격에 따라 다양한 이본(異本, version)이 파생하는데, 그 과정을 편집자적 논평을 통해 확인하는 일도 드물지 않다.

"향단아 밀어라."

한 번 굴러 힘을 주며 두 번 굴러 힘을 주니 발 밑에 가는 티끌 바람 좇아 펄펄, 앞 뒤 점점 멀어가니 머리 위의 나뭇잎

"향단아 밀어라." : 오월 오일 단오에는 늘 규방에서 지내던 처녀들이 그네를 타는 명분으로 바깥 구경을 한다. '춘향'도 그네를 타려고 바깥에 나왔다. 이 부분을 서정주(徐廷柱)는 '추천사'라는 제목의 시를 통해, 주변의 악조건을 떨치고 하늘로 날아오르려 하지만 그넷줄 너머까지는 갈 수 없는 숙명적 한계를 노래했다.

은 몸을 따라 흔들흔들, 오고갈 제 살펴보니 녹음 속의 홍상[227] 자락이 바람결에 내비치니 구만장천백운간[228]에 번갯불이 쏘이는 듯 첨지재전홀언후[229]라. 앞에 얼른하는 양은 가벼운 저 제비가 도화(桃花) 일점 떨어질 제 차려 하고 좇는 듯, 뒤로 번듯 하는 양은 광풍에 놀란 호접[230] 짝을 잃고 가다가 돌이키는 듯, 무산선녀[231] 구름 타고 양대(陽臺) 상(上)에 내리는 듯 나뭇잎도 물어보고 꽃도 질끈 꺾어 머리에다 실근실근,

"이애 향단아. 그네 바람이 독(毒)하기로 정신이 어찔한다. 그넷줄 붙들어라."

붙들려고 무수히 진퇴(進退)하며 한창 이리 노닐 적에 시냇가 반석(磐石)[232] 상(上)에 옥비녀 떨어져 쟁쟁하고,

"비녀, 비녀."

하는 소리 산호채[233]를 들어 옥반[234]을 깨뜨리는 듯 그 태도 그 형용(形容)은 세상 인물 아니로다. 연자삼춘비거래[235]라.

---

227 홍상(紅裳) : 붉은 치마.
228 구만장천백운간(九萬長天白雲間) : 한없이 높고 넓은 하늘에 떠있는 흰 구름 사이.
229 첨지재전홀연후(瞻之在前忽然後) : 바라보니 앞에 있다가 갑자기 뒤에 가 있다는 뜻.
230 호접(蝴蝶) : 나비. 호랑나비. 범나비.
231 무산선녀(巫山仙女) : 무산지몽(巫山之夢)의 고사. 초(楚)나라의 양왕(襄王)이 일찍이 고당(高唐)에서 놀다가 낮잠을 자고 있는데 꿈에 한 부인이 와서 함께 잠잘 것을 청하자 왕은 하룻밤을 응했다. 그 이튿날 아침에 부인이 떠나면서 하는 말이 "저는 무산의 양대(陽臺)에 사는데, 매일 아침이면 구름이 되고 저녁에는 비가 됩니다."라고 하였는데 과연 그 말과 같으므로 사당을 지어 이름을 '조운(朝雲)'이라 하였다는 고사.
232 반석(磐石) : 넓고 편편하게 된 큰 돌.
233 산호채(珊瑚釵) : 산호로 만든 비녀.
234 옥반(玉盤) : 옥으로 둥글고 납작하게 만든 그릇.
235 연자삼춘비거래(燕子三春飛去來) : 제비는 봄 내내 날아다닌다. 여기서 '삼춘'은 봄 석 달을 의미한다.

중심 소재 1. 그네

〈춘향전〉에서 '그네'는 양반의 딸인 '춘향'이 집 밖으로 나갈 수 있는 명분과 '이 도령'을 만나는 계기로 기능한다. 이 만남으로 둘은 남남 사이에서 연인 관계로 바뀌고, 이 것이 〈춘향전〉의 서사 골격을 형성하게 된다.

그네는 '줄'로 묶여 있어서 아무리 높이 하늘을 향해 차 고 올라도 줄 길이 너머로는 갈 수 없으며 다시 지상으로 내려오게 마련이다. 그네의 이러한 속성은 '춘향'이 가진 신분적 질곡(桎梏)을 초월하려는 간절한 의지와 함께 불가 피하고 필연적인 좌절을 상징한다.

이 도령 마음이 울적하고 정신이 어찔하여 별 생각이 다 나 것다. 혼잣말로 섬어[236]하되,

"오호[237]에 편주[238] 타고 범소백[239]을 좇았으니 서시[240]도 올 리 없고, 해성[241] 월야(月夜)에 옥장비가[242]로 초패왕[243]을 이별

---

236 섬어(譫語) : 헛소리.
237 오호(五湖) : 태호(太湖). 지금의 중국 강소성(江蘇省)과 절강성(浙江省)의 접 경 지역에 위치한, 중국에서 세 번째로 큰 담수호.
238 편주(扁舟) : 작은 배.
239 범소백(范少伯) : 범여(范蠡). 중국 춘추시대의 초(楚)나라 사람으로 월(越)나 라 왕 구천(勾踐)을 도와 오(吳)나라를 멸망시킴.
240 서시(西施) : 오(吳)나라 임금 부차(夫差)가 사랑했던 월(越)나라의 미인. 월나 라가 부차에게 원수를 갚고 범여가 서시와 함께 오호에서 편주를 타고 떠 났다 한다.
241 해성(垓城) : 해하(垓下)에 있는 성. 한(漢)나라 유방(劉邦)과 초(楚)나라 항우 (項羽)가 싸우던 곳.
242 옥장비가(玉帳悲歌) : 장수가 거처하는 장막에서 부른 슬픈 노래.
243 초패왕(楚霸王) : 항적(項籍). 자(字)는 우(羽). 진(秦)나라를 쳐서 멸망시킨 다 음 스스로 서초(西楚)의 패왕(霸王)이라 하였음. 뒤에 유방(劉邦)과 불화하여 해하(垓下)에서 싸워 패하고 오강(烏江)에서 자결하였다.

하던 우미인[244]도 올 리 없고, 단봉궐[245] 하직하고 백룡퇴[246] 간 연후에 독류청총[247] 하였으니 왕소군[248]도 올 리 없고, 장신궁[249] 깊이 닫고 백두음[250]을 읊었으니 반첩여[251]도 올 리 없고, 소양궁[252] 아침 날에 시추[253]하고 돌아오니 조비연[254]도 올 리 없고, 낙포선녀(洛浦仙女)인가 무산선녀(巫山仙女)인가?"

도련님 혼비중천[255]하여 일신이 고단이라 진실로 미혼지인[256]이로다.

"통인아."

---

244 우미인(虞美人) : 항우(項羽)가 사랑하던 여자.

245 단봉궐(丹鳳闕) : 천자(天子)의 대궐.

246 백룡퇴(白龍堆) : 왕소군이 시집간 곳.

247 독류청총(獨留靑塚) : 홀로 푸른 무덤에 머무름.

248 왕소군(王昭君) : 전한(前漢) 효원제(孝元帝)의 궁녀(宮女)로 이름은 장(嬙). 칙명(勅命)으로 흉노(匈奴)의 호한사선우(呼韓邪單于)에게 시집갔음. 진(晉)나라 황제 사마소의 이름에 있는 '소'자를 피하여 명군(明君), 명비(明妃)라고도 일컬어진다.

249 장신궁(長信宮) : 궁전의 이름으로 한(漢)의 태후(太后)가 거처하던 곳.

250 백두음(白頭吟) : 악부(樂俯)의 곡(曲) 이름. 한(漢)나라 탁문군(卓文君)이 지음.

251 반첩여(班婕妤) : 한대(漢代)의 여류시인. '첩여(婕妤)'는 한나라 때 궁중의 여자 벼슬 이름. 성제(成帝) 때의 궁녀로 임금의 총애를 받아 첩여가 되었다가 후에 조비연(趙飛燕)이 총애를 받게 되자 참소당하여 장신궁으로 물러가 태후를 모시게 되었음. 장신궁에 있는 동안 시부(詩賦)를 지어 애절한 심사를 풀었다.

252 소양궁(昭陽宮) : 궁전의 이름. 중국 한(漢)나라의 성제(成帝)가 세운 곳으로, 반첩여와 조비연 자매가 거처하던 곳.

253 시추(侍箒) : 빗자루를 듦. 원문은 '시치'임. 조비연 때문에 쫓겨난 반첩여가 지은 시 구절을 끌어 썼다는, 왕창령(王昌齡)의 '장신궁의 가을 생각(長信秋思)'이란 시, '궁궐 열리는 새벽에 빗자루 들고 있지만, 장차 둥근 부채 들고 서성일 거야. 옥 같은 얼굴이 까마귀만도 못하구나. 까마귀는 그래도 소양궁의 해 그림자 받고 오잖아(奉箒平明金殿開 且將團扇共排徊 玉顔不及寒鴉色 猶帶昭陽日影來).'에서 이 말의 문맥적 의미를 짐작할 수 있다. '봉추(奉箒)'를 '시추(侍箒)'로 바꾸었는데, '奉'과 '侍'는 둘 다 '받들다'는 뜻의 유의어이다.

254 조비연(趙飛燕) : 한나라 성제의 황후. 태생이 미천하나 가무(歌舞)에 뛰어난 절세의 미인으로서 동생 합덕과 후궁(後宮)이 되어 임금의 총애를 서로 다투었음.

255 혼비중천(魂飛中天) : 영혼이 중천에 날아다님.

256 미혼지인(未婚之人) : 아직 혼인하지 않은 사람.

"예."

"저 건너 화류(花柳) 중에 오락가락 희뜩희뜩 어른어른하는 게 무엇인지 자세히 보아라."

통인이 살펴보고 여쭈오되,

"다른 무엇 아니오라 이 고을 기생 월매 딸 춘향이란 계집 아이로소이다."

도련님이 엉겁결에 하는 말이,

"장히 좋다. 훌륭하다."

통인이 아뢰되,

"제 어미는 기생이오나 춘향이는 도도하여[257] 기생 구실 마다하고 백화초엽[258]에 글자도 생각하고 여공재질[259]이며 문장을 겸전[260]하여 여염처자[261]와 다름이 없나이다."

---

257 도도하여 : 잘난 체하여 주제넘게 거만하여.
258 백화초엽(百花草葉) : 온갖 종류의 꽃과 풀잎.
259 여공재질(女工才質) : 바느질이나 길쌈 등 여인으로서 갖추어야 할 기술.
260 겸전(兼全) : 여러 가지를 다 갖추어 완전함. 두루 갖춤.
261 여염처자(閭閻處子) : 예사 살림하는 집의 처녀.

이본(異本, version)의 존재 양상

〈춘향전〉은 다양한 이본이 존재한다. 고전소설이 지식의 많고 적음이나 신분의 높고 낮음에 따라 다양하게 형성된 향수자에게 맞추어 변이되지만, 특히 〈춘향전〉은 판소리라는 구비 가창물의 성격과 소설이라는 독서물의 성격을 함께 가짐으로써 그 변이의 폭이 매우 넓었다. 그 이본들은 다음과 같이 분류할 수 있다.

```
                        소설본
                          │
     ㉠(-창본,+소설본)  │  ㉡(+창본,+소설본)
                          │
 ─────────────────────────┼─────────────────────── 창본
                          │
     ㉢(-창본,-소설본)  │  ㉣(+창본,-소설본)
                          │
```

㉠은 소설본의 성격만 가지고 창본으로서의 성격은 가지지 않는 작품군의 자리이다. 일반적으로 경판본은 판소리 사설로부터 생성되었으나 그 기능을 가지지 않는다. 이런 경판본이나 그것을 대본으로 하여 그대로 베끼거나 개작한 필사본이나 활자본이 여기에 속한다. 따라서 이것은 소설본으로서의 존재의의만 가진다. 또 여기에는 세책가에 의해 상품화된 작품군도 속한다. 이들은 판소리 사설의 많은 부분을 수용하고는 있으나 순수하게 독서물로 존재했고 경판의 모본이 된 것이기 때문이다. 이런 성격의 이본은 경판16·17·19·29·30·35장본, 안성판20장본, 남원고사, 동경대본, 동양문고본, 고본, 박순호55장본, 관한루기, 현토한문춘향전 등이다.

㉡에는 창본을 독서물화하거나 독서물을 창본화하더라도 실제로 창으로 불리지 않은 것이 속한다. 그러나 이것이 판소리로 부를 수 없다는 것은 아니다. 창본과 소설본을 구별하는 준거는 쉽사리 마련되지 않는다. 이 점에 대한 많은 연구가 있다. 그러나 완판 84장본 〈열녀춘향수절

가〉는 판소리 사설이 정착한 이본이지만 독자는 그것을 판소리 사설이라기보다 소설로 인식하는 사정을 해명하는 데까지 도달하지 못한 것으로 보인다. 여기에 포함될 이본으로는 완판30·33·84장본, 박순호48장본 등이 있다.

ⓒ에는 절구나 악부체로 한시화하거나 가사체로 개작한 것이 속한다. 〈춘향전〉의 역사는 판소리의 역사라 할 수 있다. 가장 먼저 생겨나서 가장 오랜 생명을 유지할 것으로 보이기 때문이다. 특히 한문 지식층이 〈춘향전〉의 향수자로 참여하면서 새로운 이본의 생성이 가능하게 되었다. 한문 지식층이 〈춘향전〉을 한문으로 옮기는 작업은 그 동기나 목적, 대상이나 용도 등의 다양한 문제가 제기될 수도 있다. 광한루악부, 만화본, 관우희와 관극팔령, 등이 이런 성격의 이본이다.

ⓔ에는 실제 판소리창이나 판소리 창을 전제로 마련된 작품이 속한다. 과거에 불린 것이나 현재에 불리는 것으로, 채록하거나 창작한 것까지 포함할 수 있다. 김세종의 더늠과 김소희·김여란·김연수·김창환·박기홍·박봉술·백성환·성우향·이선유·장자백·정광수·조상현 창본, 박순호68·99장본, 신재효본 동창, 그리고 유성기 음반에 실린 정정렬이나 임방울, 이화중선 등의 것이 창본이다.

－장석규, '〈춘향전〉 천자뒤풀이의 존재양상과 유형'에서

도령 허허 웃고 방자를 불러 분부하되,

"들은 즉 기생의 딸이라니 급히 가 불러오라."

방자놈 여쭈오되,

"설부화용²⁶²이 남방(南方)에 유명키로 방²⁶³·첨사²⁶⁴·병부사(兵俯使)·군수(郡守)·현감(縣監) 관장(官長)님네 엄지발가락이

> **방자놈 여쭈오되** : 서술자가 정한 '방자'의 신분적 위상이 '놈'이라는 접미사로 드러난다. 그런데 뒤에서 거듭 확인되지만, 그의 언사(言辭)는 그가 모시는 상전, 곧 '이 도령'의 그것에 필적할 수준을 드러내기도 한다.

262　설부화용(雪膚花容) : 눈처럼 흰 살갗과 꽃처럼 아름다운 얼굴.

263　방(方) : 방백(方伯). 관찰사(觀察使)의 별칭.

264　첨사(僉使) : 첨절제사(僉節制使). 조선 시대에 각 진영에 속했던 무관직.

두 뼘 가웃씩 되는 양반 오입쟁이들도 무수히 보려 하되, 장강[265]의 색(色)과 임사[266]의 덕행(德行)이며, 이두[267]의 문필(文筆)이며 태사(太姒)의 화순심(和順心)과 이비[268]의 정절(貞節)을 품었으니 금천하지절색[269]이요 만고여중군자[270]오니 황공하온 말씀으로 초래[271]하기 어렵나이다."

도령 대소(大笑)하고,

"방자야, 네가 물각유주[272]를 모르는도다. 형산백옥[273]과 여수황금[274]이 임자 각각 있나니라. 잔말 말고 불러오라."

방자 분부 듣고 춘향 초래 건너갈 제, 맵시 있는 방자 녀석 서왕모[275] 요지연[276]에 편지 전하던 청조[277]같이 이리저리 건너가서,

"여봐라, 이애 춘향아."

---

265 장강(莊姜) : 중국 춘추시대 위(衛)나라 장공(莊公)의 부인.

266 임사(姙姒) : 중국 주(周)나라의 태임(太姙)과 태사(太姒). 태임은 문왕(文王)의 어머니, 태사는 무왕(武王)의 어머니인데 공히 현모(賢母)였다.

267 이두(李杜) : 이백(李白)과 두보(杜甫).

268 이비(二妃) : 우순(虞舜), 곧 순임금의 두 비(妃)인 아황(娥皇)과 여영(女英)을 말한다.

269 금천하지절색(今天下之絶色) : 오늘날 세상에서 가장 아름다운 미인.

270 만고여중군자(萬古女中君子) : 오랜 세월 동안 학식과 덕행이 높은 군자(君子) 같은 여자.

271 초래(招來) : 불러 옴.

272 물각유주(物各有主) : 물건마다 각기 임자가 있음.

273 형산백옥(荊山白玉) : 형산에서 나는 백옥. '형산'은 중국(中國)의 안휘성(安徽省)·호북성(湖北省)·산동성(山東省)·하남성(河南省)에 있는 산의 이름.

274 여수황금(麗水黃金) : 여수에서 나는 황금. '여수'는 중국 절강성(浙江省) 남부에 있는 고을.

275 서왕모(西王母) : 중국 신화에 나오는 신녀(神女)의 이름. 곤륜산(崑崙山)에 살았고, 불사약을 가진 선녀라고 하며, 음양설에서는 일몰(日沒)의 여신이라고도 한다.

276 요지연(瑤池宴) : 요지에서 벌이던 잔치. '요지'는 서왕모(西王母)가 사는 곤륜산에 있는 연못으로, 여기에서 주(周)나라 목왕(穆王)과 만났다고 한다.

277 청조(靑鳥) : 푸른 빛깔의 새. 파랑새. 중국 전한(前漢)의 문인 동방삭(東方朔)이 푸른 새가 온 것을 보고 서왕모의 심부름을 하는 사람이라 한 고사에서 '사자(使者)' 혹은, '편지'를 일컫는 말로 쓴다.

부르는 소리에 춘향이 깜짝 놀래어,

"무슨 소리를 그 따위로 질러 사람의 정신을 놀래느냐."

"이애야, 말 마라. 일이 났다."

"일이라니 무슨 일?"

"사또 자제 도련님이 광한루에 오셨다가 너 노는 모양 보고 불러오란 영이 났다.

춘향이 화를 내어,

"네가 미친 자식이다. 도련님이 어찌 나를 알아서 부른단 말이냐. 이 자식 네가 내 말을 종달새 열씨[278] 까듯 하였나 보다."

"아니다. 내가 네 말을 할 리가 없으되 네가 그르지 내가 그르냐. 너 그른 내력을 들어 보아라. 계집아이 행실로 추천을 할 양이면 네 집 후원 담장 안에 줄을 매고 남이 알까 모를까 은근히 매고 추천하는 게 도리(道理)에 당연함이라. 광한루 멀 잖고 또한 이곳을 논지할진대[279] 녹음방초승화시[280]라. 방초 는 푸르렀는데 앞내 버들은 초록장[281] 두르고 뒷 내 버들은 유록장(柳綠帳) 둘러 한 가지 늘어지고 또 한 가지 펑퍼져 광풍을 겨워[282] 흐늘흐늘 춤을 추는데 광한루 구경처(求景處)에 그네를 매고 네가 뛸 제, 외씨 같은 두 발길로 백운간(白雲間)에 노닐 적에 홍상(紅裳) 자락이 펄펄 백방사(白紡紗) 속곳 갈래[283] 동남 풍에 펄렁펄렁 박속 같은 네 살결이 백운간에 희뜩희뜩, 도련

> "아니다. 내가 네 말을~들어 보아라. : '방자'가 '춘향'에게 이른 바 '네 그른 내력'을 말하는 구절이다. 원인 제공자로서 결자해지(結者解之)해야 한다는 논리를 통해 춘향을 설득하고 있다. '이 도령'이 '박속 같은 네 살결이 백운간에 희뜩희뜩'한 것에 반했다고 하여 뒤에 이어질 둘의 사랑의 형태를 암시한다.

---

278 열씨 : 삼씨. '삼'은 한해살이풀로, 줄기의 껍질이 삼베의 원료이다. 대마(大麻).
279 논지(論之)할진대 : 의견을 조리 있게 말할진대.
280 녹음방초승화시(綠陰芳草勝花時) : 나뭇잎이 푸르게 우거진 그늘과 향기로운 풀이 꽃보다 나을 때. 첫여름을 뜻하는 말로 쓰기도 한다.
281 초록장(草綠帳) : 초록색 장막.
282 겨워 : 이기지 못하여.
283 갈래 : 가랑이.

님이 보시고 너를 부르실 제 내가 무슨 말을 한단 말인가. 잔말 말고 건너가자."

춘향이 대답하되,

"네 말이 당연하나 오늘이 단오일이라. 비단 나뿐이랴. 다른 집 처자들도 예 와 함께 추천하였으되 그럴 뿐 아니라 설혹 내 말을 할지라도 내가 지금 시사[284]가 아니거든 여염(閭閻) 사람을 호래척거[285]로 부를 리도 없고 부른대도 갈 리도 없다. 당초에 네가 말을 잘 못 들은 바이라."

배경 사상 2. 자유연애주의

국어사전은 '자유연애주의'를 하나의 단어로 등재하고, '사회적 전통이나 관습에 얽매이지 아니하고 자유로이 하는 연애를 지향하는 태도나 사고방식'이라 풀이하고 있다. 이처럼 하나의 술어(術語, terminology)로 쓰일 만큼 지난날에는 이 사고방식이 대중의 관심을 끌기에 충분한 것이었다.

〈춘향전〉은 기생을 어머니로 둔 '춘향'과 양반 사대부의 아들인 '이몽룡'의 사랑을 다룬 이야기이다. 이들이 신분적 한계를 넘어 이루는 사랑은 당시의 사회적 전통이나 관습에서 크게 벗어나 있다. 이들의 사랑은 부모의 허락을 받는 일부터 육례(六禮)에 따라 완성해 가는 전통적인 방식과는 거리가 멀게 이루어진 것이다.

이처럼 〈춘향전〉은 봉건적인 유교 윤리로부터 벗어나 인간이 자신의 의지에 따라 사랑의 감정을 추구한다는 점에서 자유연애주의를 바탕으로 형성되었다고 할 수 있다. 이른바 신소설(新小說)이나 1930년대 소설에서까지 남녀 유별을 강조하던 사정에 견주어 보면 〈춘향전〉에서 구체화한 자유연애주의는 매우 근대적이고 진보적인 셈이다.

---

284 시사(時仕) : 아전이나 기생 등이 그 매인 관아에서 맡은 일을 치르는 것.
285 호래척거(呼來斥去) : 사람을 오라고 불러놓고 다시 곧 쫓아 버리는 것.

방자 이면에 볶이어[286] 광한루로 돌아와 도련님께 여쭈오니 도련님 그 말 듣고,

"기특한 사람이다. 언즉시야로되[287] 다시 가 말을 하되, 이리이리하여라."

방자 전갈 모아 춘향에게 건너가니, 그 새에 제 집으로 돌아갔거늘 저의 집을 찾아가니 모녀간(母女間) 마주 앉아 점심밥이 방장[288]이라. 방자 들어가니,

"너 왜 또 오느냐?"

"황송하다. 도련님이 다시 전갈하시더라. '내가 너를 기생으로 앎이 아니라 들으니 네가 글을 잘 한다기로 청하노라. 여가[289]에 있는 처자 불러 보기 청문[290]에 괴이(怪異)하나 혐의[291]로 알지 말고 잠깐 와 다녀가라.' 하시더라."

춘향의 도량[292]한 뜻이 연분[293]되려고 그러한 지 홀연히 생각하니 갈 마음이 나되 모친의 뜻을 몰라 침음양구[294]에 말 않고 앉았더니, 춘향 모 썩 나앉아 정신 없게 말을 하되,

"꿈이라 하는 것이 전수이[295] 허사(虛事)가 아니로다. 간밤에 꿈을 꾸니 난데없는 청룡(靑龍) 하나 벽도지[296]에 잠겨 보이거늘 무슨 좋은 일이 있을까 하였더니 우연한 일 아니로다. 또

이리이리하여라. : 서술자의 목소리가 작중 인물의 목소리에 끼어는 경우의 예이다. '이리이리하여라.'는 '이몽룡'의 발화(發話)가 그대로 재현한 것이 아니라, 서술자가 개입하여 그가 발언했으리라 여겨지는 내용을 생략해 버린 결과이다. 이것은 서술자가 자신의 역할에 충실하고자 하는 문어체 소설에서 나타날 수 있는 것이다.

---

286 이면(耳面)에 볶이어 : 귀와 낯에 볶여. 보고 듣기에 겸연쩍어.
287 언즉시야(言則是也)로되 : 말인즉 바른 말이로되.
288 방장(方將) : 곧 장차 시작하려고 한다는 뜻.
289 여가(閭家) : 여염집 즉, 보통 사람의 집.
290 청문(聽聞) : 남의 이목(耳目).
291 혐의(嫌疑) : 미심쩍음 혹은 의심할 만한 일.
292 도량(度量) : 사물을 너그럽게 받아들여 처리하는 품성.
293 연분(緣分) : 인연에 의하여 맺어진 남녀의 관계.
294 침음양구(沈吟良久) : 무엇을 깊이 생각하느라고 한참 있음.
295 전수(全數)이 : 모두. 전부.
296 벽도지(碧桃池) : 그 가장자리에 벽도가 서 있는 연못. '벽도'는 신선이 사는 곳에 있다는 전설상의 복숭아나무.

한 들으니 사또 자제 도련님 이름이 '몽룡'이라 하니 꿈 '몽(夢)' 자, 용 '룡(龍)' 자 신통하게 맞추었다. 그러나 저러나 양반이 부르시는데 아니 갈 수 있겠느냐. 잠깐 가서 다녀오라."

갈등 1. 춘향과 사회

'춘향'은 퇴기(退妓) '월매'의 딸이므로 종모법(從母法)에 따라 천민(賤民) 신분을 세습 받았다. 양천제(良賤制)에 따라 천민은 비자유인으로서 각종 구속을 받았을 뿐만 아니라 양민(良民)의 재산으로 취급되면서 기본권을 보장받지 못한 존재였고, 벼슬길은 원천적으로 막혀 있었다.

이런 신분적 제약은 남녀 간의 사랑과 혼인까지 제약하는데, 이런 사회적 모순을 벗어나고자 하는 '춘향'의 행위는 당대 사회와 갈등을 야기할 수밖에 없다. 더욱이 천민 '춘향'의 신분이 농공상(農工商)에 종사하는 양민으로 한 단계 오르는 일조차 쉽지 않을 터인데 사(士) 계층으로 격상하는 일은 불가능한 현실이었다.

이처럼 현실에서는 불가능한 일이 허구(虛構, fiction)라는 장치를 통해 가능하게 되었다. 사회의 구조적 모순과 정면으로 대결하면서 형성된 갈등 관계는 개인의 문제에서 집단의 문제로 이해되어 사회적 관심사로 부상하게 되었고, 그것을 하나의 서사체(敍事體)로 담아낸 것이 〈춘향전〉이다.

이 갈등은 이몽룡과의 사랑을 성취하고 신분 상승을 이룸으로써 해소된다. 더구나 이것은 계층적 문제만이 아니라 당대의 남성 중심 사회에서 여성이 갖는 한계를 극복해 나가는 과정으로 확대됨으로써 주제 의식은 더욱 심화되어 '여성의 인간적 해방'으로 귀결되는 것이다.

중심 소재 2. 꿈

꿈은 현실과 관련을 가지면서도 비현실적이라는 양면성이 있기 때문에 허구의 세계를 통해 현실의 문제를 다루는 서사체(敍事體)에서 중요한 형식이나 소재로 채택되었다. 특히 소재로서의 꿈은 주인공의 탄생을 예시하는 태몽(胎夢)과 주인공이 위기에 처할 일이나 그 위기를 모면할 방법, 특정한 사물이나 기회를 제대로 선택하도록 하는 길을 알려주는 현시몽(顯示夢)이 대부분이다. 꿈의 세계에서는 현실계에서 불가능한 시간의 축소와 연장, 공간의 자유로운 이동이 가능하다는 점에서 꿈이 소재로 설정되기도 한다. 〈춘향전〉의 꿈은 소재로서의 꿈인데, '춘향'과 그의 어머니 '월매'의 꿈이 그것이다.

'월매'의 꿈은 두 가지이다. 하나는 '춘향'을 잉태하게 될 것임을 알려 주는 태몽(胎夢)이고 다른 하나 '이 도령'을 만나게 될 것임을 알려 주는 '용꿈'이다. 그의 태몽은 '춘향'이 천상적 질서에 따르는 인물임을 드러냄으로써 지상적 질서를 허물어뜨리는 특권을 타고났음을 알려주고, 용꿈을 통해 그런 일을 이룰 동반자를 설정해 주는 기능을 하고 있다.

'춘향'의 꿈도 두 가지인데 둘 다 영어(囹圄)라는 위기 상태에서 이루어진다. 하나는 '춘향'이 순(舜)임금의 비(妃) 아황(娥皇)과 여영(女英)의 사당인 황릉묘(皇陵廟)에 초대를 받아 여러 열녀(烈女)의 혼령으로부터 칭송과 위로를 받는 꿈이다. 이 꿈은 비현실적인 시간과 공간이 꿈을 통해 현실화하고 있는데, 이를 통해 '춘향'이 천상적 질서에 따르는 인물이고, 지상에서의 행위가 정당한 것임을 확인하는 기능을 한다. 다른 하나는 봉사가 해몽(解夢)을 통해 '춘향'이 위기에서 벗어날 것임을 예고해 주는 꿈이다. 이 꿈은 앞으로 전개될 현실적 이야기를 비현실적 장치를 통해 상징적으로 보여줌으로써 서사 구조적 필연성을 제공하는 기능을 한다.

  춘향이가 그제야 못 이기는 체로 겨우 일어나 광한루 건너갈 제 대명전[297] 대들보의 명매기[298] 걸음으로 양지(陽地) 마당의 씨암탉 걸음으로 백모래밭에 금자라 걸음으로 월태화용[299] 고운 태도 완보[300]로 건너갈새 흐늘흐늘 월서시토성습보[301]하던 걸음으로 흐늘거려 건너올 제 도련님 난간에 절반만 빗겨[302] 서서 완완(婉婉)히[303] 바라보니 춘향이가 건너오는데 광한루에 가까운지라. 도련님 좋아라고 자세히 살펴보니 요요정정[304]하여 월태화용(月態花容)이 세상에 무쌍(無雙)이라. 얼굴이 조촐하니[305] 청강(清江)에 노는 학이 설월(雪月)에 비침 같고 단순호치[306] 반개[307]하니 별도 같고 옥도 같다. 연지[308]를 품은 듯 자하상[309] 고운 태도 어린 안개 석양에 비치는 듯 취군[310]이 영롱하여 문채[311]는 은하수 물결 같다. 연보[312]를 정히 옮겨 천연히 누에 올라 부끄러이 서 있거늘, 통인 불러,

---

297 대명전(大明殿) : 궁궐 이름.
298 명매기 : 호연(胡燕). 칼샛과의 새. 몸의 길이는 18cm 정도로 제비와 비슷한데 검은 갈색에 허리, 목, 턱이 희며 나는 속도가 빨라 소리가 들리고 높은 산이나 해안 절벽에 분포한다.
299 월태화용(月態花容) : 달 같은 태도와 꽃 같은 얼굴. 아름다운 맵시와 얼굴.
300 완보(緩步) : 천천히 걷는 걸음. 느린 걸음.
301 월서시토성습보(越西施土城習步) : 월(越)나라 왕 구천(九踐)이 서시(西施)를 오(吳)나라 부차(夫差)에게 바칠 때 예의범절을 가르치면서 토성(土城)에서 걸음걸이를 가르쳤다는 말.
302 빗겨 : 기대어.
303 완완(婉婉)히 : 은근하게.
304 요요정정(夭夭貞靜) : 나이가 젊어 얼굴에 화색이 돌면서 정숙한 모양.
305 조촐하니 : 행동, 행실 따위가 깔끔하고 얌전하니. 외모나 모습 따위가 말쑥하고 맵시가 있으니.
306 단순호치(丹脣皓齒) : 붉은 입술과 흰 이. '미인'을 의미하는 말.
307 반개(半開) : 반쯤 엶.
308 연지(臙脂) : 여자가 화장할 때 양 쪽 뺨에 찍는 붉은 가루.
309 자하상(紫霞裳) : 자줏빛 기운이 도는 치마. 보랏빛 노을 빛깔의 치마.
310 취군(翠裙) : 푸른 치마.
311 문채(文彩) : 무늬.
312 연보(蓮步) : 연꽃이 피어나는 것 같이 걷는, 미인의 고운 걸음걸이.

"앉으라고 일러라."

춘향의 고운 태도 염용[313]하고 앉는 거동 자세히 살펴보니, 백석창파(白汐蒼波) 새 비 뒤에[314] 목욕하고 앉은 제비 사람을 보고 놀라는 듯 별로 단장한 일 없이 천연한[315] 국색[316]이라. 옥안[317]을 상대하니 여운간지명월[318]이요 단순(丹脣)을 반개(半開)하니 약수중지연화[319]로다. 신선을 내 몰라도 영주(瀛州)[320]에 놀던 선녀 남원에 적거[321]하니 월궁[322]에 모이던 선녀 벗 하나를 잃었구나. 네 얼굴 네 태도는 세상 인물 아니로다.

이때 춘향이 추파[323]를 잠깐 들어 이 도령을 살펴보니 금세(今世)의 호걸(豪傑)이요 진세간[324] 기남자[325]라. 천정[326]이 높았으니 소년공명[327] 할 것이요 오악[328]이 조귀[329]하니 보국충신[330] 될 것이매 마음에 흠모하여 아미[331]를 숙이고 염슬단좌[332]뿐이

---

313 염용(斂容) : 자숙하여 몸가짐을 조심하고 용모를 단정히 함.

314 백석창파(白汐蒼波) 새 비 뒤에 : 흰 썰물 푸른 물결에 새로 비가 내린 뒤에.

315 천연(天然)한 : 생긴 그대로 조금도 꾸밈이 없는.

316 국색(國色) : 나라 안에서 첫째가는 미인.

317 옥안(玉顔) : 잘생기고 환한 얼굴. 지체 높은 사람의 얼굴.

318 여운간지명월(如雲間之明月) : 구름 사이로 내보이는 밝은 달 같음.

319 약수중지연화(若水中之蓮花) : 못에 떠있는 연꽃 같음.

320 영주(瀛州) : 영주산(瀛州山). 봉래산(蓬萊山), 방장산(方丈山)과 함께 삼신산 (三神山)의 하나.

321 적거(謫居) : 귀양살이를 함.

322 월궁(月宮) : 달 속에 있는 항아(姮娥)가 산다는 궁전.

323 추파(秋波) : 사랑의 정을 나타내는 은근한 눈짓.

324 진세간(塵世間) : 인간세상.

325 기남자(奇男子) : 기이한 남자.

326 천정(天庭) : 이마의 한가운데.

327 소년공명(少年功名) : 아주 젊은 사람으로 공적을 쌓고 명성을 얻음.

328 오악(五嶽) : 다섯 개의 큰 산. 한대(漢代)의 5악은 동쪽의 태산(泰山), 서쪽의 화산(華山), 남쪽의 형산(衡山), 북쪽의 항산(恒山), 중부의 숭산(嵩山)인데, 여기서는 이마, 턱, 코, 좌우 광대뼈 등 다섯 부위를 말함.

329 조귀(朝歸) : 조출모귀(朝出暮歸). 아침에 나가고 저녁에 들어온다는 뜻으로, 자연스럽게 조화로움을 이르는 말.

330 보국충신(輔國忠臣) : 나라를 돕는 충성스러운 신하.

331 아미(蛾眉) : 나방 모양으로 된, 미인의 눈썹.

332 염슬단좌(斂膝端坐) : 무릎을 모아 단정히 하고 앉음.

로다.

이 도령 하는 말이

"성현(聖賢)도 불취동성[333]이라 일렀으니 네 성은 무엇이며 나이는 몇 살이뇨?"

"성은 성가(成哥)옵고 연세(年歲)는 십육 세로소이다."

이 도령 거동 보소.

"허허 그 말 반갑도다. 네 연세 들어보니 나와 동갑 이팔이라. 성자(姓字)를 들어보니 천정[334]일시 분명하다. 이성지합[335] 좋은 연분 평생동락(平生同樂)하여 보자. 너의 부모 구존[336]하냐?"

"편모하[337]로소이다."

"몇 형제나 되느냐?"

"육십 당년[338] 나의 모친 무남독녀(無男獨女) 나 하나요."

"너도 남의 집 귀한 딸이로다. 천정(天定)하신 연분으로 우리 둘이 만났으니 만년락(萬年樂)을 이뤄 보자."

춘향이 거동 보소. 팔자청산[339] 찡그리며 주순[340]을 반개(半開)하여 가는 목 겨우 열어 옥성[341]으로 여쭈오되

"충신(忠臣)은 불사이군[342]이요 열녀(烈女) 불경이부절[343]은

이성지합 : '이성(二姓)'으로 읽어 두 가지 성씨(姓氏)의 결합, '이성(異姓)'이라고 읽어 서로 다른 성씨의 결합, '이성(李成)'으로 읽어 '이몽룡'과 '성춘향'의 결합 등으로 읽을 수 있다. 이런 중의성은 독자나 관객에게 작품의 다양한 의미를 구성하게 하는 기능을 한다.

---

333 불취동성(不取同姓) : 같은 성씨(姓氏)끼리는 결혼하지 아니함.
334 천정(天定) : 하늘이 정해 줌.
335 이성지합(二姓之合) : 두 가지 성씨(姓氏)가 결합함, 곧 결혼을 의미함. 그런데 여기에서 '이 도령'의 발언에 담긴 속뜻은 자기의 '이(李)'와 '성춘향'의 '성(成)'의 결합, 곧 '이성지합(李成之合)'이다.
336 구존(俱存) : 부모가 다 살아계심.
337 편모하(偏母下) : 홀어미 밑에 있음. 홀어미를 모시고 삶.
338 육십당년(六十當年) : 올해 육십인. 나이 육십이 된 해.
339 팔자청산(八字靑山) : 팔(八) 자처럼 생긴 푸른 산. 미인의 고운 눈썹.
340 주순(朱脣) : 붉은 입술. 단순(丹脣).
341 옥성(玉聲) : 옥구슬이 구르는 소리. 고운 음성.
342 불사이군(不事二君) : 두 임금을 섬기지 않음.
343 불경이부절(不敬二夫節) : 두 남편을 섬기지 않는 정절.

옛글에 일렀으니 도련님은 귀공자[344]요 소녀는 천첩[345]이라. 한 번 탁정[346]한 연후에 인하여 버리시면 일편단심(一片丹心) 이내 마음 독숙공방(獨宿空房) 홀로 누워 우는 한(恨)은 이내 신세 내 아니면 누가 길까?[347] 그런 분부 마옵소서."

이 도령 이른 말이

"네 말을 들어 보니 어이 아니 기특하랴. 우리 둘이 인연 맺을 적에 금석뇌약[348] 맺으리라. 네 집이 어드메냐?"

배경 사상 3. 유교(성리학)

〈춘향전〉은 시종일관 유교 사상을 바탕에 깔고 전개된다. 생득적(生得的) 신분 구조를 통하여 계층을 형성하고, 각각의 계층에 어울리는 윤리 규범을 정하여 생각과 행동을 강제하는 수단으로 삼고 있는 것이 조선조의 유교 사상이다. 이런 이념적 무장을 위해 모든 공부의 목표가 공맹(孔孟)을 추앙(推仰)하는 방향으로 잡혔던 것이다.

'삼강오륜(三綱五倫)'으로 요약할 수 있는 유교적 윤리 규범은, 〈춘향전〉에서는 특히 남편과 아내의 바람직한 관계를 규정하는 '부부유별(夫婦有別)'에 초점이 맞추어져 있다. 그런데 이것이 동등함을 전제로 한 역할 분담이 아니라 남편을 우위에 두고 아내를 차별하는 변칙으로 강요되면서 본의(本義)가 훼손되었다. '정조(貞操)'나 '정절(貞節)'이란 가치가 여성에게만 유효한 것으로 오해하게 된 것이다. 이런 사정이 〈춘향전〉에서 '춘향'이 사회와 갈등하게 되는 요인으로 작용한다.

한편 '이(理)'와 '기(氣)'로 인간의 심성을 설명하는 성리

---

344 귀공자(貴公子) : 지위가 높은 집에 태어난 젊은이.
345 천첩(賤妾) : 천한 계집. 여자가 스스로를 낮추어 일컬을 때 쓰는 말.
346 탁정(托情) : 정을 맡김.
347 길까? : 그일까?
348 금석뇌약(金石牢約) : 쇠나 돌처럼 굳은 약속.

학(性理學)도 〈춘향전〉의 배경으로 중요하게 기능한다. '춘향'에게 정절을 강요하는 것이 '이(理)'라면 '이 도령'과의 사랑을 완성시키게 하는 힘은 '기(氣)'이다. '변학도'가 사또로서 권위와 체통을 지켜야 하는 당위성은 '이'에 바탕하고, '춘향'에게 수청 들기를 강요하는 것은 '기'가 발현한 것이다. '이'와 '기' 중 어느 쪽을 중심에 두고 어느 쪽을 주변에 두느냐에 따라 〈춘향전〉의 주제가 달라지고, 향수자의 계층이 분화된다.

춘향이 여쭈오되

"방자 불러 물으소서."

이 도령 허허 웃고

"내 너더러 묻는 일이 허황하다. 방자야."

"예."

"춘향의 집을 네 일러라."

방자 손을 넌짓 들어 가리키는데

"저기 저 건너 동산은 울울하고 연당[349]은 청청(淸淸)한데 양어생풍[350]하고 그 가운데 기화요초[351] 난만(爛漫)하여 나무나무 앉은 새는 호사[352]를 자랑하고 암상[353]의 굽은 솔은 청풍(淸風)이 건듯 부니 노룡[354]이 굼니는 듯[355] 문 앞의 버들 유사무

---

349 연당(蓮塘) : 연못. 연꽃을 심어 놓은 못.
350 양어생풍(養魚生風) : 기르는 물고기가 바람을 일으킴. 즉, 물고기가 물에서 활발하게 뛰놀고 있음.
351 기화요초(琪花瑤草) : 선경(仙境)에 있다고 하는 아름다운 꽃과 풀.
352 호사(豪奢) : 대단한 사치.
353 암상(巖上) : 바위 위.
354 노룡(老龍) : 늙은 용.
355 굼닐다 : 몸을 구부렸다 일으켰다 하다.

사양유지[356]요 들쭉[357] 측백[358] 전나무며 그 가운데 행자목[359]은 음양(陰陽)을 좇아 마주 서고 초당[360] 문전(門前) 오동, 대추나무, 깊은 산중 물푸레나무, 포도·다래·으름[361] 넌출[362] 휘휘친친 감겨 단장[363] 밖에 우뚝 솟았는데 송정[364] 죽림(竹林) 두 사이로 은은히 보이는 게 춘향의 집입니다."

도련님 이른 말이,

"장원[365]이 정결(淨潔)하고 송죽(松竹)이 울밀[366]하니 여자 절행(節行) 가지[367]로다."

춘향이 일어나며 부끄러이 여쭈오되,

"시속인심[368] 고약하니 그만 놀고 가겠나이다."

도련님 그 말을 듣고,

"기특하다. 그럴 듯한 일이로다. 오늘 밤 퇴령[369] 후에 너의 집에 갈 것이니 괄시[370]나 부디 마라."

춘향이 대답하되,

---

356 유사무사양유지(有絲無絲楊柳枝) : 있는 듯 없는 듯한 버들가지.

357 들쭉 : 들쭉나무. 낙엽 넓은잎키작은나무.

358 측백(側柏) : 측백나무. 상록교목. 비늘 모양의 잎이 뾰족하고 가지를 가운데 두고 서로 어긋나게 달린다.

359 행자목 : 은행나무.

360 초당(草堂) : 억새나 짚 따위로 지붕을 인 조그마한 집채. 흔히 집의 몸채에서 따로 떨어진 곳에 지었다.

361 으름 : 으름덩굴. 활엽 덩굴나무. 열매는 타원형으로 익으면 과피(果皮)가 말라 쪼개지면서 씨를 퍼뜨린다.

362 넌출 : 등·칡 따위의 길게 벋어 너절너절하게 늘어진 줄기. 넝쿨. 덩굴.

363 단장(短墻) : 나지막한 담.

364 송정(松亭) : 소나무 정자. 소나무로 지은 정자. 소나무로 둘러싸인 정자.

365 장원(墻垣) : 담. 담장.

366 울밀(鬱密) : 빽빽함.

367 가지(可知) : 알만 함.

368 시속인심(時俗人心) : 세상 사람들의 마음씀씀이.

369 퇴령(退令) : 지방 관아에서 아전이나 심부름꾼 등에게 퇴근을 허락하던 명령.

370 괄시(恝視) : 푸대접함. 업신여겨 하찮게 대함.

"나는 몰라요."

"네가 모르면 쓰겠느냐. 잘 가거라. 금야(今夜)에 상봉(相逢)하자."

누(樓)에서 내려 건너가니, 춘향 모 마주 나와,

"애고 내 딸 다녀오냐? 도련님이 무엇이라 하시더냐?"

"무엇이라 하여요. 조금 앉았다가 가겠노라 일어나니 저녁에 우리 집 오시마 하옵디다."

"그래 어찌 대답하였느냐?"

"모른다 하였지요."

"잘 하였다."

이때 도련님이 춘향을 아연히[371] 보낸 후에 미망[372]이 둘 데 없어 책실[373]로 돌아와 만사(萬事)에 뜻이 없고 다만 생각이 춘향이라. 말소리 귀에 쟁쟁 고운 태도 눈에 삼삼.

해지기를 기다릴새, 방자 불러,

"해가 어느 때나 되었느냐?"

"동에서 아귀[374] 트나이다."

도련님 대노(大怒)하여,

"이놈 괘씸한 놈. 서(西)으로 지는 해가 동(東)으로 도로 가랴. 다시금 살펴보라."

이윽고 방자 여쭈오되,

"일락함지[375] 황혼 되고 월출동령[376]하옵내다."

말소리 귀에 쟁쟁 고운 태도 눈에 삼삼 : '이 도령'이 낮에 만났던 '춘향'에 대한 생각을 음성 상징어를 통해 생동감 있게 표현한 구절이다. 가사나 잡가에 자주 나오는 상투적 표현이다.

동에서 아귀 트나이다. : '춘향'을 만나고 싶은 생각에 빨리 해가 지기를 바라는 '이 도령'을, 그런 그의 마음을 알고 있는 '방자'가 놀리고 있는 대화이다. 신분 구조상 상상하기 어려운 장면이지만 이른바 '방자형 인물'을 통하여 변화하는 사회의 모습을 그려내고 있다.

---

371 아연(俄然)히 : 급히. 갑자기.
372 미망(未忘) : 도저히 잊을 수 없음.
373 책실(冊室) : 책방. 고을 원의 자식이 독서하던 방.
374 아귀 : 씨앗이나 줄기에 싹이 트는 곳. 여기에서는 아침의 해.
375 일락함지(日落咸池) : 해가 함지에 떨어짐. '함지'는 해가 목욕한다고 하는, 하늘에 있는 못.
376 월출동령(月出東嶺) : 달이 동쪽 고갯마루에서 떠오름.

석반[377]이 맛이 없어 전전반측[378] 어이 하리.

"퇴령을 기다리라."

하고 서책을 보려 할 제 책상을 앞에 놓고 서책을 상고[379]하는데 중용[380] 대학[381] 논어[382] 맹자[383] 시전[384] 서전[385] 주역[386]이며, 고문진보[387] 통[388] 사략[389]과 이백(李白) 두시(杜詩) 천자(千字)까지 내어 놓고 글을 읽을새,

"시전이라. 관관저구재하지주로다. 요조숙녀는 군자호구[390]이로다. 아서라, 그 글도 못 읽겠다."

대학을 읽을새,

"대학지도는 재명명덕하며 재신민[391]하며 재춘향(在春香)이

> 대학지도는 재명명덕하며 재신민하며 재춘향이로다. : 앞의 세 어구절은 『대학』에 실제로 나오는 구절인데, '재춘향이로다.'는 '이몽룡'이 '춘향' 생각으로 끼워 넣은 것이다. 다른 책을 읽으면서도 이와 유사한 행위를 한다. 이것은 양반 사대부의 지식인 독자에게는 쉽사리 이해될 구절이지만, 유교 경전이나 시문을 접하기 어려운 하층민 독자에게는 다만 이해하기 어려운 구절로만 받아들여질 수도 있다.

---

377 석반(夕飯) : 저녁밥.

378 전전반측(輾轉反側) : 잠이 오지 않아 누워서 엎치락뒤치락함.

379 상고(詳考) : 자세히 참고함.

380 중용(中庸) : 유교 경전인 사서(四書)의 하나. 공자(孔子)의 손자인 자사(子思)가 쓴 책.

381 대학(大學) : 유교 경전인 사서의 하나. 윤리, 정치의 이념을 설명한 책.

382 논어(論語) : 유교 경전인 사서의 하나. 공자와 그의 제자들의 언행을 적은 것으로, 공자 사상의 중심이 되는 효제(孝悌)와 충서(忠恕) 및 '인(仁)'의 도(道)에 대하여 설명하고 있다. 7권 20편.

383 맹자(孟子) : 유교 경전인 사서의 하나. 맹자의 제자가 맹자의 언행(言行)을 기록한 책.

384 시전(詩傳) : 유교 경전인 삼경(三經)의 하나인 『시경(詩經)』을 주석한 책.

385 서전(書傳) : 유교 경전인 삼경의 하나인 『서경(書經)』을 주석한 책.

386 주역(周易) : 유교 경전인 삼경의 하나로, 주대(周代)에 문왕(文王), 주공(周公), 공자에 의하여 대성(大成)한 역학(易學)에 대한 책.

387 고문진보(古文眞寶) : 시문집. 송(宋)나라 황견(黃堅)이 편집했다고 전함.

388 통(通) : 『통지(通志)』 또는 『통감(通鑑)』. 앞의 것은 중국 송(宋)나라의 정초(鄭樵)가 편찬한 역사서(歷史書)이고 뒤의 것은 송나라 때에 강지(江贄)가 『자치통감(資治通鑑)』을 요약한 책임.

389 사략(史略) : 『십팔사략(十八史略)』. 중국 원(元)나라의 증선지(曾先之)가 『십팔사』를 요약하여 초학자용(初學者用)으로 편찬한 책.

390 관관저구재하지주(關關雎鳩在河之洲)로다, 요조숙녀(窈窕淑女) 군자호구(君子好逑)로다 : 관관 하고 우는 징경이새 물가에 노니는구나. 아름다운 여인은 군자의 좋은 짝이로다. 『시경(詩經)』 '관저(關雎)' 장에 나오는 구절이다.

391 대학지도(大學之道) 재명명덕(在明明德) 재신민(在新民)하며 : 대학의 도는 밝은 덕을 밝히는 데 있고 백성을 새롭게 하는 데 있으며. 『대학(大學)』에 나오는 구절이다.

원은 형코 정코 춘향이 코 딱 댄 코 좋고 하니라. : 〈주역〉에 나오는 '원형이정(元亨利貞)'이란 구절을 '하고'의 줄임말인 '코'라는 토(吐)를 붙여 읽는 것인데, 느닷없이 '춘향이 코 내 코'가 나와 언어유희로 웃음을 유발하고 있다.

"맹자를 읽을새~춘향이 보시러 오시니까." : 『맹자』에 나오는 구절과 '춘향'을 적절히 재구성한 것이다. '맹자가 양나라 혜왕을 뵈었는데, 왕이 어른께서는 천릿길을 멀다 않으시고 오셨으니 춘향이 보시러 오셨습니까?'라는 의미이다. 이 구절 역시 한문 식자층이 아니면 이해하기 어렵다.

로다. 그 글도 못 읽겠다."

주역을 읽는데,

"원은 형코 정코[392] 춘향이 코 딱 댄 코 좋고 하니라. 그 글도 못 읽겠다."

등왕각[393]이라.

"남창은 고군이요 홍도는 신부[394]로다. 옳다. 그 글 되었다."

맹자를 읽을새,

"맹자 견양혜왕하신대 왕왈 수불원천리이래[395]하시니 춘향이 보시러 오시니까."

사략을 읽는데,

"태고(太古)라. 천황씨[396]는 이쑥덕[397]으로 왕하여 세기섭제[398]하니 무위이화(無爲而化)라. 하여 형제 십이 인이 각 일만 팔천 세 하다."

방자 여쭈오되

392　원(元)은 형(亨)코 정(貞)코 : 원은 형하고 정하다는 말로 『주역』건괘(乾卦)에 나오는 '건원형이정(乾元亨利貞)' 즉, 건을 원형이정으로 풀이한 것에 대한 오독(誤讀). 원형이정은 천도(天道)의 네 가지 덕(德)으로 원은 봄이니 만물의 시초로 인(仁)이 되고 형은 여름이니 만물이 자라 예(禮)가 되고 이는 가을이니 만물이 이루어져 의(義)가 되고 정은 겨울이니 만물을 거두어 지(智)가 된다.

393　등왕각(滕王閣) : '등왕각서(滕王閣序)'. '추일등홍부등왕각전별서(秋日登洪府滕王閣錢別序)'. 중국 당(唐)나라 시인 왕발(王勃)의 글.

394　남창고군(南昌故郡) 홍도신부(洪都新府) : 남창이라는 곳은 옛 고을이고 홍도라는 곳은 새 고을이다. '등왕각서'에 나오는 구절.

395　맹자견양혜왕(孟子見梁惠王) 왕왈(王曰) 수불원천리이래(手不遠千里而來) : 『맹자』양혜왕편(梁惠王篇)에 나오는 말. 맹자가 양혜왕을 뵈니 왕이 말하기를 노인장께서 천릿길을 멀다 않고 찾아주시니.

396　천황씨(天皇氏) : 옛날 중국 처음 임금인 삼황(三皇)의 우두머리.

397　이쑥덕(以鬐德) : 쑥떡으로. 목덕(木德)의 잘못. 목덕은 목(木)·토(土)·화(火)·금(金)·수(水) 등 오덕(五德)의 하나.

398　세기섭제(歲起攝提) : 시대가 섭제에서 시작함. '섭제'는 별 이름. 옛날 천황씨가 왕이 되어 태평한 시대를 섭제에서 일으키니 아무런 힘을 쓰지 않아도 백성이 감화되어 나라가 잘 다스려졌으며 또 형제 12인이 각각 일만 팔천 세를 누렸다 한다.

"여보 도련님. 천황씨가 목덕으로 왕이란 말은 들었으되 쑥떡으로 왕이란 말은 금시초문(今時初聞)이오."

"이 자식 네 모른다. 천황씨 일만 팔천 세를 살던 양반이라 이가 단단하여 목덕을 잘 자셨거니와 시속(時俗) 선비들은 목떡을 먹겠느냐. 공자님께옵서 후생(後生)을 생각하사 명륜당³⁹⁹에 현몽⁴⁰⁰하고 시속 선비들은 이가 부족하여 목떡을 못 먹기로 물씬물씬한 쑥떡으로 하라 하여 삼백육십 주⁴⁰¹ 향교⁴⁰²에 통문⁴⁰³하고 쑥떡으로 고쳤느니라."

방자 듣다가 말을 하되

"여보. 하느님이 들으시면 깜짝 놀라실 거짓말도 듣겠소."

또 적벽부⁴⁰⁴를 들여 놓고

"임술지추칠월기망(壬戌之秋七月旣望)에 소자(蘇子) 여객(與客)으로 범주유어적벽지하(泛舟遊於赤壁之下)할새, 청풍(淸風)은 서래(徐來)하고 수파(水波)는 불흥(不興)이라.⁴⁰⁵ 아서라, 그 글도 못 읽겠다."

천자(千字)를 읽을새,

"하늘 천(天) 땅 지(地)"

사략을 읽는데~놀라실 거짓말도 듣겠소. : '사략'의 한 구절을 두고 '방자'와 '이몽룡'이 토론하는 장면이다. '이몽룡'이 '목덕(木德)'이라 해야 할 부분을 '쑥떡'이라 하자 '방자'가 '금시초문(今時初聞)'이라며 잘못을 지적하자 '이몽룡'이 엉뚱한 이야기로 변명을 하고, 그에 대해 '방자'가 '거짓말'이라 질타하는 것이다. '목덕'과 '쑥떡'은 유사한 발음을 가진 단어를 통한 언어유희에 해당하는 서술 방식이다. 이런 측면에서는 단순히 웃음을 유발하는 것으로 그 기능이 제한되지만, 하층민인 '방자'가 그의 상전인 양반 사대부에게 도전하는 발언은 주제적 측면에서 중요한 의미를 지닌다. '춘향전'이 신분 구조의 와해를 통한 보편적 인간성 회복이라는 주제를 구현하는 작품임을 구체적으로 보여 주기 때문이다.

---

399 명륜당(明倫堂) : 고려 말기부터 조선 시대에 걸쳐 유학을 가르치던 강당. 서울의 성균관(成均館)이나 지방의 각 향교(鄕校)에 부설되어 있는 건물로, 학생들이 모여서 공부를 하던 강당.

400 현몽(現夢) : 꿈에 나타남.

401 삼백육십 주(三百六十州) : 조선 시대에 나라 전체를 삼백육십 주로 나누었음.

402 향교(鄕校) : 시골의 학교.

403 통문(通文) : 통지문(通知文). 글로 기별하여 알림.

404 적벽부(赤壁賦) : 송(宋)나라 소식(蘇軾)이 적벽 아래에서 배를 타고 놀 적에 지은 유명한 부(賦).

405 임술지추칠월기망(壬戌之秋七月旣望)에~수파(水波)는 불흥(不興)이라 : 소식(蘇軾)의 「전적벽부(前赤壁賦)」 맨 앞에 나오는 글. 임술년 가을 칠월 십육일에 내가 나그네와 더불어 적벽 밑에서 배를 띄우고 노닐 때 맑은 바람은 가볍게 불어오고 물결은 잔잔하였다.

방자 듣고

"여보. 도련님 점잖이[406] 천자는 웬 일이요?"

"천자라 하는 글이 칠서[407]의 본문[408]이라. 양(梁)나라 주사봉 주흥사[409]가 하룻밤에 이 글을 짓고 머리가 희었기로 책 이름을 백수문[410]이라. 낱낱이 새겨 보면 뼈똥 쌀 일이 많지야."

"소인놈도 천자 속은 아옵니다."

"네가 알더란 말이냐."

"알기를 이르겠소."

"안다 하니 읽어 봐라."

"예, 들으시오. 높고 높은 하늘 천(天) 깊고 깊은 땅 지(地) 해해친친 감을[411] 현(玄) 불타졌다 누루[412] 황(黃)."

"예 이놈. 상놈은 적실[413]하다. 이놈 어디서 장타령[414] 하는 놈의 말을 들었구나. 내 읽을게 들어라. 천개자시생천[415]하니

낱낱이 새겨 보면 뼈똥 쌀 일이 많지야. : '춘향전'의 문제가 두 층위(層位)로 이루어져 있음을 짐작할 수 있는 구절이다. 양반은 양반답고 서민은 서민다워야 한다는 전통적 사고방식을 따르면서도 이와 같은 구절을 통해 웃음을 유발하면서 양반도 서민과 다르지 않음을 암시하는 것으로 볼 수 있다.

예, 들으시오~누루 황(黃) : '방자'가 풀이하는 '천자문'이다. 이어지는 '이 도령'의 것과 대비하고, 그 차이를 읽어내는 흥미를 제공한다. '검다'를 '감다'로, '누렇다'를 '눋다'로 하여 언어 유희를 보인다.

---

406 점잖이 : 여기에서는 '점잖지 않게'라는 뜻.

407 칠서(七書) : 삼경(三經)과 사서(四書). 곧 주역(周易), 서경(書經), 시경(詩經), 논어(論語), 맹자(孟子), 중용(中庸), 대학(大學).

408 본문(本文) : 바탕글. 바탕이 되는 글.

409 주사봉(周捨奉) 주흥사(周興嗣) : 사봉 주흥사. '사봉'은 양(梁)나라의 관직 이름. 사봉 벼슬을 하던 주흥사라는 사람.

410 백수문(白首文) : 주흥사가 지은 천자문의 별칭. 그가 이 글을 짓느라고 고심참담한 나머지 머리가 하룻밤 사이에 허옇게 세었다는 고사에서 나온 말.

411 감을 : 천자문의 넷째 글자인 '현(玄)'은 '(숯이나 먹과 같이) 검다'의 뜻인데, 방자는 '(해해 또는 친친) 감다'의 뜻으로 풀이하고 있다.

412 불타졌다 누루 : '황(黃)'은 '누렇다'는 뜻인데, 방자는 '불에 타서 눋다(누런 빛이 나도록 조금 타다.)'의 뜻으로 풀이하고 있다.

413 적실(的實) : 틀림이 없음. 꼭 그러 함.

414 장타령 : 속된 잡가(雜歌)의 한 가지. 동냥하는 사람이 장판이나 길거리로 돌아다니면서 부르는 것이 보통임.

415 천개자시생천(天開子時生天) : 하늘이 자시에 열려 하늘이 생김. '자시(子時)'는 십이 시의 첫째 시인 밤 11시부터 1시.

태극[416]이 광대(廣大) 하늘 천(天), 지벽어축시[417]하니 오행[418] 팔

괘[419]로 땅 (地)지, 삼십삼천[420] 공부공[421]에 인심지시(人心指示)

검을 현(玄), 이십팔수[422] 금목수화 토지 정색[423] 누를 황(黃), 우

주일월(宇宙日月) 중화[424]하니 옥우[425] 쟁영[426] 집 우(宇), 연대국

도 흥성쇠[427] 왕고래금(往古來今)에 집 주(宙), 우치홍수[428] 기자[429]

추[430]에 홍범구주[431] 넓을 홍(洪), 삼황오제[432] 붕(崩)하신 후 난

---

416 태극(太極) : 우주를 구성하는 음양이원기(陰陽二元氣)의 근본.

417 지벽어축시(地闢於丑時) : 땅은 축시에 열림. '축시(丑時)'는 십이 시의 둘째
     시인 밤 1시부터 3시.

418 오행(五行) : 만물을 낳는 다섯 원소(元素). 수(水), 화(火), 목(木), 금(金), 토
     (土).

419 팔괘(八卦) : 여덟 종류의 괘. 건괘(乾卦), 곤괘(坤卦), 감괘(坎卦), 이괘(離卦),
     간괘(艮卦), 진괘(震卦), 손괘(巽卦), 택괘(兌卦).

420 삼십삼천(三十三千) : '도리천'을 달리 이르는 말. 가운데 제석천과 사방에
     여덟 하늘씩이 있다 하여 이렇게 이른다. 육욕천, 십팔천, 무색계 사천(四
     天)과 일월성수천(日月星宿天), 상교천(常憍天), 지만천(持鬘天), 견수천(堅首
     天), 제석천(帝釋天)을 통틀어 이르는 말.

421 공부공(空復空) : 불가(佛家)에서 쓰는 말로 비고 또 빈다는 말.

422 이십팔수(二十八宿) : 옛날 천문학(天文學)에서 하늘을 사궁(四宮) 사신(四神)
     으로 나누고 다시 각 궁(宮)마다 일곱 성수(星宿)로 나눈 것.

423 금목수화토지정색(金木水火土之正色) : 금목수화토의 정색. '정색'은 섞인
     것이 없는 순수한 빛 곧, 청(靑), 적(赤), 황(黃), 백(白), 흑(黑)의 오색(五色)을
     말함. 여기서는 '토(土)', 곧 '흙'의 색이 누렇다는 뜻으로 썼다.

424 중화(重華) : 거듭 빛남.

425 옥우(玉宇) : 옥황상제가 거처하는 곳.

426 쟁영(崢嶸) : 가파른 모양. 아주 높은 모양.

427 연대국도(年代國都) 흥성쇠(興盛衰) : 해마다 나라가 흥하고 성하고 쇠퇴함.

428 우치홍수(禹治洪水) : 우(禹)임금이 홍수를 다스림. 처음 요(堯)임금과 순(堯)
     임금을 섬기던 우(禹)가 9년 동안 홍수를 잘 다스린 공로로 순(舜)임금을 계
     승하게 되었다.

429 기자(箕子) : 은(殷)나라의 태사(太師). 주왕(紂王)의 숙부로서 주왕에게 자주
     충간(忠諫)하다가 잡히어 종이 됨. 은나라가 망한 후 조선에 도망하여 기자
     조선을 창업하였다 한다.

430 추(推) : 추연(推衍). 미루어 넓힘.

431 홍범구주(洪範九疇) : 천하를 다스리는 아홉 가지 대법(大法). 본래 우(禹)임
     금이 하늘의 계시에 의하여 얻은 것으로서 대대로 전하여 기자에 이르러
     기자가 무왕(武王)의 물음에 대답한 후 비로소 세상에 알려졌다 한다.

432 삼황오제(三皇五帝) : 중국 태고 때의 황제들.

신적자[433] 거칠 황(荒), 동방이 장차 계명(啓明)키로 고고천변
일륜홍[434] 번듯 솟아 날 일(日), 억조창생[435] 경양가(擊壤歌)에
강구연월(康衢煙月)에 달 월(月), 한심[436] 미월[437] 시시(時時) 불
어 삼오일야[438]에 찰 영(盈), 세상만사 생각하니 달빛과 같은지
라 십오야[439] 밝은 달이 기망(旣望)부터 기울 측(昃), 이십팔수
(二十八宿) 하도낙서[440] 벌인 법(法) 일월성신(日月星辰) 별 진(辰),
가련금야숙창가[441]라 원앙금침[442]에 잘 숙(宿), 절대가인[443] 좋
은 풍류(風流) 나열춘추[444]에 벌일 렬(列), 의의월색[445] 야삼경[446]
에 만단정회(萬端情懷) 베풀 장(張), 금일한풍소소래[447]하니 침

433　난신적자(亂臣賊子) : 나라를 어지럽게 하고 군부(君父)를 죽이는 악인.

434　고고천변일륜홍(皐皐天邊日輪紅) : 눈부신 하늘가에 해가 붉음. '고고'는 햇
　　　빛의 밝음을 말한다.

435　억조창생(億兆蒼生) : 수많은 백성. '창생'은 머리에 아무것도 쓰지 않아 검
　　　푸른 머리카락 그대로인 사람을 뜻한다.

436　한심(寒心) : 마음이 선뜩함. '선뜩하다'는 갑자기 춥거나 놀라 몸에 찬 기
　　　운을 느끼는 모양.

437　미월(微月) : 가늘게 빛나는 달. 초승달.

438　삼오일야(三五日夜) : 십오일 밤.

439　십오야(十五夜) : 십오일 밤.

440　하도낙서(河圖洛書) : 하도와 낙서. '하도'는 복희씨(伏羲氏) 때 황하(黃河)에
　　　서 길이 팔척이 넘는 용마(龍馬)가 등에 지고 나왔다는 그림으로서 『주역
　　　(周易)』의 팔괘(八卦)의 근원이 된 것. '낙서'는 하우씨(夏禹氏)가 9년 동안 홍
　　　수를 다스릴 때 낙수(洛水)에서 나온 신령스러운 거북의 등에 있었다는 글
　　　로서 『서경(書經)』 중의 홍범구조(洪範九疇)의 기원이 된 것.

441　가련금야숙창가(可憐今夜宿娼家) : 애달프게도 오늘 밤에는 기생집에서 자
　　　겠구나. 왕발(王勃)의 「임고대편(臨高臺篇)」에 나오는 구절.

442　원앙금침(鴛鴦衾枕) : 원앙을 수놓은 이불과 베개. '원앙(鴛鴦)'은 오릿과의
　　　물새로, '원(鴛)'은 수컷, '앙(鴦)'은 암컷을 의미한다. 한번 짝을 지으면 평
　　　생 함께 사는 것으로 알려져, 금실이 좋은 부부를 비유적으로 이르는 말로
　　　쓴다.

443　절대가인(絶代佳人) : 세상에 견줄 만한 사람이 없을 정도로 뛰어나게 아름
　　　다운 여인. 당대의 뛰어난 미인.

444　나열춘추(羅列春秋) : 봄이나 가을이나 죽 늘어섬. 언제나 벌여 놓음.

445　의의월색(依依月色) : 어렴풋한 달빛.

446　야삼경(夜三更) : 한밤중. '삼경'은 하룻밤을 다섯 등분한 셋째 밤. 밤 11시
　　　부터 오전 1시까지의 사이.

447　금일한풍소소래(今日寒風蕭蕭來) : 오늘은 찬바람이 쓸쓸히 불어오니.

실에 들거라 찰 한(寒), 베개가 높거든 내 팔을 베어라 이만큼
오너라 올 래(來), 에후리쳐[448] 질끈 안고 님 각[449]에 드니 설한
풍[450]에도 더울 서(暑), 침실이 덥거든 음풍(陰風)을 취하여 이
리저리 갈 왕(往), 불한불열[451] 어느 때냐 엽락오동[452]에 가을
추(秋), 백발이 장차 우거지니 소년풍도[453]를 거둘 수(收), 낙목
한풍(落木寒風) 찬바람 백설강산[454]에 겨울 동(冬), 오매불망[455]
우리 사랑 규중심처[456]에 갈물[457] 장(藏), 부용[458] 작야[459] 세우
(細雨) 중에 광윤유태[460] 부루[461] 윤(潤), 이러한 고운 태도 평생
을 보고도 남을 여(餘), 백년기약(百年期約) 깊은 맹세 만경창파
(萬頃蒼波) 이룰 성(成), 이리저리 노닐 적에 부지세월[462] 해 세
(歲), 조강지처불하당[463] 아내 박대(薄待) 못 하나니 대전통편[464]
법중 율(律), 군자호구(君子好逑)이 아니냐, 춘향 입 내 입을 한
데다 대고 쪽쪽 빠니 법중 려(呂)자 이 아니냐. 애고애고 보고
지고."

---

448 에후리쳐 : 거세게 휘몰아 채거나 쫓아. '후리다'에 강제 접두사 '에'와 강
　　 세 접미사 '치'가 붙어 이루어진 말.
449 각(脚) : 다리.
450 설한풍(雪寒風) : 눈 섞인 찬바람.
451 불한불열(不寒不熱) : 춥지도 않고 덥지도 않음.
452 엽락오동(葉落梧桐) : 오동나무 잎이 짐. 낙엽이 지는 오동나무.
453 소년풍도(少年風度) : 젊은이다운 풍채와 태도. 젊을 때의 풍채와 태도.
454 백설강산(白雪江山) : 흰 눈이 덮인 강산. 원문에 '백운강산'으로 되어 있다
455 오매불망(寤寐不忘) : 자나 깨나 잊지 아니함.
456 규중심처(閨中深處) : 부녀자가 거처하는 집 안 깊숙한 곳.
457 갈물 : 갈무리할.
458 부용(芙蓉) : 연꽃.
459 작야(昨夜) : 간밤. 지난밤.
460 광윤유태(光潤有態) : 윤이 반짝이는 태도. 윤기가 몸에 흐름.
461 부루 : 부드러울. 불어날. 윤이 날.
462 부지세월(不知歲月) : 세월이 흐름을 알지 못함.
463 조강지처불하당(糟糠之妻不下堂) : 가난할 때 고생을 같이 해온 아내는 존중
　　 하고 대우를 해주어야 한다는 말.
464 대전통편(大典通編) : 『경국대전(經國大典)』과 『속대전(續大典)』 및 그 이후에
　　 임금이 내린 교명(敎命)과 현행법(現行法)을 묶은 책.

문체 4. 장면의 극대화

'장면의 극대화'란 확장적 문체를 사용하여 주어진 장면에서 기대되는 효과를 최대화하는 것을 일컫는 말이다. 이것은 판소리 또는 판소리계 소설의 서사체(敍事體)로서의 특성보다 연행(演行)의 특성에 바탕을 두고 있다. 한 편의 판소리 작품이 가진 기본적인 줄거리는 공통적이지만 세부적인 내용은 광대에 따라, 또는 부를 때마다 달라질 수 있다는 전제에서 '장면의 극대화' 현상이 의미를 가진다.

판소리가 공연물로 상업성을 띠면서 창자들은 연행 주체로서 서로 경쟁 관계에 놓이게 된다. 전승되는 이야기의 골격을 근간으로 삼되, 그 중에서 특히 흥미로운 부분을 확장하고 부연하는 방식으로 사설을 발전시켜 경쟁에서 우위를 점하려고 하였다. 이것은 판소리 관객들이 이야기 전체의 흥이나 긴박성보다는 각 대목의 흥미와 감동에 치중하는 경향이 있기 때문에 가능한 일이다. 이 '장면의 극대화'가 판소리의 연창이 처음부터 끝까지 완창(完唱)하는 것이 아니라 특정 부분을 중심으로 연창하는 부분창(部分唱)이라는 특성과도 연관된다.

한편, 〈춘향전〉에서 '춘향'이 '이몽룡'을 처음 만나 헤어지기까지의 전반부와 '변 사또'의 부임 이후 보여주는 후반부의 행동은 큰 변화를 보인다. 이런 현상도 주어진 상황의 맥락에 가장 적극적으로 적응하는 성격적 일관성으로 볼 수 있는데, 이것도 '장면의 극대화'의 결과로 볼 수도 있다.

소리를 크게 질러 놓으니,

이때 사또 저녁 진지를 잡수시고 식곤증(食困症)이 나계옵서 평상에 취침하시다, '애고 보고지고.' 소리에 깜짝 놀래어,

"이리 오너라."

"예."

"책방에서 누가 생침을 맞느냐 신다리[465]를 주물렀냐? 알아 들여라."

통인 들어가,

"도련님 웬 목통[466]이오. 고함소리에 사또 놀라시사 염문[467] 하라 하옵시니 어찌 아뢰리까?"

"딱한 일이로다. 남의 집 늙은이는 이롱증[468]도 있느니라마는 귀 너무 밝은 것도 예삿일 아니로다."

그러하다 하지마는 그럴 리가 왜 있을꼬.

도련님 대경(大驚)하여

"이대로 여쭈어라. 내가 논어(論語)라 하는 글을 보다가, '차호(嗟乎)라 오로의구의(吾老矣久矣)라 몽불견주공(夢不見周公)'[469]이란 대문을 보다가 나도 주공을 보면 그리하여 볼까 하여 흥치(興致)[470]로 소리가 높았으니 그대로만 여쭈어라."

통인이 들어가 그대로 여쭈오니, 사또 도련님 승벽[471] 있음을 크게 기뻐하여,

"이리 오너라. 책방에 가 목 낭청[472]을 가만히 오시래라."

낭청이 들어오는데, 이 양반이 어찌 고리게[473] 생겼던지 만

책방에서 누가 생침을 맞느냐 신다리를 주물렀냐? : 책방에서 '이 도령'이 지르는 소리를 듣고 '사또'가 하는 말이다. 그런데 이처럼 '사또'의 신분에 걸맞지 않은 말을 통해 웃음을 유발하고 있다.

그러하다 하지마는 그럴 리가 왜 있을꼬. : '도련님'이 자기 아버지에 대해 불경(不敬)스러운 언사를 보이고 있는 대목을 제시하고, 이것이 어떤 이본에 나오는 것이라 하면서 그럴 리가 없다는 생각을 밝히고 있는 구절이다. 서술자의 생각이 직접 드러나 있는 편집자적 논평인데, 이런 생각이 이본을 파생하는 근본 원인이 된다.

---

465 신다리 : 아픈 다리.
466 목통 : 목구멍의 넓이. 여기서는 큰 목소리.
467 염문(廉問) : 비밀히 사정을 물어봄.
468 이농증(耳聾症) : 소리를 듣지 못하는 병. 귀가 어두운 병.
469 차호(嗟乎)라 오로의구의(吾老矣久矣)라 몽불견주공(夢不見周公) : 아아 슬프다. 내 늙어서 오랫동안 주공을 꿈에 보지 못했도다. 『논어』 '술이(述而)' 편에 '심하구나, 나의 쇠함이 오래 되어, 내가 다시는 꿈에 주공을 못 보겠구나(甚矣吾衰也 久矣 吾不復夢見周公).'라고 된 부분에서 가져온 것이다.
470 흥치(興致) : 흥미와 운치.
471 승벽(勝癖) : 남을 꼭 이기고자 하는 성벽. 승부욕(勝負慾).
472 목 낭청(睦郎廳) : 성(姓)이 목씨(睦氏)인 낭청. '낭청'은 향관(鄕官)으로 조선시대 육품관(六品官) 당하의 벼슬아치.
473 고리게 : 하는 짓이 용렬하고 더럽게.

지걸음[474] 속한지[475] 근심이 담쏙 들었던 것이었다.

"사또 그 새 심심하지요."

"아, 게 앉소. 할 말 있네. 우리 피차 고우[476]로서 동문수업(同門受業)하였거니와 아시[477]에 글 읽기같이 싫은 것이 없건마는 우리 아(兒) 시흥[478] 보니 어이 아니 기쁠쏜가?"

이 양반은 지여부지간[479]에 대답하것다.

"아이 때 글 읽기같이 싫은 게 어디 있으리오."

"읽기가 싫으면 잠도 오고 꾀가 무수하지. 이 아이는 글 읽기를 시작하면 읽고 쓰고 불철주야[480] 하지."

"예 그럽디다."

"배운 바 없어도 필재[481] 절등[482]하지."

"그렇지요."

"점 하나만 툭 찍어도 고봉투석[483] 같고 한 일(一)을 그어놓으면 천리진운[484]이요 갓머리[宀]는 작도참[485]이요 필법(筆法) 논지(論之)하면 붕랑뇌분[486]이요 내리그어 채는 획[ㅣ]은 노송도괘절벽[487]이라. 창 과(戈)로 이를진대 마른 등넌출[488]같이 뻗

---

474 만지걸음 : 두 발을 자주 떼어 놓으며 걷는 걸음.
475 속(速)한지 : 매우 빠른지.
476 고우(故友) : 오래 사귄 벗.
477 아시(兒時) : 아이 적에.
478 시흥(詩興) : 시를 짓는 흥미.
479 지여부지간(知與不知間) : 알 듯 모를 듯하는 순간.
480 불철주야(不撤晝夜) : 밤낮을 가리지 아니하고 일에 힘씀.
481 필재(筆才) : 문장의 재능.
482 절등(絶等) : 월등하게 뛰어남.
483 고봉투석(高峯投石) : 높은 산봉우리에서 돌을 던짐.
484 천리진운(千里陣雲) : 천 리에 구름이 펼쳐짐.
485 작도참(斫圖斬) : 참작도(斬斫圖). 베고 자르는 그림.
486 붕랑뇌분(崩浪雷奔) : 무너지고 물결 일고 번개 치며 내닫음.
487 노송도괘절벽(老松到掛絶壁) : 늙은 소나무가 절벽에 거꾸로 매달려 있는 것 같다.
488 등(藤)넌출 : 등나무의 넌출.

어갔다 도로 채는 데는 성난 쇠뇌[489] 끝 같고 기운이 부족하면 발길로 툭 차올려도 획은 획대로 되나니."[490]

"글씨를 가만히 보면 획은 획대로 되옵디다."

"글쎄 듣게. 저 아이 아홉 살 먹었을 제 서울 집 뜰에 늙은 매화 있는 고로 매화나무를 두고 글을 지어라 하였더니 잠시 지었으되, 정성 들인 것[491]과 용사[492] 비등하니[493] 일람첩기[494]라. 묘당[495]의 당당한 명사[496] 될 것이니 남면이북고[497]하고 부춘추이일수[498]하였데."

"장래 정승[499]하오리다."

---

489 쇠뇌 : 노(弩). 여러 개의 화살이나 돌을 잇달아 쏘게 된 큰 활.

490 "점 하나만 툭 찍어도~획은 획대로 되나니." : 중국 고대의 여류 서예가로 유명한 위삭(衛鑠)의 '필진도(筆陣圖)'에 나오는 말들이 뒤섞여 있다. 여기에 나오는 일곱 가지 필법은 다음과 같다. '一'은 '천 리에 진이 구름처럼 은은하나 그 실상은 형태가 있는 것 같다(如千里陣雲, 隱隱然其實有形)', '丶'은 '높은 봉우리에서 떨어지는 돌이 부딪히는 소리가 나며 실로 산이 무너지는 것과 같다(如高峰墜石, 磕磕然實如崩也)', 'ノ'는 '무소뿔과 상아를 끊듯이 한다(陸斷犀象)', 'ㄟ'는 '100균(鈞, 3천 근)의 쇠뇌를 발하는 것(百鈞弩發)'이고, 'ㅣ'은 '만 년 묵은 마른 등나무(萬歲枯藤)', '乙'는 '산이 무너지고, 물결이 일고, 번개가 치고, 달아나는 것(崩浪雷奔)', 'ㅣ'는 '굳센 쇠뇌를 쏘는 근육과 관절(勁弩筋節)' 같아야 한다.

491 정성 들인 것 : 뒤에 나오는 '용사'와 '비등'으로 보아 새로운 내용, 곧 '신의(新意)'를 찾으려고 정성을 들인 것으로 해석할 수 있다.

492 용사(用事) : 한시(漢詩)를 지을 때, 옛날의 뛰어난 글들에서 표현을 이끌어 쓰는 일.

493 비등(比等)하니 : 견주어 보아 서로 비슷하니.

494 일람첩기(一覽輒記) : 한 번 보면 다 기억한다는 뜻으로, 총명하고 기억을 잘함을 이르는 말.

495 묘당(廟堂) : 사당(祠堂). 조정(朝廷).

496 명사(名士) : 명망 있는 선비.

497 남면이북고(南眄而北顧) : 남쪽을 곁눈질하며 북쪽을 돌아봄. 이리저리 돌아봄.

498 부춘추이일수(富春秋而日秀) : 나이가 들수록 나날이 훌륭해짐. '부춘추어일수(賦春秋於一首)'라 읽어 '춘추(春秋)의 한 수를 부(賦)함'이라 하기도 하고, '부춘추어일소(付春秋於一笑)'라 읽어 '나이는 한 웃음에 붙임'으로 읽기도 한다.

499 정승(政丞) : 조선시대에 영의정(領議政), 좌의정(左議政), 우의정(右議政)을 삼정승(三政丞)이라 하였다.

정승을 못 하오면 장승이라도 되지요. : '정승'과 '장승'의 발음이 비슷한 것을 이용한 언어유희. 아들 자랑에 여념이 없는 사또에게 낭청이 비아냥되는 것이다. 이는 '방자'가 '이몽룡'에게 하는 행위와 매우 닮았다.

그렇다고 하였으되 그게 또 다 거짓말이었다. : 사또와 대화하면서 아랫사람인 낭청이 비아냥대는 듯한 말이나 무례한 말을 하며 사또의 권위에 도전하는 장면이 있는데 이게 거짓말이라는 것으로, 서술자가 편집자로서 개입한 구절이다.

사또 너무 감격하여,

"정승이야 어찌 바라겠나마는 내 생전에 급제[500]는 쉬 하리마는 급제만 쉽게 하면 출륙[501]이야 범연히[502] 지나겠나."

"아니요. 그리 할 말씀이 아니라 정승을 못 하오면 장승[503]이라도 되지요."

사또가 호령하되

"자네 뉘 말로 알고 대답을 그리 하나."

"대답은 하였사오나 뉘 말인지 몰라요."

그렇다고 하였으되, 그게 또 다 거짓말이었다.

인물 4. 목 낭청

'낭청'은 지방 관아에 소속된 종육품의 벼슬이다. '춘향전'에 등장하는 '목 낭청'은 '이몽룡'의 아버지가 아들을 자랑하기 위해 불러오게 하여 등장한다. 사또가 그를 부를 때에는 뚜렷한 주견이 없이 긍정의 의사를 표하는 역할만을 기대했을 터이다. 그러나 '목 낭청'은 상전의 말을 긍정하기만 하는 것은 아니다. 심지어는 언어유희를 사용하여 상전을 의아하게 만들기까지 한다.

이 역할만으로 보면 '목 낭청'은 '방자'와 유사한 기능과 역할을 가진 인물이고, 향수자들의 기대에 부응하는 인물이라 할 수 있다. 그러나 〈열녀춘향수절가〉의 서술자는 '그렇다고 하였으되'라 하여 이전의 이본에서 보인 사실을 인정하면서도 '그게 또 다 거짓말이었다.'라고 하여 '목 낭청'의 작중 역할에 대하여 이견(異見)을 드러낸다.

---

500 급제(及第) : 과거에 합격함.
501 출륙(出六) : 조선 시대에, 참하(參下)에서 육품(六品)으로 승급하던 일.
502 범연(汎然)히 : 두드러진 데가 없이 평범하게. 어련히.
503 장승 : 옛날 이수(里數)를 표하기 위하여 나무에 사람의 얼굴 모양을 새겨 세웠던 푯말.

이때 이 도령은 퇴령 놓기를 기다릴 제

"방자야."

"예."

"퇴령 놓았나 보아라."

"아직 아니 놓았소."

조금 있더니,

"하인 물리라."

퇴령 소리 길게 나니

"좋다 좋다. 옳다 옳다. 방자야. 등롱[504]에 불 밝혀라."

통인 하나 뒤를 따라 춘향의 집 건너갈 제 자취 없이 가만 가만 걸으면서

"방자야, 상방[505]에 불 비친다. 등롱을 옆에 껴라."

삼문(三門) 밖 썩 나서 협로지간[506]에 월색(月色)이 영롱(玲瓏)하고,

"화간 푸른 버들[507] 몇 번이나 꺾었으며 투계소년[508] 아이들은 야입청루[509]하였으니 지체 말고 어서 가자."

그렁저렁 당도하니 가련금야요적한데[510] 가기물색[511] 이 아니냐. 가소롭다 어주자[512]는 도원[513] 길을 모르던가. 춘향 문전

---

504 등롱(燈籠) : 등불을 켜서 어두운 곳을 밝히는 기구.

505 상방(上房) : 관청의 우두머리가 있던 방. 여기에서는 사또가 거처하는 방.

506 협로지간(狹路之間) : 좁은 길 사이.

507 화간 푸른 버들 : 피어 있는 꽃과 푸른 버들. '노류장화(路柳墻花)', 곧 아무나 쉽게 꺾을 수 있는 길가의 버들과 담 밑의 꽃이라는 뜻으로, 창녀나 기생을 비유적으로 이르는 말을 의미한다.

508 투계소년(鬪鷄少年) : 닭싸움을 붙이는 젊은이.

509 야입청루(夜入青樓) : 밤에 청루에 들어감. '청루'는 창기(娼妓)나 창녀들이 있는 집.

510 가련금야요적(可憐今夜寥寂)한데 : 애달프게도 오늘 밤이 고요하고 적적한데.

511 가기물색(佳期物色) : 아리따운 시기의 형편. 좋은 때의 사정.

512 어주자(漁舟子) : 어부(漁夫). 고기잡이.

513 도원(桃源) : 무릉도원(武陵桃源). 선경(仙境). 별천지(別天地). 여기서는 춘향

당도하니 인적(人迹) 야심(夜深)한데 월색은 삼경(三更)이라. 어약[514]은 출몰[515]하고 대접[516] 같은 금붕어는 임을 보고 반기는 듯 월하(月下)의 두루미는 흥을 겨워 짝 부른다.

근원 설화 1. 염정 설화

성세창(成世昌) 설화 : 기생인 자란(옥소선)은 어릴 적부터 평안도 관찰사의 아들인 도령의 시중을 들다가 서로 사랑하는 사이가 된다. 관찰사의 임기가 끝나 도령이 서울로 떠나게 되자 자란은 몹시 슬퍼하나 사랑하는 사람과 이별한다는 의미를 몰랐던 도령은 의연한 태도를 보이며 떠난다. 하지만 날이 갈수록 자란을 그리워하게 된 도령은 감시(監試) 준비를 포기하고, 자란을 찾아 평양으로 온다. 도령에 대한 사랑을 간직하고 있던 자란은 자신을 찾아온 도령과 함께 도망하여 시골에 은거한다. 자란이 헌신적으로 내조해 글공부에 매진한 도령은 마침내 과거에 장원 급제하고, 자초지종을 알게 된 임금의 명령으로 도령은 자란을 정실부인으로 삼게 된다. 그 후 도령은 재상의 반열에 오르고 자란과 백년해로를 한다. 〈동야휘집(東野彙輯)〉의 '소설정획규고정(掃雪庭獲窺故情)'에서는 남자 주인공을 '성세창'이라 하였고, 임방(任埅)의 『천예록(天倪錄)』에 실린 '소설인규옥소선(掃雪因窺玉簫仙)'에서는 그 이름이 나오지 않는다.

노진(盧禛) 설화 : 노진이 혼사가 결정되었지만 비용이 없어 선천(宣川) 부사인 당숙(堂叔)의 도움을 받으려고 찾아갔으나 문을 열어 주지 않아 부내(府內)로 들어가지도 못하였다. 그때 만난 한 어린 기생의 안내로 부내로 들어

의 집을 가리킨다.
514 어약(魚躍) : 물고기가 뜀. 뛰는 물고기.
515 출몰(出沒) : 나타났다 숨었다 함.
516 대접 : 위가 넓적하고 납작하며 뚜껑이 없는 그릇. 국이나 물 따위를 담는 데 쓴다.

가 당숙을 만나기는 했으나 푸대접을 받고 나와 버린다. 그가 그 기생을 찾아가니 후하게 대접해 주기에 며칠 묵다가 결혼 비용까지 얻어 돌아와서 결혼식을 올렸다. 그 뒤에 그는 과거에 급제하여 관서(關西) 지방을 순찰(巡察)하다가 그때의 그 기생을 찾아갔다. 그런데 그 기생은 그와 인연을 맺은 뒤 절에 들어가 수절하고 있어서 찾아와 함께 살았다. 노진의 문집 『옥계집(玉溪集)』에 나오는 이야기이다.

이때 춘향이 칠현금[517]을 빗겨 안고 남풍시[518]를 희롱타가 침석(寢席)에 졸더니, 방자가 안으로 들어가되 개가 짖을까 염려하여 자취 없이 가만가만 춘향 방 영창[519] 밑에 가만히 살짝 들어가서,

"이애 춘향아, 잠들었냐?"

춘향이 깜짝 놀래어,

"네 어찌 오냐?"

"도련님이 와 계시다."

춘향이가 이 말을 듣고 가슴이 울렁울렁 속이 답답하여 부끄럼을 못 이기어 문을 열고 나오더니, 건넌방 건너가서 저의 모친 깨우는데,

"애고 어머니, 무슨 잠을 이다지 깊이 주무시오."

춘향의 모 잠을 깨어

"아가, 무엇을 달라고 부르느냐?"

---

517 칠현금(七絃琴) : 일곱 줄로 된 거문고.
518 남풍시(南風詩) : 남풍가(南風歌). 중국의 순(舜)임금이 천하가 잘 다스려져 백성이 잘사는 것을 노래한 시. 순임금은 이 노래를 지어 오현금으로 연주하며 불렀다 한다.
519 영창(映窓) : 방을 밝게 하기 위하여 낸 두 쪽의 미닫이.

“누가 무엇 달래었소?”

“그러면 어찌 불렀느냐?”

엉겁결에 하는 말이,

“도련님이 방자 모시고 오셨다오.”

춘향의 모, 문을 열고 방자 불러 묻는 말이,

“누가 와야?”

방자 대답하되,

“사또 자제 도련님이 와 게시오.”

춘향 어미 그 말 듣고,

“향단아.”

“예.”

“뒤 초당(草堂)에 좌석(座席) 등촉(燈燭) 신칙[520]하여 포진[521]하라.”

당부하고 춘향 모가 나오는데, 세상 사람이 다 춘향 모를 일컫더니[522] 과연이로다. 자고로 사람이 외탁[523]을 많이 하는 고로 춘향 같은 딸을 낳았구나. 춘향 모 나오는데 거동을 살펴보니, 반백[524]이 넘었는데 소탈한 모양이며 단정한 거동이 표표정정[525]하고 기부[526]가 풍영[527]하여 복이 많은지라. 쑥스럽고 점잔하게 발막[528]을 끌어 나오는데 가만가만 방자의 뒤를 따라온다.

“도련님이 방자 모시고 오셨다오.” : ‘춘향’의 집을 찾아온 ‘방자’를 ‘월매’가 ‘춘향’인 줄 알고 말을 하니까 ‘방자’가 엉겁결에 말을 잘못 하고 있는 구절이다. 의도적으로 한 것이 아니라 상황으로 보아 있을 수 있는 것이지만, ‘방자’와 ‘도련님’의 신분상 차이 때문에 웃음을 유발하게 된다.

520 　신칙(申飭) : 알아듣도록 거듭 타이름. 단단히 타일러서 경계함.
521 　포진(鋪陳) : 펼쳐 놓음. 원문은 ‘보전’이라 되어 있다.
522 　일컫더니 : 칭찬하더니, 기리더니.
523 　외탁(外託) : 용모와 재질 등이 외가 쪽을 닮음.
524 　반백(斑白) : 흰 것과 검은 것이 반씩 섞인 머리털. 여기에서는 반백이 될 만한 나이를 의미한다.
525 　표표정정(表表亭亭) : 우뚝 솟아 얼핏 눈에 띄도록 두드러짐.
526 　기부(肌膚) : 피부. 살결.
527 　풍영(豊盈) : 풍만하고 기름짐.
528 　발막 : 신분이 높은 남녀 늙은이가 신는 마른신의 한 가지.

이때 도련님이 배회고면[529]하여 무료[530]히 서 있을 제 방자 나와 여쭈오되,

"저기 오는 게 춘향의 모로소이다."

춘향의 모가 나오더니 공수[531]하고 우뚝 서며

"그 새에 도련님 문안이 어떠하오?"

도련님 반만 웃고

"춘향의 모이라지. 평안한가?"

"예, 겨우 지내옵니다. 오실 줄 진작 몰라 영접(迎接)이 불민[532]하오이다."

"그럴 리가 있나."

춘향 모 앞을 서서 인도하여 대문 중문 다 지나서 후원(後苑)을 돌아가니, 연구[533]한 별초당[534]에 등롱을 밝혔는데 버들 가지 늘어져 불빛을 가린 모양 구슬발[535]이 갈공이[536]에 걸린 듯하고, 우편의 벽오동(碧梧桐)은 맑은 이슬이 뚝뚝 떨어져 학의 꿈을 놀래는 듯, 좌편에 섰는 반송(盤松) 청풍(淸風)이 건듯 불면 노룡(老龍)이 굼니는 듯, 창전(窓前)에 심은 파초(芭蕉), 일난초 봉미장[537]은 속잎이 빼어나고, 수심여주[538] 어린 연꽃 물 밖에 겨우 떠서 옥로(玉露)를 받쳐 있고, 대접 같은 금붕어는

---

529 배회고면(徘徊顧眄) : 이리저리 거닐며 좌우를 돌아봄.
530 무료(無聊) : 부끄럽고 열없음.
531 공수(拱手) : 공경하는 뜻을 표하기 위하여 두 손을 마주잡음.
532 불민(不敏) : 어리석고 둔하여 재빠르지 못함.
533 연구(年久) : 오래 묵음.
534 별초당(別草堂) : 몸채의 옆이나 뒤에 따로 지은, 억새나 짚 따위로 지붕을 인 작은 집채. 별당(別堂).
535 구슬발 : 구슬을 실에 꿰어 늘어뜨려 가리는 데 쓰는 발. 주렴(珠簾).
536 갈공이 : '갈고랑이'의 방언. 끝이 뾰족하고 꼬부라진 물건.
537 일난조(日暖照) 봉미장(鳳尾長) : 햇살이 따스하게 비치어 봉의 꼬리, 곧 파초의 잎이 길어짐. '일난초창봉미장(日暖蕉悤鳳尾長)'이라 한 이본도 있다.
538 수심여주(水心驪珠) : 연못 가운데에 있는 귀한 구슬. '연꽃'을 비유한 말.

어변성룡[539]하려 하고 때때마다 물결쳐서 출렁 툼벙 굼실 놀 때마다 조롱[540]하고, 새로 나는 연잎은 받을 듯이 벌어지고, 급 연삼봉 석가산[541]은 층층이 쌓였는데, 계하(階下)의 학 두루미 사람을 보고 놀래어 두 죽지를 떡 벌리고 긴 다리로 징검징검 끼룩 뚜루룩 소리하며, 계화(桂花) 밑에 삽살개 짖는구나. 그 중에 반가울사, 못 가운데 쌍오리는 손님 오시노라 둥덩실 떠 서 기다리는 모양이요, 처마에 다다르니 그제야 저의 모친 영 을 디디어서[542] 사창[543]을 반개(半開)하고 나오는데, 모양을 살 펴보니 뚜렷한 일륜명월[544] 구름 밖에 솟아난 듯 황홀한 저 모 양은 칭량키[545] 어렵도다. 부끄러이 당에 내려 천연히 섰는 거 동은 사람의 간장을 다 녹인다.

도련님 반만 웃고 춘향더러 묻는 말이

"곤(困)치 아니하며 밥이나 잘 먹었냐?"

춘향이 부끄러워 대답지 못하고 묵묵히 서 있거늘, 춘향의 모가 먼저 당에 올라 도련님을 자리로 모신 후에 차를 들어 권 하고 담배 붙여 올리오니 도련님이 받아 물고 앉았을 제, 도련 님 춘향의 집 오실 때는 춘향에게 뜻이 있어 와 계시지 춘향 의 세간 기물(器物) 구경 온 바가 아니로되, 도련님 첫 외입이 라 밖에서는 무슨 말이 있을 듯하더니 들어가 앉고 보니 별로 이 할 말이 없고 공연히 천촉기[546]가 있어 오한증[547]이 들면서

---

539 어변성룡(魚變成龍) : 물고기가 변하여 용이 됨.
540 조롱(操弄) : 마음대로 다루면서 데리고 놂.
541 급연삼봉(岌然三峯) 석가산(石假山) : 높이 솟아 있는 세 봉우리의 산 모양으 로 뜰에 쌓아 놓은 돌.
542 디디어서 : 받들어서.
543 사창(紗窓) : 비단으로 바른 창.
544 일륜명월(一輪明月) : 하나의 둥글고 맑은 달.
545 칭량(稱量)키 : 사정이나 형편을 헤아리기.
546 천촉기(喘促氣) : 숨이 차서 헐떡거리고 힘없는 기침이 나는 증세.
547 오한증(惡寒症) : 오슬오슬 춥고 괴로운 증세.

아무리 생각하되 별로 할 말이 없는지라. 방중을 둘러보며 벽상(壁上)을 살펴보니 여간[548] 기물 놓였는데 용장[549] 봉장[550] 가께수리[551] 이렁저렁 벌였는데 무슨 그림장도 붙여 있고, 그림을 그려 붙였으되 서방 없는 춘향이요 학(學)하는 계집 아이가 세간 기물과 그림이 왜 있을까마는 춘향 어미가 유명한 명기(名妓)라 그 딸을 주려고 장만한 것이었다. 조선(朝鮮)의 유명한 명필(名筆) 글씨 붙여 있고 그 사이에 붙인 명화(名畵) 다 후리쳐 던져두고 월선도(月仙圖)란 그림 붙였으되 월선도 제목이 이렇던 것이었다.

상제고거강절조[552]에 군신[553] 조회(朝會) 받던 그림, 청련거사[554] 이태백(李太白)이 황학전[555] 꿇어앉아 황정경[556] 읽던 그림, 백옥루 지은 후에 장길(長吉) 불러 올려 상량문(上樑文) 짓던[557] 그림, 칠월 칠석 오작교(烏鵲橋)에 견우직녀(牽牛織女) 만

> **서방 없는 춘향이요~장만한 것이었다.** : '춘향'의 방에 있는 세간 기물이나 그림이 공부하는 사람에게는 어울리지 않는 것이라 하고 그 까닭이 밝히고 있는 편집자적 논평이다. 이것은 작품의 서사 전개가 합리적이어야 한다는 작가 의식이 바탕이 되어 마련된 것이다.

---

548 여간 : 보통으로. 어지간하게.

549 용장(龍欌) : 용을 새긴 옷장.

550 봉장(鳳欌) : 봉황을 새긴 옷장.

551 가께수리 : 서랍이 많이 달린 궤.

552 상제고거강절조(上帝高居絳節朝) : 옥황상제가 높은 곳에 자리하니, 강절 가진 이들이 뵙고 인사함. '강절'은 사신을 상징하는 붉은 빛깔의 신표(信標)이다. 중국 당(唐)나라 시인 두보(杜甫)의 시 '옥대관(玉臺觀)'의 한 구절.

553 군신(群臣) : 여러 신하. 많은 신하.

554 청련거사(靑蓮居士) : 중국 당(唐)나라의 시인 이백(李白)의 자호(自號).

555 황학전(黃鶴殿) : 황학루(黃鶴樓). 중국 호북성(湖北省) 무창현(武昌縣)의 서쪽 황학산 서북쪽 강가에 있는 높은 누각.

556 황정경(黃庭經) : 도교(道敎)의 경전.

557 백옥루(白玉樓)~상량문(上樑文) 짓던 : 중국 당(唐)나라 시인 이하(李賀)가 죽을 즈음에 천제(天帝)로부터 천상에 있는 백옥루의 상량문을 지으라는 명령을 받았다는 고사에서 나온 말. '백옥루'는 문사(文士)가 죽어서 올라간다고 하는 하늘 위의 높은 누각, '상량문(上樑文)'은 집을 지을 때 기둥에 보를 얹고 그 위에 마룻대를 올리는 일을 상량이라 하고 그러한 것을 축복하는 글. '장길'은 이하(李賀)의 자(字).

나는 그림, 광한전[558] 월명야[559]에 도약[560]하던 항아(姮娥) 그림,
층층이 붙였으되 광채가 찬란하여 정신이 산란한지라.

또 한 곳 바라보니 부춘산(富春山) 엄자릉[561]은 간의대부[562]
마다하고 백구[563]로 벗을 삼고 원학[564]으로 이웃삼아 양구[565]를
떨쳐 입고 추(秋) 동강[566] 칠리탄[567]에 낚싯줄 던진 경(景)을 역
력히 그려 있다. 방가위지선경[568]이라. 군자(君子)가 호구(好逑)
와 놀 데로다.

춘향이 일편단심(一片丹心) 일부종사[569]하려 하고 글 한 수를
지어 책상 위에 붙였으되,

대운춘풍죽이요 분향야독서[570]라.

기특하다 이 글 뜻은 목란[571]의 절개(節槪)로다.

이 글 뜻은 목란의 절개(節槪)로다. : '이 글 뜻'을 풀이할 자리에 '목란의 절개(節槪)로다'라 하였는데, 전승 과정이나 판각(板刻) 과정에 빠진 것으로 보인다. 한시의 부분이나 전체를 인용한, 이와 유사한 다른 곳에는 그것의 뜻을 풀이해 놓았기 때문이다.

558 광한전(廣寒殿) : 달에 있다는 옥황상제의 궁전. 월궁전(月宮殿) 혹은 광한궁(廣寒宮)이라고도 함.
559 월명야(月明夜) : 달 밝은 밤.
560 도약(搗藥) : 약을 찧음.
561 엄자릉(嚴子陵) : 중국 후한(後漢) 사람. 이름은 광(光), '자릉'은 그의 자. 본성(本姓)은 장(莊). 젊었을 때에 광무(光武)와 유학(遊學)했기에 광무가 즉위한 후에 간의대부로 불렀건만 응하지 않고 부춘산에서 농사를 짓다 팔십여 세로 세상을 떠났다.
562 간의대부(諫議大夫) : 임금에게 충고하는 벼슬 이름. 원문은 '간의태후'로 되어 있음.
563 백구(白鷗) : 빛이 흰 갈매기.
564 원학(猿鶴) : 원숭이와 학.
565 양구(羊裘) : 양의 가죽으로 만든 옷.
566 동강(桐江) : 강 이름으로 절강성(浙江省) 동로현(桐盧縣) 경계에 있는 강.
567 칠리탄(七里灘) : 동강에서 칠 리 쯤 떨어져 있어 붙여진 여울.
568 방가위지선경(方可謂之仙景) : 바야흐로 신선이 사는 곳의 경치라 이를 만하다.
569 일부종사(一夫從事) : 한 남편을 좇아 섬김.
570 대운춘풍죽(帶韻春風竹)이요 분향야독서(焚香夜讀書)라 : 운치를 띠워 봄에 대나무를 날리고, 향을 피워 밤에 책을 읽는다.
571 목란(木蘭) : 중국 양(梁)나라 때의 효녀. 남장(男裝)을 하고 아버지를 대신하여 전쟁에 나가 이기고 열두 해 만에 돌아왔다고 한다.

이렇듯 치하(致賀)할 제 춘향 어미 여쭈오되,

"귀중하신 도련님이 누지[572]에 욕림[573]하시니 황공감격하옵니다."

도련님 그 말 한 마디에 말 궁기[574]가 열리었지.

"그럴 리가 왜 있는가? 우연히 광한루에서 춘향을 잠깐 보고 연련[575]히 보내기로 탐화봉접[576] 취한 마음 오늘 밤에 오는 뜻은 춘향 어미 보러 왔거니와 자네 딸 춘향과 백년언약을 맺고자 하니 자네의 마음이 어떠한가?"

춘향 어미 여쭈오되,

"말씀은 황송하오나 들어 보오. 자하(紫霞)골 성 참판(成參判) 영감[577]이 보후[578]로 남원에 좌정하였을 때 소리개를 매로 보고 수청[579]을 들라 하옵기로 관장(官長)의 영을 못 어기어 모신 지 삼 삭(三朔) 만에 올라가신 후로 뜻밖에 포태[580]하여 낳은 게 저것이라. 그 연유(緣由)로 고목[581]하니 젖줄 떨어지면 데려가련다 하시더니 그 양반이 불행하여 세상을 버리시니 보내들 못 하옵고 저것을 길러낼 제, 어려서 잔병조차 그리 많고 칠

> **자하골 성 참판 영감이~저것이라.** : '춘향'의 아버지가 '성 참판'임을 강조하는 부분이다. 아버지가 양반이므로 그 혈통이 '이몽룡'과 어울릴 수도 있음을 드러낸 것이다. '소리개를 매로 보았다'는 말은 자신을 길들여 가까이 둘 수 있다는 의미로 쓴 것으로 보인다.

---

572 누지(陋地) : 원래는 누추한 것이라는 뜻으로, 자기가 사는 곳을 겸손히 일컫는 말.

573 욕림(辱臨) : 자기 같은 하찮은 사람의 집에 찾아왔으니 수치스러운 일을 한 것과 같다는 뜻으로 겸손의 말.

574 말 궁기 : 말의 구멍. 말문.

575 연련(戀戀) : 사모하여서 잊지 못하는 모양.

576 탐화봉접(探花蜂蝶) : 꽃을 찾아 여기 저기 날아다니는 벌과 나비.

577 영감(令監) : 종이품(從二品), 정삼품(正三品)의 관원을 부르던 말로 대감(大監) 다음가는 관원의 존칭.

578 보후(補後) : 내직(內職. 조정에서 근무하는 벼슬)에 들어가기 전에 임시로 외관(外官)을 맡는 일.

579 수청(守廳) : 아녀자나 기생이 높은 벼슬아치에게 몸을 바쳐 시중을 들던 일. 또는 그 아녀자나 기생. 높은 벼슬아치 앞에서 시중드는 일.

580 포태(胞胎) : 아이를 뱀.

581 고목(告目) : 옛날에 천한 사람이 존귀한 사람에게 보내는 편지.

세에 소학[582] 읽혀 수신제가[583] 화순심(和順心)을 낱낱이 가르
치니 씨가 있는 자식이라 만사를 달통(達通)이요 삼강행실[584]
뉘라서 내 딸이라 하리오. 가세(家勢)가 부족하니 재상가(宰相
家) 부당(不當)이요 사서인[585] 상하불급[586] 혼인이 늦어가매 주
야로 걱정이나 도련님 말씀은 잠시 춘향과 백년기약한단 말씀
이오나 그런 말씀 말으시고 놀으시다 가옵소서."

이 말이 참말이 아니라 이 도련님 춘향을 얻는다 하니 내두
사[587]를 몰라 뒤를 눌러[588] 하는 말이었다.

이 도령 기가 막혀

"호사에 다마로세.[589] 춘향도 미혼전(未婚前)이요 나도 미장
전[590]이라 피차 언약이 이러하고 육례[591]는 못할망정 양반의
자식이 일구이언[592]을 할 리 있나."

춘향 어미 이 말 듣고,

"또 내 말 들으시오. 고서(古書)에 하였으되 지신은 막여주
요 지자는 막여부[593]라 하니 지녀(知女)는 모(母) 아닌가. 내 딸

> **이 말이 참말이 아니라~하는 말이었다.** : '참말'은 '거짓말'의 반대말이 아니라 '진심에서 나온 말'의 뜻이다. '춘향 모'로서는 '춘향'과 '이 도령'의 사랑이 완성될 것이라 예상할 수 없어서 '이 도령'의 제안을 받아들이기 어려웠다는 뜻이다.

---

582 소학(小學) : 유교 관련 서적의 하나. 중국 송(宋)나라의 주희(朱熹)가 편집한
   것이라 하나 실은 그의 문하에 있던 유자징(劉子澄)이 지었음. 경서(經書)나
   고금의 전기(傳記) 중에서 수신(修身), 도덕에 관한 이야기를 모은 것.
583 수신제가(修身齊家) : 먼저 자신을 수양하고 집안을 다스림.
584 삼강행실(三綱行實) : 유교의 도덕에 있어서 기본이 되는 세 가지의 강령으
   로서 임금과 신하, 어버이와 자식, 남편과 아내 사이에 마땅히 지켜야 할
   도리, 곧 군위신강(君爲臣綱), 부위자강(父爲子綱), 부위부강(夫爲婦綱).
585 사서인(士庶人) : 사대부와 서인. 곧 관리와 농공상인(農工商人)
586 상하불급(上下不及) : 위아래에 다 미치지 못함.
587 내두사(來頭事) : 앞으로 닥쳐올 일.
588 눌러 : 짐작하여. 미루어. 고려하여.
589 호사(好事)에 다마(多魔)로세 : 좋은 일에는 마가 들기 쉽다네.
590 미장전(未丈前) : 미장가전(未丈家前). 아직 장가들기 전.
591 육례(六禮) : 혼인의 여섯 가지 의식. 곧 납채(納采), 문명(問明), 납길(納吉),
   납징(納徵), 청기(請期), 친영(親迎).
592 일구이언(一口二言) : 한 입으로 두 가지의 말을 함. 곧 약속을 어김.
593 지신(知臣)은 막여주(莫如主)요 지자(知子)는 막여부(莫如父) : 신하의 속내를
   알기에는 임금만 한 이가 없고, 자식의 속내를 알기에는 부모만 한 이가

심곡[594] 내가 알지. 어려부터 결곡한[595] 뜻이 있어 행여 신세를 그르칠까 의심이요 일부종사(一夫從死)하려 하고 사사이[596] 하는 행실 철석같이 굳은 뜻이 청송(靑松), 녹죽(綠竹), 전나무, 사시절(四時節)을 다투는 듯 상전벽해[597] 될 지라도 내 딸 마음 변할쏜가? 금은(金銀), 오촉지백[598]이 적여구산[599]이라도 받지 아니할 터이요, 백옥 같은 내 딸 마음 청풍인들 미치리오. 다만 고의(古義)를 효칙[600]고자 할 뿐이온데 도련님은 욕심 부려 인연을 맺었다가 미장전 도련님이 부모 몰래 깊은 사랑 금석(金石)같이 맺었다가 소문 어려[601] 버리시면 옥(玉)결 같은 내 딸 신세 문채(文采) 좋은 대모[602] 진주 고운 구슬 구멍노리[603] 깨어진 듯 청강(淸江)에 놀던 원앙조(鴛鴦鳥)가 짝 하나를 잃었은들 어이 내 딸 같을쏜가? 도련님 내정[604]이 말과 같을진대 심량[605] 하여 행하소서."

도련님 더욱 답답하여

"그는 두 번 염려하지 마소. 내 마음 헤아리니 특별 간절 굳은 마음 흉중에 가득하니 분의[606]는 다를망정 저와 내가 평생

없다는 뜻.

594 심곡(心曲) : 마음 속.

595 결곡한 : 얼굴이나 마음이 곧고 깨끗한.

596 사사(事事)이 : 일마다.

597 상전벽해(桑田碧海) : 뽕나무 밭이 변하여 푸른 바다가 된다는 뜻으로 시세(時勢)의 변천이 심함을 이름.

598 오촉지백(吳蜀之帛) : 오나라와 촉나라에서 나는 비단.

599 적여구산(積如丘山) : 언덕이나 산처럼 많이 쌓여있다는 뜻.

600 효칙(效則) : 본받아서 법으로 삼음.

601 소문 어려 : 소문이 어려워. 소문이 무서워.

602 대모(玳瑁) : 바다거북. 등껍데기는 누른 바탕에 검은 점이 있는데 별갑대(鼈甲玳)라 하여 각종 장식용품의 재료로 쓴다.

603 구멍노리 : 꿰거나 끼우기 위하여 어떤 물건에 뚫은 구멍 자리.

604 내정(內情) : 속마음.

605 심량(深量) : 깊이 헤아림.

606 분의(分義) : 분수에 적당한 의리.

기약 맺을 제 전안[607] 납폐[608] 아니 한들 창파[609]같이 깊은 마음 춘향 사정 모를쏜가?"

이렇듯이 이같이 설화(說話)하니 청실홍실 육례 갖춰 만난대도 이 위에 더 뾰족할까.

"내 저를 초취[610]같이 여길 테니 시하[611]라고 염려 말고 미장전도 염려 마소. 대장부 먹는 마음 박대[612] 행실 있을쏜가? 허락만 하여 주소."

춘향 어미 이 말 듣고 이윽히 앉았더니 몽조[613]가 있는지라 연분인 줄 짐작하고 흔연히 허락하며

"봉이 나매 황이 나고[614] 장군 나매 용마[615] 나고 남원에 춘향 나매 이화춘풍[616] 꽃다웁다. 향단아 주반[617] 등대하였느냐."

"예."

대답하고 주효[618]를 차릴 적에, 안주 등물[619] 볼작시면 괴임새[620]도 정결하고 대(大)양푼[621] 가리찜,[622] 소(小)양푼 제육

청실홍실 육례 갖춰 만난대도 이 위에 더 뾰족할까. : '이 도령'의 말에서 진심을 발견할 수 있다는 의미로, 혼례(婚禮)가 제대로 형식을 갖추는 것보다 부부가 서로의 처지를 수용하여 사랑하는 내용이 더 중요하다는 의미이다.

남원에 춘향 나매 이화춘풍 꽃다웁다. : 봉황(鳳凰)의 암컷과 수컷, 장군과 용마의 관계에 대응되는 것으로 '춘향'과 '이화춘풍'을 들고 있다. 따라서 '이화' 또는 '이화춘풍'은 '이 도령'을 의미하는 중의적 표현인데, '이 도령'과 재회하는 장면에서 '춘향'이 '이화춘풍 날 살린다'라는 구절에서도 이런 사정을 확인할 수 있다.

---

607 전안(奠雁) : 혼인 때 신랑이 신부 집에 나무로 만든 기러기를 가지고 가서 상 위에 놓고 절하는 예.
608 납폐(納幣) : 신랑 집에서 신부 집에 푸른 비단과 붉은 비단을 보내는 일.
609 창파(滄波) : 푸른 물결. 대유(代喩)로 쓰여 '바다'의 뜻.
610 초취(初娶) : 첫 번 장가로 맞아들인 아내.
611 시하(侍下) : 부모 또는 조부모가 생존한 사람.
612 박대(薄待) : 푸대접함.
613 몽조(夢兆) : 꿈에 나타나는 길흉의 징조.
614 봉(鳳)이 나매 황(凰)이 나고 : 흔히 '봉황(鳳凰)'이라 하는 전설상의 새의 수컷이 '봉(鳳)'이고 암컷이 '황(凰)'이므로, 수컷이 나자 그에 따라 암컷이 태어났다는 의미이다.
615 용마(龍馬) : 빨리 달리는 말.
616 이화춘풍(李花春風) : 자두꽃과 봄바람. 자두꽃이 피고 봄바람이 붊. '자두꽃'은 '이 도령', '춘풍'은 '춘향'을 의미하는 것으로 볼 수도 있다.
617 주반(酒盤) : 술상.
618 주효(酒肴) : 술과 안주.
619 등물(等物) : 안주 등등의 것들.
620 괴임새 : 음식을 그릇 위에 쌓아올리는 모양새.
621 양푼 : 음식을 담거나 데우는 데 쓰는 놋그릇.
622 가리찜 : 쇠고기의 갈비를 토막 쳐서 삶아 만든 음식.

찜,[623] 풀풀 뛰는 숭어찜, 포도동[624] 나는 매추리탕에 동래(東萊) 울산(蔚山) 대전복[625] 대모 장도[626] 드는 칼로 맹상군(孟嘗君)의 눈썹처럼 어슷비슷[627] 오려 놓고, 염통산적,[628] 양볶이[629]와 춘치자명[630] 생치[631] 다리, 적벽 대접[632] 분원기[633]에 냉면조차 비벼 놓고 생률 숙률[634] 잣송이며 호도 대추 석류 유자 준시[635] 앵두 탕기[636] 같은 청술레[637]를 치수 있게 괴었는데[638] 술병 치레 볼작시면 티끌 없는 백옥병과 벽해수상[639] 산호병과 엽락금정 오동병[640]과 목 긴 황새병, 자라병, 당화병,[641] 쇄금병,[642]

623　제육찜 : 돼지고기찜. '제육'은 식용으로 하는 돼지의 고기로, '저육(豬肉)'에서 온 말.

624　포도동 : 날짐승이 별안간 날 때에 나는 소리.

625　대전복 : 동래, 울산 지방에서 나는 큰 전복.

626　대모 장도 : 대모로 꾸민 장도(粧刀).

627　어슷비슷 : 생김새가 서로 비슷함.

628　염통산적 : 소의 염통을 넓게 저며 줄거리대로 짜개서 만든 산적.

629　양볶이 : 소의 밥통 고기를 잘게 썰어서 볶은 음식.

630　춘치자명(春雉自鳴) : '봄철의 꿩이 스스로 운다.'는 뜻으로 남의 명령이나 요구에 의하지 아니하고 자발적으로 이르는 말.

631　생치(生雉) : 익히지 않은 꿩.

632　적벽(赤壁) 대접 : 경기도 장단군 적벽 지방에서 나는 대접.

633　분원기(分院器) : 분원사기(分院沙器). 경기도 광주군 분원에서 만든 사기.

634　생률(生栗) 숙률(熟栗) : 날밤과 익힌 밤.

635　준시(蹲柹) : 꼬챙이에 꿰지 않고 말린 감.

636　탕기(湯器) : 탕을 담는 그릇. 국그릇.

637　청술레 : 껍질색이 푸르며 물기가 많아서 맛이 좋은 배의 한 가지.

638　괴다 : 음식을 그릇 위에 쌓아 올리다.

639　벽해수상(碧海水上) : 푸른 바닷물 위.

640　엽락금정(葉落金井) 오동병(梧桐瓶) : 잎이 지는 금정에 오동나무로 만든 병. '금정'은 중국에 있는 샘의 이름. 중국 당(唐)나라 시인 이백의 시, '강남으로 가는 동생 이대경 사인에게 주어 작별하다(贈別舍人弟臺卿之江南)'에 '오동잎은 금정에 떨어지고 한 잎은 은상 위로 난다(梧桐落金井 一葉飛銀床)'라는 구절이 있다.

641　당화병(唐畵瓶) : 중국의 동양화를 그려 넣은 병.

642　쇄금병(鎖金瓶) : 겉에다 금물을 칠한 병.

소상 동정 죽절병,[643] 그 가운데 천은 알안자,[644] 적동자,[645] 쇄금자[646]를 차례로 놓았는데 구비함도 가질시고.

술 이름을 이를진대 이적선 포도주[647]와 안기생 자하주[648]와 산림처사(山林處士) 송엽주[649]와 과하주[650] 방문주[651] 천일주 백일주[652] 금로주(金露酒) 팔팔 뛰는 화주[653] 약주 그 가운데 향기로운 연엽주[654] 골라내어 알안자 가득 부어 청동화로(靑銅火爐) 백탄 불에 남비 냉수 끓는 가운데 알안자 둘러 불한불열(不寒不熱) 데워 내어 금잔[655] 옥잔(玉盞) 앵무배[656]를 그 가운데 데웠으니 옥경(玉京) 연화(蓮花) 피는 꽃이 태을선녀[657] 연엽선[658] 띄우듯 대광보국[659] 영의정(領議政) 파초선[660] 띄우듯 둥덩실 띄워

---

643 소상동정(瀟湘洞庭) 죽절병(竹節甁) : 중국 동정호 남쪽의 소상 지방에서 나는 대나무로 만든 병. 이곳의 대나무에는 순(舜)임금이 죽자 그의 두 부인이 피눈물을 흘려 그 자국이 무늬가 되었다고 한다.

644 천은(天銀) 알안자 : 품질이 좋은 은으로 만든, 알 모양의 주전자.

645 적동자(赤銅子) : 붉은 구리로 만든 주전자.

646 쇄금자(碎金子) : 금빛을 칠한 주전자. 금가루로 꾸민 주전자.

647 이적선(李謫仙) 포도주(葡萄酒) : 중국 당(唐)나라 시인 이백(李白)의 포도주. '적선'은 하늘에서 죄를 짓고 지상으로 귀양 온 신선이란 뜻이다. 그의 '양양가(襄陽歌)'에 '멀리 바라보니 한수는 오리 머리처럼 푸르러, 마치 포도주가 처음 괼 때 같구나(遙看漢水鴨頭綠 恰似葡萄初醱醅)'라는 구절이 나온다.

648 안기생(安期生) 자하주(紫霞酒) : 중국 진(秦)나라 때 사람 안기생이 마시던 술. 안기생은 동해변에서 약을 팔고, 장수하여 천세옹(千歲翁)이라 불렸으며, 봉래산(蓬萊山) 신선이 되었다 함. '자하주'는 '붉은 노을빛의 술', '붉은 노을로 만든 술'이란 뜻으로, 신선들이 먹는 술 이름이다.

649 송엽주(松葉酒) : 솔잎으로 만든 술.

650 과하주(過夏酒) : 소주와 약주를 섞어서 빚은 술. 여름에 많이 마신다.

651 방문주(方文酒) : 특별한 방법으로 담근 술.

652 천일주(千日酒) 백일주(百日酒) : 빚은 지 천 일 만에 혹은 백 일 만에 먹는 술.

653 화주(火酒) : 소주(燒酒).

654 연엽주(蓮葉酒) : 연잎으로 만든 술.

655 금잔(金盞) : 금으로 만든 술잔.

656 앵무배(杯) : 앵무새의 부리모양으로 만든 술잔.

657 태을선녀(太乙仙女) : 태을이라는 별에서 사는 선녀.

658 연엽선(蓮葉船) : 연잎으로 만든 배.

659 대광보국(大匡輔國) : 대광보국숭록대부(崇祿大夫). 조선시대 관리의 최고급.

660 파초선(芭蕉船) : 파초의 잎으로 만든 배.

놓고 권주가[661] 한 곡조에 일배일배부일배[662]라.

표현 2. 중의적 표현

'중의적(重義的) 표현'은 하나의 단어나 어구, 문장이 여러 의미로 해석될 수 있는 표현을 뜻한다. 〈춘향전〉에 사용된 중의적 표현은 한 단어가 둘 이상의 의미를 가지는 경우가 일반적이고, 상황에 따라 같은 표현이 중의적으로 이해되는 경우도 있다.

'이성지합'이란 단어에서 중의성이 드러난다. '이성(二姓)'으로 읽어 두 가지 성씨(姓氏)의 결합, '이성(異姓)'이라고 읽어 서로 다른 성씨의 결합, '이성(李成)'으로 읽어 '이몽룡'과 '성춘향'의 결합 등으로 읽을 수 있다. 이런 중의성은 독자나 관객에게 작품의 다양한 의미를 구성하게 하는 기능을 한다.

'이화춘풍'이란 말에서도 이런 중의성을 발견할 수 있다. '이화'는 '이화(李花)'로 써서 '자두꽃'인데, '이화(梨花)'로 읽어 '배꽃'이라 할 수도 있지만 굳이 그렇게 읽는 것은 '이몽룡'의 성씨와 연관되기 때문이다. '춘풍(春風)'은 '봄바람'이지만 '춘향'과 연관지어 이해할 수도 있다.

이 도령 이른 말이,

"금야(今夜)에 하는 절차 보니 관청(官廳)이 아니거든 어이 그리 구비한가?"

춘향 모 여쭈오되,

"내 딸 춘향 곱게 길러 요조숙녀 군자호구 가리어서 금슬우

---

661   권주가(勸酒歌) : 술 권하는 노래.
662   일배일배부일배(一杯一杯復一杯) : '한 잔 한 잔에 다시 한 잔'이라는 뜻으로 계속해서 술을 마신다는 뜻.

지⁶⁶³ 평생동락⁶⁶⁴하올 적에 사랑에 노는 손님 영웅호걸 문장들과 죽마고우⁶⁶⁵ 벗님네 주야로 즐기실 제 내당의 하인 불러 밥상 술상 재촉할 제 보고 배우지 못하고는 어이 곧 등대하리. 내자⁶⁶⁶가 불민하면 가장(家長) 낯을 깎음이라. 내 생전 힘써 가르쳐 아무쪼록 본받아 행하라고 돈 생기면 사 모아서 손으로 만들어서 눈에 익고 손에도 익히라고 일시(一時) 반 때 놀지 않고 시킨 바라. 부족(不足)다 말으시고 구미(口味)대로 잡수시오."

앵무배 술 가득 부어 도련님께 드리오니, 도령 잔 받아 손에 들고 탄식하여 하는 말이,

"내 마음대로 할진대는 육례를 행할 터나 그러질 못하고 개구멍 서방⁶⁶⁷으로 들고 보니 이 아니 원통하랴. 이애 춘향아. 그러나 우리 둘이 이 술을 대례⁶⁶⁸ 술로 알고 먹자."

일배주⁶⁶⁹ 부어 들고,

"너 내 말 들어봐라. 첫째 잔은 인사주요 둘째 잔은 합환주⁶⁷⁰라. 이 술이 다른 술 아니라 근원근본 삼으리라. 대순⁶⁷¹의 아황(娥皇) 여영(女英) 귀히귀히 만난 연분 지중⁶⁷²타 하였으되 월로⁶⁷³의 우리 연분 삼생가약⁶⁷⁴ 맺은 연분 천만년(千萬年)이라

내 마음대로~이 아니 원통하랴.
: '이 도령'이 자기의 뜻대로라면 육례(六禮)를 갖추어 혼례를 올리겠지마는 사회 구조적 장애에 막혀 뜻대로 할 수 없음을 드러내는 구절이다. 스스로 '개구멍 서방'이라 함으로써 자기의 행위가 정당하지 않음을 밝히고 있다.

---

663 금슬우지(琴瑟友之) : 금슬지우(琴瑟之友). '금슬'은 거문고와 큰 거문고로 부부의 사이를 말하므로 부부간의 우애.

664 평생동락(平生同樂) : 평생을 한가지로 즐거워함.

665 죽마고우(竹馬故友) : 어릴 때부터 같이 놀던 친한 벗.

666 내자(內子) : 자기의 아내를 남에게 대하여 이르는 말.

667 개구멍 서방 : 남의 눈을 피해 드나들면서 서방노릇을 한다는 뜻.

668 대례(大禮) : 혼인을 치르는 큰 예식.

669 일배주(一杯酒) : 한 잔의 술.

670 합환주(合歡酒) : 혼례 때 신랑 신부가 서로 잔을 바꾸어 마시는 술.

671 대순(大舜) : 순(舜)임금을 높여 일컫는 말.

672 지중(至重) : 매우 중요함.

673 월로(月老) : 월하노인(月下老人). 남녀의 인연을 맺어주는 신(神).

674 삼생가약(三生佳約) : 전생(前生)과 현생(現生)으로부터 후생(後生)까지 이어

도 변치 아니할 연분 대대로 삼태육경[675] 자손이 많이 번성하여 자손 증손(曾孫) 고손(高孫)이며 무릎 위에 앉혀 놓고 죄암죄암 달강달강[676] 백세상수[677]하다가서 한날한시 마주 누워 선후 없이[678] 죽게 되면 천하에 제일가는 연분이지."

술잔 들어 잡순 후에,

"향단아, 술 부어 너의 마누라[679]께 드려라. 장모, 경사(慶事) 술이니 한 잔 먹소."

춘향 어미 술잔 들고 일희일비[680]하는 말이

"오늘이 여식의 백년지고락(百年之苦樂)을 맡기는 날이라. 무슨 슬픔 있으리까마는 저것을 길러낼 제 애비 없이 설이 길러 이때를 당하오니 영감 생각이 간절하여 비창(悲愴)하여이다."

도련님 이른 말이,

"이왕지사(已往之事) 생각 말고 술이나 먹소."

춘향 모 수삼배(數三杯) 먹은 후에 도련님 통인 불러 상 물려 주면서

"너도 먹고 방자도 먹여라."

통인 방자 상 물려 먹은 후에, 대문 중문 다 닫치고 춘향 어

> **저것을 길러낼 제~비창(悲愴)하여이다.** : '월매'가 '춘향'의 '애비', 자기의 '영감'을 떠올리는 것은 '춘향'이 양반의 자식임을 '이 도령'에게 알리려는 의도에서 나왔다.

질 아름다운 언약.

675 삼태육경(三台六卿) : '삼태'는 자미궁(紫微宮)의 주위에 있는 상태(上台), 중태(中台), 하태(下台)의 각각 두 별씩 도합 여섯 별. 삼공(三公, 가장 높은 세 가지 벼슬)의 뜻으로 쓰임. 육경은 주(周)나라 때의 여섯 장관.

676 달강달강 : 어린아이의 두 손을 붙들고 앞뒤로 자꾸 밀어줄 때에 노래의 맨 끝에 부르는 소리.

677 백세상수(百歲上壽) : 오래오래 삶. '상수'는 나이가 썩 많다는 뜻.

678 선후(先後) 없이 : 누가 먼저랄 것도 없이 똑같이.

679 마누라 : 세자빈(世子嬪)을 높여 부른 '마노라'에서 온 말로, 늙은 부인 또는 아내를 가리키는 말. 여기서는 '춘향'의 어머니 '월매'를 가리키는 말로 쓰였다.

680 일희일비(一喜一悲) : 기쁘고 슬픈 일이 번갈아 일어남.

미 향단이 불러 자리 포진(鋪陳) 시킬 제 원앙금침 잣베개[681]와 샛별 같은 요강[682] 대야 자리 포진을 정히 하고,

"도련님 평안히 쉬옵소서. 향단아 나오너라. 나하고 함께 자자."

둘이 다 건너갔구나.

춘향과 도련님 마주 앉아 놓았으니 그 일이 어찌 되겠느냐. 사양[683]을 받으면서 삼각산(三角山) 제일봉(第一峰) 봉학[684] 앉아 춤추는 듯 두 활개[685]를 에구부시[686] 들고 춘향의 섬섬옥수(纖纖玉手) 바듯이[687] 겹쳐 잡고 의복을 공교하게 벗기는데 두 손길 썩 놓더니 춘향 가는 허리를 담쑥 안고

"나삼을 벗어라."

춘향이가 처음 일일 뿐 아니라 부끄러워 고개를 숙여 몸을 틀 제, 이리 곰실 저리 곰실 녹수(綠水)에 홍련화(紅蓮花) 미풍(微風) 만나 굼니는 듯 도련님 치마 벗겨 제쳐놓고 바지 속옷 벗길 적에 무한히 실랑[688] 된다. 이리 굼실 저리 굼실 동해(東海) 청룡(靑龍)이 굽이를 치는 듯,

"아이고 놓아요. 좀 놓아요."

"에라. 안 될 말이로다."

실랑 중 옷끈 끌러 발가락에 딱 걸고서 끼어 안고 진득이[689]

그 일이 어찌 되겠느냐. : 편집자적 논평이다. '춘향'과 '도련님' 둘만 한 방에 남아 있으니 어떤 일이 일어날지 짐작할 수 있지 않느냐며 관객이나 독자에게 묻는 말이다.

---

681 잣베개 : 모서리를 잣나무 열매 모양으로 장식한 베개.
682 요강 : 방에 두고 오줌을 누는 그릇. 놋쇠나 양은, 사기 따위로 작은 단지처럼 만든다.
683 사양(斜陽) : 저녁때의 비껴 비치는 햇빛.
684 봉학(鳳鶴) : 봉황과 학.
685 활개 : 두 팔.
686 에구부시 : 조금 휘우듬하게 굽게.
687 바듯이 : 겨우. 어떤 한도에 차거나 꼭 맞아서 빈틈이 없게.
688 실랑 : 실랑이질. 이러니저러니, 옳으니 그르니 하며 남을 못살게 굴거나 괴롭히는 짓.
689 진득이 : 태도와 행동이 침착하고 참을성이 있게.

누르며 기지개 켜니 발길 아래 떨어진다. 옷이 활딱 벗어지니 형산(荊山)의 백옥(白玉)덩이 이 위에 비할쏘냐. 옷이 활씬 벗어지니 도련님 거동을 보려 하고 슬그머니 놓으면서,

"아차차 손 빠졌다."

춘향이가 침금 속으로 달려든다. 도련님 왈칵 좇아 들어 누워 저고리를 벗겨내어 도련님 옷과 모두 한데다 둘둘 뭉쳐 한편 구석에 던져두고 둘이 안고 마주 누웠으니 그대로 잘 리가 있나. 골즙 낼[690] 제, 삼승 이불[691] 춤을 추고 샛별 요강은 장단을 맞추어 청그렁 쟁쟁 문고리는 달랑달랑 등잔불은 가물가물 맛이 있게 잘 자고 났구나. 그 가운데 진진[692]한 일이야 오죽하랴.

하루 이틀 지나가니 어린 것들이라 신맛이 간간 새로워 부끄럼은 차차 멀어지고 그제는 기롱[693]도 하고 우스운 말도 있어 자연 사랑가(歌)가 되었구나. 사랑으로 노는데 똑 이 모양으로 놀던 것이었다.

"사랑 사랑 내 사랑이야. 동정칠백[694] 월하초[695]에 무산(巫山) 같이 높은 사랑, 목단무변수[696]에 여천창해[697]같이 깊은 사랑, 옥산전[698] 달 밝은데 추산천봉 완월[699] 사랑, 증경학무하올 적

> **그대로 잘 리가 있나.** : 편집자적 논평이다. 일반적인 것으로 특별한 것을 추론한 것이다.

> **그 가운데 진진한 일이야 오죽하랴.** : 편집자적 논평이다. '춘향'과 '이 도령'이 첫날밤을 보내면서 '진진한 일'이 적지 않았을 것이라는 서술자의 의견이 드러나 있다.

> **사랑으로 노는데 똑 이 모양으로 놀던 것이었다.** : 서술자(판소리 창자)가 이어질 내용을 소개하는 부분이다. '똑 이 모양으로'라는 구절이 독자나 관객 앞에 그대로 보여주는 것 같은 느낌을 들도록 한다.

---

690 골즙(骨汁) 낼 : 뼈에서 즙을 낼. 매우 애씀.
691 삼승(三升) 이불 : 석새삼베로 만든 이불.
692 진진(津津) : 재미가 좋음.
693 기롱(譏弄) : 실없는 말로 놀림.
694 동정칠백(洞庭七百) : 중국 동정호(洞庭湖)의 둘레가 칠백 리임을 이르는 말.
695 월하초(月下初) : 달이 막 떠오를 때.
696 목단무변수(目斷無邊水) : '목단'은 시력이 미치지 아니함을. '무변'은 끝이 닿은 데가 없음을 뜻함. 즉, 아득하게 끝없이 펼쳐져 있는 물.
697 여천창해(如天滄海) : 하늘처럼 크고 넓은 바다.
698 옥산전(玉山巓) : 옥산두(玉山頭). 옥산 꼭대기.
699 추산천봉(秋山千峰) 완월(翫月) : 가을 산 수많은 봉우리에서 달을 구경함.

차문취소하던[700] 사랑, 유유낙일[701] 월렴간[702]에 도리화개[703] 비친 사랑, 섬섬초월 분백한데 함소함태 슭한 사랑,[704] 월하(月下)에 삼생(三生) 연분 너와 나와 만난 사랑, 허물없는 부부(夫婦) 사랑, 화우동산[705] 목단화(牧丹花)같이 펑퍼지고 고운 사랑, 연평 바다 그물같이 얽히고 맺힌 사랑, 은하(銀河) 직녀(織女) 직금[706]같이 올올이 이은 사랑, 청루미녀[707] 침금(枕衾)같이 혼솔[708]마다 감친 사랑, 시냇가 수양[709]같이 청처지고[710] 늘어진 사랑, 남창북창[711] 노적[712]같이 다물다물[713] 쌓인 사랑, 은장 옥장[714] 장식같이 모모이[715] 잠긴 사랑, 영산홍록[716] 봄바람에 넘노는

---

700 증경학무(曾經學舞)하올 적에 차문취소(借問吹簫)하던 : 일찍이 춤을 배울 적에 짐짓 통소 불기를 물어보던. 중국 당(唐)나라 시인 노조린(盧照鄰)의 '장안고의(長安古意)' 중 '짐짓 물었네, 통소 소리가 붉은 안개 향하는가, 일찍이 춤을 배우느라 꽃다운 나이 보내 버렸네(借問吹簫向紫煙 曾經學舞度芳年).'에서 가져 온 것이다.

701 유유낙일(悠悠落日) : 느릿느릿 떨어지는 해.

702 월렴간(月簾間) : 달빛이 비쳐드는 발 사이.

703 도리화개(桃李花開) : 복숭아꽃과 자두꽃이 피어남.

704 섬섬초월(纖纖初月) 분백(粉白)한데 함소함태(含笑含態) 슭한 사랑 : 가늘디 가는 초승달이 분처럼 하얀데 미소를 머금고 고운 자태를 지닌 여러 사랑. 가늘디 가는 초승달 같은 눈썹, 분을 발라 하얀 얼굴의 미인이 미소를 머금고 고운 자태를 지님. 중국 당(唐)나라 시인 노조린(盧照鄰)의 '장안고의(長安古意)' 중에서 '조각조각 구름 같은 머리와 아름다운 귀밑머리, 가늘고 가는 초승달 같은 눈썹 위에 누런 분을 발랐네(片片行雲著蟬鬢 纖纖初月上鴉黃).'과 '누런 분 하얀 분을 바른 여인이 수레 안에서 나오니, 교태를 머금고 고운 태도를 머금은 정이 하나뿐이 아니네(鴉黃白粉車中出 含嬌含態情非一).'라는 구절에서 따 온 것이다.

705 화우동산(花雨東山) : 동산에 내리는 꽃비.

706 직금(織錦) : 비단을 짬.

707 청루미녀(靑樓美女) : 기생집의 미녀.

708 혼솔 : 홈질한 옷의 솔기.

709 수양 : 수양버들.

710 청처지고 : 청처짐하고. 아래쪽으로 좀 처지거나 늘어진 상태에 있고.

711 남창북창(南倉北倉) : 관청에 딸린 곳간 이름.

712 노적(露積) : 집 밖에 쌓아둔 곡식.

713 다물다물 : 물건이 무더기무더기 쌓인 모양.

714 은장(銀欌) 옥장(玉欌) : 은이나 옥으로 장식한 옷장.

715 모모이 : 이모저모 다.

716 영산홍록(映山紅綠) : (꽃이) 붉고 (잎이) 푸르게 빛나는 산.

이 황봉백접(黃蜂白蝶) 꽃을 물고 즐긴 사랑, 녹수청강(綠水淸江) 원앙조(鴛鴦鳥) 격(格)으로 마주 둥실 떠 노는 사랑, 연년(年年) 칠월 칠석야(七夕夜)에 견우직녀(牽牛織女) 만난 사랑, 육관대사 성진이가 팔선녀[717]와 노는 사랑, 역발산[718] 초패왕(楚覇王)이 우미인(虞美人)을 만난 사랑, 당나라 당명황[719]이 양귀비[720] 만난 사랑, 명사십리[721] 해당화같이 연연[722]히 고운 사랑, 네가 모두 사랑이로구나, 어화 둥둥 내 사랑아, 어화 내 간간[723] 내 사랑이로구나.

여봐라 춘향아, 저리 가거라 가는 태도를 보자. 이만큼 오너라 오는 태도를 보자. 빵긋 웃고 아장아장 걸어라 걷는 태도 보자. 너와 나와 만난 사랑 연분을 팔자 한들 팔 곳이 어디 있어. 생전 사랑 이러하고 어찌 사후(死後) 기약 없을쏘냐?

너는 죽어 될 것 있다. 너는 죽어 글자 되되 땅 지(地) 자, 그늘 음(陰) 자, 아내 처(妻) 자, 계집 녀(女) 자 변[724]이 되고, 나는 죽어 글자 되되 하늘 천(天) 자, 하늘 건(乾) 자, 지아비 부(夫) 자, 사내 남(男) 자, 아들 자(子) 자 몸이 되어 계집 녀(女) 변(邊)

---

717 육관대사(六觀大師), 성진(性眞), 팔선녀(八仙女) : 김만중의 소설 『구운몽』(九雲夢)에 나오는 노승(老僧), 후에 양소유(楊少游)라는 인물로 인간세상에 다시 태어나는 남주인공, 여덟 명의 여주인공들을 말한다.
718 역발산(力拔山) : 역발산혜기개세(力拔山兮氣蓋世). 산을 뽑고 세상을 덮을 만한 웅대한 기력을 형용한 말. 초패왕이 한(漢)나라 고조(高祖)와 결전하여 해하(垓下)에서 패하였을 때의 노래의 일절.
719 당명황(唐明皇) : 당나라 제8대의 제(帝).
720 양귀비(楊貴妃) : 양태진(楊太眞). 당나라 현종(玄宗)의 비(妃). 재색(才色)이 뛰어나 현종의 총애를 오로지하다가 안녹산(安祿山)이 난을 일으키매 현종과 함께 피난하여 마외역(馬嵬驛)에 이르러 관군(官軍)에게 책망당하고 목매어 죽었다.
721 명사십리(明沙十里) : 함경남도 원산에 있는 모래톱으로 곱고 부드러운 모래와 해당화로 아름다운 경치를 이룬다.
722 연연(娟娟) : 빛이 곱고 엷음.
723 간간(侃侃) : 마음이 기쁘고 즐거움.
724 변(邊) : 한자(漢字)의 왼쪽에 붙은 부분.

에다 딱 붙이면 좋을 호(好) 자로 만나 보자. 사랑 사랑 내 사랑.

또 너 죽어 될 것 있다. 너는 죽어 물이 되되 은하수 폭포수 만경창해수[725] 청계수(淸溪水) 옥계수(玉溪水) 일대장강[726] 던져 두고 칠년대한[727] 가물 때도 일상[728] 진진[729] 쳐져[730] 있는 음양수(陰陽水)란 물이 되고, 나는 죽어 새가 되되 두견조[731]도 될라 말고 요지 일월 청조,[732] 청학(靑鶴) 백학(白鶴)이며 대붕조[733] 그런 새가 될라 말고 쌍거쌍래(雙去雙來) 떠날 줄 모르는 원앙조란 새가 되어 녹수(綠水)에 원앙 격(格)으로 어화둥둥 떠 놀거든 나인 줄 알려무나. 사랑 사랑 내 간간 내 사랑이야."

"아니 그것도 나 아니 될라오."

"그러면 너 죽어 될 것 있다. 너는 죽어 경주(慶州) 인경[734]도 될라 말고 전주(全州) 인경도 될라 말고 송도(松都) 인경도 될라 말고 장안[735] 종로(鐘路) 인경 되고 나는 죽어 인경 마치[736] 되어 삼십삼천(三十三千) 이십팔수(二十八宿)를 응하여 길마재[737]

725　만경창해수(萬頃滄海水) : 한없이 넓고 큰 바다의 물. 만경창파(萬頃蒼波)의 물.
726　일대장강(一帶長江) : 한 줄기 긴 강.
727　칠년대한(七年大旱) : 칠 년 동안의 큰 가뭄. 중국 고대의 은(殷)나라 탕(湯)임금 때에 있었던 큰 가뭄에서 유래한다.
728　일상(日常) : 늘. 항상.
729　진진(津津) : 넉넉함.
730　쳐져 : 추져. 물기가 배어서 눅눅하게.
731　두견조(杜鵑鳥) : 두견새. 소쩍새.
732　요지(瑤池) 일월(日月) 청조(靑鳥) : 요지 세상의 파랑새. '요지'는 주(周)나라 목왕(穆王)이 선녀 서왕모(西王母)와 만났다는 신선이 사는 곳에 있다는 연못. 여기에서 벌이는 잔치가 요지연(瑤池宴)이고, 서왕모의 심부름을 하는 새가 청조(靑鳥)이다.
733　대붕조(大鵬鳥) : 하루에 구만 리(里)를 날아간다는, 매우 큰 상상(想像)의 새. 북해(北海)에 살던 곤(鯤)이라는 물고기가 변해서 되었다고 한다.
734　인경 : 옛날 밤에 통행금지를 알리기 위하여 치던 큰 종.
735　장안(長安) : 서울을 일컬음.
736　마치 : 못을 박거나 무엇을 두드리는 데 쓰는 연장. 망치.
737　길마재 : 서울 서편에 있는 안현(鞍峴).

봉화[738] 세 자루 꺼지고 남산(南山) 봉화 두 자루 꺼지면 인경 첫마디 치는 소리 그저 뎅뎅 칠 때마다 다른 사람 듣기에는 인경소리로만 알아도 우리 속으로는 춘향 뎅 도련님 뎅이라 만나 보자꾸나. 사랑 사랑 내 간간 내 사랑이야."

"아니 그것도 나는 싫소."

"그러면 너 죽어 될 것 있다. 너는 죽어 방아 확[739]이 되고 나는 죽어 방아 고[740]가 되어 경신년 경신일 경신시에 강태공 조작[741] 방아 그저 떨거덩 떨거덩 찧거들랑 나인 줄 알려무나. 사랑 사랑 내 간간 사랑이야."

춘향이 하는 말이

"싫소. 그것도 내 아니 될라오."

"어찌하여 그 말이냐."

"나는 항시 어찌 이생이나 후생(後生)이나 밑으로만 되라니까 재미없어 못 쓰겠소."

"그러면 너 죽어 위로 가게 하마. 너는 죽어 돌매[742] 위짝이 되고 나는 죽어 밑짝 되어 이팔청춘 홍안미색[743]들이 섬섬옥수(纖纖玉手)로 맷대를 잡고 슬슬 두르면 천원지방[744] 격(格)으로 휘휘 돌아가거든 나인 줄 알려무나."

"싫소 그것도 아니 될라오. 위로 생긴 것이 부아[745] 나게만

---

738 봉화(烽火) : 변란이 있을 때에 변경에서부터 서울까지 경보를 알리게 만든 불.

739 확 : 절구의 아가리로부터 밑바닥까지의 구멍.

740 고 : 공이.

741 경신년 경신월 경신일 경신시(庚申年庚申月庚申日庚申時) 강태공(姜太公) 조작(造作) : 옛날 방아를 만들 때 방아에다 지신(地神)의 재앙을 방지하기 위하여 쓴 말. 강태공은 주(周)나라 사람으로 문왕(文王)의 스승.

742 돌매 : 맷돌.

743 홍안미색(紅顔美色) : 젊고도 아름다운 여자.

744 천원지방(天圓地方) : 하늘은 둥글고 땅은 네모짐.

745 부아 : 분한 마음.

생기었소. 무슨 년의 원수로서 일생(一生) 한 구멍이 더하니 아무것도 나는 싫소."

"그러면 너 죽어 될 것 있다. 너는 죽어 명사십리(明沙十里) 해당화가 되고 나는 죽어 나비 되어 나는 네 꽃송이 물고 너는 내 수염 물고 춘풍(春風)이 건듯 불거든 너울너울 춤을 추고 놀아보자. 사랑 사랑 내 사랑이야 내 간간 사랑이지. 이리 보아도 내 사랑 저리 보아도 내 사랑. 이 모두 내 사랑 같으면 사랑 걸려 살 수 있나. 어화 둥둥 내 사랑, 내 예쁜 내 사랑이야. 방긋방긋 웃는 것은 화중왕[746] 모란화가 하룻밤 세우(細雨) 뒤에 반만 피고자 한 듯 아무리 보아도 내 사랑 내 간간이로구나.

문체 5. 부분의 독자성

판소리 사설이나 그것을 바탕으로 정착된 판소리계 소설은 특정 부분이 작품 전체 또는 다른 부분과 구분되는 독자적 성격을 가지는데 이런 성격을 '부분의 독자성'이라 한다. 이 성격을 가진 부분은 작품 전체 또는 다른 부분과 당착(撞着)을 일으키며 서사 전개와 무관하게 삽입되어 있어서 서사 구조를 느슨하게 만들기도 한다.

'부분의 독자성'에 따라 〈춘향전〉에 나타나는 당착은, 예컨대 춘삼월의 경치를 서술하다가 갑자기 오월 단오(端午)로 바뀌는 것에서 확인할 수 있다. '이몽룡'이 그네를 타는 '춘향'을 만나도록 하기 위해서는 오월 단오라는 시간적 배경이 어울리고, 그때의 주변 풍광을 묘사하면 자연스럽지만, 춘정(春情)에 겨운 '이 도령'으로 설정하려다 보니 춘삼월의 풍광을 묘사하는 장면이 끼어들었던 것이다. 이러한 당착은 판소리의 부분창이 성행하면서 명창들이 부분의 흥미 전달에 치중하여 열거의 묘미를 부각시키고자

---

746   화중왕(花中王) : 꽃 중의 왕.

하는 부분의 독자성에 기인하였다고 본다.

한편 〈춘향전〉에는 기존의 '농부가', '백발가', '상사별곡'과 같은 민요나 잡가뿐만 아니라 가사, 한시, 재담 등을 그대로 또는 변형하여 수용하고 있다. 이들은 이미 독자적으로 존재하던 것인데 관객이나 독자로 하여금 웃거나 울게 하기 위해 〈춘향전〉에 삽입되었다. 그렇지만 이들 중에는 작품 전체의 서사 전개 과정에 어울리지 않는 것도 있다. '이 도령'이 남원의 경치 좋은 곳을 묻자 '방자'가 서울을 비롯한 전국의 경처를 대답하는 것이 그런 예이다. '천자 뒤풀이'나 '십장가'는 풀이하는 글자의 수나 맞는 매의 수에 따라, '농부가'는 절(節)의 수에 따라 그 길이가 탄력적이라는 점도 이들이 '부분의 독자성'에 기반하여 〈춘향전〉에 삽입되었음을 확인할 수 있는 근거이다.

그러면 어쩌잔 말이냐. 너와 나와 유정(有情)하니 '정' 자(字)로 놀아보자. 음상동하여[747] 정 자 노래나 불러보세."

"들읍시다."

"내 사랑아 들어봐라. 너와 나와 유정(有情)하니 어이 아니 다정(多情)하리. 담담장강수유유에 원객정,[748] 하교에 불상송 강수원함정[749] 송군남포불승정[750] 무인불견송아정[751] 한태조

---

747 음상동(音相同)하여 : 소리를 한가지로 하여.

748 담담장강수유유(澹澹長江水悠悠)에 원객정(遠客情) : 맑고 맑은 장강의 물이 멀고 머니 먼 곳에서 온 나그네의 정. 중국 당(唐)나라 시인 위승경(韋承慶)의 시 '남쪽으로 가며 아우와 헤어짐(南行別弟)'에 나오는, '담담장강수(澹澹長江水) 유유원객정(悠悠遠客情)'을 끌어온 구절이다.

749 하교(河橋)에 불상송(不相送) 강수원함정(江樹遠含情) : 강의 다리에서 서로 보내지 못하니, 강가의 나무가 멀리 정을 머금었도다. 당(唐)나라 시인 송지문(宋之問)의 시, '두심언을 보내며(別杜審言)'에 나오는 구절이다.

750 송군남포불승정(送君南浦不勝情) : 임을 남포로 보내며 정을 이기지 못하도다. 정지상(鄭知常)의 '송인(送人)'에 '송군남포동비가(送君南浦動悲歌)'란 구절이 있다.

751 무인불견송아정(無人不見送我情) : 아무도 보지 못하네, 나를 보내는 정을.

희우정,[752] 삼태육경 백관조정,[753] 도량[754] 청정,[755] 각시 친정(親庭) 친고통정,[756] 난세평정[757] 우리 둘이 천년인정(千年人情), 월명성희[758] 소상동정(瀟湘洞庭), 세상만물 조화정[759] 근심 걱정, 소지[760] 원정,[761] 주어 인정,[762] 음식 투정, 복(福) 없는 저 방정, 송정[763] 관정[764] 내정 외정,[765] 애송정 천양정[766] 양귀비 침향정,[767] 이비(二妃)의 소상정(瀟湘亭), 한송정[768] 백화만발 호춘정(好春亭), 기린토월[769] 백운정(白雲亭), 너와 나와 만난 정(情) 일정[770] 실정[771] 논지(論之)하면 내 마음은 원형이정(元亨利貞), 네 마음은 일편탁정,[772] 이같이 다정타가 만일 즉 파정[773]하면 복통절

---

752 한태조(漢太祖) 희우정(喜雨亭) : 한(漢)나라 태조(太祖) 유방(劉邦)의 정자(亭子) 희우정(喜雨亭). '희우정'은 소식(蘇軾)이 기문(記文)을 써서 유명한 정자 이름이므로 혼동(混同)하여 쓴 것으로 보인다.

753 삼태육경 백관(百官) 조정(朝廷) : 삼정승 육판서 등 모든 벼슬아치들이 모여 있는 조정.

754 도량(道場) : 불도(佛道)를 닦는 곳.

755 청정(淸淨) : 깨끗하여 더럽고 속됨이 없음.

756 친고통정(親故通情) : 친구 간에 서로 정을 통함.

757 난세평정(亂世平定) : 어지러운 세상을 평온하게 진정시킴.

758 월명성희(月明星稀) : 달은 밝으니 별은 드묾. 중국 위(魏)나라의 조조(曹操)가 지은 「단가행(短歌行)」에 나오는 구절로, 송(宋)나라의 소식(蘇軾)이 「적벽부(赤壁賦)」에 다시 써서 더욱 유명해졌다.

759 조화정(造化定) : 조화옹(造化翁), 곧 조물주(造物主)가 정함.

760 소지(所志) : 하소연하는 글.

761 원정(原情) : 사연을 하소연함. 또는 그런 글.

762 주어 인정 : 주어서 인정. '인정'은 신에게 바치는 모든 재물 또는 뇌물을 뜻하는 말.

763 송정(訟庭) : 백성끼리의 분쟁을 판결하고 처리하는 곳.

764 관정(官庭) : 관청의 뜰.

765 내정(內情) 외정(外情) : 속마음과 겉마음.

766 애송정(愛松亭) 천양정(穿楊亭) : 둘 다 정자 이름.

767 침향정(沈香亭) : 당(唐)나라 때 궁중에 있던 정자 이름.

768 한송정(寒松亭) : 강릉 동쪽에 있는 정자 이름.

769 기린토월(麒麟吐月) : 완산팔경(完山八景)의 하나로 전주 동쪽에 있는 기린봉(麒麟峰) 위에 솟아오른 달.

770 일정(一定) : 한번 작정함. 틀림없음.

771 실정(實情) : 진실한 정.

772 일편탁정(一片託情) : 한 조각 맡긴 정.

773 파정(破情) : 정이 틀어짐. 정이 깨어짐.

정[774] 걱정되니 진정으로 원정(原情)하잔 그 정자(情字)다.”

춘향이 좋아라고 하는 말이,

“정(情) 속은 도저[775]하오. 우리 집 재수있게 안택경[776]이나 좀 읽어주오.”

도련님 허허 웃고,

“그뿐인 줄 아느냐. 또 있지야. ‘궁(宮)’ 자 노래를 들어보아라.”

“애고 얄궂고 우습다. 궁 자 노래가 무엇이오?”

“네 들어 보아라. 좋은 말이 많으니라. 좁은 천지(天地) 개탁궁,[777] 뇌성벽력(雷聲霹靂) 풍우(風雨) 속에 서기(瑞氣) 삼광[778] 풀려 있는 엄장[779]하다 창합궁,[780] 성덕(聖德)이 넓으시사 조림[781]이 어인 일고. 주지객[782] 운성[783]하던 은왕[784]의 대정궁(大庭宮), 진시황[785] 아방궁,[786] 문천하득[787]하실 적에 한태조(漢太祖) 함양

> **애고 얄궂고 우습다.** : ‘도련님’이 ‘궁자(宮字)’ 노래를 부르려고 하자 ‘춘향’의 반응이다. 앞의 ‘정자’ 노래로 보아 ‘궁’자가 들어나는 말을 열거할 것인데, 지레짐작하여 ‘얄궂고 우습다’는 반응을 보이는데, 이것은 ‘궁(宮)’이 ‘궁전’이나 ‘궁궐’ 같은 ‘임금이 거처하는 집’이 아니라, ‘자궁(子宮)’이나 ‘합궁(合宮)’ 같은 말을 떠올렸기 때문이다.

---

774 복통절정(腹痛絶情) : 끊어진 정을 마음 아파함.
775 도저(到底) : 아주 잘 되어서 매우 좋음.
776 안택경(安宅經) : 무당이 터주를 위로할 때 읽는 경문(經文).
777 개탁궁(開坼宮) : 세상 천지가 열리는 궁.
778 삼광(三光) : 해, 달, 별의 세 빛.
779 엄장(嚴莊) : 엄숙하고 장중함. 장엄(莊嚴).
780 창합궁(閶闔宮) : 하늘에 있는 궁전 이름. ‘창합’은 하늘 위의 문.
781 조림(照臨) : 군주가 국토와 백성을 다스리는 일.
782 주지객(酒池客) : 술이 연못을 이룰 만큼 굉장하게 차린 술잔치에 온 손님들.
783 운성(雲盛) : 구름같이 많이 모여듦.
784 은왕(殷王) : 중국 고대의 은(殷)나라 최후의 왕 주(紂)를 말함. 이름은 신(辛).
785 진시황(秦始皇) : 진(秦)나라의 첫 황제. 육국(六國)을 멸하여 천하를 통일하고 봉건제를 고쳐 천하를 군현으로 나누었으며 흉노 및 남월을 쳐서 강토를 확장한 다음 만리장성을 쌓았다.
786 아방궁(阿房宮) : 중국 진(秦)나라 시황제(始皇帝)가 기원전 212년에 세운 궁전. 유적은 산시성(陝西省) 시안(西安) 서쪽에 있다.
787 문천하득(問天下得) : 천하를 얻게 된 까닭을 물음.

궁,[788] 그 곁에 장락궁,[789] 반첩여(班婕妤)의 장신궁(長信宮), 당명황제(唐明皇帝) 상춘궁(賞春宮), 이리 올라 이궁[790] 저리 올라서 별궁,[791] 용궁(龍宮) 속의 수정궁,[792] 월궁(月宮) 속의 광한궁(廣寒宮), 너와 나와 합궁[793]하니 한평생 무궁(無窮)이라. 이 궁(宮) 저 궁(宮) 다 버리고 네 양각[794] 새 수룡궁(水龍宮)[795]에 나의 심줄 방망이[796]로 길을 내자꾸나."

춘향이 반만 웃고,

"그런 잡담은 말으시오."

"그게 잡담 아니로다. 춘향아 우리 둘이 업음질[797]이나 하여 보자."

"애고 참 잡상스러워라.[798] 업음질을 어떻게 하여요."

업음질 여러 번 한 성부르게[799] 말하던 것이었다.

"업음질 천하 쉬우니라. 너와 나와 활씬 벗고 업고 놀고 안고도 놀면 그게 업음질이지야."

"애고 나는 부끄러워 못 벗겠소."

"에라 요 계집아이야 안 될 말이로다. 내 먼저 벗으마."

버선 대님 허리띠 바지 저고리 활씬 벗어 한 편 구석에 밀

> 업음질 여러 번 한 성부르게 말하던 것이었다. : '말하였다.'라면 작품 밖의 서술자가 본연의 역할에 충실한 것인데, '말하던 것이었다.'라 함으로써 서술자의 목소리를 드러내고 있다.

---

788 함양궁(咸陽宮) : 중국 섬서성(陝西省) 위수(渭水) 유역의 중심 도시인 함양에 있던 궁전으로 초패왕이 불을 놓아 삼 개월 동안이나 불탔다고 한다.
789 장락궁(長樂宮) : 섬서성(陝西省) 장안현(長安縣) 서북쪽 옛 성중에 있다.
790 이궁(離宮) : 임금이 대궐 밖으로 거둥할 때 쓰기 위하여 궁성에서 떨어진 곳에 지은 궁전.
791 별궁(別宮) : 왕이나 왕세자(王世子)의 가례(嘉禮) 때에 비빈(妃嬪)을 맞아들이는 궁전.
792 수정궁(水晶宮) : 수정으로 지은 아름다운 궁전.
793 합궁(合宮) : 부부가 잠자리를 같이 함.
794 양각(兩脚) : 두 다리.
795 수룡궁(水龍宮) : 여자의 성기(性器)를 비유적으로 이른 말.
796 심줄 방망이 : 힘줄 방망이. 남자의 성기를 비유적으로 이른 말.
797 업음질 : 번갈아 서로 업어주는 짓.
798 잡상스러워라 : 난잡하고 상스러워라.
799 성부르게 : 성싶게. 것처럼.

쳐 놓고 우뚝 서니, 춘향이 그 거동을 보고 뻥긋 웃고 돌아서며 하는 말이,

　"영락없는 낮도깨비 같소."

　"오냐 네 말 좋다. 천지만물이 짝 없는 게 없느니라. 두 도깨비 놀아보자."

　"그러면 불이나 끄고 노사이다."

　"불이 없으면 무슨 재미 있겠느냐. 어서 벗어라 어서 벗어라."

　"애고 나는 싫어요."

　도련님 춘향 옷을 벗기려 할 제 넘놀면서 어룬다. 만첩청산(萬疊靑山) 늙은 범이 살찐 암캐를 물어다 놓고 이는 없어 먹든 못하고 흐르릉흐르릉 아웅 어루는 듯, 북해흑룡(北海黑龍)이 여의주(如意珠)를 입에다 물고 채운간(彩雲間)[800]에 넘노는 듯, 단산[801] 봉황(鳳凰)이 죽실[802] 물고 오동(梧桐) 속에 넘노는 듯, 구고[803] 청학(靑鶴)이 난초를 물고서 고송간(古松間)에 넘노는 듯, 춘향의 가는 허리를 후리쳐다 담쑥 안고 기지개 아드득 떨며 귓밥도 쪽쪽 빨며 입술도 쪽쪽 빨면서 주홍(朱紅) 같은 혀를 물고 오색단청 순금장[804] 안에 쌍거쌍래 비둘기같이 꾹꿍 끙끙 으흥거려 뒤로 돌려 담쑥 안고 젖을 쥐고 발발 떨며 저고리 치마 바지 속곳까지 활씬 벗겨놓으니, 춘향이 부끄러워 한편으로 잡치고 앉았을 제, 도련님 답답하여 가만히 살펴보니 얼굴이 복찜[805]하여 구슬땀이 송실송실 앉았구나.

800　채운간(彩雲間) : 빛이 고운 구름 사이.
801　단산(丹山) : 수은(水銀)과 유황(硫黃)의 화합물인 단사(丹砂)가 나는 산.
802　죽실(竹實) : 대나무 열매.
803　구고(九皐) : 으슥한 늪지. 원문은 '구구'로 되어 있음.
804　순금장(純金欌) : 순금으로 장식한 장롱.
805　복찜 : 문맥상 얼굴이 상기되어 좀 부어오른 듯이 보임을 이르는 말인 듯.

"얘, 춘향아, 이리 와 업히거라."

춘향이 부끄러하니,

"부끄럽기는 무엇이 부끄러워. 이왕에 다 아는 바니 어서 와 업히거라."

춘향을 업고 추키시며,

"어따 그 계집아이 똥집 장히 무겁다. 네가 내 등에 업힌 게 마음이 어떠하냐?"

"한껏 나게 좋소이다."

"좋냐?"

"좋아요."

"나도 좋다. 좋은 말을 할 것이니 네가 대답만 하여라."

"말씀 대답하올 테니 하여 보옵소서."

"네가 금(金)이지야?"

"금이라니 당치 않소. 팔년풍진 초한 시절[806]에 육출기계[807] 진평[808]이가 범아부[809]를 잡으려고 황금 사만(四萬)을 흩었으니 금이 어이 남으리까?"

"그러면 진옥(眞玉)이냐?"

"옥이라니 당치 않소. 만고영웅 진시황이 형산(荊山)의 옥을

어따 그 계집아이 똥집 장히 무겁다. : '춘향'을 업고 놀면서 '이 도령'이 하는 말이다. 양반으로서 체통을 중시하지만 그것은 어디까지나 이성적으로 자제하는 것이지 본능에 충실한 경우에는 서민과 다르지 않음을 보여 주고 있다.

---

806 팔년풍진초한(八年風塵楚漢) 시절 : 중국 초(楚)나라와 한(漢)나라 사이에 팔 년 동안 벌어졌던 전쟁.

807 육출기계(六出奇計) : 여섯 번의 기이한 계책.

808 진평(陳平) : 중국 전한(前漢)의 공신(功臣). 지모(智謀)가 뛰어나 고조(高祖)를 도와 천하를 평정하고 혜제(惠帝) 때 좌승상(左丞相)이 되었으며 여공(呂公)이 죽은 후 주발(周勃)과 함께 여씨 일가를 죽이고 한나라 조정을 편안하게 하였다.

809 범아부(范亞父) : 범증(范增). 초나라 항우(項羽)의 모신(謀臣). 아부(亞父)라 불림. 뒤에 항우로부터 의심을 받자 벼슬을 내놓고 물러나 등창을 앓다가 죽었다.

얻어 이사[810]의 명필(名筆)로 수명우천기수영창[811]이라. 옥새[812]를 만들어서 만세유전[813]을 하였으니 옥이 어이 되오리까?"

"그러면 네가 무엇이냐. 해당화냐?"

"해당화라니 당치 않소. 명사십리(明沙十里) 아니거든 해당화가 되오리까?"

"그러면 네가 무엇이냐? 밀화 금패[814] 호박(琥珀) 진주냐?"

"아니 그것도 당치 않소. 삼태육경(三台六卿) 대신재상(大臣宰相) 팔도방백[815] 수령(守令)님네 갓끈 풍잠[816] 다하고서 남은 것은 경향(京鄉)의 일등명기(一等名妓) 지환[817] 벌 허다히 다 만드니 호박 진주 부당하오."

"네가 그러면 대모(玳瑁) 산호(珊瑚)냐?"

"아니 그것도 내 아니오. 대모 간 큰 병풍 산호로 난간하여 광리왕[818] 상량문(上樑文)에 수궁보물(水宮寶物) 되었으니 대모 산호가 부당이오."

"네가 그러면 반달이냐?"

"반달이라니 당치 않소. 금야(今夜) 초생 아니거든 벽공[819]에 돋은 명월(明月) 내가 어찌 그오리까?"

"네가 그러면 무엇이냐? 날 호려 먹는 불여우냐? 네 어머니

---

810 이사(李斯) : 중국 초(楚)나라 사람. 진(秦)나라의 객경(客卿)이 되어 시황제를 도와 천하를 통일하고 군현제(郡縣制)를 창립함. 이세황제(二世皇帝) 때에 참소를 만나 피살당하였다.

811 수명우천기수영창(受命于天旣壽永昌) : 명을 하늘로부터 받았으니 오래 살 것이며 길이 번창하리로다.

812 옥새(玉璽) : 임금의 도장.

813 만세유전(萬世遺傳) : 영원히 후손에게 물려줌.

814 금패(錦貝) : 누르고 투명한 호박(琥珀)의 한 가지.

815 팔도방백(八道方伯) : 팔도의 관찰사.

816 풍잠(風簪) : 망건의 앞이마에 대는 장식품.

817 지환(指環) : 가락지.

818 광리왕(廣利王) : 남해(南海)의 해신(海神).

819 벽공(碧空) : 푸른 하늘.

너를 낳아 곱도 곱게 길러내어 나만 호려 먹으라고 생겼느냐? 사랑 사랑 사랑이야 내 간간 내 사랑이야. 네가 무엇을 먹으려느냐? 생률(生栗) 숙률(熟栗)을 먹으려느냐. 둥글둥글 수박 웃봉지[820] 대모장도 드는 칼로 뚝 떼고 강릉 백청[821]을 두루 부어 은수저 반간자[822]로 붉은 점 한 점을 먹으려느냐?"

"아니 그것도 내사 싫소."

"그러면 무엇을 먹으려느냐. 시금털털 개살구를 먹으려느냐?"

"아니 그것도 내사 싫소."

"그러면 무엇을 먹으려느냐? 돝[823] 잡아 주랴 개 잡아 주랴. 내 몸 통채 먹으려느냐?"

"여보 도련님. 내가 사람 잡아먹는 것 보았소?"

"예라 요것 안 될 말이로다. 어화 둥둥 내 사랑이지. 이애 그만 내리려무나. 백사만사[824]가 다 품앗이[825]가 있느니라. 내가 너를 업었으니 너도 나를 업어야지."

"애고 도련님은 기운이 세어서 나를 업었거니와 나는 기운이 없어 못 업겠소."

"업는 수가 있느니라. 나를 돋워[826] 업으려 말고 발이 땅에 자운자운하게[827] 뒤로 잦은 듯하게 업어다오."

도련님을 업고 툭 추어 놓으니 대종[828]이 틀었구나.

---

820 웃봉지 : 수박 윗부분에 딸린 꽁지.
821 백청(白淸) : 희고 품질이 좋은 꿀.
822 반간자(飯竿子) : 젓가락.
823 돝 : 돼지.
824 백사만사(百事萬事) : 모든 일.
825 품앗이 : 힘든 일을 서로 번갈아 가면서 거들어 줌.
826 돋워 : 높게 하여. 끌어올려.
827 자운자운하게 : 닿을 듯 말 듯 하게.
828 대종 : '대중'의 방언. 겉으로 볼 때 대강 짐작한 만큼.

"애고 잡상스러워라."

이리 흔들 저리 흔들,

"내가 네 등에 업혀 놓으니 마음이 어떠하냐? 나도 너를 업고 좋은 말을 하였으니 너도 나를 업고 좋은 말을 하여야지."

"좋은 말을 하오리다, 들으시오. 부열[829]이를 업은 듯, 여상[830]이를 업은 듯, 흉중대략 품었으니[831] 명만일국[832] 대신(大臣) 되어 주석지신(柱石之臣) 보국충신(輔國忠臣) 모두 헤아리니 사육신[833]을 업은 듯, 생육신[834]을 업은 듯, 일(日) 선생 월(月) 선생 고운[835] 선생을 업은 듯, 제봉[836]을 업은 듯, 요동백[837]을 업은

---

829 부열(傅說) : 중국 은(殷)나라 고종(高宗) 때의 어진 재상. 고종이 어느 날 꿈을 깨어 꿈에 본 인상을 그리게 하여 이를 찾았던 바 마침내 부암(傅巖)의 들에서 부열을 찾았다 한다.

830 여상(呂尙) : 태공망(太公望). 주(周)나라 초기의 어진 재상 강태공(姜太公)을 말한다.

831 흉중대략(胸中大略) 품었으니 : 심중에 큰 계략(計略)을 품었으니.

832 명만일국(名滿一國) : 명망이 온 나라에 가득 참.

833 사육신(死六臣) : 단종(端宗)의 복위를 꾀하다가 죽은 여섯 명의 충신. 이개(李塏), 하위지(河緯地), 유성원(柳誠源), 유응부(兪應孚), 성삼문(成三問), 박팽년(朴彭年).

834 생육신(生六臣) : 단종이 임금의 자리에서 밀려나간 뒤에 세조의 부당한 처사에 불만을 품고서 절개를 지키고 벼슬하지 않은 여섯 명의 충신. 이맹전(李孟專), 조여(趙旅), 원호(元昊), 김시습(金時習), 성담수(成聃壽), 남효온(南孝溫).

835 고운(孤雲) : 최치원(崔致遠)의 호. 자는 해부(海夫). 신라 말기의 한학자로 우리나라 한학계의 시조라 부른다. 12세 때 당나라에 건너가 그 곳에서 과거에 급제하고 28세에 귀국하고, 말년은 지리산, 가야산 등지에서 은거 생활을 하였다.

836 제봉(霽峰) : 고경명(高敬命)의 호. 임진왜란 때 의병을 일으켜 금산(錦山)에서 싸우다가 아들 인후(仁厚)와 함께 전사하였다.

837 요동백(遼東伯) : 광해군(光海君) 때의 무사(武士) 김응하(金應河). 건주위(建州衛)가 반란을 일으켰을 때 도원수 강홍립(姜弘立)의 부하로 그 정벌에 종군하다 전사하였다. 이에 명(明)나라 황제가 요동백을 봉하고 우리나라 조정에서도 영의정을 추증하였다.

듯, 정 송강[838]을 업은 듯, 충무공(忠武公)을 업은 듯, 우암[839] 퇴
계[840] 사계[841] 명재[842]를 업은 듯, 내 서방이지 내 서방. 알뜰 간
간 내 서방. 진사급제(進士及第) 대 받쳐[843] 직부주서[844] 한림학
사[845] 이렇듯이 된 연후 부승지 좌승지 도승지[846]로 당상[847]하
여 팔도방백(八道方伯) 지낸 후 내직[848]으로 각신[849] 대교[850] 복
상[851] 대제학[852] 대사성[853] 판서[854] 좌상 우상 영상[855] 규장각[856]

---

838 정송강(鄭松江) : 정철(鄭澈)의 호. 가사 문학의 대가로 국문학사상 중요한
    〈관동별곡〉, 〈사미인곡〉 따위의 가사 작품과 〈훈민가〉 등의 시조 작품을
    남겼다.

839 우암(尤庵) : 조선 중기의 학자이며 명신(名臣)인 송시열(宋時烈)의 호. 효종
    (孝宗)의 장례 때 대왕대비의 복상(服喪) 문제로 남인과 대립하고, 후에는
    노론의 영수(領袖)로서 숙종 15년(1689)에 왕세자의 책봉에 반대하다가 사
    사(賜死)되었다.

840 퇴계(退溪) : 조선 중기의 대학자인 이황(李滉)의 호. 정주(程朱)의 성리학 체
    계를 집대성하여 이기 이원론(理氣二元論), 사칠론(四七論)을 주장하였다.

841 사계(沙溪) : 조선 중기의 학자 김장생(金長生)의 호. 이이(李珥)의 제자이자
    송시열의 스승으로, 조선 예학(禮學)의 태두이다.

842 명재(明齋) : 숙종(肅宗) 때의 학자 윤증(尹拯)의 호. 예론(禮論)에 정통한 학자
    로 이름이 높았으며, 수차 벼슬이 내려졌으나 모두 사양하였다. 남인에 대
    한 입장이 달라 서인이 둘로 나뉜 후 소론의 영수로 추대되었다.

843 대(臺) 받쳐 : 토대로 해서. 진사 급제를 밑받침대로 해서.

844 직부주서(直赴注書) : 급제한 후 다른 관직을 거치지 않고 바로 주서(注書)로
    부임함. '주서'는 승정원(承政院)의 정칠품(正七品) 벼슬.

845 한림학사(翰林學士) : 한림원(翰林院)의 전신인 학사원의 벼슬.

846 도승지(都承旨) : 왕명(王命)의 출납을 맡는 조선의 관직인 승지(承旨)의 우두
    머리. 이 아래로 좌승지(左承旨), 우승지(右承旨), 좌부승지(左副承旨), 우부승
    지(右副承旨), 동부승지(同副承旨) 등 다섯 명을 두었다. 정삼품관(正三品官).

847 당상(堂上) : 조선 시대에 둔, 정삼품 상(上) 이상의 품계에 해당하는 벼슬을
    통틀어 이르는 말. 문관은 통정대부, 무관은 절충장군, 종친(宗親)은 명선
    대부, 의빈(儀賓)은 봉순대부 이상이 이에 해당한다.

848 내직(內職) : 서울 안에 있는 각 관청의 벼슬.

849 각신(閣臣) : 규장각(奎章閣)의 벼슬아치.

850 대교(待敎) : 규장각(奎章閣)의 정칠품으로부터 정구품까지의 벼슬.

851 복상(卜相) : 정승이 될 사람을 뽑음.

852 대제학(大提學) : 홍문관(弘文館), 예문관(藝文館)의 으뜸 벼슬.

853 대사성(大司成) : 성균관(成均館)의 정삼품의 으뜸 벼슬.

854 판서(判書) : 정이품으로 육조(六曹)의 우두머리 벼슬.

855 좌상(左相) 우상(右相) 영상(領相) : 각각 좌의정, 우의정, 영의정을 말함.

856 규장각(奎章閣) : 조선 때의 관청. 1776년에 궐내에 설치하여 역대 국왕의
    시문(詩文), 친필(親筆), 서화(書畵), 고명(顧命), 유교(遺敎) 등을 관리하던 곳.

하신 후에 내삼천 외팔백[857] 주석지신(柱石之臣) 내 서방 알뜰 간간 내 서방이지."

제 손수 농즙[858]나게 문질렀구나.

문체 6. 향수층 지향성

예술 작품은 어떤 장르를 막론하고 향수자의 기대 지평 (horizon of expectations)에 따라 변모할 수밖에 없다. 특히 공연 예술은 상업적 성격을 덧입으면서 그런 변모는 그 속도가 더욱 높아지고 그 범위가 더욱 넓어졌다. 판소리나 판소리계 소설도 관객과 독자라는 향수자에게 다가가기 위한 변모가 일어났는데, 그 모습을 언어적 이중성으로 확인할 수 있다.

판소리는 서민을 향수층으로 삼아 출발하였는데 시간이 지나면서 양반층에까지 확장해 갔다. 이에 따라 판소리 광대는 새로운 관객인 양반 지식층의 기호(嗜好)에 맞도록 한문투의 어휘나 한시구 등을 포함하는 사설로 개작하게 되었다. 판소리가 서사적 일관성이나 개연성(蓋然性)보다 관객의 흥미와 호응에 더 민감하였으므로 그에 따라 개작의 방향이 잡혔다. 결과적으로 고상하고 우아한 양반들의 진지한 말투와 상스럽고 비속한 서민들의 발랄한 말투가 함께 나타나게 된 것이다.

가창(歌唱)으로 공연하는 판소리보다 그것을 바탕으로 독서물로 전환된 판소리계 소설은 문식성(文識性, literacy)을 갖춘 독자를 향수자로 가진 장르이므로 양반 지식층의 기대 지평을 지향하는 쪽으로의 변화가 더욱 가속화하였다. 이런 현상은 〈춘향전〉의 다양한 이본에서 쉽사리 확인할 수 있다.

---

857 내삼천(內三千) 외팔백(外八百) : 내직이 삼천이고 외직이 팔백이라는 말.
858 농즙(濃汁) : 걸쭉한 즙.

"춘향아, 우리 말놀음이나 좀 하여 보자."

"애고 참 우스워라. 말놀음이 무엇이오?"

말놀음 많이 하여 본 성부르게,

"천하 쉽지야. 너와 나와 벗은 김에 너는 온 방바닥을 기어 다녀라. 나는 네 궁둥이에 딱 붙어서 네 허리를 잔뜩 끼고 볼기짝을 내 손바닥으로 탁 치면서 이리 하거든 호홍거려 퇴김질[859]로 물러서며 뛰어라. 알심[860] 있게 뛰게 되면 탈 승자(乘字) 노래가 있느니라."

타고 놀자 타고 놀자. 헌원씨[861] 습용간과[862] 능작대무[863] 치우[864] 탁녹야[865]에 사로잡고 승전고(勝戰鼓)를 울리면서 지남거[866]를 높이 타고, 하우씨[867] 구년지수[868] 다스릴 제 육행승거[869] 높이 타고, 적송자[870] 구름 타고 여동빈[871] 백로(白鷺) 타고, 이

---

859 퇴김질 : 힘을 조금 모았다가 갑자기 탁 놓아 튀게 하거나 내뻗치게 하는 일.

860 알심 : 보기보다 야무진 힘.

861 헌원씨(軒轅氏) : 중국 고대 황제(黃帝)의 이름. 그가 헌원의 언덕에서 태어났다 하여 그렇게 이른다.

862 습용간과(習用干戈) : 방패와 창, 곧 무기를 다루는 법을 익힘.

863 능작대무(能作大霧) : 능히 사방에 안개가 자욱이 끼도록 만듦.

864 치우(蚩尤) : 고대 제후의 이름. 병란(兵亂)을 좋아하였기 때문에 황제(黃帝)에게 죽임을 당하였다.

865 탁녹야(涿鹿野) : 현재의 하북성(河北省) 탁록현(縣). 황제(黃帝)가 치우를 죽인 곳.

866 지남거(指南車) : 옛날 중국 수레의 하나. 수레 위에 신선의 목상(木像)을 얹고, 그 손가락이 달리는 방향과 관계없이 늘 남쪽을 가리키게 만들었다. 지남침을 이용한 것이라고도 한다.

867 하우씨(夏禹氏) : 하(夏)나라를 개국(開國)한 임금. 순(舜)임금의 자리를 물려받아 천자가 되었다.

868 구년지수(九年之水) : 9년간 계속된 홍수(洪水).

869 육행승거(陸行乘車) : 육로에서 타는 수레.

870 적송자(赤松子) : 중국 고대의 황제 신농씨(神農氏) 때에, 비를 다스렸다는 신선의 이름.

871 여동빈(呂洞賓) : 여암(呂嵒). 당(唐)나라 때의 사람으로 황소(黃巢)의 난에 집을 종남(終南)으로 옮겼는데 거처를 아무도 모름. 팔선(八仙) 중에 한 사람이라고 한다.

적선(李謫仙) 고래 타고, 맹호연[872] 나귀 타고, 태을선인[873] 학(鶴)을 타고, 대국천자[874] 코끼리 타고, 우리 전하(殿下)는 연[875]을 타고, 삼정승(三政丞)은 평교자[876]를 타고, 육판서(六判書)는 초헌[877] 타고, 훈련대장은 수레 타고, 각읍 수령은 독교[878] 타고, 남원 부사는 별연[879]을 타고, 일모장강[880] 어옹(漁翁)들은 일엽편주(一葉片舟) 도도(滔滔) 타고, 나는 탈 것 없었으니 금야(今夜) 삼경(三更) 깊은 밤에 춘향 배를 넌짓 타고 홑이불로 돛을 달아 내 기계로 노를 저어 오목섬을 들어가되 순풍에 음양수(陰陽水)를 시름없이 건너갈 제 말을 삼아 탈 양이면 걸음걸이 없을쏘냐? 마부(馬夫)는 내가 되어 네 구종[881]을 넌지시 잡아 구종 걸음 반부새[882]로 화장[883]으로 걸어라. 기총마[884] 뛰듯 뛰어라.

온갖 장난을 다 하고 보니 이런 장관(壯觀)이 또 있으랴. 이팔(二八) 이팔(二八) 둘이 만나 미친 마음 세월 가는 줄 모르던가 보더라.

---

872 맹호연(孟浩然) : 중국 성당(盛唐)의 시인. 일찍부터 세상에 뜻이 없어 녹문산(鹿門山)에 은서(隱棲)하다가 나이 사십에 비로소 서울에 나와 왕유(王維) 등과 사귀었음. 불우하고 고독한 생활 속에서 속정(俗情)을 떠난 한적한 자연의 정취를 사랑했는데, 그의 시는 이러한 자연에 친근하여 이를 주관적으로 읊는 경향이 있어 비감하고 처량한 느낌을 준다.

873 태을선인(太乙仙人) : 가장 귀한 천신(天神). 천제(天帝).

874 대국천자(大國天子) : 중국의 천자. 황제.

875 연(輦) : 손으로 끄는 수레. 특히, 천자(天子)가 타는 수레.

876 평교자(平轎子) : 의정대신(議政大臣)이 타던 수레로 앞뒤로 2인씩 4인이 얕게 어깨에 매게 되어 있다.

877 초헌(軺軒) : 종이품 이상의 관원이 타던 높은 외바퀴가 달린 수레.

878 독교(獨轎) : 말 한 마리가 끄는 가마.

879 별연(別輦) : 제왕이 타는 수레인 연(輦)과 다르게 만든 특별한 수레.

880 일모장강(日暮長江) : 해질 무렵의 강에서.

881 구종(驅從) : 벼슬아치를 따라다니던 하인. 특히 말구종이 되어 말고삐를 잡고 다니던 하인.

882 반부새 : 말이 좀 부산하게 내닫는 일.

883 화장 : 화장걸음. 뚜벅뚜벅 걷는 걸음. 건들거리며 걷는 걸음.

884 기총마(騎驄馬) : 청총마(靑驄馬). 총이말. 갈기와 꼬리가 파르스름한 백마.

이런 장관(壯觀)이~모르던가 보더라. : 열여섯 살 동갑인 '춘향'과 '이 도령'이 벌이는 '온갖 장난'을 눈앞에 펼쳐지는 장면으로 설정하여 '장관'이라 하고 있다. 눈이나 귀로 보고 듣는 것을 하나의 장면으로 재구성하는 향유 방법을 언급하는 것이다. '모르던가 보더라'는 서술자가 대상과 일정한 거리를 유지하고 있음을 밝히는 어법이다.

갈등 2. 이몽룡과 사회

'이몽룡'은 사대부 집안의 자식이다. 귀한 신분을 타고났고, 대대로 벼슬을 한 조상 덕분에 부(富)를 누리면서 살 수 있는 신분이다. 공명(功名)을 얻는 일만이 그가 이루어야 할 지상과제인데 탁월한 재주까지 가지고 있어 그것도 쉽사리 과거급제(科擧及第)를 통해 해결한다. 그가 원하기만 한다면 요조숙녀(窈窕淑女)와 혼인하고 미인을 구하여 첩(妾)으로 삼으며 기생(妓生)과 즐길 수 있다.

그런데 '이몽룡'은 '춘향'을 선택하고, 그만을 위하여 사회와 갈등을 일으킨다. '춘향'은 퇴기(退妓) '월매'의 딸이고, 기생은 천민이므로 그 신분의 세습을 피할 수 없었다. 아버지가 '성 참판'이란 양반이라 하여 그의 신분적 제약이 풀리는 것은 아니다. 이런 신분적 제약은 남녀 간의 사랑과 혼인까지 제약하는데, 이런 사회적 모순을 바로잡고자 하는 '이몽룡'의 행위는 당대 사회와 갈등을 야기할 수밖에 없었다.

신분 구조의 모순을 극복하기 위해 '이몽룡'이 시도하는 방법은 '춘향'과 사랑하고 결혼하는 일이다. 사실 이 방법이 개인적 문제의 해결책이지만 사회적 문제로 확대됨으로써 궁극적으로 사회 변혁의 도화선이 될 수 있었다. '깨어 있는' 몇몇 이몽룡들이 사회와 끊임없이 갈등하면서 사회의 진화를 이끈 셈이고, 그런 사정을 〈춘향전〉이 담고 있는 것이다.

이때 뜻밖에 방자 나와,

"도련님. 사또께옵서 부르시오."

도련님 들어가니 사또 말씀하시되,

"여봐라 서울서 동부승지[885] 교지[886]가 내려왔다. 나는 문부
사정[887]하고 갈 것이니 너는 내행[888]을 배행[889]하여 명일(明日)
로 떠나거라."

도련님 부교(父教) 듣고 일변은 반갑고 일변은 춘향을 생각
하니 흉중이 답답하여 사지에 맥이 풀리고 간장이 녹는 듯 두
눈으로 더운 눈물이 펄펄 솟아 옥면(玉面)을 적시거늘, 사또 보
시고,

"너 왜 우느냐? 내가 남원을 일생(一生) 살 줄로 알았더냐?
내직(內職)으로 승차[890]되니 섭섭히 생각 말고 금일부터 치행
등절[891]을 급히 차려 명일 오전으로 떠나거라."

겨우 대답하고 물러나와 내아(內衙)에 들어가, 사람이 무론
상중하[892]하고 모친께는 허물이 적은지라. 춘향의 말을 울며
청하다가 꾸중만 실컷 듣고 춘향의 집을 나오는데 설움은 기
가 막히나 노상에서 울 수 없어 참고 나오는데 속에서 두부장[893]
끓듯 하는지라.

춘향 문전 당도하니 통째 건더기째 보[894]째 왈칵 쏟아져 놓
으니

"어푸어푸 어허."

춘향이 깜짝 놀래어 왈칵 뛰어 내달아,

사람이 무론상중하고 모친께는 허물이 적은지라 : 사람은 어떤 위치에 있든지 간에 자기 어머니와는 허물없이 이야기한다는 뜻으로, 서술자의 작중 개입(편집자적 논평)이다.

통째 건더기째 보째~"어푸어푸 어허." : '이몽룡'이 '춘향'과 헤어질 처지가 되어 자기 어머니에게 꾸중만 듣고 '춘향' 집에 와서 우는 상황을 과장되게 표현한 해학적인 장면이다. '이몽룡'의 이런 모습이 과거 급제 후의 모습과 비교되면서 새로운 의미를 도출할 가능성이 있다.

---

885 동부승지(同副承旨) : 승정원(承政院)의 정삼품 벼슬.
886 교지(教旨) : 임금이 관직을 임명하는 뜻을 적어 당자에게 주던 문서.
887 문부사정(文簿査定) : 문서나 장부상의 일을 조사하고 처리함.
888 내행(內行) : 부인 등 집안 아낙네들의 여행.
889 배행(陪行) : 모시고 따라감.
890 승차(陞差) : 같은 관청에서 윗자리 벼슬로 오름.
891 치행등절(治行等節) : 행장을 차리는 여러 절차.
892 무론상중하(無論上中下) : 윗사람 아랫사람을 따지지 않음.
893 두부장(豆腐醬) : 두부를 천 주머니에 넣어 된장이나 고추장에 박아서 오랫
     동안 묻어두었다가 꺼내 먹는 한국의 반찬.
894 보 : 보시기. 작은 사발.

"애고 이게 웬일이오. 안으로 들어가시더니 꾸중을 들으셨소. 노상에 오시다가 무슨 분함 당하여 계시오. 서울서 무슨 기별이 왔다더니 중복[895]을 입어 계시오. 점잖으신 도련님이 이것이 웬일이오."

춘향이 도련님 목을 담쑥 안고 치맛자락을 걷어 잡고 옥안(玉顔)에 흐르는 눈물 이리 씻고 저리 씻으면서,

"울지 마오. 울지 마오."

도련님 기가 막혀 울음이란 게 말리는 사람이 있으면 더 울던 것이었다.

춘향이 화를 내어,

"여보 도련님, 아굴지[896] 보기 싫소. 그만 울고 내력 말이나 하오."

"사또께옵서 동부승지하여 계시단다."

춘향이 좋아하여,

"댁의 경사요. 그래서, 그러면 왜 운단 말이오?"

"너를 버리고 갈 터이니 내 아니 답답하냐."

"언제는 남원 땅에서 평생 살으실 줄로 알았겠소. 나와 어찌 함께 가기를 바라리오. 도련님 먼저 올라가시면 나는 예서 팔 것 팔고 추후(追後)에 올라갈 것이니 아무 걱정 말으시오. 내 말대로 하였으면 군색(窘塞)잖고 좋을 것이요. 내가 올라가더라도 도련님 큰댁으로 가서 살 수 없을 것이니 큰댁 가까이 조그마한 집 방이나 두엇 되면 족하오니 염탐[897]하여 사 두소

울음이란 게~것이었다. : 서술자의 목소리(편집자적 논평)이다. 서술자 자신의 의견이 아니라 흔히들 생각하는 통념을 끌어쓴 구절이다.

언제는 남원 땅에서 평생 살으실 줄로 알았겠소. : 이별 상황에서 이몽룡이 허둥대는 모습과 대조되는 춘향의 차분한 대응을 보여 주는 구절이다. 이런 춘향의 행위는 뒤에 서술되는, 감정을 주체할 수 없이 거칠게 대응하는 장면과 대조되며 이중성을 드러낸다.

---

895 중복(重服) : 예전에, 사촌이나 고모 또는 고종사촌 등 대공친(大功親)의 상사(喪事) 때에 아홉 달 동안 상복(喪服)을 입던 제도.
896 아굴지 : 아구지. '아가리'의 방언. '입'을 속되게 이르는 말.
897 염탐(廉探) : 남몰래 사정을 조사함.

서. 우리 권구[898] 가더라도 공밥 먹지 아니할 터이니 그렁저렁 지내다가 도련님 나만 믿고 장가 아니 갈 수 있소? 부귀영총[899] 재상가의 요조숙녀 가리어서 혼정신성[900]할지라도 아주 잊든 마옵소서. 도련님 과거(科擧)하여 벼슬 높아 외방[901] 가면 신래마마[902] 치행(治行)할 제 마마로 내 세우면 무슨 말이 되오리까? 그리 알아 조처하오."

"그게 이를 말이냐? 사정이 그렇기로 네 말을 사또께는 못 여쭈고 대부인(大夫人) 전(前) 여쭈오니 꾸중이 대단하시며 양반의 자식이 부형(父兄) 따라 하향[903]에 왔다 화방작첩[904]하여 데려간단 말이 전정[905]에도 괴이하고 조정에 들어 벼슬도 못한다더구나. 불가불(不可不) 이별이 될 밖에 수 없다."

춘향이 이 말을 듣더니 고닥기[906] 발연변색[907]이 되며 요두전목[908]에 붉으락푸르락 눈을 간잔조롬허게[909] 뜨고 눈썹이 꼿꼿하여지면서 코가 발심발심하며[910] 이를 뽀드득뽀드득 갈며

---

898 권구(眷口) : 한집에 같이 사는 식구.
899 부귀영총(富貴榮寵) : 부귀를 누리며 임금의 은총을 받음.
900 혼정신성(昏定晨省) : 저녁에는 잠자리를 보아 드리고, 아침에는 문안(問安)을 드린다는 뜻으로, 자식이 아침저녁으로 부모의 안부를 물어서 살핌을 이르는 말.
901 외방(外方) : 외직(外職).
902 신래마마(新來媽媽) : 새로 문과에 급제한 사람과 그의 첩(妾).
903 하향(遐鄕) : 서울에서 멀리 떨어진 시골.
904 화방작첩(花房作妾) : 기생집에서 첩을 얻음.
905 전정(前程) : 앞 길.
906 고닥기 : '고대'의 방언. 방금, 이제 막.
907 발연변색(勃然變色) : 갑자기 와락 성이 나서 얼굴빛이 변함.
908 요두전목(搖頭轉目) : 고개를 흔들고 눈을 돌림. 행동이 침착하지 아니함을 의미한다.
909 간잔조롬허게 : '간잔지런하게'의 방언. 술이 거나하거나 졸려서 눈이 슬쩍 감기려는 상태로.
910 발심발심하며 : 발름발름하며. '발름발름'은 탄력 있는 물체가 조금 넓고 부드럽게 자꾸 바라졌다 오므라졌다 하는 모양.

마마로 내 세우면 무슨 말이 되오리까? : 이별 장면에서 춘향이 제안하는, 자연스럽게 다시 만날 수 있는 방법이다. 춘향이 양반 계층인 이몽룡과의 결합이 신분적 한계로 정실(正室)이 될 수 없고 첩(妾)이 되는 제약을 받을 수 있음을 알고 있고, 그 문제를 해결할 방법을 제시한 것이다.

고닥기 발연변색이 되며~매 꿩 차는 듯 하고 앉었더니 : 이 도령의 말을 들은 춘향이 돌변하는 상황을 외양과 행위를 감각적이고 비유적으로 표현한 구절이다. 세밀한 관찰의 결과를 음성 상징어를 써서 효과적으로 묘사하고 있다.

온몸을 수숫잎 틀 듯하며[911] 매 꿩 차는 듯 하고 앉었더니,

"허허 이게 웬 말이오?"

왈칵 뛰어 달려들며 치맛자락도 와드득 좌르륵 찢어 버리며 머리도 와드득 쥐어뜯어 싹싹 비벼 도련님 앞에다 던지면서,

"무엇이 어쩌고 어째요. 이것도 쓸 데 없다."

면경 체경[912] 산호 죽절[913]을 두루쳐[914] 방문 밖에 탕탕 부딪치며 발도 동동 굴러 손뼉치고 돌아앉아 자탄가(自嘆歌)로 우는 말이,

"서방 없는 춘향이가 세간살이 무엇 하며 단장하여 뉘 눈에 괴일꼬?[915] 몹쓸 년의 팔자로다. 이팔청춘 젊은 것이 이별될 줄 어찌 알랴. 부질없는 이내 몸을 허망하신 말씀으로 전정(前程) 신세 버렸구나. 애고 애고 내 신세야."

천연히 돌아앉아,

"여보 도련님, 인제 막 하신 말씀 참말이요 농말이요? 우리 둘이 처음 만나 백년언약 맺을 적에 대부인 사또께옵서 시키시던 일이오니까? 빙자[916]가 웬 일이요? 광한루서 잠깐 보고 내 집에 찾아와서 침침무인[917] 야삼경에 도련님은 저기 앉고 춘향 나는 여기 앉아 날더러 하신 말씀 구맹불여천맹이요 산

---

911 수숫잎 틀 듯하며 : 수숫잎 비틀 듯하며. 수숫잎 꼬이듯 하며. 심술이 사납고 마음이 토라진 듯하며.

912 면경(面鏡) 체경(體鏡) : 얼굴을 비추는 작은 거울과 온몸을 비출 수 있는 큰 거울. '면경'을 '체경(體鏡)'과 대응되므로 '명경(明鏡)'으로 읽는 것은 잘못이다.

913 산호(珊瑚) 죽절(竹節) : 산호로 만든 비싼 비녀와 대나무로 만든 싼 비녀.

914 두루쳐 : 여러 가지를 한꺼번에 내쳐.

915 괴일꼬? : 사랑을 받을꼬?

916 빙자(憑藉) : 내세워서 핑계함.

917 침침무인(沈沈無人) : 밤이 깊어 인적이 끊어짐.

맹불여천맹이라고[918] 전년(前年) 오월 단오야(端午夜)에 내 손길 부여잡고 우둥퉁퉁 밖에 나와 당중(堂中)에 우뚝 서서 경경[919] 히 맑은 하늘 천 번이나 가리키며 만 번이나 맹세키로 내 정녕 믿었더니 말경(末境)에 가실 때는 톡 떼어 버리시니 이팔청춘 젊은 것이 낭군 없이 어찌 살꼬? 침침공방[920] 추야장[921]에 시름 상사[922] 어이할꼬? 모질도다 모질도다 도련님이 모질도다. 독하도다 독하도다 서울 양반 독하도다. 원수로다 원수로다 존비귀천(尊卑貴賤) 원수로다. 천하에 다정한 게 부부정(夫婦情) 유별(有別)컨만 이렇듯 독한 양반 이 세상에 또 있을까? 애고 애고 내 일이야. 여보 도련님, 춘향 몸이 천(賤)타고 함부로 버리셔도 그만인 줄 알지 마오. 첩지박명[923] 춘향이가 식불감[924] 밥 못 먹고 침불안[925] 잠 못 자면 며칠이나 살 듯하오? 상사(相思)로 병이 들어 애통하다 죽게 되면 애원[926]한 내 혼신(魂神) 원귀(冤鬼)가 될 것이니 존중(尊重)하신 도련님이 근들 아니 재앙이오? 사람의 대접을 그리 마오. 인물 거천[927]하는 법이 그런 법이 왜 있을꼬? 죽고지고 죽고지고. 애고 애고 설운지고."

모질도다 모질도다~존비귀천(尊卑貴賤) 원수로다. : 정연한 4음보 가사체의 운율 구조를 보이고 있는 구절이다. 이른바 A-A-B-A 운율 구조로 오랜 전통과 맥락이 닿아 있다. 이것은 민요나 고려가요, 시조나 가사, 잡가 등에 널리 쓰이고 현대시에도 그 전통을 확인할 수 있다.

---

918 구맹불여천맹(丘盟不如天盟)이요 산맹불여천맹(山盟不如天盟)이라고 : 언덕 두고 맹세함은 하늘 두고 맹세함만 같지 못하고, 산을 두고 맹세함은 하늘 두고 맹세함만 같지 못하다.

919 경경(耿耿) : 불빛이 깜박깜박함.

920 침침공방(沈沈空房) : 깊은 밤에 홀로 빈방을 지킴.

921 추야장(秋夜長) : 기나긴 가을 밤.

922 상사(相思) : 남녀가 서로 그리워 생각함.

923 첩지박명(妾之薄命) : 첩의 박명. 저의 박명. '첩'은 예전에, 결혼한 여자가 윗사람을 상대하여 자기를 낮추어 이르던 일인칭 대명사. 즉, 자신의 좋지 못한 팔자를 말함. '박명'은 복이 없고 팔자가 사나움.

924 식불감(食不甘) : 식불감미(食不甘味). 음식을 먹어도 단맛을 모른다는 뜻으로 근심, 걱정이 많아서 입맛을 잃음.

925 침불안(寢不安) : 침불안석(寢不安席). 잠자리가 편하지 않음.

926 애원(哀怨) : 슬프고 원망스러움.

927 거천(擧薦) : 인물을 추천함.

갈등 3. 춘향과 이몽룡

〈춘향전〉의 주동인물인 '춘향'과 '이몽룡'의 갈등이 작품 전반에 걸쳐 나타나지는 않는다. 다만 둘이 만나고 헤어지는 과정에서 야기된 갈등이고, 일회성으로 끝나는 단순한 사건일 따름이다. 그러나 이 갈등이 〈춘향전〉을 '사랑 이야기'로 보는 경우에는 중요한 의미를 지닐 수 있다.

이 갈등은 원인 제공자인 '이몽룡'이 '춘향'의 강한 저항에 부딪혀 일방적으로 당하는 형태로 전개된다. '이몽룡'은 양반 사대부이고 '춘향'은 기생의 딸인 천민이지만 둘의 사랑이 그런 신분의 벽을 넘어뜨린 셈인데, 이런 전개가 작품의 주제를 형상화하는 데 크게 기여하고 있다.

한참 이리 자진[928]하여 설이 울 제 춘향 모는 물색[929]도 모르고,

"애고 저것들 또 사랑싸움이 났구나. 어 참 아니꼽다. 눈 구석[930] 쌍가래톳[931] 설 일[932] 많이 보네."

하고 아무리 들어도 울음이 장차 길구나. 하던 일을 밀쳐놓고 춘향 방 영창(映窓) 밖으로 가만가만 들어가며 아무리 들어도 이별이로구나.

"허허 이것 별일 났다."

두 손뼉 땅땅 마주 치며,

"허허, 동네 사람 다 들어 보오. 오늘날로 우리 집에 사람 둘

---

928 자진(自盡) : 스스로 지침. 제 스스로 목숨을 끊지 않고 저절로 죽어지게 함.
929 물색(物色) : 까닭이나 형편. 일이 돌아가는 사정.
930 눈 구석 : 눈의 코 쪽 구석.
931 가래톳 : 허벅다리의 임파선이 부어 아프게 된 멍울.
932 눈 구석에 쌍 가래톳 설 일 : '가래톳'은 허벅지에 생기는 것인데 눈에 생긴다 함으로써, 너무나 분한 일을 당해 어이없고 기가 막힌다는 뜻.

죽습네."

이간 마루[933] 섭적 올라 영창문을 뚜드리며 우루룩 달려들어 주먹으로 겨누면서,

"이년 이년 썩 죽어라. 살아서 쓸데없다. 너 죽은 신체라도 저 양반이 지고 가게. 저 양반 올라가면 뉘 간장을 녹이려냐? 이년 이년 말 듣거라. 내 일상 이르기를 후회되기 쉽느니라. 도도한 마음 먹지 말라고 여염(閭閻) 사람 가리어서 형세[934] 지체[935] 너와 같고 재주 인물이 모두 너와 같은 봉황(鳳凰)의 짝을 얻어 내 앞에 노는 양을 내 안목에 보았으면 너도 좋고 나도 좋지. 마음이 도도하여 남과 별로 다르더니 잘 되고 잘 되었다."

두 손뼉 꽝꽝 마주 치면서 도련님 앞에 달려들어,

"나와 말 좀 하여 봅시다. 내 딸 춘향을 버리고 간다 하니 무슨 죄로 그러시오? 춘향이 도련님 모신 지 거진[936] 일 년 되었으되 행실이 그르던가, 예절이 그르던가, 침선(針線)이 그르던가, 언어가 불순(不順)턴가, 잡스런 행실 가져 노류장화[937] 음란(淫亂)턴가, 무엇이 그르던가? 이 봉변이 웬 일인가? 군자(君子) 숙녀(淑女) 버리는 법 칠거지악[938] 아니면은 못 버리는 줄 모르는가? 내 딸 춘향 어린 것을 밤낮으로 사랑할 제 안고 서고 눕고 지며 백 년 삼만 육천 일에 떠나 살지 말자 하고 주야

> **잘 되고 잘 되었다.** : 전형적인 반어적 표현이다. '이 도령'과 이별하게 된 '춘향'을 향한 '월매'의 이 말은, 절대로 일어나서는 안 될 일을 당한 절박한 상황에서 나왔다. 그러므로 그것이 잘 된 일일 수 없지만 잘 되었다고 반대로 말하고 있는 것이다.

---

933 이간(二間) 마루 : 방과 방 사이의 마루.
934 형세(形勢) : 살림살이의 경제적 형편.
935 지체 : 어떤 집안이나 개인이 사회에서 차지하고 있는 신분이나 지위.
936 거진 : '거의'의 방언. 원문은 '가준'임.
937 노류장화(路柳墻花) : 누구라도 꺾을 수 있는, 길가의 버들과 담 밑의 꽃. 곧 창부(娼婦)를 비유로 이르는 말.
938 칠거지악(七去之惡) : 아내를 내쫓는 이유로서의 일곱가지 사실. 불순구고(不順舅姑), 무자(無子), 음행, 질투, 악질(惡疾), 구설(口舌), 도절(盜竊).

장천[939] 어르더니[940] 말경에 가실 제는 뚝 떼어 버리시니 양류 천만사[941]인들 가는 춘풍(春風) 어이 하며 낙화낙엽(落花落葉) 되게 되면 어느 나비가 다시 올까? 백옥 같은 내 딸 춘향 화용신[942]도 부득이 세월이 장차 늙어져 홍안(紅顔)이 백수(白首) 되면 시호시호부재래[943]라, 다시 젊든 못 하나니 무슨 죄가 진중[944] 하여 허송(虛送) 백 년 하오리까? 도련님 가신 후에 내 딸 춘향 임 그릴 제 월정명[945] 야삼경에 첩첩수심(疊疊愁心) 어린 것이 가장(家長) 생각 절로 나서 초당전(草堂前) 화계상[946] 담배 피워 입에다 물고 이리저리 다니다가 불꽃 같은 시름 상사(相思) 흉중(胸中)으로 솟아나 손 들어 눈물 씻고 후유 한숨 길게 쉬고 북편을 가리키며 한양 계신 도련님도 나와 같이 그리우신지 무정하여 아주 잊고 일장 편지 아니 하신가? 긴 한숨에 듣는 눈물 옥안홍상(玉顔紅裳) 다 적시고 저의 방으로 들어가서 의복도 아니 벗고 외로운 베개 위에 벽만 안고 돌아누워 주야장탄 (晝夜長嘆) 우는 것은 병 아니고 무엇이오? 시름 상사 깊이 든 병 내 구(救)치 못하고서 원통히 죽게 되면 칠십 당년(當年) 늙은 것이 딸 잃고 사위 잃고 태백산 갈가마귀 게발 물어다 던지듯이 혈혈단신 이내 몸이 뉘를 믿고 살잔 말고? 남 못할 일 그리 마오. 애고 애고 설운지고. 못 하지요. 몇 사람 신세를 망치려고 아니 데려가오? 도련님 대가리가 둘 돋쳤소? 애고 애고

도련님 대가리가~이 쇠띵띵아.
: 딸의 이별 상황을 보고 '월매'가 '이 도령'에게 하는 막말이다. 강한 모성애에서 발로된 것이지만, 신분의 이중성을 드러내기도 한다.

939   주야장천(晝夜長川) : 밤낮으로 쉬지 않고 잇따라.
940   어르더니 : (어떤 사람이 다른 사람을) 그럴듯한 말로 부추겨 마음을 움직이더니.
941   양류천만사(楊柳千萬絲) : 버드나무의 실 같은 가지 여러 개.
942   화용신(花容身) : 꽃같이 아름다운 얼굴과 몸.
943   시호시호부재래(時乎時乎不再來) : 시절이여 시절이여 다시 오지 않는구나.
944   진중(鎭重) : 무게가 있고 점잖음. '더할 수 없이 무거움'의 뜻인 '지중(至重)'으로 볼 수도 있다.
945   월정명(月正明) : 달이 맑고 밝음.
946   화계상(花階上) : 초당 앞의 꽃밭에서.

무서워라, 이 쇠띵띵아."947

왈칵 뛰어 달려드니, 이 말 만일 사또께 들어가면 큰 야단이 나겠거든.

"여보소 장모. 춘향만 데려갔으면 그만 두겠네."

"그래 아니 데려가고 견뎌낼까."

"너무 거세우지948 말고 여기 앉아 말 좀 듣소. 춘향을 데려간대도 가마 쌍교949 말을 태워 가자 하니 필경(畢竟)에 이 말이 날 것인즉 달리는 변통할 수 없고, 내 이 기가 막히는 중에 꾀 하나를 생각하고 있네마는, 이 말이 입 밖에 나서는 양반 망신만 하는 게 아니라 우리 선조(先祖) 양반이 모두 망신할 말이로세."

"무슨 말이 그리 좌뜬950 말이 있단 말인가?"

"내일 내행(內行)이 나오실 제 내행 뒤에 사당951이 나올 테니 배행(陪行)은 내가 하겠네."

"그래서요?"

"그만하면 알지."

"나는 그 말 모르겠소."

"신주(神主)는 모셔내어 내 창옷952 소매에다 모시고 춘향은 요여953에다 태워 갈 밖에 수가 없네. 걱정 말고 염려 마소."

---

947 쇠띵띵아 : 쇠띵띵이야. '쇠띵띵이'는 쇠처럼 단단하여, 무정하고 인색함이 아주 심한 사람을 이르는 방언.

948 거세우지 : 거세게 굴지.

949 쌍교(雙轎) : 말 두필을 써서 각기 앞뒤 채를 메고 가는 가마.

950 좌뜬 : 생각하는 것이 남보다 뛰어난.

951 사당(祠堂) : 신주를 모셔놓은 집. 여기서는 신주를 모시고 가는 요여(腰輿).

952 창옷 : 예전에, 중치막 밑에 입던 웃옷의 하나. 두루마기와 같은데 소매가 좁고 무(윗옷의 양쪽 겨드랑이 아래에 대는 딴 폭)가 없다.

953 요여(腰輿) : 장사 뒤에 혼백과 신주를 모시고 돌아오는 상여.

이 말 만일~야단이 나겠거든. : 서술자의 목소리이다. '이 말'은 '월매'가 '이 도령'에게 한 것인데, '사또'에게 이것은 자기 아들을 비하(卑下)한 개인적인 문제와, 상하층이 엄존하는 신분사회의 축을 무너뜨리는 사회적 문제로 인식될 것이다. 그래서 '큰 야단이 나겠'다고 서술자의 의견을 개진하고 있다.

"신주(神主)는 모셔내어~걱정 말고 염려 마소." : 이몽룡이 춘향을 한양으로 데려갈 방법을 제안하는 장면이다. 그런데 이 방법은 실현 가능성이 없어서 웃음을 유발한다. 더구나 앞에 나온 이몽룡의 말, '우리 선조 양반이 모두 망신할 말이로세.'라는 것과 대응하여 보면 이런 사정이 더욱 분명해진다.

갈등 4. 이몽룡과 월매

'이몽룡'과 '월매'의 갈등은 '춘향'을 매개로 하지 않으면 일어날 수 없다. 그래서 '이몽룡'과 '춘향'의 관계로부터 야기된 갈등이다. 이 갈등은 두 번에 걸쳐 나온다. '이몽룡'이 '춘향'과 이별하는 장면과, 암행어사가 되어 거지 행색으로 나타난 장면이 그것이다. 두 장면 모두에서 이 갈등은 '월매'의 우위에서 일방적으로 전개된다.

앞의 갈등은 강한 모성애에서 나온 것이다. '몽조(夢兆)'가 있어 허락한 관계이지만 현실적으로 당한 딸의 고통을 어머니로서 그냥 보고만 있을 수 없는 데에서 나왔다. 이 갈등에서 '월매'가 이해타산적이고 현실적인 인물임이 드러난다.

뒤의 갈등은 딸의 위기를 구해줄 것으로 기대하고 있었으나 그 기대가 수포로 돌아갈 상황으로 오인한 데에서 나왔다. '이몽룡'이 거듭 문제 해결의 가능성을 암시하지만 깨닫지 못하는 '월매'가 우위에서 전개되므로 이 갈등은 향수자에게 흥미 요소로 기능한다.

춘향이 그 말 듣고 도련님을 물끄러미 바라보더니,

"마소 어머니. 도련님 너무 조르지 마소. 우리 모녀 평생 신세 도련님 장중(掌中)에 매였으니 알아 하라 당부나 하오. 이번은 아마도 이별할 밖에 수가 없네. 이왕에 이별이 될 바에는 가시는 도련님을 왜 조르리까마는 우선 갑갑하여 그러하지. 내 팔자야. 어머니 건넌방으로 가옵소서. 내일은 이별이 될 텐가 보오. 애고 애고 내 신세야. 이별을 어찌할꼬? 여보 도련님."

"왜야?"

"여보 참으로 이별을 할 테요?"

촛불을 돋워 켜고 둘이 서로 마주앉아 갈 일을 생각하고 보

낼 일을 생각하니, 정신이 아득 한숨질 눈물겨워 경경오열[954]
하여 얼굴도 대어보고 수족도 만져보며,

"날 볼 날이 몇 밤이오? 애달파 나쁜 수작 오늘 밤이 망종
(亡終)이니 나의 설운 원정(原情) 들어보오. 연근육순[955] 나의 모
친 일가친척 바이없고[956] 다만 독녀(獨女) 나 하나라. 도련님께
의탁하여 영귀(榮貴)할까 바랐더니 조물(造物)이 시기(猜忌)하
고 귀신이 작해[957]하여 이 지경이 되었구나. 애고 애고 내 일이
야. 도련님 올라가면 나는 뉘를 믿고 사오리까? 천수만한[958] 나
의 회포 주야 생각 어이 하리. 이화(李花) 도화(桃花) 만발할 제
수변행락[959] 어이 하며, 황국(黃菊) 단풍(丹楓) 늦어갈 제 고절숭
상[960] 어이할꼬? 독숙공방 긴긴 밤에 전전반측(輾轉反側) 어이
하리. 쉬느니 한숨이요 뿌리느니 눈물이라. 적막강산 달 밝은
밤에 두견성(杜鵑聲)을 어이 하리. 상풍고절[961] 만리변(萬里邊)
에 짝 찾는 저 홍안성[962]을 뉘라서 금하오며, 춘하추동 사시절
에 첩첩이 쌓인 경물(景物) 보는 것도 수심이요 듣는 것도 수심
이라."

애고 애고 설이 울 제, 이 도령 이른 말이,

"춘향아 울지 마라. 부수소관첩재오[963]라. 소관(蕭關)의 부수

---

954 경경오열(哽哽嗚咽) : 슬픔으로 목메어 욺.
955 연근육순(年近六旬) : 나이 육십에 가까운.
956 바이없고 : 어찌할 도리나 방법이 전혀 없고.
957 작해(作害) : 해를 입힘.
958 천수만한(千愁萬恨) : 겹겹이 쌓인 근심과 한.
959 수변행락(水邊行樂) : 물가에서의 놀이. 물가에서 즐겁게 노는 일.
960 고절숭상(孤節崇尙) : 높은 절개를 높이 소중히 여김.
961 상풍고절(霜風高節) : 서리와 바람, 곧 어떠한 어려운 곤경에 처해도 굽히지
     않는 높은 절개.
962 홍안성(鴻雁聲) : 기러기 울음소리.
963 부수소관첩재오(夫戍蕭關妾在吳) : 남편은 소관이라는 곳에서 수자리 살고,
     아내는 오(吳)나라에 있다. 당(唐)나라 시인 왕가(王駕)의 '고의(古意)'의 한
     구절. 이어지는 구절이 '서풍이 아내에 부니, 아내는 남편을 걱정하네(西風

부수소관첩재오라~연을 캐어 상사하니 : '이 도령'이 '춘향'과 이별하여 서울에 가더라도 '춘향'을 잊지 않고 생각할 것임을 중국의 고사를 들어 밝히고 있다.

(夫戍)들과 오나라 정부[964]들도 동서(東西) 님 그리워서 규중심처(閨中深處) 늙어 있고, 정객관산로기중[965]에 관산(關山)의 정객[966]이며 녹수부용[967] 채련녀[968]도 부부신정(夫婦新情) 극중(極重)타가 추월강산(秋月江山) 적막한데 연(蓮)을 캐어 상사(相思)하니, 나 올라간 뒤라도 창전(窓前)에 명월(明月)커든 천리(千里) 상사(相思) 부디 마라. 너를 두고 가는 내가 일일(一日) 평분[969] 십이시(十二時)를 낸들 어이 무심하랴. 울지 마라 울지 마라."

춘향이 또 우는 말이,

"도련님 올라가면 행화춘풍(杏花春風) 거리거리 취하는 게 장진주[970]요 청루미색(靑樓美色) 집집마다 보시느니 미색이요 처처(處處)에 풍악소리 간 곳마다 화월(花月)이라. 호색(好色)하신 도련님이 주야 호강 놀으실 제 나 같은 하방천첩[971]이야 손톱만치나 생각하오리까? 애고 애고 내 일이야."

"춘향아 울지 마라. 한양성 남북촌(南北村)에 옥녀가인(玉女佳人) 많건마는 규중심처 깊은 정 너밖에 없었으니 이 아무리 대장부인들 일각(一刻)이나 잊을쏘냐?"

서로 피차 기가 막혀 연연(戀戀) 이별 못 떠날지라.

도련님 모시고 갈 후배사령[972]이 나올 적에 헐떡헐떡 들어

吹妾妾憂夫'라 이들 부부는 동쪽과 서쪽으로 헤어져 있음을 알 수 있다.

964 정부(征婦) : 타향에 가 있는 사람의 아내.
965 정객관산로기중(征客關山路幾重) : 남편이 가 있는 관산은 얼마나 먼 곳에 있는가? 중국 당(唐)나라 시인 왕발(王勃)의 '채련곡(採蓮曲)'에 나오는 말.
966 정객(征客) : 여행하는 사람. 타향에 있는 사람.
967 녹수부용(綠水芙蓉) : 푸른 물과 연꽃. 아름다운 여인을 형용하는 말.
968 채련녀(採蓮女) : 연밥을 따는 여인.
969 평분(平分) : 고르게 나눔.
970 장진주(將進酒) : 술을 권함.
971 하방천첩(遐方賤妾) : 먼 시골에 있는 천한 계집.
972 후배사령(後陪使令) : 뒤따르는 하인.

오며,

"도련님 어서 행차하옵소서. 안에서 야단났소. 사또께옵서 도련님 어디 가셨느냐 하옵기에 소인이 여쭙기를 놀던 친구 작별차로 문밖에 잠깐 나가셨노라 하였사오니 어서 행차하옵소서."

"말 대령하였느냐?"

"말 마침 대령하였소."

백마욕거장시하고 청아석별견의로다.[973] 말은 가자고 네 굽을 치는데 춘향은 마루 아래 툭 떨어져 도련님 다리를 부여잡고,

"날 죽이고 가면 가지 살리고는 못 가고 못 가느니."

말 못하고 기절하니 춘향 모 달려들어,

"향단아 찬물 어서 떠오너라. 차를 달여 약 갈아라. 네 이 몹쓸 년아, 늙은 어미 어쩌려고 몸을 이리 상하느냐?"

춘향이 정신 차려,

"애고 갑갑하여라."

춘향의 모 기가 막혀,

"여보 도련님 남의 생때같은[974] 자식을 이 지경이 웬 일이오? 절곡한[975] 우리 춘향 애통하여 죽게 되면 혈혈단신(孑孑單身) 이내 신세 뉘를 믿고 살잔 말인고?"

도련님 어이없어,

"이봐 춘향아, 네가 이게 웬 일이냐? 나를 영영 안 보려느

---

973 백마욕거장시(白馬欲去長嘶)하고 청아석별견의(靑娥惜別牽衣)로다. : 백마는 떠나자고 길게 우는데 여인은 안타까운 이별에 옷을 이끄는구나.

974 생때같은 : 몸이 튼튼하여 통 병이 없는.

975 절곡(切曲)한 : 간곡(懇曲)한. 매우 간절하고 곡진한.

냐? 하량낙일수운기[976]는 소통국[977]의 모자(母子) 이별, 정객관
산로기중에 오희월녀[978] 부부 이별, 편삽수유소일인[979]은 용산[980]
의 형제 이별, 서출양관무고인[981]은 위성[982]의 붕우(朋友) 이별.
그런 이별 많아도 소식 들을 때가 있고 생면(生面)할 날이 있
었으니 내가 이제 올라가서 장원급제 출신[983]하여 너를 데려
갈 것이니 울지 말고 잘 있거라. 울음을 너무 울면 눈도 붓고
목도 쉬고 골머리도 아프니라. 돌이라도 망두석[984]은 천만 년
이 지나가도 광석[985] 될 줄 몰라 있고, 나무라도 상사목[986]은 창
밖에 우뚝 서서 일년춘절(一年春節) 다 지나되 잎이 필 줄 몰라

---

976 하량낙일수운기(河梁落日愁雲起) : 하량에서 해질 무렵 수심이 구름처럼 일
     어나네. '하량'은 강에 놓은 다리. 한(漢)나라 무제(武帝) 때 흉노(匈奴)에 사
     신으로 갔다가 19년 동안 옥고(獄苦)를 치르면서도 절개를 지켰던 소무(蘇
     武)의 시 '하량별(河梁別)'에 나오는, '고국으로 돌아가려니 국경 사막길 멀
     고, 북쪽 다리에서의 이별 슬프기 그지없네(東還沙塞遠 北愴河梁別).'라는 구
     절에서 따왔다.
977 소통국(蘇通國) : 한(漢)나라 소무(蘇武)의 아들.
978 오희월녀(吳姬越女) : 오(吳)나라와 월(越)나라의 미인.
979 편삽수유소일인(偏揷茱萸少一人) : 모두 수유 열매를 머리에 꽂았으나 다만
     나 한 사람이 없을 뿐이로다. 중국 당(唐)나라 시인 왕유(王維)의 시 '구월
     구일에 산동의 형제를 생각하며(九月九日憶山東兄弟)'에 나오는, '멀리서도
     알겠네, 형이랑 아우랑 같이 오르던 높은 곳, 모두 수유를 꽂았는데 한 사
     람이 모자라겠지(遙知兄弟登高處 偏揷茱萸少一人).' 구절에서 따온 것이다.
980 용산(龍山) : 산 이름. 중국 진(晉)나라 정서대장군(征西大將軍) 환온(桓溫)이 9
     월 9일에 이곳에서 부하들을 전부 불러 잔치를 열었다고 한다.
981 서출양관무고인(西出陽關無故人) : 서쪽으로 양관을 나서면 친구가 없을 것
     이다. 중국 당(唐)나라 시인 왕유(王維)의 시 '원이를 안서로 보내며(送元二使
     安西)'에 나오는 '위성에 비가 오니 진흙이 일어나네. 여관 앞에 버들잎은
     더욱 푸른데, 그대에게 권하노니 술 한 잔 더 드시게, 서쪽으로 양관을 나
     가면 아는 이 없으리니(渭城朝雨浥輕塵 客舍靑靑柳色新 勸君更進一杯酒, 西出陽
     關無故人).'에서 따온 것이다. '양관'은 서역으로 통하는 관문이다.
982 위성(渭城) : 지명. 당(唐)나라 시인 왕유(王維)의 시 '원이를 안서로 보내며
     (送元二使安西)'의 공간적 배경이다.
983 출신(出身) : 처음으로 관리가 됨.
984 망두석(望頭石) : 무덤 앞에 세우는 두 개의 돌기둥. 망주석(望柱石).
985 광석(壙石) : 무덤 속에 묻는 지석(誌石).
986 상사목(相思木) : 상록 교목(常綠喬木)의 하나.

있고, 병이라도 훼심병[987]은 오매불망(寤寐不忘) 죽느니라. 네가 나를 보려거든 설워 말고 잘 있거라."

춘향이 할 길 없어,

"여보 도련님. 내 손에 술이나 망종 잡수시오. 행찬[988] 없이 가실진댄 나의 찬합[989] 갊아다가[990] 숙소참[991] 잘 자리에 날 본 듯이 잡수시오. 향단아 찬합 술병 내오너라."

춘향이 일배주 가득 부어 눈물 섞어 드리면서 하는 말이,

"한양성 가시는 길에 강수(江樹) 청청(靑靑) 푸르거든 원함정[992]을 생각하고, 천시가절(天時佳節) 때가 되어 세우(細雨)가 분분커든 노상행인욕단혼이라[993] 마상(馬上)에 곤핍(困乏)하여 병이 날까 염려(念慮)오니 방초우초[994] 저문 날에 일찍 들어 주무시고 아침날 풍우상(風雨上)에 늦게야 떠나시며 한 채찍 천리마에 모실 사람 없사오니 부디부디 천금귀체[995] 시사[996] 안보(安保)하옵소서. 녹수진경도[997]에 평안히 행차하옵시고 일자(一字)

---

987 훼심병(毁心病) : 마음에 너무 슬퍼하여 생긴 병. 속이 답답하여 화가 나서 생긴 병.

988 행찬(行饌) : 여행 또는 소풍갈 때 집에서 가지고 가는 음식.

989 찬합(饌盒) : 반찬이나 술안주 따위를 담는 여러 층으로 된 그릇.

990 갊아다가 : 간직하여다가. 갈무리하여다가.

991 숙소참(宿所站) : 관원이 출장할 때 묵던 집.

992 원함정(遠含情) : 먼 곳에서 정을 품고 있는 사람.

993 천시가절(天時佳節) 때가 되어 세우(細雨)가 분분커든 노상행인욕단혼(路上行人欲斷魂)이라. : 아름답고 좋은 때가 되어 가랑비가 부슬부슬 내리면, 길 가는 사람은 넋이 끊어지려 하네. 중국 당(唐)나라 시인 두목(杜牧)의 시 '청명(淸明)'의 일부분을 변용하여 쓴 것이다. 원문은 '청명 때에 비가 부슬부슬 내리면 길 가는 사람은 넋이 끊어지려 하네(淸明時節雨紛紛 路上行人欲斷魂).'이다.

994 방초우초(方悄又悄) : 근심스럽고 또 근심스러움. '방초무초(芳草蕪草)'로 읽어 '꽃다운 풀과 거친 풀', '꽃풀이나 잡초'로도 볼 수 있음.

995 천금귀체(千金貴體) : 천금같이 귀한 몸.

996 시사(時事) : 부딪치게 되는 모든 일. 당장 눈앞에 있는 일.

997 녹수진경도(綠樹秦京道) : 푸른 나무가 있는 진나라 서울의 길. 당(唐)나라 시인 송지문(宋之問)의 시, '아침에 소주를 떠나며(早發韶州)'에 나오는, '푸른 나무는 진나라 서울의 길이고, 푸른 구름은 낙수에 놓인 다리로다(綠樹

음신[998] 듣사이다. 종종 편지나 하옵소서."

도련님 하는 말이

"소식 듣기 걱정 마라. 요지(瑤地)의 서왕모(西王母)도 주목왕(周穆王)을 만나려고 일 쌍(一雙) 청조(靑鳥) 자래(自來)하여 수천 리 먼먼 길에 소식 전송하였었고, 한무제(漢武帝) 중랑장[999]은 상림원[1000] 군부(君父) 전(前)에 일척금서[1001] 보았으니, 백안(白雁) 청조(靑鳥) 없을망정 남원 인편(人便) 없을쏘냐? 슬퍼 말고 잘 있거라."

말을 타고 하직하니 춘향 기가 막혀 하는 말이,

"우리 도련님이 가네 가네 하여도 거짓말로 알았더니 말 타고 돌아서니 참으로 가는구나."

춘향이가 마부 불러,

"마부야. 내가 문 밖에 나설 수가 없는 터니 말을 붙들어 잠깐 지체하여 서라. 도련님께 한 말씀 여쭐란다."

춘향이 내달아,

"여보 도련님. 인제 가시면 언제나 오시려오. 사절(四節) 소식 끊어질 절(絶), 보내나니 아주 영절,[1002] 녹죽(綠竹) 창송(蒼松) 백이숙제(伯夷叔齊) 만고충절(萬古忠節), 천산에 조비절,[1003] 와병(臥病)에 인사절(人事絶), 죽절(竹節), 송절(松節), 춘하추동

"소식 듣기 걱정 마라.~슬퍼 말고 잘 있거라." : '이몽룡'이 이별을 안타까워하는 '춘향'을 달래는 대목이다. 여기서 '이몽룡'은 중국의 역사적 인물과 연관된 고사(故事)에서 소식을 전하던 청조(靑鳥)나 백안(白雁)과 같이 자신의 소식을 전할 인편이 있어서 사랑을 지속할 수 있을 것이므로 걱정하지 말라고 하고 있다.

사절(四節) 소식 끊어질 절(絶)~소식 돈절(頓絶) 마오. : '춘향'이 '이 도령'에게 마지막으로 하는 말이다. 긴 이별의 시간을 마무리하면서 '절' 자가 들어가는 단어를 늘어놓고 있다. 언어유희의 일종인 이 말은 이별 상황의 비극성과 어울리지 않는 희극적 설정이라 할 수 있다.

秦京道 靑雲洛水橋)'는 구절에서 따 왔다.
998 음신(音信) : 먼 곳에서 전하는 소식이나 편지.
999 중랑장(中郞將) : 중국 진한(秦漢) 때부터 두었던 관직. 장군의 버금가는 벼슬.
1000 상림원(上林苑) : 천자의 동산 이름. 진시황(秦始皇)이 만들고 한무제(漢武帝)가 다시 확장시킴.
1001 일척금서(一尺錦書) : 한자나 되는 비단으로 된 편지.
1002 영절(永絶) : 아주 끊어져 없어짐.
1003 천산(千山)에 조비절(鳥飛絶) : 온 산에 새가 나는 자취가 끊어짐. 중국 당(唐)나라 시인 유종원(柳宗元)의 시 '강설(江雪)'에 나오는 구절이다.

(春夏秋冬) 사시절(四時節), 끊어져 단절(斷絕), 분절(分絕), 훼절,[1004] 도련님은 날 버리고 박절(迫切)히 가시니 속절없는 나의 정절(貞節), 독숙공방 수절[1005]할 제 어느 때에 파절[1006]할꼬? 첩의 원정(冤情) 슬픈 고절(苦節) 주야 생각 미절(未絕)할 제 부디 소식 돈절(頓絕) 마오."

대문 밖에 거꾸러져 섬섬(纖纖)한 두 손길로 땅을 꽝꽝 치며,

"애고 애고 내 신세야."

애고 일성(一聲) 하는 소리 황애산만풍소삭(黃埃散漫風蕭索)이요 정기무광일색박(旌旗無光日色薄)이라.[1007] 엎더지며 자빠질 제 서운찮게 갈 양이면 몇 날 며칠 될 줄 모를레라. 도련님 타신 말은 준마가편[1008]이 아니냐. 도련님 낙루(落淚)하고 후기약(後期約)을 당부하고 말을 채쳐 가는 양(樣)은 광풍(狂風)에 편운(片雲)일레라.

이때 춘향이 하릴없어 자던 침방(寢房)으로 들어가서,

"향단아. 주렴 걷고 안석 밑에 베개 놓고 문 닫아라. 도련님을 생시는 만나보기 망연(茫然)하니 잠이나 들면 꿈에 만나보자. 예로부터 이르기를 꿈에 와 보이는 님은 신(信)이 없다고 일렀건만 답답히 그릴진댄 꿈 아니면 어이 보리. 꿈아 꿈아. 네 오너라. 수심 첩첩 한이 되어 몽불성[1009]에 어이하랴. 애

1004 훼절(毀節) : 절개를 깨뜨림. 파절(破節).
1005 수절(守節) : 절개를 지킴.
1006 파절(破節) : 절개를 깨뜨림. 훼절(毀節).
1007 황애산만풍소삭(黃埃散漫風蕭索)이요 정기무광일색박(旌旗無光日色薄)이라 : 누런 먼지가 흩날리니 바람은 쓸쓸하고, 깃발에 빛이 없으니 햇빛조차 엷도다. 중국 당(唐)나라 시인 백거이(白居易)의 '장한가(長恨歌)'에 나오는 구절이다.
1008 준마가편(駿馬佳鞭) : 잘 달리는 말과 훌륭한 채찍. '주마가편(走馬加鞭)'으로 읽어 달리는 말에 채찍을 가한다는 의미로 볼 수도 있다.
1009 몽불성(夢不成) : 꿈을 이루지 못함.

대문 밖에 거꾸러져 섬섬한 두 손길로 땅을 꽝꽝 치며 : '춘향'이 '이몽룡'과의 이별을 슬퍼하며 대문 밖에 나와 땅을 치는 장면이다. '춘향'이 슬픔을 분노로 표현하는 적극적이고 저항적인 성격이 드러난다. 순종적이고 관능적이던 '춘향'의 이중성은 그의 신분적 양면성에서 기인한 것일 수 있고, 전형적이고 평면적 인물에서 벗어나 개성적이고 입체적 인물이란 근거가 될 수 있다.

황애산만풍소삭(黃埃散漫風蕭索)이요 정기무광일색박(旌旗無光日色薄)이라 : 중국 당(唐)나라 시인 백거이(白居易)의 '장한가(長恨歌)'의 한 구절이다. 이처럼 한시나 한문을 차용하는 것은 〈춘향전〉을 짓고 읽는 향수자 계층을 추론하는 근거가 된다.

꿈에 와 보이는 님은~꿈 아니면 어이 보리. : 김천택이 펴낸 〈청구영언〉에 '명옥(明玉)'의 작품이라 소개된 시조의 초장과 중장이다. 종장은 '져 님아 꿈이라 말고 자로자로 뵈시쇼'이다. '예로부터 이르기를'이라 한 것으로 보아 이 시조를 차용한 것이 분명해 보인다.

고 애고 내 일이야. 인간 이별 만사(萬事) 중에 독숙공방 어이하리. 상사불견[1010] 나의 심경 그 뉘라서 알아 주리. 미친 마음 이렁저렁 흐트러진 근심 후려쳐 다 버리고 자나 누우나 먹고 깨나 님 못 보아 가슴 답답 어린 양자(樣子) 고운 소리 귀에 쟁쟁. 보고지고 보고지고 님의 얼굴 보고지고. 듣고지고 듣고지고 님의 소리 듣고지고. 전생에 무슨 원수로 우리 둘이 생겨나서 그린[1011] 상사(相思) 한데 만나 잊지 말자 처음 맹세, 죽지 말고 한데 있어 백년기약 맺은 맹세 천금주옥(千金珠玉) 꿈 밖이요 세사일관[1012] 관계하랴. 근원 흘러 물이 되고 깊고 깊고 다시 깊고 사랑 모여 뫼가 되어 높고 높고 다시 높아 끊어질 줄 모르거든 무너질 줄 어이 아리. 귀신이 작해(作害)하고 조물(造物)이 시기(猜忌)로다. 일조(一朝) 낭군 이별하니 어느 날에 만나 보리. 천수만한(千愁萬恨) 가득하여 끝끝이 느꺼워라.[1013] 옥안운빈[1014] 공로[1015]하니 일월(日月)이 무정(無情)이라. 오동추야 달 밝은 밤은 어이 그리 더디 새며 녹음방초 비낀 곳에 해는 어이 더디 간고? 이 상사 알으시면 님도 나를 그릴런만 독숙공방 홀로 누워 다만 한숨 벗이 되고 구곡간장[1016] 굽이 썩어 솟아나니 눈물이라. 눈물 모아 바다 되고 한숨지어 청풍(淸風) 되면 일엽주(一葉舟) 무어 타고 한양 낭군 찾으련만 어이 그리 못 보는고? 우수명월[1017] 달 밝은 때 설심조군[1018] 느꺼우니

1010　상사불견(相思不見) : 서로 사모하나 만나보지 못함.
1011　그린 : 그리워하는.
1012　세사일관(世事一款) : 세상사 모든 것.
1013　느꺼워라 : 어떤 느낌이 마음에 북받쳐서 벅차구나.
1014　옥안운빈(玉顔雲鬢) : 아름다운 얼굴과 구름처럼 탐스러운 머리채.
1015　공로(空老) : 헛되이 늙어감.
1016　구곡간장(九曲肝腸) : 굽이굽이 사무친 마음 속.
1017　우수명월(雨隨明月) : 비를 따라 뜬 밝은 달.
1018　설심조군(爇心竈君) : 마음의 향을 불살라 조왕(竈王)에게 빈다는 뜻으로, 정성껏 간절히 소원을 빈다는 뜻이다. '조군'은 조신 곧, 부엌신을 말함.

소연한[1019] 꿈이로다. 현야월[1020] 두우성[1021]은 님 계신 곳 비치
련만 심중에 앉은 수심 나 혼자뿐이로다. 야색(夜色) 창망[1022]한
데 경경(耿耿)이 비치는 게 창외(窓外)의 형화[1023]로다. 밤은 깊
어 삼경(三更)인데 앉았은들 임이 올까, 누웠은들 잠이 오랴?
임도 잠도 아니 온다. 이 일을 어이하리. 아마도 원수로다. 흥
진비래 고진감래[1024] 예로부터 있건마는 기다림도 적지 않고
그린 지도 오래건만 일촌간장(一寸肝腸) 굽이굽이 맺힌 한을 임
아니면 뉘라 풀꼬? 명천(明天)은 하감[1025]하사 수이 보게 하옵
소서. 미진인정(未盡人情) 다시 만나 백발이 다 진(盡)토록 이별
없이 살고지고. 묻노라 녹수청산, 우리 임 초췌행색[1026] 애연히
일별(一別) 후에 소식조차 돈절하다. 인비목석 아닐진대[1027] 님
도 응당 느끼리라. 애고 애고 내 신세야."

　앙천자탄(仰天自嘆)에 세월을 보내는데, 이때 도련님은 올라
갈 제 숙소마다 잠 못 이뤄 보고지고 나의 사랑 보고지고 주야
불망(晝夜不忘) 우리 사랑 날 보내고 그린 마음 속히 만나 풀으
리라. 일구월심(日久月心) 굳게 먹고 등과 외방[1028] 바라더라.

1019 소연(昭然)한 : 일이나 이치 따위가 밝고 선명한.
1020 현야월(懸夜月) : 높이 걸려 있는 달빛 아래.
1021 두우성(斗牛星) : 북두칠성(北斗七星)과 견우성(牽牛星).
1022 창망(滄茫) : 아득함.
1023 형화(螢火) : 반딧불.
1024 흥진비래(興盡悲來) 고진감래(苦盡甘來) : 기쁨이 다하면 슬픔이 오고 고생이
　　　다하면 즐거움이 온다는 뜻.
1025 하감(下鑑) : 굽어 살핌.
1026 초췌행색(憔悴行色) : 지쳐서 파리한 행색.
1027 인비목석(人非木石) 아닐진대 : 사람이 목석이 아닐진대. 의미상 '아닐진대'
　　　가 중복되어 있다.
1028 등과(登科) 외방(外方) : 과거에 급제하여 지방으로 발령이 남.

이때 수삭(數朔) 만에~고집불통이라 하겠다. : 신관 사또 '변학도'에 대한 의견과 평가를 서술자가 직접 개입하여 서술하고 있다. 독자에게 말을 건네듯이 서술하는 구어체 문장을 사용하고, 작중 인물을 희화화하고 비웃고 비꼬는 풍자의 수법을 사용하여 비판하고 있다. 또 인물의 긍정적인 특성을 먼저 언급한 다음 부정적 특성을 드는 억양법의 효과를 얻고 있다. 아래에 인용한 것은 개화기를 배경으로 한 현대 소설에서 인물을 드러내는 방식이다. 시대적 차이가 있지만 공통적인 서술 방식을 사용하고 있어서, 기법의 계승이라는 문학사적 의미를 읽어낼 수 있다.

그 차림새가 또한 혼란스럽습니다. 옷은 안팎으로 윤이 지르르 흐르는 모시 진솔 것이요, 머리에는 탕건에 받쳐 죽영(竹纓) 달린 통영갓이 날아갈 듯 올라앉았습니다.

발에는 크막하니 솜을 한 근씩은 두었음 직한 흰 버선에, 운두 새까만 마른신을 조마맣게 신고, 바른손에는 은으로 개대가리를 만들어 붙인 화류 개화장이요, 왼손에는 서른네 살배기 묵직한 합죽선입니다.

이 풍신이야말로 아까울사, 옛날 세상이었더면 일도(一道)의 방백(方伯)일시 분명합니다. 그런 것을 간혹 입이 비뚤어진 친구는 광대로 인식 착오를 일으키고, 동경·대판의 사탕 장수들은 캐러멜 대장감으로 침을 삼키니 통탄할 일입니다.
— 채만식, '태평천하'

서술 방법 5. 수용 ― 민요·시조·잡가

민요(民謠)는 구비전승(口碑傳承)되는 가창물(歌唱物)로 민중들 사이에서 저절로 생겨나 엄격한 수련을 거치지 않고 생활하면서 자연스럽게 익힐 수 있다. 그러나 잡가(雜歌)는 주로 중인 계층의 가객(歌客)들이 부르던, 가곡(歌曲)이나 가사(歌詞) 같은 정가(正歌)가 아니라, 평민 가객이나 기층(基層)의 전문 소리꾼들이 부르던 노래이다. 시조(時調)는 매우 폭넓은 작자층을 형성하고 새로운 형식을 시험하면서 대중화하였다.

이런 노래들을 열린 장르로서의 판소리가 적극적으로 수용하면서 사설의 내용을 다채롭게 변화시켰다. 그런데 이처럼 기존의 노래를 수용한 것은 판소리가 가창물이라 화학적 결합이 가능하기 때문이고, 이미 알고 있는 노래인지라 흥겨움을 강화할 수 있기 때문이다.

〈춘향전〉에 수용된 민요는 '농부가'이다. 암행어사가 되어 남원으로 내려오던 '이몽룡'이 민심을 읽으려고 농부들을 만나는 장면에 잘 어울린다. 시조는 '꿈에 와 보이는 님이'로 시작하는 명옥(明玉)의 작품과 '풍우도 쉬어 넘고'로 시작하는 작자 미상의 작품이 〈춘향전〉에 수용되었다. 〈춘향전〉에 수용된 잡가는 십이잡가에 포함되어 있는 '상사별곡(相思別曲)'과 '황계사(黃鷄詞)'이다.

이때 수삭(數朔) 만에 신관(新官) 사또 났으되, 자하골 변학도(卞學道)라 하는 양반이 오는데 문필도 유여[1029]하고 인물 풍채 활달하고 풍류 속에 달통하여 외입 속이 넉넉하되, 한갓 흠이 성정(性情) 괴팍(乖愎)한 중에 사증[1030]을 겸하여 혹시 실덕

1029 유여(有餘) : 넉넉함. 여유가 있음.
1030 사증(邪症) : 멀쩡한 사람이 때때로 미친 듯이 하는 짓.

(失德)도 하고 오결[1031]하는 일이 간다[1032] 고로 세상에 아는 사람은 다 고집불통이라 하것다.

　　신연하인[1033] 현신[1034]할 제

　　"사령 등 현신이요."

　　"이방이요."

　　"감상[1035]이요."

　　"수배[1036]요."

　　"이방 부르라."

　　"이방이요."

　　"그새 너희 골에 일이나 없느냐?"

　　"예, 아직 무고(無故)합니다."

　　"네 골 관노(官奴)가 삼남에 제일이라지."

　　"예, 부림직 하옵니다."

　　"또 네 골에 춘향이란 계집이 매우 색(色)이라지."

　　"예."

　　"잘 있어?"

　　"무고하옵니다."

　　"남원이 예서 몇 린고?"

　　"육백삽십 리로소이다."

　　마음이 바쁜지라,

　　"급히 치행(治行)하라."

1031　오결(誤決) : 잘못 처결함.
1032　간다(間多) : 간간이 많음.
1033　신연하인(新延下人) : 신연을 맡은 하인. '신연'은 도·군의 장교나 이속 등이 신임 감사나 수령을 그 집에 가서 맞아오던 일.
1034　현신(現身) : 아랫사람이 주인 앞에 나타남.
1035　감상(監床) : 귀한 사람에게 드리는 음식상을 미리 검사해 보는, 각 관아에 둔 구실아치.
1036　수배(首陪) : 후배사령(後陪使令)의 우두머리.

신연하인 물러나와,

"우리 골에 일이 났다."

인물 5. 변학도

'변학도'는 '이몽룡'의 아버지가 맡았던 자리를 이어받는 관리이다. 〈춘향전〉, 특히 〈열녀춘향수절가〉로만 보면 그는, 인물과 풍채가 활달하고 풍류도 있으나 성질이 괴팍하고 급하며 고집이 센 것이 문제인 인물이다. 그러나 그는, 부패한 지방 수령의 전형으로 어리석음과 망상을 드러내 혐오와 조소의 대상이 되는 인물로 일반화되어 있다.

'변학도'가 '춘향'을 핍박하는 행위는 정당할 수도 있고 부당할 수도 있다. 그는 도임하자마자 남원 고을의 상황을 점검하고, 그 과정에서 '기생 점고'를 한다. 그가 기생을 점고하는 것은 당연히 해야 할 임무 중 하나이지만 그것이 단지 '춘향'을 보기 위해서라면 부당하다. 또 '춘향'을 기생이라 여겼기 때문에 수청을 들게 하는 그의 행위는 정당하지만, 스스로 기생이 아니고 '이 도령'을 위해 정절을 지키겠다는 '춘향'을 형문(刑問)한 일은 부당하다.

'변학도'는 〈춘향전〉의 반동인물로서 작품의 주제를 형상화하는 과정에서 중요한 기능을 맡는다. '춘향'을 '이 도령'을 위해 정절을 지키는 인물로 만듦으로써 표면적 주제를, '춘향'과 '이 도령'이 신분의 차이를 뛰어넘어 사랑을 이루어나가는 일을 방해하는 인물로 설정됨으로써 이면적 주제를 드러내게 하는 일을 '변학도'가 맡고 있다.

이때 신관 사또 출행(出行) 날을 급히 받아 도임차로[1037] 내려올 제 위의[1038]도 장할시고. 구름 같은 별연(別輦) 독교(獨轎)

1037 도임차(到任次)로 : 도임하는 일로. '도임'은 지방관이 임지에 도착함.
1038 위의(威儀) : 위엄 있는 거동.

좌우 청장[1039] 떡 벌이고 좌우편 부축[1040] 급창[1041] 물색 진한 모시 천익[1042] 백저전대[1043] 고를 늘여 엇비슷이 눌러 매고 대모관자[1044] 통영갓[1045]을 이마 눌러 숙여 쓰고 청장 줄 검쳐[1046] 잡고,

"에라 물러섰다 나 있거라."

혼금[1047]이 지엄(至嚴)하고,

"좌우 구종 긴경마[1048]에 뒤채잡이[1049] 힘써라."

통인 한 쌍 책[1050] 전립[1051]에 행차 배행 뒤를 따르고, 수배(首陪) 감상(監床) 공방이며 신연 이방 가선하다.[1052] 노자[1053] 한 쌍 사령 한 쌍 일산보종[1054] 전배[1055]하여 대로변에 갈라서고, 백방수주[1056] 일산 복판 남수주[1057] 선을 둘러 주석(朱錫) 고리 어른어른 호기 있게 내려올 제, 전후에 혼금소리 청산(靑山)이

1039 청장(靑杖) : 의식 때 쓰는 푸른 막대기.
1040 부축 : 곁부축. 곁에서 일을 거들어 줌.
1041 급창(及唱) : 지방의 관아에서 부리던 사내종. 주로 원의 명령을 간접으로 받아서 큰 소리로 전달하는 사람.
1042 천익(天翼) : 철릭. 무관이 입던 공복(公服)의 한 가지.
1043 백저전대(白苧戰帶) : 흰 모시로 만든, 군복에 띠던 띠.
1044 대모관자(玳瑁貫子) : 대모로 만든 관자. 관자는 금·옥·뿔·뼈 따위로 만들어 망건 당줄을 꿰는 고리.
1045 통영갓 : 경상도 통영에서 나는 갓.
1046 검쳐 : 모서리를 중심하여 좌우쪽으로 걸쳐서 접어 붙여.
1047 혼금(閽禁) : 관청에서 볼 일 없는 사람이 들어오는 것을 금하던 일.
1048 긴 경마 : 말에 다는 긴 고삐.
1049 뒤채잡이 : 가마채의 뒷부분을 매는 사람.
1050 책(策) : 채찍.
1051 전립(戰笠) : 벙거지, 옛날 병졸이 쓰던 모자.
1052 가선(加線)하다 : '줄을 더하다', '눈이 쌍꺼풀이 되게 하다'는 뜻으로 위엄이 있어 보이는 행동이다.
1053 노자(奴子) : 남자 종.
1054 일산보종(日傘步從) : 일산을 들고 따르는 종. '일산'은 감사, 수령 등이 부임할 때 받던 자루가 긴 양산. '보종'은 일산을 들고 걸어가는 종.
1055 전배(前陪) : 앞 쪽에서 모심.
1056 백방수주(白方水紬) : 백방사로 만든 수화주(水禾紬). '수화주'는 좋은 비단의 한 가지.
1057 남수주(藍水紬) : 남방사로 만든 수화주.

상응하고 권마성[1058] 높은 소리 백운(白雲)이 담담(澹澹)이라.

전주(全州)에 득달(得達)하여 경기전[1059] 객사 연명[1060]하고 영문(營門)에 잠깐 다녀 좁은목[1061] 썩 내달아 만마관[1062] 노구바위[1063] 넘어 임실(任實) 얼른 지나 오수(獒樹) 들러 중화[1064]하고 즉일(卽日) 도임할새, 오리정[1065]으로 들어갈 제, 천총[1066]이 영솔(領率)하고 육방(六房) 하인 청로도로[1067] 들어올 제 청도[1068] 한 쌍, 홍문기[1069] 한 쌍, 주작[1070] 남동각(南東角) 남서각(南西角), 홍초남문[1071] 한 쌍, 청룡[1072] 동남각(東南角) 서남각(西南角) 남초[1073] 한 쌍, 현무[1074] 북동각(北東角) 북서각(北西角) 흑초

1058 권마성(勸馬聲) : 임금이나 고관이 말이나 가마를 타고 행차할 때 위세를 더하기 위하여 행렬 앞에서 사복이나 역졸이 가는 목청을 길게 빼서 부르던 소리.

1059 경기전(慶基殿) : 전주부 안에 있는, 태조의 영정(影幀)을 봉안한 전각(殿閣).

1060 연명(延命) : 감사나 수령이 부임할 때에 궐패(闕牌) 앞에서 왕명을 전포하는 의식.

1061 좁은목 : 전주 남쪽 오리(五里)에 있는 지명.

1062 만마관(萬馬關) : 전주와 임실의 도중에 있는 큰 고개.

1063 노구바위 : 만마관과 임실 사이에 있는 지명.

1064 중화(中火) : 길을 가다가 먹는 점심.

1065 오리정(五里亭) : 남원에서 동북쪽으로 5리(里)에 있는 역 이름.

1066 천총(千摠) : 조선 시대에, 각 군영에 속한 정삼품 무관 벼슬. 훈련도감, 금위영, 어영청, 총융청, 진무영 따위에 두었다.

1067 청로도(淸路道)로 : 청소도로(淸掃道路)로. 청소한 길로.

1068 청도(淸道) : 임금이 거둥할 때, 잡인의 출입을 막고 길을 치우던 일.

1069 홍문기(紅門旗) : 충신·효자·열녀 등을 표창하기 위하여 그 집에 세운 붉은 문에 다는 기.

1070 주작(朱雀) : 주작기(朱雀旗). 군기의 한가지로 주작을 그려 진중의 남쪽에 세웠음. 주작은 남쪽에 있는 별로서 그 곳을 지키는 신령. 붉은 봉황을 형상하여 예로부터 무덤과 관의 앞쪽에 그렸다.

1071 홍초남문(紅綃藍紋) : 붉은 비단에 그린 남색 무늬.

1072 청룡(靑龍) : 청룡기. 진영 왼편에 있어서 좌군·자영·자위를 지휘하는 대오방기(大五方旗)의 하나. 청룡은 동쪽 기운을 맡은 태세신(太歲神)을 상징하는 짐승. 동쪽의 뜻으로 무덤 속의 벽이나 관의 왼쪽에다 그렸다.

1073 남초(藍綃) : 남색 비단.

1074 현무(玄武) : 현무기. 대오방기의 하나. 검은 바탕에 구름과 거북의 모양을 그린 깃발. 후군(後軍)·후영(後營)·후위(後衛)의 지휘 본부의 기였음. 현무는 네 귀신의 하나. 북쪽에 있는 별의 이름. 거북으로써 표하여 나타낸다.

홍문[1075] 한 쌍, 등사[1076] 순시[1077] 한 쌍, 영기[1078] 한 쌍, 집사 한 쌍, 기패관[1079] 한 쌍, 군노(軍奴) 열두 쌍, 좌우가 요란하다. 행군 취타[1080] 풍악 소리 성동(城東)에 진동하고 삼현육각[1081] 권마성은 원근에 낭자하다. 광한루에 포진하여 개복(改服)하고 객사에 연명차로 남여[1082] 타고 들어갈새, 백성 소시[1083] 엄숙하게 보이려고 눈을 별양[1084] 궁글궁글 객사에 연명하고 동헌[1085]에 좌기[1086]하고 도임상(到任床)을 잡순 후,

"행수[1087] 문안이요."

행수 군관[1088] 집례[1089] 받고 육방관속[1090] 현신[1091] 받고 사또 분부하되

1075 흑초홍문(黑綃紅紋) : 검은색 비단에 붉은 무늬를 그림.
1076 등사(騰蛇) : 등사기. 대오방기의 하나. 진영의 중앙에 세워 중군·중영·중위를 지휘했다. 황색 바탕에 나는 뱀과 운기를 그렸다.
1077 순시(巡視) : 군중을 순시할 때 사용하던 기.
1078 영기(令旗) : 군중에서 영자(令字)를 새겨 붙인 군령을 전하던 기.
1079 기패관(旗牌官) : 훈련도감에 소속되어 군기(軍旗)에 관한 일을 맡아 보던 무관.
1080 취타(吹打) : 군중에서 나발·소라·대각 따위를 불고, 징·북 따위를 치던 군악.
1081 삼현육각(三絃六角) : 거문고·가야금·향비파의 세 현악기와 북·장구·해금·피리와 태평소 한 쌍의 여섯 가지 타악기와 관악기.
1082 남여(藍輿) : 앞 뒤 각각 두 사람이 어깨에 메게 되어 있는 뚜껑이 없는 작은 가마.
1083 백성(百姓) 소시(所視) : 백성이 보는 바. 백성에게 보이는 것.
1084 별양(別樣) : 별반. 따로 별다르게.
1085 동헌(東軒) : 지방에서 고을 원이 공사를 처리하던 집.
1086 좌기(坐起) : 관청의 장(長)으로 있는 사람이 벼슬을 받아 나아가 일을 잡아 함.
1087 행수(行首) : 한 무리의 우두머리. 여기서는 '행수 군관'을 의미함.
1088 행수 군관(行首軍官) : 군관 중의 우두머리. 우두머리 군관.
1089 집례(執禮) : 지켜 행하여야 할 예.
1090 육방관속(六房官屬) : 지방 관아의 육방에 속한 구실아치. '육방'은 조선 시대에, 승정원 및 각 지방 관아에 둔 여섯 부서. 이방(吏房), 호방(戶房), 예방(禮房), 병방(兵房), 형방(刑房), 공방(工房)을 이른다. '구실아치'는 조선 시대에, 각 관아의 벼슬아치 밑에서 일을 보던 사람.
1091 현신(現身) : 지체가 낮은 사람이 높은 사람을 처음으로 뵘.

"수노[1092] 불러 기생 점고[1093]하라."

근원 설화 2. 관탈민녀 설화

〈춘향전〉은 크게 보아 '춘향'과 '이 도령'의 사랑 이야기인데, 그 사랑을 방해하는 반동 인물이 '변 사또'이다. 사또는 관리이고 '춘향'은 일반 백성인데, 관리가 일반 백성의 정조를 빼앗으려 하는 이야기가 〈춘향전〉이다. 이런 모티프를 가진 설화가 이른 시기부터 존재했음을 문헌을 통해 확인할 수 있다. 이 이야기의 주인공이 관리의 폭압에 저항함으로써 열녀로 칭송 받게 된다. 관리가 등장하지 않는 '열녀 이야기'는 따로 다루기로 한다.

지리산녀(智異山女) 설화 : 지리산녀 설화의 경우는 구례의 한 여인의 이야기이다. 어떤 여인이 구례의 지리산 밑에 살고 있었는데, 용모가 아름답고 부덕이 뛰어났다. 이 여인의 아름다움에 대한 소문은 이웃마을에 퍼지고 급기야는 백제의 왕에게까지 퍼졌다. 왕은 이 소문을 듣고 그녀를 왕궁으로 데리고 가려 했다. 그녀는 '지리산가'라는 노래를 부르고 죽음으로 거부의 뜻을 표했다. 이런 열녀의 이야기는 춘향이 이 도령에 대한 신의와 절개를 지키기 위해 변학도의 수청을 거절하는 부분과 매우 유사하다. 노사신(盧思慎) 등이 펴낸 『동국여지승람(東國輿地勝覽)』에 나오는 이야기이다.

도미(都彌)의 아내 설화 : 도미는 백제 한성 부근의 벽촌 평민이었다. 그러나 의리를 알고, 그 아내는 아름답고 행실이 곧아서 사람들에게 칭송을 받았다. 개루왕(蓋婁王)이 이 이야기를 듣고 도미를 불러 말했다. "무릇 부인의 덕은 정결이 제일이지만 만일 어둡고 사람이 없는 곳에서 좋은 말

1092 수노(首奴) : 관청에 소속된 종의 우두머리.
1093 점고(點考) : 일일이 표를 찍어 가며 사람의 수효를 조사함.

로 꾀면 마음을 움직이지 않을 사람이 드물 것이다." 도미
가 이에 말하기를 "사람의 정은 헤아릴 수가 없습니다. 그
러나 신의 아내 같은 사람은 죽더라도 마음을 고치지 않을
것입니다." 하였다. 이를 시험하기 위해 개루왕이 도미를
머물게 하고 신하 한 사람을 왕으로 속여 도미의 아내에게
보냈다. "도미와 내기를 하여 내가 이겼기 때문에 너를 궁
녀로 삼게 되었다. 너의 몸은 내 것이다." 도미의 아내는 자
기 대신에 몸종을 시켜 그를 모시게 하였다. 뒤늦게 속은
사실을 안 개루왕은 화가 나 도미의 두 눈알을 빼고 사람
을 시켜 작은 배에 띄워 보냈다. 한편 도미의 아내는 궁을
탈출하여 강가에서 통곡하니 빈 배 한 척이 오기에 타고
천성도에 이르러 남편을 만나 고구려 땅으로 들어가 살게
되었다. 김부식(金富軾)의 『삼국사기(三國史記)』에 나오는
이야기이다.

호장[1094]이 분부 듣고 기생 안책[1095] 들여 놓고 호명(呼名)을
차례로 부르는데 낱낱이 글귀로 부르던 것이었다.

　　"우후동산(雨後東山) 명월(明月)이."

명월이가 들어를 오는데 나군[1096] 자락을 거듬거듬 걷어다
가 세요흉당[1097]에 딱 붙이고 아장아장 들어를 오더니,

　　"점고 맞고 나오."[1098]

호명(呼名)을 차례로 부르는데
: 판소리로 불릴 때의 흔적이 남
아 있는 구절이다. '호명'이 '이
름을 부르다'란 뜻인데 '부르는
데'를 거듭 사용하고 있다. 판소
리는 가창물이라 의미를 분명
하게 전달하기 위해 같은 뜻의
말을 중복하여 쓰는 경우가 흔
하다.

1094　호장(戶長) : 각 고을 아전의 맨 윗자리.
1095　안책(案冊) : 각 관청에서 전임(前任) 관원의 성명·직명·생년월일·본적 따위
　　　를 기록하던 책.
1096　나군(羅裙) : 엷은 비단 치마.
1097　세요흉당(細腰胸膛) : 가는 허리와 가슴 한복판.
1098　점고 맞고 나오 : '점고 내용이 맞고, 나입니다.', 또는 '점고를 맞아 나왔
　　　소.'의 뜻. 이본에 따라 '나오.'라고만 하거나, '예, 나오.', '예, 등대(等待)하
　　　였소.' 등으로 대답하여, '점고 맞고'는 대화 문맥에 어울리지 않은 구절로
　　　볼 수도 있다.

"어주축수애산춘에 양편 난만 고운 춘색[1099]이 이 아니냐. 도홍(桃紅)이."

도홍이가 들어를 오는데 홍상 자락을 걸어 안고 아장아장 조촘 걸어 들어를 오더니,

"점고 맞고 나오."

"단산(丹山)에 저 봉이 짝을 잃고 벽오동(碧梧桐)에 깃들이니 산수지령이요 비충지정이라.[1100] 기불탁속[1101] 굳은 절개 만수문(萬壽門) 전(前) 채봉(彩鳳)이."

채봉이가 들어오는데 나군 두른 허리 맵시 있게 걸어 안고 연보[1102]를 정히 옮겨 아장 걸어 들어와,

"점고 맞고 좌부진퇴[1103]로 나오."

"청정지연[1104] 불개절[1105]에 묻노라 저 연화(蓮花), 어여쁘고 고운 태도 화중군자(花中君子) 연심(蓮心)이."

1099 어주축수애산춘(漁舟逐水愛山春)에 양편 난만 고운 춘색(春色) : 고기잡이 배는 물을 따라 산의 봄을 사랑하네. 중국 당(唐)나라 시인 왕유(王維)의 시 '도원행(桃源行)'에 나오는, '고깃배로 물 따라 가며 봄 산을 사랑하는데, 나루 낀 양쪽 언덕에 복사꽃 피었네(漁舟逐水愛山春 兩岸桃花夾去津).'라는 구절을 끌어왔다.

1100 산수지령(山水之靈)이요 비충지정(飛蟲之精)이라 : 산수의 신령이요 날아다니는 벌레의 정령(精靈)이라.

1101 기불탁속(飢不啄粟) : 봉황(鳳凰)은 비록 굶주려 배가 고파도 땅에 떨어진 낟알을 쪼아 먹지는 않음. 높고 빼어난 품격을 가진 사람을 비유할 때 쓰인다.

1102 연보(蓮步) : 미인의 고운 걸음걸이.

1103 좌부진퇴(左符進退) : 사또를 뵈러 나왔다가 물러남. '좌부'는 왕이 지방관을 보증하는 신표(信標)인데, 여기서는 그것을 지닌 관원인 '사또'로 본다. '좌보진퇴(左步進退)'라 읽어 왼쪽으로 걸어 나아갔다 물러남으로 해석하여 대화가 아닌 것으로 볼 수도 있다. 〈완판33장본 열녀춘향수절가〉처럼 '좌우진퇴(左右進退)'로 읽어 '왼쪽 오른쪽 나아갔다 물러났다'로 볼 수도 있다.

1104 청정지연(淸淨之蓮) : 깨끗하여 속되지 않은 연꽃.

1105 불개절(不改節) : 절개를 지켜 마음을 고치지 않음.

연심이가 들어오는데 나상[1106]을 걸어 안고 나말[1107] 수혜[1108] 끌면서 아장 걸어 가만가만 들어오더니,

"좌부진퇴로 나오."

"화씨[1109]같이 밝은 달 벽해(碧海)에 들었나니 형산백옥(荊山白玉) 명옥(明玉)이."

명옥이가 들어오는데 기하상[1110] 고운 태도 이행(履行)이 진중한데 아장 걸어 가만가만 들어를 오더니,

"점고 맞고 좌부진퇴로 나오."

"운담풍경근오천[1111]에 양류편금[1112]에 앵앵(鶯鶯)이."

앵앵이가 들어오는데 홍상 자락을 에후리쳐 세요흉당(細腰胸膛)에 딱 붙이고 아장 걸어 가만가만 들어오더니,

"점고 맞고 좌부진퇴로 나오."

서술 방법 6. 시간의 순서와 양

서사체(敍事體)의 시간 표현은 그 순서를 자연적 질서대로 두는 순행적(順行的)인 것과 먼저와 나중의 시간을 서로 바꾸는 역순행적(逆順行的)인 것이 있다. 현재에 일어난 일을 과거에 일어난 일보다 먼저 서술하거나, 원인보다 결

1106 나상(羅裳) : 얇고 가벼운 비단으로 만든 치마.

1107 나말(羅襪) : 얇고 가벼운 비단으로 만든 버선.

1108 수혜(繡鞋) : 수놓은 신.

1109 화씨(和氏) : 중국 주(周)나라 무렵 초(楚)나라 여왕(厲王)에게 형산(荊山)에서 캔 박옥(璞玉)을 바친 변화(卞和). 옥을 왕에게 바쳤다가 왕을 속인 죄로 두 발을 잃었지만 끝내 진실이 밝혀져 이른바 '화씨지벽(和氏之璧)'이라는 최고의 옥을 얻었다는 이야기의 주인공.

1110 기하상(芰荷裳) : 기하로 만든 치마. '기하'는 '마름'과 '연(蓮)'.

1111 운담풍경근오천(雲淡風輕近午天) : 구름은 엷고 바람은 가벼워 한낮에 가까울 때. 중국 송(宋)나라 시인 정호(程顥)의 '봄날에 우연히 씀(春日偶成)'이란 시의 한 구절.

1112 양류편금(楊柳片金) : 버들가지에서 가볍게 날아다니는 금빛 새.

과를 먼저 서술하는 것은 실제의 시간을 왜곡하는 것이지만 서사체에서는 허용된다. 〈춘향전〉은 연행물(演行物)인 판소리와의 연관성 때문에 순행적 구조로 되어 있다.

또 서사체는 같은 시간에 일어나는 두 가지 이상의 사건을, 그것이 같은 장소에서 일어나더라도 동시에 표현할 수 없다. 이것은 말과 글이 가지는 속성 때문이고, 〈춘향전〉도 이런 한계를 벗어날 수 없다. '춘향'이 '변 사또'의 수청 요구를 거부하고 형장(刑杖)을 맞는 시간에 '이 도령'은 과거에 급제하여 삼일유가(三日遊街)를 벌였을 수도 있지만 〈춘향전〉은 이 두 사건을 동시에 다룰 수 없다.

시간은 구체적으로 측정 가능한 것도 있지만 추상적 대상으로 파악되는 심리적 시간도 있다. 〈춘향전〉에서 '춘향'을 만나러 가려고 퇴령(退令) 소리를 기다리는 시간은 측정 가능하므로 다룰 수 없지만 '이 도령'과 '방자'에게 그 시간은 같을 수 없다.

또 실제의 시간과 서사체에 서술된 시간이 언제나 같을 수도 없다. 구비물(口碑物)이면서 기록물(記錄物)인 〈춘향전〉은 이런 시간의 속성을 잘 드러내 준다. 실제 시간과 서술 시간이 같은 것은 인물의 대화나 행위를 사실적으로 묘사한 장면이다. 실제 시간보다 서술 시간이 긴 것과 그 반대로 서술 시간보다 실제 시간이 긴 것도 있다. 옥중의 '춘향'이 황릉묘를 찾아가는 꿈은 앞의 예이고, 뒤의 예는 암행어사가 된 '이 도령'이 남원으로 내려오는 노정기(路程記)를 들 수 있다. 아무리 길게 삽입되어 있더라도 실제로 부르는 노래는 실제 시간과 서술 시간이 같은 예라 할 수 있다.

사또 분부하되,

"자주 부르라."

"예."

호장이 분부 듣고 넉 자 화조[1113]로 부르는데,

"광한전 높은 집에 헌도[1114]하던 고운 선비[1115] 반겨 보니 계향(桂香)이."

"예, 등대하였소."

"송하에 저 동자야, 묻노라 선생 소식. 수첩청산에 운심이."[1116]

"예, 등대하였소."

"월궁(月宮)에 높이 올라 계화(桂花)를 꺾어 애절(愛折)이."

"예, 등대하였소."

"차문주가하처재요 목동요지[1117] 행화(杏花)."

"예, 등대하였소."

"아미산월반륜추 영입평강[1118]에 강선(江仙)이."

"예, 등대하였소."

"오동 복판 거문고 타고 나니 탄금(彈琴)이."

1113 넉 자 화조(話調) : 넉 자로 된 말의 가락.

1114 헌도(獻桃) : 반도(蟠桃)를 바침. '반도'는 삼천 년마다 한 번씩 열매가 열린다는 선경(仙境)에 있는 복숭아인데, 이것을 선녀가 옥황상제에게 바치러 가는 길에 사건이 발단하는 모티프가 고전소설에 자주 등장한다.

1115 선비(仙妃) : 신선(神仙). 선녀(仙女).

1116 "송하(松下)에 저 동자(童子)야, 묻노라 선생 소식. 수첩청산(數疊靑山)에 운심(雲心)이." : 중국 당(唐)나라 시인 가도(賈島)의 '은자를 찾았으나 못 만나다(尋隱者不遇)'라는 제목의 시, '소나무 아래에서 동자에게 물으니, 스승님은 약초를 캐러 가셨다네. 이 산속에 계시긴 하겠지만, 구름이 깊어 그곳을 모르겠어요(松下問童子 言師採藥去 只在此山中 雲深不知處).'와 연관된다.

1117 차문주가하처재(借問酒家何處在)요 목동요지(牧童遙指) : 문득 물어, 주막이 어느 곳에 있는가, 목동이 먼 곳을 가리키네. 중국 당(唐)나라 시인 두목(杜牧)의 시 '청명(淸明)'의 한 구절이다. '목동이 멀리 살구꽃 핀 마을을 가리키네(牧童遙指杏花村)'가 이어져 기생 이름 '행화'가 나왔다.

1118 아미산월반륜추(蛾眉山月半輪秋) 영입평강(影入平羌) : 아미산에 가을 반달이 걸려 있고 그 그림자 평강에 드는구나. 중국 당(唐)나라 시인 이백(李白)의 시 '아미산월가(蛾眉山月歌)'의 한 구절임. 이어지는 구절은 '달 그림자 평강에 들어 강물은 흘러간다(影入平羌江水流)'임. '평강'은 강 이름, 곧 '평강강'.

"예, 등대하였소."

"팔월 부용(芙蓉) 군자 용(容)은 만당추수[1119] 홍련(紅蓮)이."

"예, 등대하였소."

"주홍당사[1120] 갖은 매듭 차고 나니 금낭(錦囊)이."

"예, 등대하였소."

사또 분부하되,

"한숨에 열두서넛씩 불러라."

호장이 분부 듣고 자주 부르는데,

"양대선 월중선 화중선이."

"예, 등대하였소."

"금선이 금옥이 금련이."

"예, 등대하였소."

"농옥이 난옥이 홍옥이."

"예, 등대하였소."

"바람맞은 낙춘이."

"예, 등대 들어를 가오."

낙춘이가 들어를 오는데 제가 잔뜩 맵시 있게 들어오는 체하고 들어오는데 시면[1121]한단 말은 듣고 이마빡에서 시작하여 귀 뒤까지 파 젖히고 분성적[1122]한단 말은 들었던가 개분[1123] 석 냥 일곱 돈어치를 무지금[1124]하고 사다가 성(城) 겉에 회칠하듯 반죽하여 온 낯에다 맥질[1125]하고 들어오는데 키는 사근

1119 만당추수(滿塘秋水) : 가을 물이 못에 가득 참. 못에 가득 찬 맑은 가을 물.
1120 주홍당사(朱紅唐絲) : 중국에서 나는 주홍빛의 명주실.
1121 시면 : 얼굴의 잔털을 뽑아 아름답게 하는 일.
1122 분성적(粉成赤) : 연지는 많이 쓰지 않고 분으로만 화장을 함.
1123 개분 : 질이 좋지 않은 분.
1124 무지금(無知金) : 값은 따지지 않고 무작정.
1125 맥질 : 매흙질. 매흙 즉, 잿빛의 보드라운 흙을 벽 거죽에 바르는 일.

내[1126] 장승만 한 년이 치마 자락을 훨씬 추워다[1127] 턱밑에 딱 붙이고 무논의 고니 걸음으로 찔룩 껑쭝껑쭝 엉금 섭적 들어오더니,

"점고 맞고 나오."

연연(娟娟)히 고운 기생 그 중에 많건마는 사또께옵서는 근본 춘향의 말을 높이 들었는지라, 아무리 들으시되 춘향 이름 없는지라, 사또 수노 불러 묻는 말이,

"기생 점고 다 되어도 춘향은 안 부르니 퇴기냐?"

수노 여쭈오되,

"춘향 모는 기생이되 춘향은 기생이 아닙니다."

사또 문왈,

"춘향이가 기생이 아니면 어찌 규중에 있는 아이 이름이 높이 난다?"

수노 여쭈오되,

"근본 기생의 딸이옵고 덕색(德色)이 장한 고로 권문세족 양반네와 일등재사(一等才士) 한량들과 내려오신 등내[1128]마다 구경코자 간청하되 춘향 모녀 불청(不聽)키로 양반 상하 물론하고 액내지간[1129] 소인 등도 십년일득[1130] 대면(對面)하되 언어 수작 없었더니 천정(天定)하신 연분인지 구관(舊官) 사또 자제 이 도련님과 백년기약 맺사옵고 도련님 가실 때에 입장후[1131]에 데려 가마 당부하고 춘향이도 그리 알고 수절하여 있습니다."

1126 사근내(沙斤乃) : 사근내원(院). 경기도 과천에서 수원으로 가는 도중에 있다.
1127 추워다 : 추어올려. 위로 끌어 올려.
1128 등내(等內) : 벼슬아치가 그 벼슬에 있는 동안.
1129 액내지간(額內之間) : '액내'는 한 집안의 사람, 한 패에 든 사람이라는 뜻.
1130 십년일득(十年一得) : 십 년에 한 번 할 수 있음.
1131 입장후(入丈後) : 장가 든 후에.

미장전 도련님이 화방(花房)에 작첩(作妾)하여 살자 할꼬? : '변학도'가 '춘향'이 '이몽룡'과 백년기약이 불가능함을 강조하는 말인데, 이것은 '이몽룡'의 어머니가 '이몽룡'을 나무라는 근거로 삼은 것과 동일하다. 그러므로 이것은 당대의 양반 사대부가 공통으로 가진 윤리관이자 가치관이라고 할 수 있다.

사또 분을 내어,

"이놈 무식한 상놈인들 그게 어떠한 양반이라고 엄부시하[1132]요 미장전 도련님이 화방(花房)에 작첩(作妾)하여 살자 할꼬? 이놈 다시는 그런 말을 입 밖에 내어서는 죄를 면치 못하리라. 이미 내가 저 하나를 보려다가 못 보고 그저 말랴. 잔말 말고 불러 오라."

춘향을 부르란 청령[1133]이 나는데 이방 호장 여쭈오되,

"춘향이가 기생도 아닐 뿐 아니오라 구등[1134] 사또 자제 도련님과 맹약(盟約)이 중(重)하온데 연치(年齒)는 부동(不同)이나 동반[1135]의 분의[1136]로 부르라기 사또 정체(正體)[1137]가 손상할까 저어하옵니다."

사또 대로하여,

"만일 춘향을 시각 지체하다가는 공형[1138] 이하로 각청(各廳) 두목을 일병태거[1139]할 것이니 빨리 대령 못 시킬까."

육방이 소동, 각청 두목이 넋을 잃어,

"김 번수야 이 번수[1140]야. 이런 별일이 또 있느냐? 불쌍하다 춘향 정절 가련케 되기 쉽다. 사또 분부 지엄(至嚴)하니 어서 가자 바삐 가자."

1132 엄부시하(嚴父侍下) : 엄한 부모를 모시고 있음.
1133 청령(廳令) : 관청의 명령.
1134 구등(舊等) : 구등내(內). 전번의 수령.
1135 동반(同班) : 같은 양반의 처지.
1136 분의(分義) : 제 신분에 맞는 도리.
1137 정체(正體) : 참된 본디의 형체.
1138 공형(公兄) : 삼공형(三公兄). 각 고을의 호장, 이방, 수형리(首刑吏).
1139 일병태거(一竝汰去) : 모두 도태시킴. 하나같이 내쫓아 버림.
1140 김 번수(金番手) 이 번수(李番手) : 김씨 성의 번기수와 이씨 성의 번기수. '번기수(番旗手)'는 대궐이나 관청에 당번이 되어서 호위하던 기수.

주제 1. 고난을 이긴 사랑

기생에게는 자신의 정조(貞操)를 주장할 권한이 없다. 기생의 고유 업무는 남자를 즐겁게 하는 일이고, 그 일의 수단으로 기예(技藝)와 가무(歌舞)를 익히고 몸을 가꾸었다. 〈춘향전〉의 여자 주인공 '춘향'이 기생이라면, 마땅히 남원부사 '변학도'의 수청을 들어야 한다. 사또의 명령을 거부한 '춘향'은 직무를 유기(遺棄)한 것이고 마땅히 그 죄에 대한 벌을 받아야 한다. '춘향'은 스스로 기생이라 한 적이 없다. 수노(首奴)나 이방(吏房)도 '춘향'이 기생이 아니라고 하니 기생 명부에 있을 리 없고 기생 점고의 대상도 아니다. 그렇지만 신관 사또는 '춘향'을 불러들여 신문(訊問)하고, 형장(刑杖)을 가한다.

이처럼 '춘향'이 겪는 고난의 원인은 두 가지로 일반화할 수 있다. 하나는 신분제라는 사회 구조적 문제에서 야기된 것이고, 다른 하나는 부당한 방법으로 이기적 욕망을 충족하려는 관리 때문에 생긴 것이다. '춘향'은 두 가지 고난을 모두 극복한다. 고난을 극복하고 완성한 사랑은 숭고하다.

사령 관노 뒤섞여서 춘향 문전 당도하니, 이때 춘향이는 사령이 오는지 군노(軍奴)가 오는지 모르고 주야로 도련님만 생각하여 우는데 망칙한 환(患)을 당하려거든 소리가 화평(和平)할 수 있으며 한때라도 공방살이[1141]할 계집아이라 목성(聲)에 청승[1142]이 끼어 자연 슬픈 애원성[1143]이 되니, 보고 듣는 사람의 심장인들 아니 상할쏘냐? 임 그리워 설운 마음 식불감(食不

망칙한 환(患)을 당하려거든~애원성이 되니 : 앞으로 등장인물에게 일어날 일을 근거로 하여 현재의 상황을 설명하는 구절이다. 서술자가 미리 향수자에게 인물에 대한 정보를 제공하여 흥미를 떨어뜨린다고 할 수도 있으나, 이미 이 정보를 알고 있는 향수자에게는 공감도(共感度)를 높이는 긍정적 효과도 있을 수 있다.

1141 공방(空房)살이 : 오랫동안 남편이 없이 홀로 쓸쓸하게 지냄.
1142 청승 : 궁상스럽고 처량하여 보기에 언짢은 태도나 행동. 원문은 '청성'인데, '철성(鐵聲)', 곧 쇠의 소리처럼 강파른 목소리라 읽기도 한다.
1143 애원성(哀怨聲) : 슬프게 원망하는 소리.

풍우(風雨)도 쉬어 넘고~나는 아니 쉬어 가지. : 널리 알려진 시조를 수용한 구절이다. 그 원문은 다음과 같다.

ᄇᆞ롬도 쉬여 넘ᄂᆞᆫ 고ᄀᆡ, 구름이라도 쉬여 넘ᄂᆞᆫ 고ᄀᆡ
산진(山眞)이 수진(水眞)이 해동청(海東青) 보ᄅᆞ믜도 다 쉬여 넘ᄂᆞᆫ 고봉(高峰) 장성령(長城嶺) 고ᄀᆡ,
그 너머 님이 왓다 ᄒᆞ면 나ᄂᆞᆫ 아니 ᄒᆞᆫ 번도 쉬여 넘어 가리라.

인비목석(人非木石) 아니거든 감심(感心)이 아니 될 수 있냐. : 사람이 나무나 돌이 아니니 마음속에 느낌이 있을 것이라는 뜻으로, 서술자의 목소리가 담겨 있다. '인비목석'이 '사람이 목석이 아니다'는 뜻인데 '아니거든'이 다시 나와 표면적으로는 잘못된 표현이지만 이면적으로는 오히려 의미가 강조된 효과를 얻는다. 판소리처럼 구비전승(口碑傳承)되는 문학에 흔히 나타나는 일이다.

甘) 밥 못 먹어 침불안석(寢不安席) 잠 못 자고 도련님 생각 적상[1144]되어 피골이 모두 다 상련[1145]이라. 양기(陽氣)가 쇠진하여 진양조[1146]란 울음이 되어,

"갈까 보다 갈까 보다. 임을 따라 갈까 보다. 천 리라도 갈까 보다 만 리라도 갈까 보다. **풍우(風雨)도 쉬어 넘고 날진, 수진,[1147] 해동청,[1148] 보라매[1149]도 쉬어 넘는 고봉정상(高峰頂上) 동선령[1150] 고개라도 임이 와 날 찾으면 나는 발 벗어 손에 들고 나는 아니 쉬어 가지.** 한양 계신 우리 낭군 나와 같이 그리는가. 무정하여 아주 잊고 나의 사랑 옮겨다가 다른 임을 괴이는가?"

한참 이리 설이 울 제, 사령 등이 춘향의 애원성을 듣고 **인비목석(人非木石) 아니거든 감심(感心) 아니 될 수 있냐.** 육천 마디 사대삭신[1151]이 낙수춘빙(落水春氷) 얼음 녹듯 탁 풀리어,

"대체 이 아니 참 불쌍하냐. 이애 외입한 자식들이 저런 계집을 추앙(推仰) 못 하면은 사람이 아니로다."

이때에 재촉 사령 나오면서,

"오느냐?"

외는 소리에 춘향이 깜짝 놀래어 문틈으로 내다보니 사령, 군노 나왔구나.

1144 적상(積傷) : 상처가 쌓임. 어떤 일로 오래 마음을 썩임.
1145 상련(相連) : 서로 잇대어 붙음.
1146 진양조 : 민속 음악에서 쓰는 판소리 및 산조 장단의 하나. 24박 1장단의 가장 느린 속도로, 정악(正樂)에서 임금이 조회(朝會)에 납실 때 사용하는 여민락만(與民樂慢)에 해당한다.
1147 날진(陣) 수진(手陣) : 길들이지 않은 매와 길들인 매.
1148 해동청(海東青) : 송골매.
1149 보라매 : 두 해 묵어서 세살이 되는 매.
1150 동선령(洞仙嶺) : 황해도 황주 남쪽에 있는 고개.
1151 사대(四大)삭신 : '사대육신(四大六身)'을 속되게 이르는 말. 두 팔, 두 다리, 머리, 몸통을 이르는 말로써, 온몸을 이름.

"아차차 잊었네. 오늘이 그 삼일점고[1152]라 하더니 무슨 야단이 났나 보다."

밀창문 열뜨리며,

"허허 번수(番手)님네 이리 오소 이리 오소. 오시기 뜻밖이네. 이번 신연(新延) 길에 노독(路毒)이나 아니 나며 사또 정체(正體) 어떠하며 구관댁(舊官宅)에 가 계시며 도련님 편지 한 장도 아니 하던가? 내가 전일(前日)은 양반을 모시기로 이목이 번거하고 도련님 정체 유달라서 모르는 체하였건만 마음조차 없을손가? 들어가세 들어가세."

김 번수며 이 번수며 여러 번수 손을 잡고 제 방에 앉힌 후에 향단이 불러,

"주반상 들여라."

취토록 먹인 후에 궤문(櫃門) 열고 돈 닷 냥을 내어 놓으며,

"여러 번수님네. 가시다가 술이나 잡숫고 가옵소. 뒷말 없게 하여 주소."

사령 등이 약주에 취하여 하는 말이,

"돈이라니 당치 않다. 우리가 돈 바라고 네게 왔냐?"

하며,

"들여 놓아라."

"김 번수야. 네가 차라."

"불가(不可)타마는 닢 수(數)나 다 옳으냐?"[1153]

돈 받아 차고 흐늘흐늘 들어갈 제, 행수 기생[1154]이 나온다. 행수 기생이 나오며 두 손뼉 땅땅 마주 치면서,

"여봐라 춘향아. 말 듣거라. 너만 한 정절은 나도 있고 너만

> "불가(不可)타마는 닢 수(數)나 다 옳으냐?" : 돈을 받아서는 안 되지만, 사람 수에 맞는 양인지 말하는 것으로, 겉과 속이 다른 모습을 보이고 있다.

1152 삼일점고(三日點考) : 수령이 부임한 뒤 사흘 만에 부하를 점고하던 일.
1153 닢 수(數)나 다 옳으냐? : 돈이 사람 수에 맞게 적당하냐라는 뜻.
1154 행수 기생(行首妓生) : 기생의 우두머리.

"정절 부인 애기씨 수절 부인 애기씨 : 행수 기생이 '춘향'을 비아냥거리며 부르는 말이다. 그에게 '정절'이나 '수절'은 '춘향'의 그것과는 다른 개념으로 쓰인 것이라 할 수 있다.

형님 형님 행수 형님 : '춘향'이 '행수 기생'을 부르는 말이다. '행수 기생'을 '형님'이라 한 것은 '춘향'이 스스로의 양반으로 여기고, 더구나 양반인 '이 도령'을 위해 수절하고 있는 상황과 어울리지 않는 것이다. 이 구절은 긴박하거나 간절한 상황에서 대상을 반복하여 부르는 모습으로, '형님 형님 사촌 형님'으로 시작하는 민요 '시집살이 노래'에서도 확인할 수 있는 구성 방식이다.

한 수절은 나도 있다. 너라는 정절이 왜 있으며 너라는 수절이 왜 있느냐? 정절 부인 애기씨 수절 부인 애기씨 조그마한 너 하나로 만연[1155]하여 육방이 소동, 각 청 두목이 다 죽어난다. 어서 가자 바삐 가자."

춘향이 할 수 없어 수절하던 그 태도로 대문 밖 썩 나서며,

"형님 형님 행수 형님. 사람의 괄시를 그리 마소. 거기라고 대대(代代) 행수며 나라고 대대 춘향인가. 인생일사도무사[1156]지 한 번 죽지 두 번 죽나."

이리 비틀 저리 비틀 동헌에 들어가,

"춘향이 대령하였소."

갈등 5. 춘향과 변학도

'수청 들기'를 요구하고 거절하는 것이 '변학도'와 '춘향' 사이의 갈등이다. '변학도'는 신분적 우위를 이용한다는 점에서 계층 갈등이면서, '이몽룡'과의 사랑을 가로막는다는 점에서 개인적 갈등이고, 정절 의식이라는 도덕적 함의를 지니는 문제이므로 사회적 갈등이라고 할 수 있다.

'변학도'는 '춘향'을 기생의 신분으로 알고 있다. 그렇다면 그의 수청 요구는 정당하고, 따르지 않는 '춘향'을 징벌하는 일 역시 정당하다. 그는 통치자로서 할 수 있는 일을 했을 따름이다. 그런데 '춘향'은 태생적(胎生的)으로 어머니의 신분을 따를 수밖에 없지만, 그것이 정당한 것으로 인정하지 않는다. 더구나 '이몽룡'과의 사랑을 성취함으로써 신분 상승의 가능성을 확신하고 있다.

이들의 갈등이 해소되는 과정이나 결과에 따라 〈춘향전〉의 주제가 다양해질 수 있다. 계층 갈등이 해소된다면

1155 만연(蔓延) : 식물의 줄기가 널리 뻗는다는 뜻으로, 전염병이나 나쁜 현상이 널리 퍼짐을 비유적으로 이르는 말.
1156 인생일사도무사(人生一死都無事) : 사람은 한 번 죽으면 그만이라는 뜻.

신분 구조의 와해 또는 소멸의 결과로, 개인적 갈등이 해소된다면 자유로운 연애의 가능성이란 결과로 나타나 근대성을 지향하는 의의를 지닌다. 그러나 정절 의식의 권장이라는 결과로 나타난다면 유교적 교조주의(敎條主義)에 묻힌 전근대적 사고방식에 머물고 마는 부정적 의의를 가진다.

사또 보시고 대희(大喜)하여

"춘향일시 분명하다. 대상(臺上)으로 오르거라."

춘향이 상방[1157]에 올라가 염슬단좌(斂膝端坐)뿐이로다. 사또가 대혹(大惑)하여

"책방에 가 회계[1158] 나리님을 오시래라."

회계 생원[1159]이 들어오던 것이었다. 사또 대희하여,

"자네 보게. 저게 춘향일세."

"하 그년 매우 예쁜데, 잘 생겼소. 사또께서 서울 계실 때부터 춘향 춘향 하시더니 한 번 구경할 만하오."

사또 웃으며

"자네 중신[1160] 하겠나?"

이윽히 앉았더니

"사또가 당초에 춘향을 부르시지 말고 매파(媒婆)를 보내어 보시는 게 옳은 것을 일이 좀 경(輕)히 되었소마는 이미 불렀으니 아마도 혼사(婚事)할 밖에 수가 없소."

1157 상방(上房) : 예전에, 관아의 우두머리가 거처하던 방.
1158 회계(會計) : 금품의 출납에 관한 사무를 보는 사람.
1159 생원(生員) : 조선시대 과거제도에서 소과(小科)의 하나인 생원시(生員試)에 합격한 사람.
1160 중신 : 중매(仲媒).

사또 대희하여 춘향더러 분부하되,

"오늘부터 몸 단장 정히 하고 수청(守廳)으로 거행하라."

"사또 분부 황송하나 일부종사(一夫從事) 바라오니 분부 시행 못 하겠소."

사또 웃어 왈

"미재미재(美哉美哉)라, 계집이로다. 네가 진정 열녀로다. 네 정절 굳은 마음 어찌 그리 어여쁘냐? 당연한 말이로다. 그러나 이(李) 수재[1161]는 경성(京城) 사대부의 자제로서 명문귀족 사위가 되었으니 일시 사랑으로 잠깐 노류장화(路柳墻花)하던 너를 일분[1162] 생각하겠느냐. 너는 근본 절행(節行) 있어 전수일절[1163]하였다가 홍안이 낙조[1164] 되고 백발이 난수[1165]하면 무정세월약유파[1166]를 탄식할 제 불쌍코 가련한 게 너 아니면 뉘가 그랴. 네 아무리 수절한들 열녀 포양[1167] 누가 하랴. 그는 다 버려두고 네 골 관장(官長)에게 매임이 옳으냐, 동자(童子)놈에게 매인 게 옳으냐. 네가 말을 좀 하여라."

춘향이 여쭈오되,

"충신불사이군(忠臣不事二君)이요 열녀불경이부(烈女不更二夫) 절(節)을 본받고자 하옵는데 수차 분부 이러하니 생불여사[1168]이옵고 열불경이부(烈不更二夫)오니 처분대로 하옵소서."

이때 회계 나리가 썩 하는 말이,

1161 수재(秀才) : 예전에, 결혼하지 않은 남자를 높여 이르던 말.

1162 일분(一分) : 사소한 부분. 또는 아주 적은 양.

1163 전수일절(專守一節) : 오로지 한 가지 정절만을 지킴.

1164 낙조(落照) : 서쪽에 넘어가는 해.

1165 난수(亂垂) : 어지럽게 드리움.

1166 무정세월약유파(無情歲月若流波) : 무정하구나, 세월이여. 흐르는 물결과 같으니. 무정한 세월은 물결 같구나.

1167 포양(襃揚) : 칭찬하여 장려함.

1168 생불여사(生不如死) : 사는 것이 죽는 것만 못함.

"네 여봐라. 어 그년 요망한 년이로고. 부유일생소천하[1169]
에 일색(一色)이라. 네 여러 번 사양할 게 무엇이냐? 사또께옵
서 너를 추앙하여 하시는 말씀이지 너 같은 창기배(娼妓輩)에
게 수절이 무엇이며 정절이 무엇인가? 구관은 전송[1170]하고 신
관 사또 연접[1171]함이 법전(法典)에 당연하고 사례에도 당연커
든 괴이한 말 내지 말라. 너희 같은 천기배(賤妓輩)에게 '충렬
(忠烈)' 이 자(二字) 왜 있으리?"

이때 춘향이 하 기가 막혀 천연히 앉아 여쭈오되,

"충효열녀(忠孝烈女) 상하(上下) 있소. 자상히 들으시오. 기생
으로 말합시다. 충효열녀 없다 하니 낱낱이 아뢰리다. 해서(海
西) 기생 농선이는 동선령(洞仙嶺)에 죽어 있고, 선천(宣川) 기생
아이로되 칠거학문[1172] 들어 있고, 진주(晋州) 기생 논개[1173]는
우리나라 충렬로서 충렬문(忠烈門)에 모셔 놓고 천추향사[1174]
하여 있고, 청주(清州) 기생 화월이는 삼층각(三層閣)에 올라 있
고, 평양 기생 월선이도 충렬문에 들어 있고, 안동(安東) 기생
일지홍은 생열녀문[1175] 지은 후에 정경[1176] 가자[1177] 있사오니

1169 부유일생소천하(蜉蝣一生小天下) : 하루살이 같은 인생으로는 좁은 세상.

1170 전송(餞送) : 잔치로써 이별하여 보냄.

1171 연접(延接) : 맞아 대접함. 영접(迎接).

1172 칠거학문(七去學問) : 칠거지악(七去之惡)을 깨친, 곧 소학(小學) 정도를 깨친
  학문. 칠거지악을 배워 앎.

1173 논개(論介) : 진주의 의기(義妓). 임진왜란 때 진주성이 함락되어 왜장(倭將)
  들이 촉석루에서 연회를 베풀 때에 왜장의 목을 끌어안고 남강에 몸을 던
  져 순국하였다.

1174 천추향사(千秋享祀) : 오랜 세월 제사를 지냄. '천추'를 '춘추(春秋)'의 오기
  (誤記)로 보아, 봄과 가을에 지내는 제사로 볼 수도 있다.

1175 생열녀문(生烈女門) : 살아 있을 때 지은 열녀문.

1176 정경(貞敬) : 정경부인. 정·종일품의 종친 또는 문무백관의 아내의 작호
  (爵號).

1177 가자(加資) : 조선 시대에, 관원들의 임기가 찼거나 근무 성적이 좋은 경우
  품계를 올려 주던 일. 또는 그 올린 품계.

기생 훼패[1178] 마옵소서.”

춘향 다시 사또 전에 여쭈오되,

“당초에 이 수재 만날 때에 태산(泰山) 서해(西海) 굳은 마음 소첩(小妾)의 일심정절(一心貞節) 맹분[1179] 같은 용맹인들 빼어내지 못할 터요, 소진[1180] 장의[1181] 구변(口辯)인들 첩의 마음 옮겨가지 못할 터요, 공명[1182] 선생 높은 재조(才操) 동남풍은 빌었으되 일편단심 소녀 마음 굴복(屈伏)지 못하리라. 기산(箕山)의 허유[1183]는 부촉수요거천[1184]하고 서산(西山)의 백숙[1185] 양인(兩人)은 불식주속[1186]하였으니 만일 허유 없었으면 고도지사[1187] 누가 하며 만일 백이 숙제 없었으면 난신적자(亂臣賊子) 많으리라. 첩신(妾身)이 수(雖)[1188] 천한 계집인들 허유 백숙을 모르리까? 사람의 첩이 되어 배부기가[1189]하는 법이 벼슬하는 관장님네 망국부주[1190] 같사오니 처분대로 하옵소서.”

1178 훼패(毀敗) : 남의 실패를 나쁘게 말함. 남의 일을 나쁘게 말함.
1179 맹분(孟賁) : 중국 위(衛)나라의 유명한 용사. '대단한 용맹'을 의미하는 '맹분지용(孟賁之勇)'이 그에게서 비롯되었다.
1180 소진(蘇秦) : 중국 전국시대의 책사(策士). 연(燕)·조(趙)나라 등 육국을 합종하여 진(秦)나라와 대항케 하고 스스로 육국의 재상이 되었다.
1181 장의(張儀) : 중국 전국시대의 유세가(遊說家). 위(魏)나라 사람. 제후에게 유세하여 소진(蘇秦)의 합종설에 반대하고 열국은 진(秦)나라를 섬겨야 한다고 주장했으나 진나라의 혜왕이 죽으매 실현하지 못한 채 죽었다.
1182 공명(孔明) : 제갈량(諸葛亮). 중국 삼국시대 때 촉(蜀)나라 재상.
1183 허유(許由) : 중국 요(堯)임금 때 인격이 높고 성품이 깨끗했던 선비. 요임금이 천하를 그에게 넘겨주려 했으나 거절하고 기산에 들어가서 나오지 않았다.
1184 부촉수요거천(不囑受堯擧薦) : 요임금의 천거를 받아들이지 않음.
1185 백숙(伯叔) : 백이(伯夷)와 숙제(叔齊). 모두 중국 은(殷)나라 고죽군(孤竹君)의 아들. 주(周)나라 무왕(武王)이 은나라를 점령하자, 둘은 주(周)나라의 곡식 먹기를 부끄러이 여겨 수양산(首陽山)으로 도망가서 고사리를 캐[採薇] 먹으며 살다가 마침내 굶어 죽었다.
1186 불식주속(不食周粟) : 주나라의 곡식을 먹지 않음.
1187 고도지사(高蹈之士) : 고사(高士). 속세를 멀리 떠나 은거하는 선비.
1188 수(雖) : 비록.
1189 배부기가(背夫棄家) : 남편을 배반하고 가정을 저버림.
1190 망국부주(忘國負主) : 나라를 잊고 임금을 등짐.

사또 대로하여,

"이년 들어라. 모반대역[1191]하는 죄는 능지처참[1192]하여 있고, 조롱관장[1193]하는 죄는 제서율[1194]에 율(律) 써 있고, 거역관장(拒逆官長)하는 죄는 엄형정배[1195]하느니라. 죽노라 설워마라."

춘향이 포악하되,[1196]

"유부녀 겁탈하는 것은 죄 아니고 무엇이오."

사또 기가 막혀 어찌 분하시던지 연상[1197]을 두드릴 제 탕건[1198]이 벗어지고 상투 고가 탁 풀리고 대마디[1199]에 목이 쉬어,

"이년 잡아 내리라."

호령하니 골방에 수청 통인,

"예."

하고 달려들어 춘향의 머리채를 주루루 끌어내며,

"급창."

"예."

"이년 잡아 내리라."

춘향이 떨치며,

1191 모반대역(謀反大逆) : 왕실을 뒤집고 정권 쥐기를 꾀함으로써 나라에 반역함.

1192 능지처참(陵遲處斬) : 능지처사(陵遲處死). 대역죄나 패륜을 저지른 죄인 등에게 가해진 극형이다. 언덕을 천천히 오르내리듯[陵遲] 고통을 서서히 최대한으로 느끼면서 죽어가도록 하는 잔혹한 사형으로서 대개 팔다리와 어깨, 가슴 등을 잘라내고 마지막에 심장을 찌르고 목을 베어 죽였다.

1193 조롱관장(嘲弄官長) : 관장을 조롱함.

1194 제서율(制書律) : 제서(制書)에 있는 법률. '제서'는 임금의 말을 국민에게 알릴 목적으로 적은 글.

1195 엄형정배(嚴刑定配) : 엄중한 형벌을 내리고 귀양을 보냄.

1196 포악하되 : 악을 쓰되.

1197 연상(硯床) : 문방제구를 놓는 작은 상.

1198 탕건 : 갓 아래에 받쳐 쓰는 관의 한 가지.

1199 대마디 : 첫마디.

"이년 잡아 내리라." : '춘향'이 '변학도'의 수청 명령을 거부하고 매를 맞는 장면 뒤에 이어지는 장면이다. 이 장면 잡가로 부른 것이 '집장가'이다. 그 내용은 다음과 같다.

집장군노(執杖軍奴) 거동을 봐라
춘향(春香)을 동틀에다 쫑그라니 올려매고
형장(刑杖)을 한아름을 디립다 덥석 안아다가
춘향의 앞에다가 좌르르 펼뜨리고
좌우 나졸(邏卒)들이 집장(執杖) 배립(排立)하여
분부(吩付) 듣주어라 여쭈어라
바로바로 아뢸 말삼 없소 사또안전(使道案前)에 죽여만 주오
집장군노 거동을 봐라
형장 하나를 고르면서 이놈 집어 느긋느긋 저놈 집어 는청는청
춘향이를 곁눈을 주며 저 다리 들어라
골(骨) 부러질라 눈 감아라 보지를 마라
나 죽은들 너 매우 치랴느냐 걱정을 말고 근심을 마라
집장군노 거동을 봐라
형장 하나를 골라 쥐고 선뜻 들고 내닫는 형상(形狀)
지옥문(地獄門) 지키었던 사자(使者)가 철퇴(鐵槌)를 들어메고 내닫는 형상
좁은 골에 벼락치듯 너른 들[廣野]에 번개하듯
십 리만치 물러섰다가 오리만치 달여 들어와서
하나를 드립다 딱 부치니 아이구 이 일이 웬 일이란 말이오
허허 야 년아 말 듣거라
꽃은 피었다가 저절로 지고
잎은 돋았다가 다 뚝뚝 떨어져서
허허한치 광풍(狂風)의 낙엽이 되어
청버들을 좌르르 훑터
맑고 맑은 구곡지수(九曲之水)에 다가 풍기덩실 지두덩실
흐늘거려 떠나려 가는구나
말이 못된 네로구나

"놓아라."

중계[1200]에 내려가니 급창이 달려들어,

"요년 요년. 어떠하신 존전[1201]이라고 대답이 그러하고 살기를 바랄쏘냐?"

주제 2. 정절 의식의 고양(高揚)

부부가 되기로 약속한 '춘향'은 '이몽룡'에 대한 신의를 지키기 위하여 다른 남자와 어떠한 관계 형성도 거부하고, 그런 의지가 결국 행복한 결말로 이어지게 된다는 게 〈춘향전〉이다. 따라서 〈춘향전〉은 여성의 정절 의식 고양이라는 주제를 가진 작품이라 할 수 있다.

이처럼 '춘향'이 정절 의식을 지닐 수 있는 여성으로 인정한다는 것은 '춘향'이 기생이 아니라는 전제가 성립될 때 가능하다. 기생에게는 정조를 지킬 권리라 할 '정조권'이 없기 때문이다. '변 사또'가 '춘향'을 기생이라 여겼기에 수청 들기를 강요한 것이지 정조를 빼앗는다는 생각은 하지 않았지만, 서술자나 향수자의 생각은 그를 징치함으로써 '춘향'의 편에 섰던 것이다.

대뜰 아래 내리치니 맹호(猛虎) 같은 군노 사령 벌떼같이 달려들어 감태[1202] 같은 춘향의 머리채를 정정[1203] 시절(時節) 연실 감 듯 뱃사공이 닻줄 감 듯 사월 팔일 등대[1204] 감 듯 휘휘친

1200 중계(中階) : 가옥의 토대가 되도록 높이 쌓은 단.
1201 존전(尊前) : 예전에, 임금이나 높은 벼슬아치의 앞을 이르던 말.
1202 감태(甘苔) : 검은 자주색 또는 붉은 자주색을 띠고 바닷속 바위에 이끼처럼 붙어 30cm 정도 자라며 식용하는 해조류.
1203 정정(正丁) : 직접 군대에서 복역하거나 군대의 진영(陣營)에서 부역하는 사람.
1204 등(燈)대 : 등을 달기 위하여 세우는 긴 대.

친 감아쥐고 동당이쳐 엎지르니 불쌍타 춘향 신세 백옥 같은 고운 몸이 육자배기[1205]로 엎더졌구나.

　좌우 나졸 늘어서서 능장,[1206] 곤장,[1207] 형장(刑杖)이며, 주장[1208] 짚고,

　"아뢰라. 형리(刑吏) 대령하라."

　"예."

　"숙여라."

　"형리요."

사또 분이 어찌 났던지 벌벌 떨며 기가 막혀 허푸허푸 하며,

　"여보아라. 그년에게 다짐이 왜 있으리. 묻도 말고 동틀[1209]에 올려매고 정치[1210]를 부수고 물고장[1211]을 올려라."

　춘향을 동틀에 올려매고 쇄장[1212]이 거동 봐라. 형장이며 태장[1213]이며 곤장이며 한 아름 담쑥 안아다가 형틀 아래 좌르륵 부딪치는 소리 춘향의 정신이 혼미(昏迷)한다.

　집장 사령[1214] 거동 봐라. 이 놈도 잡고 능청능청 저 놈도 잡

1205　육자배기 : 팔과 다리를 쭉 뻗고 '六' 자처럼 드러눕거나 엎어진 모양.

1206　능장(稜杖) : 궁궐 문에 드나드는 것을 막으려고 어긋맞게 가새지르는 둥근 나무. 밤중에 돌아다니며 경계할 때에 쓰는 기구.

1207　곤장(棍杖) : 옛날 죄인의 볼기를 치던 곤봉. 크기와 무게에 따라서 중곤(中棍)·대곤(大棍)·중곤(中棍)·소곤(小棍)·치도곤(治盜棍)의 다섯 가지가 있음.

1208　주장(朱杖) : 붉은 칠을 한 몽둥이. 무기로 혹은 죄인을 다스릴 때 형장으로 썼다.

1209　동틀 : 형틀. 죄인을 신문할 때에 앉히던 형벌 도구.

1210　정치 : 정강이.

1211　물고장(物故狀) : 죄인 죽인 것을 보고하는 글.

1212　쇄장(鎖匠) : 옥(獄)사장이. 옥에 갇히어 있는 사람을 지키던 사령.

1213　태장(笞杖) : 원래는 태형(笞刑) 즉, 회초리로 볼기를 치던 형벌과 장형(杖刑) 즉, 곤장으로 볼기를 치던 형벌을 말하는데 여기에서는 태형에 사용되는 회초리를 말한다.

1214　집장 사령(執杖使令) : 장형(杖刑)을 행하던 사령.

고서 능청능청 등심[1215] 좋고 빳빳하고 잘 부러지는 놈 골라 잡고 오른 어깨 벗어 메고 형장 집고 대상청령[1216] 기다릴 제,

"분부 모셔라. 네 그년을 사정 두고 허장[1217]하여서는 당장에 명[1218]을 바칠 것이니 각별히 매우 치라."

집장 사령 여쭈오되,

"사또 분부 지엄한데 저만 한 년을 무슨 사정 두오리까? 이년 다리를 까딱 말라. 만일 요동하다가는 뼈 부러지리라."

배경 사상 4. 인본주의(humanism)

인본주의(人本主義)는 세계와 인간의 관계에서 인간을 우위에 두고자 하는 사상이다. 인간이 우선이라면 신(神)이나 이념(理念)이 인간을 규정할 수 없다는 것이고, 인간이 스스로를 긍정하는 것이라 할 수 있다. 보편적 인간성이 어떤 것인지 새롭게 정립하면서 개인뿐만 아니라 인류 전체가 자유와 평등, 존엄과 사랑을 누릴 수 있어야 한다는 게 인본주의이다.

이런 사상이 〈춘향전〉의 바탕에 깔려 있다. 사회를 유지하는 이념의 지배에서 벗어나 개인의 의사가 존중 받는 모습을 〈춘향전〉이 그리고 있기 때문이다. '춘향'은 신분적 제약이라는 중세적 이념의 속박으로부터 벗어나 보편적인 인간이 누릴 자유와 평등을 얻으려 한다. 그런 그의 꿈을 현실로 바꾸어 주기 위해 이념에 저항하며 노력하는 '이몽룡'도 인본주의자라 할 수 있다.

이런 사회적 변화를 이끈 인본주의가 자생적(自生的)인 것인지 외래적(外來的)인 것인지 확인하는 일은 쉽지 않다. 그런데 적층(積層) 문학은 향수자에 의해서 선택적으로 전

1215 등심 : '등'의 방언. 물체의 위쪽이나 바깥쪽에 볼록하게 내민 부분.
1216 대상청령(臺上廳令) : 대청(大廳)에서 내리는 명령.
1217 허장(虛杖) : 거짓으로 때림.
1218 명(命) : 목숨.

승되기 때문에 〈춘향전〉도 기층(基層)의 생각을 반영하고 있음은 자명하다. 실학(實學) 사상 같은 외래적 요소가 작용하지 않은 것은 아니겠지만 사회를 변화시킬 자생적 힘이 민중 사이에서 움텄을 가능성도 높은 것으로 보아야 할 것이다.

호통하고 들어서서 검장[1219] 소리 발 맞추어 세면서 가만히 하는 말이,

"한두 개만 견디소. 어쩔 수가 없네. 요 다리는 요리 틀고 저 다리는 저리 틀소."

"매우 치라."

"예잇. 때리오."

딱 붙이니 부러진 형장개비는 푸르르 날아 공중에 빙빙 솟아 상방 대뜰 아래 떨어지고 춘향이는 아무쪼록 아픈 데를 참으려고 이를 복복 갈며 고개만 빙빙 두르면서,

"애고 이게 웬 일이여."

곤장 태장 치는 데는 사령이 서서 하나 둘 세건마는 형장부터는 법장[1220]이라 형리와 통인이 닭싸움하는 모양으로 마주 엎뎌서 하나 치면 하나 긋고 둘 치면 둘 긋고 무식하고 돈 없는 놈 술집 바람벽에 술값 긋듯 그어 놓으니 한 일자(一字)가 되었구나.

춘향이는 저절로 설움겨워 맞으면서 우는데,

"일편단심(一片丹心) 굳은 마음 일부종사[1221] 뜻이오니 일개

호통하고 들어서서~가만히 하는 말 : 집장 사령의 겉과 속이 다른 생각이 말을 통해 드러나고 있다. 사또의 명령을 따르지 않을 수 없는 처지이므로 겉으로는 '호통하'지만, 마음속은 '춘향'을 불쌍하게 여겨 '가만히' 말을 하고 있다.

형장개비는 푸르르 날아~빙빙 두르면서 : 형장이 집행되는 모습을 음성 상징어, '푸르르, 빙빙, 복복, 빙빙' 등을 써서 현장감을 살리고, 과장하여 표현함으로써 향수자의 흥미를 끌어올리고 있다.

무식하고 돈 없는 놈 술집 바람벽에 술값 긋듯 : 춘향이 매를 맞는 슬픈 장면인데 그 비유는 희극적이다. 비극적인 상황을 희화화(戲畵化)를 통해 비극성을 차단하는 수법을 쓰고 있다. '무식하고 돈 없는 놈'은 사실상 독서물로서의 '춘향전'의 향수자는 아니다.

설움겨워 맞으면서 우는데 : '춘향'은 매를 맞아 울지만, 아파서 우는 게 아니라 '설움겨워' 운다고 하였다. 신재효가 개작한 이 본에는 '춘향의 곧은 마음 아픈 말 하여서는 열녀가 아니라고 저렇게 독한 형벌 아픈 말 아니하고 제 심중에 먹은 마음 낱낱이 발명'한다고 하였다.

1219 검장(檢杖) : 장형(杖刑)의 수를 세는 일.
1220 법장(法杖) : 법률에 의한 형장.
1221 일부종사(一夫從事) : 평생 한 남편만을 섬김.

형벌 치옵신들 일 년이 다 못가서 일각(一刻)인들 변하리까?"

이때 남원부 한량[1222]이며 남녀노소 없이 모여 구경할 제, 좌우의 한량들이,

"모질구나 모질구나. 우리 골 원님이 모질구나. 저런 형벌이 왜 있으며 저런 매질이 왜 있을까? 집장 사령놈 눈 익혀 두어라. 삼문(三門) 밖 나오면 급살(急煞)을 주리라."

보고 듣는 사람이야 누가 아니 낙루(落淚)하랴.

둘째 낱[1223] 딱 붙이니

"이비절[1224]을 아옵는데 불경이부 이내 마음 이 매 맞고 영 죽어도 이 도령은 못 잊겠소."

"모질구나 모질구나.~급살(急煞)을 주리라." : 춘향이 매를 맞는 장면을 구경하는 사람들이 하는 말이다. 피해 당사자인 춘향 대신 남원부에 사는 제삼자의 말을 인용함으로써 사또에 대한 비판이 '춘향'의 개인적 차원의 것이 아니라 사람들의 민중의 집단적 차원에서 이루어짐을 강조하는 효과를 얻고 있다. 판소리로 공연된다면 이 목소리는 관객(청중)의 입에서 나올 법한 것이라 향수자 의식이란 측면에서 살필 만한 부분이다.

보고 듣는 사람이야 누가 아니 낙루(落淚)하랴. : '춘향'이 매를 맞는 장면에 대한 주변의 반응을 드러내는 편집자적 논평이다. 누구나 눈물을 흘릴 만큼 처절한 장면임을 드러낸다.

주제 3. 하층민의 저항 의식

〈춘향전〉은 '변 사또'로 대표되는, 부패하고 폭정을 일삼다가 암행어사의 출또로 징치되는 이야기라는 점에 초점을 맞추어 〈춘향전〉의 주제를 지배층에 대한 하층민의 저항으로 파악한다. '춘향'이 '변 사또'의 수청 요구를 거절하고 형장을 맞는 장면을 구경하던 남원읍내 한량들이 '집장 사령'이 급살 맞기를 바라는 장면에서 이 주제는 '춘향' 개인의 문제가 아니라 민중 전체의 문제로 확장된다.

그런데 '변 사또'를 징치하는 계층 역시 지배층이란 점을 제대로 설명할 수 있어야 한다. 지배층이 가진 사회적 문제를 지배층이 해결하는 설정은 〈춘향전〉의 한계라고만 하면 이런 주제를 도출하는 것 자체가 논리적 결함을 안을 수 있다. 이 문제는 이런 전제를 설정함으로써 해결된다. 모든 사람의 생각이 같을 수 없듯이 지배층 중에도

1222 한량(閑良) : 일정한 직책이나 일이 없이 놀고먹던 말단 양반 계층.

1223 낱 : 여럿 가운데 따로따로인, 아주 작거나 가늘거나 얇은 물건을 하나하나 세는 단위.

1224 이비절(二妃節) : 순(舜)임금의 두 비(妃)인 아황과 여영의 절개.

하층민의 처지를 이해하는 양심적 세력이 있을 수 있는데, 그가 '이몽룡'이다.

이렇게 하더라도 여전히 남는 문제는, 하층민이 저항하는 목적이 지배층에 귀속되기 위한 것인가 하는 점이다. 신분의 상승을 목표로 삼느라 신분이 평등해야 하는 당위성을 놓친 셈이기 때문이다.

셋째 낱을 딱 붙이니,

"삼종지례[1225] 지중한 법 삼강오륜(三綱五倫) 알았으니 삼치형문[1226] 정배(定配)를 갈지라도 삼청동 우리 낭군 이 도령은 못 잊겠소."

넷째 낱을 딱 붙이니,

"사대부 사또님은 사민공사[1227] 살피잖고 울력공사[1228] 힘을 쓰니 사십팔방(四十八坊) 남원 백성 원망함을 모르시오? 사지를 가른대도 사생동거[1229] 우리 낭군 사생간(死生間)에 못 잊겠소."

다섯 낱째 딱 붙이니,

"오륜(五倫) 윤기[1230] 끊치잖고 부부유별(夫婦有別) 오행(五行)으로 맺은 연분 올올이 찢어낸들 오매불망 우리 낭군 온전히

1225 삼종지례(三從之禮) : 삼종지의(三從之義). 옛날에 여자가 지켜야 할 세 가지의 법도를 이르는 말. 어려서는 아버지를, 시집가서는 남편을, 남편이 죽은 후에는 자식을 좇음을 이르는 말이다.

1226 삼치형문(三致刑問) : 세 번이나 형문을 당함. '형문'은 형벌과 고문을 가하여 죄나 잘못을 따져 묻는 일.

1227 사민공사(四民公事) : 사(士)·농(農)·공(工)·상(商)의 네 신분에 대한 관청의 일.

1228 울력공사(公事) : 울력으로 하는 공적인 일. '울력'은 으르고 협박함.

1229 사생동거(死生同居) : 죽으나 사나 함께 삶.

1230 윤기(倫紀) : 윤리와 기강.

생각나네. 오동추야 밝은 달은 임 계신 데 보련마는 오늘이나 편지 올까 내일이나 기별 올까. 무죄한 이내 몸이 오사[1231]할 일 없사오니 오결가수[1232] 마옵소서. 애고 애고 내 신세야."

여섯 낱째 딱 붙이니,

"육육은 삽십육으로 낱낱이 고찰하여 육만 번 죽인대도 육천 마디 어린 사랑 맺힌 마음 변할 수 전혀 없소."

일곱 낱을 딱 붙이니,

"칠거지악 범하였소. 칠거지악 아니거든 칠개 형문 웬 일이오? 칠척검(七尺劍) 드는 칼로 동동이[1233] 장글러서[1234] 이제 바삐 죽여주오. 치라 하는 저 형방아 칠 때마다 고찰 마소. 칠보홍안(七寶紅顔) 나 죽겠네."

여덟째 낱 딱 붙이니,

"팔자 좋은 춘향 몸이 팔도 방백 수령 중에 제일 명관(名官) 만났구나. 팔도 방백 수령님네 치민(治民)하러 내려왔지 악형(惡刑)하러 내려왔소."

아홉 낱째 딱 붙이니,

"구곡간장(九曲肝腸) 굽이 썩어 이내 눈물 구년지수(九年之水) 되겠구나. 구고[1235] 청산(青山) 장송(長松) 베어 청강선(清江船) 무어[1236] 타고 한양성중 급히 가서 구중궁궐[1237] 성상(聖上)

제일 명관(名官) 만났구나. : '명관'은 정치를 잘하여 이름이 난 관리를 뜻하는 말인데, '악형(惡刑)하러 내려'온 '변 사또'는 그와 상반되는 인물이므로 반어적 표현의 편집자적 논평이다. 이러한 표현은 '변 사또'가 명관이 아님을 강조하여, 독자나 관객도 그와 같이 여기기를 바라는 효과를 지닌다.

1231 오사(誤死) : 형벌이나 재앙으로 제 목숨대로 살지 못하고 비명에 죽음. 원문에는 '악스'로 되어 있는데, '誤死(오사)'를 '惡死(오사)'로 쓰고 '악사'로 읽은 것으로 보인다. 문맥으로 보아도 '오'로 시작하는 말이 나오는 자리라 '오사'가 어울린다.
1232 오결가수(誤決枷囚) : 잘못 처결하여 죄인의 목에 칼을 씌워 옥에 가둠. 원문은 '오경자수'임.
1233 동동이 : 동아리 동아리. 몸의 각 부분대로 토막 쳐서.
1234 장글러서 : 잘라서.
1235 구고(九皐) : 으슥한 늪과 못.
1236 무어 : 만들어.
1237 구중궁궐(九重宮闕) : 아홉 겹으로 둘러싸인 즉, 대단히 깊은 곳에 자리한

전(前)에 구구원정[1238] 주달(奏達)하고 구정(九庭) 뜰[1239]에 물러나와 삼청동을 찾아가서 우리 사랑 반가이 만나 굽이굽이 맺힌 마음 저근듯[1240] 풀련마는."

열째 낱을 딱 붙이니,

"십생구사[1241] 할지라도 팔십 년 정한 뜻을 십만 번 죽인대도 가망 없고 무가내[1242]지. 십육 세 어린 춘향 장하원귀[1243] 가련하오."

열 치고는 짐작할 줄 알았더니 열다섯째 딱 붙이니,

"십오야 밝은 달은 떼구름[1244]에 묻혀 있고 서울 계신 우리 낭군 삼청동에 묻혔으니 달아 달아 보느냐? 임 계신 곳 나는 어이 못 보는고?"

스물 치고 짐작할까 여겼더니 스물다섯 딱 붙이니,

"이십오현탄야월에 불승청원 저 기러기,[1245] 너 가는 데 어드메냐? 가는 길에 한양성 찾아들어 삼청동 우리 임께 내 말 부디 전해 다오. 나의 형상 자세히 보고 부디부디 잊지 마라."

궁궐.

1238 구구원정(區區原情) : 갖가지 바라거나 하소연하는 마음.

1239 구정(九庭) 뜰 : 아홉 층계로 된, 궁궐의 뜰.

1240 저근듯 : 적은 듯. 적으나마. 조금이나마.

1241 십생구사(十生九死) : 구사일생(九死一生). 꼭 죽을 경우를 당하였다가 살아남. 썩 위험한 고비를 겪음.

1242 무가내(無可奈) : 무가내하(無可奈何). 처치할 수단이 없음. 어찌할 수 없게 됨.

1243 장하원귀(杖下寃鬼) : 매를 맞아 원통하게 죽은 사람의 귀신.

1244 떼구름 : 많은 구름.

1245 이십오현탄야월(二十五絃彈夜月)에 불승청원(不勝淸怨) 저 기러기 : 스물다섯 줄의 거문고로 밤의 달을 연주하니 맑은 원한을 이기지 못한 저 기러기. 중국 당(唐)나라 시인 전기(錢起)의 시 '귀안(歸雁)'에 '스물다섯 줄 거문고로 달밤을 연주하니, 맑고 원망스러운 그 곡조 못 이겨 도리어 날아가는 걸까(二十五絃彈夜月 不勝淸怨卻飛來)?'라는 구절을 끌어 왔다.

표현 3. 반어적 표현

'반어적 표현'은 속뜻과 반대로 표현하여 그 내용을 강조하는 말이나 글, 행동을 뜻한다. 정보의 발신자가 의도하는 바를 수신자가 이해하지 못하면 이 표현은 제대로 효과를 얻을 수 없다. 겉으로 드러난 것이 속에 감추어진 것과 반대임을 충분히 이해할 수 있는 상황과 조건 아래에서 사용하여야 이 표현의 효과가 배가(倍加)된다.

〈춘향전〉에서 반어적 표현은 여러 곳에서 확인할 수 있다. '이 몽룡'과 이별을 맞은 '춘향'에게 '잘 되고 잘 되었다'라고 하는 장면, '춘향'이 형장을 맞으면서 부르는 '십장가'에서 '팔자 좋은 춘향 몸이 팔도 방백 수령 중에 제일 명관(名官) 만났구나.'라는 구절, 암행어사가 되어 거지 행색으로 나타난 '이 도령'을 보고 '이리 잘 되었소.'라고 하는 장면 등이 그것이다.

삼십삼천(三十三天) 어린 마음 옥황전(玉皇前)에 아뢰고자. 옥 같은 춘향 몸에 솟느니 유혈(流血)이요 흐르느니 눈물이라. 피 눈물 한데 흘러 무릉도원 홍류수[1246]라.

춘향이 점점 포악하는 말이,

"소녀를 이리 말고 살지능지[1247]하여 아주 박살[1248] 죽여 주면 사후(死後) 원조[1249]라는 새가 되어 초혼조[1250] 함께 울어 적막공산 달 밝은 밤에 우리 이 도령님 잠든 후 파몽[1251]이나 하

1246 무릉도원(武陵桃源) 홍류수(紅流水) : 무릉도원의 붉은 물. 무릉도원에 있는 복숭아의 붉은 꽃잎이 물에 떨어져 흐르는 것을 표현한 것이다.
1247 살지능지(殺之陵遲) : 능지처참(陵遲處斬)을 해서 죽임.
1248 박살(撲殺) : 때려죽임.
1249 원조(怨鳥) : 원통하게 죽은 사람의 귀신이 변하여 되었다는 새.
1250 초혼조(楚魂鳥) : 중국 초(楚)나라의 회왕(懷王)이 장의(張儀)에게 속아서 진(秦)나라의 무관(武關)에 들어갔다가 억류되어 죽은 뒤에 되었다는 새.
1251 파몽(破夢) : 꿈에서 깨어나게 함.

여지다."

말 못 하고 기절하니 엎뎠던 통인 고개 들어 눈물 씻고 매질하던 저 사령도 눈물 씻고 돌아서며,

"사람의 자식은 못 하겠네."

좌우에 구경하는 사람과 거행하는 관속들이 눈물 씻고 돌아서며,

"춘향이 매 맞는 거동 사람 자식은 못 보겠다. 모질도다 모질도다 춘향 정절이 모질도다. 출천열녀[1252]로다."

남녀노소 없이 서로 낙루(落淚)하며 돌아설 때 사또인들 좋을 리가 있으랴.

"네 이년 관정[1253]에 발악하고 맞으니 좋은 게 무엇이냐? 일후(日後)에 또 그런 거역관장(拒逆官長) 할까?"

반생반사(半生半死) 저 춘향이 점점 포악하는 말이,

"여보 사또 들으시오. 일념포한[1254] 부지생사[1255] 어이 그리 모르시오. 계집의 곡한[1256] 마음 오유월 서리 치네. 혼비중천(魂飛中天) 다니다가 우리 성군(聖君) 좌정하(坐定下)에 이 원정(原情)을 아뢰오면 사또인들 무사할까. 덕분에 죽여주오."

사또 기가 막혀,

"허허 그년 말 못할 년이로고. 큰칼 씌워 하옥하라."

하니 큰칼 씌워 인봉[1257]하여 쇄장이 등에 업고 삼문 밖 나올 제 기생들이 나오며,

1252 출천열녀(出天烈女) : 하늘로부터 타고난 열녀.
1253 관정(官庭) : 관가의 뜰에 마련한 법정(法廷). '관정(官廷)'이라 써서 시골 사람들이 그 고을 수령을 이르던 말.
1254 일념포한(一念抱恨) : 한결같은 마음으로 원한을 품음.
1255 부지생사(不知生死) : 죽고 사는 것에 개의치 않음.
1256 곡(曲)한 : 곡진한 마음. 간절한 마음.
1257 인봉(印封) : 인봉가수(印封枷囚). 중죄인의 목에 칼을 씌우고 그 위에 도장 찍은 종이를 붙이던 일.

말 못 하고 기절하니 : '춘향'이 형장 33대를 맞고도 절개를 꺾지 않고, 결국 기절한 장면이다. 다음은 이 장면과 연관되는 것으로 읽을 수 있는 박재삼의 시 '화상보(華想譜)'이다.

목이 휘어진 채 꽃진 꽃대같이 조용히 춘향(春香)이는 잠이 들었다. 칼 위에는 눈물방울이 어룽져 꽃이파리의 겹쳐진 그것으로 보였다. 그렇다, 그것은 달밤일수록 영롱한 것이 오히려 아픈, 꽃이파리, 꽃이파리, 꽃이파리들이 되어 떨고 있다.

참말이다. 춘향(春香)이 일편단심(一片丹心)을 생각해 보아라. 원(願)이라면, 꿈 속엔 홀륭한 꽃동산이 온전히 제 것이 되었을 것이다. 그리고, 그것을 가꾸는 슬기 다음에는 마치 저 하늘의 달에나 비길 것인가, 한결같이 그 둘레를 거닐어 제자리 돌아오는 일이나 맘대로 하였을 것이다. 아니라면 그 많은 새벽마다를 사람치고 그렇게 같은 때를 잠깰 수는 도무지 없는 일이란 말이다.

"애고 서울집[1258]아 정신 차리게. 애고 불쌍하여라."

사지를 만지며 약을 갈아 들이며 서로 보고 낙루할 제 이때 키 크고 속없는 낙춘이가 들어오며,

"얼씨고 절씨고 좋을씨고 우리 남원도 현판[1259]감이 생겼구나."

왈칵 달려들어,

"애고 서울집아. 불쌍하여라."

근원 설화 3. 열녀 설화

〈춘향전〉의 '춘향'은 열녀(烈女)이기 때문에 신분 상승의 소망을 이루고 '이 도령'과의 사랑을 이룰 수 있었다. 그러므로 〈춘향전〉은 '춘향'이 목숨을 걸고 정절을 지킴으로써 이룩한 열녀 이야기인 셈이다. 열녀가 주인공인 설화로 대표적인 것이 '도미의 아내 이야기'와 '지리산녀 이야기'인데, 이들은 '관탈민녀(官奪民女)' 모티프까지 공유하고 있어서 따로 다루기로 한다.

설씨녀(薛氏女) 설화 : 진평왕 때 그 아버지가 늙은 몸으로 국경을 지키는 일에 징발되었는데, 대신할 사람도 없었으므로 설씨녀는 매우 고심하고 있었다. 그런데 평소부터 그녀를 흠모해 왔던 사량부(沙梁部) 출신 소년 가실(嘉實)이 이 소문을 듣고 역을 대신해 주겠다고 자청하였다. 이를 고맙게 생각한 아버지는 두 사람을 혼인시키기로 하였다. 두 사람은 역이 끝난 뒤 혼인하기로 하고, 거울을 절반씩 나누어 신표(信標)로 삼고 헤어졌다. 그런데 전쟁이 계속되어 군사들을 교대시키지 않아 6년이 지나도록 가실은 돌아오지 못했다. 기다리다 지친 설씨녀의 아버지는 약속

1258 서울집 : 서울댁. 시댁이 서울에 있다는 데서 나온 말로, '춘향'을 가리킴.
1259 현판(懸板) : 글씨나 그림을 쓰거나 새겨서 문이나 벽 위에 다는 널조각. 여기서는 열녀 춘향을 기리어 세운 '정문(旌門)'의 뜻으로 쓰인다.

한 3년이 지났으니 다른 사람과 혼인할 것을 권했으나, 설씨녀는 약속을 어길 수 없다고 하며 반대하였다. 그러자 아버지는 그녀 몰래 마을 사람과 혼인을 약속하였다. 혼례 일이 되어 아버지가 신랑을 맞아들였으나 그녀는 거절하고 도망하려 하였다. 그런데 바로 이때 가실이 돌아왔다. 야위고 남루해 아무도 그가 누구인지 알아보지 못하자, 가실은 신표인 깨진 거울을 내놓아 자신이 가실임을 알렸다. 이리하여 두 사람은 혼인을 해 일생을 해로하게 되었다. 김부식(金富軾)의 『삼국사기(三國史記)』에 나오는 이야기이다.

열불열(烈不烈) 설화 : 옛날 한 나무꾼이 아름다운 아내와 살고 있었다. 그런데 나무꾼의 친구가 늘 그 부인을 탐내어, 어느 날 함께 나무하러 갔다가 그 나무꾼을 죽이고 태연하게 혼자 돌아와서 나무꾼의 부인을 돌보아 주다가, 마침내 자신의 뜻대로 결혼하게 되었다. 결혼 후 아들 삼형제와 딸 형제를 낳고 살았는데, 하루는 남편이 처마에서 빗물이 떨어지는 것을 보고 혼자 웃으므로, 부인이 그 까닭을 따져 물었다. 남편은 이제 모든 사실을 이야기하여도 아내가 어쩔 수 없으리라 생각하고, "낙숫물 거품을 보니 친구가 죽을 때 입에 물었던 거품이 생각나서 웃었다." 하면서, 전남편을 죽인 사실을 실토하였다. 부인은 곧 이 사실을 관가에 알려 처형하게 함으로써 전남편의 원수를 갚았다. 그리고 자기의 미모가 두 남편을 죽였으니, 어찌 살 수 있으랴 하고 자결하였다.

이리 야단할 제 춘향 어미가 이 말을 듣고 정신없이 들어오더니 춘향의 목을 안고,

"애고 이게 웬 일이냐. 죄는 무슨 죄며 매는 무슨 매냐? 장

이리 야단할 제 춘향 어미가 이 말을 듣고 : '춘향'이 '변학도'의 수청 명령을 거부하고 매를 맞는 장면 뒤에 이어지는 장면인데, 이 장면을 잡가로 부른 것이 '형장가'이다. '집장가'는 장형(杖刑)이 집행되는 과정을 다루었다면, '형장가'는 형장 집행이 끝난 뒤에 일어나는 일을 다루었다. 그 내용은 다음과 같다.

형장 태장 삼모진 도리매로
하날 치고 짐작할까 둘을 치고 그만 둘까
삼십도(三十度)에 맹장(猛杖)하니 일촌간장 다 녹는다
걸렸구나 걸렸구나 일등춘향이 걸렸구나
사또 분부 지엄하니 인정일랑 두지 마라
국곡투식(國穀偸食) 하였느냐 엄형중치(嚴刑重治)는 무삼 일고
살인도모 하였느냐 항쇄족쇄는 무삼 일고
관전발악(官前發惡)하였느냐 옥골최심(玉骨摧甚)은 무삼 일고
불쌍하고 가련하다 춘향 어미가 불쌍하다
먹을 것을 옆에다 끼고 옥 모퉁이로 돌아들며
몹쓸 년의 춘향이야 허락 한마디 하려무나

청[1260]의 집사님네 길청[1261]의 이방님 내 딸이 무슨 죄요. 장군방(杖軍房)[1262] 두목들아 집장하던 쇄장이도 무슨 원수 맺혔더냐? 애고 애고 내 일이야. 칠십당년 늙은 것이 의지 없이 되었구나. 무남독녀 내 딸 춘향 규중(閨中)에 은근히 길러 내어 밤낮으로 서책만 놓고 내칙편[1263] 공부 일삼으며 나 보고 하는 말이, '마오 마오 설워 마오. 아들 없다 설워 마오. 외손봉사[1264] 못하리까?' 어미에게 지극정성 곽거[1265]와 맹종[1266]인들 내 딸보다 더할쏜가? 자식 사랑하는 법이 상중하(上中下)가 다를쏜가? 이내 마음 둘 데 없네. 가슴에 불이 붙어 한숨이 연기로다. 김 번수야 이 번수야, 웃 영(令)이 지엄타고 이다지 몹시 쳤느냐? 애고 내 딸 장처[1267] 보소. 빙설(氷雪) 같은 두 다리에 연지 같은 피 비쳤네. 명문가 규중부[1268]야 눈 먼 딸도 원하더라. 그런 데 가 못 생기고 기생 월매 딸이 되어 이 경색(景色)이 웬 일이냐? 춘향아 정신 차려라. 애고 애고 내 신세야."

하며,

"향단아. 삼문 밖에 가서 삯군 둘만 사오너라. 서울 쌍급

아이구 어머니 그 말씀 마오 허락이란 말이 웬 말이오

옥중에서 죽을망정 허락하기는 나는 싫소

새벽 서리 찬 바람에 울고 가는 기러기야

한양성내 가거들랑 도련님께 전하여 주렴

날 죽이오 날 죽이오 신관사또야 날 죽이오

날 살리오 날 살리오 한양낭군님 날 살리오

옥 같은 정갱이에 유혈이 낭자하니 속절없이 나 죽겠네

옥 같은 얼굴에 진주 같은 눈물이 방울방울방울 떨어진다

석벽강상(石壁江上) 찬 바람은 살 쏘듯이 드리불고

벼룩 빈대 바구미는 예도 물고 제도 뜯네

석벽에 섰는 매화 나를 보고 반기는 듯

도화유수묘연(桃花流水杳然)히 뚝 떨어져 굽이굽이굽이 솟아난다.

1260 장청(將廳) : 군아(郡衙)와 감영(監營)에 딸린 장교가 근무하는 곳.

1261 길청 : 군아에서 아전이 집무하던 곳.

1262 장군방(杖軍房) : 형벌을 집행하는 관청.

1263 내칙편(內則篇) : 『예기』(禮記)의 편(篇) 이름. 가정 생활에 필요한 예법이 적혀 있다.

1264 외손봉사(外孫奉祀) : 외손이 외가의 제사를 받듦.

1265 곽거(郭巨) : 중국 진(晉)나라 사람. 이십사효(二十四孝)의 한 사람. 늙은 홀어머니를 모시고 몹시 가난하게 살 적에 어머니가 매양 밥을 덜어서 그의 아들에게 주는지라 아들 때문에 어머니가 배곯게 됨을 슬퍼하여 아들을 죽이기로 아내와 작정하고서 구덩이를 팠는데 난데없이 황금 대여섯 말이 그 속에서 나왔다고 한다.

1266 맹종(孟宗) : 중국 삼국시대 오(吳)나라 강하(江夏)의 효자. 겨울에 대밭에서 그의 어머니가 즐기시는 죽순(竹筍)이 없음을 슬퍼하며 탄식하자 홀연히 눈을 헤치고 죽순이 나타났다고 한다.

1267 장처(杖處) : 곤장을 맞은 자리.

1268 규중부(閨中婦) : 규방에 거주하는 부인.

주[1269] 보낼란다."

춘향이 쌍급주 보낸단 말을 듣고,

"어머니 마오. 그게 무슨 말씀이오. 만일 급주가 서울 올라가서 도련님이 보시면 충충시하[1270]에 어찌할 줄 몰라 심사 울적하여 병이 되면 근들 아니 훼절(毀節)이오. 그런 말씀 말으시고 옥으로 가사이다."

쇄장이 등에 업혀 옥으로 들어갈 제 향단이는 칼머리 들고 춘향 모는 뒤를 따라 옥문(獄門) 전(前) 당도하여,

"옥형방 문을 여소. 옥형방도 잠들었나?"

옥중에 들어가서 옥방(獄房) 형상 볼작시면, 부서진 죽창(竹窓) 틈에 살 쏘느니 바람이요 무너진 헌 벽이며 헌 자리 벼룩빈대 만신[1271]을 침노한다.[1272]

이때 춘향이 옥방에서 장탄가(長嘆歌)로 울던 것이었다.

"이내 죄가 무슨 죄냐. 국곡투식[1273] 아니거든 엄형중장(嚴刑重杖) 무슨 일고. 살인죄가 아니거든 항쇄족쇄[1274] 웬 일이며 역률[1275] 강상[1276] 아니거든 사지결박 웬 일이며 음행도적(淫行盜賊) 아니거든 이 형벌이 웬 일인고. 삼상수는 연수[1277]되어 청

> 만일 급주가 서울 올라가서~근들 아니 훼절(毀節)이오. : '춘향'이 '이몽룡'을 위하여 절개를 지키느라 고난을 당하고 있는데, '수절(守節)'의 외연을 확장하고 있음을 보여 주고 있다. 곧 그는 '변학도'의 수절 강요를 거부하는 일뿐만 아니라 '이몽룡'으로 하여금 정신적 고통을 겪게 하는 일까지 막아야 진정한 의미의 수절로 보고 있는 것이다. 이것은 중국 당(唐)나라 때 서주절도사(徐州節度使) 장건봉(張建封)의 애첩 관반반(關盼盼)이 남편이 죽은 뒤 연자루(燕子樓)에서 10년 넘게 수절하고 있었는데, 백거이(白居易)가 왜 따라 죽지 않느냐고 묻는 시를 보내자 '첩이 죽기 어려워서가 아니라 후세 사람들이 우리 남편이 첩을 사랑하여 따라 죽게 했다 하면 깨끗한 덕에 누가 될까 염려해서였다(妾非不能死 .恐我公有從死之妾 .玷淸範耳).'라고 화답하고 열흘 동안 먹지 않다가 죽었다는 이야기와 맥락이 닿아 있다.

1269 쌍급주(雙急走) : 두 명의 급주. '급주'는 각 역에 배치된 심부름꾼.
1270 충충시하(層層侍下) : 부모, 조부모 등의 어른들을 모시고 사는 처지.
1271 만신(滿身) : 온 몸.
1272 침노(侵擄)한다 : 성가시게 달라붙어 손해를 끼치거나 해친다.
1273 국곡투식(國穀偸食) : 나라의 곡식을 도둑질하여 먹음.
1274 항쇄족쇄(項鎖足鎖) : 목에 씌우는 칼과 발에 채우는 차꼬.
1275 역률(逆律) : 역적을 처벌하는 법령.
1276 강상(綱常) : 삼강(三綱)과 오상(五常) 즉, 오륜(五倫). 여기에서는 역률과 강상에 위배되는 일을 하지 않았다는 뜻.
1277 연수(硯水) : 벼룻물.

천일장지[1278]에 나의 설움, 원정(原情) 지어[1279] 옥황전에 올리고자. 낭군 그리워 가슴 답답 불이 붙네. 한숨이 바람 되어 붙는 불을 더 부치니 속절없이 나 죽겠네. 홀로 섰는 저 국화는 높은 절개 거룩하다. 눈 속의 청송(靑松)은 천고절[1280]을 지켰구나. 푸른 솔은 나와 같고 누른 국화 낭군같이 슬픈 생각 뿌리는 이 눈물이요 적시는 이 한숨이라. 한숨은 청풍(淸風) 삼고 눈물은 세우(細雨) 삼아 청풍이 세우를 몰아다가 불거니 뿌리거니 임의 잠을 깨우고자. 견우직녀성은 칠석 상봉하올 적에 은하수 막혔으되 실기[1281]한 일 없었건만 우리 낭군 계신 곳에 무슨 물이 막혔는지 소식조차 못 듣는고. 살아 이리 그리느니 아주 죽어 잊고지고. 차라리 이 몸 죽어 공산(空山)에 두견이 되어 이화월백(李花月白) 삼경야에 슬피 울어 낭군 귀에 들리고자. 청강에 원앙 되어 짝을 불러 다니면서 다정코 유정(有情)함을 임의 눈에 보이고자. 삼춘에 호접(胡蝶) 되어 향기 묻은 두 나래로 춘광(春光)을 자랑하여 낭군 옷에 붙고지고. 청천에 명월 되어 밤 당하면 돋아 올라 명명히 밝은 빛을 임의 얼굴에 비추고자. 이내 간장 썩는 피로 임의 화상(畵像) 그려 내어 방문 앞에 족자 삼아 걸어 두고 들며 나며 보고지고. 수절 정절 절대가인 참혹하게 되었구나. 문채 좋은 형산백옥 진토(塵土) 중에 묻혔는 듯, 향기로운 상산초[1282]가 잡풀 속에 섞였는 듯,

삼춘에 호접(胡蝶) 되어~낭군 옷에 붙고지고. : 정철(鄭澈)의 〈사미인곡(思美人曲)〉에 나오는, 죽어서 범나비가 되어 꽃마다 앉아 묻힌 향기를 임의 옷에 옮기겠다는 발상을 공유하고 있다.

1278 삼상수(三湘水)는 연수(硯水) 되어 청천일장지(靑天一長紙) : 삼상의 물은 벼룻물 되어 푸른 하늘을 한 장의 큰 종이를 삼아서. 중국 당(唐)나라 시인 이백(李白)의 시, '오로봉으로 붓을 삼고, 푸른 하늘을 한 장 종이 삼아, 삼상의 물로 먹물을 삼아, 뱃속에 담긴 시를 쓰련다(五老奉爲筆 靑天一長紙 三湘作硯池 寫我腹中詩).'에서 끌어온 구절이다. 원문에는 '삼상'이 '삼강'으로 되어 있다.

1279 지어 : 글로 써서.

1280 천고절(千古節) : 영원한 절개.

1281 실기(失期) : 때를 놓치거나 어김.

1282 상산초(商山草) : 상산에서 나는 신령한 풀인 자줏빛의 지초(芝草). '상산'은

오동 속에 놀던 봉황 형극[1283] 속에 깃들인 듯, 자고(自古)로 성현(聖賢)네도 무죄하고 굳기시니[1284] 요(堯), 순(舜), 우(禹), 탕(湯) 인군(仁君)네도 걸주[1285]의 포악(暴惡)으로 하대옥[1286]에 갇혔더니 도로 놓여 성군(聖君) 되시고, 명덕치민[1287] 주문왕[1288]도 상주(商紂)의 해를 입어 유리옥[1289]에 갇혔더니 도로 놓여 성군 되고, 만고성현(萬古聖賢) 공부자[1290]도 양호[1291]의 얼[1292]을 입어 광야[1293]에 갇혔더니 도로 놓여 대성(大聖) 되시니 이런 일로 볼작시면 죄 없는 이내 몸도 살아나서 세상 구경 다시 할까. 답답하고 원통하다. 날 살릴 이 뉘 있을까. 서울 계신 우리 낭군 벼슬길로 내려와 이렇듯이 죽어갈 제 내 목숨을 못 살린가. 하운은 다기봉[1294]하니 산이 높아 못 오던가. 금강산 상상봉(上上峰)이 평지 되거든 오려신가. 병풍에 그린 황계(黃鷄) 두

금강산 상상봉(上上峰)이~울거든 오려신가. : 불가능한 상황을 설정하고 그것이 가능해지면 올 것이라는 내용인데, 이 부분은 잡가 '황계사'의 일부분을 수용한 것이다. 당시의 유행가라 할 잡가가 대중적 인기를 누리던 때라 판소리 연행자가 잡가 가사를 수용했을 가능성이 높다.

중국 진(秦)나라 말년에 전란을 피하여 동원공(東園公), 하황공(夏黃公), 녹리선생(甪里先生), 기리계(綺里季) 등 네 명의 백발노인이 은거한 산 이름.

1283 형극(荊棘) : 나무의 온갖 가시. '시련이나 고난'을 비유적으로 이르는 말.

1284 굳기시니 : 일에 마가 들어서 잘 되지 않으시니.

1285 걸주(桀紂) : 하(夏)나라의 걸왕(桀王)과 은(殷)나라의 주왕(紂王). 포악무도한 임금의 대명사.

1286 하대옥(夏臺獄) : 중국 고대 하(夏)나라 때 감옥의 이름. 원문은 '함진옥'임.

1287 명덕치민(明德治民) : 밝은 덕으로 백성을 다스림.

1288 주문왕(周文王) : 중국 주(周)나라 무왕(武王)의 아버지. 은나라 주왕(紂王) 때 서백(西伯)이 되어 어짊과 사랑으로 백성을 다스렸다. 주왕이 폭역(暴逆)하므로 제후들이 모두 그를 좇아 군주로 받들었고, 뒤에 그의 아들 무왕이 은나라를 멸망시키고 즉위하자 문왕이란 시호를 추증하였다.

1289 유리옥(羑里獄) : 중국 은(殷)나라 왕 주(紂)가 주(周)나라 문왕(文王)을 가둔 곳.

1290 공부자(孔夫子) : 공자(孔子)를 높여 부르는 말.

1291 양호(陽虎) : 중국 춘추시대 노(魯)나라 사람. 계평자(季平子)의 가신(家臣).

1292 얼 : 남에게 당하는 해.

1293 광야(匡野) : 공자가 고난을 당한 곳.

1294 하운(夏雲)은 다기봉(多奇峰) : 여름 구름엔 기이한 봉우리가 많다는 뜻으로 여름에 흔히 볼 수 있는 뾰족뾰족한 산봉우리 같은 구름을 말함. 중국 당(唐)나라 시인(詩人) 도연명(陶淵明)의 시 '사시(四時)'의 한 구절로, 원문은 다음과 같다. '봄의 물은 사방의 연못에 가득하고, 여름의 구름은 기이한 봉우리를 많이 만드네. 가을의 달은 밝은 빛을 드날리고, 겨울 산마루에는 외로운 소나무가 솟아 있네(春水滿四澤 夏雲多奇峰 秋月揚明輝 冬嶺秀孤松).'

나래를 툭툭 치며 사경일점[1295]에 날 새라고 울거든 오려신가. 애고 애고 내 일이야."

죽창문을 열뜨리니 명정월색(明淨月色)은 방안에 든다마는 어린 것이 홀로 앉아 달더러 묻는 말이,

"저 달아. 보느냐. 임 계신 데 명기(明氣) 빌려라. 나도 보게야. 우리 임이 누웠더냐 앉았더냐 보는 대로만 네가 일러 나의 수심 풀어다오."

근원 설화 4. 혼사장애담

〈춘향전〉은 여느 고전소설과 마찬가지로 '행복한 결말'로 마무리된다. 그런데 이와 같은 결말에 이르기 전에 대부분의 작품은 사랑하는 남녀 사이의 결합에 어려움이 개입되는 과정을 거친다. 이를 '혼사 장애 모티프'라고 한다. 〈춘향전〉의 경우 혼사 장애는 신분 차이를 극복하는 과정에서 드러난다. '이 도령'이 그의 어머니에게 '춘향'과의 관계를 고백하면서 듣게 되는 대답, '변학도'가 수청을 강요함으로써 겪게 되는 고난이 그것이다.

해모수(解慕漱)와 유화(柳花) 이야기 : 해모수는 천제(天帝)의 아들로서 천제의 명령에 따라 지상으로 내려와 인간 세상을 다스렸다. 하루는 웅심산(熊心山) 부근으로 사냥을 나왔다가 하백(河伯)의 맏딸 유화(柳花)를 발견하고 유인하여 관계를 맺었고, 이어 하백을 찾아가 자신이 천제의 아들임을 입증함으로써 정식으로 유화와 혼인하였다. 그러나 딸을 버릴까 두려워한 나머지 옳지 못한 행동을 한 하백의 처사에 분개하여 유화를 버리고 하늘로 올라가버렸다. 그 뒤 유화는 고구려의 시조 주몽을 낳았다고 한다.

1295 사경일점(四更一點) : '사경'은 하룻밤을 다섯 경(更)으로 나눈 넷째 시각으로 1시부터 3시까지의 두 시간이고, '점(點)'은 '경'을 다섯으로 나눈 시간이다.

일연(一然)의 『삼국유사(三國遺事)』에 나오는 이야기이다.

서동(薯童)과 선화공주(善化公主) 이야기 : 백제의 수도 남쪽 못가에 사는 과부가 못의 용과 통정하여 아이를 낳았는데 마[薯蕷]를 캐어 팔았으므로 서동이라고 불렸다. 신라 진평왕의 셋째 공주 선화가 천하의 미인이라는 말을 듣고 중의 행색으로 서라벌에 가 거리의 아이들에게 마를 주어 친해졌다. 노래 〈서동요(薯童謠)〉를 지어 아이들에게 부르게 했는데 그 노래가 궁중에 들어가 신하들이 공주를 귀양 보내도록 간하였다. 귀양지로 가는 도중 서동이 나타나 같이 가다가 정을 통했으니 그제야 노래의 징험을 알게 되었다. 일연(一然)의 『삼국유사(三國遺事)』에 나오는 이야기이다.

온달(溫達)과 평강공주(平岡公主) 이야기 : 고구려 평강왕 때, 외모는 우습게 생겼지만 마음씨는 착한 온달이 밥을 얻어다가 어머니를 봉양하며 살았다. 사람들은 그를 '바보 온달'이라고 불렀다. 평강왕은 어린 공주가 툭하면 울어대므로, 크면 바보 온달에게 시집보내겠다고 농담을 하곤 하였다. 공주가 성인이 되자 왕은 공주를 상부 고씨에게 시집보내려고 하였다. 공주가 부왕의 말을 따르지 않자, 왕은 공주를 대궐 밖으로 내쫓았다. 공주는 온달의 집으로 가서 온달과 온달의 눈먼 어머니를 설득하여 혼인하고 함께 살았다. 김부식(金富軾)의 『삼국사기(三國史記)』에 나오는 이야기이다.

애고 애고 설이 울다 홀연히 잠이 드니 비몽사몽간(非夢似夢間)에 호접이 장주 되고 장주가 호접 되어[1296] 세우(細雨)같이

애고 애고 설이 울다 홀연히 잠이 드니 : '춘향'이 꿈속에서 순(舜)임금의 두 비(妃)를 모신 사당인 황릉묘(皇陵廟)에 가서 아황과 여영을 만나고, 억울하게 죽은 인물들을 만난다. 이 설정은 '춘향'이 당한 일이 억울하다는 점에서 상통하고, '춘향'이 천상적 질서에 따르는 존재임을 드러내는 것이기도 하다. '춘향 모'가 꾼 꿈, 곧 천상적 인물이 적강하였다는 태몽이나 '이몽룡'을 만나기 전에 꾼 용꿈을 통해 주어진 정보이다. 한편 신재효(申在孝)는 〈남창 춘향가〉에서 '다른 가객 몽중가는 황릉묘에 갔다는데 이 사설 짓는 이는 다른 데를 갔다 하니 좌상 처분 어떨는지'라고 하고 '천장전(天章殿)'으로 개작하였다.
이 부분과 밀접히 연관되어 보이는 강은교의 시 '춘향이의 꿈 노래'와 견주어 읽어 볼 만하다.

아주 기인 어둠이 날 손짓하고 있네
아주 검은 날개가 시방 날 부르네
등덜미에선 자꾸
부끄런 피(血)들이 멈칫대구
내 가락지 황홀한 가락지
심장을 조이네

[1296] 장주호접(莊周胡蝶) : 장주는 장자(莊子)의 본이름. 장자가 꿈에 나비가 됐다가 깬 후 자신이 나비가 된 것인지 아니면 나비가 자신이 된 것인지 판단하기에 애썼다는 고사. 자기와 외물(外物)이 근본을 캐면 같다는 이치를 말

남은 혼백(魂魄) 바람인 듯 구름인 듯 한 곳을 당도하니 천공지활[1297]하고 산령수려[1298]한데 은은한 죽림간(竹林間)에 일층(一層) 화각[1299]이 반공[1300]에 잠겼거늘 대체 귀신 다니는 법은 대풍기[1301]하고 승천입지[1302]하니 침상편시춘몽중에 행진강남수천리라.[1303] 전면(前面)을 살펴보니 황금대자[1304]로 만고정렬황릉지묘[1305]라 뚜렷이 붙였거늘 심신이 황홀하여 배회(徘徊)터니 천연한 낭자 셋이 나오는데 석숭[1306]의 애첩 녹주(綠珠) 등롱(燈籠)을 들고 진주 기생 논개, 평양 기생 월선이라. 춘향을 인도하여 내당(內堂)으로 들어가니 당상에 백의(白衣)한 두 부인이 옥수(玉手)를 들어 청하거늘 춘향이 사양하되,

"진세간(塵世間) 천첩(賤妾)이 어찌 황릉묘를 오르리까?"

부인이 기특히 여겨 재삼(再三) 청하거늘 사양치 못하여 올라가니 좌(座)를 주어 앉힌 후에,

"네가 춘향인가? 기특하도다. 일전에 조회차(朝會次)로 요지

아주 큰 손이 나를 껴안고 있네
아주 큰 눈이 내 간장 쓸개 숨구멍을 들여다보네
가슴에선 때없이 슬픈 웃음이 슬픈 기쁨들이 새나구
그렇지 내 꿈 사랑하는 꿈 벌(罰)이 되어 벌써 떠나구

어쩔꺼나 어쩔꺼나
네 울음 어쩔꺼나
(날개 없는 새들 지저귐)

아 오늘밤은
피는 꽃 지는 잎이 한데 몸섞고 있네
아 오늘밤 꿈은
지는 잎 피는 뿌리 한데 입맞추는 꿈
님은 뵈지 않아
내 거울 조각 거울 혼자 흐느끼며
큰 칼 제 얼굴에 세상빛 주워 담아

목숨은 하나 죽음은 열
죽음이 열이면
죽음의 집은 스물 마흔 무한(無限)

아주 먼 눈물이 날 출렁이고 있네
아주 오랜 배가 날 자꾸 실어가네
어쩔꺼나 어쩔꺼나
새벽은 멀구
내 고름 한 자락 땅위에 놓치이니
눈물 자국 자국마다 일어서는 누구 발자국 소리

한 것이다.
1297 천공지활(天空地闊) : 하늘은 끝이 없고 땅은 광활함.
1298 산령수려(山靈水麗) : 산엔 신령스러운 기운이 떠돌고 물빛은 곱다.
1299 화각(畫閣) : 단청을 한 누각.
1300 반공(半空) : 그리 높지 않은 공중.
1301 대풍기(大風起) : 큰 바람이 일어남.
1302 승천입지(昇天入地) : 하늘에 오르고 땅에 들어감.
1303 침상편시춘몽중(枕上片時春夢中) 행진강남수천리(行盡江南數千里) : 베개 위 잠깐 동안의 봄 꿈 중에 강남 수천리를 다 감.
1304 황금대자(黃金大字) : 금칠로 크게 쓴 글씨.
1305 만고정렬황릉지묘(萬古貞烈黃陵之廟) : 만고의 정렬을 기리는 황릉묘. 황릉묘는 순임금의 이비(二妃)인 아황, 여영의 사당.
1306 석숭(石崇) : 중국 서진(西晉) 시대의 문인(文人)이자 관리로 항해와 무역으로 큰 부자가 되어 화려한 정원 금곡원(金谷園)을 만들어 술잔치를 여든 등 매우 사치스러운 생활을 하여 중국과 우리나라에서 후대에도 부자의 대명사로 여겨졌다. 애첩 녹주(綠珠)가 있었는데 조(趙)나라 왕 사마륜(司馬倫)의 측근인 손수(孫秀)가 그 여자를 탐냈으나 뜻을 이루지 못하고, 사마륜을 반대하던 석숭을 치려고 금곡원을 포위하자, 녹주는 누각에서 몸을 던져 자살하고, 석숭은 사로잡혀 참수(斬首)되었다.

연(瑤池宴)에 올라가니 네 말이 낭자(狼藉) 키로 간절히 보고 싶어 너를 청하였으니 심히 불안토다.”

춘향이 재배(再拜) 주왈,[1307]

“첩이 비록 무식하나 고서(古書)를 보옵고 사후에나 존안[1308]을 뵈올까 하였더니 이렇듯 황릉묘에 모시니 황공비감(惶恐悲感)하여이다.”

상군부인[1309]이 말씀하되,

“우리 순군(舜君) 대순씨(大舜氏)가 남순수[1310]하시다가 창오산[1311]에 붕(崩)하시니 속절없는 이 두 몸이 소상죽림[1312]에 피눈물을 뿌려놓으니 가지마다 아롱아롱 잎잎이 원한이라. 창오산붕상수절이라야 죽상지루내가멸[1313]을 천추(千秋)에 깊은 한을 하소할 곳 없었더니 네 절행(節行) 기특키로 너더러 말하노라. 송관기천년에 청백은 어느 때며[1314] 오현금[1315] 남풍시(南風

1307　주왈(奏曰) : 아뢰어 가로되. 문장체 소설에서 대화를 매개하는 말로 쓰이는 어구이다. '탄왈(歎曰), 소왈(笑曰), 대왈(對曰)' 등으로 쓰인다.

1308　존안(尊顔) : 상대방의 얼굴을 높여 이르는 말.

1309　상군부인(湘君夫人) : 아황(娥皇)과 여영(女英)을 말함. 요(堯)임금의 딸로서 순(舜)임금의 아내가 되었음. 순이 죽자 상강(湘江)에 투신하여 아황은 상군(湘君)이 되고 여영은 상부인(湘夫人)이 되었다고 한다.

1310　남순수(南巡狩) : 남쪽 지방으로 순수함. '순수'는 천자가 제후의 나라를 순회하며 시찰하는 것을 말한다.

1311　창오산(蒼梧山) : 중국 호남성(湖南省) 영원현(寧遠縣)에 있는 산 이름. 순(舜)임금이 이곳에서 붕어(崩御)하였다.

1312　소상죽림(瀟湘竹林) : 소상강 주변의 대나무숲. '소상'은 소수(瀟水)와 상수(湘水) 두 강을 말한다.

1313　창오산붕상수절(蒼梧山崩湘水絶)이라야 죽상지루내가멸(竹上之淚乃可滅) : 창오산이 무너지고 상수의 물이 흐르지 않아야 대나무에 뿌려진 눈물이 없어질 수 있다. 중국 당(唐)나라 시인 이백(李白)의 '원별리(遠別離)'의 한 구절이다.

1314　송관기천년(送款幾千年) 청백(淸白)은 어느 때며 : 친근한 정을 보낸 지 몇천 년에 어느 때나 맑고 밝은 세상이 찾아오려는가. 중국 당(唐)나라 낙빈왕(駱賓王)의 '대왕영비(大王靈妃)'에 나오는, '따뜻한 정을 보내기 몇 천 년에 봄꽃은 어느 때 만발했는가(許輩多情偏送款 爲問春花幾時滿).'라는 구절과 비슷하다.

1315　오현금(五絃琴) : 순(舜)임금이 타던 다섯 줄로 된 거문고.

詩)를 이제까지 전하더냐?"

이렇듯이 말씀할 제 어떠한 부인,

"춘향아. 나는 기주명월음독성[1316]에 화선[1317]하던 농옥[1318]이다. 소사[1319]의 아내로서 태화산(太華山) 이별 후에 승룡비거[1320] 한(恨)이 되어 옥소(玉簫)로 원(冤)을 풀 제 곡종비거부지처하니 산하벽도춘자개라."[1321]

이러할 제 또 한 부인 말씀하되,

"나는 한궁녀(漢宮女) 소군(昭君)이라. 호지(胡地)에 오가[1322]하니 일부청총[1323]뿐이로다. 마상(馬上) 비파(琵琶) 한 곡조에 화도성식춘풍면이요, 환패공귀월야혼이라.[1324] 어찌 아니 원통하랴?"

1316 기주명월음독성 : 농옥(弄玉)이 소사(蕭史)를 만나는 과정이므로 '진루명월옥소성(秦樓明月玉簫聲)'로 보아 '진나라 누각에 밝은 달, 옥피리 소리' 정도로 볼 수 있을 듯하다.

1317 화선(化仙) : 선녀로 변함.

1318 농옥(弄玉) : 중국 진(秦)나라 목공(穆公)의 딸. 소사(蕭史)의 아내.

1319 소사(蕭史) : 중국 춘추시대의 도인(道人). 퉁소를 잘 불어 봉(鳳)의 울음소리를 내었다 한다.

1320 승룡비거(乘龍飛去) : 용을 타고 날아가 버림.

1321 곡종비거부지처(曲終飛去不知處)하니 산하벽도춘자개(山下碧桃春自開)라 : 곡조가 끝나자 날아가 버리니 그 간 곳을 모르겠고, 산 밑의 벽도화만 봄에 절로 피는구나. 중국 당(唐)나라 시인 허혼(許渾)의 시 '산묘(山廟)'의 일부이다.

1322 오가(誤嫁) : 시집을 잘못 감. 왕소군이 기원전 33년 흉노와의 화친 정책으로 흉노의 호한야선우(呼韓邪單于)와 정략 결혼을 하였으나 자살하였다.

1323 일부청총(一抔靑塚) : 한 줌밖에 안 되는 푸른 무덤. 왕소군의 무덤을 가리키는 말인데, 겨울이 되어도 푸른 풀이 시들지 않았다고 한다.

1324 화도성식춘풍면(畵圖省識春風面)이요, 환패공귀월야혼(環佩空歸月夜魂)이라 : 그림으로 살펴보니 봄바람처럼 아름다운 얼굴임을 알겠는데, 환패 소리는 부질없이 달밤의 영혼으로 돌아왔구나. '화도'는 한(漢)의 원제(元帝)가 화공에게 각 궁녀의 얼굴을 그려서 바치게 한 것을 이르고, '환패'는 임금에게 뵈러 나갈 때에 갖추는 금관 조복의 좌우에 늘어뜨리는 옥줄을 말한다. 중국 전한(前漢) 때 원제(元帝)는 후궁에 있는 여관(女官)을 화공에게 그리게 하여 그것을 보고 미녀를 뽑았는데, 왕소군(王昭君)은 화공 모연수(毛延壽)에게 뇌물을 보내지 않아 추녀(醜女)로 그려져, 흉노에게 시집을 가게 되었고, 그때서야 원제는 왕소군의 미모에 놀라 모연수를 참형했다고 한다.

한참 이러할 제 음풍[1325]이 일어나며 촛불이 벌렁벌렁하며 무엇이 촛불 앞에 달려들거늘, 춘향이 놀래어 살펴보니 사람도 아니요 귀신도 아닌데 의의[1326]한 가운데 곡성이 낭자하며,

"여봐라 춘향아 네가 나를 모르리라. 나는 뉜고 하니 한고조(漢高祖) 아내 척부인[1327]이로다. 우리 황제 용비[1328] 후에 여후[1329]의 독한 솜씨 나의 수족 끊어 내어 두 귀에다 불 지르고 두 눈 빼어 암약[1330] 먹여 측간[1331] 속에 넣었으니 천추에 깊은 한을 어느 때나 풀어보랴."

이리 울 제, 상군부인 말씀하되,

"이곳이라 하는 데가 유명이 노수하고[1332] 항오자별하니[1333] 오래 유(留)치 못할지라."

근원 설화 5. 신원(伸冤) 설화

〈춘향전〉의 근원 설화를 탐색하는 작업은 주로 소재의 차원에서 공통 모티프를 가진 것으로 진행되어 왔다. 그런데 다음의 두 설화는 〈춘향전〉의 핵심 서사를 공유하고, 주인공과 그 상대역(相對役)의 이름까지 동일한 것이라 그 친연성(親緣性)이 매우 강하다. 다만 설화의 주인공이 박색

1325 음풍(陰風) : 음산한 바람.
1326 의의(依依) : 확실치 않고 어렴풋함.
1327 척부인(戚夫人) : 중국 한(漢)나라 고조(高祖)가 사랑한 여자. 여태후(呂太后)의 시샘을 받아 고조(高祖)가 죽은 후 귀와 눈, 팔다리가 잘리고 뒷간에 버려졌다.
1328 용비(龍飛) : 용이 되어 날아감. 천자(天子)가 즉위함. 여기에서는 세상을 떠난 것을 말한다.
1329 여후(呂后) : 왕후(王后) 여씨(呂氏).
1330 암약(瘖藥) : 벙어리가 되는 약.
1331 측간(厠間) : 뒷간. 변소. 화장실.
1332 유명(幽明)이 노수(路殊)하고 : 이승과 저승으로 길이 다르고.
1333 항오자별(行伍自別)하니 : 가로 세로의 길이 자연히 구분되니. 가는 길이 스스로 나뉘니.

(薄色)이란 점에서 '춘향'과 대조적인데, 그것은 〈춘향전〉이 그의 원통함을 풀어주는, 곧 신원(伸寃)의 방법으로 채택되었기 때문이다.

남원 추녀 설화 : 남원에 어떤 늙은 기생에게 딸 '춘향'이 있었는데 얼굴이 아주 못생겼다. 그녀는 그때의 남원 부사의 아들 '몽룡'과 정을 나누는 관계였는데, 부사가 해임(解任)되어 서울로 올라간 후, '춘향'은 미천한 처녀로 양반의 자제에게 몸을 허락한 일을 영광으로 생각하고 더욱 사랑이 깊어져서 수절하며 '몽룡'이 영달하여 자기를 찾아오기를 기다렸으나 소식이 없자 원한을 품고 죽었다. 그 후에 남원에는 내리 3년이나 흉년이 들고 재앙이 이어졌다. 고을 사람들은 그것이 '춘향'의 원귀 때문이라 여기자 이방(吏房)이 〈춘향전〉을 지어 무당의 살풀이굿에 올려 원귀를 위로하였더니 풍년이 들고 재앙이 사라졌다. 정노식(鄭魯湜)의 조선창극사(朝鮮唱劇史)에 실린 이야기이다.

박석티(박석고개) 설화 : 관기 '월매'의 딸 춘향은 천하의 박색(薄色)으로, 서른 살이 가깝도록 통혼하는 자가 없었다. 하루는 '춘향'이 요천(蓼川)에서 빨래를 하다가 '이 도령'을 보고 반해 상사병에 걸리게 되었다. 이에 '월매'는 방자를 돈으로 꾀어 '이 도령'을 광한루로 데려오게 한 뒤 아름답게 치장한 '향단'으로 하여금 '이 도령'을 유인해 술에 취하게 함으로써, '춘향'과 '이 도령'이 운우(雲雨)의 정을 맺을 수 있도록 했다. '이 도령'이 깨어나 박색인 '춘향'을 보고 밖으로 나오자, 기다리고 있던 월매는 정표(情標)라도 달라고 간청했다. '이 도령'은 소매 속에 감았던 비단 수건을 정표로 끊어줬고, 얼마 지나지 않아 서울로 올라갔다. '이 도령'을 그리워하던 '춘향'은 광한루로 가서 그 비단 수건으로 목을 매어 죽었다. 마을 사람들은 그 이야기를 듣고 불쌍히 여겨, '이 도령'이 떠난 임실 고개에 그녀의 장사를 지내주었다. 그 고개를 지금도 '박색고개'라고 부른다. 차정언(車鼎言)의 〈해동염사(海東艶史)〉에 나오는 설화이다.

여동(女童) 불러 하직할새 동방[1334] 실솔성[1335]은 시르렁 일쌍 호접은 펄펄. 춘향이 깜짝 놀라 깨어보니 꿈이로다. 옥창(玉窓) 앵도화 떨어져 보이고 거울 복판이 깨어져 뵈고 문 위에 허수아비 달려 보이거늘,

"나 죽을 꿈이로다."

수심 걱정 밤을 샐 제 기러기 울고 가니 일편 서강(西江) 달에 행안남비[1336] 네 아니야. 밤은 깊어 삼경(三更)이요 궂은비는 퍼붓는데 도깨비 뻑뻑, 밤새 소리 붓붓, 문풍지는 펄렁펄렁, 귀신이 우는데 난장[1337] 맞아 죽은 귀신, 형장 맞아 죽은 귀신 결령치사[1338] 대롱대롱 목 매달아 죽은 귀신 사방에서 우는데 귀곡성[1339]이 낭자(狼藉)로다. 방 안이며 추녀 끝이며 마루 아래서도 애고 애고 귀신 소리에 잠들 길이 전혀 없다. 춘향이가 처음에는 귀신 소리에 정신이 없이 지내더니 여러 번을 들어나니 파겁[1340]이 되어 청승 굿거리[1341] 삼잡이 세악[1342] 소리로 알고 들으며,

"이 몹쓸 귀신들아. 나를 잡아 가려거든 조르지나 말려무나. 암급급여율령사파 쐐."[1343]

> 춘향이 깜짝 놀라 깨어보니 꿈이로다. : 여기서 언급하고 있는 '꿈'은 앞뒤의 두 가지이다. 황릉묘에 가서 이비(二妃)를 비롯한 열녀들을 만난 것이 하나고, 뒤에 서술되는 것이 다른 하나이다.

1334 동방(洞房) : 신랑과 신부가 첫날밤을 치르도록 새로 차린 방.
1335 실솔성(蟋蟀聲) : 귀뚜라미 울음소리.
1336 서강(西江) 달에 행안남비(行雁南飛) : 서강에 비치는 한 조각의 달빛에 남쪽으로 날아가는 기러기.
1337 난장(亂杖) : 장형(杖刑)에 있어 마구 치는 매.
1338 결령치사(結領致死) : 목을 매달아 죽임.
1339 귀곡성(鬼哭聲) : 귀신의 울음소리.
1340 파겁(破怯) : 익숙하여져서 부끄러움이나 두려움이 없음.
1341 청승 굿거리 : 청승맞은 소리를 내는 굿거리. 굿거리는 굿할 때 치는 음악의 곡조.
1342 삼잡이 세악(細樂) : 삼(三)잡이가 연주하는 세악. '삼잡이'는 장구 치는 사람, 북 치는 사람, 저 부는 사람을 말함. '세악'은 군중(軍中)에서 장구·북·피리·저·깡깡이로 편성한 음악.
1343 암급급여율령사파(唵急急如律令娑婆) 쐐 : 진언의 끝에 쓰는 말.

진언[1344] 치고 앉았을 때 옥 밖으로 봉사 하나 지나가되 서울 봉사 같을 진대, '문수[1345]하오.' 외련마는 시골 봉사라,

"문복[1346]하오."

하고 외고 가니 춘향이 듣고,

"여보, 어머니, 저 봉사 좀 불러주오."

춘향 어미 봉사를 부르는데,

"여보 저기 가는 봉사님."

불러 놓으니 봉사 대답하되,

"게 뉘기? 게 뉘기니?"

"춘향 어미요."

"어찌 찾나?"

"우리 춘향이가 옥중에서 봉사님을 잠깐 오시라 하오."

봉사 한번 웃으면서,

"날 찾기 의외로세. 가지."

봉사 옥으로 갈 제 춘향 어미 봉사의 지팡이를 잡고 인도할 제,

"봉사님 이리 오시오. 이것은 돌다리요 이것은 개천이요. 조심하여 건너시오."

앞에 개천이 있어 뛰어볼까 무한히 벼르다가 뛰는데 봉사의 뜀이란 게 멀리 뛰진 못하고 올라가기만 한 길이나 올라가는 것이었다. 멀리 뛴단 것이 한가운데 가 풍덩 빠져 놓았는데 기어 나오려고 짚는 게 개똥을 짚었지.

"어뿔싸. 이게 정녕 똥이지."

손을 들어 맡아 보니 묵은 쌀밥 먹고 썩은 놈이로고. 손을

> **앞에 개천이 있어 뛰어볼까~입에다가 흘 쓸어 넣고 우는데 :** 봉사의 말과 행동이 주인공이 처한 상황이나 심리와는 어울리지 않게 희화화됨으로써 인물이 처한 상황의 애상적인 분위기를 어느 정도 누그러뜨려 주는 효과를 거두고 있다.

1344 진언(眞言) : 주문(呪文). 술법을 행할 때 외는 글귀.
1345 문수(問數) : 길흉(吉凶)의 운수를 점쟁이에게 물음. 문복(問卜).
1346 문복(問卜) : 점을 쳐 길흉을 물음. 문수(問數).

내뿌린 게 모진 돌에다가 부딪치니 어찌 아프던지 입에다가
훌 쓸어 넣고 우는데 먼눈에서 눈물이 뚝뚝 떨어지며,

　"애고 애고 내 팔자야. 조그마한 개천을 못 건너고 이 봉변
을 당하였으니 수원수구[1347] 뉘더러 하리. 내 신세를 생각하니
천지만물을 불견(不見)이라. 주야를 내가 알랴. 사시(四時)를 짐
작하며, 춘절(春節)이 당해온들 도리화개[1348] 내가 알며, 추절
(秋節)이 당해온들 황국단풍 어찌 알며, 부모를 내 아느냐, 처
자를 내 아느냐, 친구 벗님을 내 아느냐. 세상천지 일월성신
과 후박장단[1349]을 모르고 밤중같이 지내다가 이 지경이 되었
구나. 진소위[1350] 소경이 그르냐 개천이 그르냐. 소경이 그르지
아주 생긴 개천이 그르랴."

　애고 애고 설이 우니 춘향 어미 위로하되,

　"그만 우시오."

　봉사를 목욕시켜 옥으로 들어가니 춘향이 반겨 여겨,

　"애고 봉사님. 어서 오."

　봉사 그 중에 춘향이가 일색이란 말은 듣고 반겨 하며,

　"음성을 들으니 춘향 각신가 부다."

　"예, 기옵니다."[1351]

　"내가 벌써 와서 자네를 한번이나 볼 터로되 빈즉다사[1352]
라. 못 오고 청하여 왔으니 내 쉰사[1353]가 아니로세."

1347　수원수구(誰怨誰咎) : 누구를 원망하고 누구를 탓하랴. 남을 원망하거나 꾸
　　　짖을 것이 없다는 뜻.
1348　도리화개(桃李花開) : 복숭아꽃과 자두꽃이 핌.
1349　후박장단(厚薄長短) : 두터움과 엷음. 길고 짧음.
1350　진소위(眞所謂) : 참으로 이른바.
1351　기옵니다. : 그것입니다. 그렇습니다.
1352　빈즉다사(貧則多事) : 가난하면 일이 많다.
1353　쉰사 : 수인사(修人事). 일상의 예절.

"그럴 리가 있소. 안맹(眼盲)하옵고 노래[1354]에 기력이 어떠하시오?"

"내 염려는 말게. 대체 나를 어찌 청하였나?"

"예, 다름 아니라 간밤에 흉몽[1355]을 하였삽기로 해몽(解夢)도 하고 우리 서방님이 어느 때나 나를 찾을까 길흉 여부 점을 하려고 청하였소."

"그러지."

서술 방법 7. 비극적 상황의 희극화

봉사가 앞을 못 보기 때문에 겪는 고난은 비극적 상황이다. 그런데 그것을 웃음을 유발하는 소재로 사용하고 있다. 앞을 볼 수 없으니 개천을 건너는 일이 쉽지 않을 것이다. 그런데 봉사는 앞으로는 못 뛰고 위로만 뛰는 것으로 설정하고, 그러다 보니 개천에 빠지고 만다. 거기에다 나오려고 짚은 게 개똥이고, 돌을 쳐서 아픈 손을 입으로 가져간다. 있을 수 있는 일이지만 매우 선정적(煽情的)인 설정이다.

〈변강쇠가〉의 주인공 옹녀가 겪는 고난, 청상살(靑孀煞)을 겪는 과정은 비극적 상황이지만 그 상황이 해학적으로 변용되고 있다. 〈심청전〉의 '심 봉사'는 '뺑덕어미'를 만나 희화화(戲畫化)의 대상이 되는데, 그가 당하는 상황은 비극적이지만 향수자에게는 웃음을 유발하는 기능을 한다.

이것은 판소리 또는 그것을 바탕으로 이루어진 판소리계 소설에서 흔히 볼 수 있는 상황이다. 비극적 상황을 극대화함으로써 비극은 사라지고 희극으로 바뀌게 하는 것이다. 극과 극이 통하는 것이라 할 수도 있겠지만, 어차피 판소리든 소설이든 향수자는 즐겁고자 하는 목적이 최우선일 것이기 때문이다.

1354 노래(老來) : '늘그막'을 점잖게 이르는 말.
1355 흉몽(凶夢) : 불길한 꿈.

봉사 점을 하는데,

"가이태서유상치경이축축왈[1356] 천하언재심이요 지하언재시리요만은[1357] 고지즉응하시느니 신기영의시니[1358] 감이수통언하소서.[1359] 망지휴구와 망석궐의[1360]를 유신유령이 망수소보하여[1361] 약가약비를 상명고지즉응하시느니.[1362] 복희, 문왕, 무왕, 무공(武公), 주공,[1363] 공자, 오대성현[1364] 칠십이현,[1365] 안증사맹,[1366] 성문십철,[1367] 제갈공명 선생, 이순풍,[1368] 소강절,[1369]

봉사 점을 하는데~신명소시하옵소서. : 봉사가 점을 치기 위하여 축원 대상을 여럿 부르고 그들에게 알고자 하는 내용을 묻는 부분이다. 전설상의 인물로부터 실존 인물, 무속적 인물까지 소원을 이루어 줄 만한 인물을 여럿 나열하고 있다. 확장적 문체의 한 사례로, 이들 인물 중에서 빼거나 여기에 나오지 않는 인물을 넣는 일은 얼마든지 가능하다.

1356 가이태서유상치경이축축왈(假爾泰筮有常致敬而祝祝曰) : 저 태서의 믿음직한 말을 빌려서 존경의 뜻을 표하면서 비나이다. '태서'는 점장이를 높인 말.
1357 천하언재(天何言哉)심이요 지하언재(地何言哉)시리요마는 : 하늘이 무슨 말을 하며 땅이 무슨 말을 하시겠는가마는.
1358 고지즉응(叩之卽應)하시느니 신기영의(神旣靈矣)시니 : 두드리면 곧 감응하시고 신께서는 이미 영험이 있으시니.
1359 감이수통언(感而遂通焉)하소서 : 느끼어서 드디어 통하게 하소서.
1360 망지휴구(罔知休咎)와 망석궐의(罔釋厥疑) : 길흉을 알지 못하고 의심을 풀지 못함.
1361 유신유령(惟神惟靈)이 망수소보(望垂昭報)하여 : 오로지 신령님들이 밝으신 지시를 드리워 주셔서.
1362 약가약비(若可若非)를 상명고지즉응(尚明叩之卽應)하시느니 : 옳은 것인지 그른 것인지를 밝혀주길 바라고 두드리면 즉시 감응해 주시니.
1363 주공(周公) : 주문왕(周文王)의 아들. 무왕(武王)의 아우.
1364 오대성현(五代聖賢) : 공자(孔子), 안자(顏子), 증자(曾子), 자사(子思), 맹자(孟子).
1365 칠십이현(七十二賢) : 공자의 칠십이 인의 제자.
1366 안증사맹(顏曾思孟) : 공자의 네 제자인 안회(顏回), 증삼(曾參), 자사(子思), 맹자(孟子).
1367 성문십철(聖門十哲) : 공문십철(孔門十哲). 공자 문하의 열 사람의 뛰어난 제자. 곧 안연(顏淵), 민자건(閔子騫), 염백우(冉伯牛), 중궁(仲弓), 재아(宰我), 자공(子貢), 염유(冉有), 자로(子路), 자유(子遊), 자하(子夏).
1368 이순풍(李淳風) : 중국 당(唐)나라 태종 때의 천문학자. 혼천의(渾天儀)를 제작하여 별을 관측했다.
1369 소강절(邵康節) : 중국 송대(宋代)의 유학자(儒學者). 이름은 옹(雍), 강절은 그의 시호이다. 이정지(李挺之)에게 도가(道家)의 '도서선천상수(圖書先天象數)'의 학을 배워 신비적인 수학을 설파하였으며 또 이를 기본으로 한 경륜(經綸)을 주장했다.

정명도,[1370] 정이천,[1371] 주염계,[1372] 주회암,[1373] 엄군평,[1374] 사마군,[1375] 귀곡,[1376] 손빈,[1377] 진(秦),[1378] 의,[1379] 왕보사,[1380] 주원장,[1381] 제대선생[1382]은 명찰명기[1383]하옵소서. 마의도자,[1384] 구

1370 정명도(程明道) : 중국 북송(北宋)의 유학자. 낙양(하남성) 사람. 이름은 호(顥), '명도'는 그의 호. 아우 이천(伊川)과 함께 이정자(二程子)라고 일컬어진다.

1371 정이천(程伊川) : 중국 북송(北宋) 중기의 유학자. 형 정호와 함께 주돈이에게 배웠고, 형과 아울러 '이정자'라 불리며 정주학의 창시자로 알려졌다. '이기이원론'의 철학을 수립하여 큰 업적을 남겼다.

1372 주렴계(周濂溪) : 중국 북송(北宋)의 유학자. 이름은 돈이(敦頤), 호는 염계(濂溪). 그는 비록 과거 시험에 합격하여 벼슬의 길에 올랐으나 진급하지 않았으므로 가난한 생활을 하면서도 오로지 학문에만 힘을 기울였다.

1373 주회암(朱晦庵) : 중국 남송(南宋)의 대유학자 주희(朱熹). '회암'은 그의 호이다. 정이천의 이기이원론을 계승하여, 이른바 주자학(朱子學)을 완성한 사람. 주자(朱子)로 높여 일컫는다.

1374 엄군평(嚴君平) : 촉군(蜀郡) 사람 엄준(嚴遵). '군평(君平)'은 그의 자(字)이다. 한(漢)나라 때의 은사(隱士)로 노장(老莊) 사상에 심취하여 벼슬을 살지 않고 은거했다. 성도(成都)에서 점을 쳐서 생계를 유지했다.

1375 사마군(司馬君) : 사마군실(司馬君實). 중국 북송(北宋)의 학자·정치가인 사마광(司馬光). 죽은 뒤 온국공(溫國公)에 봉해져 사마온공(司馬溫公)이라고도 한다.

1376 귀곡(鬼谷) : 귀곡자(鬼谷子). 전국시대의 사상가로 이름은 왕후(王詡). 소진(蘇秦)과 장의(張儀)의 스승으로 알려진 인물로 귀곡에서 은거하여 '귀곡자'라 불린다.

1377 손빈(孫臏) : 중국 전국 시대 제(齊)나라 사람. 병가(兵家)의 학자. 방연(龐涓)과 함께 귀곡자(鬼谷子)에게 병법을 배웠는데, 방연이 위(魏)나라의 참모가 되자 손빈이 자신보다 뛰어난 것을 시기하여 모함을 하여 발을 잘랐는데, 그래서 이름이 발을 자르는 형벌인 '빈(臏)'이 되었다.

1378 진(秦) : 소진(蘇秦). 중국 전국 시대 중엽의 정치가. 강국 진(秦)나라에 대적하기 위해 나머지 6국이 연합하는 합종설(合從說)을 주장하였다

1379 의(儀) : 장의(張儀). 전국 시대 위(魏)나라 사람. 소진(蘇秦)과 함께 귀곡자(鬼谷子)를 사사하면서 종횡술(縱橫術)을 배웠다.

1380 왕보사(王輔嗣) : 왕필(王弼). 중국 삼국시대 위(魏)나라 사람. '보사(輔嗣)'는 그의 자(字)이다.

1381 주원장(朱元璋) : 중국 명(明)나라 태조(太祖).

1382 제대선생(諸大先生) : 위의 모든 위대하신 선생님들.

1383 명찰명기(明察明記) : 밝히 살피고 기록함.

1384 마의도자(麻衣道者) : 송나라 때 관상가.

천현녀,[1385] 육정,[1386] 육갑[1387] 신장[1388]이여 연월일시(年月日時) 사치공조,[1389] 배괘동자,[1390] 성괘동랑,[1391] 허공유감,[1392] 여왕 본가봉사,[1393] 단로향화(壇爐香火), 명신문차실향 원사강림언[1394] 하소서. 전라좌도 남원부 천변(川邊)에 거하는 임자생신(壬子生辰) 곤명열녀(坤命烈女) 성춘향이 하월하일(何月何日)에 방사옥중[1395]하오며 서울 삼청동 거하는 이몽룡은 하일하시(何日何時)에 도차본부[1396]하오리까. 복걸[1397] 첨신[1398]은 신명소시[1399] 하옵소서."

산통[1400]을 철겅철겅 흔들더니,

"어디 보자, 일이삼사오륙칠. 허허 좋다. 상괘[1401]로고. 칠간산[1402]이로구나. 어유피망하니 소적대성이라.[1403] 옛날 주무왕

1385 구천현녀(九天玄女) : 황제(黃帝)에게 병법을 주었다는 신녀(神女).
1386 육정(六丁) : 도교의 신 이름.
1387 육갑(六甲) : 악마를 제거하는 신부(神符).
1388 신장(神將) : 장수 격을 가진 귀신.
1389 사치공조(四値功曹) : 연월일시 넷이 모든 별에 위치해 있음.
1390 배괘동자(排卦童子) : 괘를 배포하는 동자.
1391 성괘동랑(成卦童郞) : 괘를 이룩한 동랑.
1392 허공유감(虛空有感) : 허공중에서도 느낌이 있다.
1393 본가봉사(本家奉祀) : 본가에서 제사를 받듦.
1394 명신문차실향(明神聞此實香) 원사강림언(願使降臨焉) : 밝은 신령님께선 이러한 진실된 향기를 맡으시고 원컨대 강림하소서.
1395 방사옥중(放赦獄中) : 잘못을 용서하여 감옥에서 풀어줌.
1396 도차본부(到此本府) : 여기 본부에 이름. '본부'는 '남원'을 가리킨다.
1397 복걸(伏乞) : 엎드려 빎.
1398 첨신(僉神) : 여러 신령.
1399 신명소시(神明昭示) : 신령스럽고 분명하게 밝혀 보여 줌.
1400 산통(算筒) : 소경이 점치는 데 쓰는 점대를 넣는 통.
1401 상괘(上卦) : 가장 좋은 괘.
1402 칠간산(七艮山) : 주역(周易)의 64괘(卦) 가운데 52번째 괘의 이름으로 '간괘(艮卦)'를 말하는데, 이 괘는 아래위에 산(山)이 거듭됨을 상징하며, 평정(平靜)을 뜻하므로 유자(儒者)들은 자기 본마음을 찾는다는 뜻에서 좋은 괘로 보았다.
1403 어유피망(魚游避網)하니 소적대성(小積大成)이라 : 고기가 물에서 놀되 그물을 피하니 작은 것이 쌓이어 큰 것이 이루어진다.

(周武王)이 벼슬할 제 이 괘를 얻어 금의환향(錦衣還鄕)하였으니 어찌 아니 좋을쏜가? 천리상지하니 친인이 유면[1404]이라. 자네 서방님이 불원간(不遠間)에 내려와서 평생 한을 풀겠네. 걱정 마소. 참 좋거든."

춘향이 대답하되,

"말대로 그러면 오죽 좋사오리까? 간밤 꿈 해몽이나 좀 하여 주옵소서."

"어디 자상히 말을 하소."

"단장하던 체경(體鏡)이 깨져 보이고 창전(窓前)에 앵도꽃이 떨어져 보이고 문 위에 허수아비 달려 뵈고 태산이 무너지고 바닷물이 말라 보이니 나 죽을 꿈 아니오?"

봉사 이윽히 생각하다가 양구(良久)에 왈,

"그 꿈 장히 좋다. 화락(花落)하니 능성실(能成實)이요, 경파(鏡破)하니 기무성(豈無聲)가. 능히 열매가 열려야 꽃이 떨어지고 거울이 깨어질 때 소리가 없을손가? 문상(門上)에 현우인(懸偶人)하니 만인이 개앙시(皆仰視)라. 문 위에 허수아비 달렸으면 사람마다 우러러볼 것이요. 해갈(海渴)하니 용안견(龍顔見)이요 산붕(山崩)하니 지택평(地澤平)이라. 바다가 마르면 용의 얼굴을 능히 볼 것이요 산이 무너지면 평지가 될 것이라. 좋다. 쌍가마 탈 꿈이로세. 걱정 마소. 멀지 않네."

한참 이리 수작할 제 뜻밖에 까마귀가 옥 담에 와 앉더니 까옥까옥 울거늘 춘향이 손을 들어 후여 날리며,

"방정맞은 까마귀야. 나를 잡아 가려거든 조르지나 말려무나."

태산이 무너지고 바닷물이 말라 보이니 : 앞에서 꿈 이야기를 하는 장면에 없는 내용이 더해졌다. 봉사가 해몽하는 것으로 보아 뒤의 것이 맞고 앞의 것은 일부가 삭제된 것이다. 이것은 판소리 사설이 형성되는 과정에 흔히 있을 수 있는 첨삭(添削)의 원리가 적용된 결과이다. 서사 전개의 모순이 오히려 장르적 속성을 더 잘 드러내는 경우인 셈이다.

1404 천리상지(千里相知)하니 친인(親人)이 유면(有面)이라 : 천 리나 먼 곳에 떨어져 있어도 서로 마음을 아니 친한 사람을 만날 것이라.

봉사가 이 말을 듣더니,

"가만 있소. 그 까마귀가 가옥가옥 그렇게 울지."

"예, 그래요."

"좋다. 좋다. 가자(字)는 아름다울 가자(嘉字)요, 옥자(字)는 집 옥자(屋字)라. 아름답고 즐겁고 좋은 일이 불원간에 돌아와서 평생에 맺힌 한을 풀 것이니 조금도 걱정 마소. 지금은 복채[1405] 천 냥을 준대도 아니 받아 갈 것이니 두고 보고 영귀(榮貴)하게 되는 때에 괄시나 부디 마소. 나 돌아가네."

"예, 평안히 가옵시고 후일 상봉하옵시다."

춘향이 장탄수심으로 세월을 보내니라.

표현 4. 해학적 표현

해학(諧謔)은 영어의 유머(humor)에 대응되는 말인데, 이것은 비판이나 비난의 성격 이전에 나타나는 웃음을 목적으로 사용하는 기법이다. 다시 말하면 해학은 대상을 여러 방법을 써서 웃음거리로 만들지만 호감이나 연민도 함께 가지고, 겉으로는 냉소적이고 적대적으로 대하지만 속으로는 낙관적이고 우호적인 대상으로 수용하고자 하는 것이다. 서사 문학에 나타나는 해학적 표현은 일반적으로 상식이나 논리로 설명할 수 없거나 일상적·정상적이지 않은 말이나 행동을 통해 실현된다.

〈춘향전〉에서 해학적 표현은 다양하게 나타난다. '도련님이 방자 뫼시고 오셨다오.'라는 '춘향'의 말, '이몽룡'이 여러 책을 읽으며 '춘향'과 연관 짓는 행위, 봉사가 개천에 빠졌다가 나오면서 손으로 개똥을 짚고 그것을 처리하는 일련의 행위, '이몽룡'이 암행어사가 되어 거지 행세를 하며 남원으로 내려왔을 때 그를 대하는 '월매'의 말과 행동

1405 복채(卜債) : 점쟁이에게 점 값으로 주는 돈.

등은 관객이나 독자에게 웃음을 제공하는 해학적 표현의
예에 해당한다.

이때 한양성 도련님은 주야로 시서 백가어[1406]를 숙독하였
으니 글로는 이백(李白)이요, 글씨는 왕희지(王羲之)라. 국가에
경사 있어 태평과[1407]를 보이실새 서책을 품에 품고 장중[1408]에
들어가 좌우를 둘러보니 억조창생[1409] 허다 선비 일시에 숙배[1410]
한다. 어악풍류 청아성[1411]에 앵무새가 춤을 춘다. 대제학(大提
學) 택출하여 어제[1412]를 내리시니 도승지(都承旨) 모셔내어 홍
장(紅帳)[1413] 위에 걸어 놓으니 글제에 하였으되,

"춘당춘색이 고금동[1414]이라."

뚜렷이 걸었거늘 이 도령 글제를 살펴보니 익히 보던 배라.

시지(試紙)를 펼쳐놓고 해제(解題)를 생각하여 용지연(龍池
硯)에 먹을 갈아 당황모 무심필[1415]을 반중동 덤벅 풀어 왕희지

1406 시서(詩書) 백가어(百家語) : 『시경(詩經)』과 『서경(書經)』, 유가(儒家)의 경계
이외에 일가(一家)의 설(說)을 세운 많은 사람들의 글.
1407 태평과(太平科) : 국가에 경사가 있을 때에 보이던 과거.
1408 장중(場中) : 과거를 보는 마당 안.
1409 억조창생(億兆蒼生) : 수많은 백성.
1410 숙배(肅拜) : 백성들이 왕이나 왕족에게 절을 하던 일. 또는 그 절.
1411 어악풍류청아성(御樂風流淸雅聲) : 궁중에서 벌이는 풍류의 깨끗하여 속되
지 않은 소리.
1412 어제(御題) : 임금이 보이던 과거의 글 제목.
1413 홍장(紅帳) : 과거를 볼 때에, 어제(御題)를 붙인 판을 매다는 뒤쪽의 장막.
1414 춘당춘색고금동(春塘春色古今同) : 춘당대(春塘臺)의 봄빛은 예나 지금이나
같다. '춘당대'는 창경궁(昌慶宮)에 있는 누대로서 옛날에 과거를 보이
던 곳.
1415 당황모(唐黃毛) 무심필(無心筆) : 중국에서 나는 족제비의 꼬리털로 만든, 속
을 박지 않은 붓.

필법으로 조맹부[1416] 체(體)를 받아 일필휘지(一筆揮之) 선장[1417]
하니 상시관[1418]이 이 글을 보고 자자(字字)이 비점[1419]이요 구
구(句句)이 관주[1420]로다. 용사비등(龍蛇飛騰)하고 평사낙안[1421]
이라 금세의 대재(大才)로다.

　금방[1422]에 이름을 불러 어주삼배(御酒三盃) 권하신 후 장원
급제 휘장[1423]이라. 신래(新來)의 진퇴(進退)를 나올 적에 머리
에는 어사화[1424]요 몸에는 앵삼[1425]이라. 허리에는 학대[1426]로
다. 삼일(三日) 유가[1427]한 연후에 산소에 소분[1428]하고 전하께
숙배하니 전하께옵서 친히 불러 보신 후에,

　"경(卿)의 재주 조정에 으뜸이라."

하시고 도승지 입시[1429]하사 전라도 어사[1430]를 제수하시니 평
생의 소원이라.

1416　조맹부(趙孟頫) : 중국 원(元)나라의 문인. 서화(書畫)와 시문(詩文)에 크게 뛰
　　　어나 후세에 미친 영향이 크다.
1417　선장(先場) : 문과(文科) 과거에서 가장 먼저 글장을 바치던 일.
1418　상시관(上試官) : 과거 때 시험관의 우두머리 관원.
1419　비점(批點) : 시문의 잘된 곳에 찍는 점.
1420　관주(貫珠) : 글이나 글자가 잘 되었을 때 글자 옆에 치는 고리 같은 둥
　　　근 표.
1421　평사낙안(平沙落雁) : 모래펄에 기러기가 내려앉듯이 글씨가 매끈한 모양.
1422　금방(金榜) : 과거에 급제한 사람의 이름을 써서 건 방(榜).
1423　휘장(揮場) : 과거에 제일로 급제하여 그 답안을 시험장에 게시하는 것.
1424　어사화(御賜花) : 임금이 문무과에 급제한 사람에게 내리던 종이로 만
　　　든 꽃.
1425　앵삼(鶯衫) : 생원, 진사에 급제하였을 때 입던 연두 빛깔의 예복.
1426　학대(鶴帶) : 문관이 띠던, 학을 수놓은 허리띠.
1427　유가(遊街) : 과거의 급제자가 좌주(座主), 선진자(先進者), 친척들을 찾아보
　　　는 일.
1428　소분(掃墳) : 경사가 있을 때 조상의 산소에 가서 제사지내는 일.
1429　입시(入侍) : 대궐에 들어가 왕을 알현하는 일.
1430　어사(御史) : 지방정치를 잘하고 못함을 살피기 위하여 임금이 비밀히 보내
　　　던 사자.

인물 6. 이몽룡

〈춘향전〉은 남자 주인공 '이 도령(이몽룡)'과 여자 주인공 '춘향'의 신분적 제약이라는 사회 구조적 문제와 개인적 욕구를 우선하는 부정한 관리의 횡포를 이겨내고 사랑을 완성하는 이야기이다. 이 이야기의 완성을 위해서는 사회적 지위와 개인적 능력을 겸비한 인물이 필요하다.

'이몽룡'은 사대부 집안의 자제이자 남다른 용모와 빼어난 재주를 타고난 재자가인형(才子佳人型) 인물이다. 또 그는 기존의 사회 구조를 바꿀 수 있는 것으로 생각하는 혁명적 사고를 가진 인물이다. 이런 인물이어야 '춘향'이 당면한 난관을 극복하기 위한 적격자라 할 수 있고, 실제로 그런 역할을 감당함으로써 〈춘향전〉을 완성하게 된다.

'이몽룡'을 향한 이와 같은 기대감이 작품의 전반부에서는 실현 가능성이 낮아 보인다. '이몽룡'은 장난기만 많고 철은 없는 풍류남(風流男)의 면모만 보이기 때문이다. 그러나 그는 '춘향'과 이별하고 서울로 올라가서 과거에 급제하여 암행어사가 됨으로써 전혀 다른 인물로 탈바꿈하는 입체적 인물이다.

수의,[1431] 마패(馬牌), 유척[1432]을 내주시니 전하께 하직하고 본댁으로 나갈 때 철관[1433] 풍채는 심산맹호(深山猛虎) 같은지라. 부모 전 하직하고 전라도로 행할새, 남대문 밖 썩 나서서 서리, 중방,[1434] 역졸 등을 거느리고 청파역 말 잡아 타고 칠패, 팔패, 배다리 얼른 넘어 밥전거리 지나 동작이를 얼풋 건너 남태령을 넘어 과천읍에 중화(中火)하고 사근내, 미륵당이, 수원

1431 수의(繡衣) : 수를 놓은 옷. 암행어사가 입던 옷. '어사또'를 달리 이르던 말. 수의(繡衣)를 입은 사또라는 뜻이다.
1432 유척(鍮尺) : 검시(檢屍)에 쓰던 놋쇠로 만든 자.
1433 철관(鐵冠) : 어사가 쓰던 갓.
1434 중방(中房) : 수령이 데리고 있는 심부름꾼.

숙소(宿所)하고 대황교, 떡전거리, 진개울, 중미, 진위읍에 중화하고 칠원, 소사, 애고다리, 성환역에 숙소하고 상류천, 하류천, 새술막, 천안읍에 중화하고 삼거리, 도리치, 김제역 말 갈아 타고 신구, 덕평을 얼른 지나 원터에 숙소하고 팔풍정, 화란, 광정, 모란, 공주, 금강을 건너 금영에 중화하고 높은 한길 소개문, 어미널티, 경천에 숙소하고 노성, 풋개, 사다리, 은진, 간치당이, 황화정, 장애미고개, 여산읍에 숙소참하고 이튿날 서리 중방 불러 분부하되

"전라도 초읍(初邑) 여산이라. 막중국사 거행불명즉[1435] 죽기를 면치 못하리라."

추상같이 호령하며 서리 불러 분부하되

"너는 좌도로 들어 진산, 금산,

"너는 좌도로 들어 진산(珍山), 금산(錦山), 무주(茂朱), 용담(龍潭), 진안(鎭安), 장수(長水), 운봉(雲峰), 구례(求禮)로 여덟 읍을 순행(巡行)하여 아무 날 남원읍으로 대령하고, 중방(中房)과 역졸(驛卒) 너희들은 우도(右道)로 용안(龍安), 함열(咸悅), 임피(臨陂). 옥구(沃溝), 김제(金堤), 만경(萬頃), 고부(古阜), 부안(扶安), 흥덕(興德), 고창(高敞), 장성(長城), 영광(靈光), 무장(茂長), 무안(務安), 함평(咸平)으로 순행하여 아무 날 남원읍에 대령하고, 종사[1436] 불러 익산(益山), 금구(金溝), 태인(泰仁), 정읍(井邑), 순창(淳昌), 옥과(玉果), 광주(光州), 나주(羅州), 창평(昌平), 담양(潭陽), 동복(同福), 화순(和順), 강진(康津), 영암(靈巖), 장흥(長興), 보성(寶城), 흥양(興陽), 낙안(樂安), 순천(順天), 곡성(谷城)으로 순행하여 아무 날 남원읍으로 대령하라."

1435 막중국사 거행불명즉(莫重國事擧行不明則) : 더할 수 없이 중요한 나랏일을 분명하게 거행하지 않으면.
1436 종사(從事) : 종사관. 각 군영·포도청의 한 벼슬.

분부하여 각기 분발[1437]하신 후에, 어사또 행장을 차리는데

모양 보소. 숱 사람[1438]을 속이려고 모자[1439] 없는 헌 파립[1440]에

벌이줄[1441] 총총[1442] 매어 초사[1443]갓끈 달아 쓰고 당[1444]만 남은

헌 망건[1445]에 갖풀관자[1446] 노끈당줄 달아 쓰고 의뭉하게[1447]

헌 도복에 무명실 띠를 흉중에 둘러 매고 살만 남은 헌 부채에

솔방울 선추[1448] 달아 일광(日光)을 가리고 내려올 제 통새암,

삼례 숙소(宿所)하고 한내, 주엽쟁이, 가리내, 성금정 구경하

고 숩정이, 공북루 서문을 얼른 지나 남문에 올라 사방을 둘러

보니 서호강남[1449] 여기로다. 기린토월(麒麟吐月)이며 한벽청연

(寒碧淸煙), 남고모종(南固暮鍾), 건지망월(乾止望月), 다가사후(多

佳射侯), 덕진채련(德津採蓮), 비비락안(飛飛落雁), 위봉폭포(威鳳

瀑布), 완산팔경[1450]을 다 구경하고 차차로 암행(暗行)하여 내려

1437 분발(分發) : 따로따로 나누어 떠나게 함. '조선 시대에, 승정원의 관보(官
報)인 조보(朝報)를 발행하기 전에 그 긴요한 사항을 먼저 베껴서 돌리던
일'의 뜻인 '분발(分撥)'로 보기도 한다.

1438 숱사람 : 숱한 사람. 많은 사람. 뭇사람.

1439 모자(帽子) : 갓의 밑 둘레 밖으로 둥글넓적하게 된 부분 위로 우뚝 솟은 원
통 모양의 부분.

1440 파립(破笠) : 찢어진 헌 갓.

1441 벌이줄 : 물건이 버틸 수 있도록 이리저리 얽어매는 줄.

1442 총총(叢叢) : 빽빽하게 들어선 모양. 촘촘.

1443 초사(草紗) : 품질이 좋지 않은 명주실.

1444 당 : 망건당. 망건의 윗부분. 말총을 촘촘히 세워 곱쳐 구멍을 내어 윗당줄
을 꿰게 되어 있다.

1445 망건(網巾) : 상투를 튼 사람이 머리카락을 걷어 올려 흘러내리지 아니하도
록 머리에 두르는 그물처럼 생긴 물건. 보통 말총, 곱소리 또는 머리카락
으로 만든다.

1446 갖풀관자 : 아교로 만든 관자. '관자(貫子)'는 금·옥·뼈·뿔 따위로 만들어
망건 당줄을 꿰는 고리.

1447 의뭉하게 : 겉으로는 어리석은 것처럼 보이면서 속으로는 엉큼하게.

1448 선추(扇錘) : 부채고리에 늘어뜨리는 장식품.

1449 서호강남(西湖江南) : 중국의 명승지 서호(西湖)와 강남(江南) 지방.

1450 기린토월(麒麟吐月)이며~완산팔경(完山八景) : 기린봉(麒麟峰)에 솟는 달, 한
벽당(寒碧堂)에 낀 맑은 안개, 남고사(南高寺)에서 울리는 저녁 종소리, 건지
산(乾止山)에 뜨는 보름달, 다가산(多佳山)에 있는 활터의 과녁, 덕진지(德津
池)에서 연밥 캐기, 비비정(飛飛亭)에 내려앉는 기러기, 위봉산(威鳳山)에 있

올 제, 각읍 수령들이 어사 났단 말을 듣고 민정(民情)을 가다듬고 전공사(前公事)를 염려할 제 하인인들 편하리오. 이방, 호장 실혼(失魂)하고, 공사회계(公事會計)하는 형방, 서기, 얼른 하면 도망차로 신발하고,[1451] 수다한 각청상[1452]이 넋을 잃어 분주할 제, 이때 어사또는 임실 구화들 근처를 당도하니, 차시(此時) 마침 농절(農節)이라 농부들이 농부가(農夫歌)하며 이러할 제 야단이었다.

　　어여로 상사뒤요[1453]

　　천리건곤[1454] 태평시(太平時)에 도덕 높은 우리 성군(聖君) 강구연월 동요[1455] 듣던 요(堯)임금 성덕(聖德)이라.
　　어여로 상사뒤요.

　　순(舜)임금 높은 성덕으로 내신 성기 역산에 밭을 갈고[1456]
　　어여로 상사뒤요.

　　는 폭포(瀑布) 등 완산팔경(完山八景). 오늘날의 전주(全州)인 완산(完山)의 여덟 가지 아름다운 경치를, 이른바 '소상팔경(瀟湘八景)'처럼 넉 자의 한자 성어로 표현한 것이다.

1451　신발하고 : 짚신을 신고 발감개로 발을 감고.

1452　각청상(各廳上) : 각각의 관청에 소속된 관리.

1453　어여로 상사뒤야 : 노래 후렴구의 한 가지.

1454　천리건곤(千里乾坤) : 천 리에 이르는 넓은 세상.

1455　강구연월(康衢烟月) 동요(童謠) 듣던 요(堯)임금 : 태평한 세월을 노래하는 동요를 듣던 요임금. 고대 중국 요(堯)임금 시대 때 번화가에서 아이들이 불렀다는 노래 '강구요(康衢謠)'는, "우리가 이처럼 잘 살아가는 것은 모두가 임금님의 지극한 덕이네. 우리는 아무것도 알지 못하지만 임금님이 정하신 대로 살아가네(立我蒸民 莫匪爾極 不識不知 順帝之則)."처럼 요임금의 치세를 찬양한 것이다.

1456　순(舜)임금 높은 성덕(聖德)으로 내신 성기(聖器) 역산(歷山)에 밭을 갈고 : 순(舜)임금이 하빈(河濱)에서 그릇을 만들고 역산(歷山)에서 밭을 갈았다는 말.

어여로 상사뒤요~어널널 상사뒤요. : 작품의 상황과 어울리는 민요 '농부가'를 삽입하여 현장감을 강화하고 있다. 이 '농부가'는 서사 전개와는 밀접하게 연관되지 않는다. 그래서 독서물인 소설이라 한다면 서사 전개를 지연시키고, 긴장감이 풀려 흥미가 반감될 수 있어서 반드시 필요한 내용은 아니다. 그러나 판소리 사설이라 공연 현장에서 이 노래를 부르면 판소리 창법과는 다른 민요창이 섞여 흥겨움을 배가시킬 것이므로 긍정적 의미를 지닌다. 다만, 이 노래의 가사가 농부의 입으로 불릴 수 있는 수준이 아니라는 점에서 현실감이 떨어지지만, 향수자의 취향을 좇는다는 점에서 판소리계 작품답다고 할 수 있다.

신농씨[1457] 내신 따비[1458] 천추만대(千秋萬代) 유전(流傳)하니 어이 아니 높으던가.

어여로 상사뒤요.

하우씨(夏禹氏) 어진 임금 구년홍수(九年洪水) 다스리고.

어여라 상사뒤요.

은왕(殷王) 성탕[1459] 어진 임금 대한 칠 년(大旱七年) 당하였네.

어여라 상사뒤요.

이 농사를 지어내어 우리 성군 공세[1460] 후에 남은 곡식 장만하여 앙사부모 아니하며 하육처자 아니할까.[1461]

어여라 상사뒤요.

백초[1462]를 심어 사시(四時)를 짐작하니 유신(有信)한 게 백초로다. 어여라 상사뒤요. 청운공명[1463] 좋은 호강 이 업(業)을 당할쏘냐.

1457 신농씨(神農氏) : 중국 전설상의 제왕. 백성에게 농경을 가르쳤으며 시장을 개설하여 교역의 길을 열었다고 한다. 농업·의약·역(易)·불의 신으로 숭앙된다.

1458 따비 : 풀뿌리를 뽑거나 밭을 가는 농구의 한 가지. 쟁기보다 작고 보습이 좁다.

1459 성탕(成湯) : 중국 은(殷)나라 초대 왕. 이름은 이(履). 하(夏)나라 왕 걸(桀)을 치고 이를 대신하여 왕위에 올랐다.

1460 공세(貢稅) : 나라에 세금으로 바침.

1461 앙사부모(仰事父母) 아니하며 하육처자(下育妻子) 아니할까 : 위로는 부모를 모시지 아니하며 아래로는 처자를 먹여살리지 아니할까.

1462 백초(百草) : 갖가지 풀. 온갖 풀.

1463 청운공명(靑雲功名) : 벼슬에 나아가 공을 세우고 이름을 떨침.

어여라 상사뒤요.

남전북답[1464] 기경[1465]하여 함포고복(含哺鼓腹) 하여보세.
어널널 상사뒤요.

한참 이리할 제 어사또 주령[1466] 짚고 이만하고 서서 농부가
를 구경하다가,

"거기는 대풍(大豊)이로고."

또 한 편을 바라보니 이상한 일이 있다. 중씰한[1467] 노인들
이 찔찔이[1468] 모여 서서 등걸밭[1469]을 일구는데 갈멍덕[1470] 숙
여 쓰고 쇠스랑 손에 들고 '백발가(白髮歌)'를 부르는데,

"등장[1471] 가자 등장 가자. 하느님 전에 등장 갈 양이면 무슨
말을 하실는지. 늙은이는 죽지 말고 젊은 사람 늙지 말게. 하
느님 전에 등장 가세. 원수로다 원수로다 백발이 원수로다. 오
는 백발 막으려고 우수(右手)에 도끼 들고 좌수(左手)에 가시
들고 오는 백발 두드리며 가는 홍안(紅顔) 끌어당겨 청사(靑絲)
로 결박하여 단단히 졸라매되 가는 홍안 절로 가고 백발은 시
시(時時)로 돌아와 귀 밑에 살 잡히고 검은 머리 백발 되니 조
여청사모성설[1472]이라. 무정한 게 세월이라. 소년행락(少年行樂)

1464 남전북답(南田北畓) : 남쪽의 밭과 북쪽의 논. 남북에 있는 논밭. 여기저기
에 있는 논밭.
1465 기경(起耕) : 지금까지 가꾸지 않은 땅을 갈아 일으켜서 논밭을 만듦.
1466 주령 : 지팡이.
1467 중씰한 : 중년(中年)이 넘은 듯한.
1468 찔찔이 : 끼리끼리.
1469 등걸밭 : 등걸, 곧 나무를 베고 난 그루터기 같은 것이 많은 밭.
1470 갈멍덕 : 갈대로 만든 멍덕. '멍덕'은 짚이나 갈대 등으로 엮은 삿갓.
1471 등장(等狀) : 관청에 두 사람 이상의 이름을 한곳에 죽 잇따라 써서 하소연
하는 일.
1472 조여청사모성설(朝如靑絲暮成雪) : 아침에는 푸른 실 같더니 저녁에는 흰 눈

이만하고 서서 농부가를 구경
하다가 : '이만하고'는 서술자가
대상과의 거리를 드러내는 표
현인데, 이것은 판소리 사설에
서 흔히 나타난다. 이 표현은 창
자(唱者)가 손에 든 부채로 어
느 정도의 거리를 가리키는 너
름새를 하면서 아니리로 나타
낸다. '너름새'는 몸짓이나 손짓
같은 동작을, '아니리'는 소리가
아니라 말로 하는 것을 의미하
는 판소리 용어이다.

"등장 가자 등장 가자~일장춘
몽(一場春夢)인가 하노라." :
'백발가'라는 제목까지 밝혀 둔
노래이다. 이 노래는 널리 불려
지던 것을 그대로 차용하여 썼
다. 서사 전개상으로 없어도 될
부분이고 독서물로서는 불필요
하다고 할 만큼 서사 전개를 늦
춘다. 판소리를 부르기 전에 창
자(唱者)가 목을 풀고 상태를
확인하기 위해 부르는 노래를
'단가'라 하는데, 이 단가 중의
'백발가'는 다음과 같은 가사로
되어 있다.

백발이 섧고 섧다 백발이 섧고
섧네
나도 어제 청춘일러니 오늘 백
발 한심하다
우산(牛山)에 지는 해는 제경
공(齊景公)의 눈물이로구나
분수(汾水)의 추풍곡(秋風曲)
은 한무제의 설움이라
장하도다 백이 숙제 수양산 깊
은 곳에 채미(采薇)하다가 아사
(餓死)를 한들

초로 같은 우리 인생들은 이를 어이 알겠느냐
야야 친구들아 승지강산(勝地江山) 구경가자
금강산 들어가니 처처(處處)이 경산(景山)이요 곳곳마다 경개(景槪)로구나
계산파무울차아(稽山罷霧鬱嵯峨) 산은 층층 높아 있고
경수무풍야자파(鏡水無風也自波) 물은 술렁 깊었네
그 산을 들어가니 조그마한 암자 하나 있는데
여러 중들이 모여들어 재맞이 하느라고
어떤 중은 남관(藍冠) 쓰고 어떤 중은 법관(法冠) 쓰고
또 어떤 중 다리 몽둥 큰 북채를 양손에다 갈라 쥐고
법고는 두리둥둥 목탁은 따그락 뚝딱 죽비는 좌르르르 칠 적에
탁자 위에 늙은 노승 하나 가사(袈裟) 착복(着服)을 어스러지게 매고
구부구부 예불을 하니 연사모종(煙寺暮鐘)이라 하는 데로구나
거드렁 거리고 놀아보자

비빛비빛, 오목오목, 발심발심, 홀홀 : 음성 상징어들이다. 〈춘향전〉에는 곳곳에 음성 상징어가 쓰이는데, 이것은 특성 대상을 눈에 보이듯 귀에 들리듯 감각적으로 표현함으로써 현실감이 나 현장감이 두드러지게 한다.

깊은들 왕왕이 달라가니 이 아니 광음(光陰)인가. 천금준마(千金駿馬) 잡아타고 장안대도[1473] 달리고저. 만고강산(萬古江山) 좋은 경개(景槪) 다시 한 번 보고지고. 절대가인(絶代佳人) 곁에 두고 백만교태(百萬嬌態) 놀고 지고. 화조월석[1474] 사시가경(四時佳景) 눈 어둡고 귀가 먹어 볼 수 없고 들을 수 없어 하릴없는 일이로세. 슬프다 우리 벗님 어디로 가겠는고. 구추(九秋)[1475] 단풍잎 지듯이 선아선아[1476] 떨어지고 새벽하늘 별 지듯이 삼오삼오[1477] 스러지니 가는 길이 어드멘고. 어여로 가래질[1478]이야. 아마도 우리 인생 일장춘몽(一場春夢)인가 하노라.”

한참 이러할 제 한 농부 썩 나서며

“담배 먹세. 담배 먹세.”

갈멍덕 숙여 쓰고 두던[1479]에 나오더니 곱돌조대[1480] 넌짓 들어 꽁무니 더듬더니 가죽 쌈지 빼어 놓고 담배에 세우[1481] 침을 뱉아 엄지가락이 자빠라지게 비빛비빛[1482] 단단히 넣어 짚불을 뒤져 놓고 화로에 푹 질러 담배를 먹는데, 농군이라 하는

이 되었구나. 중국 당(唐)나라 시인 이백(李白)의 ‘장진주(將進酒)’의 한 구절이다.
1473 장안대도(長安大道) : 서울의 큰 길.
1474 화조월석(花朝月夕) : 꽃이 핀 아침과 달 밝은 저녁. 곧 경치가 좋은 시절을 말함.
1475 구추(九秋) : 음력 9월을 ‘가을’이란 뜻으로 이르는 말. 가을철의 약 90일 동안을 이르는 말.
1476 선아선아 : 나뭇잎이 떨어지는 모양의 음성 상징어(의태어). 뒤의 ‘삼오삼오’와 연관지어 ‘서넛서넛’으로 볼 수도 있다.
1477 삼오삼오(三五三五) : 셋씩 또는 다섯씩. 별이 지는 모양의 음성 상징어(의태어).
1478 가래질 : 가래로 흙을 파헤치는 일.
1479 두던 : ‘언덕’의 방언. 밭이나 논의 두두룩한 곳.
1480 곱돌조대 : 곱돌로 만든 담뱃대. ‘곱돌’은 윤이 나고 매끈매끈한 돌.
1481 세우 : ‘세차게’의 옛말.
1482 비빛비빛 : 비비적비비적. 손바닥이나 손가락 사이의 물건을 둥글게 하거나 긴 가락이 지게 세게 잇따라 문지르는 모양.

것이 대¹⁴⁸³가 빡빡하면 쥐새끼 소리가 나것다. 양 볼때기가 오목오목 코궁기¹⁴⁸⁴가 발심발심¹⁴⁸⁵ 연기가 홀홀 나게 피워 물고 나서니 어사또 반말하기는 공성¹⁴⁸⁶이 났지.

"저 농부 말 좀 물어보면 좋겠구먼."

"무슨 말."

"이 골 춘향이가 본관(本官)에 수청 들어 뇌물(賂物)을 많이 먹고 민정(民情)¹⁴⁸⁷에 작폐¹⁴⁸⁸한단 말이 옳은지?"

저 농부 열을 내어,

"게가 어디 사나?"

"아무데 살든지."

"아무데 살든지라니. 게는 눈콩알 귀꽁알¹⁴⁸⁹이 없나. 지금 춘향이를 수청 아니 든다 하고 형장 맞고 갇혔으니 창가(娼家)에 그런 열녀 세상에 드문지라. 옥결¹⁴⁹⁰ 같은 춘향 몸에 자네 같은 동냥치가 누설¹⁴⁹¹을 지치다간¹⁴⁹² 빌어먹도 못하고 굶어 뒤어지리. 올라간 이 도령인지 삼 도령인지 그놈의 자식은 일거후무소식하니¹⁴⁹³ 인사(人事) 그렇고는 벼슬은커니와 내 좆도 못하지."

"어 그게 무슨 말인고?"

1483 대 : 담뱃대.
1484 코궁기 : 콧구멍의 옛말.
1485 발심발심 : 발름발름. 탄력 있는 물체가 조금 넓고 부드럽게 자꾸 바라졌다 오므라졌다 하는 모양.
1486 공성 : 아주 길이 들어서 몸에 푹 밴 버릇. 곧 '이골'의 방언.
1487 민정(民情) : 백성들의 사정과 생활 형편.
1488 작폐(作弊) : 폐를 끼침.
1489 눈콩알 귀꽁알 : 눈구멍 귓구멍.
1490 옥결 : 옥돌의 결이 깨끗하다는 데서 흔히 깨끗한 마음씨를 이르는 말.
1491 누설(陋說) : 더러운 말. 추한 말.
1492 지치다간 : 지치다가는. 함부로 해대다가는.
1493 일거후무소식(一去後無消息)하니 : 한 번 가버린 후 소식이 없으니.

이 도령인지 삼 도령인지~내 좆도 못하지. : 농부가 대화 상대자가 '이몽룡'인 줄 모르고 욕을 하는 부분이다. 양반 사대부 '이몽룡'과 양민이기는 하지만 하층민인 '농부'의 대화는 계층 간의 서로 다른 언어 층위가 드러날 것으로 기대된다. '이 도령인지 삼 도령인지'는 성씨 '이(李)'를 숫자 '이(二)'로 보고 '삼(三)'을 연상해 낸 언어유희이다. '한 번 간 뒤 소식이 없음'을 뜻하는 '일거후무소식(一去後無消息)'과 같은 한문투 문장을 쓰고 있다. 또한 '이몽룡'을 저주하는 비속어를 사용하기도 한다. 이로 보아 이 농부의 대화에는 다양한 층위의 언어가 혼재(混在)되어 있는 셈인데, 이런 현상은 판소리의 적층(積層) 과정에서 생긴 것으로 봄직하다.

"왜, 어찌 되나?"

"되기야 어찌 되랴마는 남의 말로 구습[1494]을 너무 고약히 하는고."

"자네가 철 모르는 말을 하매 그렇지."

수작을 파하고 돌아서며,

"허허 망신이로고. 자 농부네들 일하오."

"예."

하직하고 한 모롱이를 돌아드니 아이 하나 오는데, 주령 막대 끌면서 시조(時調) 절반 사설(辭說) 절반 섞어 하되,

"오늘이 며칠인고? 천릿길 한양성을 며칠 걸어 올라가랴. 조자룡[1495]의 월강(越江)[1496]하던 청총마(靑驄馬)가 있다면 금일로 가련마는 불쌍하다 춘향이는 이 서방을 생각하여 옥중에 갇히어서 명재경각[1497] 불쌍하다. 몹쓸 양반 이 서방은 일거(一去) 소식 돈절(頓絕)하니 양반의 도리는 그러한가."

어사또 그 말 듣고,

"이애, 어디 있디?"

"남원읍에 사오."

"어디를 가니?"

"서울 가오."

"무슨 일로 가니?"

"춘향의 편지 갖고 구관댁에 가오."

"이애, 그 편지 좀 보자꾸나."

아이 하나 오는데 : '춘향'의 편지를 가지고 한양으로 올라가던 '아이'를 암행어사가 된 '이몽룡'과 만나는 장면이다. 우연의 일치로 이루어져 있지만 흥미 소재로서의 기능이 강화된 설정이라 할 수 있다. 이 '아이'가 판소리 사설에는 '방자'로 되어 있기도 한데, '이몽룡'은 그를 알아보지만 그는 '이몽룡'을 알아보지 못하도록 설정하여 새로운 흥밋거리로 만들었다.

1494 구습(口習) : 입버릇. 말버릇.

1495 조자룡(趙子龍) : 중국 삼국시대 촉한(蜀漢)의 장수 조운(趙雲). '자룡'은 그의 자(字). 유비(劉備)가 조조(曹操)에게 쫓겨 처자를 버리고 남으로 도망할 때 기장(騎將)이 되어 그들을 보호하여 난을 면하게 하였다.

1496 월강(越江) : 강을 건넘.

1497 명재경각(命在頃刻) : 목숨이 꼭 죽을 지경에 이름.

"그 양반 철모르는 양반이네."

"웬 소린고?"

"글쎄 들어보오. 남아(男兒) 편지 보기도 어렵거든 항[1498] 남의 내간[1499]을 보잔단 말이오?"

"이애 들어라. 행인이 임발우개봉[1500]이란 말이 있느니라. 좀 보면 관계하냐?"

"그 양반 몰골은 흉악하구만 문자속은 기특하오. 얼풋 보고 주오."

"호로자식[1501]이로고."

주제 4. 신분제의 극복 의지

고려(高麗) 말기에 형성된 관료제(官僚制)가 조선(朝鮮) 말기까지 유지되면서 양반 사회를 형성하였다. 양반 사회 구조의 특징은 관료를 충원하는 양반과 중인이 소수의 지배 신분을 형성하고, 생산에 종사하는 양인과 천민은 다수의 피지배 신분을 형성한 것이다. 조선 후기에 이르러 점차 신분의 역계층화 현상이 나타났지만 전통적 신분의식은 그 후로도 통혼(通婚)과 행동 양식을 강력히 지배하였다.

〈춘향전〉은 이런 신분 구조의 변화 과정을 잘 보여 준다. '춘향'은 양반 '성 참판'과 기생 '월매'의 사이에서 태어난 딸이다. 종모법(從母法)에 따르면 천민이지만 양반의 행세를 하였고, '이몽룡'과 통혼하고 정렬부인 직품을 받음으로써 합법적인 양반 신분이 되었다. 그런데 이 과정에서 '춘향'은 자신이 기생이 아니므로 수청을 들 수 없고 목숨을 걸고 정절을 지키려는 강한 의지를 드러낸다. 그런 의

1498 항(況) : 하물며.
1499 내간(內簡) : 아낙네가 받거나 보내는 가정끼리의 편지.
1500 행인(行人)이 임발우개봉(臨發又開封) : 곧 길을 떠나려는 순간에도 편지의 겉봉을 떼어 본다는 말.
1501 호로자식 : 후레자식. 버릇없게 구는 놈.

지를 지녔기에 '춘향'이 결국 고난을 이겨내고 신분 상승을 이룩할 수 있었다.

그런데 고난을 극복한 결과가 양반 계층에 귀속되는 일이라면 신분제의 극복이 아니라 신분의 상승 의지로 이해할 수도 있다는 점에서 한계가 있다. 반상(班常)이나 양천(良賤)이라는 이원적 계층 구조를 와해시키는 게 아니라 계층의 이동을 통해 그 구조를 더욱 공고(鞏固)히 하는 쪽으로 진행되기 때문이다.

편지 받아 떼어 보니 사연에 하였으되,

'일차 이별 후 성식[1502]이 적조[1503]하니 도련님 시봉체후[1504] 만안하옵신지[1505] 원절복모[1506]하옵니다. 천첩(賤妾) 춘향은 장대뇌상[1507]에 관봉치패[1508]하고 명재경각(命在頃刻)이라. 지어사경[1509]에 혼비황릉지묘[1510]하여 출몰귀관[1511]하니 첩신(妾身)이 수유만사나[1512] 단지 열불이경(烈不二更)이요 첩지사생(妾之死生)과 노모(老母) 형상이 부지하경[1513]이오니 서방님 심량처지[1514] 하옵소서.'

1502 성식(聲息) : 소식.
1503 적조(積阻) : 오랫동안 소식이 막힘.
1504 시봉체후(侍奉體候) : 주로 편지글에서, 어버이를 모시는 몸이라는 뜻으로 부모를 모시고 있는 사람에게 쓰는 말.
1505 만안(萬安)하옵신지 : 신상이 아주 평안하옵신지. 두루두루 평안하옵신지.
1506 원절복모(願切伏慕) : 간절히 엎드려 바람.
1507 장대뇌상(杖臺牢上) : 곤장을 맞고 감옥에 갇힘.
1508 관봉치패(官逢致敗) : 관으로부터 살림이 아주 결딴나는 일을 당함.
1509 지어사경(至於死境) : 죽을 지경에 이름.
1510 혼비황릉지묘(魂飛黃陵之廟) : 영혼이 황릉묘로 날아감.
1511 출몰귀관(出沒鬼關) : 혼이 저승으로 들어가는 문을 드나듦.
1512 수유만사(雖有萬死) : 비록 죽을 수밖에 없으나. 비록 만 번 죽더라도.
1513 부지하경(不知何境) : 어떤 지경에 이를지 알지 못함.
1514 심량처지(深諒處之) : 깊이 헤아려 처리함.

편지 끝에 하였으되,

'거세하시군별첩고 작이동설우동추라. 광풍반야누여설하니 하위남원옥중수라.'[1515]

혈서(血書)로 하였는데, 평사낙안(平沙落雁) 기러기 격으로 그저 툭툭 찍은 것이 모두 다 애고로다. 어사 보더니 두 눈에 눈물이 듣거니[1516] 맺거니 방울방울 떨어지니 저 아이 하는 말이,

"남의 편지 보고 왜 우시오?"

"어따 이애. 남의 편지라도 설운 사연을 보니 자연 눈물이 나는구나."

"여보, 인정 있는 체하고 남의 편지 눈물 묻어 찢어지오. 그 편지 한 장 값이 열닷 냥이오. 편지 값 물어내오."

"여봐라. 이 도령이 나와 죽마고우(竹馬故友) 친구로서 하향(遐鄕)에 볼 일이 있어 나와 함께 내려오다 완영[1517]에 들렀으니 내일 남원으로 만나자 언약하였다. 나를 따라 가 있다가 그 양반을 뵈어라."

그 아이 방색하며,[1518]

"서울을 저 건너로 알으시오?"

하며 달려들어

1515 거세하시군별첩(去歲何時君別妾)고 작이동설우동추(昨已冬雪又動秋)라. 광풍반야누여설(狂風半夜淚如雪)하니 하위남원옥중수(何爲南原獄中囚)라 : 지난해 어느 때에 임이 저와 이별했던가요? 엊그제 이미 겨울눈이 내리더니 또 가을이 왔어요. 미친바람 깊은 밤에 눈물이 눈 같으니, 어찌하여 남원 옥중의 죄수가 되었던고? 첫째 구는 당(唐)나라 시인 이백(李白)의 '사변(思邊)'에서 가져 왔다.

1516 듣거니 : 떨어지거니.

1517 완영(完營) : 완산(完山)의 감영(監營). '완산'은 '전주(全州)'의 옛 이름.

1518 방색(防塞)하며 : 남의 청(請)을 받아들이지 않고 막으며. 무엇을 하지 못하게 막으며. 가로막으며. '매우 반가워하며'라는 뜻인 '반색하며'는 문맥과 맞지 않는 말이다.

"편지 내오."

상지[1519]할 제 옷 앞자락을 잡고 실랑하며 살펴보니 명주 전대를 허리에 둘렀는데 제기(祭器) 접시 같은 것이 들었거늘 물러나며,

"이것 어디서 났소. 찬바람이 나오."

"이놈 만일 천기누설[1520](天機漏洩)하여서는 성명(性命)[1521]을 보전치 못하리라."

서술 방법 8. 복선과 '우연의 일치'

일반적으로 우리 고전소설의 구조적 특징 중 하나인 '우연의 일치'를 잘못된 것으로 여긴다. 이 '우연의 일치'는, 개연성(蓋然性, probability)을 확보하기 위해 '복선(伏線, underplot)'을 깔아야 하고 인과(因果)를 중시하는 플롯(plot)으로 구성해야 한다는 논리와 상충(相衝)되는 것이기 때문이다. 그런데 이 '우연의 일치'가 우리 고전소설의 문법이라 할 권선징악(勸善懲惡)이나 '행복한 결말(happy ending)'을 지키기 위해서 만들어진 것이라 약점으로 치부하고 말 것은 아니다.

〈춘향전〉에서 '우연의 일치'는 여러 곳에서 발견된다. '이몽룡'이 광한루 경치를 구경하다가 그네 뛰는 '춘향'을 만나거나, 암행어사가 되어 남원으로 내려오던 '이몽룡'이 '춘향'의 편지를 전하러 서울로 올라가던 아이를 길에서 만나는 사건 등이 그것이다. 그렇지만 이런 사건들도 시간적 배경을 바꾸거나 부수적인 흥밋거리로 전락시킴으로써 있을 법하고 그럴듯한 사건이 되는 것이다.

〈춘향전〉에서도 복선이라 할 만한 것이 곳곳에 나온다.

1519 상지(相持) : 서로 버팀.
1520 천기누설(天機漏泄) : 중대한 기밀이 새어 나감을 이르는 말. '천기'는 임금의 밀지(密旨) 또는 나라의 기밀.
1521 성명(性命) : 인성(人性)과 천명(天命).

'춘향'이나 '월매'의 꿈을 통해 결과가 암시되기도 하고, '하늘이 무너져도 솟아날 구멍이 있다'는 속담을 통해 문제 해결의 실마리가 제시되기도 한다. 그런데 공연물(公演物)로 출발한 〈춘향전〉은 적재적소에 나타나는 '편집자적 논평'을 통해 모든 사건이 그럴 수밖에 없는 필연성(必然性)을 지니도록 해 두었기 때문에 복선의 필요성은 그만큼 줄어들 수밖에 없다.

당부하고 남원으로 들어올 제 박석치[1522]를 올라서서 사면을 둘러보니 산도 예 보던 산이요 물도 예 보던 물이라. 남문 밖 썩 내달아,

"광한루야 잘 있더냐, 오작교야 무사하냐? 객사청청유색신[1523]은 나귀 매고 놀던 데요, 청운낙수[1524] 맑은 물은 내 발 씻던 청계수(淸溪水)라. 녹수진경[1525] 너른 길은 왕래하는 옛길이요."

오작교 다리 밑에 빨래하는 여인들은 계집아이 섞여 앉아

"야야."

"왜야?"

"애고 애고 불쌍터라. 춘향이가 불쌍터라. 모질더라 모질더라. 우리 골 사또가 모질더라. 절개 높은 춘향이를 울력 겁탈(劫奪) 하려 한들 철석 같은 춘향 마음 죽는 것을 헤아릴까? 무

1522 박석치 : 전북 남원 향교(鄕校)의 뒷산. 박석고개.
1523 객사청청유색신(客舍靑靑柳色新) : 객사의 푸른 버들색이 새로움. 중국 당(唐)나라 시인 왕유(王維)의 시 '원이를 안서로 보내며(送元二使安西)'의 한 구절이다.
1524 청운낙수(靑雲洛水) : 낙수에 비치는 푸른 구름. 푸른 구름이 낙수에 비침.
1525 녹수진경(綠樹秦京) : 푸른 나무가 늘어서 있는 진(秦)나라의 서울. 앞의 '청운낙수(靑雲洛水)'와 더불어, 당(唐)나라 시인 송지문(宋之問)의 시, '아침에 소주를 떠나며(早發韶州)'에 나오는, '푸른 나무는 진나라 서울의 길이고, 푸른 구름은 낙수에 놓인 다리로다(綠樹秦京道 靑雲洛水橋)'는 구절을 변용한 것이다.

정터라 무정터라. 이 도령이 무정터라."

저희끼리 공론하며[1526] 추적추적 빨래하는 모양은 영양공주, 난양공주, 진채봉, 계섬월, 백릉파, 적경홍, 심요연, 가춘운[1527]도 같다마는 양소유가 없었으니 뉘를 찾아 앉았는고.

어사또 누(樓)에 올라 자상(仔詳)히 살펴보니 석양은 재서(在西)하고 숙조는 투림할 제[1528] 저 건너 양류목(楊柳木)은 우리 춘향 그네 매고 오락가락 놀던 양을 어제 본 듯 반갑도다. 동편을 바라보니 장림 심처(深處) 녹림간(綠林間)에 춘향집이 저기로다. 저 안에 내동원[1529]은 예 보던 고면(古面)이요, 석벽의 험한 옥(獄)은 우리 춘향 우니는 듯 불쌍코 가긍(可矜)하다.

근원 설화 6. 암행어사 설화

박문수(朴文秀) 설화 : 박문수(1691~1756)가 어려서 외숙부를 따라 진주에 갔다가 한 기생을 만나 친하게 지냈는데, 10년 뒤에 암행어사가 되어 걸인 차림으로 다시 찾자 푸대접을 받았지만, 그때 알고 지내던 여종을 만나 환대를 받았다. 그 다음날 그곳 부사에게 쫓겨났다가 암행어사 출또하여 그 기생을 벌하고 여종을 기생의 우두머리로 올렸다.

성이성(成以性) 설화 : 성이성(1595~1664)은 아버지 성안의(成安義)가 남원 부사로 부임하면서, 13~17세까지 남원

1526 공론(公論)하며 : 여럿이 의논함. 또는 그런 의논.
1527 영양공주(英陽公主), 난양공주(蘭陽公主), 진채봉(秦彩鳳), 계섬월(桂蟾月), 백릉파(白凌波), 적경홍(狄驚鴻), 심요연(沈裊烟), 가춘운(賈春雲), 양소유(楊少游) : 김만중(金萬重)의 소설 『구운몽(九雲夢)』에서 꿈속에 등장하는 아홉 명의 이름이다. 꿈밖에서는 여덟 명의 선녀이고, '양소유'는 '성진(性眞)'이란 이름의 승려이다.
1528 숙조(宿鳥)는 투림(投林)할 제 : 자리 들어가는 새는 숲으로 들어갈 때.
1529 내동원(內東園) : 담 안에 있는 동산.

에서 살았고, 이후 서울로 올라와 과거에 급제한 뒤, 네 차
례에 걸쳐 암행어사가 되어 부정된 관리를 혼내주었고, 관
직에 있는 동안 청백리에 뽑힐 정도로 올곧은 모습을 보
였다. 특히 '이몽룡'이 '변 사또'의 생일 잔치에서 읊었다는
한시가 그의 문집에 있고, '춘향'의 성(姓)이 '성(成)'인 것도
그의 성에서 가져온 것이다.

　김우항(金宇杭) 설화 : 김우항(1649~1723)이 48세가 되도
록 과거에 급제하지 못해 약혼한 딸의 혼사를 치러 주지
못했다. 단천(端川) 부사로 있던 이종(姨從)에게 도움을 요
청했으나 거절당하고, 그곳의 한 기생의 대접을 받고 딸의
혼사 비용까지 얻었다. 그 해에 그가 과거에 급제해 암행
어사가 되어 걸인 차림으로 그 기생을 찾았는데 변함없이
맞아 주었다. 암행어사 출또하여 부사를 다스리고, 임금의
허락을 받아 그 기생과 같이 살 수 있었다.

　일락서산(日落西山) 황혼시에 춘향 문전 당도하니, 행랑은
무너지고 몸채는 꾀[1530]를 벗었는데 예 보던 벽오동은 수풀 속
에 우뚝 서서 바람을 못 이기어 추레하게[1531] 서 있거늘 단장
밑에 백두루미는 함부로 다니다가 개한테 물렸는지 깃도 빠지
고 다리를 징금 낄룩 뚜루룩 울음 울고 빗장[1532] 전 누렁개는
기운 없이 졸다가 구면객(舊面客)을 몰라보고 꽝꽝 짖고 내달
으니,

　"요 개야 짖지 마라. 주인 같은 손님이다. 너의 주인 어디 가
고 네가 나와 반기느냐?"

1530　꾀 : 기둥이나 그 밖의 구조물을 말하는 옛말.
1531　추레하게 : 겉모양이 허술하여 보잘것없게.
1532　빗장 : 문빗장.

중문을 바라보니 내 손으로 쓴 글자가 충성 충(忠) 자 완연(宛然)터니 가운데 중(中)자는 어디 가고 마음 심(心)자만 남아 있고, 와룡장 자[1533] 입춘서[1534]는 동남풍에 펄렁펄렁 이내 수심 도와낸다. 그렁저렁 들어가니 내정[1535]은 적막한데 춘향의 모 거동 보소. 미음[1536] 솥에 불 넣으며,

"애고 애고 내 일이야. 모질도다 모질도다. 이 서방이 모질도다. 위경[1537] 내 딸 아주 잊어 소식조차 돈절하네. 애고 애고 설운지고. 향단아 이리와 불 넣어라."

하고 나오더니, 울 안의 개울물에 흰 머리 감아 빗고 정화수(井華水) 한 동이를 단하(壇下)에 받쳐 놓고 복지(伏地)하여 축원(祝願)하되,

"천지지신(天地之神) 일월성신은 화위동심[1538]하옵소서. 다만 독녀 춘향이를 금쪽같이 길러내어 외손봉사 바라더니 무죄한 매를 맞고 옥중에 갇혔으니 살릴 길이 없삽네다. 천지지신은 감동하사 한양성 이몽룡을 청운(靑雲)에 높이 올려 내 딸 춘향 살려지이다."

빌기를 다한 후

"향단아 담배 한 대 붙여 다오."

춘향의 모 받아 물고 후유 한숨 눈물 질 제, 이때 어사 춘향 모 정성 보고,

1533 와룡장(臥龍莊) 자(字) : '臥龍莊'이라 쓴 글자. '와룡장'은 제갈공명(諸葛孔明)의 산장 이름.
1534 입춘서(立春書) : 입춘(立春)에 벽이나 문짝, 문지방 따위에 써 붙이는 글.
1535 내정(內庭) : 안뜰.
1536 미음(米飮) : 입쌀이나 좁쌀에 물을 충분히 붓고 푹 끓여 체에 걸러 낸 걸쭉한 음식. 흔히 환자나 어린아이들이 먹는다.
1537 위경(危境) : 위태로운 지경.
1538 화위동심(化爲同心) : 한 가지 마음으로 행함. 서로 조화를 이루어 한마음이 됨.

"나의 벼슬한 게 선영음덕[1539]으로 알았더니 우리 장모 덕이로다."

하고,

"그 안에 뉘 있나?"

"뉘시오."

"내로세."

"내라니 뉘신가?"

어사 들어가며,

"이 서방일세."

"이 서방이라니. 옳지 이 풍헌[1540] 아들 이 서방인가?"

"허허 장모 망령이로세. 나를 몰라, 나를 몰라."

"자네가 뉘기여?"

"사위는 백년지객(百年之客)이라 하였으니 어찌 나를 모르는가?"

춘향의 모 반겨하여,

"애고 애고 이게 웬 일인고? 어디 갔다 이제 와. 풍세대작터니[1541] 바람결에 풍겨 온가, 봉운기봉[1542]터니 구름 속에 싸여 온가, 춘향의 소식 듣고 살리려고 와 계신가? 어서 어서 들어가세."

손을 잡고 들어가서 촛불 앞에 앉혀 놓고 자세히 살펴보니 걸인 중에는 상걸인이 되었구나. 춘향의 모 기가 막혀,

---

1539　선영음덕(先塋陰德) : 조상님의 숨은 덕행.
1540　이 풍헌(李風憲) : 이씨 성을 가진 풍헌. '풍헌'은 리(里)나 면(面)의 일을 맡아보는 사람.
1541　풍세대작(風勢大作)터니 : 바람이 세차게 불더니.
1542　봉운기봉(峰雲奇峰) : 구름이 낀 기이한 봉우리. 당(唐)나라 시인(詩人) 도연명(陶淵明)의 시 '사시(四時)'의 한 구절인, '여름의 구름은 기이한 봉우리를 많이 만드네(夏雲多奇峰)'을 잘못 말한 것으로 보임.

"이게 웬 일이오?"

"양반이 그릇되매 형언(形言)할 수 없네. 그때 올라가서 벼슬 길 끊어지고 탕진가산(蕩盡家産)하여 부친께서는 학장질[1543] 가시고 모친은 친가(親家)로 가시고 다 각기 갈리어서 나는 춘향에게 내려와서 돈전[1544]이나 얻어 갈까 하였더니 와서 보니 양가(兩家) 이력[1545] 말 아닐세."

춘향의 모 이 말 듣고 기가 막혀,

"무정한 이 사람아. 일차 이별후로 소식이 없었으니 그런 인사가 있으며 후긴지[1546] 바랐더니 이리 잘 되었소? 쏘아 놓은 살이 되고 엎질러진 물이 되어 수원수구(誰怨誰咎)할까마는 내 딸 춘향 어쩔나나?"

홧김에 달려들어 코를 물어 떼려 하니,

"내 탓이지 코 탓인가? 장모가 나를 몰라보네. 하늘이 무심(無心)태도 풍운조화(風雲造化)와 뇌성전기[1547]는 있나니."

춘향 모 기가 차서,

"양반이 그릇되매 간롱[1548]조차 들었구나."

어사 짐짓 춘향 모의 하는 거동을 보려 하고,

"시장하여 나 죽겠네. 나 밥 한 술 주소."

춘향 모 밥 달라는 말을 듣고,

"밥 없네."

어찌 밥 없을까마는 홧김에 하는 말이었다.

이리 잘 되었소? : 반어적 표현이다. 잘 된 일이 아니지만 잘 된 일이라고 말함으로써 애초 의도한 생각을 강조하는 효과를 얻는 표현이다.

장모가 나를 몰라보네.~뇌성전기는 있나니. : 이몽룡이 자신을 '하늘'에 비유하여, '하늘'이 '풍운조화와 뇌성전기'가 있는 것처럼 자신도 무엇인가를 숨기고 있음을 은연중에 내비치려 하는 말이다. '장모가 나를 몰라보네.'는 이러한 사정을 직접적으로 드러내는 말이다.

1543 학장질 : 시골서당에서 훈장노릇을 함.
1544 돈전 : 돈 몇 전. 명사 뒤에 그것을 세는 단위를 붙여 어느 정도, 얼마 정도의 뜻을 더하는 표현이다.
1545 이력 : 이골. 어떤 일에 아주 길이 들어서 몸에 익숙하게 된 짓이나 버릇.
1546 후긴지 : 후기(後期)인지. 훗날의 기약인지. 뒷날의 출세인지.
1547 뇌성전기(雷聲電氣) : 천둥소리와 번개.
1548 간롱(奸弄) : 남을 농락하는 간사한 짓.

인물 7. 월매

'월매'는 '춘향'의 어머니이다. 기생이었지만 '성 참판'의 수청을 들게 되면서 물러나 '춘향'을 잉태한다. 경거망동하지만 지킬 것은 지키는 성격은 퇴기(退妓)라는 그의 신분에서 비롯된 것이다. 매우 현실적이고 이해타산에 밝으며 상황에 따라 쉽사리 변하는 기회주의적인 인물이지만, 딸 '춘향'에 대한 모성애는 지극한 인물로 그려진다.

〈춘향전〉에서 그는, '춘향'과 이별하고 서울로 올라가는 '이몽룡'에게 비속어까지 써 가며 대드는 장면이나, 거지꼴로 돌아온 '이몽룡'을 구박하는 장면 등에서는 웃음을 유발하는 데 기여한다. 한편 그는, 딸 '춘향'이 '이몽룡'과 이별하는 장면이나 형장(刑杖)을 맞고 옥에 갇히는 장면 등에서는 〈춘향전〉의 비장미를 더욱 강화하는 역할을 수행하기도 한다.

이때 향단이 옥에 갔다 나오더니 저의 아씨 야단 소리에 가슴이 우둔우둔 정신이 월렁월렁 정처 없이 들어가서 가만히 살펴보니 전의 서방님이 와 계시구나. 어찌 반갑던지 우루룩 들어가서,

"향단이 문안이오. 대감님 문안이 어떠하옵시며 대부인 기후[1549] 안녕하옵시며 서방님께서도 원로(遠路)에 평안히 행차(行次)하시니까?"

"오냐. 고생이 어떠하냐?"

"소녀 몸을 무탈(無頉)하옵니다. 아씨 아씨 큰 아씨. 마오 마오 그리 마오. 멀고 먼 천릿길에 뉘 보려고 와 계시관대 이 괄

> **가슴이 우둔우둔 정신이 월렁월렁** : 음성 상징어를 효과적으로 사용하여 인물의 불안한 심리를 표현하고 있다. '월매'의 야단이 자기를 향한 것이라고 착각한 것이라 독자의 웃음을 유발하는 익살스러운 표현이라 할 수 있다.

1549 기후(氣候) : 기체후(氣體候). 몸과 마음의 형편이라는 뜻으로, 웃어른께 올리는 편지에서 문안할 때 쓰는 말.

시(猜視)가 웬 일이오? 애기씨가 알으시면 지레 야단이 날 것이니 너무 괄시 마옵소서."

서술 방법 9. 정체 감추기와 드러내기

〈춘향전〉에서는 '정체 속이기'와 '정체 드러내기'의 서사 수법이 쓰였다. '이 도령'이 암행어사가 되어 직분상 정체를 속일 수밖에 없지만, 그 일로 '월매'와의 갈등, '춘향'과의 갈등이 조성되어 극적 긴장감이 고조된다. 그러다가 '이 도령'이 정체를 드러냄으로써 순식간에 사건의 흐름이 바뀌면서 갈등과 긴장감이 해소되어 반전의 효과를 얻는다.

소설의 독자나 판소리의 관객은 이미 인물의 정체에 대한 정보를 가지고 있어서, 극적 긴장감이 와해될 수도 있다. 그러나 향수 과정에서 독자나 관객은 작중 인물에 감정이 이입되어 동일한 체험을 하기도 하고, 작중 인물의 갈등이 조성되고 해소되는 과정을 관찰함으로써 객관적 거리를 유지하기도 한다.

부엌으로 들어가더니 먹던 밥에 풋고추 저리김치[1550] 양념 넣고 단간장[1551]에 냉수 가득 떠서 모반[1552]에 받쳐 드리면서,

"더운 진지 할 동안에 시장하신데 우선 요기(療飢)하옵소서."

어사또 반겨하며,

"밥아 너 본 지 오래로구나."

여러 가지를 한데다가 붓더니 숟가락 댈 것 없이 손으로 뒤

1550 저리김치 : 무나 배추를 소금에 절여 익힌 김치.
1551 단간장 : 간장의 하나. 설탕 따위를 넣어 맛이 달게 만든다.
1552 모반 : 여섯 모나 여덟 모로 된, 음식을 담아 나르는 나무 그릇.

져서 한편으로 몰아치더니 마파람에 게 눈 감추듯[1553] 하는구나.

춘향 모 하는 말이

"얼씨구 밥 빌어먹기는 공성이 났구나."

이때 향단이는 저의 애기씨 신세를 생각하여 크게 울든 못하고 체읍[1554]하여 우는 말이,

"어찌할거나 어찌할거나. 도덕(道德) 높은 우리 애기씨를 어찌하여 살리시려오. 어쩔거나요 어쩔거나요."

실성[1555]으로 우는 양을 어사또 보시더니 기가 막혀,

"여봐라 향단아. 울지 마라 울지 마라. 너의 아기씨가 설마 살지 죽을쏘냐? 행실이 지극하면 사는 날이 있느니라."

춘향 모 듣더니

"애고 양반이라고 오기[1556]는 있어서 대체 자네가 왜 저 모양인가?"

향단이 하는 말이,

"우리 큰 아씨 하는 말을 조금도 괘념[1557] 마옵소서. 나 많아야[1558] 노망한 중에 이 일을 당해 놓으니 홧김에 하는 말을 일분(一分)인들 노하리까? 더운 진지 잡수시오."

어사또 밥상 받고 생각하니 분기탱천[1559]하여 마음이 울적,

> "여봐라 향단아.~사는 날이 있느니라." : 암행어사가 되었지만 거지 행색을 한 채 춘향 집을 찾은 이몽룡은 자신의 신분에 충실해야 하고, 그 때문에 옥에 갇힌 춘향이 사는 길은 '행실이 지극'해야 한다고 말한다. 이것은 춘향과의 재회가 극적으로 실현되면서 감동을 확대하고 싶어하는 의도의 산물이다. '설마 살지 죽을쏘냐?'라는 말은 일종의 복선인데, '향단'은 눈치채지 못한다.

1553 마파람에 게 눈 감추듯 : 음식을 눈 깜짝할 사이에 잘 먹어 치우는 것을 말함. '마파람'은 장마철에 부는 바람이란 뜻으로, 여름바람, 남풍(南風)을 의미한다.
1554 체읍(涕泣) : 눈물을 흘리며 슬피 욺.
1555 실성(失聲)으로 : 소리 없이. '실성(失性)'으로 읽어 '정신에 이상이 생겨 본정신을 잃고'라 하면 앞의 '크게 울지는 못하고'와 어울리지 않음.
1556 오기(傲氣) : 능력은 부족하면서도 남에게 지기 싫어하는 마음.
1557 괘념(掛念) : 마음에 걸려 잊지 아니함.
1558 나 많아야 : 나이가 많아.
1559 분기탱천(憤氣撑天) : 분한 기운이 하늘을 찌를 것 같음.

오장[1560]이 월렁월렁 석반(夕飯)이 맛이 없어,

"향단아, 상 물려라."

담뱃대 툭툭 털며,

"옛소 장모. 춘향이나 좀 보아야지."

"그러지요. 서방님이 춘향을 아니 보아서야 인정이라 하오리까?"

향단이 여쭈오되,

"지금은 문을 닫았으니 파루[1561] 치거든 가사이다."

인물 8. 향단

'향단'은 '춘향'의 몸종이다. 이런 점에서 '춘향'이나 '월매'에게 부담 없이 대하는 '방자'보다 더 아래층에 속하는 인물이다. '향단'은 자신의 신분에 어울리는 일을 충직하게 수행하는 평면적 인물이며, 긍정적 인물이다.

그는 '춘향'이 있는 곳에는 어디에나 따라 다닌다. 단옷날 '춘향'이 그네 타러 간 자리에도 있었고, '이 도령'이 '춘향'의 집에 찾아온 날에도 음식을 준비하고 잠자리를 마련해 주었다. 특히 그는 형장(刑杖)을 당하는 '춘향'의 곁을 지켰고, 옥중의 '춘향'을 위해 수발을 들었다. 또 그는 암행어사가 된 '이몽룡'을 극진히 대접하고, 옥중의 '춘향'에게 안내하는 역할도 맡는다. 마지막으로 그는 서울로 올라가는 '춘향'과 동행한다.

그런데 그는 그저 명령만 좇는 인물은 아니라서, 거지 행색의 '이 도령'을 괄시하는 '월매'를 적극적으로 만류하기도 한다. 특히 '춘향'이 수난을 당하는 과정에서 그의 말과 행동을 통해서 '춘향'의 고난을 극대화함으로써 〈춘

1560 오장(五臟) : 간장(肝臟), 심장(心臟), 비장(脾臟), 폐장(肺臟), 신장(腎臟)의 다섯 가지 내장을 통틀어 이르는 말.
1561 파루(罷漏) : 오경(五更) 삼점(三點)에 큰 쇠북을 서른 세 번 치던 일. 서울 도성 안에서 인정(人定) 이후 야행을 금하였다가 파루를 치면 풀리었음.

향전〉의 관객이나 독자에게 비장미를 제공하는 기능도
한다.

이때 마침 바래[1562]를 뎅뎅 치는구나. 향단이는 미음상 이고
등롱 들고 어사또는 뒤를 따라 옥문간 당도하니, 인적이 고요
하고 쇄장이도 간 곳 없네.

이때 춘향이 비몽사몽간에 서방님이 오셨는데 머리에는 금
관(金冠)이요, 몸에는 홍삼(紅衫)이라. 상사일념(相思一念)에 목
을 안고 만단정회(萬端情懷)하는 차라,

"춘향아."

부른들 대답이 있을쏘냐?

어사또 하는 말이,

"크게 한번 불러 보소."

"모르는 말씀이오. 예서 동헌(東軒)이 마주치는데 소리가 크
게 나면 사또 염문(廉問)할 것이니 잠깐 지체하옵소서."

"무에 어때, 염문이 무엇인고? 내가 부를게 가만 있소. 춘향
아."

부르는 소리에 깜짝 놀래어 일어나며,

"허허 이 목소리 잠결인가 꿈결인가. 그 목소리 괴이하다."

어사또 기가 막혀,

"내가 왔다고 말을 하소."

"왔단 말을 하게 되면 기절담락할[1563] 것이니 가만히 계옵
소서."

1562 바래 : '파루'의 방언.
1563 기절담락(氣絶膽落)할 : 매우 놀라서 정신을 잃을.

춘향이 저의 모친 음성을 듣고 깜짝 놀래어,

"어머니 어찌 오셨소. 몹쓸 딸자식을 생각하와 천방지방[1564] 다니다가 낙상[1565]하기 쉽소. 일후(日後)일랑은 오실라 마옵소서."

"날랑은 염려 말고 정신을 차리어라. 왔다."

"오다니 뉘가 와요?"

"그저 왔다."

"갑갑하여 나 죽겠소. 일러 주오. 꿈 가운데 임을 만나 만단 정회(萬端情懷)하였더니 혹시 서방님께서 기별 왔소? 언제 오신단 소식 왔소? 벼슬 띠고 내려온단 노문[1566] 왔소? 답답하여라."

"너의 서방인지 남방인지 걸인 하나가 내려왔다."

"허허. 이게 웬 말인가. 서방님이 오시다니 몽중에 보던 임을 생시에 본단 말가?"

문틈으로 손을 잡고 말 못하고 기색[1567]하며,

"애고 이게 누구시오. 아마도 꿈이로다. 상사불견(相思不見) 그린 님을 이리 수이 만날쏜가? 이제 죽어 한이 없네. 어찌 그리 무정한가? 박명[1568]하다 나의 모녀. 서방님 이별 후에 자나 누우나 임 그리워 일구월심(日久月深) 한이더니 내 신세 이리 되어 매에 감겨[1569] 죽게 되니 날 살리려 와 계시오?"

한참 이리 반기다가 임의 형상 자세 보니 어찌 아니 한심

서방인지 남방인지 : 동음이의어인 '서방'을 활용한 언어유희로 '남편'이라는 의미의 '서방(書房)'을 '서쪽 방향'이라는 의미의 '서방(西方)'과 연결 지은 뒤, '남쪽 방향'을 의미하는 '남방(南方)'을 제시함으로써 '서방(西方)'에 대응되면서 동시에 '남편(南便)'과도 대응되게 하여 재미를 주고 있다.

1564 천방지방(天方地方) : 천방지축(天方地軸). 너무 급하여 방향을 잡지 못하고 함부로 날뛰는 모양.
1565 낙상(落傷) : 넘어지거나 떨어져서 다침.
1566 노문(路文) : 옛날 벼슬아치가 당도할 때 날짜를 미리 갈 곳에 알리던 공문.
1567 기색(氣塞) : 기가 막힘. 기막힘.
1568 박명(薄命) : 팔자가 사나움. 운명이 기구함.
1569 매에 감겨 : 매에 말려. 매를 맞아. 매에 휘둘리어.

하랴.

"여보 서방님. 내 몸 하나 죽는 것은 설운 마음 없소마는 서방님 이 지경이 웬 일이오?"

"오냐 춘향아. 설워 마라. 인명(人命)이 재천(在天)인데 설만들 죽을쏘냐?"

춘향이 저의 모친 불러,

"한양성 서방님을 칠년대한(七年大旱) 가문 날에 갈민대우[1570] 기다린들 나와 같이 자진(自盡)턴가. 심은 나무가 꺾어지고 공든 탑이 무너졌네. 가련하다 이내 신세 하릴없이 되었구나. 어머님, 나 죽은 후에라도 원이나 없게 하여 주옵소서. 나 입던 비단 장옷 봉장 안에 들었으니 그 옷 내어 팔아다가 한산세저[1571] 바꾸어서 물색 곱게 도포 짓고 백방사주 긴 치마를 되는 대로 팔아다가 관, 망, 신발 사드리고 절병,[1572] 천은비녀, 밀화장도, 옥지환이 함 속에 들었으니 그것도 팔아다가 한삼,[1573] 고의[1574] 불초찮게[1575] 하여 주오. 금명간(今明間) 죽을 년이 세간 두어 무엇 할까? 용장, 봉장, 빼닫이[1576]를 되는 대로 팔아다가 별찬[1577] 진지 대접하오. 나 죽은 후에라도 나 없다 말으시고 날 본 듯이 섬기소서. 서방님 내 말씀 들으시오. 내일이 본관 사또 생신이라. 취중에 주망[1578] 나면 나를 올려 칠 것이니

1570 갈민대우(渴民待雨) : 가뭄에 지친 백성들이 비를 기다림.
1571 한산세저(韓山細苧) : 충청남도 한산에서 나는 세모시 즉, 올이 가는 모시.
1572 절병(節甁) : 항아리 모양의 장식.
1573 한삼(汗衫) : 속적삼. 땀이 많이 날 때 입는 적삼.
1574 고의(袴衣) : 홑바지.
1575 불초(不草)찮게 : 초초(草草)하지 않게. 갖출 것을 다 갖추지 못하여 초라하지 않게.
1576 빼닫이 : '서랍'의 방언.
1577 별찬(別饌) : 유별나게 잘 만든 반찬.
1578 주망(酒妄) : 심한 술주정.

인명(人命)이 재천(在天)인데 설만들 죽을쏘냐? : '이 도령'이 '춘향'에게 현재의 고난을 극복할 가능성을 언급하고 있다. '이 도령'의 신분에 대한 정보를 가진 관객이나 독자에게는 이것이 자신의 신분을 암시하는 것으로 읽히지만, 작중 인물에게는 자신의 처지도 파악하지 못하고 날뛰는 모습으로 읽힐 수도 있다.

서방님 내 말씀 들으시오. : '춘향'이 '이 도령'에게 유언을 하는 부분이다. 이 부분을 서정주는 '춘향 유문-춘향의 말 3'이라는 제목으로 다음과 같은 시를 썼다.

안녕히 계세요
도련님

지난 오월 단옷날, 처음 만나던 날
우리 둘이서 그늘 밑에 서 있던
그 무성하고 푸르던 나무같이
늘 안녕히 계세요

저승이 어딘지는 똑똑히 모르지만
춘향의 사랑보단 오히려 더 먼
딴 나라는 아마 아닐 것입니다

천 길 땅 밑을 검은 물로 흐르거나
도솔천의 하늘을 구름으로 날더라도
그건 결국 도련님 곁 아니어요?

더구나 그 구름이 소나기가 되어 퍼 불 때
춘향은 틀림없이 거기 있을 거예요.

형문(刑問) 맞은 다리 장독[1579]이 났으니 수족인들 놀릴쏜가? 만수운환[1580] 흐트러진 머리 이렁저렁 걷어 얹고 이리 비틀 저리 비틀 들어가서 장폐[1581]하여 죽거들랑 삯군인 체 달려들어 둘러업고 우리 둘이 처음 만나 놀던 부용당[1582]의 적막(寂寞)하고 요적(寥寂)한 데 뉘어 놓고 서방님 손수 염습[1583]하되 나의 혼백 위로하여 입은 옷 벗기지 말고 양지 끝에 묻었다가 서방님 귀히 되어 청운(青雲)에 오르거든 일시도 두려 말고 육진장포[1584] 개렴[1585]하여 조졸한 상여(喪輿) 위에 덩그렇게 실은 후에 북망산천[1586] 찾아갈 제 앞 남산 뒤 남산 다 버리고 한양으로 올려다가 선산 발치에 묻어주고 비문(碑文)에 새기기를 '수절원사춘향지묘'[1587]라 여덟 자만 새겨 주오. 망부석[1588]이 아니 될까. 서산에 지는 해는 내일 다시 오련마는 불쌍한 춘향이는 한 번 가면 어느 때 다시 올까. 신원[1589]이나 하여 주오. 애고 애고 내 신세야. 불쌍한 나의 모친 나를 잃고 가산을 탕진하면 하릴없이 걸인 되어 이 집 저 집 걸식(乞食)타가 언덕 밑에 조속조속[1590] 졸면서 자진(自盡)하여 죽게 되면 지리산 갈가마귀 두 날개를 떡 벌리고 둥덩실 날아들어 까옥까옥 두 눈을

1579 장독(杖毒) : 예전에, 장형(杖刑)으로 매를 심하게 맞아 생긴 상처의 독.
1580 만수운환(漫垂雲鬟) : 흐트러진 채 늘어진 머리털. '운환'은 미인의 머리털을 푸른 구름에 비유하여 이른 말.
1581 장폐(杖斃) : 장형(杖刑)으로 곤장을 맞고 죽음.
1582 부용당(芙蓉堂) : 전북 남원에 있는 부용지(芙蓉池)의 별당.
1583 염습(殮襲) : 죽은 이의 몸을 씻긴 후에 옷을 입히는 일.
1584 육진장포(六鎮長布) : 함경북도 육진에서 나는 척수가 긴 베.
1585 개렴(改殮) : 다시 고쳐 염습을 함.
1586 북망산천(北邙山川) : 북망산. 중국 하남성 낙양에 있는 산으로 옛날 무덤이 많이 있던 곳. 전하여 무덤이 많은 곳, 묘지를 뜻함.
1587 수절원사춘향지묘(守節冤死春香之墓) : 수절하다 억울하게 죽은 춘향의 묘.
1588 망부석(望夫石) : 여인이 남편을 기다리다 죽어 바위가 되었다는 전설적인 돌.
1589 신원(伸寃) : 가슴에 맺힌 원한을 풀어버림.
1590 조속조속 : 꼬박꼬박 기운 없이 조는 모양.

다 파먹은들 어느 자식 있어 후여 하고 날려 주리."

애고 애고 설이 울 제,

어사또,

"울지 마라. 하늘이 무너져도 솟아날 구멍이 있느니라. 네가 나를 어찌 알고 이렇듯이 설워하느냐."

작별하고 춘향 집에 돌아왔지.

춘향이는 어둠침침 야삼경에 서방님을 번개같이 얼른 보고 옥방에 홀로 앉아 탄식하는 말이,

"명천[1591]은 사람을 낼 제 별로 후박(厚薄)이 없건마는 나의 신세 무슨 죄로 이팔청춘에 임 보내고 모진 목숨 살아 이 형문(刑問)이 형장(刑杖) 무슨 일인고? 옥중고생 삼사 삭에 밤낮없이 임 오시기만 바라더니 이제는 임의 얼굴 보았으니 광채[1592] 없이 되었구나. 죽어 황천[1593]에 돌아간들 제왕전(諸王前)에 무슨 말을 자랑하리."

애고 애고 설이 울 제 자진(自盡)하여 반생반사(半生半死)하는구나.

어사또 춘향 집에 나와서 그날 밤을 새려 하고 문 안 문 밖 염문할새, 길청에 가 들으니 이방, 승발[1594] 불러 하는 말이,

"여보소. 들으니 수의도[1595]가 새문[1596] 밖 이씨라더니 아까 삼경에 등롱불 켜 들고 춘향 모 앞세우고 폐의파관[1597]한 손님

1591 명천(明天) : 모든 것을 똑똑히 살피는 하느님.

1592 광채(光彩) : 아름답고 찬란한 빛. 정기 있는 밝은 빛.

1593 황천(黃泉) : 죽으면 간다는 저승.

1594 승발(承發) : 시골 관청의 아전 밑에서 잡무를 보던 사람.

1595 수의도(繡衣道) : 수의(繡衣) 사도(使道). 어사또.

1596 새문 : 신문(新門). 조선 시대에 건립한 한양 도성의 서쪽 정문. 사대문의 하나로, 경희궁 앞 서쪽의 마루턱인 지금의 신문로 언덕에 있었으나 1915년에 헐었다. 숭례문, 흥인문 따위보다 늦게 새로 지었다는 뜻으로 이렇게 이른다.

1597 폐의파관(弊衣破冠) : 찢어진 옷과 갓.

> **"울지 마라~설워하느냐?"** : 이 도령이 자신이 거지꼴을 하고 있지만, 자신은 언제라도 춘향을 구해 줄 수 있는 힘이 있는 어사 신분이기 때문에 자신 있게 희망을 갖게 하려는 것이다. 자신의 정체를 드러낼 수 없는 신분이기 때문에 속담을 활용하여 춘향을 구출할 것임을 암시하고 있는 것이다. 그런데 대화 당사자인 춘향이 그 말의 뜻을 모르기 때문에 사건의 상황은 지속될 수밖에 없다.

이 아마도 수상하니 내일 본관 잔치 끝에 일습[1598]을 구별하여
생탈[1599] 없이 십분(十分)[1600] 조심하소.”

어사 그 말 듣고,

“그놈들 알기는 아는데.”

하고 또 장청[1601]에 가 들으니 행수 군관 거동 보소.

“여러 군관님네, 아까 옥거리[1602] 바장이는[1603] 걸인 실로 괴
이하데. 아마도 분명 어사인 듯하니 용모파기[1604] 내어 놓고 자
상히 보소.”

어사또 듣고,

“그놈들 개개여신[1605]이로다.”

하고 현사[1606]에 가 들으니 호장 역시 그러하다.

육방(六房) 염문 다 한 후에 춘향 집 돌아와서 그 밤을 샌 연
후에 이튿날 조사[1607] 끝에 근읍(近邑)[1608] 수령이 모여든다. 운
봉 영장,[1609] 구례, 곡성, 순창, 옥과, 진안, 장수 원님이 차례로
모여든다. 좌편에 행수 군관, 우편에 청령 사령,[1610] 한가운데

1598 일습(一襲) : 옷의 ‘한 벌’이라는 뜻으로 여기에서는 겉으로 드러난 행색을
말한다.
1599 생탈(生頉) : 공연히 탈을 내거나 부림. 또는 그 탈.
1600 십분(十分) : 아주 충분히. 넉넉히.
1601 장청(將廳) : 군아(郡衙)와 감영(監營)에 속한 장교가 근무하던 곳.
1602 옥거리(獄巨里) : 감옥의 주변.
1603 바장이는 : 부질없이 짧은 거리를 오락가락하며 거니는. 마음에 걸리는 것
이 있어서 머뭇머뭇하는.
1604 용모파기(容貌疤記) : 어떠한 사람을 잡기 위하여 그 사람의 얼굴의 특징을
적은 기록.
1605 개개여신(箇箇如神) : 하나하나 모두가 귀신과 같음.
1606 현사(縣司) : 관청의 수요에 따른 물품을 출납하는 곳.
1607 조사(朝仕) : 예전에, 벼슬아치가 아침마다 으뜸 벼슬아치를 만나 봄. 또는
그런 일.
1608 근읍(近邑) : 가까이 있는 고을.
1609 운봉 영장(雲峰營將) : 운봉의 진영장(鎭營將). 진영장은 총융청(摠戎廳), 수어
영(守禦營), 진무영(鎭撫營)과 팔도의 감영, 병영에 딸린 각 진영의 장관.
1610 청령 사령(聽令使令) : 높은 이의 명령을 전달하는 하급 관리.

본관은 주인이 되어 하인 불러 분부하되,

"관청색[1611] 불러 다담[1612]을 올리라. 육고자[1613] 불러 큰 소를 잡고, 예방(禮房) 불러 고인[1614]을 대령하고, 승발[1615] 불러 차일[1616]을 대령하라. 사령 불러 잡인을 금하라."

이렇듯 요란할 제 기치군물[1617]이며 육각풍류[1618] 반공에 떠 있고 녹의홍상(綠衣紅裳) 기생들은 백수(白手) 나삼(羅衫) 높이 들어 춤을 추고,

"지화자 둥덩실!"

하는 소리 어사또 마음이 심란(心亂)하구나.

"여봐라 사령들아. 너의 원[1619] 전(前)에 여쭈어라. 먼 데 있는 걸인이 좋은 잔치에 당하였으니 주효(酒肴) 좀 얻어 먹자고 여쭈어라."

저 사령 거동 보소.

"어느 양반이건대, 우리 안전[1620]님 걸인 혼금(閻禁)하니 그런 말은 내도 마오."

등 밀쳐내니 어찌 아니 명관(名官)인가. 운봉이 그 거동을

"관청색 불러~잡인을 금하라." : 사또가 생일 잔치를 준비시키는 말이다. 이미 끝냈어야 하는 일고 지금 해야 하는 일이 뒤섞여, 시간의 착종(錯綜) 현상이 두드러진다. '다담을 올리'는 일이나 '잡인을 금하'는 일은 지금 할 일이지만, '큰 소를 잡고' '고인을 대령하'는 일은 이미 이루어져 있어야 할 일이기 때문이다. 소설의 독자가 판소리의 청중은 장면 전체에 관심을 가지고 있어서 눈치채지 못할 가능성이 높다.

어사또 마음이 심란(心亂)하구나. : 인물의 심리를 직접적으로 드러낸 구절로, 전지적 작가 시점에 따라 서술되었다. 사또가 벌이는 호사스러운 잔치가 백성들의 고통과 희생을 바탕으로 이루어지고 있는 데 대한 이몽룡의 느낌이다.

어찌 아니 명관(名官)인가. : 사령이 이몽룡을 몰라보고 내쫓는 장면인데, 반어적 표현을 통하여 대상을 풍자하여 주제 의식을 강화하고 있다.

1611 관청색(官廳色) : 관청빗. 옛날 수령의 음식물을 맡아 보던 구실아치. 업무를 나누어 하기 위해 가른 부서를 의미하는 '빗'은 몽고어(蒙古語)에서 들여온 말인데, 발음이 같은 '빛'의 한자 '色'으로 표기한 것이다.
1612 다담(茶啖) : 손님을 대접하기 위하여 내놓은 다과(茶菓) 따위.
1613 육고자(肉庫子) : 푸줏간에 속하여 관청에 육류를 바치던 관노(官奴).
1614 고인(鼓人) : 옛날에 악기를 연주하던 사람. 악공(樂工). 공생(工生).
1615 승발(承發) : 지방 관아의 구실아치 밑에서 잡무(雜務)를 맡아보던 사람.
1616 차일(遮日) : 햇볕을 가리기 위해 치는 천막.
1617 기치군물(旗幟軍物) : 예전에, 군대에서 쓰던 깃발과 무기 따위를 통틀어 이르던 말.
1618 육각풍류(六角風流) : 육각과 풍류. '육각'은 북, 장구, 해금, 피리, 태평소 둘로 이루어진 악기 편성을, '풍류'는 대풍류, 줄풍류 따위의 관악 합주나 소편성의 관현악을 일상적으로 이르는 말.
1619 원(員) : 고려·조선 시대에, 각 고을을 맡아 다스리던 지방관들을 통틀어 이르는 말. 절도사, 관찰사, 부윤, 목사, 부사, 군수, 현감, 현령 따위를 이른다.
1620 안전(案前) : 낮은 벼슬아치가 자기보다 높은 벼슬아치를 높여 이르는 말.

보고 본관에게 청하는 말이,

"저 걸인의 의관(衣冠)은 남루(襤褸)하나 양반의 후옌 듯하니 말석에 앉히고 술잔이나 먹여 보냄이 어떠하뇨?"

본관 하는 말이,

"운봉 소견대로 하오마는."

하니, '마는' 소리 훗입맛[1621]이 사납겠다. 어사 속으로,

"오냐. 도적질은 내가 하마. 오라[1622]는 네가 져라."

> **'마는' 소리 훗입맛이 사납겠다.**
> : 말끝을 제대로 마무리하지 않고 '마는'이라 하여, '운봉 영장'의 제안을 마지못해 받아들이기는 하지만 기분은 썩 좋지 못하다는 뜻을 드러내고 있다. '변사또'가 '이몽룡'을 잔치판에 끼워주기는 하지만 내심으로는 불쾌할 것임을 서술자가 직접 개입하여 밝힌 편집자적 논평이다.

갈등 6. 이몽룡과 변학도

'이몽룡'과 '변학도'의 갈등은 신분이나 계층의 문제에 따른 것이 아니라 정치적 행위의 정당성 여부와 관련된 문제이다. '변학도'가 관리로서 백성들의 재물을 빼앗고 백성들에게 포악하게 한다면 징치되어 마땅하다.

'변학도'는 '탐관오리'로 징치의 대상이고, '이몽룡'은 그를 징치하기 위한 '암행어사'이다. 따라서 이들의 갈등은 이몽룡의 일방적 우위에서 진행될 수밖에 없고, 해소 방법 역시 단순하다. 이 갈등이 선악(善惡)의 대립으로 인한 것으로 본다면, 그 해소는 곧 선(善)이 악(惡)을 물리치는 것이고, 권선징악(勸善懲惡)이라는 〈춘향전〉의 주제 의식으로 귀결된다.

운봉이 분부하여,

"저 양반 듭시래라."

어사또 들어가 단좌(端坐)하여 좌우를 살펴보니 당상[1623]의

1621 훗입맛 : 뒷입맛. 뒷맛. 일을 끝마친 뒤에 남는 느낌.
1622 오라 : 오랏줄. 도둑이나 죄인을 묶을 때에 쓰던, 붉고 굵은 줄.
1623 당상(堂上) : 대청의 위. '대청'은 한옥에서, 몸채의 방과 방 사이에 있는 큰 마루.

모든 수령(守令) 다담(茶啖)을 앞에 놓고 진양조¹⁶²⁴가 양양할¹⁶²⁵

적에, 어사또 상을 보니 어찌 아니 통분(痛忿)하랴. 모¹⁶²⁶ 떨

어진 개상판¹⁶²⁷에 닥채¹⁶²⁸ 젓가락, 콩나물, 깍두기, 막걸리 한

사발 놓았구나. 상을 발길로 탁 차 던지며 운봉의 갈비를

직신,¹⁶²⁹

　　"갈비 한 대 먹고 지고."

　　"다라도¹⁶³⁰ 잡수시오."

하고 운봉이 하는 말이,

　　"이러한 잔치에 풍류로만 놀아서는 맛이 적사오니 차운¹⁶³¹

한 수(首)씩 하여 보면 어떠하오?"

　　"그 말이 옳다."

하니, 운봉이 운(韻)을 낼 제, 높을 '고(高)' 자, 기름 '고(膏)' 자

두 자를 내어 놓고 차례로 운을 달 제, 어사또 하는 말이,

　　"걸인이 어려서 추구권¹⁶³²이나 읽었더니 좋은 잔치 당하여

서 주효를 포식(飽食)하고 그저 가기 무렴하니 차운 한 수 하사

이다."

　　운봉이 반겨 듣고 필연(筆硯)을 내어주니 좌중(座中)이 다

1624　진양조 : 진양조장단. 민속 음악에서 쓰는 판소리 및 산조 장단의 하나.
　　　24박 1장단의 가장 느린 속도.

1625　양양(洋洋)할 : 널리 넘쳐날.

1626　모 : 모서리.

1627　개상판 : 개다리소반. 다리가 개의 다리같이 구부러진 둥근 소반.

1628　닥채 : 껍질을 벗겨 낸 닥나무의 가느다란 가지.

1629　직신 : 직신직신. 지그시 힘을 주어 자꾸 누르는 모양. 짓궂은 말이나 행동
　　　으로 자꾸 귀찮게 구는 모양.

1630　다라도 : '한 대'에 대한 응수로 보면 원본대로 '다(모두, 전부)'가 맞는데,
　　　'갈비'에 대한 응수로 보면 '다리도'라 읽을 수도 있다. 그런데 원전에 뚜
　　　렷하게 '다라도'로 되어 있어서 후자처럼 읽을 수는 없다.

1631　차운(次韻) : 남이 지은 시의 운자(韻字)를 따서 시를 지음.

1632　추구권(抽句卷) : 『추구』 몇 권. '추구'는 유명한 글귀를 뽑아 모은 책이고
　　　'권'은 그런 책이 두 권 이상임을 가리키는 말.

상을 발길로 탁 차 던지며 : '이
몽룡'이 다른 참석자의 상에는
맛있는 음식이 푸짐하게 차려
져 있는데, 자신의 상은 그렇지
않아 푸대접을 받고 있다고 여
기기 때문에 나온 행위이다. 이
우스꽝스러운 행위는 '이몽룡'
이 암행어사 신분이기 때문에
가능한 일이고, '변 사또'를 조
롱함으로써 그의 악행에 대한
응징의 일환으로 이루어졌다.
이런 사정을 모르는 작중 인물
에게는 이 일이 충격적인 것이
라 다양한 반응이 나타날 법하
다. 그래서 이미 정보를 가지고
있는 판소리 관객이나 소설 독
자는 '변 사또'나 '운봉 영장' 같
은 작중 인물의 행위에 초점을
두고 작품을 감상하게 된다. 결
국 이 행위는 향수자의 웃음을
유발하면서 심리적 긴장감을
풀리게 하고 곧 이어질 암행어
사 출두를 통한 극적 반전의 의
미를 강화하는 계기가 된다.

**운봉의 갈비를 직신,~"다라도
잡수시오."** : '갈비'라는 단어를
두 가지 의미로 활용하고 있다.
즉 신체의 한 부분인 '갈비'와
먹는 음식으로서의 '갈비'를 연
달아 제시하여 재미를 유발하
고 있다. 또 무례한 이몽룡의 행
위를 너그럽게 받아들이는 '운
봉 영장'의 행위에서 해학성을
발견할 수 있다.

못하여 글 두 구를 지었으되, 민정(民情)을 생각하고 본관 정체를 생각하여 지었것다.

> 금준미주(金樽美酒)는 천인혈(千人血)이요,
>
> 옥반가효(玉盤佳肴)는 만성고(萬姓膏)라.
>
> 촉루낙시(燭淚落時) 민루낙(民淚落)이요,
>
> 가성고처(歌聲高處) 원성고(怨聲高)라.

이 글 뜻은,

> 금동이의 아름다운 술은 일만 백성의 피요,
>
> 옥소반의 아름다운 안주는 일만 백성의 기름이라.
>
> 촛불 눈물 떨어질 때 백성 눈물 떨어지고
>
> 노랫소리 높은 곳에 원망소리 높았더라.

이렇듯이 지었으되 본관은 몰라 보고 운봉이 글을 보며 내념[1633]에,

"아뿔싸. 일이 났다."

이때 어사또 하직하고 간 연후에 공형[1634] 불러 분부하되,

"야야. 일이 났다."

공방 불러 포진(鋪陳) 단속, 병방 불러 역마(驛馬) 단속, 관청색 불러 다담 단속, 옥형이 불러 죄인 단속, 집사 불러 형구(刑具) 단속, 형방 불러 문부[1635] 단속, 사령 불러 합번[1636] 단속, 한

1633 내념(內念) : 속 마음.
1634 공형(公兄) : 삼공형(三公兄). 각 고을의 호장(戶長), 이방(吏房), 수형리(首刑吏).
1635 문부(文簿) : 뒷날에 상고할 문서와 장부.
1636 합번(合番) : 중대한 일이 있을 때에 관리들이 모여 숙직함.

좌중(座中)이 다 못하여~생각하여 지었것다. : 모여 있는 사람들보다 먼저 시를 완성한 이몽룡의 출중한 실력을 보여주고, 시의 내용이 백성의 처지와 사또의 본모습임을 보여 주고 있는 부분이다. 앞부분은 서술자 본연의 역할에 충실한 것이라면 뒷부분은 한시의 창작 동기를 밝히는 편집자적 논평이라 할 수 있다.

일만 백성의 피요 / 일만 백성의 기름이라 : '천인(千人)'과 '만성(萬姓)'의 '천'과 '만' 둘 다 '많은 수'를 의미하지만 굳이 '일천'을 '일만'으로 같은 말로 번역하고 있다. 이것은 입에서 입으로 전달되는 구비문학인 판소리 사설이 문자로 정착되면서 일어난 일로 볼 수 있다.

금준미주는 천인혈이요~원망소리 높았더라. : 탐관오리(貪官汚吏)의 가렴주구(苛斂誅求)를 대구법과 은유법을 써서 풍자하고, 대조적 상황을 제시하여 주제를 효과적으로 제시하고 있다. 한문과 그 번역문을 함께 둠으로써 다양한 독자층을 배려하고 있다. 지은이가 분명하지 않은, 참요(讖謠)처럼 구전되는 한시 작품을 차용한 것이라고도 하고, 실제로 전라도 암행어사를 지낸 성이성(成以性)이 지었다고도 하고, 명(明)나라 사신 조도사(趙都司)의 작품이라고도 한다. 어느 쪽이든 이것은 판소리 향수자의 기대지평에 따라 삽입된 것임은 분명해 보인다.

참 이리 요란할 제 물색(物色) 없는 저 본관이,

"여보 운봉은 어디를 다니시오?"

"소피[1637]하고 들어오오."

본관이 분부하되

"춘향을 급히 올리라."

주광[1638]이 날 제,

공방 불러 포진(鋪陳) 단속~사령 불러 합번 단속 : 걸인 행색의 '이몽룡'이 암행어사임을 알아차리고 '운봉 영장'이 아전들에게 각자의 임무를 확인시키는 장면으로 판소리의 특징 중 하나인 확장적 문체가 드러난 부분이다. 동일한 구조의 통사 구조에 '아전'과 그의 임무를 열거하여 리듬감을 형성하고, '하다'의 활용형을 생략한 명사 어근으로 종결하여 긴박한 상황을 사실적으로 재현함으로써 독자나 관객의 긴장감을 고조시키고 있다. 이런 긴장감이 사정을 눈치 채지 못한 '변 사또'의 행위가 이어지면서 분노로 변하게 된다.

인물 9. 운봉 영장

'운봉 영장'은 어사가 된 '이몽룡'이 '변학도'에게 접근하게 하는, 주동 인물과 반동 인물이 만남으로써 갈등이 최고조에 도달하게 하는, 작품 전개상 중요한 역할을 맡은 주변적 인물이다. 사또의 명령대로 '잡인을 금하'였다면 어사 출또 장면이 설정될 수도 없었을 것이기 때문이다.

그는 '이몽룡'이 신분을 숨기고 있지만 평범하지 않음을 알아보고 잔치에 참여시킬 것을 사또에게 요청하며, '이몽룡'의 장난에 적극적으로 대응하여 웃음을 유발하면서, 차운(次韻) 놀이에 동참시켜 어사 출또의 명분을 담은 한시(漢詩)가 지어지게 한다.

배경 사상 5. 사회 개혁 사상

'개혁(改革)'은 새롭게 뜯어 고치는 일이고, 새로운 것은 낡은 것과 반대 개념이다. 사회를 개혁한다는 것은 그 사회를 긍정적 방향으로 이끌어가려는 노력이자 구체적 작업이라 할 수 있다.

〈춘향전〉은 조선(朝鮮)이라는 봉건적(封建的) 관료제(官僚制)에 따른 계급 사회를 배경으로 하고 있다. 이 사회를

1637 소피 : 오줌 누는 일.
1638 주광(酒狂) : 술주정이 심함.

새롭게 뜯어 고친다는 것은 계급 사회를 부정하는 것인데, 그 일이 실제로 가능하기 위한 분위기가 형성되어 있지 않았다. 그러나 〈춘향전〉은 계급 사회를 존치(存置)하되 긍정적 방향으로 변화시키려는 시도를 담았다고 할 수 있다.

이에 따라 〈춘향전〉은 각 계층을 구성하는 인물이 그 계층에서 긍정적 인물이게 하거나, 새로운 계층으로의 이동을 인정하는 쪽으로 전개된다. 중심 인물인 '춘향'은 계층 이동을 시도한다. 그 계층이 기대하는 바람직한 삶을 살며 돌아온 기회를 놓치지 않음으로써 꿈을 이룬다. '이몽룡'은 '변학도' 같은 부정적 인물을 징치함으로써 '춘향' 같은 인물을 구원하는 인물로 그려진다.

이때에 어사또 군호[1639]할 제 서리 보고 눈을 주니 서리, 중방 거동 보소. 역졸 불러 단속할 제 이리 가며 수군 저리 가며 수군수군. 서리, 역졸 거동 보소. 외올 망건[1640] 공단[1641] 쓰개[1642] 새 평립[1643] 눌러 쓰고 석 자 감발[1644] 새 짚신에 한삼(汗衫) 고의(袴衣) 산뜻 입고 육모방망이[1645] 녹피[1646] 끈을 손목에 걸어 쥐고 예서 번뜻 제서 번뜻 남원읍이 우꾼우꾼.[1647] 청패 역졸 거동 보소. 달 같은 마패(馬牌)를 햇빛같이 번뜻 들어

달 같은 마패(馬牌)를 햇빛같이 번뜻 들어 : '달'처럼 둥글고, 핍박받는 민중에게 '햇빛'과 같은 마패를 번쩍 들어. 온 세상이 '달'의 모양처럼 둥글어 누구나 평등(平等)하고, 누구에게나 골고루 비치는 '햇빛'처럼 광명(光明)과 해방(解放)을 누리기를 바라는 작가 의식이 담겨 있다고 할 수 있다. 한편 '달'과 '해'는 흔히 '임금'을 상징하고, 임금이 가진 권위를 암행어사가 대행(代行)하고 있다고 보아, 그들의 '빛'은 곧 임금의 '덕화(德化)'를 상징하는 것으로 볼 수도 있다.

1639 군호(軍號) : 대권의 군졸들이 쓰던 암호로 서로 눈치나 말로써 가만히 내통함.

1640 외올망건 : 외올로 뜬 품이 좋은 망건. 외올은 실 따위의 단 하나만의 올.

1641 공단(貢緞) : 무늬가 없는 두꺼운 비단.

1642 쓰개 : 머리에 쓰는 물건의 총칭. 여기에서는 공단으로 만든 모자류를 말함.

1643 평립(平笠) : 평량립(平涼笠). 패랭이.

1644 감발 : 발감개. 버선 대신 발에 감는 좁고 긴 무명.

1645 육모방망이 : 역졸 · 포졸들이 쓰던 여섯 모가 진 방망이.

1646 녹피(鹿皮) : 사슴의 가죽. '녹비'의 원말.

1647 우꾼우꾼 : 여러 사람이 한꺼번에 소리쳐 움직이는 꼴이 나타나는 모양.

"암행어사 출도[1648]야."

외는 소리 강산이 무너지고 천지가 뒤눕는 듯 초목금수(草木禽獸)인들 아니 떨랴. 남문에서,

"출도야."

북문에서,

"출도야."

동·서문 출도 소리 청천(靑天)에 진동하고,

"공형(公兄) 들라."

외는 소리 육방(六房)이 넋을 잃어,

"공형이오."

등채[1649]로 휘닥딱

"애고 중다."[1650]

"공방 공방."

공방이 포진 들고 들어오며

"안 하려던 공방을 하라더니 저 불 속에 어찌 들랴."

등채로 휘닥딱,

"애고 박[1651] 터졌네."

좌수[1652] 별감[1653] 넋을 잃고 이방 호장 실혼(失魂)하고 삼색나졸[1654] 분주하네. 모든 수령 도망할 제 거동 보소. 인궤[1655] 잃

1648 출도 : 출두(出頭). 출또. 암행어사가 중요한 사건을 처리하기 위하여 지방 관청에 가서 사무를 보는 일.

1649 등채 : 옛날 전쟁에서 군인들이 쓰던 채찍.

1650 중다 : '죽는다'를 빨리 말하는 과정에서 생긴 말.

1651 박 : '머리통'을 속되게 이르는 말.

1652 좌수(座首) : 시골 향청의 우두머리.

1653 별감(別監) : 좌수에 버금가는 자리.

1654 삼색나졸(三色羅卒) : 조선 시대에, 지방 관아에 속하여 죄인을 다루는 일이나 심부름 따위를 하던 세 하인. 나장(羅將), 군뢰(軍牢), 사령(使令)을 이른다.

1655 인궤(印櫃) : 관청에서 사용하는 도장을 넣어두던 상자.

고 과줄[1656] 들고 병부[1657] 잃고 송편 들고 탕건[1658] 잃고 용수[1659] 쓰고 갓 잃고 소반 쓰고 칼집 쥐고 오줌 누기, 부서지느니 거문고요 깨지느니 북 장고라. 본관이 똥을 싸고 명석구멍 새앙쥐 눈 뜨듯 하고 내아(內衙)로 들어가서,

"어 추워라. 문 들어온다 바람 닫아라. 물 마르다 목 들여라."

관청색(官廳色)은 상을 잃고 문짝 이고 내달으니, 서리 역졸 달려들어 후닥딱,

"애고 나 죽네."

이때 수의사또 분부하되,

"이 골은 대감이 좌정하시던[1660] 골이라. 훤화[1661]를 금(禁)하고 객사(客舍)로 사처[1662]하라."

좌정 후에,

"본관은 봉고파직[1663]하라."

분부하니,

"본관은 봉고파직이오."

본관이 똥을 싸고~내아(內衙)로 들어가서 : '변 사또'가 겁을 먹고 하는 행동을 직설적이고 비유적으로 드러낸 부분이다. 자제력을 잃어 '똥을 싸'고 겁을 먹어 '새앙쥐'처럼 숨으며, 관리로서의 역할을 버리고 '내아로 들어가'는 일은 웃음을 유발하는 골계미(滑稽美)와 함께 연민의 정마저 들게 한다.

문 들어온다~물 마르다 목 들여라. : 극단적 공포를 체험한 '변 사또'가 말도 제대로 못하는 상황을 보여 주는 부분이다. 한 문장 안에서 단어의 위치를 바꾸어 독특하게 표현한 언어유희이다.

"이 골은 대감이~객사로 사처하라." : '대감', 곧 자기 아버지가 집무를 던 곳이니 함부로 행동해서는 안 되고, 아버지와 같은 자리에서 일을 볼 수 없으니 객사로 옮기겠다는 의사를 드러낸 부분이다. 아들이 아버지에 대해 어떻게 생각하고 행동해야 하는지를 구체적 행위를 통해 보여 주고 있다. 이것은 암행어사가 되기 전의 이몽룡의 생각과 행동과는 큰 차이를 보이는 점이다.

1656 과줄 : 밀가루를 꿀과 기름에 반죽한 뒤 판에 박아 기름에 띄워 지진 음식. 강정, 다식(茶食), 약과(藥果), 정과(正果) 따위를 통틀어 이르는 말.
1657 병부(兵符) : 발병부(發兵符). 지름 7.5㎝, 두께 0.6㎝의 둥글납작한 검은색 나무쪽에 '발병(發兵)'이라 써서 군사를 일으킬 때 내리던 표.
1658 탕건(宕巾) : 갓 아래에 바쳐 쓰는 관의 한 가지.
1659 용수 : 술을 거르는데 쓰는 싸리로 만든 긴 통.
1660 좌정(坐定)하시던 : 자리잡아 일을 하시던.
1661 훤화(喧譁) : 시끄럽게 지껄여 떠듦.
1662 사처(徙處) : 옮겨감.
1663 봉고파직(封庫罷職) : 관청의 창고를 봉해 잠그고 못된 짓을 한 원을 파면시킴.

중심 소재 3. 마패

〈춘향전〉에서 '마패'는 두 번 나온다. 춘향의 편지를 가지고 한양으로 가던 아이가 중도에서 이 도령을 만났을 때와 변 사또의 생일 잔치에서 암행어사로 출또할 때이다.

아이가 본 마패는 '제기(祭器) 접시 같은 것'이었고 처음본 것이지만 '찬바람'이 난다고 한다. 암행어사 출또 장면에서는 '달 같은 마패'라고 했고, '햇빛' 같다고 했다. 둘 다 마패의 모양과 기능에 대해 언급한 셈이다. 그 모양은 '접시'나 '달'처럼 둥근 것이고, 그 기능은 부정부패를 통한 탐관오리에게는 '찬바람' 같이, 그런 관리에게 핍박받는 민중에게는 '햇빛'과 같은 것이다. 여기서 '찬바람'은 징치(懲治)를, '햇빛'은 광명(光明)과 해방(解放)을 상징한다.

한편 '달'과 '해'의 상징성을 통해 '마패'의 의미를 주목하기도 한다. '달'과 '해'는 흔히 '임금'을 상징하고, 임금이 가진 권위를 암행어사가 대행(代行)하고 있다고 보는 것이다. '달'과 '해'의 '빛'은 곧 임금의 '덕화(德化)'를 상징하는 셈이다.

사대문(四大門)에 방(榜) 붙이고 옥 형리 불러 분부하되,

"네 골 옥수[1664]를 다 올리라."

호령하니 죄인을 올리거늘, 다 각각 문죄[1665] 후에 무죄자(無罪者) 방송[1666]할새,

"저 계집은 무엇인가?"

형리 여쭈오되,

"기생 월매 딸이온데 관정(官庭)에 포악(暴惡)한 죄로 옥중

1664 옥수(獄囚) : 감옥에 갇혀 있는 죄인.
1665 문죄(問罪) : 죄를 캐어 물음.
1666 방송(放送) : 놓아 보냄.

"저 계집은 무엇인가?" : 어사또가 춘향을 대령시킨 뒤에도 자신의 정체를 바로 드러내지 않는 것은 극적인 긴장감이 높아진 상태에서 사건의 흐름을 일순간에 바꾸어 반전의 효과를 더욱 높이기 위한 것이라고 볼 수 있다.

에 있삽내다."

"무슨 죄인고?"

형리 아뢰되

"본관 사또 수청으로 불렀더니 수절이 정절이라 수청 아니 들려 하고 관전[1667]에 포악한 춘향이로소이다."

어사또 분부하되,

"너만 년이 수절한다고 관정 포악하였으니 살기를 바랄쏘냐? 죽어 마땅하되 내 수청도 거역할까?"

춘향이 기가 막혀,

"내려오는 관장(官長)마다 개개이 명관(名官)이로구나. 수의 사또 들조시오. 층암절벽 높은 바위 바람 분들 무너지며, 청송 녹죽 푸른 나무가 눈이 온들 변하리까? 그런 분부 마옵시고 어서 바삐 죽여 주오."

하며,

"향단아 서방님 어디 계신가 보아라. 어젯밤에 옥 문간에 와 계실 제 천만 당부하였더니 어디를 가셨는지 나 죽는 줄 모르는가?"

어사또 분부하되,

"얼굴 들어 나를 보라."

하시니, 춘향이 고개 들어 대상(臺上)을 살펴보니 걸객(乞客)으로 왔던 낭군 어사또로 뚜렷이 앉았구나. 반 웃음 반 울음에,

"얼씨구나 좋을시고, 어사 낭군 좋을시고. 남원읍내 추절(秋節) 들어 떨어지게 되었더니 객사(客舍)에 봄이 들어 이화춘풍(李花春風)[1668] 날 살린다. 꿈이냐 생시냐 꿈을 깰까 염려로다."

1667 관전(官前) : 아전이나 하인들이 벼슬아치를 높여 이르던 말.
1668 이화춘풍(李花春風) : 봄바람에 피는 자두꽃. 자두꽃과 봄바람.

"너만 년이 수절한다고~내 수청도 거역할까?" : 어사또 이몽룡이 절박한 상황에 놓인 춘향의 마음을 시험하고 있는 구절이다. 이몽룡의 의뭉스러운 성격을 드러내는 이 행위는 둘의 만남을 더욱 극적이게 하기 위한 의도적 장치라고 할 수 있다.

내려오는 관장(官長)마다 개개이 명관(名官)이로구나. : '명관(名官)'은 고을을 잘 다스리는 현명한 관리를 이르는 말인데, 춘향은 자신에게 수청 들기를 강요하는 사또를 '명관'이라 표현하고 비꼬는 반어적 표현이라 할 수 있다. 춘향은 어사또의 존재를 알지 못하고 있으므로 가능한 상황이고, 이런 상황을 이미 알고 있는 독자나 관객에게는 웃음을 유발하는 요인이 될 수도 있다.

남원읍내 추절(秋節) 들어~날 살린다. : 춘향이 죽을 뻔한 위기에서 벗어나 이몽룡과 행복하게 재회하는 장면을 은유적으로 표현하고 있다. 인간사의 영고성쇠(榮枯盛衰)를 계절의 순환과 연결하고, '봄'은 희망을, '가을'은 절망을 의미하는 계절로 그리고 있다. '이화춘풍(李花春風)', 곧 '봄바람에 피는 자두꽃'이나 '자두꽃과 봄바람'은 '이몽룡'과 '춘향'을 중의적으로 드러내는 자연물이다.

한참 이리 즐길 적에 춘향 모 들어와서 가없이 즐거하는 말을 어찌 다 설화(說話)하랴. 춘향의 높은 절개 광채 있게 되었으니 어찌 아니 좋을쏜가?

서술 방법 10. 종결 방식

고전소설의 서사 구조는 시간의 순서에 따라 순차적으로 진행되어 출생부터 사망까지의 일대기로 이루어진다. 그런데 주인공의 죽음이 곧 작품의 끝은 아니고, 죽음 뒤의 이야기가 덧붙여짐으로써 비로소 결말이 완성된다. 〈춘향전〉도 예외는 아니다. 전체적으로 보면 주인공의 일대기이고, 그 결말은 요약적으로 제시하고 후일담을 붙여 마무리되었다.

그런데 〈춘향전〉이 판소리를 선행 장르로 하는 특별한 소설임을 고려해 보면 이런 결말 방식이 중요한 의미를 지닌다. 판소리 사설은 '이 도령'이 '춘향'의 가족을 데리고 상경하여 영화를 누리는 대목으로나, 이른바 '어사또 장모 출또' 장면으로 마무리되어 후일담이 존재하지 않는다. 따라서 이것은 판소리 사설이 소설로 정착되면서 후일담을 첨가하여 문장체 소설의 일반적 유형을 답습(踏襲)하게 되는 소설사적 변화라 할 수 있다.

어사또 남원 공사(公事) 닦은 후에 춘향 모녀와 향단이를 서울로 치행(治行)할 제 위의(威儀) 찬란(燦爛)하니 세상 사람들이 누가 아니 칭찬하랴?

이때 춘향이 남원을 하직할새 영귀(榮貴)하게 되었건만 고향을 이별하니 일희일비(一喜一悲)가 아니 되랴?

"놀고 자던 부용당(芙蓉堂)아. 너 부디 잘 있거라. 광한루 오작교며 영주각(瀛州閣)도 잘 있거라. 춘초는 연년록하되 왕손

한참 이리 즐길 적에~어찌 아니 좋을쏜가? : '한참 이리 즐길 적에 춘향 모 들어와서 가없이 즐거하는 말'을 '설화(說話)하'지 않겠다는 서술자의 목소리가 나타난다. 또 '춘향 모'의 그런 말을 하는 게 너무나 당연한 일이라는 생각을 드러내고 있다. 어떤 판소리 사설에는 이른바 '춘향 모 출또 대목'이라 하여 '춘향 모'가 춤을 추며 하는 말을 담고 있다.

세상 사람들이 누가 아니 칭찬하랴? : 세상 사람들이 누구나 칭찬할 것이라는 의미를 강조하기 위해 설의적 표현을 쓰고 있다. 표면적으로만 보면 칭찬의 대상이 '찬란'한 '위의'일 수도 있지만, 이런 결과를 가져온 과정, 곧 '춘향'이 고난을 극복하고 얻은 승리일 것이다.

춘초는 연년록하되 왕손은 귀불귀라 : '춘향'이 스스로 '왕손'에 비유하고 있는데, '이 도령'을 만나자마자 자신의 신분이 변동된 것처럼 언급하는 것은 사리에 맞지 않다. 이것은 관객이 선호할 만한 소재라면 서사 전개의 논리나 개연성(蓋然性)과 무관하게 끌어다 쓰는 판소리의 사설 구성 방법과 연관이 있다.

은 귀불귀라[1669] 날로 두고 이름이라."

다 각기 이별할 제,

"만세(萬歲) 무양[1670]하옵소서. 다시 보기 망연[1671]이라."

이때 어사또는 좌·우도 순읍(巡邑)하여 민정을 살핀 후에 서울로 올라가 어전(御前)에 숙배(肅拜)하니 삼당상[1672] 입시(入侍)하사 문부(文簿)를 사정(査定) 후에 상(上)이 대찬(大讚)하시고 즉시 이조참의[1673] 대사성[1674]을 봉하시고 춘향으로 정렬부인[1675]을 봉하시니, 사은숙배[1676]하고 물러나와 부모 전에 뵈온대 성은을 축수하시더라.[1677]

이때 이판[1678] 호판[1679] 좌·우·영상 다 지내고 퇴사[1680] 후에 정렬부인으로 더불어 백년동락(百年同樂)할새, 정렬부인에게 삼남삼녀(三男三女)를 두었으니 개개(個個)이 총명하여 그 부친을 압두[1681]하고 계계승승(繼繼承承)하여 직거일품[1682]으로 만세

1669 춘초(春草)는 연년록(年年綠)하되 왕손(王孫)은 귀불귀(歸不歸)라. : 봄풀은 해마다 푸르러지는데 왕손은 가서는 돌아오지 않네. 당(唐)나라 시인 왕유(王維)의 '산중송별(山中送別)'에 나오는 구절이다.

1670 무양(無恙) : 몸에 병이나 탈이 없음.

1671 망연(茫然) : 아득함.

1672 삼당상(三堂上) : 육조(六曹)의 판서(判書), 참판(參判), 참의(參議)를 통틀어 이르던 말.

1673 이조참의(吏曹參議) : 이조(吏曹)의 참판(參判) 다음 벼슬. 정삼품에 해당한다.

1674 대사성(大司成) : 성균관(成均館)의 으뜸 벼슬로 정삼품에 해당한다.

1675 정렬부인(貞烈夫人) : 정삼품 통정대부 이상 품계의 부인에게 주는 봉작.

1676 사은숙배(謝恩肅拜) : 임금의 은혜를 사례하여 공손히 절함.

1677 성은(聖恩)을 축수(祝壽)하시더라 : 임금의 은혜에 감사해하며 오래 살기를 빎. 원문은 '축사'로 되어 있다.

1678 이판(吏判) : 이조판서. 조선 시대에 이조의 으뜸 벼슬로 정이품에 해당한다.

1679 호판(戶判) : 호조판서. 조선 시대에 호조의 으뜸 벼슬로 정이품에 해당한다.

1680 퇴사(退仕) : 벼슬에서 물러남.

1681 압두(壓頭) : 첫머리를 차지함. 여기에서는 압도(壓倒)의 의미로 그 부친보다도 재주가 뛰어남을 말함.

1682 직거일품(職居一品) : 벼슬살이함에 있어 첫째 품계(品階)를 차지함.

유전[1683]하더라.

인물 10. 춘향

〈춘향전〉은 '성춘향'과 '이몽룡' 사이의 사랑 이야기와, '성춘향'과 '변학도' 사이의 갈등 이야기로 이루어진다. 이들은 두 핵심 이야기를 주도하는 인물이므로 중심인물이고, '월매', '향단', '방자' 등은 주변적 인물이다. 한편 '변학도'는 두 사건 모두에서 반동인물로 설정되어 있다.

'성춘향'은 이른바 '영웅의 일생' 구조에 부합할 수 있는 인물이란 점에서 주목을 요한다. '성춘향'은 '성 참판'의 딸로서 '고귀한 혈통'을 지니고, 기자(祈子) 정성으로 '비정상적으로 잉태되거나 출생'한다. '어려서 기아가 되어 죽을 고비를 만나'는 단계는 어머니의 신분을 따르는 사회 제도의 희생양으로 살아가는 것에 대응되고, '구출·양육자를 만나'는 과정은 '이몽룡'을 만나는 일이 된다. '자라서 다시 위기에 부딪히지만 그 위기를 투쟁으로 극복하고 승리자가 되'는 과정은 '변학도'의 수청 요구를 거부하고 '이몽룡'과 재회하여 꿈을 이루는 일과 부합한다.

또한 '성춘향'은 뚜렷한 양면적 성격을 지닌다. 아버지가 양반 '성 참판'이지만 퇴기 '월매'의 딸이므로 종모법(從母法)에 따라 천민일 수밖에 없다. 그렇다고 직업까지 어머니를 따라야 하는 것은 아니므로 '성춘향'이 기생이어야 하는 것은 아니다. '성춘향'의 이중성은 이런 태생적 환경에서부터 야기된 것이라 할 수 있다. 양반의 딸로서 '이몽룡'에게 순종하고 불의한 세력인 '변학도'에게 저항하여 정절을 지키려 한다. 또 기생의 딸로서 포악하고 음란한 성향을 지니고 있다. 이런 '성춘향'의 양면성이 〈춘향전〉을 다양한 향수자에게 의미 있는 작품으로 다가가는 힘이 된 셈이다.

1683 만세유전(萬世流傳) : 대대로, 길이 전하여 옴.

김영랑의 '춘향'이라는 제목의 시는 춘향이 형장을 맞고 투옥된 뒤에 힘들게 버티는 장면에 초점을 맞춘 시인데, 비극적 결말로 구성함으로써 색다른 의미를 가진다.

큰 칼 쓰고 옥에 든 춘향이는
제 마음이 그리도 독했던가 놀래었다.
성문이 부서져도 이 악물고
사또를 노려보던 교만한 눈
그는 옛날 성학사(成學士) 박팽년이
불짖임에도 태연하였음을 알았었니라.
오! 일편단심

원통코 독한 마음 잠과 꿈을 이뤘으랴
옥방(獄房) 첫날 밤은 길고도 무서워라.
서름이 사모치고 지쳐 쓸어지면
남강(南江)의 외론 혼은 불리워 나왔으니
논개! 어린 춘향을 꼭 안어
밤새워 마음과 살을 어루만지다.
오! 일편단심

사랑이 무엇이기
정절이 무엇이기
그 때문에 꽃의 춘향 그냥 옥사한단 말가
지네 구렁이 같은 변학도의
흉칙한 얼굴에 까물어쳐도
어린 가슴 달큼히 지켜주는 도련님 생각
오! 일편단심

상하고 멍든 자리 마디마디 문지르며
눈물은 타고 남은 간을 젖어 내렸다.
버들 잎이 창살에 선뜻 스치는 날도

도련님 말방울 소리는 아니 들렸다.

삼경을 세오다가 그는 고만 단장(斷腸)하다

두견이 울어 두견이 울어 남원 고을도 깨어지고

오! 일편단심

깊은 겨울 밤 비바람은 우루루루

피칠 해논 옥창살을 들이 치는데

옥 주검한 원귀들이 구석구석에 휙휙 울어

청절춘향(淸節春香)도 혼을 잃고 몸을 버려 버렸다.

밤 새도록 까무러치고

해 돋을녘 깨어나다

오! 일편단심

믿고 바라고 눈 아프게 보고 싶던 도련님이

죽기 전에 와주셨다 춘향은 살았구나.

쑥대머리 귀신 얼굴된 춘향이 보고

이 도령은 잔인스레 웃었다 저 때문의 정절이 자랑스러워

"우리집이 팍 망해서 상거지가 되었지야."

틀림없는 도련님 춘향은 원망도 안했니라.

오! 일편단심

모친 춘향이 그 밤 새벽에 또 까무러쳐서는

영 다시 깨어나진 못했었다 두견은 울었건만

도련님 다시 뵈어 한은 풀었으나 살아날 가망은 아조 끊기고

왼몸 푸른 맥도 획 풀려 버렸을 법

출도끝에 어사는 춘향의 몸을 걷우며 울다

"내, 변가(卞哥)보다 잔인무지(殘忍無智)하여 춘향을 죽였구나."

오! 일편단심

한편 '성춘향'은 현실에 충실하면서 현실을 바꾸는 중심에 서 있는 인물이다. 당대의 현실은 신분 구조가 매우 공고해서 계층간의 이동이 폐쇄되어 있었다. 그것이 가능한 사례가 없지는 않으나 두루 용인되는 데까지 이르지는 못했다. '성춘향'은 그런 시대에 살면서 그런 신분 구조를 혁파하는 일에 앞장서는데, 그 방법이 그 시대의 모순 상황을 철저히 답습하는 것이었다. 그것이 바로 목숨을 걸고 지킨 정절 의식이다. 그럼에도 불구하고 '성춘향'이 영웅일 수 있었던 것은 그의 성취가 일반화하기에는 너무나 소수의 사례에 그쳤기 때문이다.

제3장

:

문제 풀며 읽는 춘향전

※ 다음 글을 읽고 물음에 답하시오.

숙종대왕(肅宗大王) 즉위(卽位) 초에 성덕이 넓으시사 성자성손은 계계승승하사 금고옥적은 요순 시절이요 의관문물은 우탕의 버금이라. 좌우보필(左右輔弼)은 주석지신이요 용양호위는 간성지장이라. 조정(朝廷)에 흐르는 덕화(德化) 향곡에 퍼졌으니 사해(四海) 굳은 기운이 원근에 어렸다. 충신은 만조하고 효자 열녀 가가재라. 미재미재라, 우순풍조하니 함포고복 백성들은 처처(處處)에 격양가라.

이때 전라도 남원부에 월매라 하는 기생이 있으되, 삼남의 명기로서 일찍이 퇴기하여 성가(成哥)라 하는 양반을 데리고 세월을 보내되, 연장 사순에 당하여 일점(一點) 혈육(血肉)이 없어 이로 한이 되어 장탄수심에 병이 되겠구나.

일일(一日)은 크게 깨쳐 옛사람을 생각하고 가군을 청입하여 여쭈오되, 공순히 하는 말이,

"들으시오. 전생에 무슨 은혜 끼쳤던지 이생에 부부 되어 창기(娼妓) 행실 다 버리고 예모도 숭상하고 여공도 힘썼건만 무슨 죄가 진중(珍重)하여 일점혈육이 없었으니 육친무족 우리 신세 선영향화 누가 하며 사후감장 어이 하리. 명산대찰(名山大刹)에 신공이나 하여 남녀간 낳게 되면 평생 한을 풀 것이니 가군의 뜻이 어떠하오?"

성 참판 하는 말이,

"일생 신세 생각하면 자네 말이 당연하나 빌어서 자식을 낳을진대 무자(無子)할 사람이 있으리오?"

하니, 월매 대답하되,

[A]
"천하대성(天下大聖) 공부자도 이구산(尼丘山)에 빌으시고 정나라 정자산은 우형산(右刑山)에 빌어 나계시고 아동방 강산을 이를진대 명산대천(名山大川)이 없을쏜가? 경상도 웅천 주천의는 늦도록 자녀 없어 최고봉(最高峰)에 빌었더니 대명천자(大明天子) 나계시사 대명천지(大明天地) 밝았으니 우리도 정성이나

드려 보사이다. 공든 탑이 무너지며 심은 나무 꺾일쏜가?"

이날부터 목욕재계(沐浴齋戒) 정히 하고 명산승지(名山勝地) 찾아갈 제 오작교 썩 나서서 좌우 산천 둘러보니 서북의 교룡산은 술해방을 막아 있고, 동으로는 장림 수풀 깊은 곳에 선원사는 은은히 보이고, 남으로는 지리산(智異山)이 웅장한데, 그 가운데 요천수는 일대장강 벽파 되어 동남으로 둘렀으니 별유건곤 여기로다. 청림(靑林)을 더위잡고 산수를 밟아 들어가니 지리산이 여기로다. 반야봉 올라서서 사면을 둘러보니 명산대천 완연하다.

상봉(上峰)에 단(壇)을 무어 제물(祭物)을 진설하고 단하(壇下)에 복지하여 천신만고 빌었더니, 산신(山神)님의 덕이신지 이때는 오월 오일 갑자(甲子)라. 한 꿈을 얻으니 서기 반공하고 오채 영롱(玲瓏)하더니 일위 선녀 청학(靑鶴)을 타고 오는데, 머리에 화관(花冠)이요 몸에는 채의(彩衣)로다. 월패 소리 쟁쟁하고 손에는 계화일지를 들고 당(堂)에 오르며 거수장읍하고 공순(恭順)히 여쭈오되,

[B]
"낙포의 딸이러니 반도 진상 옥경 갔다 광한전에서 적송자 만나 미진정회할 차에 시만함이 죄가 되어 상제 대로(大怒)하사 진토에 내치시매 갈 바를 몰랐더니 두류산(頭流山) 신령(神靈)께서 부인 댁으로 지시하기로 왔사오니 어여삐 여기소서."

하며 품으로 달려들새, ㉠학지고성은 장경고라. 학의 소리에 놀라 깨니 남가일몽이라.

황홀한 정신을 진정하여 가군(家君)과 몽사(夢事)를 설화(說話)하고 천행(天幸)으로 남자를 낳을까 기다리더니, 과연 그 달부터 태기(胎氣) 있어 십삭(十朔)이 당하매, 일일은 향기 만실하고 채운이 영롱하더니 혼미(昏迷) 중에 생산(生産)하니 일개 옥녀(玉女)를 낳으니, 월매의 일구월심 기루던 마음 남자는 못 낳았으되 저근덧 풀리는구나. 그 사랑함은 어

찌 다 형언(形言)하리. 이름을 춘향이라 부르면서 장중보옥 같이 길러내니 효행(孝行)이 무쌍(無雙)이요 인자함이 기린 이라. 칠팔 세 되매 서책(書冊)에 착미하여 예모(禮貌) 정절 (貞節)을 일삼으니 효행을 일읍이 칭송(稱頌) 아니할 이 없 더라.

[작품의 종합적 이해]

1. 윗글에 대한 설명으로 적절하지 <u>않은</u> 것은?

① 작품의 시대적 배경을 제시하여 사건의 보편성보다 특수성에 초점을 두고 있다.

② 당시의 시대 상황을 중국과의 비교를 통하여 드러내 는 상투적 표현 방식이 드러나 있다.

③ 유교적 윤리 규범을 제시하여 당대의 사회가 지향하 는 가치가 어떤 것인지 암시하고 있다.

④ 4음보 가사체의 문체를 통하여 향수자들이 음영(吟詠) 의 방식을 통하여 소비한 작품임을 알 수 있다.

⑤ 한자어를 많이 쓴 것은 이 작품이 애초부터 양반 계층 의 문학으로 생산된 것임을 짐작할 수 있다.

[구절의 의미와 기능]

2. [A]에서 '월매'의 말하기 방식과 가장 유사한 것은?

① 제정신을 가진 사람이라면 우리의 제안을 반대할 수 는 없을 것입니다.

② 1864년 미국에서의 남북 전쟁 결과 노예가 해방된 것 으로 보아 우리나라의 노예 제도는 진주 민란을 통해 서 소멸되었다고 할 수 있다.

③ 소크라테스의 인생 철학은 음미할 만한 가치가 없다. 그는 마누라한테 꼼짝 못한 공처가 아닌가?

④ 동성동본 혼인의 금지는 지금까지 내려온 미풍양속이 야. 동성동본 혼인은 법으로 계속 금지해야 해.

⑤ 모든 사람은 자기의 견해를 자유롭게 표현할 수 있는

권리를 지닌다. 그러므로 판사는 자기의 정치적인 견해를 법정에서 피력할 수 있는 권리를 가지고 있다.

3. '꿈'의 기능이 [B]와 가장 유사한 것은?

[소재의 기능]

① 장끼전 : 당시 가부장적 제도에 대해 비판하고 있는 전반부에서 장끼와 까투리는 콩 한 알을 발견하고 그것을 먹는 문제로 다툰다. 이 때 둘은 간밤의 꿈에 대한 아전인수(我田引水)식의 해석을 내리며 자신의 의견을 펼친다.

② 유충렬전 : 유충렬이 태어나기 전, 그 부모의 꿈에 천상의 선관이 청룡을 나타나 자신이 익성과 다투다가 인간에 내쳐지게 되었다고 말한다. 자신을 받아달라는 말을 마치며 부인의 품으로 달려들었고, 부인은 태기가 있어 아들을 낳았는데 이가 유충렬이다.

③ 남염부주기 : 박생은 꿈 속에서 염부주의 임금과 대화하며 바람직한 정치에 대한 자신의 의견을 피력한다. 이는 작가 김시습이 자신이 지닌 정치관을 주인공 박생의 입을 통해 드러낸 것이라고 볼 수 있다.

④ 옥루몽 : 천상계의 문창성(文昌星)이 인간계의 양창곡으로 태어났을 때, 어느 날 한 보살이 그에게 나타나 창생을 제도하고 속히 상계로 올라오라고 말한다. 이 때 선랑도 양창곡이 구름을 타고 날아가는 꿈을 꾸었는데, 그 후 양창곡은 귀양에서 풀려나 상경하게 되었다.

⑤ 조신몽 : 김 처녀가 다른 곳에 시집갔다고 부처님을 원하고 있는 조신에게 김 처녀가 다시 찾아와 둘은 부부가 된다. 그러나 50년 동안 가난으로 고생하며 살다가 둘이 이별을 결심하려는 순간에 조신은 꿈에서 깨어 자신의 욕망이 헛된 것임을 깨닫는다.

[외적 준거에 따른 작품 감상]

4. 〈보기〉의 밑줄 친 부분을 바탕으로 윗글을 이해하고자 할 때 필요한 활동으로 가장 적절한 것은?

| 보기 |

작품에 반영된 사회·문화적 상황을 문학 작품 창작 당시와 연관시켜 해석할 때 드러나는 의미를 <u>상황의 구체적 의미</u>라 한다. 이것은 그 작품을 낳게 한 계기이기도 하며, 또 그 작품을 창작할 당시의 핵심적인 고민과 과제이기도 하다.

한편, 상황의 구체적 의미로부터 특정한 시대와 장소를 넘어 공유할 수 있는 의미를 발견할 수 있는데, 이를 사회·문화적 상황의 보편적 의미라 한다. 몇백 년 전의 작품의 가치를 오늘의 우리가 발견할 수 있는 것도 이러한 보편적 의미가 바탕이 되기 때문이다.

① '월매'가 살던 곳인 '남원'을 실제로 답사하여 그 현장이 작품의 공간적 배경이 된 까닭을 구체적으로 살펴본다.

② '월매'가 자식 얻기를 기도한 공간이 '지리산'으로 설정된 까닭을 여러 자료를 통해 자세하게 알아본다.

③ '월매'의 행위를 이 작품이 창작된 시대의 상황과 그 시기에 작가가 지녔던 가치관과 연결하여 그 의미를 알아본다.

④ '월매'가 '춘향'을 얻게 된 과정이 이 작품의 주제나 작가 의식에 어떤 의미를 가지게 되는지 심층적으로 따져본다.

⑤ '월매'의 '춘향'에 대한 사랑이 시대를 초월하여 오늘날의 독자들에게 어떤 교훈을 주고 있는지 살펴본다.

※ 다음 글을 읽고 물음에 답하시오.

이때 삼청동(三淸洞) 이 한림이라 하는 양반이 있으되 세대명가요 충신의 후예라. 일일은 전하께옵서 충효록(忠孝錄)을 올려 보시고 충효자를 택출하사 자목지관 임용(任用)하실새, 이 한림으로 과천 현감에 금산 군수 이배하여 남원 부사 제수하시니 이 한림이 사은숙배 하직하고 치행 차려 남원부에 도임하여 선치민정(善治民情)하니 사방에 일이 없고 방곡(坊曲)의 백성들은 더디 옴을 칭송한다. 강구연월문동요라. 시화연풍하고 백성이 효도하니 요순(堯舜) 시절이라.

㉠이때는 어느 때뇨. 놀기 좋은 삼춘이라. 호연 비조 뭇 새들은 농춘화답(弄春和答) 짝을 지어 쌍거쌍래(雙去雙來) 날아들어 온갖 춘정(春情) 다투는데 남산화발북산홍과 천사만사 수양지에 황금조는 벗 부른다. 나무나무 성림하고 두견 접동 다 지나니 일년지가절이라.

이때 사또 자제 이 도령이 연광은 이팔이요 풍채는 두목지라. 도량(度量)은 창해 같고 지혜 활달하고 문장은 이백이요 필법은 왕희지라.

[A]
일일은 방자 불러 말씀하되,
"이 골 경처 어드메냐? 시흥춘흥(詩興春興) 도도하니 절승(絶勝) 경처(景處) 말하여라."
방자 놈 여쭈오되,
"글공부 하시는 도령님이 경처 찾아 부질없소."
이 도령 이르는 말이,
"너 무식한 말이로다. 자고(自古)로 문장재사(文章才士)도 절승 강산 구경하기는 풍월(風月) 작문(作文) 근본이라. 신선(神仙)도 두루 돌아 박람(博覽)하니 어이하여 부당(不當)하랴. 사마장경이 남(南)으로 강회(江淮)에 떴다 대강(大江)을 거스를 제 광랑성파에 음풍이 노호하여 예로부터 가르치니 천지간 만물지변(萬物之變)이 놀랍고 즐겁고도 고운 것이 글 아닌 게 없느니라. 시중천자 이태백(李太白)은 채석강(采石江)에 놀았고, 적벽강(赤壁江) 추야월(秋夜月)에 소동파 놀았고, 심양강(潯陽江) 명월야(明月夜)에 백낙천 놀았고, 보은(報恩) 속리(俗離) 문장대에 세조대왕(世祖大王) 노셨으니 아니 놀든 못하리라."

이때 방자, 도령님 뜻을 받아 사방 경개(景槪) 말씀하되,

"서울로 이를진대 자문 밖 내달아 칠성암 청련암 세검정과, 평양 연광정 대동루 모란봉, 양양 낙선대, 보은 속리 문장대, 안의 수승대, 진주 촉석루, 밀양 영남루가 어떠한지 모르오나, 전라도로 이를진대 태인 피향정, 무주 한풍루, 전주 한벽루 좋사오나, 남원 경처 들어보시오. 동문 밖 나가시면 장림 숲 천은사 좋삽고, 서문 밖 나가오면 관왕묘(關王廟)는 천고 영웅 엄한 위풍 어제 오늘 같삽고 남문 밖 나가오면 광한루 오작교 영주각 좋삽고 북문 밖 나가오면 청천삭출금부용 기벽하여 우뚝 섰으니 기암(奇巖) 둥실 교룡산성 좋사오니 처분대로 가사이다"

도령님 이른 말씀,

"이애, 말로 듣더라도 광한루 오작교가 경개로다. 구경 가자."

도련님 거동 보소. 사또 전 들어가서 공순히 여쭈오되,

"금일 일기 화난하오니 잠깐 나가 풍월음영 시 운목도 생각하고자 싶으오니 순성이나 하여이다."

사또 대희(大喜)하여 허락하시고 말씀하시되,

"남주 풍물을 구경하고 돌아오되 시제(詩題)를 생각하라."

도령 대답,

"부교(父敎)대로 하오리다."

5. 윗글에 대한 설명으로 가장 적절한 것은?

① 간결한 문체를 사용하여 사건 전개의 속도감을 높이고 있다.

② 독백과 대화의 반복적 교차로 인물의 내면 갈등이 드러나고 있다.

③ 사건을 생동감 있게 서술하여 긴박한 분위기를 조성하고 있다.

④ 공간적 배경을 구체적으로 묘사하여 현실감을 획득하고 있다.

⑤ '말하기'와 '보여주기'를 적절히 사용하여 서술상의 변화를 모색하고 있다.

[서술상의 특징 파악]

6. [A]에 나타난 '이 도령'과 '방자'의 대화 양상과 거리가 먼 것은?

① "허랑한 장부로구나. 부모 친척과 떨어져 천리 밖에 와서 아녀자에게 현혹하여 저러니 체면이 꼴이 아니다." / 방자놈은 코웃음을 쳤다. / "남의 말씀 쉽게 하지 마십시오. 나으리도 애랑의 은근한 태도와 아름다운 얼굴을 보시면 오목 요자에 움을 묻어 게다가 살림을 차릴 것입니다." / 배 비장은 잔뜩 허세를 부리면서 방자를 꾸짖었다. / "이놈, 양반의 정취를 어찌 알고 경솔히 말을 하느냐?"   -작자 미상, '배비장전'

② 말뚝이 : (가운데쯤 나와서) 쉬이. (음악과 춤 멈춘다.) 양반 나오신다아! 양반이라고 하니까 노론(老論), 소론(少論), 호조(戶曹), 병조(兵曹), 옥당(玉堂)을 다 지내고 삼정승(三政丞), 육판서(六判書)를 다 지낸 퇴로 재상(退老宰相)으로 계신 양반인 줄 아지 마시오, 개잘량이라는 '양' 자에 개다리 소반이라는 '반' 자 쓰는 양반이 나오신단 말이오. / 양반들 : 야아, 이놈, 뭐야아!
                    -작자 미상, '봉산 탈춤'

③ 심 봉사 하루는, 돈궤에 손을 넣어 보니, 엽전(葉錢) 한 푼이 없것다. / 여, 뺑파, 돈궤에 엽전(葉錢), 한 푼이 없으니, 이게 어찌 된 일이여. / 아이고, 영감도 저러기

[대화의 양상 파악]

에 외정(外丁)은, 살림 속을 몰라. 아 영감 드린다고 술 사오고, 고기 사오고, 떡 사오고, 담배 사오고, 이리저 리 쓴 돈이, 그 돈이 그 돈이지, 하늘에서 뚝 떨어진 돈 이요. / 체, 술 고기 떡 담배, 많이 사다주더라.

④ 조조가 보고 대희하야, / "정욱아, 정욱아, 저 배 보아 라. 황 공복(公覆)이 날 위하야 양초(糧草) 실고 오난 바 는 하날이 나를 도움이로구나. 히히 하하하하하하." / 대소허니, 정욱이 여짜오되, / "군량 실은 배량이면 선 중이 온중할듸, 강상에 둥둥실 높이 떠 요로(搖搖)하 고 범유(泛流)하니, 만일 간계 있을진대 어찌 피하오리 까?"

⑤ "허 이런 시절 보소 기생의 자식이 수절이라니 뉘 아 니 요절할고. 대부인께서 들으시면 아주 기절을 허겄 구나. 네만 한 년이 자칭 정절이라 분부 거절키는 간 부(間夫) 사정 간절하야 별층절(別層節)을 다 허니 네 죄가 절절가통이라 형장아래 기절허면 네 청춘이 속 절없지 기생에게 충효가 무엇이며 정절이 다 무엇이 냐." / 춘향도 그 말에 분이 바쳐 불고사생(不顧死生) 대답헌다.

[표현상의 특징 파악]

7. 〈보기〉의 ⓐ~ⓓ 중, 윗글에서 확인할 수 있는 것만을 고 른 것은?

| 보기 |

> 소설 읽기는 삶의 의미를 발견하기 위한 일종의 여행 이다. 우리를 안내하는 작가는 여러 가지 방법으로 우리 의 여행을 돕는다. 그는 자신의 목소리를 대신하는 서술 자를 내세워 ⓐ상황을 요약하여 제시해 줌으로써 우리의 수고를 덜어 주기도 하고, ⓑ개념적인 언어로 자신의 사 상을 직접 피력하기도 한다. 그러나 집을 떠난 여행이 그 렇듯이 소설을 읽는 여정 역시 순조롭지만은 않다. 서술 자는 작가를 대신하여 ⓒ가상의 인물이 나누는 대화를 통하여 앞으로 일어날 사건의 배경을 암시하기도 하고,

@예상하지 못했던 극적인 반전으로 우리를 당황하게 하기도 한다.

① @, ⓑ   ② @, ⓒ   ③ ⓑ, ⓒ

④ ⓑ, @   ⑤ ⓒ, @

8. ㉠이 작중 배경으로 설정된 이유와 그 기능에 대하여 〈조건〉에 따라 서술하시오.

[구절의 이해]

| 조건 |

1. '자연'과 '인간'의 관계가 드러나도록 할 것.
2. 윗글에서 근거를 찾을 것.

※ 다음 글을 읽고 물음에 답하시오.

물러나와,

"방자야, 나귀 안장 지어라."

㉠방자, 분부 듣고 나귀 안장 짓는다. 나귀 안장 지을 제, 홍영자공산호편 옥안금천황금륵, 청홍사(靑紅絲) 고운 굴레, 주락상모 더뻑 달아 층층 다래 은엽등자 호피(虎皮) 도담에 전후걸이 줄방울을 염불법사(念佛法師) 염주 매듯,

"나귀 등대하였소."

㉡도령님 거동 보소. ㉢옥안선풍(玉顔仙風) 고운 얼굴 전반 같은 채머리 곱게 빗어 밀기름에 잠재워 궁초댕기 석황 물려 맵시 있게 잡아 땋고, 성천수주 겹동배, 세백저 상침바지, 극상세목 겹버선에 남갑사 대님 치고, 육사단 겹배자 밀화단추 달아 입고, 통행전을 무릎 아래 넌짓 매고 영초단 허리띠 모초단 도리낭을 당팔사 갖은 매듭 고를 내어 넌짓 매고 쌍문초 긴 동정 중치막에 도포 받쳐 흑사(黑絲) 띠를 흉

중에 눌러 매고 육분 당혜 끌면서,

"나귀를 붙들어라."

등자 딛고 선뜻 올라 뒤를 싸고 나오실 제, 통인 하나 뒤를 따라 삼문(三門) 밖 나올 적에 쇄금부채 호당선으로 일광(日光)을 가리우고 관도성남(官道城南) 넓은 길에 생기 있게 나갈 제, ㉣취래양주하던 두목지(杜牧之)의 풍챌런가. 시시오불하던 주랑의 고음이라. 향가자맥춘성내요 만성군자수불애라.

[A]
광한루 섭적 올라 사면을 살펴보니 경개가 장히 좋다.

적성 아침 늦은 안개 떠 있고 녹수(綠樹)에 저문 봄은 화류동풍(花柳東風) 둘러 있다. 자각단루분조요요 벽방금전상영롱은 임고대를 이르는 것이고 요헌기구하처요는 광한루를 이르는 것이라. 악양루 고소대와 오초 동남수(東南水)는 동정호로 흐르고 연자 서북의 팽택이 완연(宛然)한데, 또 한 곳 바라보니 백백홍홍 난만(爛漫) 중에 앵무 공작 날아들고 산천경개 둘러보니 에굽은 반송(盤松)솔 떡갈잎은 아주 춘풍 못 이기어 흐늘흐늘 폭포 유수(流水) 시냇가의 계변화는 뻥긋뻥긋, 낙락장송(落落長松) 울울하고 녹음방초승화시라. 계수(桂樹), 자단(紫壇), 모란, 벽도(碧桃)에 취한 산색 장강(長江) 요천(蓼川)에 풍덩실 잠겨 있고,

또 한 곳 바라보니 어떠한 일 미인이 봄새 울음 한 가지로 온갖 춘정(春情) 못 이기어 두견화 질끈 꺾어 머리에도 꽂아 보며 함박꽃도 질끈 꺾어 입에 함쑥 물어 보고 옥수나삼 반만 걷고 청산유수 맑은 물에 손도 씻고 발도 씻고 물 머금어 양수하며 조약돌 덥석 쥐어 버들가지 꾀꼬리를 희롱하니 타기황앵이 아니냐. 버들잎도 죽죽 훑어 물에 휠휠 띄워 보고 백설 같은 흰 나비 웅봉자접은 화수 물고 너울너울 춤을 춘다. 황금

같은 꾀꼬리는 숲숲이 날아든다. 광한 진경(珍景) 좋거니와 오작교가 더욱 좋다. 방가위지 호남의 제일성이로다.

오작교 분명하면 견우 직녀 어디 있나. 이런 승지(勝地)에 풍월이 없을소냐. 도련님이 글 두 구를 지었으되,

[B]
┌ 고명오작선이요 광한옥계루라.
└ 차문천상수직녀요 지흥금일아견우라.

이때 내아에서 잡술상이 나오거늘 일배주 먹은 후에 통인 방자 물려주고 취흥(醉興)이 도도하여 담배 피워 입에다 물고 이리저리 거닐 제, 경처(景處)에 흥이 겨워 충청도 고마, 수영(水營) 보련암(寶蓮菴)을 일렀은들 이곳 경처 당할소냐. 붉을 단(丹) 푸를 청(靑) 흰 백(白) 붉을 홍(紅) 고몰고몰이 단청(丹靑), 유막황앵환우성은 나의 춘흥(春興) 도와 낸다. 황봉백접 왕나비는 향기 찾는 거동이라 비거비래춘성내요 영주·방장·봉래산이 안하(眼下)에 가까우니 물은 보니 은하수요 경개는 잠깐 옥경(玉京)이라. ㉠옥경이 분명하면 월궁(月宮) 항아 없을소냐.

9. [A]에 대한 설명으로 적절하지 <u>않은</u> 것은?

[서술상의 특징 파악]

① 비유적인 언어를 적절하게 구사하여 작품의 미적 효과를 높이고 있다.

② 대상에 대한 섬세한 묘사를 통하여 독자의 상상 공간을 확대하고 있다.

③ 내적 독백을 연속적으로 서술하여 작품 내의 시간을 느리게 진행시키고 있다.

④ 정적 이미지와 동적 이미지가 대비되고, 음성 상징어를 통한 감각적 묘사로 생동감을 주고 있다.

⑤ 작중 인물인 '이 도령'의 시각으로 바라본 것을 작품 밖의 서술자의 목소리를 통해 제시하고 있다.

[바꿔 쓰기의 효과 파악]

10. [B]를 〈보기〉와 같이 바꿀 때 가장 먼저 고려한 것은?

| 보기 |

> 돌아보고 곁눈질하는 것은 오작교의 신선이요,
> 광한전은 하늘나라의 누각이라.
> 묻노니 하늘의 직녀는 누구인가?
> 알겠네, 오늘은 내가 바로 견우임을.

① 서술량을 늘려서 판매 수익을 올렸으면 좋겠네.
② 출판의 지역성을 극복해야 호남 문화를 널리 알리겠네.
③ 누구나 읽을 수 있도록 바꾸면 독자층이 훨씬 확대되겠지.
④ 사건의 일관성을 유지하려면 표기 방법을 고려해봄직하지.
⑤ 현실을 제대로 반영하려면 한문보다 우리말이 효과적일 테지.

[구절의 의미 파악]

11. ㉠~㉤에 대한 설명으로 적절하지 <u>않은</u> 것은?

① ㉠ : 현재형 종결 어미를 써서 실제로 일어나고 있는 일을 눈앞에 제시하는 것 같은 효과를 얻고 있다.
② ㉡ : '거동 보소'는 화자가 청자에게 특정 인물의 행위나 말을 전해주는 판소리 화법이라 할 수 있다.
③ ㉢ : '이 도령'이 치장을 하고 있는 상황을 자세하게 묘사하는 부분으로 생동감이 넘치도록 서술하고 있다.
④ ㉣ : 중국의 고사(故事)를 인용함으로써 한문 식자층을 향수자로 상대하기 위한 의도를 드러내고 있다.
⑤ ㉤ : '광한루'를 '옥경(玉京)'이라 하며 '월궁 항아'를 떠올리는데, 이것은 '춘향'을 만날 일을 암시하고 있다.

※ 다음 글을 읽고 물음에 답하시오.

　㉠이때는 삼월이라 일렀으되 오월 단오일이렷다. 천중지 가절이라. 이때 월매 딸 춘향이도 또한 시서음률(詩書音律)이 능통하니 천중절을 모를쏘냐? 추천을 하려 하고 향단이 앞세우고 내려올 제, 난초같이 고운 머리 두 귀를 눌러 곱게 땋아 금봉채를 정제(整齊)하고, 나군을 두른 허리 미앙(未央)의 가는 버들 힘이 없이 드리운 듯, 아름답고 고운 태도 아장거려 흐늘거려 가만가만 나올 적에, 장림(長林) 속으로 들어가니 녹음방초 우거져 금잔디 좌르륵 깔린 곳에 황금 같은 꾀꼬리는 쌍거쌍래 날아들 제, 무성한 버들 백척장고 높이 추천을 하려할 제 수화유문 초록 장옷 남방사홑치마 훨훨 벗어 걸어두고 자주영초 수당혜를 썩썩 벗어 던져두고 백방사(白紡絲) 진솔 속곳 턱 밑에 훨씬 추고 연숙마 추천 줄을 섬섬옥수(纖纖玉手) 넌짓 들어 양수(兩手)에 갈라 잡고 백릉버선 두 발길로 섭적 올라 발구를 제, 세류 같은 고운 몸을 단정히 노니는데 뒷단장 옥(玉)비녀 은죽절과 앞치레 볼 것 같으면 밀화장도 옥장도(玉粧刀)며 광원사 겹저고리 제색 고름에 태(態)가 난다.

[A] 　　"향단아 밀어라."
　　한 번 굴러 힘을 주며 두 번 굴러 힘을 주니 발 밑에 가는 티끌 바람 좇아 펄펄, 앞 뒤 점점 멀어가니 머리 위의 나뭇잎은 몸을 따라 흔들흔들, 오고갈 제 살펴보니 녹음 속의 홍상자락이 바람결에 내비치니 구만장천백운간에 번갯불이 쏘이는 듯 첨지재전홀언후라. 앞에 얼른하는 양은 가벼운 저 제비가 도화(桃花) 일점 떨어질 제 차려 하고 좇는 듯, 뒤로 번듯 하는 양은 광풍에 놀란 호접 짝을 잃고 가다가 돌이키는 듯, 무산선녀 구름 타고 양대(陽臺) 상(上)에 내리는 듯 나뭇잎도 물어보고 꽃도 질끈 꺾어 머리에다 실근실근,
　　"이애 향단아. 그네 바람이 독(毒)하기로 정신이 어

찔한다. 그넷줄 붙들어라."

붙들려고 무수히 진퇴(進退)하며 한창 이리 노닐 적에 시냇가 반석(磐石) 상(上)에 옥비녀 떨어져 쟁쟁하고,

"비녀, 비녀."

하는 소리 산호채를 들어 옥반을 깨뜨리는 듯 그 태도 그 형용은 세상 인물 아니로다. 연자삼춘비거래라.

이 도령 마음이 울적하고 정신이 어찔하여 별 생각이 다 나것다. 혼잣말로 섭어하되,

"오호에 편주 타고 범소백을 좇았으니 서시도 올 리 없고, 해성 월야(月夜)에 옥장비가로 초패왕을 이별하던 우미인도 올 리 없고, 단봉궐 하직하고 백룡퇴 간 연후에 독류청총 하였으니 왕소군도 올 리 없고, 장신궁 깊이 닫고 백두음을 읊었으니 반첩여도 올 리 없고, 소양궁 아침날에 지치고 돌아오니 조비연도 올 리 없고, 낙포선녀(洛浦仙女)인가 무산선녀(巫山仙女)인가?"

도련님 혼비중천하여 일신이 고단이라 진실로 미혼지인이로다.

"통인아."

"예."

"저 건너 화류(花柳) 중에 오락가락 희뜩희뜩 어른어른하는 게 무엇인지 자세히 보아라."

통인이 살펴보고 여쭈오되,

"다른 무엇 아니오라 이 고을 기생 월매 딸 춘향이란 계집아이로소이다."

도련님이 엉겁결에 하는 말이,

"장히 좋다. 훌륭하다."

통인이 아뢰되,

"제 어미는 기생이오나 춘향이는 도도하여 기생 구실 마다하고 백화초엽에 글자도 생각하고 여공재질이며 문장을

겸전하여 여염처자와 다름이 없나이다."

도령 허허 웃고 방자를 불러 분부하되,

"들은 즉 기생의 딸이라니 급히 가 불러오라."

방자놈 여쭈오되,

"설부화용이 남방(南方)에 유명키로 방·첨사·병부사(兵俯使)·군수(郡守)·현감(縣監) 관장(官長)님네 엄지발가락이 두 뼘 가웃씩 되는 양반 오입쟁이들도 무수히 보려 하되, 장강의 색(色)과 임사의 덕행(德行)이며, 이두의 문필이며 태사(太姒)의 화순심(和順心)과 이비의 정절(貞節)을 품었으니 금천하지절색이요 만고여중군자오니 황공하온 말씀으로 초래하기 어렵나이다."

도령 대소(大笑)하고,

"방자야, 네가 물각유주를 모르는도다. 형산백옥과 여수황금이 임자 각각 있나니라. 잔말 말고 불러오라."

　　방자 분부 듣고 춘향 초래 건너갈 제, 맵시 있는 방자 녀석 서왕모 요지연에 편지 전하던 청조같이 이리저리 건너가서,

"여봐라, 이애 춘향아."

부르는 소리에 춘향이 깜짝 놀래어,

"무슨 소리를 그 따위로 질러 사람의 정신을 놀래느냐."

"이애야, 말 마라. 일이 났다."

[B] "일이라니 무슨 일?"

"사또 자제 도련님이 광한루에 오셨다가 너 노는 모양 보고 불러오란 영이 났다.

춘향이 화를 내어,

"네가 미친 자식이다. 도련님이 어찌 나를 알아서 부른단 말이냐. 이 자식 네가 내 말을 종달새 열씨 까듯 하였나 보다."

"아니다. 내가 네 말을 할 리가 없으되 네가 그르지

내가 그르냐. 너 그른 내력을 들어 보아라. 계집아이 행실로 추천을 할 양이면 네 집 후원 담장 안에 줄을 매고 남이 알까 모를까 은근히 매고 추천하는 게 도리(道理)에 당연함이라. 광한루 멀잖고 또한 이 곳을 논지(論之)할진대 녹음방초승화시(綠陰芳草勝花時)라. 방초는 푸르렀는데 앞 내 버들은 초록장 두르고 뒷 내 버들은 유록장(柳綠帳) 둘러 한 가지 늘어지고 또 한 가지 펑퍼져 광풍을 겨워 흐늘흐늘 춤을 추는데 광한루 구경처(求景處)에 그네를 매고 네가 뛸 제, 외씨 같은 두 발길로 백운간(白雲間)에 노닐 적에 홍상(紅裳) 자락이 펄펄 백방사(白紡紗) 속곳 갈래 동남풍에 펄렁펄렁 박속 같은 네 살결이 백운간에 희뜩희뜩, 도련님이 보시고 너를 부르실 제 내가 무슨 말을 한단 말인가. 잔말 말고 건너가자."

춘향이 대답하되,

[B]

"네 말이 당연하나 오늘이 단오일이라. 비단 나뿐이랴. 다른 집 처자들도 예와 함께 추천하였으되 그럴 뿐 아니라 설혹 내 말을 할지라도 내가 지금 시사가 아니거든 여염(閭閻) 사람을 호래척거로 부를 리도 없고 부른대도 갈 리도 없다. 당초에 네가 말을 잘 못 들은 바이라."

방자 이면에 볶이어 광한루로 돌아와 도련님께 여쭈오니 도련님 그 말 듣고,

"기특한 사람이다. 언즉시야로되 다시 가 말을 하되, 이리이리하여라."

방자 전갈 모아 춘향에게 건너가니 그 새에 제 집으로 돌아갔거늘 저의 집을 찾아가니 모녀간(母女間) 마주 앉아 점심밥이 방장이라. 방자 들어가니,

"너 왜 또 오느냐."

"황송하다. 도련님이 다시 전갈하시더라. '내가 너

를 기생으로 앎이 아니라 들으니 네가 글을 잘 한다기
로 청하노라. 여가에 있는 처자 불러 보기 청문에 괴
이(怪異)하나 혐의로 알지 말고 잠깐 와 다녀가라.' 하
시더라."

　춘향의 도량한 뜻이 연분되려고 그러한 지 홀연이
생각하니 갈 마음이 나되 모친의 뜻을 몰라 침음양구
에 말 않고 앉았더니, 춘향 모 썩 나앉아 정신 없게 말
을 하되,

"꿈이라 하는 것이 전수이 허사(虛事)가 아니로다. 간밤
에 꿈을 꾸니 난데없는 청룡(靑龍) 하나 벽도지에 잠겨 보
이거늘 무슨 좋은 일이 있을까 하였더니 우연한 일 아니로
다. 또한 들으니 사또 자제 도련님 이름이 몽룡이라 하니
꿈 몽자(夢字) 용 룡자(龍字) 신통하게 맞추었다. 그러나 저
러나 양반이 부르시는데 아니 갈 수 있겠느냐. 잠깐 가서
다녀오라."

12. 윗글의 내용으로 적절하지 <u>않은</u> 것은?

[작품의 내용 파악]

① '통인'은 '이 도령'에게 '춘향'이 기생의 딸이지만 여
　염 처자와 다름없다고 말하고 있다.

② '방자'는 '춘향'이 정절이 높기 때문에 데려오기 어렵
　다며 은근히 대가를 원하고 있다.

③ '춘향 모'는 꿈 내용을 근거로 '이 도령'과 '춘향'의 만
　남을 허락하고 있다.

④ '방자'와 '춘향'의 대화로 보면 둘은 신분상 같은 계층
　에 속하는 것으로 볼 수 있다.

⑤ '춘향'은 '방자'에게 전해들은 '이 도령'의 명령을 반
　드시 따라야 할 까닭이 없다 생각한다.

[작품의 비교 감상]

13. [A]와 〈보기〉애 대한 설명으로 적절한 것은?

| 보기 |

> 향단아 그넷줄을 밀어라
> 머언 바다로
> 배를 내어 밀듯이,
> 향단아
>
> 이 다소곳이 흔들리는 수양버들나무와
> 베갯모에 놓이듯 한 풀꽃더미로부터,
> 자잘한 나비 새끼 꾀꼬리들로부터
> 아주 내어 밀듯이, 향단아
>
> 산호도 섬도 없는 저 하늘로
> 나를 밀어 올려다오.
> 채색한 구름같이 나를 밀어 올려다오
> 이 울렁이는 가슴을 밀어 올려다오!
>
> 서으로 가는 달같이는
> 나는 아무래도 갈 수가 없다.
>
> 바람이 파도를 밀어 올리듯이
> 그렇게 나를 밀어 올려다오
> 향단아.
>
> 서정주, '추천사(鞦韆詞)'

① [A]는 서술자의 객관적 서술로 이루어지고, 〈보기〉는 화자의 주관적 독백으로 이루어진다.

② [A]는 동적인 이미지를 중심으로 전개되고, 〈보기〉는 정적인 이미지를 중심으로 전개된다.

③ [A]는 기대감으로 밝고 활기차지만, 〈보기〉는 좌절감으로 어둡고 침울한 분위기로 이루어져 있다.

④ [A]는 독서물로서 산문체로, 〈보기〉는 가창물로서 운

문체로 문장이 구성되어 있다.

⑤ [A]의 '그네'는 단순한 유희의 즐거움을, 〈보기〉의 '그네'는 운명을 극복하려는 의지를 상징한다.

14. [B]에 대한 설명으로 적절하지 <u>않은</u> 것은?

[대화의 특징 파악]

① '춘향'은 속담을 활용하여 '방자'를 나무라고, '방자'는 '춘향'의 은근한 어조로 비난하고 있다.

② '춘향'은 '이 도령'이 권위를 내세워 자신을 데려오라고 요구한 점을 직접적으로 비난하고 있다.

③ '춘향'이 자신의 잘못을 인정하지 않고, 그래서 누구의 요구도 들을 필요성을 느끼지 않고 있다.

④ '방자'가 '이 도령'의 말을 직접 인용하여 '이 도령'이 '춘향'을 데려오라는 이유를 제시하고 있다.

⑤ '이 도령'의 요구에 대한 '춘향'의 생각이 변화하고 있음을 확인할 수 있다.

15. 윗글과 〈보기〉를 바탕으로 나눈 대화로 적절하지 <u>않은</u> 것은?

[작품의 비교 감상]

| 보기 |

(가) 錦瑟繁華憶會眞　　금실이 번화했던
　　　　　　　　　　　〈회진기〉를 떠올리며
　　　廣寒樓到繡衣人　　광한루에 수의 어사 당도하였네
　　　情郎不負名娃節　　다정한 이 도령은 고운
　　　　　　　　　　　절개 잊지 않고
　　　鎖裏幽香暗返春　　옥중의 춘향이는 봄을 맞았네
　　　　　　　　　　　－송만재, '관우희(觀優戲)'에서

(나) 廣寒五月綠楊垂　　광한루의 오월엔 푸른
　　　　　　　　　　　버들 늘어져
　　　娘子鞦韆絳碧絲　　그네 타는 낭자는 붉고
　　　　　　　　　　　푸른 실 같아

手折一枝橋上贈　가지 하나 손수 꺾어

오작교서 이별하니

風流御史不勝悲　풍류 어사 슬픔을

이기지 못하네

-이유원, '관극팔령(觀劇八令)'에서

① 윗글은 '이 도령'이 그네를 타는 '춘향'을 보고 관심을 보이는 장면이라 〈보기〉-(가)보다는 〈보기〉-(나)에 더 가까운 것 같아.

② 〈보기〉-(가)의 '금실이 변화했던 〈회진기〉'에는 '이 도령'과 '춘향'이 만나는 윗글과 비슷한 내용이 나올 테지.

③ 〈보기〉-(나)는 윗글에서처럼 만나고 사랑을 나누다가 이별하고 어사가 되어 다시 만나는 장면까지를 시적 대상으로 삼았네.

④ 〈보기〉-(가)와 〈보기〉-(나)는 모두 '이 도령'이 암행어사가 되어 '춘향'과 재회하는 부분을 중요하게 다루고 있어.

⑤ 윗글의 공간적 배경과 시간적 배경이 〈보기〉-(나)의 기구(起句) 및 승구(承句)와 같다고 할 수 있어.

[구절의 기능 파악]

16. ㉠으로 미루어 보아 추론할 수 있는 윗글의 특징으로 가장 적절한 것은?

① 윗글은 몇몇의 근원설화를 종합하여 이루어졌다.

② 윗글은 가창물인 판소리 사설이 독서물인 소설로 바뀌었다.

③ 윗글은 유동적인 구비문학에서 기록문학으로 정착되었다.

④ 윗글은 끊임 없는 오류의 수정을 통해 완성되었다.

⑤ 윗글은 여러 작가들이 참여하여 적층적으로 이루어졌다.

※ 다음 글을 읽고 물음에 답하시오.

춘향이가 그제야 못 이기는 체로 겨우 일어나 광한루 건너갈 제 대명전(大明殿) 대들보의 명매기 걸음으로 양지(陽地) 마당의 씨암탉 걸음으로 백모래밭에 금자라 걸음으로 월태화용 고운 태도 완보로 건너갈새 흐늘흐늘 월서시토성 습보하던 걸음으로 흐늘거려 건너올 제 도련님 난간에 절반만 빗겨 서서 완완(婉婉)히 바라보니 춘향이가 건너오는데 광한루에 가까운지라. 도련님 좋아라고 자세히 살펴보니 요요정정하여 월태화용(月態花容)이 세상에 무쌍(無雙)이라. 얼굴이 조촐하니 청강(淸江)에 노는 학이 설월(雪月)에 비침 같고 단순호치 반개하니 별도 같고 옥도 같다. 연지를 품은 듯 자하상 고운 태도 어린 안개 석양에 비치는 듯 취군이 영롱하여 문채는 은하수 물결 같다. 연보를 정히 옮겨 천연히 누에 올라 부끄러이 서 있거늘, 통인 불러,

"앉으라고 일러라."

춘향의 고운 태도 염용하고 앉는 거동 자세히 살펴보니, 백석창파(白汐蒼波) 새 비 뒤에 목욕하고 앉은 제비 사람을 보고 놀라는 듯 별로 단장한 일 없이 천연(天然)한 국색이라. 옥안을 상대하니 여운간지명월이요 단순(丹脣)을 반개(半開)하니 약수중지연화로다. 신선을 내 몰라도 영주(瀛州)에 놀던 선녀 남원에 적거하니 월궁에 모이던 선녀 벗 하나를 잃었구나. 네 얼굴 네 태도는 세상 인물 아니로다.

[A] 이때 춘향이 추파를 잠깐 들어 이 도령을 살펴보니 금세의 호걸이요, 진세간의 기남자라. 천정이 높았으니 소년 공명할 것이요, 오악이 조귀하니 보국 충신이 될 것이니 마음으로 흠모하여 아미를 숙이고 염슬단좌뿐이로다.

이 도령 하는 말이

"성현도 불취동성이라 일렀으니, 네 성은 무엇이며, 나이는 몇 살이요?"

"성은 성가이옵고, 나이는 십육 세로소이다."

이 도령 거동 보소.

"허허. 그 말 반갑도다. 너의 나이 들어 보니 나와 동갑 이팔이라. 성자를 들어 보니 천정임이 분명하다. 이성지합 좋은 연분, 평생 동락하여 보자. 네 부모 구존한가?"

"편모하로소이다."

"몇 형제나 되느냐?"

"육십 당년 나의 어머니 무남독녀 나 하나요."

"너도 남의 집 귀한 딸이로다. 천정하신 연분으로 우리 둘이 만났으니 만년의 즐거움을 이뤄 보자."

춘향이 거동 보소. 팔자청산 찡그리며 주순을 반쯤 열어 가는 목 겨우 열어 옥 같은 목소리로 여쭈오되

"충신불사이군 열녀불경이부절은 옛글에 일렀으니 도련님은 귀공자요, 소녀는 천첩이라. 한 번 탁정한 연후에 인하여 버리시면 일편단심 이내 마음 ⓐ독수공방 홀로 누워 우는 이내 신세 내 아니면 뉘가 그럴고? 그런 분부 마옵소서."

이 도령 이른 말이

[B]
"네 말을 들어 보니 어이 아니 기특하랴. 우리 둘이 인연 맺을 적에 굳은 약속 맺으리라. 네 집이 어드메냐?"

춘향이 여쭈오되

"방자 불러 물으소서."

이 도령 허허 웃고

"내 너더러 묻는 일이 허황하다. 방자야."

"예."

"춘향의 집을 네 일러라."

방자 손을 넌짓 들어 가리키는데

"저기 저 건너 동산은 울울하고 연당은 청청(淸淸)한데 양어생풍하고 그 가운데 기화요초 난만(爛漫)하여 나무나무 앉은 새는 호사를 자랑하고 암상의 굽은

솔은 청풍(淸風)이 건듯 부니 노룡이 굼니는 듯 문 앞의 버들 유사무사양유지요 들쭉 측백 전나무며 그 가운데 행자목은 음양(陰陽)을 좇아 마주 서고 초당 문전(門前) 오동, 대추나무, 깊은 산중 물푸레나무, 포도·다래·으름 넌출 휘휘친친 감겨 단장 밖에 우뚝 솟았는데 송정 죽림(竹林) 두 사이로 은은히 보이는 게 춘향의 집입니다."

도련님 이른 말이,

"장원이 정결(淨潔)하고 송죽(松竹)이 울밀하니 여자 절행(節行) 가지로다."

춘향이 일어나며 부끄러이 여쭈오되,

"시속인심 고약하니 그만 놀고 가겠나이다."

도련님 그 말을 듣고,

"기특하다. 그럴 듯한 일이로다. 오늘 밤 퇴령 후에 너의 집에 갈 것이니 괄시나 부디 마라.

[B]

춘향이 대답하되,

"나는 몰라요."

"네가 모르면 쓰겠느냐. 잘 가거라. 금야(今夜)에 상봉(相逢)하자."

누(樓)에서 내려 건너가니, 춘향 모 마주 나와,

"애고 내 딸 다녀오냐. 도련님이 무엇이라 하시더냐."

"무엇이라 하여요. 조금 앉았다가 가겠노라 일어나니 저녁에 우리 집 오시마 하옵디다."

"그래 어찌 대답하였느냐."

"모른다 하였지요."

"잘 하였다."

이때 도련님이 춘향을 아연히 보낸 후에 미망이 둘 데 없어 책실로 돌아와 만사(萬事)에 뜻이 없고 다만 생각이 춘향이라. 말소리 귀에 쟁쟁 고운 태도 눈에 삼삼.

　　해지기를 기다릴새, 방자 불러,

　　"해가 어느 때나 되었느냐?"

　　"동에서 아귀 트나이다."

　　도련님 대노(大怒)하여,

　　"이놈 괘씸한 놈. 서(西)으로 지는 해가 동(東)으로 도로 가랴. 다시금 살펴보라."

　　이윽고 방자 여쭈오되,

　　"일락함지 황혼 되고 월출동령하옵내다."

　　석반이 맛이 없어 전전반측 어이 하리.

[작품의 내용 파악]

17. 윗글의 내용으로 적절하지 <u>않은</u> 것은?

① '춘향'은 '이 도령'을 만나 호감을 느끼고 흠모하는 마음을 갖게 된다.

② '이 도령'은 '춘향'의 나이와 성씨에 대한 대답을 듣고 반가워하고 있다.

③ '이 도령'은 '춘향'과 천정연분임을 내세워 인연을 맺기를 원하고 있다.

④ '방자'는 '춘향'에 관해 알고 있는 정보를 '이 도령'에게 제공하고 있다.

⑤ '춘향'과 '춘향 모'는 시속 인심을 생각하여 행동을 조심하고 있다.

[갈래별 특징, 성격 파악]

18. 윗글을 〈보기〉에 따라 탐구한 내용으로 적절하지 <u>않은</u> 것은?

| 보기 |

　　〈춘향전〉은 대표적인 판소리계 소설이다. 판소리계 소설에는 대체로 다음과 같은 특징이 나타나 있다.

㉠ 장면을 실감 나게 전달하기 위해 음성 상징어(의태어나 의성어)를 사용한다.

㉡ 산문체와 3(4)·4조의 운문체의 문장이 교체·반복되는 방식으로 서술된다.

㉢ 서술자가 작품 속 인물과 사건에 대한 판단이나 자신의 생각을 직접 드러낸 편집자적 논평이 나타난다.

㉣ 판소리 창자가 사설을 이끌어 갈 때의 흔적으로 보이는 말투가 드러난다.

㉤ 상투적인 비유 표현이나 관용어구가 많이 쓰인다.

① ㉠　　② ㉡　　③ ㉢　　④ ㉣　　⑤ ㉤

19. ⓐ에 나타난 화자의 정서와 거리가 먼 것은?

① 청산은 내 뜻이오 녹수(綠水)는 님의 정(情)이,
　녹수(綠水) 흘러간들 청산이야 변(變)홀손가.
　녹수(祿水)도 청산을 못 니져 우러예어 가는고.
　　　　　　　　　　　　　　　　－ 황진이

② 잔 들고 혼자 안자 먼 뫼흘 ㅂ라보니,
　그리던 님이 오다 반가옴이 이러ㅎ랴.
　말솜도 우움도 아녀도 몯내 됴하ㅎ노라.
　　　　　　　　　　　　　－ 윤선도, '만흥'

③ 공산(空山)에 우는 접동 너난 어이 우짖난다.
　너도 나와 같이 무음 이별하였느냐.
　아모리 피나게 운들 대답이나 하더냐.　－ 박효관

④ ㅁ음이 어린 후ㅣ니 ㅎ는 일이 다 어리다.
　만중운산(萬重雲山)에 어늬 님 오리마는
　지는 닙 부는 브람에 힝혀 건가 ㅎ노라.　－ 서경덕

⑤ 바람도 쉬어 넘는 고개, 구름도 쉬어 넘는 고개
　산진이 수진이 해동청 보라미도 다 쉬어 넘는 고봉
　　장성령 고개
　그 너머 님이 왔다 ㅎ면 나는 아니 ㅎ 번도 쉬어 넘어
　　가리라.　　　　　　　　　　　－ 작자 미상

[인물의 정서 파악]

[바꾸어 쓰기]

20. [A]를 〈보기〉로 바꾸는 과정에서 시인이 가장 중요하게 고려한 사항으로 적절한 것은?

| 보기 |

> 뉘라 알리
>
> 어느 가지에서는 연신 피고
>
> 어느 가지에서는 또한 지고들 하는
>
> 움직일 줄 아는 내 마음 꽃나무는
>
> 내 얼굴에 가지 벋은 채
>
> 참말로 참말로
>
> 바람 때문에
>
> 햇살 때문에
>
> 못이겨 그냥 그
>
> 웃어진다 울어진다 하겠네.
>
> ─박재삼, '자연(自然)'

① 사랑은 인위적으로 만드는 것이 아니라 저절로 만들어지는 것이다.

② 사랑은 현실적인 문제가 아니라 이상적인 것에서 비롯되는 것이다.

③ 사랑은 첫눈에 반해 시작되는 것이 아니라 오랫동안 숙성시키는 것이다.

④ 사랑은 어느 날 갑자기 찾아들었다가 꽃이 지듯이 사라지는 것이다.

⑤ 사랑은 겉모습이 아니라 내면의 모습에서 진정한 의미를 지니는 것이다.

[바꾸어 쓰기의 효과]

21. 〈보기〉가 [B]를 개작한 것이라면 ㉠~㉤에 대한 설명으로 적절하지 않은 것은?

| 보기 |

> ㉠춘향(春香)의 거동(擧動) 보아라. 오른손으로 일광(日光)을 가리오고 왼손 높이 들어 저 건너 죽림(竹林) 뵌다.

ⓒ대 심어 울하고 솔 심어 정자(亭子)라 동편(東便)에 연당(蓮堂)이요 서편(西便)에 우물이라. 노방(路傍)에 시매국화(時買菊花)요 문전(門前)에 학조(鶴鳥)라. 산사류(山寺柳) 긴 버들 휘늘어진 늙은 장송(長松) 광풍(狂風)에 흥을 겨워 우쭐우쭐 춤을 추니 저 건너 사립문(柴門) 안에 삽살개 앉아 먼 산만 바라보며 꼬리치는 저 집이오니 ⓒ황혼(黃昏)에 정녕히 돌아오소.

떨치고 가는 형상(形狀) 사람의 뼈를 다 녹인다. 너는 어인 계집이관대 나를 종종 속이느냐? 너는 어연 계집이관대 장부(丈夫)의 간장(肝臟)을 다 녹이느냐? ⓔ녹음방초승화시(綠陰芳草勝華時)에 해는 어이 더디 가고 오동야월(梧桐夜月) 달 밝은데 밤은 어이 수이 가노. ⓜ일월무정(日月無情) 덧없도다. 옥빈홍안(玉鬢紅顔)이 공로(空老)로다. 우는 눈물 받아 내면 배도 타고 가련마는 지척동방(咫尺洞房)이 천 리(千里)라고 어이 그리 못 보는가?

-작자 미상, '소춘향가(小春香歌)'

① ㉠ : 윗글에서는 이 일을 '방자'가 하는 것으로 보아 '춘향'이 활동적이고 적극적인 성격으로 바뀌었음을 알 수 있다.

② ㉡ : 윗글에 비해 정연한 4음보 운율을 갖추고 있는 것으로 보아 가창물로서의 성격이 더욱 두드러졌다고 할 수 있다.

③ ㉢ : 윗글에서는 '이 도령'의 제안에 모른다고 거절했으나 적극적으로 요구하는 것으로 사건을 주도하는 인물로 바뀌었다.

④ ㉣ : 윗글에 나오지 않는 구절을 추가하여 전문 가수의 노래로서 경쟁력을 갖추어야 하는 잡가(雜歌)의 성격에 따르고 있다.

⑤ ㉤ : 윗글에서 시간이 빨리 가지 않아 안타까워하는 '이 도령'에게 세월이 빨라서 금방 헛되이 늙는다고 일깨워 주고 있다.

※ 다음 글을 읽고 물음에 답하시오.

퇴령을 기다리려 하고 서책을 보려 할 제 책상을 앞에 놓고 서책을 상고하는데 중용 대학 논어 맹자 시전 서전 주역이며, 고문진보 통 사략과 이백(李白) 두시(杜詩) 천자(千字)까지 내어 놓고 글을 읽을새,

"시전이라. 관관저구재하지주로다. 요조숙녀는 군자호구이로다. 아서라, 그 글도 못 읽겠다."

대학을 읽을새,

"대학지도는 재명명덕하며 재신민하며 재춘향(在春香)이로다. 그 글도 못 읽겠다."

주역을 읽는데,

"원은 형코 정코 춘향이 코 딱 댄 코 좋고 하니라. 그 글도 못 읽겠다. 등왕각이라. 남창은 고군이요 홍도는 신부로다. 옳다. 그 글 되었다."

"맹자를 읽을새, 맹자 견양혜왕하신대 왕왈 수불원천리이래하시니 춘향이 보시러 오시니까."

사략을 읽는데,

"태고(太古)라. 천황씨는 이쑥덕으로 왕하여 세기섭제하니 무위이화(無爲而化)이라. 하여 형제 십이 인이 각 일만 팔천 세 하다."

방자 여쭈오되

"여보 도련님. 천황씨가 목덕으로 왕이란 말은 들었으되 쑥떡으로 왕이란 말은 금시초문(今時初聞)이오."

"이 자식 네 모른다. 천황씨 일만 팔천 세를 살던 양반이라 이가 단단하여 목덕을 잘 자셨거니와 시속(時俗) 선비들은 목떡을 먹겠느냐. 공자님께옵서 후생(後生)을 생각하사 명륜당에 현몽하고 시속 선비들은 이가 부족하여 목떡을 못 먹기로 물씬물씬한 쑥떡으로 하라 하여 삼백육십 주 향교에 통문하고 쑥떡으로 고쳤느니라."

방자 듣다가 말을 하되

"여보. 하느님이 들으시면 깜짝 놀라실 거짓말도 듣겠소."

또 적벽부를 들여 놓고

"임술지추칠월기망(壬戌之秋七月旣望)에 소자(蘇子) 여객(與客)으로 범주유어적벽지하(泛舟遊於赤壁之下)할새, 청풍(淸風)은 서래(徐來)하고 수파(水波)는 불흥(不興)이라. 아서라, 그 글도 못 읽겠다."

[A]

천자(千字)를 읽을새,

"하늘 천(天) 땅 지(地)"

방자 듣고

"여보. 도련님 점잖이 천자는 웬 일이요?"

"천자라 하는 글이 칠서의 본문이라. 양(梁)나라 주사봉 주흥사가 하룻밤에 이 글을 짓고 머리가 희었기로 책 이름을 백수문이라. 낱낱이 새겨 보면 뼈똥 쌀 일이 많지야."

"소인놈도 천자 속은 아옵니다."

"네가 알더란 말이냐."

"알기를 이르겠소."

"안다 하니 읽어 봐라."

"예, 들으시오. 높고 높은 하늘 천(天) 깊고 깊은 땅 지(地) 홰홰친친 감을 현(玄) 불타졌다 누루 황(黃)"

"예 이놈. 상놈은 적실하다. ㉠이놈 어디서 장타령 하는 놈의 말을 들었구나. 내 읽을게 들어라. 천개자시생천하니 태극이 광대(廣大) 하늘 천(天), 지벽어축시하니 오행 팔괘로 땅 (地)지, 삼십삼천 공부공에 인심지시(人心指示) 검을 현(玄), 이십팔수 금목수화 토지 정색 누를 황(黃), 우주일월(宇宙日月) 중화하니 옥우 쟁영 집 우(宇), 연대국도 흥성쇠 왕고래금(往古來今)에 집 주(宙) [……중략……] 군자호구(君子好逑) 이 아니냐, 춘향 입 내 입을 한데다 대고 쪽쪽 빠니 법중 려(呂)자 이 아니냐. 애고애고 보고지고."

소리를 크게 질러 놓으니,

이때 사또 저녁 진지를 잡수시고 식곤증(食困症)이 나계 옵서 평상에 취침하시다, '애고 보고지고.' 소리에 깜짝 놀래어,

"이리 오너라."

"예."

"책방에서 누가 생침을 맞느냐 신다리를 주물렀냐. 알아들여라."

통인 들어가,

"도련님 웬 목통이오. 고함소리에 사또 놀라시사 염문하라 하옵시니 어찌 아뢰리까?"

"딱한 일이로다. 남의 집 늙은이는 이롱증도 있느니라마는 귀 너무 밝은 것도 예삿일 아니로다."

ⓛ그러하다 하지마는 그럴 리가 왜 있을꼬.

도련님 대경(大驚)하여

"이대로 여쭈어라. 내가 논어(論語)라 하는 글을 보다가, '차호(嗟乎)라 오로의구의(吾老矣久矣)라 몽불견주공(夢不見周公)'이란 대문을 보다가 나도 주공을 보면 그리하여 볼까 하여 흥치(興致)로 소리가 높았으니 그대로만 여쭈어라."

통인이 들어가 그대로 여쭈오니, 사또 도련님 승벽 있음을 크게 기뻐하여,

"이리 오너라. 책방에 가 목 낭청을 가만히 오시래라."

낭청이 들어오는데, ⓒ이 양반이 어찌 고리게 생겼던지 만지걸음 속한지 근심이 담쏙 들었던 것이었다.

"사또 그 새 심심하지요."

"아, 게 앉소. 할 말 있네. 우리 피차 고우로서 동문수업(同門受業)하였거니와 아시에 글 읽기같이 싫은 것이 없건마는 우리 아(兒) 시흥 보니 어이 아니 기쁠쏜가?"

ⓔ이 양반은 지여부지간에 대답하것다.

"아이 때 글 읽기같이 싫은 게 어디 있으리오."

"읽기가 싫으면 잠도 오고 꾀가 무수하지. 이 아이는 글 읽기를 시작하면 읽고 쓰고 불철주야 하지."

"예 그렇디다."

"배운 바 없어도 필재 절등하지."

"그렇지요."

"점 하나만 툭 찍어도 고봉투석 같고 한 일(一)을 그어놓으면 천리진운이요 갓머리[宀]는 작도참이요 필법(筆法) 논지하면 붕랑뇌분이요 내리그어 채는 획[丨]은 노송도괘절벽이라. 창 과(戈)로 이를진대 마른 등넌출같이 뻗어갔다 도로 채는 데는 성난 쇠뇌 끝 같고 기운이 부족하면 발길로 툭 차올려도 획은 획대로 되나니."

"글씨를 가만히 보면 획은 획대로 되옵디다."

"글쎄 듣게. 저 아이 아홉 살 먹었을 제 서울 집 뜰에 늙은 매화 있는 고로 매화나무를 두고 글을 지어라 하였더니 잠시 지었으되, 정성 들인 것과 용사 비등하니 일람첩기라. 묘당의 당당한 명사 될 것이니 남면이북고하고 부춘추어일수하였데."

"장래 정승하오리다."

사또 너무 감격하여,

"정승이야 어찌 바라겠나마는 내 생전에 급제는 쉬 하리마는 급제만 쉽게 하면 출륙이야 범연히 지나겠나."

"아니요. 그리 할 말씀이 아니라 ⓐ정승을 못 하오면 장승이라도 되지요."

사또가 호령하되

"자네 뉘 말로 알고 대답을 그리 하나."

"대답은 하였사오나 뉘 말인지 몰라요."

ⓓ그렇다고 하였으되, 그게 또 다 거짓말이었다.

[작품의 내용 파악]

[인물의 심리 파악]

22. [A]에 대한 설명으로 적절하지 <u>않은</u> 것은?

① 서로 다른 두 층위의 언어 표현이 드러나 있다.

② '이 도령'은 '방자'를 계급의 우위를 통해 비하하고 있다.

③ 같은 대상에 대한 인식이 인물에 따라 다르게 나타나고 있다.

④ '방자'와 '이 도령'은 자신의 신분과 어울리는 언어를 구사하고 있다.

⑤ '방자'는 '이 도령'의 행위와 말에 대해 비판적 시각을 드러내고 있다.

23. 〈보기〉를 바탕으로 윗글을 감상할 때, 적절하지 <u>않은</u> 것은?

| 보기 |

> 판소리계 소설에 등장하는 인물은 얼핏 평면적으로 보이지만, 작품을 세심하게 살펴보면 그 말이나 행동에 여러 층위의 심리적 요소가 작용하고 있음을 보게 된다. 하나의 상황에 서로 다른 심리가 복합적으로 얽혀 있는 양상을 읽어 내는 것은 판소리계 소설의 문학성을 이해하는 요건 가운데 하나이다.

① '이 도령'은 겉으로는 책을 읽는 척하지만 실제로는 춘향을 보고 싶어하는 마음을 드러내고 있다.

② '방자'는 '이 도령'이 춘향을 생각하고 있음을 알고 있지만 짐짓 모르는 것처럼 놀리고 있다.

③ '사또'는 '이 도령'이 큰소리로 책을 읽는 소리를 듣고 '목 낭청'을 불러 아들 자랑을 늘어놓는다.

④ '목 낭청'은 '사또'의 아들 자랑을 듣고 속으로는 못마땅해 하면서도 겉으로는 호응해 주고 있다.

⑤ 서술자는 인물의 말이나 행동을 그대로 제시하면서 그에 대한 자신의 의견을 거듭하여 제시하고 있다.

24. ⓐ와 같은 이루어진 표현이 들어 있는 것은?

① 절개 높은 춘향이를 위력으로 겁탈하려 한들 철석같은 춘향 마음 죽는 것을 겁낼 것인가. 무정하더라, 무정하더라, 이 도령이 무정하더라.

② 게는 눈콩알 귀콩알이 없나? 지금 춘향이는 수청 아니 든다 하여 형장(刑杖) 맞고 갇혔으니, 창가(娼家)에 그런 열녀(烈女) 세상에 드문지라.

③ 올라간 이 도령인지 삼 도령인지, 그 놈의 자식은 일거 후(一去後) 무소식(無消息)하니, 인사가 그렇고는 벼슬은커니와 사람 구실도 못 하지.

④ 병부(兵符) 잃고 송편 들고, 탕건(宕巾) 잃고 용수 쓰고, 갓 잃고 소반(小盤) 쓰고, 칼집 쥐고 오줌 누기, 부서지니 거문고요, 깨지느니 북, 장고라.

⑤ 한양성 서방님을 칠 년 대한(七年大旱) 가문 날에 갈민 대우(渴民待雨) 기다린들 날과 같이 자진(自盡)턴가, 심근 남기 꺾어지고 공든 탑이 무너졌데.

[표현 방법의 이해]

25. ㉠~㉤ 중, 〈보기〉의 설명과 거리가 먼 것은?

[서술 방법의 이해]

| 보기 |

> 작품 밖의 서술자가 직접 작품 속에 들어가서 작가의 사상이나 지식 등을 적당히 배합시켜 인물의 감정 상태를 분석하고 행동 및 심리적 변화의 의미까지 해석하는 일이 있는데, 이것을 서술자의 작중 개입, 편집자적 논평이라 부른다. 이 특징은 고전소설 전반에 두루 나타나는 것으로, 특히 〈춘향전〉과 같은 판소리계 소설에서 두드러진다. 판소리계 소설은 판소리 공연 현장에서 창자(唱者)가 관객과 직접 대면하며 나누는 이야기가 그대로 문자로 정착된 경우가 적지 않기 때문이다.

① ㉠　　② ㉡　　③ ㉢　　④ ㉣　　⑤ ㉤

※ 다음 글을 읽고 물음에 답하시오.

이때 이 도령은 퇴령 놓기를 기다릴 제

"방자야."

"예."

"퇴령 놓았나 보아라."

"아직 아니 놓았소."

조금 있더니,

"하인 물리라."

퇴령 소리 길게 나니

"㉠좋다 좋다. 옳다 옳다. 방자야. 등롱에 불 밝혀라."

통인 하나 뒤를 따라 춘향의 집 건너갈 제 자취없이 가만가만 걸으면서

"방자야, 상방에 불 비친다. 등롱을 옆에 꺼라."

삼문(三門) 밖 썩 나서 협로지간에 월색(月色)이 영롱(玲瓏)하고,

"㉡화간 푸른 버들 몇 번이나 꺾었으며 투계소년 아이들은 야입청루하였으니 지체 말고 어서 가자."

그렁저렁 당도하니 가련금야요적한데 가기물색 이 아니냐. ㉢가소롭다 어주자는 도원 길을 모르던가. 춘향 문전 당도하니 인적(人迹) 야심(夜深)한데 월색은 삼경(三更)이라. 어약은 출몰하고 대접 같은 금붕어는 임을 보고 반기는 듯 월하(月下)의 두루미는 흥을 겨워 짝 부른다.

이때 춘향이 칠현금을 빗겨 안고 남풍시를 희롱타가 침석(寢席)에 졸더니, 방자가 안으로 들어가되 개가 짖을까 염려하여 자취 없이 가만가만 춘향 방 영창 밑에 가만히 살짝 들어가서,

"이애 춘향아, 잠들었냐?"

춘향이 깜짝 놀래어,

"네 어찌 오냐?"

"도련님이 와 계시다."

춘향이가 이 말을 듣고 가슴이 울렁울렁 속이 답답하여 부끄럼을 못 이기어 문을 열고 나오더니, 건넌방 건너가서 저의 모친 깨우는데,

"애고 어머니, 무슨 잠을 이다지 깊이 주무시오."

춘향의 모 잠을 깨어

"아가, 무엇을 달라고 부르느냐?"

"누가 무엇 달래었소?"

"그러면 어찌 불렀느냐?"

엉겁결에 하는 말이,

ⓔ"도련님이 방자 모시고 오셨다오."

춘향의 모, 문을 열고 방자 불러 묻는 말이,

"누가 와야?"

방자 대답하되,

"사또 자제 도련님이 와 계시오."

춘향 어미 그 말 듣고,

"향단아."

"예."

"뒤 초당에 좌석(座席) 등촉(燈燭) 신칙하여 포진하라."

[A]

　당부하고 춘향 모가 나오는데, 세상 사람이 다 춘향 모를 일컫더니 과연이로다. 자고로 사람이 외탁을 많이 하는 고로 춘향 같은 딸을 낳았구나. 춘향 모 나오는데 거동을 살펴보니, 반백이 넘었는데 소탈한 모양이며 단정한 거동이 표표정정하고 기부가 풍영하여 복이 많은지라. 쑥스럽고 점잖하게 발막을 끌어 나오는데 가만가만 방자의 뒤를 따라온다.

이때 도련님이 배회고면하여 무료히 서 있을 제 방자 나와 여쭈오되,

"저기 오는 게 춘향의 모로소이다."

春향의 모가 나오더니 공수하고 우뚝 서며

"그 새에 도련님 문안이 어떠하오?"

도련님 반만 웃고

"춘향의 모이라지. 평안한가."

"예, 겨우 지내옵니다. 오실 줄 진작 몰라 영접(迎接)이 불민하오이다."

"그럴 리가 있나."

춘향 모 앞을 서서 인도하여 대문 중문 다 지나서 후원(後苑)을 돌아가니, 연구한 별초당(別草堂)에 등롱을 밝혔는데 버들가지 늘어져 불빛을 가린 모양 구슬발이 갈공이에 걸린 듯하고, 우편의 벽오동(碧梧桐)은 맑은 이슬이 뚝뚝 떨어져 학의 꿈을 놀래는 듯, 좌편에 섰는 반송(盤松) 청풍(淸風)이 건듯 불면 노룡(老龍)이 굼니는 듯, 창전(窓前)에 심은 파초(芭蕉), 일난초 봉미장은 속잎이 빼어나고, 수심여주 어린 연꽃 물 밖에 겨우 떠서 옥로(玉露)를 받쳐 있고, 대접 같은 금붕어는 어변성룡하려 하고 때때마다 물결쳐서 출렁 툼벙 굼실 놀 때마다 조롱하고, 새로 나는 연잎은 받을 듯이 벌어지고, 급연삼봉 석가산은 층층이 쌓였는데, 계하(階下)의 학 두루미 사람을 보고 놀래어 두 죽지를 떡 벌리고 긴 다리로 징검징검 끼룩 뚜루룩 소리하며, 계화(桂花) 밑에 삽살개 짖는구나. 그 중에 반가울사, 못 가운데 쌍 오리는 손님 오시노라 둥덩실 떠서 기다리는 모양이요, 처마에 다다르니 그제야 저의 모친 영을 디디어서 사창을 반개(半開)하고 나오는데, 모양을 살펴보니 뚜렷한 일륜명월 구름 밖에 솟아난 듯 황홀한 저 모양은 칭량키 어렵도다. 부끄러이 당에 내려 천연히 섰는 거동은 사람의 간장을 다 녹인다.

도련님 반만 웃고 춘향더러 묻는 말이

"곤(困)치 아니하며 밥이나 잘 먹었냐?"

춘향이 부끄러워 대답지 못하고 묵묵히 서 있거늘, 춘향의 모가 먼저 당에 올라 도련님을 자리로 모신 후에 차를 들어 권하고 담배 붙여 올리오니 도련님이 받아 물고 앉았을 제, ㉤도련님 춘향의 집 오실 때는 춘향에게 뜻이 있어 와 계시지 춘향의 세간 기물(器物) 구경 온 바가 아니로되, 도련님 첫 외입이라 밖에서는 무슨 말이 있을 듯하더니 들어가 앉고 보니 별로이 할 말이 없고 공연히 천촉기가 있어 오한증이 들면서 아무리 생각하되 별로 할 말이 없는지라.

26. 윗글에 대한 설명으로 적절하지 <u>않은</u> 것은?

① 의성어·의태어를 사용하여 등장인물의 모습과 심리를 표현하고 있다.

② 고유어와 한자어가 골고루 사용된 것은 향유 계층의 다양성에 기인한다.

③ 구어체와 문어체가 섞여 있어 판소리와 소설의 장르 착종(錯綜)을 확인할 수 있다.

④ 시간의 흐름과 공간의 이동에 따른 순행적(順行的) 서사 전개 과정을 확인할 수 있다.

⑤ 극적 긴장감을 강화하는 해학적(諧謔的) 대화가 독자의 흥미를 배가하는 기능을 하고 있다.

[작품의 종합적 이해]

[작품의 미의식 파악]

27. 〈보기〉를 바탕으로 [A]의 미적 범주에 대하여 서술하시오.

| 보기 |

① 숭고미는 일상생활에서 벗어난 크고 위대한 것을 추구하는 데에서 오는 아름다움으로 고고한 정신적 경지를 체험할 수 있게 하는 미의식이다.
② 우아미는 일상생활에서 오는 작고 친근한 것을 추구하는 데서 오는 아름다움으로 고전적인 기품과 멋을 드러내는 미의식이다.
③ 비장미는 숭고한 이념을 긍정하려는 투쟁에서 오는 아름다움으로, 한의 표출로 형상화되는 미의식이다.
④ 골계미는 구속을 거부하고 삶을 긍정하려는 각성에서 오는 아름다움을 나타내는 미의식이다.

[구절의 의미 파악]

28. ㉠~㉢에 대한 설명으로 적절하지 <u>않은</u> 것은?

① ㉠ : 기대감이 성취되는 기쁨이 어휘의 반복을 통해 드러난다.

② ㉡ : '춘향'을 찾아가는 자신의 행위를 스스로 비하하여 웃음을 유발한다.

③ ㉢ : 실제 상황과 거리가 먼 고사(故事)를 언급함으로써 흥미 초점을 분산시킨다.

④ ㉣ : 독자의 웃음을 유발하기 위하여 의도적으로 주어와 목적어를 바꾸어 말하고 있다.

⑤ ㉤ : 전지적 시점의 서술자가 '도련님'의 생각과 행동을 서술하면서 자신의 생각도 보태고 있다.

※ 다음 글을 읽고 물음에 답하시오.

방중을 둘러보며 벽상(壁上)을 살펴보니 여간 기물 놓였는데 용장 봉장 가께수리 이렇저렁 벌였는데 무슨 그림장도 붙어 있고, 그림을 그려 붙였으되 ㉠서방 없는 춘향이요 학(學)하는 계집 아이가 세간 기물과 그림이 왜 있을까마는 춘향 어미가 유명한 명기(名妓)라 그 딸을 주려고 장만한 것이었다. 조선(朝鮮)의 유명한 명필(名筆) 글씨 붙어 있고 그 사이에 붙인 명화(名畵) 다 후리쳐 던져두고 월선도(月仙圖)란 그림 붙였으되 월선도 제목이 이렇던 것이었다.

상제고거강절조에 군신(群臣) 조회(朝會) 받던 그림 청련거사 이태백(李太白)이 황학전 꿇어앉아 황정경 읽던 그림, 백옥루 지은 후에 장길(長吉) 불러 올려 상량문(上樑文) 짓던 그림, 칠월 칠석 오작교(烏鵲橋)에 견우직녀(牽牛織女) 만나는 그림, 광한전 월명야에 도약하던 항아(姮娥) 그림, 층층이 붙였으되 광채가 찬란하여 정신이 산란한지라.

또 한 곳 바라보니 부춘산(富春山) 엄자릉은 간의대부 마다하고 백구로 벗을 삼고 원학으로 이웃삼아 양구를 떨쳐 입고 추(秋) 동강 칠리탄에 낚싯줄 던진 경(景)을 역력히 그려 있다. 방가위지선경이라. 군자(君子)가 호구(好逑)와 놀 데로다.

춘향이 일편단심(一片丹心) 일부종사하려 하고 글 한 수를 지어 책상 위에 붙였으되,

대운춘풍죽이요 분향야독서라.

㉡기특하다 이 글 뜻은 목란의 절개(節槪)로다.
이렇듯 치하(致賀)할 제 춘향 어미 여쭈오되,
"귀중하신 도련님이 누지에 욕림하시니 황공감격하옵니다."
㉢도련님 그 말 한 마디에 말 궁기가 열리었지.

"그럴 리가 왜 있는가. 우연히 광한루에서 춘향을 잠깐 보고 연련히 보내기로 탐화봉접 취한 마음 오늘 밤에 오는 뜻은 춘향 어미 보러 왔거니와 자네 딸 춘향과 백년 언약을 맺고자 하니 자네의 마음이 어떠한가?"

춘향 어미 여쭈오되,

"말씀은 황송하오나 들어 보오. 자하(紫霞)골 성 참판(成參判) 영감이 보후로 남원에 좌정하였을 때 소리개를 매로 보고 수청을 들라 하옵기로 관장(官長)의 영을 못 어기어 모신 지 삼 삭(三朔) 만에 올라가신 후로 뜻밖에 포태하여 낳은 게 저것이라. 그 연유(緣由)로 고목하니 젖줄 떨어지면 데려 가련다 하시더니 그 양반이 불행하여 세상을 버리시니 보내들 못 하옵고 저것을 길러낼 제, 어려서 잔병조차 그리 많고 칠 세에 소학 읽혀 수신제가 화순심(和順心)을 낱낱이 가르치니 씨가 있는 자식이라 만사를 달통(達通)이요 삼강행실 뉘라서 내 딸이라 하리오. 가세(家勢)가 부족하니 재상가(宰相家) 부당(不當)이요 사서인 상하불급 혼인이 늦어가매 주야로 걱정이나 도련님 말씀은 잠시 춘향과 백년기약한단 말씀이오나 그런 말씀 말으시고 놀으시다 가옵소서."

㉣이 말이 참말이 아니라 이도련님 춘향을 얻는다 하니 내두사를 몰라 뒤를 눌러 하는 말이었다.

이 도령 기가 막혀

"호사에 다마로세. 춘향도 미혼전(未婚前)이요 나도 미장전(未丈前)이라 피차 언약이 이러하고 육례는 못할망정 양반의 자식이 일구이언을 할 리 있나."

춘향 어미 이 말 듣고,

"또 내 말 들으시오. 고서(古書)에 하였으되 지신(知臣)은 막여주(莫如主)요 지자(知子)는 막여부(莫如父)라 하니 지녀(知女)는 모(母) 아닌가. 내 딸 심곡 내가 알지. 어려부터 결곡한 뜻이 있어 행여 신세를 그르칠까 의심이요 일부종사(一夫從死)하려 하고 사사이 하는 행실 철석같이 굳은 뜻이 청송(靑松), 녹죽(綠竹), 전나무, 사시절(四時節)을 다투는 듯 상전벽해 될 지라도 내 딸 마음 변할쏜가? 금은(金銀), 오촉지백이 적여구산이라도 받지 아니할 터이요, 백옥 같은 내 딸 마음 청풍인들 미치리오. 다만 고의(古義)를 효칙고자 할 뿐이온데 도련님은 욕심 부려 인연을 맺었다가 미장전 도련님이 부모 몰래 깊은 사랑 금석(金石)같이 맺었다가 소문 어려 버리시면 옥(玉)결 같은 내 딸 신세 문채(文采) 좋은 대모 진주 고운 구슬 구멍노리 깨어진 듯 청강(淸江)에 놀던 원앙조(鴛鴦鳥)가 짝 하나를 잃었은들 어이 내 딸 같을쏜가? 도련님 내정이 말과 같을진대 심량하여 행하소서.”

도련님 더욱 답답하여

“그는 두 번 염려하지 마소. 내 마음 헤아리니 특별 간절 굳은 마음 흉중에 가득하니 분의는 다를망정 저와 내가 평생기약 맺을 제 전안 납폐 아니 한들 창파같이 깊은 마음 춘향 사정 모를쏜가?”

이렇듯이 이같이 설화(說話)하니 청실홍실 육례 갖춰 만난대도 이 위에 더 뾰족할까.

“내 저를 초취같이 여길 테니 시하라고 염려 말고 미장전도 염려 마소. 대장부 먹는 마음 박대 행실 있을쏜가? 허락만 하여 주소.”

춘향 어미 이 말 듣고 이윽히 앉았더니 ㉣몽조가 있는지라 연분인 줄 짐작하고 흔연히 허락하며

“봉(鳳)이 나매 황(凰)이 나고 장군 나매 용마 나고 ⓐ남원에 춘향 나매 이화춘풍 꽃다웁다. 향단아 주반 등대하였느냐.”

“예.”

[인물의 성격 파악]

29. 윗글과 〈보기〉에서 '춘향 어미'의 성격이 다르게 나타나는 이유에 대하여 〈조건〉에 맞추어 서술하시오.

| 보기 |

두 손뼉 꽝꽝 마주 치면서 도련님 앞에 달려들어,

"나와 말 좀 하여 봅시다. 내 딸 춘향을 버리고 간다 하니 무슨 죄로 그러시오? 춘향이 도련님 모신 지 거진 일 년 되었으되 행실이 그르던가, 예절이 그르던가, 침선(針線)이 그르던가, 언어가 불순(不順)턴가, 잡스런 행실 가져 노류장화 음란턴가, 무엇이 그르던가? 이 봉변이 웬일인가? 군자(君子) 숙녀(淑女) 버리는 법 칠거지악 아니면은 못 버리는 줄 모르는가? 내 딸 춘향 어린 것을 밤낮으로 사랑할 제 안고 서고 눕고 지며 백 년 삼만 육천 일에 떠나 살지 말자 하고 주야장천 어르더니 말경에 가실 제는 뚝 떼어 버리시니 양류천만사인들 가는 춘풍(春風) 어이 하며 낙화낙엽 되게 되면 어느 나비가 다시 올까? 백옥 같은 내 딸 춘향 화용신도 부득이 세월이 장차 늙어져 홍안(紅顔)이 백수(白首) 되면 시호시호부재래라, 다시 젊든 못 하나니 무슨 죄가 진중(珍重)하여 허송(虛送) 백년 하오리까? 도련님 가신 후에 내 딸 춘향 임 그릴 제 월정명 야삼경에 첩첩수심(疊疊愁心) 어린 것이 가장(家長) 생각 절로 나서 초당전(草堂前) 화계상 담배 피워 입에다 물고 이리저리 다니다가 불꽃 같은 시름 상사(相思) 흉중(胸中)으로 솟아나 손 들어 눈물 씻고 후유 한숨 길게 쉬고 북편을 가리키며 한양 계신 도련님도 나와 같이 그리우신지 무정하여 아주 잊고 일장 편지 아니 하신가? 긴 한숨에 듣는 눈물 옥안홍상(玉顔紅裳) 다 적시고 저의 방으로 들어가서 의복도 아니 벗고 외로운 베개 위에 벽만 안고 돌아누워 주야장탄(晝夜長嘆) 우는 것은 병 아니고 무엇이오? 시름 상사 깊이 든 병 내 구(救)치 못하고서 원통히 죽게 되면 칠십 당년(當年) 늙은 것이 딸 잃고 사위 잃고 태백산 갈가마귀 게발 물어다 던지듯이 혈혈단신 이내 몸이 뉘를 믿고 살잔 말고? 남 못할 일 그리 마오.

애고 애고 설운지고. 못 하지요. 몇 사람 신세를 망치려고 아니 데려가오? 도련님 대가리가 둘 돋쳤소? 애고 애고 무서워라, 이 쇠띵띵아."

| 조건 |

1. 윗글과 〈보기〉에 나타난 '춘향 어미'의 성격을 비교·대조할 것.
2. 관용어를 사용하여 '~ 때문이다.'로 끝나는 한 문장으로 서술할 것.

30. 〈보기〉를 참고할 때 ⓐ와 유사한 예를 있는 대로 고르면?

[표현 방법의 이해]

| 보기 |

'이화춘풍'에서 '이화'는 '이화(李花)'로 써서 '자두꽃'인데, '이화(梨花)'로 읽어 '배꽃'이라 할 수도 있지만 굳이 그렇게 읽는 것은 '이몽룡'의 성씨와 연관되기 때문이다. '춘풍(春風)'은 '봄바람'이지만 '춘향'과 연관지어 이해할 수도 있다.

① 首陽山(수양산) 바라보며 夷齊(이제)를 恨(한)ᄒ노라.
　주려 주글진들 採薇(채미)도 ᄒᄂ는것가.
　비록애 푸새엣 거신들 긔 뉘 짜헤 낫ᄃ니.

② 靑山裏(청산리) 碧溪水(벽계수) ㅣ야 수이 감을 자랑마라.
　一到滄海(일도창해)ᄒ면 도라오기 어려오니,
　明月(명월)이 滿空山(만공산)ᄒ니 수여 간들 엇더리.

③ 秋江(추강)에 밤이 드니 물결이 차노매라.
　낙시 드리치니 고기 아니 무노매라.
　無心(무심)한 달빛만 싣고 빈 배 저어 오노라.

④ 十年(십 년)을 經營(경영)ᄒ여 草廬三間(초려삼간) 지여 내니,
　나 ᄒ 간 돌 ᄒ 간에 淸風(청풍) ᄒ 간 맛겨 두고,
　江山(강산)은 들일 듸 업스니 둘러 두고 보리라.

⑤ 믜암이 믭다 울고 쓰르람이 쓰다 우니,
　山菜(산채)를 믭다는가 薄酒(박주)를 쓰다는가.
　우리는 草野(초야)에 뭇쳐시니 믭고 쓴 줄 몰니라.

[서술 방법의 이해]

31. ㄱ~ㅁ 중, 가장 거리가 먼 것은?

① ㄱ　　② ㄴ　　③ ㄷ　　④ ㄹ　　⑤ ㅁ

※ 다음 글을 읽고 물음에 답하시오.

이 도령 이른 말이,
"금야(今夜)에 하는 절차 보니 관청(官廳)이 아니거든 어이 그리 구비한가?"
춘향 모 여쭈오되,
"내 딸 춘향 곱게 길러 요조숙녀 군자호구 가리어서 금슬우지 평생동락하올 적에 사랑에 노는 손님 영웅호걸 문장들과 죽마고우 벗님네 주야로 즐기실 제 내당의 하인 불러 밥상 술상 재촉할 제 보고 배우지 못하고는 어이 곧 등대하리. 내자가 불민하면 가장(家長) 낯을 깎음이라. 내 생전 힘써 가르쳐 아무쪼록 본받아 행하라고 돈 생기면 사 모아서 손으로 만들어서 눈에 익고 손에도 익히라고 일시(一時) 반 때 놀지 않고 시킨 바라. 부족(不足)다 말으시고 구미(口味)대로 잡수시오."
앵무배 술 가득 부어 도련님께 드리오니, 도령 잔 받아 손에 들고 탄식하여 하는 말이,
"내 마음대로 할진대는 육례를 행할 터나 그러질 못하고 개구멍 서방으로 들고 보니 이 아니 원통하랴. 이애 춘향아.

그러나 우리 둘이 이 술을 대례 술로 알고 먹자."

일배주 부어 들고,

"너 내 말 들어봐라. 첫째 잔은 인사주요 둘째 잔은 합환주라. 이 술이 다른 술 아니라 근원근본 삼으리라. 대순의 아황(娥皇) 여영(女英) 귀히귀히 만난 연분 지중타 하였으되 월로의 우리 연분 삼생가약 맺은 연분 천만년(千萬年)이라도 변치 아니할 연분 대대로 삼태육경 자손이 많이 번성하여 자손 증손(曾孫) 고손(高孫)이며 무릎 위에 앉혀 놓고 죄암죄암 달강달강 백세상수하다가서 한날한시 마주 누워 선후 없이 죽게 되면 천하에 제일가는 연분이지."

술잔 들어 잡순 후에,

"향단아, 술 부어 너의 마누라께 드려라. 장모, 경사(慶事) 술이니 한 잔 먹소."

춘향 어미 술잔 들고 일희일비하는 말이

"오늘이 여식의 백년지고락(百年之苦樂)을 맡기는 날이라. 무슨 슬픔 있으리까마는 저것을 길러낼 제 애비 없이 설이 길러 이때를 당하오니 영감 생각이 간절하여 비창(悲愴)하여이다."

도련님 이른 말이,

"이왕지사(已往之事) 생각 말고 술이나 먹소."

춘향 모 수삼배(數三杯) 먹은 후에 도련님 통인 불러 상 물려 주면서

"너도 먹고 방자도 먹여라."

통인 방자 상 물려 먹은 후에 대문 중문 다 닫치고 춘향 어미 향단이 불러 자리 포진(鋪陳)시킬 제 원앙금침 잣베개와 샛별 같은 요강 대야 자리포진을 정히 하고,

"도련님 평안히 쉬옵소서. 향단아 나오너라. 나하고 함께 자자."

둘이 다 건너갔구나.

춘향과 도련님 마주 앉아 놓았으니 그 일이 어찌 되겠는

냐. 사양을 받으면서 삼각산(三角山) 제일봉(第一峰) 봉학 앉
아 춤추는 듯 두 활개를 에구부시 들고 춘향의 섬섬옥수(纖
纖玉手) 바듯이 검쳐 잡고 의복을 공교하게 벗기는데 두 손
길 썩 놓더니 춘향 가는 허리를 담쑥 안고
　"나삼을 벗어라."

[중략 부분 줄거리 : 춘향과 이 도령이 첫날밤을 보낸다.]

　하루 이틀 지나가니 [A]어린 것들이라 신맛이 간간 새로
워 부끄럼은 차차 멀어지고 그제는 기롱도 하고 우스운 말
도 있어 자연 사랑가(歌)가 되었구나. 사랑으로 노는데 똑
이 모양으로 놀던 것이었다.

[중략 부분 줄거리 : 춘향과 이 도령이 '사랑가', '정(情) 자 노래', '궁
(宮) 자 노래'를 부르고, 서로 업어 주기, 말 타기 등을 하며 즐겁게 논
다.]

　온갖 장난을 다 하고 보니 이런 장관(壯觀)이 또 있으랴.
이팔(二八) 이팔(二八) 둘이 만나 미친 마음 세월 가는 줄 모
르던가 보더라.
　이때 뜻밖에 방자 나와,
　"도련님. 사또께옵서 부르시오."
　도련님 들어가니 사또 말씀하시되,
　"여봐라 서울서 동부승지 교지가 내려왔다. 나는 문부사
정하고 갈 것이니 너는 내행을 배행하여 명일(明日)로 떠나
거라."
　도련님 부교(父敎) 듣고 일변은 반갑고 일변은 춘향을 생
각하니 흉중이 답답하여 사지에 맥이 풀리고 간장이 녹는
듯 두 눈으로 더운 눈물이 펄펄 솟아 옥면(玉面)을 적시거
늘, 사또 보시고,
　"너 왜 우느냐? 내가 남원을 일생(一生) 살 줄로 알았더

냐? 내직(內職)으로 승차되니 섭섭히 생각 말고 금일부터 치행등절을 급히 차려 명일 오전으로 떠나거라.”

겨우 대답하고 물러나와 내아(內衙)에 들어가, 사람이 무론상중하고 모친께는 허물이 적은지라. 춘향의 말을 울며 청하다가 꾸중만 실컷 듣고 춘향의 집을 나오는데 설움은 기가 막히나 노상에서 울 수 없어 참고 나오는데 속에서 두부장 끓듯 하는지라.

춘향 문전 당도하니 통째 건더기째 보째 왈칵 쏟아져 놓으니

“어푸어푸 어허.”

춘향이 깜짝 놀래어 왈칵 뛰어 내달아,

“애고 이게 웬일이오. 안으로 들어가시더니 꾸중을 들으셨소. 노상에 오시다가 무슨 분함 당하여 계시오. 서울서 무슨 기별이 왔다더니 중복을 입어 계시오. 점잖으신 도련님이 이것이 웬일이오.”

춘향이 도련님 목을 담쑥 안고 치맛자락을 걷어 잡고 옥안(玉顔)에 흐르는 눈물 이리 씻고 저리 씻으면서,

“울지 마오. 울지 마오.”

도련님 기가 막혀 울음이란 게 말리는 사람이 있으면 더 울던 것이었다. 춘향이 화를 내어,

“여보 도련님, 아굴지 보기 싫소. 그만 울고 내력 말이나 하오.”

“사또께옵서 동부승지하여 계시단다.”

춘향이 좋아하여,

“댁의 경사요. 그래서, 그러면 왜 운단 말이오?”

“너를 버리고 갈 터이니 내 아니 답답하냐.”

㉮ “언제는 남원 땅에서 평생 살으실 줄로 알았겠소. ㉠나와 어찌 함께 가기를 바라리오. 도련님 먼저 올라가시면 나는 예서 팔 것 팔고 추후(追後)에 올라갈 것이니 아무 걱정 말으시오. 내 말대로 하였으면 군색

(窘塞)잖고 좋을 것이요. 내가 올라가더라도 도련님 큰댁으로 가서 살 수 없을 것이니 큰댁 가까이 조그마한 집 방이나 두엇 되면 족하오니 염탐하여 사 두소서. 우리 권구 가더라도 공밥 먹지 아니할 터이니 그렁저렁 지내다가 도련님 나만 믿고 장가 아니 갈 수 있소? 부귀영총 재상가의 요조숙녀 가리어서 혼정신성할지라도 아주 잊든 마옵소서. ㉡도련님 과거(科擧)하여 벼슬 높아 외방 가면 신래마마 치행(治行)할 제 마마로 내 세우면 무슨 말이 되오리까? 그리 알아 조처하오."

"그게 이를 말이냐? 사정이 그렇기로 네 말을 사또께는 못 여쭈고 대부인(大夫人) 전(前) 여쭈오니 꾸중이 대단하시며 ㉢양반의 자식이 부형(父兄) 따라 하향에 왔다 화방작첩하여 데려간단 말이 전정에도 괴이하고 조정에 들어 벼슬도 못 한다더구나. 불가불(不可不) 이별이 될 밖에 수 없다."

춘향이 이 말을 들더니 고닥기 발연변색이 되며 요두전목에 붉으락푸르락 눈을 간잔조롬허게 뜨고 눈썹이 꼿꼿하여지면서 코가 발심발심하며 이를 쁘드득쁘드득 갈며 온몸을 수숫잎 틀 듯하며 매 꿩 차는 듯 하고 앉더니,

[B]"허허 이게 웬 말이오?"

㉣왈칵 뛰어 달려들며 치맛자락도 와드득 좌르륵 찢어 버리며 머리도 와드득 쥐어뜯어 싹싹 비벼 도련님 앞에다 던지면서,

"무엇이 어쩌고 어째요. 이것도 쓸 데 없다."

면경 체경 산호 죽절을 두루쳐 방문 밖에 탕탕 부딪치며 발도 동동 굴러 손뼉치고 돌아앉아 자탄가(自嘆歌)로 우는 말이,

"서방 없는 춘향이가 세간살이 무엇 하며 단장하여 뉘 눈에 괴일꼬? 몹쓸 년의 팔자로다. 이팔청춘 젊은 것이 이별될 줄 어찌 알랴. 부질없는 이내 몸을 허망하신 말씀으로 전정

(前程) 신세 버렸구나. 애고 애고 내 신세야."

천연히 돌아앉아,

"여보 도련님, 인제 막 하신 말씀 참말이요 농말이요? 우리 둘이 처음 만나 백년언약 맺을 적에 대부인 사또께옵서 시키시던 일이오니까? 빙자가 웬 일이요? 광한루서 잠깐 보고 내 집에 찾아와서 침침무인 야삼경에 도련님은 저기 앉고 춘향 나는 여기 앉아 날더러 하신 말씀 구맹불여천맹이요 산맹불여천맹이라고 전년(前年) 오월 단오야(端午夜)에 내 손길 부여잡고 우둥퉁퉁 밖에 나와 당중(堂中)에 우뚝 서서 경경히 맑은 하늘 천 번이나 가리키며 [C]만 번이나 맹세키로 내 정녕 믿었더니 말경(末境)에 가실 때는 톡 떼어 버리시니 이팔청춘 젊은 것이 낭군 없이 어찌 살꼬? 침침공방 추야장에 시름 상사 어이할꼬? [D]모질도다 모질도다 도련님이 모질도다. 독하도다 독하도다 서울 양반 독하도다. ⓔ원수로다 원수로다 존비귀천(尊卑貴賤) 원수로다. 천하에 다정한 게 부부정(夫婦情) 유별(有別) 컨만 이렇듯 독한 양반 이 세상에 또 있을까? 애고 애고 내 일이야. 여보 도련님, 춘향 몸이 천(賤)타고 함부로 버리셔도 그만인 줄 알지 마오. 첩지박명 춘향이가 식불감 밥 못 먹고 침불안 잠 못 자면 며칠이나 살 듯하오? 상사(相思)로 병이 들어 애통하다 죽게 되면 애원한 내 혼신(魂神) 원귀(怨鬼)가 될 것이니 존중(尊重)하신 도련님이 근들 아니 재앙이오? 사람의 대접을 그리 마오. 인물 거천하는 법이 그런 법이 왜 있을꼬? 죽고지고 죽고지고. 애고 애고 설운지고."

한참 이리 자진하여 설이 울 제 춘향 모는 물색도 모르고,

"애고 저것들 또 사랑싸움이 났구나. 어 참 아니꼽다. 눈구석 쌍가래톳 설 일 많이 보네."

하고 아무리 들어도 울음이 장차 길구나. 하던 일을 밀쳐놓고 춘향 방 영창 밖으로 가만가만 들어가며 아무리 들어도 이별이로구나.

"허허 이것 별일 났다."

두 손뼉 땅땅 마주 치며,

"허허, 동네 사람 다 들어 보오. 오늘날로 우리 집에 사람 둘 죽습네."

이간 마루 섭적 올라 영창문을 뚜드리며 우루룩 달려들어 주먹으로 겨누면서,

"이년 이년 썩 죽어라. 살아서 쓸데없다. 너 죽은 신체라도 저 양반이 지고 가게. 저 양반 올라가면 뉘 간장을 녹이려냐. 이년 이년 말 듣거라. 내 일상 이르기를 후회되기 쉽느니라. 도도한 마음 먹지 말라고 여염 사람 가리어서 형세 지체 너와 같고 재주 인물이 모두 너와 같은 봉황(鳳凰)의 짝을 얻어 내 앞에 노는 양을 내 안목에 보았으면 너도 좋고 나도 좋지. 마음이 도도하여 남과 별로 다르더니 [E]잘 되고 잘 되었다."

[작품 내용의 파악]

32. 윗글의 내용과 일치하는 것은?

① '춘향 어미'는 춘향에게 닥친 사정을 알고 있다.

② '사또'는 아들이 슬퍼하는 이유를 이해하고 있다.

③ '춘향'은 도련님이 남원에 계속 머무를 것이라고 믿고 있다.

④ '모친'은 아들이 춘향을 첩으로 삼아도 된다고 생각하고 있다.

⑤ '도련님'은 춘향과의 관계를 지속할 수 없다고 판단하고 있다.

[표현상의 특징 파악]

33. 윗글에 나타난 표현상 특징으로 가장 적절한 것은?

① 배경 묘사를 통해 감정의 변화 양상을 드러낸다.

② 음성 상징어를 통해 행위를 생동감 있게 그린다.

③ 주변 인물을 통해 중심인물의 긍정적 면모를 부각

한다.

④ 전기적(傳奇的) 사건을 통해 환상적 분위기를 형성한다.

⑤ 과거와 현재의 반복적 교차를 통해 이야기에 입체감을 부여한다.

34. 위 글에 대한 설명으로 적절하지 <u>않은</u> 것은?

① 대화를 통해 사건의 진행 과정을 보여주고 있다.

② 비유적인 표현을 통해 등장 인물의 심리를 드러내고 있다.

③ 비속어를 사용해 등장 인물의 격앙된 감정을 나타내고 있다.

④ 의성어·의태어를 효과적으로 사용하여 사실감을 높이고 있다.

⑤ 서술자가 직접적으로 개입하여 등장 인물의 행위를 비판하고 있다.

[작품의 특징 파악]

35. 대부인과 춘향 모를 비교한 것으로 가장 적절한 것은?

① '대부인'과 '춘향 모'는 모두 자식의 입신출세를 우선시하고 있다.

② '대부인'과 '춘향 모'는 모두 자식에 대한 걱정 때문에 화를 내고 있다.

③ '대부인'은 현실에 순응하고, '춘향 모'는 현실을 회피하고 있다.

④ '대부인'은 신분 차이를 인정하고, '춘향 모'는 신분 차이를 초월하고 있다.

⑤ '대부인'은 양반의 체면을, '춘향 모'는 물질적 가치를 중요하게 여기고 있다.

[인물의 태도와 심리 파악]

[외적 준거에 따른 인물의 심리
와 행동 파악]

36. 위 글을 드라마로 제작하기 위해 연출진이 협의한 내용
이다. 〈보기〉를 해결하기 위한 방안으로 가장 적절한 것
은?

| 보기 |

> ○ 문제 : 극중 춘향의 급격한 태도 변화를 시청자들이 의
> 아하게 생각할 수도 있을 듯하다.
> ⇒ 연출 방향 : 원작의 흐름을 고려하면서, 춘향의 급격한
> 행동 변화를 시청자들이 이해할 수 있도록 한다.

① 춘향에게는 갑작스런 이별이 받아들이기 힘든 충격이
었음을 부각시켜 보자.

② 춘향의 행동은 평소에는 드러나지 않았던 춘향의 본
모습이었음을 나타내자.

③ 춘향의 행동은 지배 계층에 대한 서민들의 분노가 담
긴 것이라는 것을 알게 하자.

④ 춘향이가 이 도령의 마음을 돌리기 위해 일부러 과장
된 행동을 한다는 것을 알게 하자.

⑤ 춘향의 행동은 이 도령을 통한 양반으로의 신분 상승
을 하고자 했던 욕구의 좌절이 실질적 이유라는 것을
드러내자.

[작중 인물 파악]

37. ㉠~㉤을 이해한 내용으로 적절하지 <u>않은</u> 것은?

① ㉠ : 욕망의 실현을 가로막는 현실을 비판하려는 춘향
의 의도를 알 수 있다.

② ㉡ : 춘향이 도련님을 통해 달성하고자 하는 욕망이 무
엇인지 알 수 있다.

③ ㉢ : 춘향의 욕망이 달성되기 어려운 이유를 알 수 있다.

④ ㉣ : 욕망이 좌절된 것에 대한 춘향의 감정을 알 수 있다.

⑤ ㉤ : 욕망 좌절의 원인이 신분 제도와 관련 있음을 알
수 있다.

38. 〈보기〉의 설명을 고려할 때, [A]와 유사한 범주에 해당하지 <u>않는</u> 것은?

| 보기 |

> [A]는 작중 인물이 아닌 서술자가 목소리를 드러내어 극중 상황에 개입함으로써 인물의 처지나 사건의 진행에 관해 서술하고 있는 장면이다. 이처럼, 고전 소설에는 서술자가 극중 상황에 개입하여 주관적인 목소리를 드러내며 사건이나 상황, 인물 등에 대하여 논평을 가하는 경우를 흔히 볼 수 있다. 이를 편집자적 논평이라 한다.

① "이승과 저승의 길이 다르기에 이별하고 가거니와 수궁의 귀하신 몸 내내 평안하옵소서." 하직하고 돌아서니, 순식간에 꿈같이 인당수에 번듯 떠서 뚜렷이 수면을 영롱케 하니 천신의 조화요 용왕의 신통력이라. 바람이 분들 끄덕하며 비가 온들 떠내려 갈쏘냐.

　　　　　　　　　　　　　　　　　　-'수궁가'에서

② 인가를 찾아 점점 들어가니 큰 바위 밑에 석문(石門)이 닫혀 있거늘, 가만히 그 문을 열고 들어가니 평원 광야에 수백 호 인가(人家)가 즐비하고 여러 사람이 모여 잔치하며 즐기니　　　　　　-'홍길동전'에서

③ "어, 그놈 뱃속에 간 많이 들었겠다. 토끼 배 따고 어서 간 내어 소금 찍어 올려라." 분부를 했거든 썩 토끼 배 따고 간 내어 먹었으면 아무 폐단이 없을 텐듸, 일이 그릇되느라고 타국 김생이라 귀히 여겨서 말을 한번 시켜 보것다.　　　　　　　-'수궁가'에서

④ 어사, 짐짓 춘향 모의 하는 거동을 보려 하고, "시장하여 나 죽겠네. 나 밥 한 술 주소." 춘향 모 밥 달라는 말을 듣고, "밥 없네." 어찌 밥 없을까마는, 홧김에 하는 말이었다.　　　　　　　-'춘향가'에서

⑤ "이놈 흥보야, 내 어제 일렀거늘 어찌하자고 아니 나가느냐. 네 이제도 아니 나가면 난장박살(亂杖撲殺)하여 내어 쫓으리라." 이렇듯이 구박하니 일시(一時)를

어찌 견디리오. 흥부 아무 대답 아니하고 아내와 어린 것들을 데리고 지향없이 문을 나니 갈 바이 망연(茫然)하고나.   -'흥보가'에서

[한자 성어의 의미 파악]

39. [B]에 나타난 '춘향'의 심정과 [C]에 나타난 '이 도령'의 행동을 나타내기에 가장 적절한 것은?

	[B]	[C]
①	청천벽력(靑天霹靂)	일구이언(一口二言)
②	전전긍긍(戰戰兢兢)	금상첨화(錦上添花)
③	와신상담(臥薪嘗膽)	동병상련(同病相憐)
④	자승자박(自繩自縛)	정저지와(井底之蛙)
⑤	동상이몽(同床異夢)	천생연분(天生緣分)

[표현 방법의 파악]

40. [D]와 운율 구조가 <u>다른</u> 하나는?

① 가시리 가시리잇고 ᄇᆞ리고 가시리잇고

② 형님 오네 형님 오네 분고개로 형님 오네

③ 산에는 꽃 피네, 꽃이 피네. 갈 봄 여름 없이 꽃이 피네.

④ 저 산에도 까마귀, 들에도 까마귀, 서산에는 해 진다고 지저귑니다.

⑤ 해야 솟아라 해야 솟아라, 말갛게 씻은 얼굴 고운 해야 솟아라.

[말하기의 방식]

41. 말하기의 의도를 드러내는 방법이 [E]와 유사한 것은?

① 그리움이란 내 한몸 / 물감이 찍히는 병 / 그 한번 번갯불이 스쳐간 후로 / 커다란 가슴에 / 나는 죽도록 머리 기대고 싶다   -김남조, '임'

② 먼 훗날 당신이 찾으시면 / 그 때에 내 말이 「잊었노라.」 / 당신이 속으로 나무리면 / 「무척 그리다가 잊

었노라.」 / 그래도 당신이 나무리면 /「믿기지 않아서 잊었노라.」 / 오늘도 어제도 아니 잊고 / 먼 훗날 그 때에 「잊었노라.」　　　　　　　-김소월, '먼 후일'

③ 나는 떠난다. 청동(靑銅)의 표면에서 / 일제히 날아가는 진폭(振幅)의 새가 되어 / 광막한 하나의 울음이 되어 / 하나의 소리가 되어

　　　　　　　　　　　　　　-박남수, '종소리'

④ 어둠 속에 곱게 풍화작용 하는 / 백골을 들여다보며, / 눈물짓는 것이 내가 우는 것이냐 / 백골이 우는 것이냐 / 아름다운 혼이 우는 것이냐

　　　　　　　　　　　　　-윤동주, '또 다른 고향'

⑤ 나의 무덤 앞에는 그 차거운 비(碑)ㅅ돌을 세우지 말라. / 나의 무덤 주위에서 그 노오란 해바라기를 심어 달라. / 그리고 해바라기의 긴 줄거리 사이로 끝없는 보리밭을 보여달라.　　　-함형수, '해바라기의 비명'

42. ㉮와 ㉯에 나타나는 '춘향'의 성격에 대하여 〈조건〉에 맞추어 서술하시오.

[인물의 성격 파악]

| 보기 |

> 1. '일반화—구체화'의 두 문장으로 서술할 것.
> 2. 둘의 차이가 구체적으로 드러나게 할 것.

43. 〈보기〉의 ⓐ~ⓔ 중, 위 글에서 발견할 수 <u>없는</u> 것은?

[표현상의 특징 파악]

| 보기 |

> 　판소리계 소설은 판소리 사설이 문자로 정착된 것이다. 따라서 각 대목에서 흥미와 감동을 유발하기 위해 반복과 나열 등의 수법을 활용하여 장면을 보여 줌으로써 부분의 독자성이나 장면의 극대화 경향을 보여 준다. 그러다 보니 아무래도 ⓐ사건 전개의 우연성이 개입하기도

[바꿔 쓰기]

한다. 판소리 사설은 평민들의 일상어를 중심으로 하면서도 일부분에서 한문투의 언어 표현이 드러나 있어, ⓑ언어 층위의 양면성을 보여 주기도 한다. 또한 판소리는 ⓒ의성어와 의태의 활용을 통해 상황을 생생하게 드러냄은 물론, ⓓ다양한 비유적 표현을 통해 문학성을 확보한다. 거기에 덧붙여, 비극적인 상황이라 하더라도 ⓔ해학적인 말투를 활용하여 그 상황의 비극성을 중화할 줄 아는 민중 문학 특유의 건강성도 지니고 있다.

① ⓐ　　② ⓑ　　③ ⓒ　　④ ⓓ　　⑤ ⓔ

44. 위 글을 연극으로 공연하고자 한다. 위 글의 내용을 적절하게 반영한 것을 〈보기〉에서 모두 고르면?

| 보기 |

ㄱ. 부친으로부터 서울로 가라는 명을 받은 이 도령의 표정에서 희비가 교차하는 정서가 잘 드러나도록 한다.
ㄴ. 이 도령이 모친에게 도움을 구하는 장면에서는 모친의 자애롭고 온화한 성격을 부각시키도록 한다.
ㄷ. 춘향에게 자초지종을 알리며 이별을 고하는 이 도령의 모습에서는 무기력함 또는 나약함이 느껴지도록 한다.
ㄹ. 이 도령의 최후통첩을 듣는 춘향의 표정에서 끝까지 의연함이 드러날 수 있도록 그린다.

① ㄱ, ㄴ　　　② ㄱ, ㄷ　　　③ ㄱ, ㄹ
④ ㄴ, ㄷ　　　⑤ ㄴ, ㄹ

※ 다음 글을 읽고 물음에 답하시오.

　　두 손뼉 꽝꽝 마주 치면서 도련님 앞에 달려들어,

　　"나와 말 좀 하여 봅시다. 내 딸 춘향을 버리고 간다 하니 무슨 죄로 그러시오? 춘향이 도련님 모신 지 거진 일 년 되었으되 행실이 그르던가, 예절이 그르던가, 침선(針線)이 그르던가, 언어가 불순(不順)턴가, 잡스런 행실 가져 노류장화 음란턴가, 무엇이 그르던가? 이 봉변이 웬 일인가? 군자(君子) 숙녀(淑女) 버리는 법 칠거지악 아니면은 못 버리는 줄 모르는가? 내 딸 춘향 어린 것을 밤낮으로 사랑할 제 안고 서고 눕고 지며 백 년 삼만 육천 일에 떠나 살지 말자 하고 주야장천 어르더니 말경에 가실 제는 뚝 떼어 버리시니 양류천만사인들 가는 춘풍(春風) 어이 하며 낙화낙엽 되게 되면 어느 나비가 다시 올까? 백옥 같은 내 딸 춘향 화용신도 부득이 세월이 장차 늙어져 홍안(紅顔)이 백수(白首) 되면 시호시호부재래라, 다시 젊든 못 하나니 무슨 죄가 진중(珍重)하여 허송(虛送) 백 년 하오리까? 도련님 가신 후에 내 딸 춘향 임 그릴 제 월정명 야삼경에 첩첩수심(疊疊愁心) 어린 것이 가장(家長) 생각 절로 나서 초당전(草堂前) 화계상 담배 피워 입에다 물고 이리저리 다니다가 불꽃 같은 시름 상사(相思) 흉중(胸中)으로 솟아나 손 들어 눈물 씻고 후유 한숨 길게 쉬고 북편을 가리키며 한양 계신 도련님도 나와 같이 그리우신지 무정하여 아주 잊고 일장 편지 아니 하신가? 긴 한숨에 듣는 눈물 옥안홍상(玉顔紅裳) 다 적시고 저의 방으로 들어가서 의복도 아니 벗고 외로운 베개 위에 벽만 안고 돌아누워 주야장탄(晝夜長嘆) 우는 것은 병 아니고 무엇이오? 시름 상사 깊이 든 병 내 구(救)치 못하고서 원통히 죽게 되면 칠십 당년(當年) 늙은 것이 딸 잃고 사위 잃고 　　　㉠　　　 혈혈단신 이내 몸이 뉘를 믿고 살잔 말고? 남 못할 일 그리 마오. 애고 애고 설운지고. 못 하지요. 몇 사람 신세를 망치려고 아니 데려가오? 도련님 대가리가 둘 돋쳤소? 애고 애고 무서워라, 이 쇠띵띵아."

왈칵 뛰어 달려드니, 이 말 만일 사또께 들어가면 큰 야단이 나겠거든.

"여보소 장모. 춘향만 데려갔으면 그만 두겠네."

"그래 아니 데려가고 견뎌낼까."

"너무 거세우지 말고 여기 앉아 말 좀 들소. 춘향을 데려간대도 가마 쌍교 말을 태워 가자 하니 필경(畢竟)에 이 말이 날 것인즉 달리는 변통할 수 없고, 내 이 기가 막히는 중에 꾀 하나를 생각하고 있네마는, 이 말이 입 밖에 나서는 양반 망신만 하는 게 아니라 우리 선조(先祖) 양반이 모두 망신할 말이로세."

"무슨 말이 그리 좌뜬 말이 있단 말인가?"

"내일 내행(內行)이 나오실 제 내행 뒤에 사당이 나올 테니 배행(陪行)은 내가 하겠네."

"그래서요?"

"그만하면 알지."

"나는 그 말 모르겠소."

"신주(神主)는 모셔내어 내 창옷 소매에다 모시고 춘향은 요여에다 태워 갈 밖에 수가 없네. 걱정 말고 염려 마소."

춘향이 그 말 듣고 도련님을 물끄러미 바라보더니,

"마소 어머니. 도련님 너무 조르지 마소. 우리 모녀 평생 신세 도련님 장중(掌中)에 매였으니 알아 하라 당부나 하오. 이번은 아마도 이별할 밖에 수가 없네. 이왕에 이별이 될 바에는 가시는 도련님을 왜 조르리까마는 우선 갑갑하여 그러하지. 내 팔자야. 어머니 건넌방으로 가옵소서. 내일은 이별이 될 텐가 보오. 애고 애고 내 신세야. 이별을 어찌할꼬? 여보 도련님."

"왜야?"

"여보 참으로 이별을 할 테요?"

촛불을 돋워 켜고 둘이 서로 마주앉아 갈 일을 생각하고

보낼 일을 생각하니, 정신이 아득 한숨질 눈물겨워 경경오열하여 얼굴도 대어보고 수족도 만져보며,

"날 볼 날이 몇 밤이오? 애달파 나쁜 수작 오늘 밤이 망종(亡終)이니 나의 설운 원정(原情) 들어보오. 연근육순 나의 모친 일가친척 바이 없고 다만 독녀(獨女) 나 하나라. 도련님께 의탁하여 영귀(榮貴)할까 바랐더니 조물(造物)이 시기(猜忌)하고 귀신이 작해하여 이 지경이 되었구나. 애고 애고 내 일이야. 도련님 올라가면 나는 뉘를 믿고 사오리까? 천수만한 나의 회포 주야 생각 어이 하리. 이화(李花) 도화(桃花) 만발할 제 수변행락 어이 하며, 황국(黃菊) 단풍(丹楓) 늦어갈 제 고절숭상 어이할꼬? 독숙공방 긴긴 밤에 전전반측(輾轉反側) 어이하리. 쉬느니 한숨이요 뿌리느니 눈물이라. 적막강산 달 밝은 밤에 두견성(杜鵑聲)을 어이 하리. 상풍고절 만리변(萬里邊)에 짝 찾는 저 홍안성을 뉘라서 금하오며, 춘하추동 사시절에 첩첩이 쌓인 경물(景物) 보는 것도 수심이요 듣는 것도 수심이라."

45. 윗글에 대한 설명으로 적절하지 <u>않은</u> 것은?

① 동일한 어구를 반복하거나 인물의 해학적 행동을 통해 독자의 웃음을 유발하고 있다.

② 한자어를 통한 한문투의 표현을 자주 사용함으로써 양반 계층의 취향을 고려하고 있다.

③ 내용적으로 연결되거나 비슷한 어구를 여러 개 늘어놓아 리듬감을 부여하고 있다.

④ 비속어나 방언 등과 같은 구어체의 언어를 사용하여 현장감을 높이고 있다.

⑤ 의성어나 의태어 같은 음성 상징어를 빈번하게 사용하여 생동감을 주고 있다.

[작품의 내용 파악]

[미의식의 이해]

46. 윗글에 드러나는 〈보기〉의 사례로 적절하지 <u>않은</u> 것은?

| 보기 |

> 골계미는 위대한 기대와 왜소한 현실 사이의 양적 또는 질적으로 느껴지는 모순이다. 또한, 기대되던 가치가 돌연하게 허무로 융해되는 가운데 나타나는 웃음이다. 기대되었던 것과 실현된 것과의 모순이 돌연히 의식됨으로써, 긴장되었던 심적 능력이 급격히 방산되는 가운데 웃음을 자아낸다.

① 신분의 상하가 분명한데 '두 손뼉 짱짱 마주 치면서 도련님 앞에 달려'드는 '월매'의 행위

② 점잖게 말하다가 돌변하여 '도련님 대가리가 둘 돋쳤소? 애고 애고 무서워라, 이 쇠띵띵아.'라는 '월매'의 말

③ '신주(神主)는 모셔내어 내 창옷 소매에다 모시고 춘향은 요여에다 태워 갈 밖에 수가 없'다는 '이 도령'의 문제 해결책

④ '양반 망신만 하는 게 아니라 우리 선조(先祖) 양반이 모두 망신할' 방법을 제시하지만 그 방법에 대해 아무런 대응이 없는 상황

⑤ '이 도령'과 이별할 시간이 다가오자 '정신이 아득 한숨질 눈물겨워 경경오열하여 얼굴도 대어보고 수족도 만져보'는 '춘향'의 행위

[인물의 정서 파악]

47. 윗글의 '춘향'의 심정과 가장 거리가 먼 것은?

① 님아, 그 물을 건너지 마오. / 기어이 건너시다가 / 물에 빠져 죽으니 / 님을 장차 어이할거나.

　　　　　　　　　　　　　-백수광부의 처, '공무도하가'

② 펄펄 나는 꾀꼬리는 / 암수 서로 정다운데 / 외로워라 이 내 몸은 / 그 누구와 돌아갈까.　-유리왕, '황조가'

③ 이링공 뎌링공ᄒᆞ야 나즈란 디내와손뎌 / 오리도 가리

도 업슨 바므란 또 엇디 호리라.

-작자 미상, '청산별곡'

④ 첩첩 사이를 미친 듯이 달여 겹겹 봉우리를 울니 /
지척에서 하는 말소리 분간키 어려워라. / 늘 시비(是
非)하는 소리 귀에 들릴세라. / 짐짓 흐르는 물로 온
산을 둘러 버렸다네.　　　-최치원, '제가야산독서당'

⑤ 나 보기가 / 역겨워 가실 때에는 / 죽어도 아니 눈물
흘리우리다.　　　　　　　　　-김소월, '진달래꽃'

48. ［　　⊙　　］에 들어갈 속담으로 적절한 것은?

① 상투가 국수버섯 솟는 듯하듯이

② 태백산 갈가마귀 게발 물어다 던지듯이

③ 잉어가 뛰니까 망둥이도 뛰듯이

④ 개살구가 지레 터지듯이

⑤ 꿩 잡는 게 매이듯이

[관용어의 의미 이해]

49. 윗글에 나오는 서술자의 목소리(편집자적 논평)를 있는 대
로 찾아 쓰시오.

[표현의 방법]

※ 다음 글을 읽고 물음에 답하시오.

애고 애고 설이 울 제, 이 도령 이른 말이,

"춘향아 울지 마라. 부수소관첩재오라. 소관(蕭關)의 부수
(夫戍)들과 오나라 정부들도 동서(東西) 님 그리워서 규중심
처(閨中深處) 늙어 있고, 정객관산로기중에 관산(關山)의 정
객이며 녹수부용 채련녀도 부부신정(夫婦新情) 극중(極重)타
가 추월강산(秋月江山) 적막한데 연(蓮)을 캐어 상사(相思)하
니, 나 올라간 뒤라도 창전(窓前)에 명월(明月)커든 천리(千
里) 상사(相思) 부디 마라. 너를 두고 가는 내가 일일(一日)
평분 십이시(十二時)를 낸들 어이 무심하랴. 울지 마라 울지
마라."

춘향이 또 우는 말이,

"도련님 올라가면 행화춘풍(杏花春風) 거리거리 취하는 게 장진주요 청루미색(靑樓美色) 집집마다 보시느니 미색이요 처처(處處)에 풍악소리 간 곳마다 화월(花月)이라. 호색(好色)하신 도련님이 주야 호강 놀으실 제 나 같은 하방천첩이야 손톱만치나 생각하오리까? 애고 애고 내 일이야."

"춘향아 울지 마라. 한양성 남북촌(南北村)에 옥녀가인(玉女佳人) 많건마는 규중심처 깊은 정 너밖에 없었으니 이 아무리 대장부인들 일각이나 잊을쏘냐?"

서로 피차 기가 막혀 연연(戀戀) 이별 못 떠날지라.

도련님 모시고 갈 후배사령이 나올 적에 헐떡헐떡 들어오며,

"도련님 어서 행차하옵소서. 안에서 야단났소. 사또께옵서 도련님 어디 가셨느냐 하옵기에 소인이 여쭙기를 놀던 친구 작별차로 문밖에 잠깐 나가셨노라 하였사오니 어서 행차하옵소서."

"말 대령하였느냐?"

"말 마침 대령하였소."

백마욕거장시하고 청아석별견의로다. 말은 가자고 네 굽을 치는데 춘향은 마루 아래 툭 떨어져 도련님 다리를 부여잡고,

"날 죽이고 가면 가지 살리고는 못 가고 못 가느니."

말 못하고 기절하니 춘향 모 달려들어,

"향단아 찬물 어서 떠오너라. 차를 달여 약 갈아라. 네 이 몹쓸 년아, 늙은 어미 어쩌려고 몸을 이리 상하느냐?"

춘향이 정신 차려,

"애고 갑갑하여라."

춘향의 모 기가 막혀,

"여보 도련님 남의 생때같은 자식을 이 지경이 웬 일이오? 절곡한 우리 춘향 애통하여 죽게 되면 혈혈단신 이내

신세 뉘를 믿고 살잔 말인고?"

도련님 어이없어,

[A]
"이봐 춘향아, 네가 이게 웬 일이냐? 나를 영영 안 보려느냐? 하량낙일수운기는 소통국의 모자(母子) 이별, 정객관산로기중에 오희월녀 부부 이별, 편삽수유 소일인은 용산의 형제 이별, 서출양관무고인은 위성의 붕우(朋友) 이별. 그런 이별 많아도 소식 들을 때가 있고 생면(生面)할 날이 있었으니 내가 이제 올라가서 장원급제 출신하여 너를 데려갈 것이니 울지 말고 잘 있거라. 울음을 너무 울면 눈도 붓고 목도 쉬고 골머리도 아프니라. 돌이라도 망두석은 천만 년이 지나가도 광석 될 줄 몰라 있고, 나무라도 상사목은 창 밖에 우뚝 서서 일년춘절(一年春節) 다 지나되 잎이 필 줄 몰라 있고, 병이라도 훼심병은 오매불망(寤寐不忘) 죽느니라. 네가 나를 보려거든 설워 말고 잘 있거라."

춘향이 할 길 없어,

"여보 도련님. 내 손에 술이나 망종 잡수시오. 행찬 없이 가실진댄 나의 찬합 값아다가 숙소참 잘 자리에 날 본 듯이 잡수시오. 향단아 찬합 술병 내오너라."

춘향이 일배주 가득 부어 눈물 섞어 드리면서 하는 말이,

"한양성 가시는 길에 강수(江樹) 청청(靑靑) 푸르거든 원함정을 생각하고, 천시가절(天時佳節) 때가 되어 세우(細雨)가 분분커든 노상행인욕단혼이라 마상(馬上)에 곤핍(困乏)하여 병이 날까 염려(念慮)오니 방초우초 저문 날에 일찍 들어 주무시고 아침날 풍우상(風雨上)에 늦게야 떠나시며 한 채찍 천리마에 모실 사람 없사오니 부디부디 천금귀체 시사안보(安保)하옵소서. 녹수진경도에 평안히 행차하옵시고 일자(一字) 음신 듣사이다. 종종 편지나 하옵소서."

도련님 하는 말이

[B]
"소식 듣기 걱정 마라. 요지(瑤地)의 서왕모(西王母)도 주목왕(周穆王)을 만나려고 일쌍(一雙) 청조(靑鳥) 자래(自來)하여 수천 리 먼먼 길에 소식 전송하였었고, 한무제(漢武帝) 중랑장은 상림원 군부(君父) 전(前)에 일척금서 보았으니, 백안(白雁) 청조(靑鳥) 없을망정 남원 인편(人便) 없을쏘냐? 슬퍼 말고 잘 있거라."

말을 타고 하직하니 춘향 기가 막혀 하는 말이,

"우리 도련님이 가네 가네 하여도 거짓말로 알았더니 말 타고 돌아서니 참으로 가는구나."

춘향이가 마부 불러,

"마부야. 내가 문 밖에 나설 수가 없는 터니 말을 붙들어 잠깐 지체하여 서라. 도련님께 한 말씀 여쭐란다."

춘향이 내달아,

[C]
"여보 도련님. 인제 가시면 언제나 오시려오. 사절(四節) 소식 끊어질 절(絶), 보내나니 아주 영절, 녹죽(綠竹) 창송(蒼松) 백이숙제(伯夷叔齊) 만고충절(萬古忠節), 천산에 조비절, 와병(臥病)에 인사절(人事絶), 죽절(竹節), 송절(松節), 춘하추동(春夏秋冬) 사시절(四時節), 끊어져 단절(斷絶), 분절(分絶), 훼절, 도련님은 날 버리고 박절(迫切)히 가시니 속절없는 나의 정절(貞節), 독숙공방 수절할 제 어느 때에 파절(破節)할꼬? 첩의 원정(冤情) 슬픈 고절(苦節) 주야 생각 미절(未絶)할 제 부디 소식 돈절(頓絶) 마오."

대문 밖에 거꾸러져 섬섬한 두 손길로 땅을 꽝꽝 치며,

"애고 애고 내 신세야."

애고 일성(一聲) 하는 소리 황애산만풍소삭(黃埃散漫風蕭索)이요 정기무광일색박(旌旗無光日色薄)이라. 엎더지며 자빠질 제 ㉠서운찮게 갈 양이면 몇 날 며칠 될 줄 모를레라. 도련님 타신 말은 준마가편이 아니냐. 도련님 낙루(落淚)하

고 후기약(後期約)을 당부하고 말을 채쳐 가는 양은 광풍(狂風)에 편운(片雲)일레라.

이때 춘향이 하릴없어 자던 침방으로 들어가서,

"향단아. 주렴 걷고 안석 밑에 베개 놓고 문 닫아라. 도련님을 생시는 만나보기 망연하니 잠이나 들면 ⓐ꿈에 만나 보자. 예로부터 이르기를 꿈에 와 보이는 님은 신(信)이 없다고 일렀건만 답답히 그릴 진댄 꿈 아니면 어이 보리. 꿈아 꿈아. 네 오너라. 수심 첩첩 한이 되어 몽불성에 어이하랴. 애고 애고 내 일이야. 인간 이별 만사(萬事) 중에 독숙공방 어이하리. 상사불견 나의 심경 그 뉘라서 알아 주리. 미친 마음 이렁저렁 흐트러진 근심 후려쳐 다 버리고 자나 누우나 먹고 깨나 님 못 보아 가슴 답답 어린 양자(樣子) 고운 소리 귀에 쟁쟁. 보고지고 보고지고 님의 얼굴 보고지고. 듣고지고 듣고지고 님의 소리 듣고지고. 전생에 무슨 원수로 우리 둘이 생겨나서 그린 상사(相思) 한데 만나 잊지 말자 처음 맹세, 죽지 말고 한데 있어 백년기약 맺은 맹세 천금주옥(千金珠玉) 꿈 밖이요 세사일관 관계하랴. 근원 흘러 물이 되고 깊고 깊고 다시 깊고 사랑 모여 뫼가 되어 높고 높고 다시 높아 끊어질 줄 모르거든 무너질 줄 어이 아리. 귀신이 작해하고 조물이 시기로다. 일조(一朝) 낭군 이별하니 어느 날에 만나 보리. 천수만한(千愁萬恨) 가득하여 끝끝이 느꺼워라. ⓑ옥안운빈 공로하니 일월이 무정이라. 오동추야 달 밝은 밤은 어이 그리 더디 새며 녹음방초 비낀 곳에 해는 어이 더디 간고? 이 상사 알으시면 님도 나를 그릴런만 ⓒ독숙공방 홀로 누워 다만 한숨 벗이 되고 구곡간장 굽이 썩어 솟아나니 눈물이라. 눈물 모아 바다 되고 한숨지어 청풍 되면 일엽주 무어 타고 한양 낭군 찾으련만 어이 그리 못 보는고? 우수명월 달 밝은 때 설심조군 느꺼우니 소연한 꿈이로다. ⓓ현야월 두우성은 님 계신 곳 비치련만 심중에 앉은 수심 나 혼자뿐이로다. 야색(夜色) 창망한데 경경(耿耿)이 비치는 게 창외(窓外)의 형화로다. 밤은 깊어 삼경(三更)인데 앉았은들 임이 올까, 누웠은들 잠이 오랴? 임도 잠도 아니 온다. 이 일을 어이하리. 아마도 원수로다. 홍진비래 고진감래 예로부터 있건마는 기다림도 적지 않고 그린 지도 오래건만 일촌간장(一寸肝腸) 굽이굽이 맺힌 한을 임 아니면 뉘라 풀꼬? 명천(明天)은 하감하사 수이 보게 하옵소서. 미진인정(未盡人情) 다시 만나 백발이 다 진(盡)토록 이별 없이 살고 지고. 묻노라 녹수청산, 우리 임 초췌행색 애연히 일별(一別) 후에 소식조차 돈절하다. ⓒ인비목석 아닐진대 님도 응당 느끼리라. 애고 애고 내 신세야."

앙천자탄(仰天自嘆)에 세월을 보내는데, 이때 도련님은 올라갈 제 숙소마다 잠 못 이뤄 보고지고 나의 사랑 보고지고 주야불망(晝夜不忘) 우리 사랑 날 보내고 그린 마음 속히 만나 풀으리라. 일구월심(日久月心) 굳게 먹고 등과(登科) 외방(外方) 바라더라.

[인물의 성격 파악]

50. 위 글의 인물에 대한 이해로 적절한 것은?

① 춘향은 이 도령과의 이별을 자신의 탓으로 돌리고 있다.

② 남원부사는 이 도령과 춘향 두 사람에게 이별할 것을 권하였다.

③ 춘향은, 남원부사가 이 도령에게 내린 명(命)을 못마땅하게 여기고 있다.

④ 성상이 남원부사에게 높은 벼슬을 제수한 것은 그의 고매한 성품 때문이다.

⑤ 이 도령은 남원부사인 부친에게 말하지 않고 춘향과의 만남을 유지하고 있었다.

51. 〈보기〉는 윗글을 포함하는 작품 전체를 소재로 삼아 이루어진 것이다. ㉠~㉤ 중, 윗글의 내용에 해당하는 것은?

[다른 작품에 적용하기]

| 보기 |

> 신령님……
>
> ㉠ ┌ 처음 내 마음은
> 　 │ 수천만 마리
> 　 └ 노고지리 우는 날의 아지랑이 같았습니다.
> ㉡ ┌ 번쩍이는 비늘을 단 고기들이 헤엄치는
> 　 │ 초록의 강 물결
> 　 └ 어우러져 나는 아기 구름 같았습니다.
>
> 신령님……
>
> ㉢ ┌ 그러나 그의 모습으로 어느 날 당신이 내게 오셨을 때
> 　 │ 나는 미친 회오리 바람이 되었습니다.
> 　 │ 쏟아져 내리는 벼랑의 폭포
> 　 └ 쏟아져 내리는 소나기 비가 되었습니다.
>
> 그러나 신령님……
>
> ㉣ ┌ 바닷물이 적은 여울을 마시듯이
> 　 │ 당신은 다시 그를 데려가고
> 　 │ 그 훠—ㄴ한 내 마음에
> 　 │ 마지막 타는 저녁 노을을 두셨습니다.
> 　 └ 그러고는 또 기인 밤을 두셨습니다.
>
> 신령님……
>
> ㉤ ┌ 그리하여 또 한 번 내 위에 밝는 날
> 　 │ 이제 산골에 피어나는 도라지 꽃같은
> 　 └ 내 마음의 빛깔은 당신의 사랑입니다.
>
> 　　　　　 -서정주, '다시 밝은 날에—춘향의 말 2'

① ㉠　　② ㉡　　③ ㉢　　④ ㉣　　⑤ ㉤

52. 〈보기〉를 참고하여 윗글에 나타난 '춘향'의 인물 유형으로 적절한 것은?

| 보기 |

십 리 밖에 나와 전송할 새,

춘향이 여쭙기를,

"떠나는 회포는 측량할 수 없거니와 부디 학업이나 힘써 입신양명하여 부모께 영화(榮華) 뵈고 나도 수이 찾으시오. 머리 위에 손 얹고 기다리이다."

이 도령이 말하기를,

"그런 말이야 어찌 형언하리. 부디 믿음을 지키어 내 오기를 고대하라."

하고, 마지못하여 말에 올라 서울을 향할 새, 돌아보고 돌아보니 한 산 넘어 오 리 되고 한 물 건너 십 리 되매 춘향의 형용이 묘연한지라. 할 수 없어 긴 근심 짧은 탄식 벗을 삼아 올라 가니라.

춘향이 이 도령을 보내고 눈물을 이리 씻고 저리 씻고 북쪽 하늘 바라보니 이미 멀어졌는지라. 하릴없어 집에 돌아와 의복 단장 전폐하고 분벽사창(粉壁紗窓) 굳이 닫고 무정세월을 시름 속에 보내더라.

-경판본 〈춘향전〉

① 낙천적 태도로 삶을 관조하며 자신의 삶에 만족하는 인물

② 시대적 사명을 자각하고 부조리한 시대 상황에 맞서는 인물

③ 이상과 현실의 괴리감 속에서 좌절하고 갈등하는 적극적인 인물

④ 상황의 변화와 무관하게 일관된 꿈을 가지고 자신의 위치를 고수하는 인물

⑤ 고상한 삶을 지향했으나 세속적 욕망에 빠져 현실에 만족하고 안주하는 인물

53. 윗글을 〈보기〉로 바꾸면서 고려한 사항으로 적절하지 <u>않</u>은 것은?

| 보기 |

[바꿔 쓰기]

이별이라네 이별이라네 이 도령 춘향이가 이별이로다

춘향이가 도련님 앞에 바짝 달려들어 눈물짓고 하는 말이

도련님 들으시오 나를 두고 못 가리다

나를 두고 가겠으면 홍로화(紅爐火) 모진 불에

다 사르겠으면 사르고 가시오

날 살려 두고는 못 가시리라

잡을 데 없으시면 삼단같이 좋은 머리를

휘휘칭칭 감아쥐고라도 날 데리고 가시오

살려 두고는 못 가시리다

날 두고 가겠으면 용천검(龍泉劍) 드는 칼로다

요 내 목을 베겠으면 베고 가시오

날 살려 두고는 못 가시리라 두어 두고는 못 가시리다

날 두고 가겠으면 영천수(潁川水) 맑은 물에다

던지겠으면 던지고나 가시오

날 살려 두고는 못 가시리다

이리 한참 힐난하다 할 수 없이 도련님이 떠나실 때

방자 놈 분부하여 나귀 안장 고이 지으니

도련님이 나귀 등에 올라앉으실 때

춘향이 기가 막혀 미칠 듯이 날뛰다가

우르르 달려들어 나귀 꼬리를 부여잡으니

나귀 네 발로 동동 굴러 춘향 가슴을 찰 때

안 나던 생각이 절로 나

그때에 이별 별(別) 자 내인 사람 나와 한백 년 대원수로다

깨치리로다 깨치리로다 박랑사 중 쓰고 남은 철퇴로

천하장사 항우 주어 이별 두 자를 깨치리로다

할 수 없이 도련님이 떠나실 때

향단이 준비했던 주안을 갖추어 놓고

> 풋고추 겨리김치 문어 전복을 곁들여 놓고
> 잡수시오 잡수시오 이별 낭군이 잡수시오
> 언제는 살자 하고 화촉동방(華燭洞房) 긴긴 밤에
> 청실홍실로 인연을 맺고 백 년 살자 언약할 때
> 물을 두고 맹세하고 산을 두고 증삼(曾參) 되자더니
> 산수 증삼은 간 곳이 없고
> 이제 와서 이별이란 웬 말이오
> 잘 가시오
> 잘 있거라
> 산첩첩(山疊疊) 수중중(水重重)한데 부디 편안히 잘 가시오
> 나도 명년 양춘가절이 돌아오면 또다시 상봉할까나
>
>   - 작자 미상, 「춘향이별가」

① '춘향'과 '도련님'이 주고받는 대화를 '춘향'의 말을 중심으로 재편하기로 해야겠어.

② '춘향'의 말과 행동을 중심으로 재구성할 것이니 제목은 '춘향이별가'로 해야지.

③ '날 살려 두고는 못 가시리다'를 반복하여 이별을 거부하는 '춘향'의 적극성이 드러나게 해야겠어.

④ 삽입되어 있는 한시나 시조, 잡가의 일부는 대중성을 띠고 있으니 그대로 살리는 게 좋겠어.

⑤ 이별한 뒤에 '춘향'과 '도련님'이 서로 그리워하는 내용은 따로 다루어야 할 것 같아.

[말하기의 방식]

54. [A]와 [B]에 공통으로 나타나는 '이 도령'의 말하기 방식은?

① 적절한 근거를 들어 논리적이고 이성적으로 설득하고 있다.

② 상대방의 마음을 넘겨짚으면서 자신의 주장을 관철시키고 있다.

③ 자신의 권위를 내세우며 고압적인 자세로 상대방을
질책하고 있다.

④ 불가피한 처지나 상황의 어려움을 근거로 상대방을
설득하고 있다.

⑤ 상대방의 논리적 허점을 과장해서 공격한 뒤에, 자기
주장의 정당성을 확보하고 있다.

55. [C]에 대한 독자의 감상으로 가장 적절한 것은?

[작품의 내용 파악]

① 장풍운 : 현실적으로 감당하기 어려운 상황에서도 재
담을 늘어놓는 '춘향'의 모습이 우습기도 하지만 안쓰
럽기도 해.

② 박문수 : '독숙공방 수절할 제 어느 때에 파절(破節)할
꼬?'에 '춘향'의 본심이 드러나 있다고 볼 수도 있겠지.

③ 사정옥 : '춘향'의 처지에서는 무슨 말이라도 해야 할
테니까, 어차피 하는 말 재미있으면 더 좋겠지.

④ 국영수 : 양반 사대부 집안의 딸이라 자부하는 '춘향'
이라 자신의 학문적 수준을 부각시키고 싶었을 테지.

⑤ 어우동 : 이 말이 끝나고 이어지는, '대문 밖에 거꾸러
져 섬섬한 두 손길로 땅을 꽝꽝 치'는 행위에 걸맞은
말이네.

56. ⓐ~ⓔ에 대한 설명으로 가장 적절한 것은?

[구절의 의미 파악]

① ⓐ는 현실적으로 불가능한 일임을 깨닫고 새롭게 찾
아낸 대안이다.

② ⓑ는 인물이 지닌 자부심을 환기하여 좌절감을 완화
하는 소재이다.

③ ⓒ는 부정적인 상황을 희화화함으로써 당면한 현실을
풍자하는 표현이다.

④ ⓓ는 미래에 대한 전망을 바탕으로 대상과의 재회를
확신하는 표현이다.

⑤ ⓔ는 기대가 어긋나 버린 사정을 부각하여 희극미를
심화하는 표현이다.

[인물의 심리와 정서 파악]

57. 윗글에 나타난 '춘향'의 심리와 가장 유사한 정서를 담고 있는 것은?

① 노래 삼긴 사람 시름도 하도 할샤
　널러 다 못 널러 블러나 푸돗던가
　진실로 플릴 거시면 나도 블러 보리라.

② 삼동(三冬)에 뵈옷 닙고 암혈(巖穴)에 눈비 마자
　구름 낀 볏 뉘도 쬔 적이 업건마는
　서산(西山)에 ᄒᆡ진다ᄒᆞ니 눈물겨워 ᄒᆞ노라.

③ 이화우(梨花雨) 흣뿌릴 제 울며 잡고 이별한 님,
　추풍 낙엽(秋風落葉)에 저도 날 생각난가.
　천리에 외로운 꿈만 오락가락 하노매.

④ 이화(梨花)에 월백(月白)ᄒᆞ고 은한(銀漢)이 삼경(三更) 인제,
　일지춘심(一支春心)을 자규(子規)야 알라마는
　다정(多情)도 병인 양ᄒᆞ여 잠못 드러 ᄒᆞ노라.

⑤ 가마귀 눈비 마자 희는 듯 검노매라.
　야광 명월(夜光明月)이 밤인들 어두오랴.
　님 향(向)ᄒᆞᆫ 일편단심(一片丹心) 고칠 줄이시랴.

※ 다음 글을 읽고 물음에 답하시오.

　　이때 수삭(數朔) 만에 신관(新官) 사또 났으되, 자하골 변 학도(卞學道)라 하는 양반이 오는데 ⓐ문필도 유여하고 인 물 풍채 활달하고 풍류 속에 달통하여 외입 속이 넉넉하되, 한갓 흠이 성정(性情) 괴퍅(乖愎)한 중에 사증을 겸하여 혹시 실덕(失德)도 하고 오결하는 일이 간다(間多) 고로 ⓑ세상에 아는 사람은 다 고집불통이라 하것다.

　　신연하인 현신할 제

[A]
　　"사령 등 현신이요."
　　"이방이요."
　　"감상이요."
　　"수배요."

[A]

"이방 부르라."

"이방이요."

"그새 너희 골에 일이나 없느냐?"

"예, 아직 무고(無故)합니다."

"네 골 관노(官奴)가 삼남에 제일이라지."

"예, 부림직 하옵니다."

"또 네 골에 춘향이란 계집이 매우 색(色)이라지."

"예."

"잘 있어?"

"무고하옵니다."

"남원이 예서 몇 린고?"

"육백삽십 리로소이다."

마음이 바쁜지라,

"급히 치행(治行)하라."

신연하인 물러나와,

"우리 골에 일이 났다."

이때 신관 사또 출행 날을 급히 받아 도임차로 내려올 제 위의도 장할시고. 구름 같은 별연(別輦) 독교(獨轎) 좌우 청장 떡 벌이고 좌우편 부축 급창 물색 진한 모시 천익 백저전대 고를 늘여 엇비슷이 눌러 매고 대모관자 통영갓을 이마 눌러 숙여 쓰고 청장 줄 겸쳐 잡고,

"에라 물러섰다 나 있거라."

혼금이 지엄(至嚴)하고,

"좌우 구종 긴경마에 뒤채잡이 힘써라."

통인 한 쌍 책 전립에 행차 배행 뒤를 따르고, 수배(首陪) 감상(監床) 공방이며 신연 이방 가선하다. 노자 한 쌍 사령 한 쌍 일산보종 전배하여 대로변에 갈라서고, 백방수주 일산 복판 남수주 선을 둘러 주석(朱錫) 고리 어른어른 호기 있게 내려올 제, 전후에 혼금소리 청산(靑山)이 상응하고 권마성 높은 소리 백운(白雲)이 담담(澹澹)이라.

[B]

전주(全州)에 득달(得達)하여 경기전 객사 연명하고 영문(營門)에 잠깐 다녀 좁은목 썩 내달아 만마관 노구바위 넘어 임실(任實) 얼른 지나 오수(獒樹) 들러 중화하고 즉일(卽日) 도임할새, 오리정으로 들어갈 제, 천총이 영솔(領率)하고 육방(六房) 하인 청로도로 들어올 제 청도(淸道) 한 쌍, 홍문기 한 쌍, 주작 남동각(南東角) 남서각(南西角), 홍초남문 한 쌍, 청룡 동남각(東南角) 서남각(西南角) 남초 한 쌍, 현무 북동각(北東角) 북서각(北西角) 흑초홍문 한 쌍, 등사 순시 한 쌍, 영기 한 쌍, 집사 한 쌍, 기패관 한 쌍, 군노(軍奴) 열두 쌍, 좌우가 요란하다. 행군 취타 풍악 소리 성동(城東)에 진동하고 삼현육각 권마성은 원근에 낭자하다. 광한루에 포진하여 개복(改服)하고 객사에 연명차로 남여 타고 들어갈새, 백성 소시 엄숙하게 보이려고 눈을 별양 궁글궁글 객사에 연명하고 동헌에 좌기하고 도임상(到任床)을 잡순 후,

"행수 문안이요."

행수 군관 집례 받고 육방관속 현신 받고 사또 분부하되
"수노 불러 기생 점고하라."

[C]

호장이 분부 듣고 기생 안책 들여 놓고 호명(呼名)을 차례로 부르는데 낱낱이 글귀로 부르던 것이었다.

"우후동산(雨後東山) 명월(明月)이."

명월이가 들어를 오는데 나군 자락을 거듭거듭 걷어다가 세요흉당에 딱 붙이고 아장아장 들어를 오더니,

"점고 맞고 나오."

"어주축수애산춘에 양편 난만 고운 춘색이 이 아니냐. 도홍(桃紅)이."

도홍이가 들어를 오는데 홍상 자락을 걷어 안고 아장아장 조촘 걸어 들어를 오더니,

"점고 맞고 나오."

"단산(丹山)에 저 봉이 짝을 잃고 벽오동(碧梧桐)에 깃들이니 산수지영이요 비충지정이라. 기불탁속 군은 절개 만수문(萬壽門) 전(前) 채봉(彩鳳)이."

채봉이가 들어오는데 나군 두른 허리 맵시 있게 걸어 안고 연보를 정히 옮겨 아장 걸어 들어와,

"점고 맞고 좌부진퇴로 나오."

"청정지연 불개절에 묻노라 저 연화(蓮花), 어여쁘고 고운 태도 화중군자(花中君子) 연심(蓮心)이."

[C] 연심이가 들어오는데 나상을 걷어 안고 나말 수혜 끌면서 아장 걸어 가만가만 들어오더니,

"좌부진퇴로 나오."

"화씨같이 밝은 달 벽해(碧海)에 들었나니 형산백옥(荊山白玉) 명옥(明玉)이."

명옥이가 들어오는데 기하상 고운 태도 이행(履行)이 진중한데 아장 걸어 가만가만 들어를 오더니,

"점고 맞고 좌부진퇴로 나오."

"운담풍경근오천에 양류편금에 앵앵(鶯鶯)이."

앵앵이가 들어오는데 홍상 자락을 에후리쳐 세요흉당(細腰胸膛)에 딱 붙이고 아장 걸어 가만가만 들어오더니,

"점고 맞고 좌부진퇴로 나오."

사또 분부하되,

"자주 부르라."

"예."

호장이 분부 듣고 넉 자 화조로 부르는데,

[D] "광한전 높은 집에 헌도하던 고운 선비 반겨 보니 계향(桂香)이."

"예, 등대하였소."

"송하(松下)에 저 동자(童子)야, 묻노라 선생 소식.

수첩청산(數疊靑山)에 운심(雲心)이.”

"예, 등대하였소.”

"월궁(月宮)에 높이 올라 계화(桂花)를 꺾어 애절(愛折)이.”

"예, 등대하였소.”

"차문주가하처재요 목동요지 행화(杏花).”

"예, 등대하였소.”

[D] "아미산월반륜추 영입평강에 강선(江仙)이.”

"예, 등대하였소.”

"오동 복판 거문고 타고 나니 탄금(彈琴)이.”

"예, 등대하였소.”

"팔월 부용(芙蓉) 군자 용(容)은 만당추수 홍련(紅蓮)이.”

"예, 등대하였소.”

"주홍당사 같은 매듭 차고 나니 금낭(錦囊)이.”

"예, 등대하였소.”

사또 분부하되,

"한숨에 열두서넛씩 불러라.”

호장이 분부 듣고 자주 부르는데,

[E] "양대선 월중선 화중선이.”

"예, 등대하였소.”

"금선이 금옥이 금련이.”

"예, 등대하였소.”

"농옥이 난옥이 홍옥이.”

"예, 등대하였소.”

"바람맞은 낙춘이.”

"예, 등대 들어를 가오.”

[F] 낙춘이가 들어를 오는데 제가 잔뜩 맵시 있게 들어오는 체하고 들어오는데 시면한단 말은 듣고 이마빡에서 시작하여 귀 뒤까지 파 젖히고 분성적한단 말은

[F]
들었던가 개분 석 냥 일곱 돈어치를 무지금하고 사다
가 성(城) 겉에 회칠하듯 반죽하여 온 낯에다 맥질하
고 들어오는데 키는 사근내 장승만 한 년이 치마 자락
을 훨씬 추워다 턱밑에 딱 붙이고 무논의 고니 걸음으
로 찔룩 껑쭝껑쭝 엉금 섭적 들어오더니,
"점고 맞고 나오."

58. [A]와 [B]에 대한 설명으로 적절하지 <u>않은</u> 것은?

[서술 방법의 파악]

① [A]는 인물 간의 대화를 '보여주기'의 방법으로 서술
하고 있다.

② [A]는 실제 시간과 서술 시간이 같아서 현장감이 잘
나타나고 있다.

③ [B]는 시간의 흐름에 따른 공간의 이동을 '말하기'의
방법으로 서술하고 있다.

④ [B]는 요약하거나 생략하여 실제 시간이 서술 시간보
다 훨씬 길다고 할 수 있다.

⑤ [A]와 [B]에 나타난 서술 방법 상의 차이는 이본
(version)에 따라 다를 수도 있을 것이다.

59. '[C] → [D] → [E]'로 바뀌게 되는 까닭을 윗글에서 찾아
쓰시오.

[서사 전개의 파악]

60. [F]에서 인물 제시의 방법 및 태도와 가장 가까운 것은?

[인물 제시의 방법과 태도]

① 〈변강쇠가〉의 '옹녀' : 열다섯에 얻은 서방(書房) 첫날
밤 잠자리에 급상한(急傷寒)에 죽고, 열여섯에 얻은 서
방 당창병(唐瘡病)에 튀고, 열일곱에 얻은 서방 용천병
에 펴고, 열여덟에 얻은 서방 벼락맞아 식고, 열아홉에
얻은 서방 천하에 대적(大賊)으로 포청(捕廳)에 떨어지
고, 스무 살에 얻은 서방 비상(砒霜) 먹고 돌아가니, 서

방에 퇴가 나고 송장 치기 신물난다.

② 〈심청전〉의 '뺑덕어미' : 본촌의 서방질 일쑤 잘하여 밤낮없이 흘레하는 개같이 눈이 벌겋게 다니는 뺑덕어미가 심 봉사의 전곡이 많이 있는 줄을 알고 지원첩이 되어 살더니, 이년의 입버르장머리가 또한 아래 버릇과 같아 한시 반 때도 놀지 아니하려고 하는 년이라. 양식 주고 떡 사먹기, 베를 주어 돈을 사서 술 사먹기, 정자 밑에 낮잠 자기, 이웃집에 밥 붙이기, 동인더러 욕설하기, 초군(樵軍)들과 쌈 싸우기, 술 취하여 한밤중에 앙탈부려 울음 울기, 빈 담뱃대 손에 들고 보는 대로 담배 청하기, 총각 유인하기

③ 〈흥보전〉의 '놀부' : 대장군방 벌목허고 삼살방에 이사 권코 오구방에다 집을 짓고 불붙는데 부채질 호박에다 말뚝 박고 길가는 과객양반 재울 듯기 붙들었다 해가 지면은 내어쫓고 초란이 보면 딴낮 짓고 거사 보면은 소구도적 의원 보면 침 도적질 양반 보면은 관을 찢고 다 큰 큰애기 겁탈, 수절과부는 모함 잡고 우는 놈은 발가락 빨리고 똥누는 놈 주저앉히고 제주병에 오줌 싸고 소주병 비상 넣고 새 망건 편자 끊고 새 갓 보면은 땀때 띠고 앉은뱅이는 택견, 곱사동이는 되집어 놓고 봉사는 똥칠 허고 애 밴 부인은 배를 차고 길가에 허방 놓고 옹기전에다 말달리기 비단전에다 물총 놓고. 이놈의 심사가 이래 놓니 삼강을 아느냐 오륜을 아느냐 이런 모지고 독한 놈이 세상 천지 어디가 있더란 말이냐.

④ 〈장화홍련전〉의 '허씨' : 두 뺨은 한 자가 남고, 눈은 퉁방울 같고, 코는 질병 같고, 입은 메기 아가리요, 목소리는 시랑(豺狼)의 소리요, 허리는 두 아름은 한데, 그 중에도 또 온갖 병신을 겸하였것다. 곰배팔이에 수중다리에 쌍언청이에, 자[尺]가웃 난쟁이를 갖추었으며, 얽기는 콩멍석 같고, 그 입살을 긁어 썰면 열 사발은 되겠고, 턱 밑에 주먹 같은 검은 사마귀는 시커먼 털이 구레나룻보다 못지아니한 중, 얼굴 둘레는 작은 매판만 하니, 그 형용은 차마 한 시라도 견디어 보기

어렵고, 또 병신 고운 데 없다고 그 용심(用心)이 더욱 불측(不測)하여 남의 못 될 노릇은 좇아가며 행하니, 집에 두기 일시(一時) 난감이로되, 그것도 계집이라고 그 달부터 태기(胎氣)가 있어 연(連)하여 삼자(三子)를 나으매, 좌수가 그로 말미암아 지이부지(知而不知)하고 지내더라.

⑤ 〈옹고집전〉의 '옹고집' : 옛글에 하였이되 인간 칠십 (人間七十) 고래희(古來稀)라 하였이니 팔십 당년 우리 모친 오래 살아 씰데없네 수즉다욕(壽則多慾) 우리 모친 뉘라서 단명할 이 도척(盜跖)이 같은 못쓸 놈도 천추(千秋)에 유명커든 무삼 시비 말할쏜가. 이놈 심사 이러한 중에 또한 불도(佛道)를 능멸(凌蔑)하야 무죄한 중곧 보면 결박하야 귀 뚫기와 어깨 타고 뜸질하기 유명하더라. 이놈 욕심 이러하니 옹가 집 근처에는 동냥 중이 갈 수 없다.

61. ⓐ에 대한 설명으로 적절한 것은?

[표현 방법의 이해]

① 같거나 비슷한 어구를 되풀이하여 문장의 의미를 강조하는 표현법이다.

② 어떤 사람이나 사물을 실제보다 훨씬 더하게, 또는 훨씬 덜하게 나타내는 표현법이다.

③ 대답을 전제로 하는 것이 아니라 수사학적 효과만을 노리는 질문의 형식으로 이루어진 표현법이다.

④ 우선 누르고 후에 추켜준다든지 혹은 우선 추켜세운 다음 눌러버린다든지 하여 한층 날카롭게 느끼게 하는 표현법이다

⑤ 같거나 비슷한 어구를 겹쳐 써서 문장의 뜻이 점점 강조되고, 커지고, 높아지게 하여 독자의 감흥을 고조시켜 절정으로 이끄는 표현법이다.

[작품의 창작 의도]

62. ⓑ가 '변학도'에게 들려줄 법한 것은?

① 秋江(추강)에 밤이 드니 물결이 추노매라.
　　낙시 드리치니 고기 아니 무노미라.
　　無心(무심)흔 둘빗만 싯고 뷘 비 저어 오노미라.

② 가마귀 싸우는 골에 白鷺(백로)야 가지 마라.
　　성낸 가마귀 흰빛을 새오나니.
　　滄波(창파)에 됴히 씨슨 몸을 더러일가 하노라.

③ 이런들 엇더ᄒ며 져런들 엇더ᄒ리.
　　萬壽山(만수산) 드렁츩이 얼거진들 긔 엇더ᄒ리.
　　우리도 이ᄀᆞᆺ치 얼거져 百年(백년)까지 누리리라.

④ 山(산)은 녯 山(산)이로되 물은 녯 물이 안이로다.
　　晝夜(주야)에 흘은이 녯 물이 이실쏜야.
　　人傑(인걸)도 물과 ᄀᆞᆺᄋᆞ야 가고 안이 오노미라.

⑤ 욕심 난다 하고 몹쓸 일을 하지 마라.
　　나는 잊어도 남이 내 모습 보느니라.
　　한 번을 악명을 얻으면 어느 물로 씻으리.

※ 다음 글을 읽고 물음에 답하시오.

　　연연(娟娟)히 고운 기생 그 중에 많건마는 사또께옵서는 근본 춘향의 말을 높이 들었는지라, 아무리 들으시되 춘향 이름 없는지라, 사또 수노 불러 묻는 말이,
　　"기생 점고 다 되어도 춘향은 안 부르니 퇴기냐?"
　　수노 여쭈오되,
　　"춘향 모는 기생이되 춘향은 기생이 아닙니다."
　　사또 문왈,
　　"춘향이가 기생이 아니면 어찌 규중에 있는 아이 이름이 높이 난다?"
　　수노 여쭈오되,
　　"근본 기생의 딸이옵고 덕색(德色)이 장한 고로 권문세족 양반네와 일등재사(一等才士) 한량들과 내려오신 등내마다 구경코자 간청하되 춘향 모녀 불청(不聽)키로 양반 상하 물

론하고 액내지간 소인 등도 십년일득 대면(對面)하되 언어 수작 없었더니 천정(天定)하신 연분인지 구관(舊官) 사또 자제 이도련님과 백년기약 맺사옵고 도련님 가실 때에 입장후에 데려 가마 당부하고 춘향이도 그리 알고 수절하여 있습니다."

사또 분을 내어,

"이놈 무식한 상놈인들 그게 어떠한 양반이라고 엄부시하요 미장전 도련님이 화방(花房)에 작첩(作妾)하여 살자 할꼬? 이놈 다시는 그런 말을 입 밖에 내어서는 죄를 면치 못하리라. 이미 내가 저 하나를 보려다가 못 보고 그저 말랴. 잔말 말고 불러 오라."

춘향을 부르란 청령이 나는데 이방 호장 여쭈오되,

"춘향이가 기생도 아닐 뿐 아니오라 구등 사또 자제 도련님과 맹약(盟約)이 중(重)하온데 연치(年齒)는 부동(不同)이나 동반의 분의로 부르라기 사또 정체(正體)가 손상할까 저어하옵니다."

사또 대로하여,

"만일 춘향을 시각 지체하다가는 공형 이하로 각청(各廳) 두목을 일병태거할 것이니 빨리 대령 못 시킬까."

육방이 소동, 각청 두목이 넋을 잃어,

"김 번수야 이 번수야. 이런 별일이 또 있느냐? 불쌍하다 춘향 정절 가련케 되기 쉽다. 사또 분부 지엄하니 어서 가자 바삐 가자."

사령 군노 뒤섞여서 춘향 문전 당도하니, 이때 춘향이는 사령이 오는지 군노가 오는지 모르고 주야로 도련님만 생각하여 우는데 망칙한 환(患)을 당하려거든 소리가 화평(和平)할 수 있으며 한때라도 공방살이할 계집아이라 목성(聲)에 청승이 끼어 자연 슬픈 애원성이 되니, 보고 듣는 사람의 심장인들 아니 상할쏘냐? 임 그리워 설운 마음 식불감(食不甘) 밥 못 먹어 침불안석(寢不安席) 잠 못 자고 도련님 생각 적상

되어 피골이 모두 다 상련이라. 양기(陽氣)가 쇠진하여 진양조란 울음이 되어,

[A]
　　"갈까 보다 갈까 보다. 임을 따라 갈까 보다. 천 리라도 갈까 보다 만 리라도 갈까 보다. 풍우(風雨)도 쉬어 넘고 날진, 수진, 해동청, 보라매도 쉬어 넘는 고봉정상(高峰頂上) 동선령 고개라도 임이 와 날 찾으면 나는 발 벗어 손에 들고 나는 아니 쉬어 가지. 한양 계신 우리 낭군 나와 같이 그리는가. 무정하여 아주 잊고 나의 사랑 옮겨다가 다른 임을 괴이는가?"

한참 이리 설이 울 제, 사령 등이 춘향의 애원성을 듣고 인비목석(人非木石) 아니거든 감심(感心) 아니 될 수 있냐. 육천 마디 사대(四大) 삭신이 낙수춘빙(落水春氷) 얼음 녹듯 탁 풀리어,

"대체 이 아니 참 불쌍하냐. 이애 외입한 자식들이 저런 계집을 추앙(推仰) 못 하면은 사람이 아니로다."

이때에 재촉 사령 나오면서,

"오느냐?"

외는 소리에 춘향이 깜짝 놀래어 문틈으로 내다보니 사령, 군노 나왔구나.

"아차차 잊었네. 오늘이 그 삼일점고라 하더니 무슨 야단이 났나 보다."

밀창문 열뜨리며,

"허허 번수(番手)님네 이리 오소 이리 오소. 오시기 뜻밖이네. 이번 신연(新延) 길에 노독(路毒)이나 아니 나며 사또 정체(正體) 어떠하며 구관댁(舊官宅)에 가 계시며 도련님 편지 한 장도 아니 하던가? 내가 전일(前日)은 양반을 모시기로 이목이 번거하고 도련님 정체 유달라서 모르는 체하였건만 마음조차 없을손가? 들어가세 들어가세."

김 번수며 이 번수며 여러 번수 손을 잡고 제 방에 앉힌 후에 향단이 불러,

"주반상 들여라."

취토록 먹인 후에 궤문 열고 돈 닷 냥을 내어 놓으며,

"여러 번수님네. 가시다가 술이나 잡숫고 가옵소. 뒷말 없게 하여 주소."

사령 등이 약주에 취하여 하는 말이,

"돈이라니 당치 않다. 우리가 돈 바라고 네게 왔냐?"

하며,

"들여 놓아라."

"김 번수야. 네가 차라."

"불가(不可)타마는 닢 수(數)나 다 옳으냐?"

돈 받아 차고 흐늘흐늘 들어갈 제, 행수 기생이 나온다. 행수 기생이 나오며 두 손뼉 땅땅 마주 치면서,

"여봐라 춘향아. 말 들거라. 너만 한 정절은 나도 있고 너만 한 수절은 나도 있다. 너라는 정절이 왜 있으며 너라는 수절이 왜 있느냐? 정절부인 애기씨 수절부인 애기씨 조그마한 너 하나로 만연하여 육방이 소동, 각 청 두목이 다 죽어난다. 어서 가자 바삐 가자."

춘향이 할 수 없어 수절하던 그 태도로 대문 밖 썩 나서며,

"형님 형님 행수 형님. 사람의 괄시를 그리 마소. 거기라고 대대 행수며 나라고 대대 춘향인가. 인생일사도무사지 한 번 죽지 두 번 죽나."

이리 비틀 저리 비틀 동헌에 들어가,

"춘향이 대령하였소."

63. 윗글의 인물에 대한 평가로 적절하지 <u>않은</u> 것은?

① 사또 : 기생을 점고했으나 '춘향'이 없자 노발대발(怒發大發)하며 주변의 반대에도 불구하고 빨리 잡아들이라 재촉하는군.

[인물의 평가]

② 춘향 : '이 도령'에 대한 그리움으로 오매불망(寤寐不忘)하다가 다시 난관을 만났으니 엎친 데 덮친 격이군.

③ 수노·호장 : '춘향'이 기생이 아니며, '이 도령'과 백년가약(百年佳約)을 맺은 처자임을 밝히며 '사또'를 설득하려 하는군.

④ 사령·군노 : '춘향'의 사정이야 인지상정(人之常情)으로 알지만 '사또'의 명을 안 들을 수도 없어 오도 가도 못 하는 처지로군.

⑤ 행수 기생 : '이 도령'을 위해 수절하겠다는 '춘향'에게 멸사봉공(滅私奉公)의 정신으로 결자해지(結者解之)해 주기를 간청하는군.

[작품의 비교 검토]

64. [A]와 〈보기〉에 대한 설명으로 적절하지 <u>않은</u> 것은?

| 보기 |

> ᄇᆞ롬도 쉬여 넘는 고기, 구름이라도 쉬여 넘는 고기
> 산진(山眞)이 수진(水眞)이 해동청(海東靑) 보ᄅᆞᄆᆡ도 다 쉬여 넘는 고봉(高峰) 장성령(長城嶺) 고기,
> 그 너머 님이 왓다 ᄒᆞ면 나는 아니 ᄒᆞᆫ 번도 쉬여 넘어 가리라.

① [A]와 〈보기〉 중 어느 하나가 다른 하나를 차용하여 이루어진 것으로 보인다.

② [A]의 '풍우(風雨)'보다는 〈보기〉의 'ᄇᆞ롬'과 '구름'이 더 잘 어울려 보인다.

③ 〈보기〉에는 없고 [A]에는 있는 '발 벗어 손에 들고'는 웃음을 유발할 수도 있다.

④ [A]와 〈보기〉 모두 신분적 계층이나 지적 수준이 하위층에 속하는 향수자를 지향하고 있다.

⑤ [A]와 〈보기〉 모두 임의 부재로 인한 기다림과 그로 인한 원망의 감정이 드러나고 있다.

65. [A]를 〈보기〉로 바꿔 썼다고 할 때, 나타난 변화 양상으로 가장 적절한 것은?

| 보기 |

> 집을 치면, 정화수(靜華水) 잔잔한 위에 아침마다 새로 생기는 물방울의 선선한 우물 집이었을레. 또한 윤이 나는 마루의, 그 끝에 평상(平床)의, 갈앉은 뜨락의, 물냄새 창창한 그런 집이었을레. 서방님은 바람 같단들 어느 때고 바람은 어려올 따름, 그 옆에 순순(順順)한 스러지는 물방울의 찬란한 춘향이 마음이 아니었을레.
>
> 하루에 몇 번쯤 푸른 산 언덕들을 눈 아래 보았을까나. 그러면 그때마다 일렁여오는 푸른 그리움에 어울려, 흐느껴 물살짓는 어깨가 얼마쯤 하였을까나. 진실로, 우리가 받들 산신령(山神靈)은 그 어디 있을까마는, 산과 언덕들의 만리 같은 물살을 굽어보는, 춘향은 바람에 어울린 수정(水晶)빛 임자가 아니었을까나.
>
> – 박재삼, '수정가(水晶歌)'

① 등장인물의 감정 표현이 절제되었다.

② 등장인물의 해학적 특성이 두드러졌다.

③ 가창(歌唱)을 위한 음악적 특성이 강화되었다.

④ 동물을 소재로 한 우화적 성격이 약화되었다.

⑤ 관용적 표현과 상징적 표현이 빈번하게 사용되었다.

[바꿔 쓰기]

※ 다음 글을 읽고 물음에 답하시오.

> 사또 보시고 대희(大喜)하여
> "춘향일시 분명하다. 대상(臺上)으로 오르거라."
> 춘향이 상방(上房)에 올라가 염슬단좌(斂膝端坐) 뿐이로다. 사또가 대혹(大惑)하여
> "책방에 가 회계 나리님을 오시래라."

회계 생원(生員)이 들어오던 것이었다. 사또 대희하여,

"자네 보게. 저게 춘향일세."

"하 그 년 매우 예쁜데, 잘 생겼소. 사또께서 서울 계실 때부터 춘향 춘향 하시더니 한 번 구경할 만하오."

사또 웃으며

"자네 중신 하겠나?"

이윽히 앉았더니

"사또가 당초에 춘향을 부르시지 말고 매파(媒婆)를 보내어 보시는 게 옳은 것을 일이 좀 경(輕)히 되었소마는 이미 불렀으니 아마도 혼사(婚事)할 밖에 수가 없소."

사또 대희하여 춘향더러 분부하되,

"오늘부터 몸 단장 정히 하고 수청(守廳)으로 거행하라."

"사또 분부 황송하나 일부종사(一夫從事) 바라오니 분부 시행 못하겠소."

사또 웃어 왈

[A] "미재미재라. 계집이로다. 네가 진정 열녀로다. 네 정절 굳은 마음 어찌 그리 어여쁘냐. 당연한 말이로다. 그러나 이(李) 수재는 경성(京城) 사대부의 자제로서 명문귀족 사위가 되었으니 일시 사랑으로 잠깐 노류장화(路柳墻花)하던 너를 일분 생각하겠느냐. 너는 근본 절행(節行) 있어 전수일절하였다가 홍안이 낙조되고 백발이 난수하면 무정세월약유파를 탄식할 제 불쌍코 가련한 게 너 아니면 뉘가 그랴. 네 아무리 수절한들 열녀 포양 누가 하랴. 그는 다 버려두고 네 골 관장에게 매임이 옳으냐, 동자(童子)놈에게 매인 게 옳으냐. 네가 말을 좀 하여라."

춘향이 여쭈오되,

"충신불사이군(忠臣不事二君)이요 열녀불경이부(烈女不更二夫) 절(節)을 본받고자 하옵는데 수차 분부 이러하니 생불여사이옵고 열불경이부(烈不更二夫)오니 처분대로 하옵소

서."

이때 회계 나리가 썩 하는 말이,

"네 여봐라. 어 그년 요망한 년이로고. 부유일생소천하에 일색(一色)이라. 네 여러 번 사양할 게 무엇이냐? 사또께옵서 너를 추앙하여 하시는 말씀이지 너 같은 창기배(娼妓輩)에게 수절이 무엇이며 정절이 무엇인가? 구관은 전송하고 신관 사또 연접함이 법전(法典)에 당연하고 사례에도 당연커든 괴이한 말 내지 말라. 너희 같은 천기배(賤妓輩)에게 '충렬(忠烈)' 이 자(二字) 왜 있으리?"

이때 춘향이 하 기가 막혀 천연히 앉아 여쭈오되,

"충효열녀(忠孝烈女) 상하(上下) 있소. 자상히 들으시오. 기생으로 말합시다. 충효열녀 없다 하니 낱낱이 아뢰리다. 해서(海西) 기생 농선이는 동선령(洞仙嶺)에 죽어 있고, 선천(宣川) 기생 아이로되 칠거학문 들어 있고, 진주(晋州) 기생 논개는 우리 나라 충렬로서 충렬문(忠烈門)에 모셔 놓고 천추향사하여 있고, 청주(淸州) 기생 화월이는 삼층각(三層閣)에 올라 있고, 평양 기생 월선이도 충렬문에 들어 있고, 안동 기생 일지홍은 생열녀문 지은 후에 정경 가자 있사오니 기생 해폐(害弊) 마옵소서."

춘향 다시 사또 전에 여쭈오되,

[B]
"당초에 이 수재 만날 때에 태산(泰山) 서해(西海) 굳은 마음 소첩(小妾)의 일심정절(一心貞節) 맹분 같은 용맹인들 빼어내지 못할 터요, 소진 장의 구변(口辯)인들 첩의 마음 옮겨가지 못할 터요, 공명 선생 높은 재조(才操) 동남풍은 빌었으되 일편단심 소녀 마음 굴복(屈伏)지 못하리라. 기산(箕山)의 허유는 부촉수 요거천하고 서산(西山)의 백숙 양인(兩人)은 불식주속 하였으니 만일 허유 없었으면 고도지사 누가 하며 만일 백이 숙제 없었으면 난신적자(亂臣賊子) 많으리다. 첩신(妾身)이 수(雖) 천한 계집인들 허유 백숙을 모르

리까? 사람의 첩이 되어 배부기가하는 법이 벼슬하는 관장님네 망국부주 같사오니 처분대로 하옵소서."

사또 대로하여,

"이년 들어라. 모반대역하는 죄는 능지처참하여 있고, 조롱관장하는 죄는 제서율에 율(律) 써 있고, 거역관장(拒逆官長)하는 죄는 엄형정배하느니라. 죽노라 설워마라."

춘향이 포악하되,

"유부녀 겁탈하는 것은 죄 아니고 무엇이오."

사또 기가 막혀 어찌 분하시던지 연상을 두드릴 제 탕건이 벗어지고 상투고가 탁 풀리고 대마디에 목이 쉬어,

"이년 잡아 내리라."

호령하니 골방에 수청 통인,

"예."

하고 달려들어 춘향의 머리채를 주루루 끌어내며,

"급창."

"예."

"이년 잡아 내리라."

춘향이 떨치며,

"놓아라."

중계에 내려가니 급창이 달려들어,

"요년 요년. 어떠하신 존전이라고 대답이 그러하고 살기를 바랄쏘냐?"

대뜰 아래 내리치니 맹호(猛虎) 같은 군노 사령 벌떼같이 달려들어 감태 같은 춘향의 머리채를 정정 시절(時節) 연실 감 듯 뱃사공이 닻줄 감 듯 사월 팔일 등(燈)대 감 듯 휘휘친친 감아쥐고 동당이쳐 엎지르니 불쌍타 춘향 신세 백옥 같은 고운 몸이 육자배기로 엎더졌구나.

좌우 나졸 늘어서서 능장, 곤장, 형장(刑杖)이며, 주장 짚고,

"아뢰라. 형리(刑吏) 대령하라."

"예."

"숙여라."

"형리요."

사또 분이 어찌 났던지 벌벌 떨며 기가 막혀 허푸허푸 하며,

"여보아라. 그년에게 다짐이 왜 있으리. 묻도 말고 동틀에 올려매고 정치를 부수고 물고장을 올려라."

춘향을 동틀에 올려매고 쇄장이 거동 봐라. 형장이며 태장이며 곤장이며 한 아름 담쑥 안아다가 형틀 아래 좌르륵 부딪치는 소리 춘향의 정신이 혼미(昏迷)한다.

집장사령 거동 봐라. 이 놈도 잡고 능청능청 저 놈도 잡고 서 능청능청 등심 좋고 빳빳하고 잘 부러지는 놈 골라 잡고 오른 어깨 벗어 메고 형장 집고 대상청령 기다릴 제,

"분부 모셔라. 네 그년을 사정 두고 허장하여서는 당장에 명을 바칠 것이니 각별히 매우 치라."

[C]

집장 사령 여쭈오되,

"사또 분부 지엄한데 저만 한 년을 무슨 사정 두오리까? 이년 다리를 까딱 말라. 만일 요동하다가는 뼈 부러지리라."

호통하고 들어서서 검장(檢杖) 소리 발 맞추어 세면서 가만히 하는 말이,

"한두 개만 견디소. 어쩔 수가 없네. 요 다리는 요리 틀고 저 다리는 저리 틀소."

"매우 치라."

"예잇. 때리오."

@딱 붙이니 부러진 형장개비는 푸르르 날아 공중에 빙빙 솟아 상방 대뜰 아래 떨어지고 춘향이는 아무쪼록 아픈 데를 참으려고 이를 복복 갈며 고개만 빙빙 두르면서,

"애고 이게 웬 일이여."

곤장 태장 치는 데는 사령이 서서 하나 둘 세건마는 형장

부터는 법장이라 형리와 통인이 닭싸움하는 모양으로 마주
엎더져서 하나 치면 하나 긋고 둘 치면 둘 긋고 무식하고 돈
없는 놈 술집 바람벽에 술값 긋듯 그어 놓으니 한 일자(一
字)가 되었구나.

[조건에 따른 작품의 개작]

66. 윗글을 〈보기 1〉을 참고하여 〈보기 2〉와 같이 잡가로 바
꾸면서 고려했을 사항으로 적절하지 <u>않은</u> 것은?

| 보기 1 |

　'잡가'는 가집의 표지나 작품에 구체적으로 누구의 노
래라는 기록이 있는 것으로 보아 직업적 가수에 의하여
창작, 전승된 시가이다. 경쟁에서 이기기 위해 노래로서
의 음악성을 부각함과 동시에 생동감 있게 어구를 표현
하였다. 특히 판소리에서 파생된 잡가를 부를 때는 등장
인물에 맞게 어투를 달리하면서 서사적 장면을 극대화하
고, 대조·대구·반복 등을 효과적으로 살리면서 비장미와
골계미 등 판소리의 미학적 요소를 담아내고자 하였다.

| 보기 2 |

　집장군노(執杖軍奴) 거동을 봐라
　춘향(春香)을 동틀에다 쭝그라니 올려매고
　형장(刑杖)을 한 아름을 되립다 덥석 안아다가
　춘향의 앞에다가 좌르르 펄뜨리고
　좌우 나졸(邏卒)들이 집장(執杖) 배립(排立)하여
　분부(吩付) 듣주어라 여쭈어라
　바로바로 아뢸 말삼 없소 사또안전(使道案前)에 죽여
만 주오
　집장군노 거동을 봐라
　형장 하나를 고르면서 이놈 집어 느긋느긋 저놈 집어

는청는청

　춘향이를 곁눈을 주며 저 다리 들어라

　골(骨) 부러질라 눈 감아라 보지를 마라

　나 죽은들 너 매우 치랴느냐 걱정을 말고 근심을 마라

　집장군노 거동을 봐라

　형장 하나를 골라 쥐고 선뜻 들고 내닫는 형상(形狀)

　지옥문(地獄門) 지키었던 사자(使者)가 철퇴(鐵槌)를 들어메고 내닫는 형상

　좁은 골에 벼락치듯 너른 들[廣野]에 번개하듯

　십 리만치 물러섰다가 오리만치 달여 들어와서

　하나를 드립다 딱 부치니 아이구 이 일이 웬 일이란 말이오

　허허 야 년아 말 듣거라

　꽃은 피었다가 저절로 지고

　잎은 돋았다가 다 뚝뚝 떨어져서

　허허한치 광풍(狂風)의 낙엽이 되어

　청버들을 좌르르 훌터

　맑고 맑은 구곡지수(九曲之水)에다가 풍기덩실 지두덩실

　흐늘거려 떠나려 가는구나

　말이 못된 네로구나

-작자 미상, '집장가'

① '꽃은 피었다가 저절로 지고 잎은 돋았다가 다 뚝뚝 떨어'진다는 구절을 첨가하여 비장미를 강화하고 있어.

② '춘향이는 아무쪼록 아픈 데를 참으려고 이를 복복 갈며 고개만 빙빙 두르'고 있는 문장을 제거하고 집장 장면으로 극대화하고 있군.

③ 원전에는 없는 '나 죽은들 너 매우 치랴느냐 걱정을 말고 근심을 마라.'는 구절을 넣어 등장인물에 따라 어투를 달리하고 있군.

④ '좌르르', '느긋느긋', '는청는청'과 같은 음성 상징어를 그대로 둔 것은 청중이 생동감을 느낄 수 있게 표현한 것이겠군.

⑤ '좁은 골에 벼락치듯 너른 들에 번개하듯'이라는 대구와 반복, 비유의 표현을 써서 음악적 효과를 살리고 있군.

[인물의 발화 의도 파악]

67. [A]의 발화 태도와 가장 유사한 것은?

① 내가 불초(不肖) 여식(女息)으로서 아버지를 속였소. 공양미(供養米) 삼백 석을 누구라고 나를 주겠소. 남경(南京) 선인들에게 인당수 제숙으로 내 몸을 팔아 오늘이 떠나는 날이오니 나를 마지막으로 보옵소서.

② 그대 꿈이 그러하나 이내 꿈 해몽하면 다 흉몽(凶夢)이라. 이경(二更) 초에 첫잠 들어 꿈을 꾸니 북망산 음지쪽에 궂은비 흩뿌리며 청천에 쌍무지개 홀연히 칼이 되어 그대의 머리 뎅겅 베어 내리치니 그대 죽을 흉몽이라. 제발 그 콩 먹지 마오.

③ 대왕은 만승(萬乘)의 귀하신 옥체(玉體)로 동방의 성군이시라. 만일 불행하시면 천리 강토와 구중궁궐을 뉘에게 의존하시며, 종묘 사직과 만백성을 뉘에게 맡기시렵니까? 그러하오니 소신을 놓아 보내셔서 간을 간져올 수 있도록 해 주십시오.

④ 내 앞에 가까이 오지 말아라. 내 듣건대 유(儒)는 유(諛)라 하더니 과연 그렇구나. 네가 평소에 천하의 악명을 죄다 나에게 덮어씌우더니, 이제 사정이 급해지자 면전에서 아첨을 떠니 누가 곧이듣겠느냐?

⑤ 이놈 흥보야, 내 어제 일렀거늘 어찌 하자고 아니 나가느냐. 네 이제 아니 나가면 난장박살(亂杖撲殺)하여 내어 쫓으리라.

68. [B]의 상황에서 춘향이 〈보기〉와 같이 이야기했다고 가정할 때, 춘향의 태도로 알맞은 것은?

[인물의 태도 추리]

| 보기 |

> 안녕히 계세요.
> 도련님.
>
> 지난 오월 단옷날, 처음 만나던 날
> 우리 둘이서, 그늘 밑에 서 있던
> 그 무성하고 푸르던 나무같이
> 늘 안녕히 안녕히 계세요.
>
> 저승이 어딘지를 똑똑히 모르지만,
> 춘향의 사랑보단 오히려 더 먼
> 딴 나라는 아마 아닐 것입니다.
>
> 천 길 땅 밑을 검은 물로 흐르거나
> 도솔천의 하늘을 구름으로 날더라도
> 그건 결국 도련님 곁 아니어요?
> 더구나 그 구름이 소나기가 되어 퍼불 때
> 춘향은 틀림없이 거기 있을 거예요.
>
> – 서정주, ‘춘향(春香) 유문(遺文)’

① 신분 상승의 의욕을 감추지 못하고 있다.

② 죽음을 초월한 영원한 사랑을 다짐하고 있다.

③ 부정부패한 탐관오리에 대한 분노를 드러내고 있다.

④ 자신을 찾지 않은 이몽룡에 대한 서운함을 은근히 드러내고 있다.

⑤ 죽음을 두려워하지 않고 맞서는 강한 저항 의지를 드러내고 있다.

[인물의 심리 추리]

69. [C]에 드러난 '집장 사령'의 심리를 독백으로 표현한 것으로 가장 적절한 것은?

① 연약하고 아름다운 여자에게 매질을 한다는 건 부끄러운 일이야. 그렇지만 춘향은 죄인이니까 어쩔 수 없지.

② 사또도 사람이니까 몇 대 때리고 나면 그만하라 하겠지. 구경하는 백성들 소리도 듣고 있을 테니까.

③ 춘향이 독하다고는 하지만 매 앞에 장사가 어디 있어. 한두 대 때리면 사또 말을 듣게 되겠지.

④ 무고한 춘향이를 생각하니 차마 못할 짓이로구나. 그런데 내 신분이 집장사령이니 어쩔 수 없이 매질을 해야겠지.

⑤ 사람이 미워서 때리는 건 아니라는 걸 춘향이도 알겠지. 죄가 미워서 매질을 하니까 이해해 줄 거야.

[표현 방법 파악]

70. ⓐ의 상황을 드러내는 방법과 거리가 먼 것은?

① 산악 같은 높은 물결 뱃머리를 둘러치네
  크나큰 배 조리 젓듯 오장육부 다 나온다
  　　　　　　　　　　　　　　-안도환, '만언사'

② 남편 모양 볼작시면 삽살개 뒷다리요
  자식 거동 볼작시면 털 벗은 솔개미라
  　　　　　　　　　　　　-작자 미상, '용부가'

③ 위험하고 높은 고개 촉도길이 이러할까.
  하늘에 돋은 별이 잘하면 만질 듯하다.
  　　　　　　　　　　　　　-권섭, '영삼별곡'

④ 이 잔(盞) 가득 부어 이 시름 잊자 하니
  동명(東溟)을 다 퍼내다 이내 시름 어이 할까.
  　　　　　　　　　　　　-조우인, '출새곡'

⑤ 구곡간장 썩은 물이 눈으로 솟아날 제
  구년지수 되었구나 한강지수 되었구나
  　　　　　　　　　　　-작자 미상, '청춘과부가'

※ 다음 글을 읽고 물음에 답하시오.

춘향이는 저절로 설움겨워 맞으면서 우는데,

"일편단심(一片丹心) 굳은 마음 일부종사 뜻이오니 일개 형벌 치옵신들 일 년이 다 못가서 일각(一刻)인들 변하리까?"

이때 남원부 한량이며 남녀노소 없이 모여 구경할 제, 좌우의 한량들이,

"모질구나 모질구나. 우리 골 원님이 모질구나. 저런 형벌이 왜 있으며 저런 매질이 왜 있을까? 집장 사령놈 눈 익혀 두어라. 삼문(三門) 밖 나오면 급살(急煞)을 주리라."

보고 듣는 사람이야 누가 아니 낙루(落淚)하랴.

둘째 날 딱 붙이니

"이비절을 아옵는데 불경이부 이내 마음 이 매 맞고 영 죽어도 이 도령은 못 잊겠소."

셋째 날을 딱 붙이니,

"삼종지례 지중한 법 삼강오륜(三綱五倫) 알았으니 삼치형문 정배(定配)를 갈지라도 삼청동 우리 낭군 이 도령은 못 잊겠소."

넷째 날을 딱 붙이니,

"사대부 사또님은 사민공사 살피잖고 울력공사(公事) 힘을 쓰니 사십팔방(四十八坊) 남원 백성 원망함을 모르시오? 사지를 가른대도 사생동거 우리 낭군 사생간(死生間)에 못 잊겠소."

다섯 낱째 딱 붙이니,

"오륜(五倫) 윤기 끊치잖고 부부유별(夫婦有別) 오행(五行)으로 맺은 연분 올올이 찢어낸들 오매불망 우리 낭군 온전히 생각나네. 오동추야 밝은 달은 임 계신 데 보련마는 오늘이나 편지 올까 내일이나 기별 올까. 무죄한 이내 몸이 오사할 일 없사오니 오결가수 마옵소서. 애고 애고 내 신세야."

여섯 낱째 딱 붙이니,

"육육은 삽십육으로 낱낱이 고찰하여 육만 번 죽인대도 육천 마디 어린 사랑 맺힌 마음 변할 수 전혀 없소."

일곱 낱을 딱 붙이니,

"칠거지악 범하였소. 칠거지악 아니거든 칠개 형문 웬 일이오? 칠척검(七尺劍) 드는 칼로 동동이 장글러서 이제 바삐 죽여주오. 치라 하는 저 형방아 칠 때마다 고찰 마소. 칠보 홍안(七寶紅顔) 나 죽겠네."

여덟째 낱 딱 붙이니,

"팔자 좋은 춘향 몸이 팔도 방백 수령 중에 제일 명관(名官) 만났구나. 팔도 방백 수령님네 치민(治民)하러 내려왔지 악형(惡刑)하러 내려왔소."

아홉 낱째 딱 붙이니,

"구곡간장(九曲肝腸) 굽이 썩어 이내 눈물 구년지수(九年之水) 되겠구나. 구고 청산(靑山) 장송(長松) 베어 청강선(淸江船) 무어 타고 한양성중 급히 가서 구중궁궐 성상(聖上) 전(前)에 구구원정 주달(奏達)하고 구정(九庭) 뜰에 물러나와 삼청동을 찾아가서 우리 사랑 반가이 만나 굽이굽이 맺힌 마음 저근듯 풀련마는."

열째 낱을 딱 붙이니,

"십생구사할지라도 팔십 년 정한 뜻을 십만 번 죽인대도 가망 없고 무가내지. 십육 세 어린 춘향 장하원귀 가련하오."

열 치고는 짐작할 줄 알았더니 열다섯째 딱 붙이니,

"십오야 밝은 달은 때구름에 묻혀 있고 서울 계신 우리 낭군 삼청동에 묻혔으니 달아 달아 보느냐? 임 계신 곳 나는 어이 못 보는고?"

스물 치고 짐작할까 여겼더니 스물다섯 딱 붙이니,

"이십오현탄야월에 불승청원 저 기러기, 너 가는 데 어드메냐? 가는 길에 한양성 찾아들어 삼청동 우리 임께 내 말 부디 전해 다오. 나의 형상 자세(히) 보고 부디부디 잊지 마라."

삼십삼천(三十三天) 어린 마음 옥황전(玉皇前)에 아뢰고 자. 옥 같은 춘향 몸에 솟느니 유혈이요 흐르느니 눈물이라. 피 눈물 한데 흘러 무릉도원(武陵桃源) 홍류수(紅流水)라.

춘향이 점점 포악하는 말이,

"소녀를 이리 말고 살지능지하여 아주 박살 죽여 주면 사후(死後) 원조라는 새가 되어 초혼조 함께 울어 적막공산 달 밝은 밤에 우리 이 도령님 잠든 후 파몽이나 하여지다."

말 못하고 기절하니 엎뎠던 통인 고개 들어 눈물 씻고 매 질하던 저 사령도 눈물 씻고 돌아서며,

"사람의 자식은 못 하겠네."

좌우에 구경하는 사람과 거행하는 관속들이 눈물 씻고 돌아서며,

"춘향이 매 맞는 거동 사람 자식은 못 보겠다. 모질도다 모질도다 춘향 정절이 모질도다. 출천열녀로다."

71. 윗글의 인물에 대해 바르게 이해한 것은?

① '춘향'은 '이 도령'이 자신과 했던 약속을 지키고 있을 것이라 믿고 있다.

② '변 사또'의 주변 사람들 모두가 '변 사또'에 대한 반감이 있지만 숨기고 있다.

③ '변 사또'는 여자로서 정절을 지키려는 '춘향'의 노력에 대해서는 이해하고 있다.

④ '춘향'은 '사또'의 명령이 부당하다고 생각하지 않지만, '이 도령' 때문에 거절하고 있다.

⑤ '집장 사령'은 '춘향'을 동정하지만, '변 사또'의 생각에 동의하기에 그대로 형을 집행한다.

[작품의 개괄적 이해]

[인물의 말하기 방식]

72. 윗글에 드러난 '춘향'의 말하기 방식과 내용에 대한 설명으로 적절하지 <u>않은</u> 것은?

① 이 도령에 대한 변함없는 절개와 믿음을 드러내고 있다.

② 형장의 부당함을 주장하며 사또의 행위를 비판하고 있다.

③ 불우한 운명으로 고난을 당하게 된 자신의 신세를 한탄하고 있다.

④ 다양한 한자어를 사용하여 지식층 향수자의 흥미를 충족시키고 있다.

⑤ 숫자를 사용한 언어적 기교를 활용하여 자신의 심정을 표현하고 있다.

[인물의 태도 파악]

73. 위 글의 상황으로 미루어 '춘향'의 태도와 가장 유사한 것은?

① 春山(춘산)에 눈 녹인 바롬 건듯 불고 간 듸 업다.
  져근덧 비러다가 마리 우희 블리고져
  귀 밋티 히믁은 서리롤 녹여 볼가 ᄒ노라.

② 白雪(백설)이 ᄌ자진 골에 구루미 머흐레라.
  반가운 梅花(매화) 눈 어니 곳에 픠엿ᄂ고,
  夕陽(석양)에 홀로 셔 이셔 갈 곳 몰라 하노라.

③ 눈 마자 휘여진 대를 뉘라셔 굽다던고,
  구블 節(절)이면 눈 속에 푸를소냐.
  아마도 歲寒孤節(세한고절)은 너쑨인가 ᄒ노라.

④ 간밤의 부던 바람에 눈서리 치단 말가
  낙락장송이 다 기울어 가노매라.
  하물며 못 다 핀 꽃이야 닐러 무엇 하리오.

⑤ 대쵸 볼 블근 골에 밤은 어이 뜻드르며,
  벼 빈 그러헤 게는 어이 ᄂ리ᄂ고,
  슬 닉쟈 체 장ᄉ 도라가니 아니 먹고 어이리.

※ 다음 글을 읽고 물음에 답하시오.

　　남녀노소 없이 서로 낙루하며 돌아설 때 사또인들 좋을 리가 있으랴.

　　"네 이년 관정에 발악하고 맞으니 좋은 게 무엇이냐? 일후에 또 그런 거역관장(拒逆官長)할까?"

　　반생반사(半生半死) 저 춘향이 점점 포악하는 말이,

　　"여보 사또 들으시오. 일념포한 부지생사 어이 그리 모르시오. 계집의 곡한 마음 오유월 서리 치네. 혼비중천(魂飛中天) 다니다가 우리 성군(聖君) 좌정하(坐定下)에 이 원정을 아뢰오면 사또인들 무사할까. 덕분에 죽여주오."

　　사또 기가 막혀,

　　"허허 그년 말 못할 년이로고. 큰칼 씌워 하옥하라."

하니 큰칼 씌워 인봉하여 쇄장이 등에 업고 삼문 밖 나올 제 기생들이 나오며,

　　"애고 서울집아 정신 차리게. 애고 불쌍하여라."

　　사지를 만지며 약을 갈아 들이며 서로 보고 낙루할 제 이때 키 크고 속없는 낙춘이가 들어오며,

　　"얼씨고 절씨고 좋을씨고 우리 남원도 현판감이 생겼구나."

　　왈칵 달려들어,

　　"애고 서울집아. 불쌍하여라."

　　이리 야단할 제 춘향 어미가 이 말을 듣고 정신없이 들어오더니 춘향의 목을 안고,

　　"애고 이게 웬 일이냐. 죄는 무슨 죄며 매는 무슨 매냐? 장청의 집사님네 길청의 이방님 내 딸이 무슨 죄요. 장군방(杖軍房) 두목들아 집장하던 쇄장이도 무슨 원수 맺혔더냐? 애고 애고 내 일이야. 칠십당년 늙은 것이 의지 없이 되었구나. 무남독녀 내 딸 춘향 규중(閨中)에 은근히 길러 내어 밤낮으로 서책만 놓고 내칙편 공부 일삼으며 나 보고 하는 말이, '마오 마오 설워 마오. 아들 없다 설워 마오. 외손봉사 못

하리까?' 어미에게 지극정성 곽거와 맹종인들 내 딸보다 더할손가? 자식 사랑하는 법이 상중하(上中下)가 다를손가? 이내 마음 둘 데 없네. 가슴에 불이 붙어 한숨이 연기로다. 김 번수야 이 번수야, 웃 영(令)이 지엄타고 이다지 몹시 쳤느냐? 애고 내 딸 장처 보소. 빙설(氷雪) 같은 두 다리에 연지 같은 피 비쳤네. 명문가 규중부야 눈 먼 딸도 원하더라. 그런 데 가 못 생기고 기생 월매 딸이 되어 이 경색이 웬 일이냐? 춘향아 정신 차려라. 애고 애고 내 신세야."

하며,

"향단아. 삼문 밖에 가서 삯군 둘만 사오너라. 서울 쌍급주 보낼란다."

춘향이 쌍급주 보낸단 말을 듣고,

"어머니 마오. 그게 무슨 말씀이오. 만일 급주가 서울 올라가서 도련님이 보시면 층층시하에 어찌할 줄 몰라 심사 울적하여 병이 되면 근들 아니 훼절(毁節)이오. 그런 말씀 말으시고 옥으로 가사이다."

쇄장이 등에 업혀 옥(獄)으로 들어갈 제 향단이는 칼머리 들고 춘향 모는 뒤를 따라 옥문전 당도하여,

"옥형방 문을 여소. 옥형방도 잠 들었나?"

옥중에 들어가서 옥방(獄房) 형상 볼작시면 부서진 죽창(竹窓) 틈에 살 쏘느니 바람이요 무너진 헌 벽이며 헌 자리 벼룩 빈대 만신을 침노한다.

이때 춘향이 ㉠옥방에서 장탄가(長嘆歌)로 울던 것이었다.

[A]

"이내 죄가 무슨 죄냐. 국곡투식 아니거든 엄형중장(嚴刑重杖) 무슨 일고. 살인죄가 아니거든 항쇄족쇄 웬 일이며 역률 강상 아니거든 사지결박 웬 일이며 음행도적(淫行盜賊) 아니거든 이 형벌이 웬 일인고. 삼상수는 연수되어 청천일장지에 나의 설움, 원정(原情) 지어 옥황전에 올리고자. 낭군 그리워 가슴 답답 불이

[A]

붙네. 한숨이 바람 되어 붙는 불을 더 부치니 속절없이 나 죽겠네. 홀로 섰는 저 국화는 높은 절개 거룩하다. 눈 속의 청송(靑松)은 천고절을 지켰구나. 푸른 솔은 나와 같고 누른 국화 낭군같이 슬픈 생각 뿌리나니 눈물이요 적시느니 한숨이라. 한숨은 청풍(淸風) 삼고 눈물은 세우(細雨) 삼아 청풍이 세우를 몰아다가 불거니 뿌리거니 임의 잠을 깨우고자. 견우직녀성은 칠석 상봉하올 적에 은하수 막혔으되 실기한 일 없었건만 우리 낭군 계신 곳에 무슨 물이 막혔는지 소식조차 못 듣는고. 살아 이리 그리느니 아주 죽어 잊고지고. 차라리 이 몸 죽어 공산(空山)에 두견이 되어 이화월백(李花月白) 삼경야에 슬피 울어 낭군 귀에 들리고자. 청강에 원앙 되어 짝을 불러 다니면서 다정코 유정(有情)함을 임의 눈에 보이고자. 삼춘에 호접(胡蝶) 되어 향기 묻은 두 나래로 춘광(春光)을 자랑하여 낭군 옷에 붙고지고. 청천에 명월 되어 밤 당하면 돋아 올라 명명히 밝은 빛을 임의 얼굴에 비추고자. 이내 간장 썩는 피로 임의 화상(畵像) 그려 내어 방문 앞에 족자 삼아 걸어 두고 들며 나며 보고지고. 수절 정절 절대가인 참혹하게 되었구나. 문채 좋은 형산백옥 진토(塵土) 중에 묻혔는 듯, 향기로운 상산초가 잡풀 속에 섞였는 듯, 오동 속에 놀던 봉황 형극 속에 깃들인 듯, 자고(自古)로 성현(聖賢)네도 무죄하고 굿기시니 요(堯), 순(舜), 우(禹), 탕(湯) 인군(仁君)네도 걸주의 포악(暴惡)으로 하대옥에 갇혔더니 도로 놓여 성군(聖君) 되시고, 명덕치민 주문왕도 상주(商紂)의 해를 입어 유리옥에 갇혔더니 도로 놓여 성군 되고, 만고성현(萬古聖賢) 공부자도 양호의 얼을 입어 광야에 갇혔더니 도로 놓여 대성(大聖) 되시니 이런 일로 볼작시면 죄 없는 이내 몸도 살아나서 세상 구경 다시 할까. 답답하

[A] 고 원통하다. 날 살릴 이 뉘 있을까. 서울 계신 우리 낭군 벼슬길로 내려와 이렇듯이 죽어갈 제 내 목숨을 못 살린가. 하운은 다기봉하니 산이 높아 못 오던가. 금강산 상상봉(上上峰)이 평지 되거든 오려신가. 병풍에 그린 황계(黃鷄) 두 나래를 툭툭 치며 사경일점에 날 새라고 울거든 오려신가. 애고 애고 내 일이야.”

죽창문을 열뜨리니 명정월색(明淨月色)은 방안에 든다마는 어린 것이 홀로 앉아 달더러 묻는 말이,

[B] “저 **달**아. 보느냐. 임 계신 데 명기(明氣) 빌려라. 나도 보게야. 우리 임이 누웠더냐 앉았더냐 보는 대로만 네가 일러 나의 수심 풀어다오.”

애고 애고 설이 울다 홀연히 잠이 드니 비몽사몽간(非夢似夢間)에 호접이 장주 되고 장주가 호접 되어 세우(細雨)같이 남은 혼백(魂魄) 바람인 듯 구름인 듯 한 곳을 당도하니 천공지활하고 산령수려한데 은은한 죽림간(竹林間)에 일층(一層) 화각이 반공에 잠겼거늘 ⓒ대체 귀신 다니는 법은 대풍기하고 승천입지하니 침상편시춘몽중에 행진강남수천리라. 전면을 살펴보니 황금대자로 만고정렬황릉지묘라 뚜렷이 붙였거늘 심신이 황홀하여 배회터니 천연한 낭자 셋이 나오는데 석숭의 애첩 녹주(綠珠) 등롱(燈籠)을 들고 진주 기생 논개, 평양 기생 월선이라. 춘향을 인도하여 내당으로 들어가니 당상에 백의(白衣)한 두 부인이 옥수(玉手)를 들어 청하거늘 춘향이 사양하되,

“진세간(塵世間) 천첩이 어찌 황릉묘를 오르리까?”

부인이 기특히 여겨 재삼 청하거늘 사양치 못하여 올라가니 좌(座)를 주어 앉힌 후에,

“네가 춘향인가? 기특하도다. ⓒ일전에 조회차(朝會次)로 요지연(瑤池宴)에 올라가니 네 말이 낭자키로 간절히 보고 싶어 너를 청하였으니 심히 불안토다.”

춘향이 재배 주왈(再拜奏曰),

"첩이 비록 무식하나 고서(古書)를 보옵고 사후에나 존안을 뵈올까 하였더니 이렇듯 황릉묘에 모시니 황공비감(惶恐悲感)하여이다."

상군부인이 말씀하되,

"우리 순군(舜君) 대순씨(大舜氏)가 남순수하시다가 창오산에 붕(崩)하시니 속절없는 이 두 몸이 소상죽림에 피눈물을 뿌려놓으니 가지마다 아롱아롱 잎잎이 원한이라. 창오산 붕상수절이라야 죽상지루내가멸을 천추(千秋)에 깊은 한을 하소할 곳 없었더니 네 절행(節行) 기특키로 너더러 말하노라. 송관기천년에 청백은 어느 때며 오현금 남풍시(南風詩)를 이제까지 전하더냐?"

이렇듯이 말씀할 제 어떠한 부인,

"춘향아. 나는 기주명월음독성에 화선하던 농옥이다. 소사의 아내로서 태화산(太華山) 이별 후에 승룡비거 한이 되어 옥소(玉蕭)로 원을 풀 제 곡종비거부지처하니 산하벽도춘자개라."

이러할 제 또 한 부인 말씀하되,

"나는 한궁녀(漢宮女) 소군(昭君)이라. 호지(胡地)에 오가하니 일부청총뿐이로다. 마상(馬上) 비파 한 곡조에 화도성식춘풍면이요, 환패공귀월야혼이라. 어찌 아니 원통하랴."

한참 이러할 제 음풍이 일어나며 촛불이 벌렁벌렁하며 무엇이 촛불 앞에 달려들거늘 춘향이 놀래어 살펴보니 사람도 아니요 귀신도 아닌데 의의한 가운데 곡성이 낭자하며,

"여봐라 춘향아 네가 나를 모르리라. 나는 뉜고 하니 한고조(漢高祖) 아내 척부인이로다. 우리 황제 용비 후에 여후의 독한 솜씨 나의 수족 끊어 내어 두 귀에다 불 지르고 두 눈 빼어 암약 먹여 측간 속에 넣었으니 천추에 깊은 한을 어느 때나 풀어보랴."

이리 울 제 상군부인 말씀하되,

"이곳이라 하는 데가 유명(幽明)이 노수하고 항오(行伍)

자별하니 오래 유(留)치 못할지라."

여동(女童) 불러 하직할 새 동방 실솔성은 시르렁 일 쌍 호접은 펄펄. 춘향이 깜짝 놀라 깨어보니 꿈이로다. ㉣옥창(玉窓) 앵도화 떨어져 보이고 거울 복판이 깨어져 뵈고 문 위에 허수아비 달려 보이거늘,

"나 죽을 꿈이로다."

수심 걱정 밤을 샐 제 기러기 울고 가니 일편 서강(西江) 달에 행안남비 네 아니야. 밤은 깊어 삼경이요 궂은비는 퍼 붓는데 ㉤도깨비 삑삑, 밤새 소리 붓붓, 문풍지는 펄렁펄렁, 귀신이 우는데 난장 맞아 죽은 귀신, 형장 맞아 죽은 귀신 결령치사 대롱대롱 목 매달아 죽은 귀신 사방에서 우는데 귀곡성이 낭자로다. 방 안이며 추녀 끝이며 마루 아래서도 애고 애고 귀신 소리에 잠들 길이 전혀 없다.

[인물의 성격과 심정 추리]

74. 위 글의 내용을 바르게 이해한 것은?

① 춘향은 원래 속세의 인간이 아니라 천상계로부터 내려온 인물이다.

② 춘향은 낭군이 위기에 빠진 자신을 구해 줄 것이라고 굳게 믿고 있다.

③ 춘향은 꿈에서 깨어 부인들과 헤어지게 된 것을 못내 아쉬워하고 있다.

④ 춘향의 꿈은 현실에서 이룰 수 없었던 소망을 실현하기 위한 장치로군.

⑤ 춘향은 꿈의 내용이 앞으로 닥칠 불행을 암시한 것이라고 여기고 있다.

[서사적 특성의 파악]

75. 위 글의 서사적 특성으로 적절하지 <u>않은</u> 것은?

① 역사적인 인물이나 고사의 내용을 소재로 활용하고 있다.

② 대화가 진행되어 가면서 인물간의 갈등이 표면화되고
있다.

③ 자연적 배경이 인물의 심리와 분위기 형성에 관여하
고 있다.

④ 몽환적 세계와 현실 세계를 넘나들며 사건을 진행하
고 있다.

⑤ 탄식 섞인 말투를 구사하여 비극적인 분위기를 조성
하고 있다.

76. [A]를 〈보기〉와 같이 바꾸어 썼다고 할 때, 이에 대한 설
명으로 적절하지 <u>않은</u> 것은?

[바꾸어 쓰기]

| 보기 |

> 당신의 얼굴은 달도 아니언만
> 산 넘고 물 넘어 나의 마음을 비춥니다.
>
> 나의 손길은 왜 그리 짧아서
> 눈앞에 보이는 당신의 가슴을 못 만지나요.
>
> 당신이 오기로 못 올 것이 무엇이며
> 내가 가기로 못 갈 것이 없지마는
> 산에는 사다리가 없고
> 물에는 배가 없어요.
>
> 뉘라서 사다리를 떼로 배를 깨뜨렸습니까.
> 나는 보석으로 사다리 놓고 진주로 배 모아요.
> 오시려도 길이 막혀서 못 오시는 당신이 기루어요.
>
> -한용운, '길이 막혀'

① [A]와 〈보기〉는 모두 만남을 가로막는 자연물을 설정
하여 현재의 답답한 처지를 강조하였다.

② 〈보기〉는 [A]와 달리 대상을 청자로 삼아 말을 건네

는 방식을 활용함으로써 정서를 직접적으로 전달하였다.

③ 〈보기〉는 [A]와 달리 상징적인 소재를 추가함으로써 대상에게 다가가고자 하는 간절한 마음을 드러내었다.

④ 〈보기〉 역시 [A]와 마찬가지로 상식에 어긋나는 상황을 설정하여 현재의 처지나 심리를 강조하고 있다.

⑤ [A]와 〈보기〉는 모두 의문형 어미를 적절히 구사하여 대상에 대한 원망의 정서를 직설적으로 드러내었다.

[소설 요소의 분석]

77. ⑦~⑩에 대한 설명으로 적절하지 <u>않은</u> 것은?

① ⑦ : 인물이 처한 상황을 드러내고 있다.

② ⑥ : 서술자가 작중 상황에 개입하고 있다.

③ ⑥ : 대상에 대한 우호적 태도가 드러나 있다.

④ ⑥ : 사건이 극적으로 전환될 것임을 암시한다.

⑤ ⑩ : 인물의 정서를 더욱 심화시키는 역할을 한다.

[제재의 기능]

78. 밑줄 친 '달'의 기능이 [B]의 '달'과 가장 가까운 것은?

① 산에 사는 스님이 달빛을 탐내어 / 병 속에 물과 달을 함께 길었네. / 절에 돌아와 비로소 깨달았으리 / 병을 기울이면 달도 따라 비게 되는 것을.

  -이규보, '영정중월'

② 서리 하늘 달 밝은데 은하수 빛나 / 이국땅 머무는 나그네 귀향 생각 깊도다 / 긴긴 밤 홀로 앉아 시름 이기지 못하는데 / 홀연 들리나니 이웃 아낙 다듬이 소리

  -양태사, '야청도의성'

③ 열다섯 살의 아리따운 아가씨 / 사람이 부끄러워 말도 못 하고 이별했네. / 돌아와 겹문을 닫아 걸고는 / 배꽃처럼 하얀 달을 보며 눈물 흘리네.

  -임제, '규원'

④ 요사이 안부를 묻노니 어떠하시나요 / 달 비친 사창(紗窓)에 저의 한이 많습니다 / 꿈 속의 넋에게 자취를

남기게 한다면 / 문 앞의 돌길이 반쯤은 모래가 되었을 걸   -이옥봉, '꿈속의 넋'

⑤ 달하 높이 돋아 멀리멀리 비추시라 / 시장에 가 계신가요 / 진 곳을 디딜까 두렵습니다 / 안전한 곳에 짐을 푸시어요 / 그대 가는 곳 저물까 두렵습니다.   -작자 미상, '정읍사'

79. 상황과 정서가 [A]와 가장 유사한 것은?

① 어져 내 일이야 그릴 줄을 모로던가
   이시라 하더면 가랴마는 제 구태여
   보내고 그리는 정은 나도 몰라 하노라   -황진이

② 이화우 흩뿌릴 제 울며 잡고 이별한 님
   추풍낙엽에 저도 날 생각는가
   천 리에 외로운 꿈만 오락가락하노매   -계랑

③ 이 몸이 죽어 죽어 일백 번 고쳐 죽어
   백골이 진토 되어 넋이라도 있고 없고
   님 향한 일편단심이야 가실 줄이 이시랴   -정몽주

④ 청산리 벽계수야 수이 감을 자랑 마라
   일도창해하면 다시 오기가 어려우니
   명월이 만공산하니 쉬어간들 어떠리   -황진이

⑤ 개를 여라믄이나 그르되 요 개같이 얄미우랴 / 미운 님 오며는 꼬리를 회회 치며 치뛰락 내리뛰락 반겨서 내닫고, 고운 님 오며는 뒷발들 버둥버둥 물으락 놓으락 캉캉 짖어서 돌아가게 한다 / 쉰 밥이 그릇그릇 난들 너 머길 줄이 있으랴   -작자 미상

※ 다음 글을 읽고 물음에 답하시오.

⨪⨪⨪⨪⨪

　㉠춘향이가 처음에는 귀신 소리에 정신이 없이 지내더니 여러 번을 들어나니 파겁이 되어 청승 굿거리 삼잡이 세악 소리로 알고 들으며,

　"이 몹쓸 귀신들아. 나를 잡아 가려거든 조르지나 말려무

[인물의 정서 파악]

나. 암급급여율령사파쐐"

진언 치고 앉았을 때 옥 밖으로 봉사 하나 지나가되 ⓒ서울 봉사 같을진대,

"문수하오."

외련마는 시골 봉사라,

"문복하오."

하고 외고 가니 춘향이 듣고,

"불러주오."

춘향 어미 봉사를 부르는데,

"여보 저기 가는 봉사님."

불러 놓으니 봉사 대답하되,

"게 뉘기? 게 뉘기니?"

"춘향 어미요."

"어찌 찾나?"

"우리 춘향이가 옥중에서 봉사님을 잠깐 오시라 하오."

봉사 한번 웃으면서,

"날 찾기 의외로세. 가지."

봉사 옥으로 갈 제 춘향 어미 봉사의 지팡이를 잡고 인도할 제,

"봉사님 이리 오시오. 이것은 돌다리요 이것은 개천이요. 조심하여 건너시오."

[A]
앞에 개천이 있어 뛰어볼까 무한히 벼르다가 뛰는데 봉사의 뜀이란 게 멀리 뛰진 못하고 올라가기만 한 길이나 올라가는 것이었다. 멀리 뛴단 것이 한가운데가 풍덩 빠져 놓았는데 기어 나오려고 짚는 게 개똥을 짚었지.

"어뿔싸. 이게 정녕 똥이지."

손을 들어 맡아 보니 묵은 쌀밥 먹고 썩은 놈이로고. 손을 내뿌린 게 모진 돌에다가 부딪치니 어찌 아프던지 입에다가 홀 쓸어 넣고 우는데 먼눈에서 눈물

이 뚝뚝 떨어지며,

[A]
　"애고 애고 내 팔자야. 조그마한 개천을 못 건너고 이 봉변을 당하였으니 수원수구 뉘더러 하리. 내 신세를 생각하니 천지만물을 불견(不見)이라. 주야를 내가 알랴. 사시(四時)를 짐작하며, 춘절(春節)이 당해온들 도리화개 내가 알며, 추절(秋節)이 당해온들 황국단풍 어찌 알며, 부모를 내 아느냐, 처자를 내 아느냐, 친구 벗님을 내 아느냐. 세상천지 일월성신과 후박장단을 모르고 밤중같이 지내다가 이 지경이 되었구나. 진소위 소경이 그르냐 개천이 그르냐. 소경이 그르지 아주 생긴 개천이 그르랴."

애고 애고 설이 우니 춘향 어미 위로하되,

"그만 우시오."

봉사를 목욕시켜 옥으로 들어가니 춘향이 반기면서,

"애고 봉사님. 어서 오."

봉사 그 중에 춘향이가 일색이란 말은 듣고 반겨하며,

"음성을 들으니 춘향 각신가 부다."

"예. 기옵니다."

"내가 벌써 와서 자네를 한번이나 볼 터로되 빈즉다사라. 못 오고 청하여 왔으니 내 쉰사가 아니로세."

"그럴 리가 있소. 안맹(眼盲)하옵고 노래(老來)에 기력이 어떠하시오?"

"내 염려는 말게. 대체 나를 어찌 청하였나?"

"예. 다름 아니라 간밤에 흉몽을 하였삽기로 해몽도 하고 우리 서방님이 어느 때나 나를 찾을까 길흉 여부 점을 하려고 청하였소."

"그러지."

봉사 점을 하는데,

"[중략 : 봉사의 주문(呪文) 중 일부] 전라좌도 남원부 천변(川邊)에 거하는 임자생신(壬子生辰) 곤명열녀(坤命烈女) 성춘향이 하월하일(何月何日)에 방사옥중하오며 서울 삼청동 거하는 이몽룡은 하일하시에 도차본부하오리까. 복걸 첨신은 신명소시하옵소서."

산통을 철겅철겅 흔들더니,

"어디 보자, 일이삼사오륙칠. 허허 좋다. 상쾌로고. 칠간산이로구나. 어유피망하니 소적대성이라. 옛날 주무왕(周武王)이 벼슬할 제 이 괘를 얻어 금의환향(錦衣還鄕)하였으니 어찌 아니 좋을손가? 천리상지하니 친인이 유면이라. 자네 서방님이 불원간(不遠間)에 내려와서 평생 한을 풀겠네. 걱정마소. 참 좋거든."

춘향이 대답하되,

"말대로 그러면 오죽 좋사오리까? 간밤 꿈 해몽이나 좀 하여 주옵소서."

"어디 자상히 말을 하소."

"단장하던 체경이 깨져 보이고 창전(窓前)에 앵도꽃이 떨어져 보이고 문 위에 허수아비 달려 뵈고 태산이 무너지고 바닷물이 말라 보이니 나 죽을 꿈 아니오?"

[B]
봉사 이윽히 생각하다가 ⓒ양구(良久)에 왈,

"그 꿈 장히 좋다. 화락(花落)하니 능성실(能成實)이요, 경파(鏡破)하니 기무성(豈無聲)가. 능히 열매가 열려야 꽃이 떨어지고 거울이 깨어질 때 소리가 없을손가? 문상(門上)에 현우인(懸偶人)하니 만인이 개앙시(皆仰視)라. 문 위에 허수아비 달렸으면 사람마다 우러러볼 것이요. 해갈(海渴)하니 용안견(龍顔見)이요 산붕(山崩)하니 지택평(地澤平)이라. 바다가 마르면 용의 얼굴을 능히 볼 것이요 산이 무너지면 평지가 될 것이라. 좋다. ②쌍가마 탈 꿈이로세. 걱정 마소. 멀지 않네."

한참 이리 수작할 제 뜻밖에 까마귀가 옥 담에 와 앉더니 까옥까옥 울거늘 춘향이 손을 들어 후여 날리며,

"방정맞은 까마귀야. 나를 잡아 가려거든 조르지나 말려

무나."

봉사가 이 말을 듣더니,

"가만 있소. 그 까마귀가 가옥가옥 그렇게 울지."

"예, 그래요."

"좋다. 좋다. ㉤가 자(字)는 아름다울 가자(嘉字)요, 옥 자(字)는 집 옥자(屋字)라. 아름답고 즐겁고 좋은 일이 불원간에 돌아와서 평생에 맺힌 한을 풀 것이니 조금도 걱정 마소. 지금은 복채 천 냥을 준대도 아니 받아 갈 것이니 두고 보고 영귀(榮貴)하게 되는 때에 괄시나 부디 마소. 나 돌아가네."

"예, 평안히 가옵시고 후일 상봉하옵시다."

춘향이 장탄수심으로 세월을 보내니라.

80. 윗글을 이해한 내용으로 적절한 것은?

[작품의 내용 파악]

① 봉사는 해몽에 감복한 춘향이 지나치게 많은 돈을 건네려 하자 사양한다.

② 봉사는 자신을 찾으리라 예측하고 만남을 준비했음을 춘향에게 밝힌다.

③ 춘향 어미는 해몽할 이를 찾아 춘향에게 희망을 주도록 간청하고 달랜다.

④ 춘향은 주변의 새소리에서도 불길함을 느낄 정도로 심리가 불안정하다.

⑤ 춘향은 꿈을 꾼 뒤 진언을 외우며 그리운 이와의 만남을 간절히 소망한다.

81. 위 글의 내용을 이해한 것으로 적절하지 <u>않은</u> 것은?

[글의 내용 이해]

① 춘향은 까마귀 소리를 듣고서 재회에 대해 확신한다.

② 춘향은 간밤에 꿈을 꾼 후 흉몽이라 여기고 좌절한다.

③ 춘향은 자신의 처지에 대해 부정적으로 생각하고 있다.

④ 봉사는 춘향이 들려 준 꿈을 긍정적으로 해석하고 있다.

⑤ 춘향은 자신의 죽음을 운명으로 받아들이며 체념하고 있다.

[감상의 적절성 평가]

82. 윗글과 〈보기〉를 비교하여 감상한 내용으로 적절하지 않은 것은?

| 보기 |

> 시골 맹인 불러서 해몽을 부탁하고
> 천명도 무상함을 살펴 달라 하였더니
> 장대 거울 깨어지니 소리 어찌 없겠으며
> 정원수 꽃잎 지니 응당 열매 맺으리라
> 조선통보 훌쩍 던져 돈점을 치면서
> 비옵나니 신명님은 앞일을 밝혀 주소
> 중천건괘 동청룡 점괘가 나오니
> 귀인을 상봉할 것이라고 하더이다
> － 유진한, 「만화본 춘향가」

① 윗글은 〈보기〉와 달리 현실의 장면에 대한 해석을 추가하며 인물에게 희망을 일깨움으로써 위기감을 완화해 주는군.

② 윗글은 〈보기〉와 달리 귀신의 소리나 형상 등을 감각적으로 표현하여 두려움을 느끼는 인물의 정황을 생동감 있게 묘사하는군.

③ 〈보기〉는 윗글과 달리 해몽을 부탁하는 이의 동기를 은폐하고 있어 인물의 심리에 대한 독자의 의구심을 불러일으키는군.

④ 〈보기〉는 윗글과 달리 작품 속 화자가 맹인의 말과 행동을 전달하는 방식으로 지난 일을 표현함으로써 화자의 정서를 절제하여 나타내는군.

⑤ 윗글과 〈보기〉는 모두 꿈을 소재로 인물이 처한 상황 속에서의 불안한 심리와 고뇌를 효과적으로 전달하는군.

83. [A]에 대한 이해로 가장 적절한 것은?

[서술상 특징 파악]

① 인물의 언행을 희화화하여 애상적인 분위기를 완화하고 있다.

② 연이은 불운을 상세히 서술하여 속내를 숨긴 인물의 태도를 풍자하고 있다.

③ 장황하게 이어지는 신세 한탄을 통해 인물의 가난에 대한 동정심을 유발하고 있다.

④ 서술자가 개입하여 인물의 특성을 언급함으로써 인물에 대한 신뢰감을 강화하고 있다.

⑤ 만남이 이루어지기까지의 위험한 과정을 묘사하여 인물이 처한 위기 상황을 구체화하고 있다.

84. [B]에 관한 이해로 적절하지 <u>않은</u> 것은?

[내용의 이해]

① 오언(五言) 한시(漢詩) 같은 한문 투의 구절과 그것의 우리말 풀이로 구성하여 향수자의 계층을 고려하고 있다.

② '봉사'가 '춘향'의 꿈을 풀이해 줌으로써 일어날 사건에 관한 정보를 미리 알려 주고 있다.

③ 유사한 통사 구조를 반복하여 리듬감을 확보함으로써 가창물(歌唱物)의 흔적을 유지하고 있다.

④ '꽃'이나 '거울', '바다'나 '산' 같은 자연물의 속성을 들어서 현상을 이해하는 기틀로 삼고 있다.

⑤ 보편적 현상을 근거로 삼아 특수한 해석의 주관성을 객관화함으로써 설득력을 얻고 있다.

85. ㉠~㉤의 표현상의 특징과 효과로 가장 적절한 것은?

[구절의 의미 파악]

① ㉠ : 서술자의 작중 개입으로 서사 전개를 방해한다.

② ㉡ : 언어유희를 통해 극적 긴장감을 이완시킨다.

③ ㉢ : 문장체 소설의 화법(話法)으로 현장감을 강화한다.

④ ㉣ : 관용적 표현으로 앞으로 전개될 상황을 암시한다.

⑤ ㉤ : 파자(破字) 풀이를 통해 독자의 흥미를 고조시킨다.

※ 다음 글을 읽고 물음에 답하시오.

　　이때 한양성 도련님은 주야로 시서 백가어를 숙독하였으니 글로는 이백(李白)이요, 글씨는 왕희지(王羲之)라. 국가에 경사 있어 태평과를 보이실새 서책을 품에 품고 장중에 들어가 좌우를 둘러보니 억조창생 허다 선비 일시에 숙배한다. 어악풍류 청아성에 앵무새가 춤을 춘다. 대제학(大提學) 택출하여 어제를 내리시니 도승지(都承旨) 모셔내어 홍장(紅帳) 위에 걸어 놓으니 글제에 하였으되,

　　"춘당춘색이 고금동이라."

　　뚜렷이 걸었거늘 이 도령 글제를 살펴보니 익히 보던 배라.

　　시지(試紙)를 펼쳐놓고 해제(解題)를 생각하여 용지연(龍池硯)에 먹을 갈아 당황모 무심필을 반중동 덤벅 풀어 왕희지 필법으로 조맹부 체(體)를 받아 일필휘지(一筆揮之) 선장하니 상시관이 이 글을 보고 자자(字字)이 비점이요 구구(句句)이 관주로다. 용사비등(龍蛇飛騰)하고 평사낙안이라 금세의 대재(大才)로다.

　　금방에 이름을 불러 어주삼배(御酒三盃) 권하신 후 장원급제 휘장이라. 신래(新來)의 진퇴(進退)를 나올 적에 머리에는 어사화요 몸에는 앵삼이라. 허리에는 학대로다. 삼일(三日) 유가한 연후에 산소에 소분하고 전하께 숙배하니 전하께옵서 친히 불러 보신 후에,

　　"경의 재주 조정에 으뜸이라."

하시고 도승지 입시하사 전라도 어사를 제수하시니 평생의 소원이라.

　　수의(繡衣), 마패(馬牌), 유척을 내주시니 전하께 하직하고 본댁으로 나갈 때 철관 풍채는 심산맹호(深山猛虎) 같은지라.

[A]　　부모 전 하직하고 전라도로 행할새, 남대문 밖 썩 나서서 서리, 중방, 역졸 등을 거느리고 청파역 말 잡아 타고 칠패, 팔패, 배다리 얼른 넘어 밥전거리 지나 동작이를 얼풋 건너 남태령을 넘어 과천읍에 중화(中

火)하고 사근내, 미륵당이, 수원 숙소(宿所)하고 대황
교, 떡전거리, 진개울, 중미, 진위읍에 중화하고 칠원,
소사, 애고다리, 성환역에 숙소하고 상류천, 하류천,
새술막, 천안읍에 중화하고 삼거리, 도리치, 김제역 말
갈아 타고 신구, 덕평을 얼른 지나 원터에 숙소하고
팔풍정, 화란, 광정, 모란, 공주, 금강을 건너 금영에
중화하고 높은 한길 소개문, 어미널티, 경천에 숙소하
고 노성, 풋개, 사다리, 은진, 간치당이, 황화정, 장애미
고개, 여산읍에 숙소참하고 이튿날 서리 중방 불러 분
[A] 부하되

"전라도 초읍 여산이라. 막중국사 거행불명즉 죽기
를 면치 못하리라."

추상같이 호령하며 서리 불러 분부하되

"너는 좌도로 들어 진산, 금산, 무주, 용담, 진안, 장
수, 운봉, 구례로 이 팔읍을 순행하여 아무 날 남원읍
으로 대령하고, 자, 중방 역졸 너희 등은 우도로 용안,
함열, 임피, 옥구, 김제, 만경, 고부, 부안, 홍덕, 고창,
장성, 영광, 무장, 무안, 함평으로 순행하여 아무 날 남
원읍으로 대령하고, 종사 불러 익산, 금구, 태인, 정읍,
순창, 옥과, 광주, 나주, 창평, 담양, 동복, 화순, 강진,
영암, 장흥, 보성, 흥양, 낙안, 순천, 곡성으로 순행하여
아무 날 남원읍으로 대령하라."

분부하여 각기 분발하신 후에, 어사또 행장을 차리는데
모양 보소. 숱 사람을 속이려고 모자 없는 헌 파립에 벌이줄
총총 매어 초사갓끈 달아 쓰고 당만 남은 헌 망건에 갖풀관
자 노끈당줄 달아 쓰고 의뭉하게 헌 도복에 무명실 띠를 흉
중에 둘러 매고 살만 남은 헌 부채에 솔방울 선추 달아 일광
(日光)을 가리고 내려올 제 통새암, 삼례 숙소(宿所)하고 한
내, 주엽쟁이, 가리내, 싱금정 구경하고 숩정이, 공북루 서문
을 얼른 지나 남문에 올라 사방을 둘러보니 서호강남 여기

로다. 기린토월(麒麟吐月)이며 한벽청연(寒碧淸煙), 남고모종(南固暮鍾), 건지망월(乾止望月), 다가사후(多佳射侯), 덕진채련(德津採蓮), 비비락안(飛飛落雁), 위봉폭포(威鳳瀑布), 완산 팔경을 다 구경하고 차차로 암행(暗行)하여 내려올 제, ㉠각 읍 수령들이 어사 났단 말을 듣고 민정(民情)을 가다듬고 전공사(前公事)를 염려할 제 하인인들 편하리오.

[서술상 특징 파악]

86. 윗글의 서술상 특징으로 적절한 것은?

① 속담을 활용하여 인물의 행위를 해학적으로 전달하고 있다.

② 서술자가 개입하여 작중 상황에 대한 견해를 드러내고 있다.

③ 인물의 외양을 세밀하게 묘사하여 인물의 성격을 드러내고 있다.

④ 음성 상징어를 활용하여 인물의 상태를 생동감 있게 표현하고 있다.

⑤ 유사한 어휘를 반복적으로 사용하여 공간의 이동을 효과적으로 표현하고 있다.

[외적 준거에 따른 내용 이해 : 판소리의 장단]

87. 〈보기〉를 참고하여 [A]를 판소리로 부른다면 그 장단으로 가장 적절한 것은?

| 보기 |

- 진양조 : 가장 느린 장단으로 슬프고 느슨한 분위기를 전달할 때 쓰이는 장단
- 중모리 : 진양조보다 약간 빠른 장단으로 담담하게 서술하는 대목에 쓰이는 장단
- 중중모리 : 중모리보다 약간 빠른 장단으로 흥취를 돋우며 우아한 맛이 있어서 춤추거나 통곡하는 대목에 쓰이는 장단

- 자진모리 : 빠른 장단으로 여러 사건을 늘어놓거나 사건이 빨리 진행될 때, 혹은 긴박한 대목에 쓰이는 장단
- 휘모리 : 가장 빠른 장단으로 어떤 일이 매우 빠르게 벌어져 흥분과 긴박감을 나타낼 때 쓰이는 장단

① 진양조   ② 중모리   ③ 중중모리
④ 자진모리   ⑤ 휘모리

88. ㉠과 가장 유사한 기능과 의미를 지닌 소재가 쓰인 작품은?

[소재의 의미와 기능]

① 천년(千年) 노룡(老龍)이 구비구비 셔려 이셔
　듀야(晝夜)의 흘녀 내여 창히(滄海)예 니어시니
　풍운(風雲)을 언제 어더 삼일우(三日雨)를 디련눈다
　음애(陰崖)예 이온 플을 다 살와 내여〵라
　　　　　　　　　　　　　　　-정철, '관동별곡'

② 당당당 당츄ㅈ 조협남긔
　혀고시라 밀오시라 뎡소년(鄭少年)하
　위 내 가논 딕 눔 갈셰라　　-한림제유, '한림별곡'

③ 어버이 그릴 줄을 처엄부터 알아지는
　님군 향한 뜻은 하날이 삼겨시니
　진실로 님군을 잊으면 긔 불효(不孝)인가 여기노라
　　　　　　　　　　　　　　-윤선도, '견회요'

④ 주고받는 노랫가락 점점 높아지는데
　뵈느니 지붕 위에 보리티끌뿐이로다.
　그 기색 살펴보니 즐겁기 짝이 없어
　마음이 몸의 노예 되지 않았네.
　낙원이 먼 곳에 있는 게 아닌데
　무엇하러 벼슬길에 헤매고 있으리오.
　　　　　　　　　　　　　　-정약용, '보리타작'

⑤ 두터비 프리를 물고 두험 우희 치두라 안자
　것넌 산 브라보니 백송골이 써 잇거놀 가슴이 금즉ᄒ

여 풀덕 쮜여 내둇다가 두험 아래 잣바지거고
모쳐라 놀낸 낼식만졍 에헐질 번ㅎ괘라 -작자 미상

※ 다음 글을 읽고 물음에 답하시오.

이방, 호장 실혼(失魂)하고, 공사회계(公事會計)하는 형방,
서기, 얼른 하면 도망차로 신발하고, 수다한 각청상이 넋을
잃어 분주할 제, 이때 어사또는 임실 구화들 근처를 당도하
니, 차시(此時) 마침 농절(農節)이라 농부들이 농부가(農夫歌)
하며 이러할 제 야단이었다.

어여로 상사뒤요.
천리건곤 태평시(太平時)에 도덕 높은 우리 성군(聖君) 강
구연월 동요 듣던 요(堯)임금 성덕(聖德)이라.
어여로 상사뒤요.
순(舜)임금 높은 성덕으로 내신 성기 역산에 밭을 갈고
어여로 상사뒤요.
신농씨 내신 따비 천추만대(千秋萬代) 유전(流傳)하니 어
이 아니 높으던가.
어여로 상사뒤요.

[중략 : '농부가(農夫歌)' 일부]

한참 이리할 제 어사또 주령 짚고 이만하고 서서 농부가
를 구경하다가,
"거기는 대풍(大豊)이로고."
또 한 편을 바라보니 이상한 일이 있다. 중씰한 노인들이
찔찔이 모여 서서 등걸밭을 일구는데 갈멍덕 숙여 쓰고 쇠
스랑 손에 들고 '백발가(白髮歌)'를 부르는데,
"등장 가자 등장 가자. 하느님 전에 등장 갈 양이면 무슨
말을 하실는지. 늙은이는 죽지 말고 젊은 사람 늙지 말게.

하느님 전에 등장 가세. 원수로다 원수로다 백발이 원수로다.   (가)   무정한 게 세월이라. 소년행락(少年行樂) 깊은들 왕왕이 달라가니 이 아니 광음(光陰)인가. 천금준마(千金駿馬) 잡아타고 장안대도 달리고저. 만고강산(萬古江山) 좋은 경개(景槪) 다시 한 번 보고지고. 절대가인(絶代佳人) 곁에 두고 백만교태(百萬嬌態) 놀고 지고. 화조월석 사시가경(四時佳景) 눈 어둡고 귀가 먹어 볼 수 없고 들을 수 없어 하릴없는 일이로세. 슬프다 우리 벗님 어디로 가겠는고. 구추(九秋) 단풍잎 지듯이 선아선아 떨어지고 새벽하늘 별지듯이 삼오삼오 스러지니 가는 길이 어드멘고. 어여로 가래질이야. 아마도 우리 인생 일장춘몽(一場春夢)인가 하노라.”

한참 이러할 제 한 농부 썩 나서며

“담배 먹세. 담배 먹세.”

갈멍덕 숙여 쓰고 두던에 나오더니 곱돌조대 넌짓 들어 꽁무니 더듬더니 가죽 쌈지 빼어 놓고 담배에 세우 침을 뱉아 엄지가락이 자빠라지게 비빗비빗 단단히 넣어 짚불을 뒤져 놓고 화로에 푹 질러 담배를 먹는데, 농군이라 하는 것이 대가 빡빡하면 쥐새끼 소리가 나것다. 양 볼때기가 오목오목 코궁기가 발심발심 연기가 홀홀 나게 피워 물고 나서니 ⓐ어사또 반말하기는 공성이 났지.

“저 농부 말 좀 물어보면 좋겠구먼.”

“무슨 말.”

“이 골 춘향이가 본관에 수청 들어 뇌물을 많이 먹고 민정(民情)에 작폐한단 말이 옳은지?”

저 농부 열을 내어,

“게가 어디 사나?”

“아무데 살든지.”

“아무데 살든지라니. 게는 눈콩알 귀꽁알이 없나. 지금 춘향이를 수청 아니 든다 하고 형장 맞고 갇혔으니 창가(娼家)

에 그런 열녀 세상에 드문지라. 옥결 같은 춘향 몸에 자네 같은 동냥치가 누설을 지치다간 빌어먹도 못하고 굶어 뒤어지리. 올라간 이 도령인지 삼 도령인지 그놈의 자식은 일거후무소식하니 인사(人事) 그렇고는 벼슬은커니와 내 좆도 못하지.”

“어 그게 무슨 말인고?”

“왜, 어찌 되나?”

“되기야 어찌 되랴마는 남의 말로 구습을 너무 고약히 하는고.”

“자네가 철 모르는 말을 하매 그렇지.”

수작을 파하고 돌아서며,

“허허 망신이로고. 자 농부네들 일하오.”

“예.”

하직하고 한 모롱이를 돌아드니 아이 하나 오는데, 주령 막대 끌면서 시조(時調) 절반 사설(辭說) 절반 섞어 하되,

“오늘이 며칠인고? 천릿길 한양성을 며칠 걸어 올라가랴. 조자룡의 월강(越江)하던 청총마(靑驄馬)가 있다면 금일로 가련마는 불쌍하다 춘향이는 이 서방을 생각하여 옥중에 갇히어서 명재경각 불쌍하다. 몹쓸 양반 이 서방은 일거(一去) 소식 돈절하니 양반의 도리는 그러한가.”

어사또 그 말 듣고,

“이애, 어디 있디?”

“남원읍에 사오.”

“어디를 가니?”

“서울 가오.”

“무슨 일로 가니?”

“춘향의 편지 갖고 구관댁에 가오.”

“이애, 그 편지 좀 보자꾸나.”

“그 양반 철모르는 양반이네.”

“웬 소린고?”

"글쎄 들어보오. 남아(男兒) 편지 보기도 어렵거든 항 남의 내간을 보잔단 말이오?"

"이애 들어라. 행인이 임발우개봉이란 말이 있느니라. 좀 보면 관계하냐?"

"그 양반 몰골은 흉악하구만 문자속은 기특하오. 얼풋 보고 주오."

"호로자식이로고."

편지 받아 떼어 보니 사연에 하였으되,

'일차 이별 후 성식이 적조하니 도련님 시봉체후 만안하옵신지 원절복모하옵니다. 천첩(賤妾) 춘향은 장대뇌상에 관봉치패하고 명재경각(命在頃刻)이라. 지어사경에 혼비황릉지묘하여 출몰귀관하니 첩신(妾身)이 수유만사나 단지 열불이경(烈不二更)이요 첩지사생(妾之死生)과 노모(老母) 형상이 부지하경이오니 서방님 심량처지하옵소서.'

편지 끝에 하였으되,

'거세하시군별첩고 작이동설우동추라. 광풍반야누여설하니 하위남원옥중수라.'

혈서(血書)로 하였는데, 평사낙안(平沙落雁) 기러기 격으로 그저 툭툭 찍은 것이 모두 다 애고로다. 어사 보더니 두 눈에 눈물이 듣거니 맺거니 방울방울 떨어지니 저 아이 하는 말이,

"남의 편지 보고 왜 우시오?"

"어따 이애. 남의 편지라도 설운 사연을 보니 자연 눈물이 나는구나."

"여보, 인정 있는 체하고 남의 편지 눈물 묻어 찢어지오. 그 편지 한 장 값이 열닷 냥이오. 편지 값 물어내오."

"여봐라. 이 도령이 나와 죽마고우(竹馬故友) 친구로서 하향(遐鄕)에 볼 일이 있어 나와 함께 내려오다 완영에 들렀으니 내일 남원으로 만나자 언약하였다. 나를 따라 가 있다가 그 양반을 뵈어라."

그 아이 방색하며,

"서울을 저 건너로 알으시오?"

하며 달려들어

"편지 내오."

상지할 제 옷 앞자락을 잡고 실랑하며 살펴보니 명주 전대를 허리에 둘렀는데 제기(祭器) 접시 같은 것이 들었거늘 물러나며,

"이것 어디서 났소. 찬바람이 나오."

"이놈 만일 천기누설(天機漏洩)하여서는 성명(性命)을 보전치 못하리라."

[내용의 일치 여부 파악]

89. 윗글의 내용과 일치하는 것은?

① 어사또가 내려온단 소문이 퍼져서 모르는 사람이 없을 정도이다.

② 방자는 어사또의 마패를 보고서야 비로소 지난날의 기억을 떠올린다.

③ 어사또는 춘향의 편지를 읽으면서 자신의 감정을 감추려고 노력한다.

④ 농부들은 어사또가 춘향에 대해 험담을 하자 매우 거친 말로 대응한다.

⑤ '백발가'를 부르는 노인들은 살기 힘든 현실을 위정자 탓으로 돌린다.

[서술상의 특징 파악]

90. ⓐ에 드러난 서술상의 특징에 대한 반응으로 적절한 것은?

① 특정 음운을 반복하여 언어유희를 드러내고 있군.

② 서술자가 개입하여 행위에 대한 평가를 내리고 있군.

③ 서술어를 과감히 생략하여 사건에 대한 여운을 남기고 있군.

④ 배경을 구체적으로 묘사하여 장면을 실감 나게 연출하고 있군.

⑤ 대사의 따옴표를 생략하여 인물의 심리를 독특하게 드러내고 있군.

91. 다음 중 문맥상 [(가)]에 넣기에 적절한 것은?

[내용의 이해]

① 춘산(春山)에 눈 노긴 바람 건듯불고 간 듸 없다.
  져근 듯 비러다가 불리고쟈 마리 우희,
  귀 밋퇴 희무근 서리를 노겨 볼가 ᄒ노라.   -우탁

② 이런들 엇더ᄒ며 져런들 엇더ᄒ리
  만수산 드렁츩이 얼거진들 긔 엇더ᄒ리.
  우리도 이ᄀ치 얼거져 백년(百年)ᄭ지 누리리라.

                                    -이방원

③ 이고 진 뎌 늘그니 짐 프러 나를 주오,
  나는 졈엇쎠니 돌히라 무거올가.
  늘거도 셜웨라커든 짐을 조차 지실가. -정철, '훈민가'

④ 청산은 엇뎨ᄒ야 만고애 프르르며,
  유수눈 엇뎨ᄒ야 주야애 긋디 아니눈고.
  우리도 그치디 마라 만고상청(萬古常靑) ᄒ리라.

                              -이황, '도산십이곡'

⑤ 백설이 ᄌ자진 골에 구루미 머흐레라.
  반가온 매화눈 어늬 곳에 픠엿눈고.
  석양에 홀로 셔 이셔 갈 곳 몰라 ᄒ노라.   -이색

※ 다음 글을 읽고 물음에 답하시오.

당부하고 남원으로 들어올 제 박석치를 올라서서 사면을 둘러보니 산도 예 보던 산이요 물도 예 보던 물이라. 남문 밖 썩 내달아,

"광한루야 잘 있더냐, 오작교야 무사하냐? 객사청청유색신은 나귀 매고 놀던 데요, 청운낙수 맑은 물은 내 발 씻던

청계수(淸溪水)라. 녹수진경 너른 길은 왕래하는 옛길이요."

오작교 다리 밑에 빨래하는 여인들은 계집아이 섞여 앉아

"야야."

"왜야?"

"애고 애고 불쌍터라. 춘향이가 불쌍터라. 모질더라 모질더라. 우리 골 사또가 모질더라. 절개 높은 춘향이를 울력 겁탈(劫奪) 하려 한들 철석 같은 춘향 마음 죽는 것을 헤아릴까? 무정터라 무정터라. 이 도령이 무정터라."

저희끼리 공론하며 추적추적 빨래하는 모양은 영양공주, 난양공주, 진채봉, 계섬월, 백릉파, 적경홍, 심요연, 가춘운도 같다마는 양소유가 없었으니 뉘를 찾아 앉았는고.

어사또 누(樓)에 올라 자상히 살펴보니 석양은 재서(在西)하고 숙조는 투림할 제 저 건너 양류목(楊柳木)은 우리 춘향 그네 매고 오락가락 놀던 양을 어제 본 듯 반갑도다. 동편을 바라보니 장림 심처(深處) 녹림간(綠林間)에 춘향집이 저기로다. 저 안에 내동원은 예 보던 고면(古面)이요, 석벽의 험한 옥(獄)은 우리 춘향 우니는 듯 불쌍코 가긍하다.

일락서산(日落西山) 황혼시에 춘향 문전 당도하니, 행랑은 무너지고 몸채는 꾀를 벗었는데 예 보던 벽오동은 수풀 속에 우뚝 서서 바람을 못 이기어 추레하게 서 있거늘 단장 밑에 백두루미는 함부로 다니다가 개한테 물렸는지 깃도 빠지고 다리를 징금 낄룩 뚜루룩 울음 울고 빗장 전 누렁개는 기운 없이 졸다가 구면객(舊面客)을 몰라보고 꽝꽝 짖고 내달으니,

"요 개야 짖지 마라. 주인 같은 손님이다. 너의 주인 어디가고 네가 나와 반기느냐?"

중문을 바라보니 내 손으로 쓴 글자가 충성 충(忠) 자 완연터니 가운데 중(中)자는 어디 가고 마음 심(心)자만 남아 있고, 와룡장 자 입춘서는 동남풍에 펄렁펄렁 이내 수심 도와낸다. 그렁저렁 들어가니 내정은 적막한데 춘향의 모 거

동 보소. 미음 솥에 불 넣으며,

　"애고 애고 내 일이야. 모질도다 모질도다. 이 서방이 모질도다. 위경 내 딸 아주 잊어 소식조차 돈절하네. 애고 애고 설운지고. 향단아 이리와 불 넣어라."

하고 나오더니, 울 안의 개울물에 흰 머리 감아 빗고 정화수 한 동이를 단하에 받쳐 놓고 복지(伏地)하여 축원(祝願)하되,

　"천지지신(天地之神) 일월성신은 화위동심하옵소서. 다만 독녀 춘향이를 금쪽같이 길러내어 외손봉사 바라더니 무죄한 매를 맞고 옥중에 갇혔으니 살릴 길이 없삽네다. 천지지신은 감동하사 한양성 이몽룡을 청운에 높이 올려 내 딸 춘향 살려지이다."

　빌기를 다한 후

　"향단아 담배 한 대 붙여 다오."

　춘향의 모 받아 물고 후유 한숨 눈물 질 제, 이때 어사 춘향 모 정성 보고,

　"나의 벼슬한 게 선영음덕으로 알았더니 우리 장모 덕이로다."

하고,

　"그 안에 뉘 있나?"

　"뉘시오."

　"내로세."

　"내라니 뉘신가?"

　어사 들어가며,

　"이 서방일세."

　"이 서방이라니. 옳지 이 풍헌 아들 이 서방인가?"

　"허허 장모 망령이로세. 나를 몰라, 나를 몰라."

　"자네가 뉘기여?"

　"사위는 백년지객(百年之客)이라 하였으니 어찌 나를 모르는가?"

춘향의 모 반겨하여,

"애고 애고 이게 웬 일인고? 어디 갔다 이제 와. 풍세대작(風勢大作)터니 바람결에 풍겨 온가, 봉운기봉터니 구름 속에 싸여 온가, 춘향의 소식 듣고 살리려고 와 계신가? 어서 어서 들어가세."

손을 잡고 들어가서 촛불 앞에 앉혀 놓고 자세히 살펴보니 걸인 중에는 상걸인이 되었구나. 춘향의 모 ㉠기가 막혀,

"이게 웬 일이오?"

[A]
"양반이 그릇되매 형언(形言)할 수 없네. 그때 올라가서 벼슬 길 끊어지고 탕진가산(蕩盡家産)하여 부친께서는 학장질 가시고 모친은 친가로 가시고 다 각기 갈리어서 나는 춘향에게 내려와서 돈전이나 얻어 갈까 하였더니 와서 보니 양가(兩家) 이력 말 아닐세."

춘향의 모 이 말 듣고 기가 막혀,

"무정한 이 사람아. 일차 이별후로 소식이 없었으니 그런 인사가 있으며 후긴지 바랐더니 이리 잘 되었소. 쏘아 놓은 살이 되고 엎질러진 물이 되어 수원수구(誰怨誰咎)할까마는 내 딸 춘향 어쩔라나?"

홧김에 달려들어 코를 물어 떼려 하니,

"내 탓이지 코 탓인가? 장모가 나를 몰라보네. 하늘이 무심(無心) 태도 풍운조화(風雲造化)와 뇌성전기(雷聲電氣)는 있나니."

춘향 모 기가 차서,

"양반이 그릇되매 간롱조차 들었구나."

어사 짐짓 춘향 모의 하는 거동을 보려 하고,

"시장하여 나 죽겠네. 나 밥 한 술 주소."

춘향 모 밥 달라는 말을 듣고,

"밥 없네."

어찌 밥 없을까마는 홧김에 하는 말이었다.

이때 향단이 옥에 갔다 나오더니 저의 아씨 야단 소리에

가슴이 우둔우둔 정신이 월렁월렁 정처 없이 들어가서 가만히 살펴보니 전의 서방님이 와 계시구나. 어찌 반갑던지 우루룩 들어가서,

"향단이 문안이오. 대감님 문안이 어떠하옵시며 대부인 기후 안녕하옵시며 서방님께서도 원로(遠路)에 평안히 행차(行次)하시니까?"

"오냐. 고생이 어떠하냐?"

"소녀 몸을 무탈(無頉)하옵니다. 아씨 아씨 큰 아씨. 마오 마오 그리 마오. 멀고 먼 천릿길에 뉘 보려고 와 계시관대 이 괄시(恝視)가 웬 일이오? 애기씨가 알으시면 지레 야단이 날 것이니 너무 괄시 마옵소서."

부엌으로 들어가더니 먹던 밥에 풋고추 저리김치 양념 넣고 단간장에 냉수 가득 떠서 모반에 받쳐 드리면서,

"더운 진지 할 동안에 시장하신데 우선 요기(療飢)하옵소서."

어사또 반겨하며,

"밥아 너 본 지 오래로구나."

여러 가지를 한데다가 붓더니 숟가락 댈 것 없이 손으로 뒤져서 한편으로 몰아치더니 마파람에 게 눈 감추듯 하는구나.

춘향 모 하는 말이

"얼씨구 밥 빌어먹기는 공성이 났구나."

이때 향단이는 저의 애기씨 신세를 생각하여 크게 울든 못하고 체읍하여 우는 말이,

"어찌할거나 어찌할거나. 도덕(道德) 높은 우리 애기씨를 어찌하여 살리려오. 어쩔거나요 어쩔거나요."

실성으로 우는 양을 어사또 보시더니 기가 막혀,

"여봐라 향단아. 울지 마라 울지 마라. 너의 아기씨가 설마 살지 죽을쏘냐? 행실이 지극하면 사는 날이 있느니라."

춘향 모 듣더니

"애고 양반이라고 오기는 있어서 대체 자네가 왜 저 모양인가?"

향단이 하는 말이,

"우리 큰 아씨 하는 말을 조금도 괘념(掛念) 마옵소서. 나 많아야 노망한 중에 이 일을 당해 놓으니 홧김에 하는 말을 일분인들 노하리까? 더운 진지 잡수시오."

[인물의 성격 파악]

92. 윗글에 인물에 대한 설명으로 적절하지 않은 것은?

① '빨래하는 여인들'은 옥에 갇힌 '춘향'의 편에 서서 '사또'와 '어사또'에 대해 적대감을 드러내고 있다.

② '춘향 모'는 기대를 무너뜨린 '어사또'에 대해 박절하게 대하면서도 처지를 안타까워하며 동정하고 있다.

③ '어사또'는 '춘향 모'를 장모로 깍듯이 대하면서도 자신의 신분을 감추고 장난스럽게 행동하고 있다.

④ '향단'은 '어사또'에게 한결같이 대하면서 '춘향 모'의 행동이나 말에 대해 대신하여 양해를 구하고 있다.

⑤ '어사또'는 '향단'을 '행실이 지극하면 사는 날이 있'다며 자신의 신분을 암시하면서 안심시키려 하고 있다.

[말하기 방식]

93. [A]의 말하기 방식과 가장 유사한 것은?

① "네가 누구인고?" / 흥부는 기가 막혀 대답하되, / "내가 흥부올시다." / 놀부가 소리질러 가로되, / "흥부가 어떤 놈인가?"

② "당신 평생 과거(科擧)를 보지 않으니, 글을 읽어 무엇합니까?" / 허생은 웃으며 대답했다. / "나는 아직 독서를 익숙히 하지 못하였소." / "그럼 장인바치 일이라도 못 하시나요?"

③ "네 고을에 양이가 있느냐?" / 이방이 아뢰되, / "소인 고을에 양은 없사와도 염소는 한 이십마리 있나이다." / 신관이 하는 말이, / "없다, 이놈아! 기생에 양이가

있느냐?"

④ "인제도 옹가라 하겠느냐?" / 실옹가 생각하되, 만일 옹가라 하다가는 곤장 밑에 죽을 듯하니, / "예, 옹가 아니오. 처분대로 하옵소서." / 아전(衙前)이 호령하여, / "장채 안동하여 저놈을 월경(越境)하리라."

⑤ 여우 어이없어 물러앉으며 가로되, / "그러하면 존장 은 하늘 구경도 하셨나이까?" / 두꺼비 왈, / "너는 하 늘 구경하였는가?" / 여우 왈, / "하늘은 구경한 지 오 래지 않으니 삼년 삼일에 보았노라."

94. 〈보기〉의 ⓐ~ⓓ 중, 윗글에서 확인할 수 있는 내용만을 모두 고른 것은?

[갈래별 특징, 성격 파악]

| 보기 |

> • ⓐ의성어와 의태어 같은 음성 상징어를 활용하여 상황 을 묘사하고 있다.
> • ⓑ인과 관계가 없는 비현실적 사건의 반복적 제시를 통해 우연성을 드러내고 있다.
> • 서민들의 일상어를 중심으로 하면서도 ⓒ한문 투의 언 어 표현을 부분적으로 사용하여 언어 층위의 양면성을 드러내기도 한다.
> • ⓓ언어유희를 활용하여 한국 문학 특유의 해학성을 나 타내기도 한다.

① ⓐ, ⓓ   ② ⓑ, ⓒ   ③ ⓑ, ⓓ
④ ⓐ, ⓑ, ⓒ   ⑤ ⓐ, ⓒ, ⓓ

95. ㉠과 〈보기〉의 ㉡에 대한 이해로 가장 적절한 것은?

[구절의 의미]

| 보기 |

> "허허! 이게 웬 말인가? 서방님이 오시다니 몽중에 보 던 임을 생시에 본다는 말인가!"

문틈으로 손을 잡고 말 못 하고 ⓒ 기가 막혀,

"애고, 이게 누구시오? 아마도 꿈이로다! 상사불견(相思不見) 그리운 임을 이리 쉽게 만날쏜가? 이제 죽어 한이 없네! 어찌 그리 무정한가? 박명하다 나의 모녀, 서방님 이별 후에 자나 누우나 임 그리워 일구월심 한이더니 이내 신세 이리 되어 매에 감겨 죽게 되니 날 살리려 와 계시오?"

① ㉠과 ㉡은 모두 과거와 다른 어사또의 현재 모습에 대한 안타까움에서 비롯된 것이다.

② ㉠과 ㉡은 모두 상황 판단을 정확히 하지 못한 어사또에 대한 황당함에서 비롯된 것이다.

③ ㉠은 춘향이 죽게 될 것이라는 절망감에서 비롯된 것이고, ㉡은 춘향 자신이 살아날 수도 있다는 희망에서 비롯된 것이다.

④ ㉠은 춘향 모에게 발생될 문제 상황에서 비롯된 것이고, ㉡은 춘향 모에게 문제 해결의 실마리가 제공된 상황에서 비롯된 것이다.

⑤ ㉠은 예상치 못한 현재 상황에 대한 실망감에서 비롯된 것이고, ㉡은 예상한 사건이 실제 벌어지고 있는 현재 상황에 대한 놀라움에서 비롯된 것이다.

※ 다음 글을 읽고 물음에 답하시오.

어사또 밥상 받고 생각하니 분기탱천하여 마음이 울적, 오장이 월렁월렁 석반(夕飯)이 맛이 없어,

"향단아, 상 물려라."

담뱃대 툭툭 털며,

㉠"옛소 장모. 춘향이나 좀 보아야지."

ⓐ"그러지요. 서방님이 춘향을 아니 보아서야 인정이라 하오리까?"

향단이 여쭈오되,

"지금은 문을 닫았으니 바래 치거든 가사이다.

이때 마침 바래를 뎅뎅 치는구나. 향단이는 미음상 이고 등롱 들고 어사또는 뒤를 따라 옥문간 당도하니, 인적이 고요하고 쇄장이도 간 곳 없네.

이때 춘향이 ⓛ비몽사몽간에 서방님이 오셨는데 머리에는 금관(金冠)이요, 몸에는 홍삼(紅衫)이라. 상사일념(相思一念)에 목을 안고 만단정회(萬端情懷)하는 차라,

"춘향아."

부른들 대답이 있을쏘냐?

어사또 하는 말이,

"크게 한번 불러 보소."

"모르는 말씀이오. 예서 동헌(東軒)이 마주치는데 소리가 크게 나면 사또 염문(廉問)할 것이니 잠깐 지체하옵소서." ㉮

"무에 어때, 염문이 무엇인고? 내가 부를게 가만 있소. 춘향아."

부르는 소리에 깜짝 놀래어 일어나며,

"허허 이 목소리 잠결인가 꿈결인가. 그 목소리 괴이하다."

어사또 기가 막혀,

ⓒ"내가 왔다고 말을 하소." ㉯

"왔단 말을 하게 되면 기절담락할 것이니 가만히 계옵소서."

춘향이 저의 모친 음성을 듣고 깜짝 놀래어,

[A]
"어머니 어찌 오셨소. 몹쓸 딸자식을 생각하와 천방지방 다니다가 낙상하기 쉽소. 일후(日後)일랑은 오실라 마옵소서."

ⓑ"날랑은 염려 말고 정신을 차리어라. 왔다." ㉰

"오다니 뉘가 와요?"

"그저 왔다."

[A]
　　"갑갑하여 나 죽겠소. 일러 주오. 꿈 가운데 임을 만나 만단정회하였더니 혹시 서방님께서 기별 왔소? 언제 오신단 소식 왔소? 벼슬 띠고 내려온단 노문 왔소? 답답하여라."
　　ⓒ"너의 서방인지 남방인지 걸인 하나가 내려왔다."
　　"허허. 이게 웬 말인가. 서방님이 오시다니 몽중에 보던 임을 생시에 본단 말가?"

문틈으로 손을 잡고 말 못하고 기색하며,

[B]
　　"애고 이게 누구시오. 아마도 꿈이로다. 상사불견(相思不見) 그린 님을 이리 수이 만날손가? 이제 죽어 한이 없네. 어찌 그리 무정한가? 박명(薄命)하다 나의 모녀. 서방님 이별 후에 자나 누우나 임 그리워 일구월심 한이더니 내 신세 이리 되어 매에 감겨 죽게 되니 날 살리려 와 계시오?"

한참 이리 반기다가 임의 형상 자세 보니 어찌 아니 한심하랴.

　　"여보 서방님. 내 몸 하나 죽는 것은 설운 마음 없소마는 서방님 이 지경이 웬 일이오?"
　　㉣"오냐 춘향아. 설워 마라. 인명(人命)이 재천(在天)인데 설만들 죽을쏘냐?"　㉤

춘향이 저의 모친 불러,

[C]
　　"한양성 서방님을 칠년대한(七年大旱) 가문 날에 갈민대우 기다린들 나와 같이 자진(自盡)턴가. ⓓ심은 나무가 꺾어지고 공든 탑이 무너졌네. 가련하다 이내 신세 하릴없이 되었구나. 어머님, 나 죽은 후에라도 원이나 없게 하여 주옵소서. 나 입던 비단 장옷 봉장 안에 들었으니 그 옷 내어 팔아다가 한산세저 바꾸어서 물색 곱게 도포 짓고 백방사주 긴 치마를 되는대로 팔아다가 관, 망, 신발 사드리고 절병, 천은비녀,

[C]

밀화장도, 옥지환이 함 속에 들었으니 그것도 팔아다가 한삼, 고의 불초(不肖)찮게 하여 주오. 금명간(今明間) 죽을 년이 세간 두어 무엇 할까? 용장, 봉장, 빼닫이를 되는 대로 팔아다가 별찬 진지 대접하오. 나 죽은 후에라도 나 없다 말으시고 날 본 듯이 섬기소서. 서방님 내 말씀 들으시오. 내일이 본관 사또 생신이라. 취중에 주망 나면 나를 올려 칠 것이니 형문(刑問) 맞은 다리 장독이 났으니 수족인들 놀릴손가? 만수운환 흐트러진 머리 이렁저렁 걷어 얹고 이리 비틀 저리 비틀 들어가서 장폐하여 죽거들랑 삯군인 체 달려들어 둘러업고 우리 둘이 처음 만나 놀던 부용당의 적막(寂寞)하고 요적(寥寂)한 데 뉘어 놓고 서방님 손수 염습하되 나의 혼백 위로하여 입은 옷 벗기지 말고 양지 끝에 묻었다가 서방님 귀히 되어 청운(靑雲)에 오르거든 일시도 두려 말고 육진장포 개렴하여 조촐한 상여(喪輿) 위에 덩그렇게 실은 후에 북망산천 찾아갈 제 앞 남산 뒤 남산 다 버리고 한양으로 올려다가 선산 발치에 묻어주고 비문(碑文)에 새기기를 '수절원사춘향지묘'라 여덟 자만 새겨 주오. 망부석이 아니 될까. ⓔ서산에 지는 해는 내일 다시 오련마는 불쌍한 춘향이는 한 번 가면 어느 때 다시 올까. 신원이나 하여 주오. 애고 애고 내 신세야. 불쌍한 나의 모친 나를 잃고 가산을 탕진하면 하릴없이 걸인 되어 이 집 저 집 걸식(乞食)타가 언덕 밑에 조속조속 졸면서 자진(自盡)하여 죽게 되면 지리산 갈가마귀 두 날개를 떡 벌리고 둥덩실 날아들어 까옥까옥 두 눈을 다 파먹은들 어느 자식 있어 후여 하고 날려 주리."

애고 애고 설이 울 제,

어사또,

ⓓ"울지 마라. 하늘이 무너져도 솟아날 구멍이 있느니라. 네가 나를 어찌 알고 이렇듯이 설워하느냐." ⓜ

작별하고 춘향 집에 돌아왔지.

춘향이는 어둠침침 야삼경에 서방님을 번개같이 얼른 보고 옥방에 홀로 앉아 탄식하는 말이,

"명천은 사람을 낼 제 별로 후박(厚薄)이 없건마는 나의 신세 무슨 죄로 이팔청춘에 임 보내고 모진 목숨 살아 이 형문 이 형장 무슨 일인고? 옥중고생 삼사 삭에 밤낮없이 임 오시기만 바라더니 이제는 임의 얼굴 보았으니 광채 없이 되었구나. 죽어 황천에 돌아간들 제왕전(諸王前)에 무슨 말을 자랑하리."

애고 애고 설이 울 제 자진하여 반생반사(半生半死)하는구나.

[말하기의 특징]

96. [A]에 나타난 '춘향'과 '모친'의 대화 양상에 대한 설명으로 적절하지 <u>않은</u> 것은?

① '춘향'은 '모친'이 자신을 찾아오는 일에 대한 걱정을 표출하고 있다.

② '모친'은 도리어 '춘향'의 안위를 걱정하면서 이몽룡이 왔음을 알리고 있다.

③ '춘향'은 이몽룡에 대한 궁금증을 나열하며 '모친'의 말에 답답해하고 있다.

④ '모친'은 이몽룡의 신세에 대한 불만을 '춘향'에게 우회적으로 드러내고 있다.

⑤ '춘향'은 '모친'의 말이 자신을 안심시키기 위한 것에 불과하였음을 강조하고 있다.

97. [C]를 〈보기〉와 같이 정리할 때, [C]에 대한 이해로 적절하지 **않은** 것은?

| 보기 |

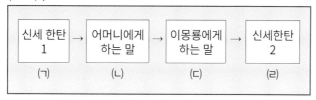

신세 한탄 1 → 어머니에게 하는 말 → 이몽룡에게 하는 말 → 신세한탄 2
(ㄱ)　　　　(ㄴ)　　　　(ㄷ)　　　　(ㄹ)

① (ㄱ)~(ㄹ)은 모두 춘향이 자신이 죽게 될 것임을 예상하고 하는 말이다.

② (ㄱ)는 영락(零落)한 이몽룡 때문인 반면, (ㄹ)는 자신이 죽은 후에 있을 일 때문이다.

③ (ㄴ)에는 자신이 죽은 이후 모친에게 이몽룡의 뒤를 부탁하는 마음이 잘 드러나 있다.

④ (ㄷ)에서 앞으로의 일을 예견하며 자기 주검을 수습해 줄 것을 이몽룡에게 요청하고 있다.

⑤ (ㄷ), (ㄹ)에서는 이몽룡에게 자신의 모친을 부탁하는 춘향의 애틋한 효심을 확인할 수 있다.

98. [B]와 [C]의 내용을 대비한 것으로 옳지 **않은** 것은?

① [B]의 청자는 이 도령이고, [C]의 청자는 춘향의 어머니이다.

② [B]에서 표출되었던 일말의 기대감이 [C]에서는 절망감으로 바뀌었다.

③ [B]에서는 말하고자 하는 바를 직설적으로, [C]에서는 우회적으로 표현하고 있다.

④ [B]에서는 임의 무심함을 탓하기도 했으나, [C]에서는 자신의 기박한 신세를 한탄하고 있다.

⑤ [B]에서는 임과의 재회로 인한 반가움이, [C]에서는 몰락한 임에 대한 연민이 주된 정서를 이루고 있다.

[서사 구조에 대한 이해]

[외적 준거에 따른 작품 감상]

[감상의 적절성 평가]

99. ㉠~㉤ 중 〈보기〉의 밑줄 친 내용에 해당하는 것으로만 짝 지어진 것은?

| 보기 |

> 소설을 읽는 독자는 이몽룡이 어사임을 알고 있지만, 소설 속 인물들은 이몽룡의 정체를 알지 못한다. 독자들은 이몽룡의 정체를 암시하는 부분을 읽으면서 이를 눈치채지 못하는 인물에 대해 안타까워하며 가슴 졸이다가 '암행어사 출두'라는 극적인 장면을 통해 희열을 느끼게 된다

① ㉠, ㉡, ㉢   ② ㉠, ㉢, ㉣   ③ ㉡, ㉢, ㉣
④ ㉡, ㉣, ㉤   ⑤ ㉢, ㉣, ㉤

100. 〈보기〉의 시가 위 글의 내용 일부를 변용한 작품이라고 할 때, 두 작품을 연관지어 감상한 것으로 적절하지 <u>않은</u> 것은?

| 보기 |

> 향단아 그넷줄을 밀어라.
> 머언 바다로
> 배를 내어 밀듯이
> 향단아.
>
> 이 다소곳이 흔들리는 수양버들나무와
> 배갯모에 뇌이듯한 풀꽃더미로부터,
> 자잘한 나비 새끼 꾀꼬리들로부터
> 아주 내어 밀듯이, 향단아.
>
> 산호(珊瑚)도 섬도 없는 저 하늘로
> 나를 밀어 올려다오.
> 채색(彩色)한 구름같이 나를 밀어 올려다오.

이 울렁이는 가슴을 밀어 올려다오!

서(西)으로 가는 달같이는
나는 아무래도 갈 수가 없다.

바람이 파도를 밀어 올리듯이
그렇게 나를 밀어 올려다오.
향단아.

– 서정주, '추천사(鞦韆詞)'

① '상여'는 죽은 이의 영혼을 초월적 세계로 보내는 매체라는 점에서 〈보기〉의 '그네'와 소재로서의 기능이 닮은 것 같아.

② 〈보기〉의 '산호'와 '섬'에는, 사또의 수청을 들지 않았다는 이유로 춘향이 치르고 있는 불합리한 형벌의 의미도 담겨 있는 것 같아.

③ 죽음을 각오한 춘향이 생전에 누렸을 현세적인 것들이 〈보기〉에서는 '수양버들나무', '풀꽃더미', '나비 새끼 꾀꼬리'로 표현된 것 같아.

④ 〈보기〉의 4연은, 현실 속에서 그리운 사람과의 사랑을 완성시키지 못한 상태에서 죽음을 눈앞에 둔 춘향의 안타까운 심정을 표현한 것 같아.

⑤ '선산(先山)발치에~새겨 주오.' 부분을 신분 상승에 대한 춘향의 소망표출로 본다면, 〈보기〉에서 이상 세계를 상징하는 '하늘'과도 연관지을 수 있겠어.

[외적 준거에 따른 감상]

101. 〈보기〉의 관점으로 ㉮~㉲를 이해한 것으로 적절하지 <u>않</u><u>은</u> 것은?

| 보기 |

전지적인 시점을 지닌 서술자는 모든 정보를 알고 있는 상태에서 독자에게 이야기를 들려준다. 등장인물 간 정보 소유에도 차이가 있지만, 독자는 제한된 공간에서 벌어지는 일만 알고 있는 등장인물보다는 당연히 많은 정보를 갖게 된다.

이런 이유로 이야기의 흐름상 위기가 찾아올지 아니면 갈등이 해결될지 등장인물의 입장에서는 모를지라도 독자는 짐작할 수 있다. 이와 같은 정보 소유의 차이는 소설 읽기의 흥미도(몰입도)를 높여주는 효과가 있다.

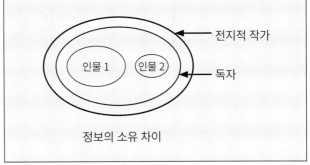

정보의 소유 차이

① ㉮ : 월매는 이몽룡의 신분에 관한 정보를 춘향과 사또에게 노출하지 않으려고 한다.

② ㉯ : 춘향을 찾아온 자신에 대한 정보를 월매가 막으려 하자 이몽룡은 의아해 한다.

③ ㉰ : 이몽룡이 남원으로 내려 온 사실을 먼저 알고 있는 월매가 춘향에게 정보를 전해 주고 있다.

④ ㉱ : 이몽룡의 신분을 알고 있는 독자 입장에서는 춘향이가 이몽룡의 신분을 알아볼지 여부에 흥미를 갖게 된다.

⑤ ㉲ : 독자는 이몽룡의 언행을 근거로 춘향이 죽지 않을 것임을 예측할 수 있다.

102. 위 글에서 이끌어 낼 수 있는 '춘향'의 고난 극복 과정을 〈보기〉의 서사적 구조와 대비해 보고자 한다. 〈보기〉의 밑줄 친 말 중, 위 글에서 대응 요소를 찾을 수 없는 것은?

[서사 구조의 파악과 적용]

| 보기 |

이 때 곰 한 마리와 범 한 마리가 같은 굴에서 살았는데, 늘 신웅(神雄, 桓雄)에게 사람되기를 빌었다. 이 때 신웅이 신령한 쑥 한 심지와 마늘 스무 개를 주면서 말했다.

"너희들이 이것을 먹고 백 일(百日)동안 햇빛을 보지 않는다면 곧 사람이 될 것이다."

곰과 범은 이것을 받아서 먹었다. 기(忌)한지 21일[三七日]만에 곰은 여자의 몸이 되었으나, 범은 능히 기하지 못했으므로 사람이 되지 못했다.

-'단군신화' 중에서

① 곰   ② 범   ③ 굴   ④ 21일   ⑤ 여자의 몸

103. ⓐ~ⓔ에 대한 설명으로 적절하지 <u>않은</u> 것은?

[구절의 의미와 기능 이해]

① ⓐ : 춘향 모가 이 도령을 비아냥거리는 표현이다.

② ⓑ : 춘향의 궁금증을 한껏 이끌어 내기 위한 표현이다.

③ ⓒ : 동음이의어를 활용한 데서 웃음을 자아내는 표현이다.

④ ⓓ : 관용적인 표현으로 자신의 처지를 우회적으로 드러내고 있다.

⑤ ⓔ : 춘향이 자신을 객관적 대상으로 삼아 자연 현상에 견주어 언급하고 있다.

[소재의 상징적 의미 파악]

104. 윗글과 〈보기〉에서 옥지환이 갖는 서사적 기능에 대하여 서술하시오.

| 보기 |

춘향이 기가 막혀,

"아이고, 도련님. 참으로 가시오그려. 못 하지 못 가지요. 나를 죽여 이 자리에 묻고 가면 갔지 살려 두고는 못 가리다. 향단아, 술상 이리 가져오너라."

술 한 잔을 부어 들고,

"옛소, 도련님. 약주 잡수. 금일송군수진취(今日送君須盡醉)니 술이나 한 잔 잡수시오."

도련님이 받아 들고,

"세상에 못 먹을 술이로다. 합환주는 먹으려니와 이별주라 주는 술을 내가 먹고 어이 살잔 말이냐."

춘향이 옥지환(玉指環) 벗어,

"도련님, 옥지환 받으오. 여자의 굳은 마음 옥지환 빛과 같은지라, 이토(泥土)에 묻어 둔들 변할 리가 있으리까. 날 본 듯이 두고 보오."

※ 다음 글을 읽고 물음에 답하시오.

어사또 춘향 집에 나와서 그날 밤을 새려 하고 문 안 문 밖 ㉠염문할새, 길청에 가 들으니 이방, 승발 불러 하는 말이,

"여보소. 들으니 수의도가 새문 밖 이씨라더니 아까 삼경에 등롱불 켜 들고 춘향 모 앞세우고 폐의파관한 손님이 아마도 수상하니 내일 본관 잔치 끝에 일습을 구별하여 생탈 없이 십분(十分) 조심하소."

어사 그 말 듣고,

"그놈들 알기는 아는데."

하고 또 장청(將廳)에 가 들으니 ㉡행수 군관 거동 보소.

"여러 군관님네, 아까 옥거리 ⓒ바장이는 걸인 실로 괴이하데. 아마도 분명 어사인 듯하니 용모파기 내어 놓고 자상히 보소."

어사또 듣고,

"그놈들 개개여신이로다."

하고 현사에 가 들으니 호장 역시 그러하다.

육방(六房) 염문 다 한 후에 춘향 집 돌아와서 그 밤을 샌 연후에 이튿날 조사 끝에 근읍(近邑) 수령이 모여든다. 운봉 영장, 구례, 곡성, 순창, 옥과, 진안, 장수 원님이 차례로 모여든다. 좌편에 행수 군관, 우편에 청령 사령, 한가운데 본관은 주인이 되어 하인 불러 분부하되,

"관청색 불러 다담을 올리라. 육고자 불러 큰 소를 잡고, 예방(禮房) 불러 고인을 대령하고, 승발 불러 차일을 대령하라. 사령 불러 잡인을 금하라."

이렇듯 요란할 제 기치군물이며 육각풍류 반공에 떠 있고 ⓔ녹의홍상(綠衣紅裳) 기생들은 백수(白手) 나삼(羅衫) 높이 들어 춤을 추고,

"지화자 둥덩실!"

하는 소리 어사또 마음이 심란(心亂)하구나.

"여봐라 사령들아. 너의 원 전(前)에 여쭈어라. 먼 데 있는 걸인이 좋은 잔치에 당하였으니 주효(酒肴) 좀 얻어 먹자고 여쭈어라."

저 사령 거동 보소.

"어느 양반이건대, 우리 안전님 걸인 ⓜ혼금(閻禁)하니 그런 말은 내도 마오."

ⓐ등 밀쳐내니 어찌 아니 명관(名官)인가. 운봉이 그 거동을 보고 본관에게 청하는 말이,

"저 걸인의 의관(衣冠)은 남루(襤褸)하나 양반의 후옌 듯하니 말석에 앉히고 술잔이나 먹여 보냄이 어떠하뇨?"

본관 하는 말이,

"운봉 소견대로 하오마는."

하니, '마는' 소리 훗입맛이 사납겠다. 어사 속으로,

ⓑ"오냐. 도적질은 내가 하마. 오라는 네가 져라."

[내용의 이해]

105. 윗글의 내용과 일치하지 <u>않는</u> 것은?

① 본관의 좌우에는 행수 군관과 청령 사령이 자리잡고 있다.

② 본관이 하인에게 하는 명령은 잔치가 열리는 현장과 어울리지 않는다.

③ 본관의 화려한 생일 잔치를 보고 어사또는 백성들과 '춘향'의 처지를 생각한다.

④ 운봉 영장은 어사또에게 호의적인 태도를 취하며 동정심을 베풀어 주고 있다.

⑤ '어사또'는 혼자서 직접 여러 관청을 다니며 어사 출도의 당위성을 찾고 있다.

[표현의 효과 파악]

106. ⓐ의 속뜻과 표현 효과에 대하여 〈조건〉에 따라 서술하시오.

| 조건 |

1. '변학도'를 주체로 하는 한 문장으로 답할 것.
2. '독자'와 관련지어 서술할 것.

[구절의 의미]

107. ⓑ에 대한 설명으로 적절하지 <u>않은</u> 것은?

① 사전적 의미는 '나쁜 짓을 해서 이익은 내가 챙기고, 책임은 남에게 미룬다.'이다.

② 문맥적 의미는 '우선 실컷 먹고 나서, 잘잘못은 나중에 가리겠다.'이다.

③ 민중 사이에서 널리 쓰는 속담을 인용하여 비유하는

풍유법이 쓰였다.

④ 암행어사 '이 도령'의 독백으로 앞으로 전개될 사건을 암시하고 있다.

⑤ '변 사또'에게 '춘향'의 신병(身柄)을 넘기려는 '이 도령'의 생각을 드러낸다.

108. ⊙~⑩의 뜻풀이로 적절한 것은?

① ⊙ 염문 : 연애나 정사에 관한 소문.

② ⓒ 행수 군관 : 한 무리의 우두머리와 군관.

③ ⓒ 바장이는 : 부질없이 짧은 거리를 오락가락 거니는.

④ ⓔ 녹의홍상 : 아래위로 붉게 차려입은 젊은 여자의 옷차림.

⑤ ⑩ 혼금 : 혼이 빠지도록 겁을 냄.

[어휘의 의미]

※ 다음 글을 읽고 물음에 답하시오.

운봉이 분부하여,

"저 양반 듭시래라."

어사또 들어가 단좌(端坐)하여 좌우를 살펴보니 당상의 모든 수령(守令) 다담(茶啖)을 앞에 놓고 진양조가 양양할 적에, 어사또 상을 보니 어찌 아니 통분(痛忿)하랴. 모 떨어진 개상판에 닥채 젓가락, 콩나물, 깍두기, 막걸리 한 사발 놓았구나. 상을 발길로 탁 차 던지며 ⊙운봉의 갈비를 직신,

"갈비 한 대 먹고 지고."

"다라도 잡수시오."

하고 운봉이 하는 말이,

"이러한 잔치에 풍류로만 놀아서는 맛이 적사오니 차운 한 수(首)씩 하여 보면 어떠하오?"

"그 말이 옳다."

하니, 운봉이 운(韻)을 낼 제, 높을 '고(高)' 자, 기름 '고(膏)' 자 두 자를 내어 놓고 차례로 운을 달 제, 어사또 하는 말이,

"걸인이 어려서 추구권이나 읽었더니 좋은 잔치 당하여
서 주효를 포식(飽食)하고 그저 가기 무렴하니 차운 한 수
하사이다."

운봉이 반겨 듣고 필연(筆硯)을 내어주니 좌중(座中)이 다
못하여 글 두 구를 지었으되, 민정(民情)을 생각하고 본관
정체를 생각하여 지었것다.

금준미주(金樽美酒)는 천인혈(千人血)이요,
옥반가효(玉盤佳肴)는 만성고(萬姓膏)라.
촉루낙시(燭淚落時) 민루낙(民淚落)이요,
가성고처(歌聲高處) 원성고(怨聲高)라.

이 글 뜻은,
금동이의 아름다운 술은 일만 백성의 피요,
옥소반의 아름다운 안주는 일만 백성의 기름이라.
촛불 눈물 떨어질 때 백성 눈물 떨어지고
노랫소리 높은 곳에 원망소리 높았더라.

이렇듯이 지었으되 본관은 몰라 보고 운봉이 글을 보며
내념에,
"아뿔싸. 일이 났다."
이때 어사또 하직하고 간 연후에 공형 불러 분부하되,
"야야. 일이 났다."
ⓛ공방 불러 포진(鋪陳) 단속, 병방 불러 역마(驛馬) 단속,
관청색 불러 다담 단속, 옥형이 불러 죄인 단속, 집사 불러
형구(刑具) 단속, 형방 불러 문부 단속, 사령 불러 합번 단속,
한참 이리 요란할 제 물색(物色) 없는 저 본관이,
"여보 운봉은 어디를 다니시오?"
"소피하고 들어오오."
본관이 분부하되

"춘향을 급히 올리라."

고 주광이 난다.

이때에 어사또 군호할 제 서리 보고 눈을 주니 서리, 중방 거동 보소. 역졸 불러 단속할 제 이리 가며 수군 저리 가며 수군수군. 서리, 역졸 거동 보소. 외올 망건 공단 쓰개 새 평립 눌러 쓰고 석 자 감발 새 짚신에 한삼(汗衫) 고의(袴衣) 산뜻 입고 육모방망이 녹피 끈을 손목에 걸어 쥐고 예서 번뜻 제서 번뜻 남원읍이 우군우군. 청패 역졸 거동 보소. 달 같은 마패(馬牌)를 햇빛같이 번뜻 들어

"암행어사 출도야."

외는 소리 강산이 무너지고 천지가 뒤눕는 듯 초목금수(草木禽獸)인들 아니 떨랴. 남문에서,

"출도야."

북문에서,

"출도야."

동·서문 출도 소리 청천(靑天)에 진동하고,

"공형(公兄) 들라."

외는 소리 육방(六房)이 넋을 잃어,

"공형이오."

등채로 휘닥딱

"애고 중다."

"공방 공방."

공방이 포진 들고 들어오며

"안 하려던 공방을 하라더니 저 불 속에 어찌 들랴."

등채로 휘닥딱,

"애고 박 터졌네."

좌수 별감 넋을 잃고 이방 호장 실혼(失魂)하고 삼색나졸 분주하네. 모든 수령 도망할 제 거동 보소. 인궤 잃고 과줄 들고 병부 잃고 송편 들고 탕건 잃고 용수 쓰고 갓 잃고 소반 쓰고 칼집 쥐고 오줌 누기, 부서지느니 거문고요 깨지느

니 북 장고라. 본관이 똥을 싸고 멍석구멍 새앙쥐 눈 뜨듯 하고 내아(內衙)로 들어가서,

"어 추워라. ⓐ문 들어온다 바람 닫아라. 물 마르다 목 들여라."

관청색(官廳色)은 상을 잃고 문짝 이고 내달으니, 서리 역졸 달려들어 후닥딱,

"애고 나 죽네."

이때 수의사또 분부하되,

"이 골은 대감이 좌정하시던 골이라. 훤화를 금(禁)하고 객사(客舍)로 사처하라."

좌정 후에,

"본관은 봉고파직하라."

분부하니,

"본관은 봉고파직이오."

사대문(四大門)에 방(榜) 붙이고 옥 형리 불러 분부하되,

"네 골 옥수를 다 올리라."

호령하니 죄인을 올리거늘, 다 각각 문죄 후에 무죄자(無罪者) 방송할새,

"저 계집은 무엇인가?"

형리 여쭈오되,

"기생 월매 딸이온데 관정(官庭)에 포악(暴惡)한 죄로 옥중에 있삽내다."

"무슨 죄인고?"

형리 아뢰되

"본관 사또 수청으로 불렀더니 수절이 정절이라 수청 아니 들려 하고 관전에 포악한 춘향이로소이다."

어사또 분부하되,

ⓒ"너만 년이 수절한다고 관정 포악하였으니 살기를 바랄쏘냐? 죽어 마땅하되 내 수청도 거역할까?"

춘향이 기가 막혀,

[A] "내려오는 관장(官長)마다 개개이 명관(名官)이로구나. 수의사또 듣조시오. ㉣층암절벽 높은 바위 바람 분들 무너지며, 청송녹죽 푸른 나무가 눈이 온들 변하리까? 그런 분부 마옵시고 어서 바삐 죽여 주오."

하며,

"향단아 서방님 어디 계신가 보아라. 어젯밤에 옥 문간에 와 계실 제 천만 당부하였더니 어디를 가셨는지 나 죽는 줄 모르는가?"

어사또 분부하되,

"얼굴 들어 나를 보라."

하시니, 춘향이 고개 들어 대상(臺上)을 살펴보니 걸객(乞客)으로 왔던 낭군 어사또로 뚜렷이 앉았구나. 반 웃음 반 울음에,

[B] "얼씨구나 좋을시고, 어사 낭군 좋을시고. 남원읍내 추절(秋節) 들어 떨어지게 되었더니 ㉤객사(客舍)에 봄이 들어 이화춘풍(李花春風) 날 살린다. 꿈이냐 생시냐 꿈을 깰까 염려로다."

한참 이리 즐길 적에 춘향 모 들어와서 가없이 즐겨하는 말을 어찌 다 설화(說話)하랴. 춘향의 높은 절개 광채 있게 되었으니 어찌 아니 좋을손가?

109. 윗글에 나타나는 서술상의 특징으로 적절하지 <u>않은</u> 것은?

① 사건이 진행되면서 상황의 반전이 일어나고 있다.

② 배경을 치밀하게 묘사하여 주제를 부각하고 있다.

③ 율문적 문체와 산문적 문체가 함께 사용되고 있다.

④ 특정한 장면을 부각하여 해학적으로 제시하고 있다.

⑤ 대구와 열거 등을 활용하여 전달 효과를 높이고 있다.

[서술상의 특징 및 효과 파악]

[서술상의 특징 파악]

110. 윗글에 대한 설명으로 적절하지 <u>않은</u> 것은?

① 장면을 과장되게 묘사하여 극중 상황을 전달하고 있다.

② 공간의 이동에 따른 인물의 성격 변화를 보여 주고 있다.

③ 불필요한 사건의 생략을 통해 사건 전개의 속도감을 높이고 있다.

④ 서술자가 독자의 이해를 돕기 위해 어려운 구절을 풀이하고 있다.

⑤ 인물의 행위를 우스꽝스럽게 묘사하여 해학적 분위기를 만들고 있다.

[외적 준거에 따른 작품 감상]

111. 〈보기〉를 참고하여 윗글을 감상한 내용으로 적절하지 <u>않</u>은 것은?

| 보기 |

판소리나 판소리계 소설은 청자(독자)에게 정서적 긴장과 이완을 연속적으로 느끼게 하는 문학 장르이다. 창자(작가)는 청중을 긴장하게 만들어 작중 현실에 몰입하게 하는데, 창자는 이런 효과를 거두기 위해 박진감 넘치는 장면 전개, 앞으로 발생할 극적 장면의 암시, 갈등 해소의 의도적 지연 등의 방법을 활용한다. 반대로 작중 현실에 대해 청중이 어느 정도의 거리를 유지하게 함으로써 긴장을 이완시키기도 한다. 창자는 긴장의 이완을 위해 언어유희, 인물의 희화화, 해학적 표현 등의 방법을 활용한다.

① ‘갈비’를 활용한 언어유희를 통해 청중의 긴장을 이완시키기도 하는군.

② 어사또가 지은 글귀를 통해 앞으로 일어날 사건을 암시함으로써 청중을 긴장하게 만드는군.

③ 어사또의 출현 장면을 박진감 넘치게 전개함으로써

청중을 긴장하게 만드는군.

④ 어사또의 출현에 당황해하는 관리의 모습을 해학적으로 표현함으로써 청중의 긴장을 이완시키기도 하는군.

⑤ 어사또의 탐욕스러운 성격을 희화화함으로써 청중의 긴장을 이완시키기도 하는군.

112. 〈보기〉를 읽고 윗글을 이해한 내용으로 적절하지 <u>않은</u> 것은?

> [문학사적 지식의 적용]

| 보기 |

「춘향전」의 전반부에서 이몽룡과 춘향은 서로 사랑하지만 이별을 할 수밖에 없는 상황에 놓인다. 이러한 상황은 춘향이 탐관오리인 변학도로부터 정절을 지키기 위해 목숨을 내던지려는 비극적 현실로 이어진다. 그러나 후반부에 들어서면, 이몽룡이 과거에 급제하고 어사또가 되어 남원에 내려와 변학도를 응징하고 춘향을 구하게 된다. 이후 춘향이 정렬부인의 자리에 오름으로써, 당시 민중들이 꿈꾸었던 낭만적 환상, 즉 신분 상승의 꿈이 이루어지는 것이다. 결국「춘향전」은 '만남-헤어짐-다시 만남'이라는 구성을 통해 비극적 현실 상황이 나아지기를 바라는 당대인들의 소망을 드러낸 소설이라고 볼 수 있다.

① 윗글은 춘향전 전체의 구성상 '후반부'에 해당하겠군.

② 어사또의 시는 변학도와 같은 '탐관오리'를 풍자하기 위한 것이군.

③ 이몽룡의 등장은 더 나은 현실을 바라는 '당대인들의 소망'과 관련이 있겠군.

④ 춘향의 절개를 통해 이몽룡은 당시 민중들의 '낭만적 환상'을 이해할 수 있었겠군.

⑤ 사랑을 지키기 위해 노력했기에 춘향과 몽룡은 결국 '다시 만남'에 성공한 것이군.

[표현상의 특징 이해 및 적용]

113. 언어유희의 방식이 ⓐ와 가장 유사한 것은?

① 부서지니 거문고요 깨지느니 북, 장구라.

② 어이쿠, 말이 빠져서 이가 헛 나와 버렸네.

③ 운봉의 갈비를 직신, "갈비 한 대 먹고지고."

④ 너의 서방인지 남방인지 걸인 하나 내려왔다.

⑤ 양반인지, 절반인지, 개다리소반인지, 백반인지

[서술상 특징 파악]

114. [A]와 [B]에 대한 설명으로 적절하지 <u>않은</u> 것은?

① [A]에서는 반어를 통해 상대방의 태도를 비난하고 있다.

② [B]에서는 영탄적 어조로 자신의 정서를 분명히 드러내고 있다.

③ [A]와 달리 [B]에서는 자문자답의 방식으로 미래에 대한 부정적 인식을 전달하고 있다.

④ [B]와 달리 [A]에서는 설의적 표현으로 자신의 의지를 강조하고 있다.

⑤ [A]와 [B] 모두에서는 비유적 표현을 활용하여 자신이 겪는 시련의 상황을 밝히고 있다.

[외적 준거에 따른 감상]

115. 〈보기〉를 참고하여 윗글을 감상한 내용으로 적절하지 <u>않</u>은 것은?

| 보기 |

조선 후기에는 임진왜란과 병자호란이라는 두 번의 큰 전쟁과 지배층의 폭압 및 수탈, 그리고 신분제의 혼란 등으로 민중들의 삶은 점점 피폐해 갔다. 이에 따라 지배층에 대한 민중들의 저항 의식은 갈수록 거세졌고, 양반으로의 신분 상승을 꿈꾸는 사람들 또한 늘었다. 한편 조정에서는 임금의 특명을 받아 지방 정치의 잘잘못과 민중들의 사정을 비밀리에 살피는 암행어사를 파견하여 탐관오리를 징계하기도 하였다.

① 춘향에게 가해지는 매질은 민중들에 대한 지배층의 가혹한 횡포로 볼 수 있겠군.

② 형리의 언행은 전쟁으로 인해 피폐해진 민중의 마음을 담은 것이라 할 수 있겠군.

③ 춘향이 변 사또에게 저항한 것은 당대의 부당한 지배층에 대한 저항이라 할 수 있겠군.

④ 훗날 몽룡이 변 사또를 벌한 것은 당대에 기승을 부렸던 탐관오리에 대한 응징이라 볼 수 있겠군.

⑤ 춘향과 몽룡의 사랑이 이루어진다는 것은 당대 민중들의 신분 상승에 대한 의지가 담겨 있다고 볼 수 있겠군.

116. 〈보기〉를 참고하여 윗글을 이해한 내용으로 적절하지 <u>않은</u> 것은?

[외적 준거에 따른 작품 감상]

| 보기 |

> '정체 속이기'와 '정체 드러내기'는 고전 소설에서 흔히 나타나는 서사 수법 중 하나이다. 이 두 수법은 사건 전개상 인과적 관계에 따라 상호 긴밀하게 연결된다. 이 두 수법은 극적인 긴장감이 높아진 상태에서 사건의 흐름을 일순간에 바꾸어 반전의 효과를 주기 때문에 극적인 긴장감과 흥미를 더할 수 있는데, 상대방이 완벽하게 속아줄 때 그 효과가 더욱 커진다. 따라서 '정체 속이기'는 광범위한 인물을 대상으로 철저하게 이루어질 때 재미가 더해진다. 하지만 독자들에게는 진실이 미리 주어지는 경우가 많기 때문에 속임을 당하는 인물과 달리 독자들은 앞으로 전개될 사건을 미리 예상할 수 있어서 해당 인물과 상반된 심리를 갖게 되는 경우가 많다.

① 어사또가 춘향을 대령시킨 뒤에도 자신의 정체를 바로 드러내지 않음으로써 극적인 긴장감이 더욱 높아졌다고 볼 수 있겠군.

② 어사또가 운봉에게 자신의 정체를 은근히 드러내는 것으로 보아 어사또의 '정체 속이기'는 특정 인물에 한정되고 있음을 알 수 있겠군.

③ 자신의 정체를 속이고 '상여를 탈지 가마를 탈지 그 속이야 누가 알겠느냐.'고 말한 어사또의 의도를 독자들은 춘향과 다르게 이해할 수 있었겠군.

④ 춘향이 어사또의 정체를 눈치 채지 못하고 어사또에게 어서 죽여 달라고 말하는 것으로 보아 어사또의 '정체 속이기'가 철저하게 이루어지고 있음을 알 수 있겠군.

⑤ 춘향이 어사또의 정체를 확인한 후 '반 웃음 반 울음'으로 기뻐하는 장면은 일순간에 반전이 이루어진 상황으로 춘향이 큰 충격을 받은 것으로 보이는군.

[구절의 의미]

117. ㉠~㉤에 대한 이해로 적절하지 않은 것은?

① ㉠: 언어유희를 통해 독자의 심리적 긴장을 이완시키고 있다.

② ㉡: 동일한 단어의 반복이 운율감을 형성하여 장면의 급박함을 보여 주고 있다.

③ ㉢: 독자의 기대에 어긋나는 대사로 독자의 주의를 집중시키고 있다.

④ ㉣: 신분을 초월한 사랑을 표현하여 행복한 결말을 예상하게 하고 있다.

⑤ ㉤: 중의적 표현으로 극적인 반전 상황에 대한 인물의 고취된 감정이 표출되고 있다.

※ 다음 글을 읽고 물음에 답하시오.

어사또 남원 공사(公事) 닦은 후에 춘향 모녀와 향단이를 ㉠서울로 치행(治行)할 제 위의(威儀) 찬란하니 세상 사람들이 누가 아니 칭찬하랴?

이때 춘향이 ㉡남원을 하직할새 영귀(榮貴)하게 되었건만 고향을 이별하니 일희일비(一喜一悲)가 아니 되랴.

[A] "놀고 자던 부용당(芙蓉堂)아. 너 부디 잘 있거라. 광한루 오작교며 영주각(瀛州閣)도 잘 있거라. 춘초는 연년녹하되 왕손은 귀불귀라 날로 두고 이름이라."

다 각기 이별할 제,

"만세무양(萬歲無恙)하옵소서. 다시 보기 망연이라."

이때 어사또는 좌·우도 순읍(巡邑)하여 민정을 살핀 후에 서울로 올라가 어전(御前)에 숙배(肅拜)하니 삼당상 입시(入侍)하사 문부(文簿)를 사정(査定) 후에 상(上)이 대찬(大讚)하시고 즉시 이조참의 대사성을 봉하시고 춘향으로 정렬부인을 봉하시니, 사은숙배하고 물러나와 부모 전에 뵈온대 성은을 축수(祝壽)하시더라.

이때 이판 호판 좌·우·영상 다 지내고 퇴사 후에 정렬부인으로 더불어 백년동락(百年同樂)할새, 정렬부인에게 삼남삼녀(三男三女)를 두었으니 개개이 총명하여 그 부친을 압두하고 계계승승(繼繼承承)하여 직거일품으로 만세유전하더라.

118. 〈보기〉를 참고하여 ㉠과 ㉡에 대해 토의한 내용으로 적절하지 <u>않은</u> 것은?

| 보기 |

〈춘향전〉은 '남원'의 '춘향'과 '서울'의 '이몽룡'이 만드는 신분을 초월한 사랑 이야기를 중심으로 여성에게만

[외적 준거에 따른 감상 : 공간적 배경에 대한 이해]

강요되는 정절 지키기 같은 제약, 생득적(生得的) 신분에서 벗어날 수 없는 문제를 다루면서 당대 사회에 대한 비판 의식을 드러내고 있다.

① ㉠은 '춘향'이 '이몽룡'에 대한 정절을 지키고 신분이 상승한 결과 도달한 공간이라 할 수 있어.

② ㉡은 '춘향'과 '이몽룡'의 사랑이 싹튼 곳이니까 두 사람의 추억이 어린 공간이라 할 수 있어.

③ ㉠은 '이몽룡'이 '춘향'과 혼인하여 함께 사는 곳으로, 높은 신분을 상징하는 공간이라 할 수 있어.

④ ㉡은 '춘향'이 태어나 자란 곳으로, 정절 지키기를 강요하는 당대 사회에 대한 비판 의식을 키우던 공간이라 할 수 있어.

⑤ ㉠과 ㉡은 '춘향'이 쉽사리 왕래할 수 없는 곳으로, 여성에게만 차별적으로 주어진 제약으로 여겨 심리적 거리가 아주 먼 공간이라 할 수 있어.

[인물의 정서 파악]

119. [A]에서 '춘향'이 읊었음 직한 것으로 적절한 것은?

① 언제든 가리 나중엔 / 고향 가 살다 죽으리 // 모밀꽃이 하이얗게 피는 촌 / 조밥과 수수엿이 맛있는 고을 / 나뭇짐에 함박꽃을 꺾어오던 총각들
　　　　　　　　　　　　　　　　　-노천명, '망향'

② 원목을 두들기는 / 통소리, / 강원도에서 날던 / 새가 / 울며 가버린 / 아득한 / 삼림에 / 희디흰 빛이 자꾸 일면서 / 가만한 / 옛 고향의 소리도 살아나온다.
　　　　　　　　　　　　　　　　　-정공채, '망향'

③ 고향에 고향에 돌아와도 / 그리던 고향은 아니러뇨. // 산꿩이 알을 품고 뻐꾹이 제철에 울건만, // 마음은 제 고향 지니지 않고 / 머언 항구로 떠도는 구름.
　　　　　　　　　　　　　　　　　-정지용, '고향'

④ 마을아 억센 풀아 무너진 흙담들아 / 언젠가 돌아가리
라 너희들 물 틈으로 / 나 또한 한 많은 물방울 되어 세
상길 흘러 흘러 / 돌아가 고향 하늘에 홀로 글썽이리.

-이동순, '물의 노래'

⑤ 아늑한 이 항구인들 손쉽게야 버릴거냐 / 안개같이 물
어린 눈에도 비치나니 / 골짜기마다 발에 익은 묏부
리모양 / 주름살도 눈에 익은 아 ─ 사랑하던 사람들

-박용철, '떠나가는 배'

120. ⟨보기 1⟩과 ⟨보기 2⟩를 참고하여 윗글에 나타난 작품의
결말이 의미하는 바에 대하여 서술하시오.

[이본의 차이 파악]

| 보기 1 |

⟨중중모리⟩

얼씨구나 좋을씨구 절씨구. 풍신이 저렇거든 보국충신
이 안 될까. 어제저녁 오셨을 제 어산 줄은 알았으나 남이
알까 염려가 되어 천기누설(天機漏泄)을 막느라고 너무
괄세허였더니 속 모르고 노여웠지 내 눈치가 뉘 눈치라
그만 일을 모를까. 얼씨구나 내 딸이야. 위에서 부신 물이
발치까지 내린다고 내 속에서 너 낳으니 만고열녀가 아
니 되겠느냐. 얼씨구나 좋을씨구. 절로 늙은 고목 끝에 시
절연화가 피었네. 부중생남중생녀(不重生男重生女) 날로
두고 이름이로구나. 지화자 좋을시구 남원부중 사람들
아들 낳기 원치 말고 춘향 같은 딸을 나 곱게곱게 잘 길
러 서울사람이 오거들랑 묻지 말고 사위 삼소. 얼씨구나
잘씨구 수수광풍(誰水狂風) 적벽강 동남풍이 불었네. 궁
덩이를 두었다가 논을 살까 밭을 살까 흔들 대로만 흔들
어 보세. 얼씨구나 절씨구 얼씨구 절씨구 지화자 좋네 얼
씨구나 좋을씨구.

-김소희 창본 '춘향가'

| 보기 2 |

율도왕이 삼 년 상을 마치니, 대비도 이어 세상을 떠나 선능에 안장하고, 삼년상을 마쳤다. 왕이 삼자 이녀를 낳으니, 장자와 차자는 백 씨 소생이고, 삼자와 차녀는 조씨 소생이었다. 장자 현으로 세자를 봉하고 그 나머지는 다 군으로 봉하였다. 왕이 나라를 다스린 지 삼십 년에 갑자기 병이 들어 별세하니 나이 72세였다. 왕비도 이어 죽으니 선능에 안장한 후, 세자가 즉위하여 대대로 이으면서 태평스럽게 살아가더라.

-경판본 '홍길동전'

정답 및 해설

1 　　　　　　　　　　　　　　　정답 ⑤

[작품의 종합적 이해] 이 작품은 근원설화를 바탕으로 이루어진 판소리 사설이 독서물로 정착된 작품이다. 따라서 이 작품이 애초에는 서민들이 주된 향수자인 판소리였을 것이고, 그때에는 서민들이 쉽게 이해할 수 있는 우리말 중심으로 만들어졌을 것이다.

2 　　　　　　　　　　　　　　　정답 ②

[말하기 방식의 파악과 적용] [A]에서 '월매'는 특수한 사례를 보편적인 상황에 적용하는 잘못을 범하고 있다. ②에서는 미국에서 일어난 특수한 상황을 우리나라에 그대로 적용하면서 오류가 발생하였다. ①은 자신의 주장에 대해 반론의 가능성이 있는 요소를 비난하여 반론 자체를 원천적으로 봉쇄하고 있다. ③은 논지와는 상관없이 상대방의 약점을 공격하고 있다. ④는 관습적인 것에 의존해서 주장을 펼치고 있다. ⑤는 일반적인 원칙을 특수한 상황에 그대로 적용하고 있다.

3 　　　　　　　　　　　　　　　정답 ②

[소재의 기능] [B]의 '꿈'은 '춘향'이 천상의 인물이었는데 죄를 지어 지상에 귀양을 오게 되었음을 알려주는, 이른바 '적강(謫降) 모티프'인데. 이것은 주인공이 천상적 존재이므로 영웅 소설의 범주에 들 가능성도 열려 있다. ②의 '유충렬'의 출생과 관련된 꿈도 적강 모티프와 영웅 모티프를 공유하고 있다. ① 깨어난 후의 일을 짐작하게 해 주는 기능 ③ 아이가 태어날 것임을 알려 주는 기능 ④ 작가의 사상을 드러내는 기능 ⑤ 앞으로 일어날 일을 암시하는 기능

4 　　　　　　　　　　　　　　　정답 ③

[외적 준거의 따른 작품 감상] 〈보기〉에서 밑줄 친 '상황의 구체적 의미'는 작품에 반영된 사회적·문화적 의미를 작품의 창작 당시와 연관시켜 해석하는 것이다. 이것은 작품의 감상 방법 중 외재적 감상 방법, 더 구체적으로는 반영론적 관점이고, 문학 비평의 방법으로는 역사주의 비평과 연관된다. 이런 관점에서는 작품이 어떤 사회적·문화적 배경하에서 창작되었는지, 그리고 작가가 당시의 사회적·문화적 상황에서 어떤 문제의식을 가졌는지를 파악하고 작품과 연결시킨다.

5 　　　　　　　　　　　　　　　정답 ⑤

[서술상의 특징 파악] 인물이나 배경을 소개하는 장면은 '말하기'의 방법으로, 인물 간의 갈등이나 앞으로 전개될 사건을 암시하는 부분은 '보여주기'의 방법으로 서술하여 적절한 조화를 이루고 있다.

6 　　　　　　　　　　　　　　　정답 ③

[대화의 양상 파악] '이 도령'과 '방자'는 신분상 상하 관계요 수직 관계로 맺어져 있다. 따라서 '이 도령'은 명령하는 자리, '방자'는 복종하는 자리에 설 때 자연스러운 관계를 형성한다. 그런데 [A]에서는 '방자'가 '이 도령'의 명령을 무조건적으로 복종하지 않고 자신의

의견을 제시하는 상황이 설정되어 있다. ③에서 '심 봉사'와 '뺑덕어미'의 대화는 상하 관계에서 주고받는 것이 아니다.

7 　　　　　　　　　　　　　　정답 ②

[표현상의 특징 파악] ⓐ는 남원 부사 '이 한림'과 그의 아들 '이 도령', 그리고 장면의 배경을 서술자가 직접 요약적으로 제시하고 있는 것에서 확인할 수 있다. ⓒ는 '이 도령'과 '방자'의 대화, '이 도령'과 그의 아버지와의 대화를 통하여 '광한루 오작교'라는 공간적 배경이 앞으로 일어날 사건의 중요한 배경이 될 것임을 암시하고 있는 데에서 확인할 수 있다. ⓑ는 서술자가 직접 장중에 개입하는 편집자적 논평으로, 이 작품 전체에서는 빈번하게 나타나지만 윗글에서는 확인되지 않는다.

8 　　　　　　　　　　　　　　예시답

'뭇 새들'이 '춘정(春情)을 다투'는 것은 번식을 위해 짝을 찾는 행위인데, 이것이 '이 도령'과 '춘향'이 만나는 일이 자연스러운 것임을 드러내는 기능을 한다.

[구절의 이해] ㉠은 작품의 계절적 배경을 '삼춘', 곧 '봄'으로 설정해 놓은 구절이다. '봄'은 모든 생물이 생기를 되찾아 본능적 행위를 하는 계절인데, 인간인 '춘향'과 '이 도령'도 서로 짝이 되는 일에 어울리는 배경이 된다. 이 배경이 뒤에서 '오월'로 바뀌는 것은 단오에 '그네'를 뛰게 하기 위한 설정 때문이다.

9 　　　　　　　　　　　　　　정답 ③

[서술상의 특징 파악] [A]는 두 장면으로 이루어져 있다. 하나는 광한루에서 바라본 주변의 경관, 다른 하나는 '어떠한 일 미인'에 대한 묘사이다. 이 두 장면이 비교적 길게 늘어나 서사 전개의 시간을 느리게 진행시킨

다는 지적은 적절하지만, 이것을 '내적 독백'이라고 하기에는 그 주체가 '이 도령'의 목소리를 내는 서술자란 점에서 근거가 충분하지 않다.

10 　　　　　　　　　　　　　정답 ③

[바꾸기의 효과 파악] [B]는 한자로 이루어진 한시를 우리말로 그 음만 옮겨 놓은 것이라 한문 식자층이 아니면 그 의미를 알 수 없을 것이다. 그런데 그것을 〈보기〉처럼 우리말로 바꾸어 놓으면 누구나 쉽게 읽을 수 있어서 독자층이 훨씬 확대될 것이다.

11 　　　　　　　　　　　　　정답 ③

[구절의 의미 이해] ㉢은 '이 도령'이 치장을 하고 있는 상황이 아니라 치장을 끝내고 나귀를 타기 위해 나와 있는 모습이므로 생동감이 넘친다고 한 설명은 적절하지 않다.

12 　　　　　　　　　　　　　정답 ②

[작품의 내용 파악] 방자는 춘향을 데려오라는 이 도령의 말에 대해 춘향이 얼굴도 예쁠뿐더러 높은 정절을 품고 있어서 명을 따르기 어렵다는 대답을 하고 있다. 방자는 춘향을 데려오기 어렵다는 뜻을 나타내고 있지만 그렇다고 해서 은근히 대가를 원하고 있는 것은 아니다. ① 통인이 이 도령에게 '제 어미는 기생이오나,~ 여염 처자와 다름이 없나이다.'라고 말한 것을 통해 알 수 있다. ③ '춘향 모'는 꿈에서 본 청룡과 '이몽룡'을 연관지으면서 '춘향'이 '이 도령'을 만나도록 허락한다. ④ '춘향'과 '방자'의 대화에서 높임 표현이 드러나지 않은 것으로 보아 같은 계층에 속한다고 할 수 있다. ⑤ '춘향'은 자기가 여염(閭閻) 사람이라 부를 리도 없고 부른다고 해도 갈 이유가 없다고 말하고 있다.

13 정답 ⑤

[작품의 비교 감상] ① 〈보기〉의 화자는 '나'로 드러나 있는데 실제로는 '춘향'이고, 청자로 '향단'이 설정되어 있으므로 독백이라 할 수 없다. ② [A]와 〈보기〉는 둘 다 그네를 타고 있는 동적 이미지로 보는 것이 자연스럽다. ③ 분위기가 [A]는 밝고 활기찬 데 비해 〈보기〉는 어둡고 침울하다는 설명은 타당하지만, 그것이 [A]는 기대감으로, 〈보기〉는 좌절감으로 야기되었다는 설명은 적절하지 않다. ④ [A]가 독서물로 정착된 것이지만 여전히 운문체 문장이 남아 있고, 〈보기〉는 운문체이지만 가창물이라 할 수는 없다.

14 정답 ②

[대화의 특징 파악] [A]에서는 춘향이 이 도령이 자신을 데려오라고 할 이유가 없다며 방자가 잘못 들은 것이라고 타박하는 모습이 나타나 있다. 이 도령이 권위를 내세워 춘향을 데리고 오라고 하는 요구도 없을뿐더러 이를 춘향이 직접적으로 명시해서 비난하는 내용도 찾을 수 없다. ① [A]에서는 '서왕모 요지연의 편지 전하던 청조같이'라는 고사를 통해 방자가 이 도령의 분부를 받아 춘향에게로 가는 모습이 서술되어 있다. ③ [A]와는 달리 [B]에는 '춘향 모'라는 새로운 인물이 등장해 꿈 이야기를 하며 춘향에게 이 도령을 만나 보라는 의견을 제시하고 있다. ④ [A]와 달리 [B]에는 '내가 너를 기생으로~잠깐 와 다녀가라.'라는 이 도령의 말이 직접 인용되고 있다. ⑤ [A]에서 춘향은 자신에게 오기 바라는 이 도령의 요구를 거부하지만, [B]에서 춘향은 방자와 춘향 모의 말에 이 도령을 만날 마음이 생기는 모습을 보여 주고 있다.

15 정답 ③

[작품의 내용 파악] 〈보기〉-(나)에 '풍류어사 슬픔을 이기지 못하네'라는 구절은 '춘향'과 이별하는 '슬픔'을 어사가 될 '이 도령'이 느낀다는 것이다. 그러므로 '어사'에 초점을 맞추어 '슬픔'이 '춘향'과 다시 만나서 느끼는 것으로 보는 것은 자연스럽지 않다.

16 정답 ⑤

[구절의 기능 파악] ㉠ '이때는 삼월이라 일렀으되 오월 단오일이렷다.'라는 편집자적 논평은 기존의 이본(version)을 수정하는 과정을 보여 주므로 여러 작가들이 참여하여 적층적으로 이루어지는 특성을 보인다고 할 수 있다. 수정이기는 하나 이것은 오류 때문이 아니라 개작의 의도 때문에 이루어진다(④). 물론 윗글과 같은 판소리계 소설은 몇몇의 근원설화를 종합하여 이루어졌고(①), 가창물인 판소리 사설이 독서물인 소설로 바뀌었으며(②), 유동적인 구비문학에서 기록문학으로 정착된(③) 것이다.

17 정답 ⑤

[작품의 내용 파악] '춘향'이 '이 도령'과 헤어지면서 내건 명분은 '시속 인심이 고약'하다는 것이지만, '춘향 모'도 그런 생각을 가지고 있었는지를 확인하기는 어렵다. ① 이 도령을 만난 춘향의 마음을 '흠모하여'라고 표현하는 데서 확인할 수 있다. ② 이 도령은 춘향의 대답을 듣고 나이가 자신과 같고 성씨도 자신과 다르다는 것에 대해 반가워하고 있다. ③ 이 도령은 춘향과 천정하신 연분으로 둘이 만났다는 점을 내세워 인연을 맺자고 말하고 있다. ④ '방자'는 '이 도령'에게 '춘향'의 집을 알려주고 있다.

18 정답 ③

[갈래별 특징, 성격 파악] '금세의 호걸이요, 진세간의 기남자라.'는 춘향이 이 도령을 처음 보고 느낀 생각을 서술자가 서술한 내용이다. 즉 이 도령에 대한 춘향의

심리를 서술한 내용으로서 편집자적 논평과는 거리가 멀다. ① ㉠은 판소리계 소설이 의태어나 의성어를 많이 사용한다는 것으로, '희뜩희뜩', '펄펄', '펄렁펄렁' 등의 의태어를 통해 춘향이 그네 뛰는 모습을 실감 나게 전달하고 있다. ② ㉡은 글자 수가 3자 내지 4자로 반복되는 특징으로 운율감 있는 문체를 나타낸다. ④ ㉣은 판소리 연행의 흔적이 제시되는 특징으로 판소리 창자가 사설을 이끌어 가며 관객에게 말하는 말투를 제시하고 있다. ⑤ ㉤은 '옥 같은'에서 상투적인 비유 표현이 드러나며 이를 통해 인물의 특성, 즉 아름다운 목소리를 지닌 춘향의 특성을 드러내고 있다.

19   정답 ②

[인물의 정서 파악] ⓐ에는 부재하는 임을 애타게 그리워하고 있다. 화자의 이러한 정서는 ②를 제외한 나머지 선지의 시조에서도 두루 확인된다. ②는 자연에 묻혀 사는 즐거움을 노래한 것이다.

20   정답 ①

[바꾸어 쓰기] [A]에서 '춘향'은 '이 도령'을 처음 보고 '소년 공명'과 '보국 충신'할 사람으로 보이므로 '마음으로 흠모하'는 마음이 생긴다고 하였다. 〈보기〉에서는 꽃나무에 꽃이 피는 것이 자연의 아름다운 이치인 것처럼, 젊은 여성인 '춘향'의 마음에 피어나는 사랑도 자연스러운 생명의 표현으로 보았다. 그러므로 시인은 사랑을 인위적으로 만들어지는 것이 아니라 저절로 자연스럽게 이루어지는 것이란 생각을 가장 중요하게 여겼을 것이다.

21   정답 ⑤

[바꾸어 쓰기의 효과] 윗글에는 나오지 않는 '일월무정(日月無情) 덧없도다. 옥빈홍안(玉鬢紅顔)이 공로(空老)로다.'

라는 구절이 추가된 것은, 가창물로서의 잡가가 대중에게 쉽사리 수용되기를 원하는 작가 의식의 산물이다. 윗글에서 '이 도령'은 빨리 밤이 되어야 '춘향'을 만나러 간다고 안달재신인데 세월이 빠르고 고운 얼굴이 헛되이 늙는다는 충고가 어울리지 않는다.

22   정답 ④

[내용 파악하기] [A]는 '이 도령'이 '천자문'을 읽으려 하자 '방자'가 이해하기 어려워하는 장면이다. '방자'는 하층의 피지배 계층에 어울리는 언어를 구사하지만, '이 도령'은 지배 계층 또는 식자층에 어울리는 언어와 그 반대쪽 계층의 언어를 복합적으로 쓰고 있어서 ④는 적절하지 않은 설명이다.

23   정답 ③

[인물의 심리 파악] '사또'가 '목 낭청'을 불러 아들 '이 도령'을 자랑하는 행위는 두 가지 이상의 서로 다른 심리가 작용하는 게 아니다.

24   정답 ③

[표현 방법의 이해] ⓐ에서는 '정'과 '장'의 대응에서 언어유희가 나타나고 있다. '서방'의 '서'는 '書'인데 이를 '西'로 바꾼 후 '남(南)'과 대응시킨 것이다. 이와 같은 표현은 ③의 이 도령인지 삼 도령인지에서 잘 나타나고 있다. 이도령의 '이'는 '李'인데, '이(二)'로 바꾼 후, '三'과 대응시킨 것이다.

25   정답 ①

[서술 방법의 이해] '편집자적 논평'은 서술자가 사건이나 인물의 말과 행동에 대해 자신의 생각을 직접 밝히는 것을 말한다. 이는 고전소설 중 판소리계 소설에 자

주 나타나는데, 판소리에서 서술자의 역할을 하는 창자가 노래하던 사설을 문자로 옮겼기 때문이다. ㉠은 서술자의 목소리가 아니라 작중 인물인 '이 도령'의 목소리이다.

26 정답 ⑤

[작품의 종합적 이해] 윗글에 나타나는 해학적 표현은 "도련님이 방자 모시고 오셨다오."라는 춘향의 대화이다. 이와 같은 해학적 표현이 독자의 흥미를 유도하는 기능을 하지만 극적 긴장감이 강화되는 것이 아니라 오히려 그 반대의 효과를 지닌다.

27 예시답

[A]는 '춘향 모'에 대한 평판, 그의 외양과 행위의 묘사로 이루어져 있는데, 이것은 고전적인 기품과 멋을 드러내므로 우아미라 할 수 있다.

[작품의 미의식 파악] 미적 범주로서의 우아미는 '있어야 할 것', 곧 이상(the ideal)과 '있는 것', 곧 '현실(the real)'이 서로 융합되어 조화를 이루는 미의식이다.

28 정답 ④

[구절의 의미 파악] ㉣은 '도련님'과 '방자'를 바꾸어 말함으로써 웃음이 유발되는 구절이다. 이것은 '춘향'이 생각 밖의 일이 현실이 되면서 '엉겁결'에 하는 말이므로, 결과적으로는 웃음이 유발되었지만 웃음을 유발하기 위해 의도적으로 마련한 장치는 아니다. ① '퇴령 소리'가 나기를 기다리다 그 기다림이 실현되자 나오는 반응을 같은 말을 반복함으로써 드러내고 있다. ② ㉡은 풍류객이 기생을 찾아가는 내용인데, '이 도령'이 스스로 그런 인물이 되면서 '춘향'을 기생으로 여기므로 웃음을 유발하는 것이다. ③ ㉢은 한 어부가 물에 떠내려 오는 복숭아꽃잎을 따라 무릉도원(武陵桃源)을

찾았다는 이야기인데, '이 도령'이 '춘향'의 집을 찾아간다는 의미로 썼지만 앞뒤 문맥과 밀접하게 연결되지는 않는다. ⑤ '이 도령'의 생각과 행동뿐만 아니라 "도련님 춘향의 집 오실 때는 춘향에게 뜻이 있어 와 계시지 춘향의 세간 기물(器物) 구경 온 바가 아니로되"와 같이 자신의 생각까지 서술하고 있다.

29 예시답

'춘향 어미'의 성격이 윗글에서는 꼼꼼하고 신중하지만 〈보기〉에서는 괄괄하고 거칠게 바뀌는데, 이것은 '고슴도치도 제 새끼는 함함하다고 한다'는 속담처럼 자식에 대한 지극한 사랑 때문이다.

[인물의 성격 파악] 윗글에서 '춘향 어미'는 '이 도령'이 '춘향'을 만나고 싶어하는 제안을 꼼꼼하고 신중하게 거절하고, 〈보기〉에서 '춘향 어미'는 '춘향'과 이별해야 하는 '이 도령'에게 괄괄하고 거칠게 대하고 있다. 이것은 부모의 자식에 대한 사랑에서 야기된 성격의 변화이다.

30 정답 ①, ②

[표현 방법의 이해] ①의 '수양산'은 실제로 중국에 있는 산 이름이면서 '수양대군(首陽大君)'을 의미하고, ② '명월'은 '밝은 달'이면서 기명(妓名)으로 쓰는 글쓴이 자신의 이름이다.

31 정답 ⑤

[서술 방법의 이해] 서술자가 작중에 개입하는 편집자적 논평의 예들이다. ㉤은 '춘향 어미'의 생각을 드러낸 부분으로, 전지적 작가 시점의 서술자가 해야 할 본연의 임무에 충실한 것이다.

32 　　　　　　　　　　　　정답 ⑤

[내용 파악하기] 도련님은 어머니께 꾸중을 들은 후 더 이상 춘향과의 관계를 지속할 수 없고 서울로 떠나야 함을 인식하고 있다.

33 　　　　　　　　　　　　정답 ②

[표현상 특징 파악하기] 제시된 부분에는 '펄펄, 부글부글, 담쏙, 벌렁벌렁, 뽀드득, 탕탕' 등 다양한 음성상징어가 나타나 있으며, 이를 통해 인물의 행위를 생동감 있게 드러내고 있다.

34 　　　　　　　　　　　　정답 ⑤

[작품의 특징] 윗글에서는 서술자의 직접적 개입은 있으나, 이것이 인물의 행위를 비판하는 것은 아니므로 정답은 ⑤번이다.

35 　　　　　　　　　　　　정답 ②

[인물의 태도와 심리 파악] '대부인'과 '월매'는 둘 다 자식에 대한 걱정 때문에 화를 내고 있으므로 정답은 ②번이다.

36 　　　　　　　　　　　　정답 ①

[외적 준거에 따른 인물의 심리와 행동 이해] 〈보기〉에 따라 춘향의 급격한 태도 변화는 자연스러운 행동이므로 정답은 ①번이다.

37 　　　　　　　　　　　　정답 ①

[작중 인물 파악하기] ㉠은 춘향이 당대의 사회 현실 및 그로 인한 신분의 차이를 자각하고 보인 반응이므로

현실을 비판하려한 것으로 볼 수 없다.

[오답풀이] ㉡에서 춘향은 도련님의 첩이 되어도 좋다고 하고 있으므로 춘향의 욕망을 확인할 수 있다. ㉢에서 도련님이 춘향과의 신분 차이에 따른 문제 때문에 이별할 수밖에 없다고 하고 있으므로 춘향의 욕망이 달성되기 어려운 이유를 알 수 있다. ㉣에서 춘향이 보이는 격렬한 반응은 욕망의 좌절에 따른 감정 표출이라고 할 수 있다. ㉤에서 춘향이 존비귀천이 원수라고 한 것을 보면 신분상의 문제가 춘향의 욕망을 좌절시킨 원인이라고 볼 수 있다.

38 　　　　　　　　　　　　정답 ②

[서술상의 특징 파악] 〈보기〉의 설명에 따르면 [A]는 전지적 서술자가 개입하여 논평한 것이다. 그런데 ②는 인물의 행동에 대한 서술이 드러나 있을 뿐, 서술자의 주관적인 목소리가 개입하여 논평을 가하고 있는 것으로 볼 수 없다. ① '천신의 조화요~떠내려 갈쏘냐'에서 서술자의 직접적 개입과 논평이 확인된다. ③ '썩 토끼 배 따고 간 내어 먹었으면 아무 폐단이 없었을 텐듸'에서 논평을 가하고 있다. ④ '홧김에 하는 말이었다.'에서 확인할 수 있다. ⑤ '일시를 어찌 견디리오, 갈 바이 망연하고나'에서 알 수 있다.

39 　　　　　　　　　　　　정답 ①

[한자 성어 파악하기] [A]는 '이 도령'에게 이별해야 한다는 통보를 들은 춘향이 생각지도 않은 일이 생겨 크게 놀라는 심정을 나타내므로 '뜻밖에 일어난 큰 변동, 갑자기 생긴 큰 사건'이라는 의미인 '청천벽력'과 가깝다. [B]는 춘향은 도련님이 굳게 약속한 것을 어기고 자신을 버린다고 하고 있기에 '한 입으로 두 말을 한다'는 의미의 '일구이언'이 적절하다. ② '전전긍긍'은 매우 두려워 조심함, '금상첨화'는 비단 위에 꽃을 더한다는 뜻으로, 좋은 일 위에 또 좋은 일이 더하여짐을

비유적으로 이르는 말이다. ③ '와신상담'은 '섶에 누워 자고 쓸개를 맛본다'는 뜻으로, 마음먹은 일을 이루려고 괴롭고 어려움을 참고 견딘다는 말이고, '동병상련'은 같은 병을 앓는 사람끼리 서로 가엾게 여긴다는 뜻으로, 어려운 처지에 있는 사람끼리 서로 가엾게 여김을 이르는 말이다. ④ '자승자박'은 자신이 한 말과 행동에 구속되어 괴로움을 당한다는 말이고, '정저지와'는 우물 안 개구리처럼 넓은 세상의 형편을 알지 못하는 사람을 비유적으로 이르는 말이다. ⑤ '동상이몽'은 같이 행동하면서도 속으로는 각각 다른 생각을 하고 있음을 의미하는 말이고, '천생연분'은 하늘이 정하여 준 연분을 이르는 말이다.

40 　　　　　　　　정답 ④

[표현 방법의 파악] [D]에는, 전체 네 마디 중에서 같은 뜻의 말이 세 차례 반복되고, 네 마디 가운데 셋째 마디는 다른 말이 오는, 이른바 aabb형의 구조를 갖고 있다. 이런 반복은 민요의 기본적 율격으로 우리 전통 가요에서 자주 보인다.

41 　　　　　　　　정답 ②

[말하기의 방식] '춘향 모'의 [E]와 같은 말하기 방식은 자신의 생각을 반대로 말함으로써 일어나서는 안 될 일이라는 의도를 강하게 드러내는 반어적 표현이다. ②에서도 님을 가슴 깊이 묻고 있으나 '잊었노라'라고 표현함으로써 반어적으로 드러내고 있다.

42

[인물의 성격 파악] ㉮와 ㉯는 이 도령과의 이별 상황에 춘향이 대응하는 태도의 차이를 통해 성격의 이중성을 보여준다. ㉮는 흥분하는 이 도령을 위로하며 차분하게 해결책을 제시하지만, ㉯는 감정을 주체할 수 없이 거칠게 대응한다.

43 　　　　　　　　정답 ①

[표현상의 특징 파악] 제시된 본문 내용 중 사건 전개가 우연적이라 할 만한 근거를 찾기 어렵다. 물론 사건의 전개가 좀더 치밀하고 완결되지 못한 느낌을 줄 수는 있겠지만, 사건과 사건 사이에 아무런 인과 관계가 없는 부분은 발견할 수 없다. ② 이 작품에는 한문 번역투의 한자어 문장과 고유한 우리말 문장이 혼재하고 있어 언어의 이중적 층위를 발견할 수 있다. ③ '펄펄, 붉으락푸르락, 발심발심, 뽀드득뽀드득, 와드득 좌르륵, 싹싹, 탕탕' 등 다양한 의성어와 의태어를 활용하여 현장감과 생동감을 높였다. ④ '간장이 녹는 듯, 두부장 끓듯, 쑤신 입 틀 듯하며 매 꿩 차는 듯하고' 등의 다양한 비유를 동원했다. ⑤ 이 도령이 눈물을 쏟는 장면이나 춘향이 신세를 한탄하는 후반부의 발화에서 상황의 비극성에도 불구하고 춘향의 외양과 표정의 변화를 해학적인 말투로 표현하여 자연스럽게 웃음을 유발했다.

44 　　　　　　　　정답 ②

[새로운 갈래의 적용] '도련님 부교(父敎) 듣고 일변은 반갑고 일변은 춘향을 생각하니 흉중이 답답하여 사지에 맥이 풀리고 간장이 녹는 듯'이라고 한 데서 알 수 있듯이, 이 도령은 한편으로는 상경하게 된 것이 기쁘면서도 춘향과 이별해야 하는 상황에 대해서는 안타까움을 느끼고 있다. 그리고, '양반의 자식이 부형 따라 하향에 왔다 화방작첩하여 데려간단 말이 전정에도 괴이하고 조정에 들어 벼슬도 못한다더구나. 불가불 이별이 될 밖에 수가 없다.'라고 한 이 도령의 말을 통해서는 상황을 적극적으로 타개하려는 의지가 부족한 모습을 파악할 수 있다. 이는 무기력하고 나약한 태도이다. ① '모친께는 허물이 적은지라. 춘향의 말을 울며 청하다가 꾸중만 실컷 듣고'라 했으므로 모친의 자애롭고 온화한 성격은 엿보기 어렵다. 그리고 '바로 낯빛이 변하고~왈칵 뛰어 달려들며 치맛자락도 와드득 좌르륵

찢어 버리며 머리도 와드득 쥐어뜯어 싹싹 비벼 도련님 앞에다 던지면서'라고 한 대목에서 알 수 있듯이 춘향은 매우 과격하고 직설적으로 불만을 드러내고 있다. 따라서 끝까지 의연함을 지키는 모습은 상황에 어긋난다.

45 정답 ⑤

[작품 내용의 파악] 윗글에는 '꽝꽝' 같은 음성 상징어(의성어나 의태어)가 쓰이고 있으나 '빈번히' 사용하고 있지는 않다. ① '춘향 모'의 말에서 '그르던가'가 반복되는 것이나, '이 도령'이 신주(神主) 싣고 갈 요여에 태워 가겠다는 것에서 해학성을 느낄 수 있다. ④ '대가리'나 '쇠띵띵아' 같은 말에서 확인할 수 있다.

46 정답 ⑤

[미의식의 이해] 〈보기〉에서는 '골계미'에 대해 설명하고 있다. ⑤에서 '춘향'이 '이 도령'과 이별할 시점이 다다르자 '정신이 아득 한숨질 눈물겨워 경경오열하여 얼굴도 대어보고 수족도 만져보'는 것은 기대되었던 것과 실현된 것이 일치하는 것이라 골계미와 거리가 멀다.

47 정답 ④

[인물의 정서 파악] ④는 세상에서 옳고 그름을 따지는 소리가 싫어서 물소리로 막고 독서나 하겠다는 생각을 담은 작품이므로 임과의 사랑과는 무관하다.

48 정답 ②

[관용어의 이해] '태백산 갈가마귀 게발 물어다 던지듯이'는 뒤에 이어지는 '혈혈단신(孑孑單身)'으로 미루어 보아 아주 외로운 형편이 되었다는 뜻. ① 상투가 국수

버섯 솟는 듯하다 : 상투가 더부룩하게 솟아오르는 국수버섯처럼 우뚝하다는 뜻으로 되지 못하게 잘난 체하며 함부로 남을 시키는 사람을 이르는 말. ③ 잉어가 뛰니까 망둥이도 뛴다 : 남이 한다고 하니까 분별없이 덩달아 나섬을 비유적으로 이르는 말. ④ 개살구가 지레 터진다 : 개살구가 참살구보다 먼저 익듯이 악이 선보다 더 가속도로 발전하게 된다는 뜻. ⑤ 꿩 잡는 게 매다 : 꿩을 잡지 않으면 매라고 할 수가 없으니 실제로 제 구실을 해야 명실상부(名實相符)하다는 말.

49

[표현의 방법] 이 말 만일 사또께 들어가면 큰 야단이 나겠거든. / 이왕에 이별이 될 바에는 가시는 도련님을 왜 조르리까마는 우선 갑갑하여 그러하지.

50 정답 ⑤

[작품을 읽고 등장인물 파악하기] 이 도령은 춘향과의 결연 후에 '날이 새면 몸을 숨겨 돌아오고, 어두우면 천방지방 달려가서 자취 없이 다니기'를 하고 있다. 즉 이 도령은 춘향과의 만남에 대해 부친에게 말하지 않고 춘향의 집을 수시로 들락거린 것이라 할 수 있다. ① 춘향은 이 도령과의 이별을 슬퍼하나 자신의 탓으로 돌리고 있지 않다. ③ 남원부사인 이 도령의 부친이 남원을 떠나는 상황에 대해 불만을 드러내는 것은 이 도령이다.

51 정답 ④

[다른 작품에 적용하기] 〈보기〉에서 ㉣은 당신과 헤어진 후의 허무함을 노래하고 있어서 윗글의 내용에 해당한다. ㉠과 ㉡은 당신을 만나기 전의 순수함, ㉢은 당신과 만났을 때의 열정, ㉤은 다시 밝는 날, 곧 다시 만나 영원한 사랑을 이루리라는 꿈을 노래하고 있다.

52   정답 ③

[인물의 유형 파악] 〈보기〉에서 '춘향'은 이별 상황을 담담하게 받아들이면서 숙녀(淑女)로서의 인물형으로 설정되어 있지만, 윗글에서는 자신이 생각하는 이상과 현실의 괴리에 좌절하고 갈등하면서 그런 심리를 적극적으로 드러내는 인물형으로 설정되어 있다.

53   정답 ④

[바꿔 쓰기] 〈보기〉는 〈춘향전〉에서 '춘향'과 '이 도령'이 이별하는 장면을 중심으로 엮은 잡가이다. 잡가는 전문 가수들이 서로 경쟁하며 대중의 인기를 얻기 위해 애쓴 결과물이다. 따라서 원작에서 가장 대중적인 부분을 뽑아 재구성했을 것인데, 원작에 나오는 한시나 시조, 잡가의 일부분을 뺀 것은 그런 형편과 무관하지 않을 것이다.

54   정답 ①

[말하기의 방식] 이별에 즈음하여 감성적으로 대하는 '춘향'을 '이 도령'이 중국의 고사(故事)나 한시(漢詩) 같은 근거를 들어가며 논리적이고 이성적으로 설득하고 있다.

55   정답 ①

[작품의 내용 파악] [C]는 '춘향'이 '이 도령'과 헤어지면서 마지막으로 하는 말인데, 현실적으로 매우 절박한 상황에서 '절(節)' 또는 '절(絶)' 자가 들어가는 어휘나 어구를 늘어놓는 상황은 독자의 웃음과 동정심을 함께 유발한다고 할 수 있다. ② '춘향'이 절개를 꺾는 '파절(破節)'을 고려하는 일이 본심이라 보기는 어렵다.

56   정답 ①

[구절의 의미 파악] '춘향'은 '이 도령'과의 이별을 현실적으로 돌이킬 수 없는 기정사실로 받아들이고, 그 대안으로 '꿈'을 선택하게 된다. ② 이별 상황에서 젊고 아리따운 얼굴과 구름 같은 머리카락으로 자부심을 드러낸다는 말은 어울리지 않는다. ③ 춘향이 처한 부정적 상황인 것은 맞지만 그것이 '희화화'나 '풍자'와는 무관하다. ④ '춘향'의 처지와 대조적인 자연물이지만, 미래에 대한 긍정적 전망이나 재회의 확신과는 무관하다. ⑤ 자신의 처지를 목석이 아니라면 알 것이라 하여 기대감이 무너진 상황에 대한 비애감이 드러나 있다.

57   정답 ③

[인물의 심리와 정서 파악] 춘향은 이 도령과 이별한 상태에서 그에 대한 간절한 그리움을 느끼며 그와의 재회를 기다리고 있다. 이러한 그리움이 ③에 잘 나타난다. ③은 계랑(桂娘)의 시조인데, 시·공간적 거리감 속에서 사랑하는 임을 만나고 싶은 심정을 잘 나타내고 있다.

58   정답 ⑤

[서술 방법의 파악] 소설의 서술 방법인 '말하기(telling)'와 '보여주기(showing)'는 작품의 내용에 따라 적절히 적용되는 것이다. 그러므로 이본(version)에 따라 같은 내용이 다른 방법으로 서술될 가능성은 낮다. [A]는 대화를 그대로 보여주므로 실제 시간과 서술 시간이 같고(①, ②), [B]는 공간을 이동하고 과정을 요약적으로 말하므로 실제 시간이 서술 시간보다 길 수밖에 없다(③, ④).

59   정답 마음이 바쁜지라

[서사 전개의 파악] '사또'의 분부로 '[C] → [D] → [E]'로

바뀌는데, 이것은 '사또'가 빨리 '춘향'을 보고 싶은 마음 때문에 일어난 것이다.

60 정답 ④

[인물 제시의 방법과 태도] [F]에서는 '난향이'의 외양과 행위를 묘사하고 부정적으로 인식하고 있는데, 이와 유사한 것은 ④이다. ① '옹녀'가 타고난 상부살(喪夫煞)이 현실화한 구체적 사례를 열거하고 있는데, 외양과 행위의 묘사도 아니고 부정적 인식도 아니다. ②, ③, ⑤ 여러 악행을 열거하여 부정적으로 인식하지만 외양이나 행위의 묘사라고 볼 수는 없다.

61 정답 ④

[표현 방법의 이해] ⓐ는 억양법으로, ④의 설명처럼 먼저 장점을 언급하고 나중에 약점을 언급하여 약점이 부각되게 하고 있다. ①은 반복법, ②는 과장법, ③은 설의법, ⑤는 점층법에 대한 설명이다.

62 정답 ⑤

[작품의 창작 의도] ⓐ의 '세상에 (변학도를) 아는 사람'들은 변학도가 탐학(貪虐)을 일삼는 등 악행을 저지르는 인물이라는 것을 알고 있다. 따라서 그들은 변학도에게 악행에 대한 경계를 해줄 법하다. ⑤의 화자는 독자에게 '악행에 대한 경계'를 하고 있으므로 ⓐ가 변학도에게 해줄 법한 내용이다.

63 정답 ⑤

[인물의 평가] '행수 기생'은 우두머리 기생이다. 그는, '춘향'이 '이 도령'을 위해 수절한다는 생각과 행위가 특별한 게 아니라는 점과 주변에 불이익을 끼친다는 점을 들어 '사또'의 명에 따르라고 한다. 그러므로 '어

서 가자 바삐 가자.'라는 말이 청유문이지만 '간청(懇請)'이 아니라 '명령'이라 보아야 한다.

64 정답 ⑤

[작품의 비교 검토] [A]와 〈보기〉 모두 임의 부재로 인한 기다림의 정서를 주된 내용으로 삼고 있다. 그러나 둘 다 임에 대한 원망의 감정이 드러나지는 않는다. ① 정확한 선후 관계를 확인하는 것은 어려우나, 내용상 '수진', '해동청', '보라매', '고봉' 등의 시어가 동일하게 쓰인 것으로 보아 어느 한쪽이 다른 쪽을 차용했음을 알 수 있다. ② '풍우(風雨)', 곧 '바람과 비'에서 '비'는 '구름'에 대응되는데, 고개를 넘는 것으로는 '구름'이 적격이다. ③ '발 벗어 손에 들고'에서 '발 벗다'는 관용적으로 쓰이는 표현이지만 여기서는 '손'과 '발'이 대응되어 웃음을 유발한다. ④ 우리말 중심으로 짜여진 내용이라 하위 계층의 향수자에게 어울린다.

65 정답 ①

[바꿔 쓰기] [A]에는 '임을 따라 갈까 보다.' '임이 와 날 찾으면' '나는 아니 쉬어 가지' 등의 표현을 사용해 임을 따라 가고 싶은 화자의 마음이 그대로 노출되어 있다. 반면 〈보기〉에서는 임에 대한 그리움을 물의 이미지를 통해 간접적으로 드러내고 있다. ③ [A]는 4·4조, 4음보의 율격이 정확히 지켜지고 있다. 또한 '갈까 보다, 쉬어 넘는, 어쩔거나' 등의 반복을 통해 운율을 형성하고 있다. 〈보기〉 또한 '~었을레, ~을까나'의 반복으로 율격이 드러나긴 하지만 [A]에 비해 강화된 것은 아니다.

66 정답 ③

[조건에 따른 작품의 개작] 원전에는 없는 '나 죽은들 너 매우 치랴느냐 걱정을 말고 근심을 마라.'는 구절을 넣

은 것은 등장인물을 배려한 인간적 측면이 강화된 것이지 어투를 달리하고 있는 것으로 볼 수는 없다. ① 매를 맞고 쓰러지는 '춘향'을 원문에는 없는 꽃이 피었다 지는 것으로 표현하여 비장미를 강화하고 있다. ② 서사의 초점을 '춘향'의 행위보다 형장의 장면에 맞추어 노래의 독립성을 확보하여 가수의 경쟁력을 확보하고자 하였다. ④ '좌르르', '느긋느긋', '는청는청'과 같은 음성 상징어를 노래할 때 대중이 생동감을 느낄 수 있도록 하여 상황에 대한 이해를 도울 수 있다. ⑤ '좁은 골에 벼락치듯 너른 들에 번개하듯'과 같이 대구적 표현으로 음악적 효과를 살리고자 할 것이다. 또한 이 구절은 집장 군노의 모습을 보여 주는 것이므로 가수는 이를 통해 대중이 춘향의 상황에 대해 긴장감을 느끼도록 할 수 있다.

67 정답 ③

[인물의 발화 의도] [A]에서는 말하는 이(사또)가 상대(춘향)를 칭찬함으로써 애초에 목표한 자신의 속셈을 채우려는 의도에 따른 심리적 태도가 잘 드러난다. ③에서 말하는 이 '토끼'는 상대 '대왕'을 칭송함으로써 자신이 처한 위기에서 탈출하려는 속셈이 드러나 있어 [A]와 유사함을 확인할 수 있다. ①은 스스로에 대한 자책, ②는 상대에 대한 직접적인 만류, ④는 상대에 대한 질책, ⑤는 상대에 대한 위협의 의도가 담겨 있다.

68 정답 ②

[인물의 태도 추리] 〈보기〉 시에서 춘향은 삶과 죽음을 초월한 영원한 사랑을 다짐하고 있다. 이는 사랑을 잃고 사는 것보다는 차라리 사랑을 지키며 죽겠다는 춘향의 의지가 담긴 것으로 볼 수 있다. 〈보기〉는 죽음을 눈앞에 둔 춘향이 사랑하는 도련님에게 남기는 유서 형식의 작품으로, 화자인 춘향은 불교의 윤회 사상을 통해 죽음을 초월한 영원불멸의 사랑을 노래하고 있다.

69 정답 ④

[인물의 심리 추리] '집장사령'의 고유 업무는 장형(杖刑)을 집행하는 일이다. 그래서 그는 '춘향'이 무고하게 매를 맞는다는 것을 알고 있음에도 불구하고 사또의 엄명을 따라야 한다. '집장사령'이 춘향에게 '어쩔 수가 없네.'라고 말하는 장면을 보아 그 역시 차마 못 할 짓이라고 여기면서 매질을 하는 것이라 추론할 수 있다. 이런 사정은 뒷부분에서 집장사령이 춘향의 처절한 모습을 보고 눈물을 씻으며 '사람의 자식은 못 하겠네.'리고 독백하는 부분에서도 쉽게 확인할 수 있다.

70 정답 ②

[표현 방법 파악] ⓐ는 과장법으로 이루어져 있다. ②는 은유법이다.

71 정답 ①

[작품의 개괄적 이해] '춘향'은 '이 도령'이 어떻게 살고 있는지 보고 싶어하고 그의 꿈속에 나타나서 자신의 처지를 알리고 싶어한다. 이로 보아 '춘향'은 자신과 '이 도령'이 맺었던 약속이 지켜진다고 여김을 알 수 있다. ② '변 사또'의 주변 사람들은 그가 시키는 대로 행동하고 있을 뿐 그에 대한 특별한 반감을 드러낸 부분은 찾을 수 없다. ③ 윗 글에서 '변 사또'의 뜻을 드러내는 구절은 나오지 않는다. ④ '춘향'이 '사또'의 행위가 부당하다고 생각하는 부분은 두루 나타나고 있다. ⑤ 집장 사령이 눈물을 흘리며 '사람의 자식은 못' 할 일이라 한 것으로 보아 '변 사또'와 생각이 같아서 형을 집행한 것이 아니라, 상급자의 명령에 따라 집행했음을 알 수 있다.

72　　　　　　　　　　　　정답 ③

[인물의 말하기 방식] 윗글은 '춘향이 매맞는 대목', '십장가(十杖歌)'란 이름으로 판소리 '춘향가'의 눈 대목 중 하나이고, 독립된 작품으로 십이잡가 중의 하나이기도 하다. 주어진 매의 수에 따라 말을 이어가는, '매의 수'를 운(韻)으로 삼아 한자어를 늘어놓는 방법으로 사설을 엮고 있다. 이 도령에 대한 절개를 지키려는 춘향의 의도를 강조하기 위해 과장하여 표현한 문학적 기법이라 할 수 있다. 따라서 춘향은 자신의 절개를 지키려는 의도를 드러낼 뿐 어디에서도 자신의 운명을 탓하거나 신세를 한탄하는 대목은 드러나지 않는다.

73　　　　　　　　　　　　정답 ③

[인물의 태도 파악] 춘향의 태도는 모진 시련에도 굽히지 않는 절개라 할 수 있다. 따라서 대나무의 절개를 예찬한 ③이 적절하다. ①은 늙음에 대한 한탄(탄로가), ②는 기울어가는 고려 왕조에 대한 우국지정, ④는 젊은 인재의 죽음에 대한 한탄, ⑤는 농촌 생활의 풍요로움을 노래하고 있다.

74　　　　　　　　　　　　정답 ⑤

[인물의 성격과 심정의 추리] 춘향은 꿈에서 깬 후에도 '떨어진 앵도화, 깨어진 거울, 문 위의 허수아비' 등 환각에 빠져 있으며, '나 죽을 꿈이로다.'라 말하고 있다. 이는 꿈의 내용이 현실에서도 비극적인 모습으로 나타날 것이라는 두려움을 드러낸 것이다. ① 춘향이 부인들과 만난 것은 꿈속의 일일 뿐이며, 춘향을 원래 천상계 인물이라고 볼 수 있는 근거는 찾을 수 없다. ② '날 살릴 이 뉘 있을까. 서울 계신 우리 낭군 벼슬길로 내려와 이렇듯이 죽어갈 제 내 목숨을 못 살린가.'라 한 데서 알 수 있듯이, 춘향은 낭군이 자신을 구해 주지 못하는 것을 안타까워하고 있다. 따라서 ②는 잘못된 판단이다. ③ 춘향이 꿈에서 깨어난 후 부인들과의 만

남이 오래 가지 못한 것에 대해 미련을 갖는 내용은 찾을 수 없다. ④ '애고 애고 섧게 울다 홀연 잠이 드니'라 한 것으로 보아, 춘향은 울다 지쳐 잠이 든 것이지 꿈에서나마 임을 보고자 하는 소망을 이루기 위해 의도적으로 잠을 청한 것은 아니다.

75　　　　　　　　　　　　정답 ②

[서사적 특성의 파악] 윗글에는 춘향이 꿈을 통해 만난 여러 부인들이 자신의 신분이나 처지, 신분 등에 관해 진술하고 있다. 그러나 인물들은 대체로 유사한 처지에 놓여 있고 유사한 심리를 지니고 있으므로 인물 간의 갈등은 찾아보기 어렵다. ① 장주, 석숭, 소사, 한고조 등 다양한 역사적 인물과 그와 관련된 고사의 내용을 작품 속으로 끌어들이고 있다. ③ '죽창문을 열치니 명정월색은 방안에 든다마는 어린 것이 홀로 앉아 달더러 묻는 말이'에서 알 수 있듯이, '명정월색'은 상대적으로 춘향의 고독한 마음을 심화시키는 역할을 하고 있다. 그리고 '천공지활하고 산령수려한데 은은한 죽림간에 일층 화각이 반공에 잠겼거늘'이라 한 것은 몽환적 분위기 조성에 기요하는 신비로운 자연 배경이다. ④ 제시문 내용은 춘향이 처한 현실로서의 옥중 상황과 춘향이 꾼 꿈속의 이야기로 나뉘어 전개되고 있다. ⑤ '이내 죄가 무슨 죄냐', '애고 애고 내 일이야', '애고 애고 귀신 소리에 잠들 길이 전혀 없다' 등 탄식적인 어조를 통해 비관적 심리를 나타내고 있다.

76　　　　　　　　　　　　정답 ⑤

[바꾸어 쓰기의 파악] [A]에서는 '무슨 죄냐, 뉘 있을까, 못 살린가, 못 오던가, 오려신가' 등 의문형 어미를 활용하여 자신을 찾아 주지 않는 임에 대한 원망의 정서를 드러내고 있다. 그러나 〈보기〉의 '못 만지나요, 깨뜨렸습니까' 등 의문형 어미는 어찌할 수 없는 운명을 탓하고 있는 것이지 대상에 대한 원망의 정서를 드러내고 있는 것은 아니다. ① [A]에는 '산이 높아 못 오던

가'에서 '산'이 장애 요소가 되고, 〈보기〉에서는 '산에는 사다리가 없고 / 물에는 배가 없어요.'라 하여 '산'과 '물'이 장애 요소로 작용하고 있다. ② [A]는 독백적인 어조로 심경을 토로하였으나, 〈보기〉에서는 '당신'을 2인칭 청자로 삼아 직접 말을 건넴으로써 간절한 마음을 직접적으로 전하고 있다. ③ [A]에서는 만남의 매개물로 작용하는 요소를 발견할 수 없으나 〈보기〉에는 '나는 보석으로 사다리 놓고 진주로 배 모아요.'에서 알 수 있듯이 '보석으로 만든 사다리'와 '진주로 만든 배'가 만남의 매개물로서의 상징적 의미를 지니고 있다. ④ [A]에서는 '금강산 상상봉이 평지 되거든', '병풍에 그린 황계가 두 나래를 툭툭 치며 사경일점에 날 새라고 울거든' 등 상식에 어긋나는 상황을 설정하여 임과의 만남이 어려움과 그로 인한 고독감을 강조하고 있다. 〈보기〉에서 '보석으로 사다리 놓고 진주로 배 모아요'라 한 것 역시 상식에 어긋나는 상황을 설정하여 임에게 다가가고자 하는 내면적 욕구를 강조하고 있다.

77

정답 ④

[소설 요소의 분석] ②에서 앵도화가 떨어지고 거울이 깨어지며 허수아비가 보이는 것은 춘향이 '나 죽을 꿈'이라는 불길한 예감을 갖게 만든다. 그리고 춘향이 이미 극한적이고 부정적인 상황에 놓여 있다는 점을 고려할 때, 이러한 꿈의 내용이 사건을 극적으로 전환할 것임을 예고한다고 볼 수는 없다. ① ㉠에서 '옥방(獄房)'은 감옥을 뜻하므로, 춘향이 감옥에 있음을 알 수 있다. ② ㉡은 작품 밖의 서술자가 개입하여 꿈의 속성에 대해 논평하고 있는 대목이다. ③ ㉢에서 '네 말이 낭자키로', '간절히 보고 싶어'라 한 것은 부인이 춘향에 대한 우호적 태도를 보이고 있음을 알 수 있다. ⑤ ㉣은 도깨비나 밤새의 울음 소리나 문풍지 소리라는 청각적 심상을 활용하여 상황에 대한 춘향의 두려움과 비관적 정서를 더욱 심화시키는 기능을 하고 있다.

78

정답 ⑤

[제재의 기능] '님 계신 데 명기(明氣)를 빌려라, 우리 님이 누웠더냐 앉았더냐 보는 대로만 네가 일러 나의 수심 풀어다오'라는 구절을 보아 [B]에서 '달'은 화자가 임의 소식을 알고자 기원하는 대상이다. 이는 화자의 소망을 '달'에 의탁하여 표현한 것이다. ⑤의 '달' 역시 화자가 '그대 가는 곳'이 저물까 두려워 '멀리멀리 비추'어 줌을 기원함으로써, 화자의 소망을 의탁하고 있는 대상이다. ① 병의 물을 기울이자 아름다운 달빛도 함께 없어진다. '달'은 인간 탐욕의 무모함을 깨닫게 하는 기능을 한다. ② 가을이 깊은 이국의 밤에 밝게 비치는 달의 모습은 고향에 대한 그리움을 심화시킨다. ③과 ④의 '달'은 이 작품의 배경인 동시에 임을 더욱 그리워하게 하는, 그래서 화자의 한과 그리움을 더욱 심화시키는 기능을 한다.

79

정답 ②

[인물의 정서 파악] [A]에서는 무슨 영문인지 소식이 없는 임에 대한 불안감과 답답함, 그리움을 잘 형상화하고 있다. ②의 시조는 이러한 상황과 정서들을 모두 갖추고 있다. 슬프게 이별한 임이 나를 잊어버리지 않았는지 불안하고, 천 리의 먼 곳에 있어 만나 보기도 쉽지 않으니 답답하다.

80

정답 ④

[작품의 내용 파악] 춘향은 자신이 꾼 꿈을 죽을 꿈으로 생각하고 귀신 소리를 들으며 불안해한다. 봉사를 청해 해몽을 부탁한 것은 이러한 불안감에서 벗어나기 위한 노력으로 볼 수 있다. 그러나 자연 현상인 까마귀 울음소리에도 불길함을 느낄 정도로 불안감을 쉽게 떨치지 못하고 있다. ① 봉사는 춘향의 꿈을 해몽하고 까마귀 울음에 대한 길흉을 얘기해 주었지만, 춘향이 이에 대해 많은 돈을 건네려 한다는 내용은 찾을 수 없

다. ② 춘향 어미가 봉사를 부를 때의 대화를 통해 자신을 찾는 것을 의외로 여기고 있는 것을 확인할 수 있으므로 내용에 어긋난 것임을 알 수 있다. ③ 춘향 어미가 봉사를 청해 들인 것은 맞지만 춘향에게 희망을 주도록 간청하는 것은 물론 춘향의 사정을 말하거나 요청을 전하는 내용도 찾을 수 없다. ⑤ 춘향이 진언을 외우는 것은 꿈을 꾼 뒤 불안감에 휩싸여 귀신 소리에 정신이 없어 이를 물리치기 위한 것으로, 그리운 이와의 만남을 간절히 소망한다는 단서는 찾을 수 없다.

81 정답 ①

[글의 내용 이해하기] 봉사는 까마귀 소리를 '아름답고 즐겁고 좋은 일이 불원간 돌아와서 평생에 맺힌 한을 풀 것'이라고 풀이해 준다. 그러나 춘향은 흉조(凶兆)로 받아들여, 장탄수심(長歎愁心)으로 세월을 보내게 된다. '간밤에 흉몽을 꾸었기에 해몽도 하고'(②), '쌍가마 탈 꿈이로세', '즐겁고 좋은 일이 불원간 돌아와서' 등(④), '이리 비틀 저리 비틀 들어가서 장폐하여 죽거들랑'(③, ⑤)에서 확인할 수 있다.

82 정답 ③

[감상의 적절성 평가] 윗글이 '나 죽을 꿈 아니오.' 등의 말로 인물의 심리적 태도나 해몽을 부탁하는 동기가 〈보기〉에 비해 더 명확하다. 하지만 〈보기〉 또한 화자의 인식이 함축되어 있는 '천명도 무상함'이라는 표현이나 '장대 거울 깨어지니 소리 어찌 없겠으며'와 같은 '맹인'의 전언 등을 통해 해몽을 부탁한 동기를 짐작할 수 있으며, 인물의 심리도 불안한 것임을 짐작할 수 있다. 그러므로 동기가 은폐되거나 인물의 심리에 대해 의구심이 인다는 것은 적절하지 않다. ① 〈보기〉에는 꿈에 대한 해몽만이 언급되어 있지만 윗글에는 까마귀 울음소리에 대한 풀이가 추가되고 있는데, 봉사의 풀이는 모두 춘향에게 희망을 주는 내용으로 위기감을 완화해 주는 요소로 볼 수 있다. ② 윗글은 〈보기〉와

달리 음성 상징어를 활용하여 귀신의 소리와 형상을 감각적으로 표현함으로써 춘향이 두려움을 느끼는 사정과 상황을 생동감 있게 묘사하고 있다. ④ 윗글은 외부 서술자에 의해 사건이 전개되고 있는 반면 〈보기〉는 춘향이 작품 속 화자가 되어 맹인의 말과 행동을 전달하는 방식으로 지난 일을 전달하고 있다. 이 때문에 화자인 춘향의 정서는 절제되어 나타나고 있다. ⑤ 인물이 꾼 꿈의 분위기와 상반되는 꿈풀이는 인물이 느끼는 불안감과 함께 앞날의 사건 전개에 대한 비관적 전망과 낙관적 기대가 교차하는 상황에 대한 고뇌를 나란히 제시하는 데에 효과적으로 활용되고 있다.

83 정답 ①

[서술상 특징 파악] 봉사의 말과 행동이 주인공이 처한 상황이나 심리와는 어울리지 않게 희화화됨으로써 인물이 처한 상황의 애상적인 분위기를 어느 정도 누그러뜨려 주는 효과를 거두고 있다. ② [A] 이후 춘향이 일색이라 반가워하는 봉사의 의뭉스러운 마음을 확인할 수 있지만, 이러한 속내를 미리 갖고 있었거나 감추었다는 단서는 찾을 수 없으므로 [A]가 이러한 태도를 풍자한다고 보기는 어렵다. ③ 봉사가 장황하게 하는 신세 한탄은 옥으로 가는 도중에 눈이 멀어 겪은 불운에 대한 것이지 가난에 대한 것은 아니므로 가난에 대한 동정심을 유발하는 것으로 보기는 어렵다. ④ '봉사의 뜀이란 게~것이었다.' 등을 서술자의 개입으로 볼 수는 있지만, 인물에 대한 신뢰감을 강화한다기보다는 인물을 희화화하는 요소로 보는 것이 적절하다. ⑤ 만남이 이루어지기까지의 과정을 봉사의 언행을 중심으로 묘사한 것이기는 하지만 희극적인 요소이므로 위험한 과정임을 나타내거나 인물이 처한 위기 상황을 구체화한 것으로 보기는 어렵다.

84 정답 ④

[내용의 이해] '꽃'이나 '바다', '산' 같은 자연물의 속성

을 통해 현상을 이해하는 것은 옳은 이해이나 '거울'은 자연물이 아니다. ① 한시(漢詩)라도고 할 수 있는 한문 투의 구절로 유식자층을, 그것을 우리말로 풀이한 구절로 무식자층을 고려하고 있다. ② '봉사'와 '춘향' 사이에 발생한 정보 소유의 차이를 해소하고 있다. ③ 크게 보아 유사한 통사 구조 세 개가 병렬되어 운율감을 확보하고, 이것이 판소리 사설의 흔적을 담지(擔持)하고 있다. ⑤ 꽃이 떨어지면 열매 맺고, 거울이 깨어지면 소리가 나는 것 등의 보편적 현상을 근거로 하였기 때문에 '춘향'에게 어울리는 특수한 해몽이 설득력을 갖게 된다.

85 정답 ④

[구절의 의미 파악] '쌍가마'는 '말 두 마리가 각각 앞뒤 채를 메고 가는 가마'인데, 이것을 탄다는 말은 귀한 신분이 되어 호강한다는 것을 뜻하고, 앞으로 '춘향'이 겪을 상황을 암시하는 것이라 할 수 있다. ① 서술자가 작중에 개입하여 자신의 생각을 드러내는 게 아니라 서사 전개상 필요한 서술이다. ② '문수'와 '문복'의 차이가 지역에 따른 것임을 드러내는 것이지 언어유희라고 보기는 어렵다. 를 통해 서울과 지방을 ③ 문장체 소설의 화법인 것은 옳으나 이것이 현장성을 강화하는 것과는 무관하다. ⑤ 까마귀 소리를 한자(漢字)로 풀고 다시 파자(破字)하여 해몽을 하는 것으로, 이것이 독자의 흥미를 고조시키기 위한 것으로 설정된 것은 아니다.

86 정답 ⑤

[서술상 특징 파악] 여러 지명을 열거하고 있는데, 그것이 공간의 이동을 나타내는 효과를 내고 있다.

87 정답 ④

[외적 준거에 따른 내용 이해] 〈보기〉에서는 판소리 장단의 빠르기와 그 장단이 적용되는 사설의 특징에 대하여 언급하고 있다. 이들 장단 중 [A]를 부르기에 적절한 것은 자진모리 장단이다. [A]는 암행어사가 된 '이도령'이 남원으로 내려오는 노정기와 수행하는 부하들에게 임무를 분담하는 내용이다. 또 유사한 구절이나 단어를 열거하고, 구체적 지명을 언급하고 있다. 따라서 이런 내용과 표현은 빠른 장단으로 하는 것이 어울린다.

88 정답 ⑤

[소재의 의미와 기능] ㉠의 '각읍 수령'은 암행어사 출도를 두려워하는 존재이므로 백성들을 괴롭히는 가해자라 할 수 있다. ② '내'는 화자 자신을 의미한다. ③ 임금을 의미하는 시어로 연군지정을 드러내고 있다. ④ 보리타작하는 농민들의 모습을 묘사한 작품으로, '보리 티끌'을 통해 노동의 강도를 드러내고 있다. ⑤에서 '파리'를 물고 있는 '두터비'가 백성을 괴롭히는 존재라고 할 수 있다. ① '천년 노룡'은 백성들을 위하여 선정을 베풀려는 화자를 가리키는 말이다.

89 정답 ④

[내용의 일치] 어사또가 농부들에게 춘향에 대해 악담을 하자, 농부들은 어사또에게 저주를 내리고 비속어를 써가며 거칠게 대응한다. ① 어사또가 내려온단 소문이 퍼지기는 했지만 누구나 아는 사실은 아니다. ② 방자는 어사또의 마패를 보지만 지난날의 기억을 떠올렸는지는 알 수 없다. ③ 어사또는 춘향의 편지를 읽으면서 눈물을 흘린다. ⑤ '백발가'에는 위정자 탓에 살기 힘든 현실이라는 내용은 나오지 않는다.

90 정답 ②

[표현상의 특징 파악] ㉠은 판소리 사설의 특징 중 하나인 서술자의 개입이다. 이는 편집자적 논평이라고도 하며, 서술자가 작품 속 인물과 사건에 대한 판단이나 자신의 생각을 서술하는 것을 말한다. 여기서도 서술자가 개입하여 어사또의 도를 넘는 행위에 대해 평가하고 있다. ① 특정 음운을 반복한 표현은 드러나지 않는다. ③ 완결된 문장은 아니지만, 사건에 대한 여운을 남기려는 것은 아니다. ④ 배경을 구체적으로 묘사한 부분은 드러나지 않는다. ⑤ 서술자가 개입하여 생각을 드러낸 것이지, 등장인물의 대사는 아니다.

91 정답 ①

[문맥 파악하기] (가)는 '백발가'의 일부분이고, 이 노래는 늙음을 한탄하는 내용으로 이루어져 있다. ①이 '귀미틔 희묵은 서리'라는 보조 관념으로 '백발'을 은유하여 늙음을 탄식하는 노래이다. ②는 만수산의 드렁칡처럼 서로 어울려 살자고 회유하는 작품이고, ③은 노인을 공경하자는 주제를 담고 있는 교훈가이다. ④는 '청산'과 '유수' 같은 '자연'처럼 뜻을 바꾸지 말자는 교훈을 노래하고, ⑤는 망국의 슬픔을 노래한 작품이다.

92 정답 ②

[인물의 성격 파악] '춘향 모'는 '어사또'가 잘 되어 '춘향'의 문제를 해결해 줄 것으로 기대하고 있었지만 거지꼴이 되어 나타난 '어사또'를 시종일관 박절하게 대하고, 동정심이나 호의를 드러내고 있지 않다.

93 정답 ④

[말하기 방식 파악] [A]에서 '이 도령'은 자신이 암행어사인 것을 감추어야 하므로 어쩔 수 없는 상황에서 하는

거짓말이다. ④에서 '옹고집'은 '만일 옹가라 하다가는 곤장 밑에 죽을 듯'한 상황이라 어쩔 수 없이 거짓말을 하고 있다. ①은 놀부가 흥부인 줄 알면서도 짐짓 모른 체하며 말하는 방식, ②는 다그침, ③은 나무람, ⑤는 단순한 반문 정도로 볼 수 있다.

94 정답 ⑤

[갈래별 특징, 성격 파악] ⓐ '조속조속', '까옥까옥' 등과 같은 음성 상징어를 활용하여 상황을 묘사하고 있다. ⓒ 윗글은 주로 서민들의 일상어를 활용하고 있으나, '상사일념에 목을 안고 만단정회하는 차라' 등과 같이 한문 투의 언어 표현도 부분적으로 사용하고 있다. ⓓ '너의 서방인지 남방인지 걸인 하나 내려왔다!'에서 언어유희를 활용하고 있다. ⓑ 고전 소설에서는 내용 전개에 있어 인과 관계가 없는 사건이 개입되는 경우가 더러 있으나, 윗글에서 인과 관계가 없는 비현실적 사건을 반복적으로 제시하고 있는 부분은 찾아보기 어렵다.

95 정답 ③

[두 상황에 대한 비교] 춘향 모는 어사또의 말을 듣고 기가 막혀 '쏘아 놓은 화살이 되고 엎질러진 물이 되어 수원수구할까마는 내 딸 춘향 어쩔 텐가?'라고 말한다. 이것은 춘향을 살릴 수 있으리라 믿었던 어사또에 대한 믿음이 무너지면서 춘향이 죽게 될 것이라는 절망감에서 비롯된 것이라 할 수 있다. 한편 춘향은 꿈에 그리던 어사또를 보고 기가 막혀 '이내 신세 이리 되어 매에 감겨 죽게 되니 날 살리려 와 계시오?'라고 말한다. 이것은 죽을 수밖에 없는 상황에서 어사또의 출현으로 자신이 살아날 수도 있다는 기대감에서 비롯된 것이라 할 수 있다. ① 화려했던 어사또가 상걸인이 되어 나타났다는 점에서 ㉠에 대한 설명은 적절할 수 있다. 그러나 ㉡은 그렇지 않다. 춘향이 어사또의 현재 모습에 낙담하는 것은 ㉡ 이후의 '한참 이리 반기다

가 임의 형상 자세히 보니 어찌 아니 한심하랴.' 부분이다. ② 춘향이 죽게 생겼는데 어사또가 춘향에게 돈을 얻어 가려고 한다는 점에서 ㉠에 대한 설명은 적절할 수 있다. 그러나 ㉡은 어사또에 대한 반가움과 희망을 나타낸 것이다. ④ 춘향을 살릴 희망이 사라졌다는 점에서 ㉠에 대한 설명은 적절할 수 있다. 그러나 ㉡을 춘향 모에게 문제 해결의 실마리가 제공되었기 때문으로 보는 것은 적절하지 않다. ⑤ 춘향을 살릴 수 있다고 생각한 어사또가 전혀 예상하지 못한 걸인으로 왔다는 점에서 ㉠에 대한 설명은 적절할 수 있다. 그러나 "허허! 이게 웬 말인가? 서방님이 오시다니 몽중에 보던 임을 생시에 본다는 말인가!"라고 말한 것처럼 춘향은 어사또의 출현을 전혀 예상하지 못했기 때문에 ㉡에 대한 설명은 적절하지 않다.

96 정답 ⑤

[말하기의 특징 파악] '춘향'은 이몽룡이 왔다는 '모친'의 말에 깜짝 놀라며 이몽룡의 안부에 대한 궁금증을 드러내고 있을 뿐, '모친'의 말이 자신을 안심시키기 위한 것에 불과하였음을 강조하고 있지는 않다. ① 춘향은 "몹쓸 딸자식을 생각하와 천방지방 다니다가 낙상하기 쉽소. 일흘랑은 오실라 마옵소서."라며 모친이 자신을 찾아오는 일에 대해 걱정하는 마음을 표출하고 있다. ② 춘향 모친은 자신을 염려하는 춘향의 말에 "날랑은 염려 말고 정신을 차리어라."라고 하며 춘향의 안위를 걱정하면서, "왔다.", "그저 왔다."라고 하며 춘향에게 이몽룡이 찾아 왔음을 알리고 있다. ③ 춘향은 혹시 이몽룡이 왔는지 궁금하여 "혹시 서방님께서 기별 왔소? 언제 오신단 소식 왔소? 벼슬 띠고 내려온단 노문(路文) 왔소?"라고 궁금한 것을 나열하고 있다. ④ "너의 서방인지 남방인지 걸인 하나 내려왔다."라는 춘향 모친의 말에는 걸인이 되어 돌아온 이몽룡에 대해 못마땅하게 여기는 마음이 담겨 있다.

97 정답 ⑤

[인물의 심리·정서 추리] ㉠은 '한양성 서방님을 ~하릴없이 되었구나.', ㉡은 '어머님, 나~듯이 섬기소서.', ㉢은 '서방님, 내~신원이나 하여 주오.', ㉣은 '애고 애고, ~하고 날려 주리.'에 해당하는 내용이다. ㉢에서 춘향은 이몽룡이 귀하게 되어 자신의 시신을 한양 땅에 묻어 주기를 바라고 있다. 그렇게 함으로써 신원을 할 수 있다고 말하고 있고, ㉣에서 자신이 죽고 나면 의지할 데 없는 모친이 외롭게 죽어 가는 모습을 상상하며 모친에 대한 걱정을 표출하고 있다. 그러나 ㉢, ㉣에서 이몽룡에게 자신의 모친을 부탁하지는 않으므로 ⑤와 같은 해석은 적절하지 않다. ① ㉠~㉣에서 춘향은 이몽룡과 어머니의 뒷일을 걱정하고 있고, 자신의 시신 수습에 대한 이야기를 건네고 있으므로 ㉠~㉣은 춘향이 자신의 죽음을 예상하고 하는 말이라 할 수 있다. ② ㉠의 신세 한탄은, 과거에 급제하여 돌아오기를 기다렸지만 오히려 걸인이 되어 돌아온 이몽룡 때문이며, ㉣의 신세 한탄은, 자신이 죽고 난 후 외롭게 죽게 될 모친에 대한 걱정 때문이다. ③ ㉡에서는 자신이 죽은 이후에 자신의 물건을 정리하여 이몽룡을 위해 써 달라고 모친에게 부탁하는 춘향의 마음이 나타나 있다. ④ ㉢에서 춘향은 앞으로 자신에게 닥칠 일을 예견하면서 이몽룡에게 자신의 시신을 수습하여 부용당 근처 양지 끝에 묻어 주기를 바라고 있다.

98 정답 ③

[말하기의 차이점 이해] [B]에서와 마찬가지로 [C]에서도 춘향은 이 도령을 위하는 자신의 마음을 어머니에게 직설적으로 밝히고 있다.

99 정답 ④

[외적 준거에 따른 작품 감상] ㉡에서 '금관'과 '홍삼'은 이몽룡이 과거에 급제하였음을 암시하는 소재이며, ㉣과

ⓛ은 춘향에게 설마 죽겠느냐고 위로하는 말로서 그가 본관 사또를 징치(懲治)하고 춘향을 구할 수 있을 것임을 암시적으로 보여 준다. ㉠은 춘향을 만나 보겠다는 의도를 드러낸 이몽룡의 대화이며, ㉢은 춘향에게 자신이 왔음을 알리라는 요구에 불과하므로 이몽룡의 정체를 암시하는 부분이라고 볼 수 없다.

100 정답 ①

[감상의 적절성 평가] '조촐한 상여'는 춘향의 입장에서 초라하게 죽은 자신의 시신을 운구하는 수단으로 특별한 상징적 의미는 갖고 있지 않다. 따라서 이를 이상 세계를 갈구하는 〈보기〉의 화자가 이상 세계로 가고자 동원한 수단을 상징하면서 동시에 숙명적 한계를 지닌 '그네'에 대응시킨 것은 잘못된 감상이다.

101 정답 ①

[개념 적용하여 감상하기] ㉮에서 독자는 이몽룡의 신분에 관한 정보를 알고 있지만 월매는 모르고 있다. ㉯는 이몽룡과 월매 간, ㉰는 월매와 춘향 간, ㉱와 ㉲는 춘향과 독자 간의 정보 소유에 차이가 난다. ㉱와 ㉲의 경우, 독자는 춘향이 모르는 이몽룡의 신분에 대한 정보를 소유하고 있기 때문에 춘향의 반응에 흥미를 갖게 되고, 갈등 해소의 여부는 물론 갈등 해소 방법에 관심을 가지고 몰입하게 된다.

102 정답 ②

[서사 구조의 파악과 적용] 〈보기〉에서 '범'은 '곰'과 마찬가지로 인고의 시간을 거쳐 소망을 실현하고자 했으나 결국 인내심이 부족하여 소망을 성취하지 못한 존재로, 윗글에서는 그에 대응하는 요소를 찾을 수 없다. ① 곰(고난을 인내하고 극복하여 소망을 실현한 존재) → 춘향 ③ 굴(시련과 고난의 현장) → 옥중(獄中) ④ 21일(인고의 시

간) → 춘향이 이몽룡과 헤어져 지낸 시간. 좁게는 변사또의 수청을 거부한 후 춘향이 옥에 갇혀 지낸 시간 ⑤ 여자의 몸(소망의 대상, 또는 소망 실현의 결과) → 신분 상승('선산 발치에~여덟 자만 새겨 주오.')

103 정답 ②

[어구의 의미와 기능 이해] ⓑ는 이몽룡이 암행어사가 되어 돌아와 자기 딸 춘향을 곤경에서 구출해 주기만을 빌었건만 기대와 달리 거지 몰골로 찾아온 데 대한 불만으로, '이몽룡'이라는 이름조차 들먹이기 싫은 월매가 춘향에게 억지로 입을 떼어 하는 말이다. 따라서 춘향의 궁금증을 이끌어내는 것과는 거리가 멀다.

104 예시답

윗글에서 '옥지환'은 이 도령의 살림살이를 위한 것이고, 〈보기〉의 '옥지환'은 춘향이 이 도령과 헤어질 때 자신이 끼고 있던 것을 벗어 준 것으로, 어사또의 정체를 확인할 수 있게 해 주는 소재이다.

[소재의 상징적 의미 파악] 춘향이 이 도령에게 신물(信物)로 '옥지환'을 주는 장면은 이본에 따라 차이가 있다. '열녀춘향수절가'에는 이 장면이 나오지 않는다.

105 정답 ⑤

[내용의 이해] 어사또가 길청, 장청, 현사 등을 혼자서 직접 찾아가지만, 그것이 어사 출도의 당위성을 찾기 위한 것은 아니다. ① '좌편에 행수 군관, 우편에 청령 사령, 한가운데 본관'이 앉아 있다. ② 이미 잔치 준비가 완료되어 있는 상황에서 본관은 하인에게 잔치를 준비하라는 명령을 내리고 있다. ③ '어사또 마음이 심란하구나.'라는 구절로 보아 어사또는 백성들의 처지와 옥에 갇힌 춘향의 처지를 생각하고 있음을 짐작할 수 있다. ④ 운봉 영장은 거지꼴을 하고 있는 어사또

를 동정하며 호의를 베풀고 잔치 마당에 끌어들이고 있다.

106 예시답

변학도가 실제로는 명관이 아니라는 뜻으로, 그가 나쁜 관리임을 강조하고, 독자의 동의를 구하는 효과를 지닌다.

[표현의 효과 파악] '명관(名官)'은 '정치를 잘하여 이름이 난 관리'를 의미한다. 그러나 여기에서는 그 반대의 뜻으로 쓴 반어적 표현이고, 서술자의 생각이 직접적으로 드러난 편집자적 논평이다.

107 정답 ⑤

[구절의 의미] "오냐. 도적질은 내가 하마. 오라는 네가 져라."에서 '내'는 '이 도령'이고 '네'는 '변 사또'이다. 이 둘 사이에 '춘향'의 신병 처리 문제가 개재되어 있기는 하지만, 문맥으로 보아 이 상황은 잔치 마당에서 잔치를 엉망으로 만드는 일에 국한시켜 이해해야 한다.

108 정답 ③

[어휘의 의미] ㉢ '바장이는'은 '부질없이 짧은 거리를 오락가락 거니는'이라는 뜻의 우리말이다. ① ㉠ 염문(廉問) : 사정이나 형편 따위를 몰래 물어봄. ② ㉡ 행수(行首) 군관(軍官) : 군관의 우두머리. ④ ㉣ 녹의홍상(綠衣紅裳) : 연두저고리와 다홍치마. 곱게 차려입은 젊은 여자의 옷차림을 이르는 말. ⑤ ㉤ 혼금(閽禁) : 관아에서 잡인의 출입을 금지하던 일. '혼이 빠지도록 겁을 냄'은 '혼겁(魂怯)'의 뜻이다.

109 정답 ②

[서술상의 특징 및 효과 파악] 윗글의 공간적 배경은 '관청'으로 바로 이곳에서 변학도의 생일잔치가 벌어지고 있다. 그러나 배경 공간에 대해 자세하게 설명한 부분은 보이지 않으며, 따라서 배경 묘사가 주제를 부각한다고 볼 수 없다. ① 어사출또를 기점으로 변학도와 어사또의 처지가 반전되고, 옥중에 갇힌 춘향의 상황에도 반전이 일어나고 있다. ③ 이 작품은 판소리계 소설로서 중략 이후의 어사출또 장면에서 주로 보이는 4·4조의 율문체와 사진을 진행하기 위해 서술된 산문적 문체가 혼용되고 있다. ④ 어사또가 받은 상차림이나 어사출또 장면 등을 부각하여 제시하면서 독자들의 웃음을 유발하고 있다. ⑤ '모 떨어진 개상판에 닥채저붐, 콩나물, 깍두기 막걸리 한 사발'과 같은 열거나 '인궤 잃고 과줄 들고, 병부 잃고 송편 들고, 탕건 잃고 용수 쓰고, 갓 잃고 소반 쓰고'와 같은 대구를 활용하여 효과적으로 상황을 전달하고 있다.

110 정답 ②

[서술상 특징 파악] 달 같은 마패(馬牌)를 햇빛같이 번듯 들어 어사또가 걸인의 행색으로 나타났다가 다시 위풍당당하게 등장하여 '객사로 옮기라'하는데 여기서 공간의 이동을 찾아볼 수 있기는 하나 인물의 성격이 변화되었다고 보긴 어렵다. ① 어사또의 출도 장면 등을 과장되게 묘사하여 극중 상황을 전달하고 있다. ③ '객사로 옮기라'와 '좌정 후에' 사이의 불필요한 사건을 생략하여 사건 전개의 속도감을 높이고 있다. ④ 이몽룡이 지은 한시 다음에 '이 글 뜻은'이라고 하면서 서술자가 독자의 이해를 돕기 위해 어려운 구절을 풀이하고 있다. ⑤ 어사또의 출도로 인하여 경황없이 허둥대는 인물의 행위를 우스꽝스럽게 묘사함으로써 해학적 분위기가 형성되고 있다.

111　정답 ⑤

[외적 준거에 따른 작품 감상] '희화화'는 어떤 인물의 외모나 성격, 또는 사건이 의도적으로 우스꽝스럽게 묘사되는 것이다. ⓜ에서는 어사또를 우스꽝스럽게 묘사하고 있지 않으며, 따라서 긴장감이 이완되지도 않는다. 오히려 ⓜ은 갈등 해소를 의도적으로 지연시킴으로써 청중을 긴장하게 만들고 있다. ① 사람의 신체 부위인 갈비와 음식인 갈비를 활용하여 청중의 웃음을 유발하고 있다. ② 어사또가 본관을 비난하는 의도를 담은 한시를 지음으로써 앞으로 어사또가 출도할 것이라는 사건을 암시하고 있다. ③ 사방에서 암행어사의 일행이 관아로 들이닥치는 장면을 박진감 넘치게 서술하여 청중의 긴장감을 유발하고 있다. ④ 어사또 일행을 피해 도망치는 수령들의 모습을 과장하여 묘사하는 해학적 표현으로 청중의 웃음을 유발하고 있다.

112　정답 ④

[문학사적 지식의 적용] 이몽룡이 춘향의 절개를 확인함으로써 두 사람은 행복한 결말에 다다르게 된다. 그러나 〈보기〉에 따르면 「춘향전」에서 드러나는 당시 민중들의 '낭만적 환상'이란 미천한 신분에 해당하는 기생의 딸 춘향이 이몽룡에 대한 사랑만으로 정렬 부인의 자리에 오르는 일을 의미한다. 즉 당시 민중들이 꿈꾸었던 신분 상승의 욕구가 실현되는 순간을 뜻한다. 이몽룡은 지배 계급에 해당하기 때문에 춘향의 절개를 확인하고, 춘향의 신분이 상승하는 과정을 지켜본다고 해도, 당시 하층민들의 숨겨진 욕망, 즉 신분 상승의 욕구를 제대로 이해하지는 못할 것이다. ① 제시된 지문은 이몽룡이 과거에 급제하고 돌아와 춘향을 구하는 장면이므로 전체 구성상 후반부에 해당한다. ② 어사또의 시는 백성의 고혈을 빨아먹는 탐관오리를 비판하는 것이다. 변학도를 떠올리며 지은 것이므로 변학도 같은 탐관오리를 풍자하기 위한 것으로 볼 수 있다. ③ 이몽룡의 등장은 어사출또로 이어진다. 이는 탐

관오리의 악정에서 벗어나고 싶은 민중들의 심리가 작품 속에 반영된 것이다. ⑤ 춘향은 변학도로부터 절개를 지키기 위해 노력했고, 이몽룡은 열심히 공부하여 과거에 급제했기에 두 사람의 '다시 만남'이 가능했던 것이다.

113　정답 ②

[표현상의 특징 이해 및 적용] 언어유희의 방식을 세분화하여 '말 바꾸기'를 활용한 언어유희의 방식을 찾아내는 문제이다. ⓐ는 '바람 들어온다, 문 닫아라. 목 마른다, 물 들여라.'와 같이 써야 하는 문장을 단어의 위치를 바꾸어 독특하게 표현한 말장난에 해당한다. ②의 경우 '이가 빠져서 말이 헛나와 버렸네.'가 정상적인 문장인데, '이'와 '말'의 위치를 바꾸어 썼으므로 ⓐ와 가장 유사하다고 할 수 있다. ① 대구를 사용하여 상황을 서술한 언어유희로 볼 수 있으나 해학성은 상대적으로 약하다. ③ '갈비'라는 단어를 두 가지 의미로 활용하고 있다. 즉 신체의 한 부분인 '갈비'와 먹는 음식으로서의 '갈비'를 연달아 제시하여 재미를 유발하고 있다. ④ 동음이의어인 '서방'을 활용한 언어유희로 남편이라는 의미의 '서방'을 서쪽 방향이라는 의미의 '서방'과 연결 지은 뒤, 남쪽 방향을 의미하는 '남방'을 제시함으로써 재미를 주고 있다. ⑤ '반'이라는 소리를 반복적으로 활용하여 재미를 주고 있다. '양반'의 권위를 깎아내리려는 의도가 담긴 표현이다.

114　정답 ③

[서술상 특징 파악] '꿈이냐 생시냐, 꿈을 깰까 염려로다.'에는 자문자답의 방식이 쓰였지만, 이는 미래에 대한 부정적 인식을 전달한 것이 아니라 현재의 상황이 꿈처럼 기쁘며 이런 기쁜 상황이 변하지 않기를 바라는 마음을 표현한 것이다. ① [A]에서 '내려오는 관장마다 개개이 명관이로구나.'는 반어적 표현으로 자신에게 수청을 들라는 어사또를 비난하기 위한 의도로

한 말이다. ② [B]에서는 '좋을씨고.', '염려로다.' 등의 영탄적 어조로 자신의 기쁨을 분명히 드러내고 있다. ④ [A]에서는 '층암절벽 ~ 변하리까.'라는 설의적 표현으로 자신의 절개를 끝까지 지키겠다는 의지를 표현하고 있다. 그러나 [B]에서는 화자의 의지를 강조하는 표현이 쓰이지 않았다. ⑤ [A]에서 춘향은 자신이 처한 시련의 상황을 '바람', '눈'이라는 자연물에, [B]에서는 '추절'이라는 계절에 빗대어 표현하고 있다.

115 정답 ②

[작품의 외재적 감상] 형리는 조선 시대 형률에 관한 사무를 맡아보던 하급 관리로서, 변사또의 입장을 대변하는 역할을 하고 있으므로, 전쟁 때문에 피폐해진 민중의 마음을 대변하고 있다고 볼 수는 없다. ① 춘향이 도에 지나친 매를 맞는 것은 일종의 지배층의 횡포라고 볼 수 있다. ③ 변 사또는 탐관오리를 대표하는 인물이라 할 수 있기에, 춘향이 수청을 강권하는 변 사또에게 저항하고 있는 것은 권력을 마음대로 남용하여 포악한 정치를 펼치는 부당한 지배층에 대한 저항으로 볼 수 있다. ④ 뒷부분의 줄거리에 나오듯, 몽룡이 추후 변 사또를 '봉고파직'한 것은 부패한 세력을 응징한 것으로 볼 수 있다. ⑤ 실제로는 불가능한 일이었지만, 두 사람의 사랑이 이루어지는 것은 당대 민중들의 신분 상승에 대한 의지가 담겨 있는 것으로 볼 수 있다.

116 정답 ②

[외적 준거에 따른 작품 감상] 〈보기〉에서 '정체 속이기'는 광범위한 인물을 대상으로 철저하게 이루어질 때 재미가 더해진다고 했다. '춘향'뿐만 아니라 '춘향 모', '운봉'이나 '본관 사또'까지 '어사또'의 정체를 모르고 있다는 것은 '어사또'의 '정체 속이기'가 특정 인물에 한정된 것이 아니라 광범위한 인물을 대상으로 삼고 있다는 것을 알게 해준다. ① 어사또가 춘향을 대령시킨 뒤에도 자신의 정체를 바로 드러내지 않는 것은 극

적인 긴장감이 높아진 상태에서 사건의 흐름을 일순간에 바꾸어 반전의 효과를 더욱 높이기 위한 것이라고 볼 수 있다. ③ 〈보기〉에서 '독자들에게는 진실이 미리 주어지는 경우가 많기 때문에 속임을 당하는 인물과 달리 독자들은 앞으로 전개될 사건을 미리 예상할 수 있어서 해당 인물과 상반된 심리를 갖게 되는 경우가 많다.'라고 했다. 따라서 독자들은 '상여를 탈지 가마를 탈지 그 속이야 누가 알겠느냐.'고 말한 '어사또'의 말을 듣고 아무것도 모르고 있는 '춘향'과는 달리 미래에 대한 암시적인 표현으로 이해할 수 있을 것이다. ④ 〈보기〉에서 '정체 속이기'는 철저하게 이루어질 때 재미가 더해진다고 했다. '춘향'이 '어사또'에게 어서 죽여 달라고 말하는 것은 '춘향'이 '어사또'의 정체를 전혀 눈치채지 못한 것으로, '정체 속이기'가 철저하게 이루어지고 있음을 알 수 있다. ⑤ 〈보기〉에서 '정체 속이기'와 '정체 드러내기'는 극적인 긴장감이 높아진 상태에서 사건의 흐름을 일순간에 바꾸어 반전의 효과를 주기 때문에 극적인 긴장감과 흥미를 더할 수 있다고 했다. '춘향'이 '어사또'의 정체를 확인하고 기절하는 장면은 일순간에 반전이 이루어져 '춘향'이 심리적 충격을 받은 상황으로 볼 수 있다.

117 정답 ④

[구절의 의미 파악] ㉣에 이어지는 말을 보면 춘향은 몽룡에 대한 사랑을 저버리지 않는 대신, 죽음을 선택했음을 알 수 있다. 그러므로 행복한 결말을 예상하게 한다고 볼 수 없다. ① 갈비라는 단어를 두 가지 의미로 활용하고 있다. 즉 신체의 한 부분인 갈비와 먹는 음식으로서의 갈비를 연달아 제시하여 재미를 유발하고 있다. ② '단속'이라는 동일한 단어를 여러 차례 반복하여 어사또가 들이닥칠 것에 대비하는 운봉의 다급함을 표현하고 있다. ③ 어사또가 등장하여 그간의 폭정을 바로잡을 것이라 예상하였으나 춘향에게 변학도와 다름 없이 자신의 수청도 거절할 것인지 묻고 있다. ⑤ 이화(李花)는 자두나무의 꽃을 말하나 여기서 '이(李)'는 이

몽룡의 성씨인 '이(李)'를 의미하기도 한다. 마찬가지로 춘풍(春風)은 봄바람이라는 뜻도 있지만 춘향에게 불어온 바람을 의미하기도 한다. 이(李)와 춘향의 춘(春)을 이용하여 두 사람의 인연이 다시 이어짐 을 보여 주는 것이다.

118 정답 ④

[공간적 배경의 의미] '남원'은 '춘향'이 태어나 자란 곳으로, 그곳이 여성인 '춘향'에게 정절 지키기를 강요했다고 볼 수는 없고, 그 때문에 거기에서 당대 사회에 대한 비판 의식을 키웠다고 할 수도 없다.

119 정답 ⑤

[인물의 정서 파악] [A]에서 '춘향'은 태어나서 자란 고향을 떠나는 아쉬움을 언급하고 있다. ①, ②, ④는 모두 타향에서 고향을 그리워하는 마음을 노래한 작품이고, ③은 고향에 돌아왔지만 많이 변해서 안타까움을 노래한 작품이다.

120 예시답

〈열녀춘향수절가〉의 결말 구조는 전승 과정에서 판소리로 불리던 가창물의 형태에서 독서물인 문장체 소설의 형태로 바뀌었다.

[이본의 차이 파악] 〈보기 1〉은 판소리 사설이고 〈보기 2〉는 문장체 소설인데, 〈열녀춘향수절가〉는 판소리 사설이 바탕이 되어 형성되었지만 전승 과정에서 문장체 소설의 결말 구조에 맞추어 바뀌었음을 확인할 수 있다.

엮은이 | 장석규, 장종주, 정유니는 국어국문학을 전공한 박사·석사·학사로, 중등학교와 대학교에서 공교육을, 사설학원에서 사교육을 담당한 경력이 도합 50여 년이며, '장박사 국어 연구소'에서 연구하고 교육하며 출판하는 일을 함께 하고 있다.

우리 고전 거듭 읽기 01

춘향전 거듭 읽기

초판1쇄 인쇄 2021년 6월 10일
초판1쇄 발행 2021년 6월 18일

엮은이   장석규·장종주·정유니
펴낸이   이대현
편집   이태곤 권분옥 문선희 임애정 강윤경
디자인   안혜진 최선주 이경진
마케팅   박태훈 안현진

펴낸곳   도서출판 역락
출판등록 1999년 4월 19일 제303-2002-000014호
주소   서울시 서초구 동광로 46길 6-6 문창빌딩 2층 (우06589)
전화   02-3409-2060(편집부), 2058(영업부)
팩스   02-3409-2059
홈페이지 www.youkrackbooks.com
이메일   youkrack@hanmail.net

ISBN   979-11-6742-002-2
         979-11-6742-001-5 04810 (세트)